Ulrike Schweikert

Léon & Claire

Er trat aus den Schatten

Ulrike Schweikert

Léon & Claire

Er trat aus den Schatten

cbt

Der Verlag weist ausdrücklich darauf hin, dass im Text enthaltene externe Links vom Verlag nur bis zum Zeitpunkt der Buchveröffentlichung eingesehen werden konnten. Auf spätere Veränderungen hat der Verlag keinerlei Einfluss. Eine Haftung des Verlags ist daher ausgeschlossen.

Dieses Buch ist auch als E-Book erhältlich.

MIX
Papier aus verantwortungsvollen Quellen
FSC® C014496
FSC www.fsc.org

Verlagsgruppe Random House FSC® N001967

1. Auflage 2016

Umschlaggestaltung: Geviert, Grafik und Typografie,
unter Verwendung von Motiven von © shutterstock
(La Chernina, Bon Illustrateur, Vasya Kobelev, dwph)
Lektorat: Michelle Gyo
sk · Herstellung: kw
Satz: Uhl + Massopust, Aalen
Druck: GGP Media GmbH, Pößneck
ISBN 978-3-570-16427-3
Printed in Germany

www.cbt-buecher.de

Prolog

Der Schatten

Er lauschte dem kaum hörbaren Schaben und Knirschen seiner Schritte, während er die riesige Kaverne durchquerte. Selbst wenn er den Blick nicht auf seinen Weg richtete, verrieten ihm die Geräusche, welcher Grund sich unter seinen Füßen befand: Der kalkige Gesteinsschutt im Süden unter der Stadt klang anders als der weiche Gips unter dem Montmartre. In den feuchten Bereichen mischte sich ein Seufzen unter seine Schritte, das vom Klang der Wassertropfen begleitet wurde, die in unregelmäßigen Abständen von der Decke fielen.

Ganz anders tönten seine Füße in den gemauerten Röhren und Gängen der *égouts,* wie man die Abwasserkanäle von Paris nannte, die sich, abgesehen vom Rauschen des Wassers, auch durch ihren durchdringenden Gestank in alle Sinne drängten. Hier in den alten Steinbrüchen, viele Meter unterhalb der Tunnel der Metro und der Kanalisation, war die Luft dagegen rein und kühl. Es roch nur ein wenig nach dem feuchten Kalkgestein, das seine Füße mit Bedacht überquerten.

Er schien keine Eile zu haben, dennoch ging er zielstrebig voran, ohne auch nur einmal innezuhalten. Der Weg war ihm vertraut. Er zögerte bei keiner der zahllosen Kreuzungen, die ihn immer tiefer in das Labyrinth aus unterirdischen Steinbruchkavernen und endlosen Felsgängen führten.

Hier unten war es bis auf seine Schritte und ein paar herabfallende Wassertropfen nicht nur totenstill, es herrschte auch undurchdringliche Finsternis, bei der man nicht die Hand vor Augen sah. Und dennoch ging er, ohne eine Lampe oder andere Lichtquelle bei sich zu tragen, unbeirrt weiter.

Jeder andere wäre hier unten verloren gewesen. So wie dieser Student Mathieu, der vor einigen Jahren zusammen mit seiner Freundin im sechzehnten Arrondissement in den Untergrund hinabgestiegen war. Lediglich mit einer Taschenlampe ausgerüstet, wollten die beiden in der geheimnisvollen Unterwelt von Paris ein Abenteuer erleben.

Das bekamen sie dann auch. Der Spaß endete jäh mit einem Schrei, als der Student samt der Lampe in einen Schacht fiel, wo er fünfzehn Meter tiefer aufschlug und wunderbarerweise nur mit ein paar Prellungen liegen blieb. Dennoch war das Leben der beiden in diesem Moment keinen Pfifferling mehr wert. Er war in dem Schacht gefangen und das Mädchen sollte nun in völliger Dunkelheit den Ausgang finden? Unmöglich für die von oben, für die Lichtmenschen, wie er sie manches Mal mit einem Hauch von Verachtung nannte.

Das Mädchen hatte sich auf die Knie sinken lassen und war wimmernd und fluchend durch die Finsternis gekrochen. Zwei Tage hatte er dem Elend seinen Lauf gelassen, dann hatte er genug und lotste die jämmerliche Kreatur zum nächsten Ausgang, der sie zurück ins Licht brachte.

Die Männer der GREP, eine Spezialeinheit der Feuerwehr, die sonst dafür zuständig war, Lebensmüde von Hausdächern oder dem Eiffelturm zu sammeln, befreiten Mathieu, der sich seitdem ganz sicher niemals wieder auch nur in die Nähe der Höhlen begeben hatte.

Ein Lächeln bewegte seine Lippen, das erstarb, als unvermittelt vor ihm ein grünlicher Schimmer aufglomm und sich zu einer diffusen Wolke ausweitete, die ihn in Licht hüllte. Ein Schatten schien aus dem Nichts aufzusteigen und zog sich zu einer großen, menschenähnlichen Gestalt zusammen, deren Körper von einem schwarzen Umhang verhüllt wurde, der ein wenig an eine Mönchskutte erinnerte. Das Gesicht blieb unter einer Kapuze verborgen. Nur die Augen, die sich auf den Ankömmling richteten, schienen im schwachen Licht zu glühen.

»Nun, Léon?«, begrüßte ihn eine heisere Stimme.

»Meister«, antwortete Léon und senkte kurz den Kopf. Er spürte den Druck des starren Blicks, doch er widerstand dem stummen Befehl, sich zu verneigen. Ganz im Gegenteil, er drückte den Rücken durch und sah unerschrocken zu der Stelle auf, wo er das Gesicht des Schattens erahnte.

Ein Geräusch wie ein kurzes Auflachen entrann der Kapuze. Noch immer ruhte der Blick des Schattens auf Léon, dem es vorkam, als könne er sich selbst durch die glühenden Augen beobachten, wie er in der riesigen, dunklen Höhle stand, wo einst die Steinbrecher des Mittelalters den begehrten Kalk für Pariser Kirchen und Paläste abgebaut hatten: ein junger Mann, vielleicht siebzehn Jahre alt, von großer, schlanker Gestalt, in schwarze Hosen und Pullover gehüllt, mit ebenso schwarzem Haar, Brauen und Wimpern, sodass nur das bleiche Gesicht aus der Finsternis leuchtete, angestrahlt von dem grünlichen Nebel.

Die Stille breitete sich in der Kaverne aus und lastete seltsam schwer auf Léons Schultern.

»Ihr habt mich gerufen, Meister«, erinnerte er. Er hatte plötzlich das Gefühl, es keinen Augenblick länger auszuhalten. »Was wünscht Ihr?«, fügte er mit Nachdruck hinzu und hörte selbst, dass seine Stimme aggressiv klang.

Wieder dieses trockene Lachen, das so gar nicht fröhlich war.

»Ja, ich habe nach dir gerufen, mein treuer Diener«, sagte der andere.

Léon machte eine unwillige Handbewegung, presste aber die Lippen aufeinander, um den Schatten nicht zu unterbrechen. Je eher er ihm gesagt hatte, was er von ihm wollte, desto früher konnte er sich zurückziehen und wieder seiner eigenen Wege gehen.

»Ich möchte dir eine Aufgabe übertragen, die du gewissenhaft ausführen wirst.« Er machte eine Pause, aber Léon schwieg noch immer. »Du wirst für mich nach oben steigen«, fuhr der Schatten fort.

»Wann? Heute Nacht?«, erkundigte sich Léon desinteressiert.

»Nein, jetzt!«, widersprach die Stimme aus der Dunkelheit.

Unwillkürlich wich Léon einen Schritt zurück. »Es ist früh am Morgen. Die Sonne ist bestimmt schon aufgegangen«, sagte er.

»Ich weiß«, bestätigte der Schatten sanft, »und ich kann dir sagen, dass es heute ein wunderschöner Tag für die dort oben werden wird. Keine Wolke trübt das Blau des Septemberhimmels, und es wird vermutlich noch einmal sommerlich warm werden in Paris, sodass sich die Straßencafés und die Parks mit Sonnenhungrigen füllen, während die Kinder darüber klagen, dass die Schule wieder begonnen hat.«

Das war eine ziemlich lange Rede für den sonst so wortkargen Schatten. Léon grübelte noch darüber nach, was das zu bedeuten hatte, als der andere schon weitersprach und ihm den Auftrag beschrieb, den er für ihn ausführen sollte.

»Hast du das verstanden?«

Léon nickte. »Ja, Meister.« *Ich bin doch nicht blöd*, dachte er.

Aus der grünen Wolke, die den Schatten umgab, drang ein Schnauben.

»Und wie lange?«, fügte Léon vorsichtig hinzu.

»So lange, wie es meinen Plänen dient. Ich werde dir sagen, wenn sich meine Anweisungen ändern«, gab der Meister zurück. Er machte eine Bewegung mit seinem Arm, die den schweren Stoff der Kutte wehen ließ. Der grünliche Nebel wallte noch einmal auf und verschwand.

Der Schatten war fort, das konnte Léon mehr fühlen als sehen. Trotzdem blieb er noch eine Weile in der Kaverne stehen und dachte über den seltsamen Auftrag nach, den der Meister ihm erteilt hatte. Vor allem die Frage nach dem Warum beschäftigte ihn. Was für Pläne hegte der Schatten und wozu um alles in der Welt brauchte er diese Informationen?

Léon fiel nichts dazu ein. Ratlos schüttelte er den Kopf, dann wandte er sich um und ging den Pfad zurück, den er gekommen war. Ihm war bewusst, dass dies nicht der direkte Weg zur Oberfläche war und er das Unvermeidliche nur hinauszögerte. Es kam ihm selbst ein wenig kindisch vor, und doch …

Léon blieb stehen und stemmte die Hände in die Hüften. Sein Blick wanderte die eiserne Leiter hinauf, die hier an der Abzweigung zweier Gänge ein Stockwerk hinauf und dann, nach einem engen Durchschlupf, zu einer in Fels gehauenen Treppe führte, die in der Nähe eines Zugangs zu den Abwasserkanälen endete. Von dort konnte er einige in eine Wand eingelassene Eisenkrampen hinaufsteigen, um die Unterwelt durch einen der wenigen nicht zugeschweißten Kanaldeckel zu verlassen. So käme er in eine stille Sackgasse im sechsten Arrondissement, ganz in der Nähe des Jardin du Luxembourg.

Léon seufzte. Es war wohl unvermeidbar.

Es war nicht so, dass sich Léon vor der Sonne fürchtete. Allerdings war sie ihm unangenehm mit ihrer Wärme und vor allem mit ihrem grellen Licht, das alles in bunten Farben erstrahlen ließ und ihn in den Augen schmerzte.

Unangenehm war vielleicht doch etwas zu milde ausgedrückt, dachte er und stieß ein Knurren aus. Das helle Licht bekam ihm einfach nicht. Es schadete ihm.

Man könnte mich glatt für einen Vampir halten, dachte er, als er in den Abwasserkanal stieg und der Geruch von Fäkalien und Verwesung ihn einhüllte. Er achtete nicht darauf. Kraftvoll trat er auf die eisernen Krampen, stieg behände bis zum Ende des Schachts hinauf und schob den Deckel zur Seite. Im Schutz der eng stehenden Häuser stemmte er sich an die Oberfläche und schob den Deckel wieder an seinen Platz.

Léon richtete sich auf. Er zögerte einen Moment. Noch stand er im kühlen Schatten, doch nur wenige Meter weiter schlug die Morgensonne eine grelle Schneise in den Asphalt. Léon holte tief Luft, dann ging er los und schritt energisch die Straße entlang, die ihn direkt zum Collège Lycée Montaigne führte.

Kapitel 1

Claire

Claire trat ans Fenster und sah hinaus. Noch war die Sonne nicht aufgegangen, doch der zarte Himmel, dessen Blau mit jeder Minute heller wurde, verkündete einen prächtigen Morgen. Vielleicht würde es noch einmal sommerlich heiß werden. Selbst wenn nicht, er war definitiv zu schön für den ersten Schultag nach den Sommerferien. Und doch war es vielleicht gut so, dass die Tage endlich vorbei waren, die, nachdem der Umzugsrummel sich gelegt hatte, so seicht dahingeplätschert waren, und nun endlich etwas Neues begann.

Sie sah ihr eigenes Gesicht, das sich in der Scheibe spiegelte. Es war schmal und ebenmäßig, die gebräunte Haut zum Glück rein. Ihr schulterlanges, lockiges Haar schimmerte in einem goldenen Blond, die Augen und Wimpern dagegen waren dunkelbraun. Groß und schlank war Claire mit einer sportlichen Figur. Keine Frage, sie war ein Mädchen, das auffiel und das an bewundernde Blicke gewöhnt war, und doch fragte sie sich ein wenig bang, ob es hier in Frankreich so sein würde wie drüben in Amerika.

Claire konnte nicht behaupten, dass sie sich auf die neue Schule in einem ihr noch fremden Land freute. Vielleicht vermisste sie ihre Freundinnen und selbst die Lehrer ihrer alten Schule in New York zu sehr, aber aufgeregt war sie und fest entschlossen, sich von den Franzosen auf keinen Fall unterkriegen zu lassen. Das hatte sie Nancy versprochen.

Bei dem Gedanken an ihre beste Freundin und die erste Cheerleaderin ihres Teams wurde ihr Herz schwer. Warum nur hatte Dad dem Drängen ihrer Mutter nachgegeben? Es war ihnen in New York super gegangen. Dad hatte mit seiner Immobilienfirma genug Geld verdient, um ihnen eine großzügige Wohnung in Manhattan und ein Ferienhaus in Long Beach zu bieten. Maman war selbst schuld, dass sie Kunstgeschichte als Studienfach gewählt hatte. Schwerpunkt: *Die Malerei der italienischen Renaissance*. Nun hatte sie endlich eine Stelle gefunden in Frankreich, im Louvre in Paris. Ein Traum ging für sie in Erfüllung.

Nur dumm, dass sie und Dad für den Traum ihrer Mutter leiden mussten. Claire verdrehte die Augen.

Nun gut, wenn sie ehrlich war, hatte ihr Vater gar nichts dagegen gehabt, eine Niederlassung in Paris aufzubauen, und Maman hatte schon immer Sehnsucht nach Frankreich gehabt, wo sie aufgewachsen war und noch einige Mitglieder ihrer Familie lebten. Ihr Vater dagegen war Amerikaner, dessen Eltern nördlich von New York an der Ostküste wohnten.

Die Sonne ging auf. Claire beschirmte ihre Augen und sah nach Osten, wo sich am anderen Ufer der Seine die Silhouette des Eiffelturms erhob. Vielleicht war Paris gar nicht so schlecht. Die Stadt mit ihren Cafés, Kinos und Theatern gefiel ihr sogar ganz gut. Die breiten Straßen mit den alten Bäumen vor den meist aus dem 19. Jahrhundert stammenden Häuserfronten waren so ganz anders als die in den Himmel ragenden Wolkenkratzer Manhattans. Vielleicht würde sie sich hier wohlfühlen. Das kam jedoch ganz darauf an, wie sich der heutige Tag entwickelte und wie es in der neuen Schule lief.

»Claire? Wo bleibst du? Wir sollten bald los. Komm runter, du musst noch etwas essen.«

Claire wandte ihren Blick vom Eiffelturm und der dahinter aufsteigenden Sonne ab und lief die Treppe hinunter in die Küche. Das Penthouse, das sie bewohnten, war groß, es erstreckte sich über zwei Stockwerke und verfügte über eine Dachterrasse, von der aus man über die Dächer des sechzehnten Arrondissements bis zum Champ de Mars mit dem Eiffelturm und zu der golden schimmernden Kuppel des Invalidendoms hinübersehen konnte.

»Guten Morgen, mein Schatz. Hast du vor deinem großen Tag gut geschlafen?«

Louise Nicolas legte ihrer Tochter den Arm um die Schulter und hauchte ihr einen Kuss auf die Wange.

»Nun mach kein Drama daraus«, wehrte Claire ab. »Du tust ja gerade so, als wäre ich sechs und würde heute eingeschult werden.« Claire wand sich aus der Umarmung und wischte mit dem Ärmel über ihre Wange.

Louise lächelte. »Ich weiß, du bist schon fast erwachsen, aber dennoch finde ich so einen ersten Tag aufregend. Also ich hatte an meinem im Louvre richtig Herzklopfen.«

Claire zog eine Grimasse. »Ein wenig Bauchweh habe ich schon«, gab sie zu, »aber ich schaff das irgendwie.«

»Das weiß ich doch, mein Liebling, aber nun iss ein Croissant und trink deinen Kaffee.«

Claire rutschte auf ihren Stuhl, nahm sich eines der noch warmen Croissants, riss ein Stück ab und tauchte es in ihren Milchkaffee.

»Ich gebe zu, die Croissants sind es wirklich wert, nach Frankreich zu ziehen«, behauptete sie und schob noch ein zweites Stück hinterher. Dann sprang sie auf und griff nach ihrer Jacke. »Ich muss gehen!«

»Ich bin gleich fertig«, versicherte ihre Mutter. »Wir haben noch ein paar Minuten, dann können wir losfahren.«

Claire zog eine Grimasse. »Ich nehme die Metro. Das ist viel schneller. Was glaubst du, was um diese Zeit auf den

Straßen los ist? Du wirst so oder so nachher den Stau verfluchen und würdest zu spät zum Louvre kommen, wenn du noch den Abstecher zur Schule machen wolltest.« Claire schnappte sich ihre Tasche.

Louise zog eine Grimasse. »Ich habe verstanden. Du willst dich an deinem ersten Tag nicht von Maman zum Schultor bringen lassen.«

»Genau!«, bestätigte Claire und hauchte ihrer Mutter einen Abschiedskuss auf die Wange. »Der erste Eindruck zählt, hast du das nicht immer gesagt?«

Claire sah die Enttäuschung im Gesicht ihrer Mutter, die sie rasch zu verbergen suchte.

»Sie werden hingerissen von dir sein«, sagte Louise dann mit einem Lächeln und hielt Claire die Tür auf.

Claire sprang die Treppe hinunter und winkte noch einmal. »Salut, Maman!«

»Salut, Claire, bis heute Abend.«

***

Die ersten Schulstunden waren wie im Flug vergangen. Hauptsächlich mit organisatorischen Dingen. Die Lehrer stellten sich und ihre Fächer vor und wurden nicht müde zu betonen, dass nun im Gymnasium ein anderer Wind wehen würde als zuvor im Collège. Claire sah, wie sich zwei große, gut aussehende Jungen genervte Blicke zuwarfen. Einige Mädchen tuschelten und kicherten, andere tippten heimlich unter dem Tisch auf ihren Smartphones herum, bis Madame Girard es bemerkte und die Handys konfiszierte.

Claire hörte mit einem Ohr zu und schrieb die wichtigsten Dinge mit, während sie den Blick verstohlen über ihre Mitschüler schweifen ließ und zu erraten versuchte, wie sie wohl waren. Da ihre Mutter daheim oft französisch mit ihr gesprochen und sie in New York eine englisch-französische Privatschule besucht hatte, bereitete es ihr keine Schwierigkeiten, alles zu verstehen.

Sie waren fünfundzwanzig Schüler in dieser ersten Klasse des Lycée, das nach dem Abschluss des Collège folgte, welches alle Schüler gemeinsam besuchten. Erst dann entschied es sich, wer eine Lehre beginnen, in eine Berufschule wechseln oder einen der unterschiedlich orientierten Zweige des Gymnasiums besuchen würde, um dieses nach dem zwölften Schuljahr mit dem Baccalauréat abzuschließen.

Claire ließ den Blick über die Gesichter wandern und hatte das Gefühl, dass sie zu den Jüngeren der Klasse gehörte. Einige waren sicher schon sechzehn. Vielleicht hatten sie ein Jahr wiederholt? Das war in Frankreich nicht ungewöhnlich und kein großes Drama, hatte sie gehört.

Ihr Blick glitt wieder zu einem der beiden großgewachsenen Jungen, der auf der anderen Seite des Gangs eine Reihe weiter vorn saß. Er sah richtig gut aus mit den breiten Schultern und der sportlichen Figur, die sich unter seinem Shirt abzeichnete. Sein Haar war von einem warmen Braun, das sich in seinen Augen wiederholte, wie sie bemerkte, als er plötzlich den Kopf wandte und sie ansah. Er musste gespürt haben, dass sie ihn beobachtete. Nachlässig hob er eine Augenbraue, ohne den Blick von ihr zu wenden. Claire spürte, wie sie rot wurde. Um seine Mundwinkel zuckte es. *Verdammt!*

Da stieß ihm sein Sitznachbar in die Rippen und er wandte sich wieder seinem Freund zu. Es erschien Claire wie eine Erlösung, dass in diesem Moment die Glocke schellte und alle aufsprangen.

***

Sie traf ihre Mitschüler in der Mensa wieder, wo die meisten zu Mittag aßen. Claire trat mit ihrem Tablett zu dem langen Tisch, an dem sich ihre Klassenkameraden bereits versammelt hatten. Obgleich es für alle das erste gemeinsame Jahr im Gymnasium war, kannten sich die meisten offensichtlich bereits aus dem Collège oder hatten anderswo Freundschaft geschlossen. Keiner von ihnen schien Interesse an der Neuen aus Amerika zu haben. Trotz einiger freier Plätze zwischen den Cliquen bot ihr niemand an, sich zu ihnen zu setzen. Sie bemühten sich eher um den Anschein, keiner würde auch nur einen Blick an sie verschwenden.

Claire unterdrückte einen Seufzer. Da musste sie jetzt wohl durch, wenn sie nicht die nächsten Monate ihre Pausen allein an einem Nebentisch verbringen wollte.

»Ist da noch frei?«, fragte Claire höflich. Die meisten ignorierten sie weiterhin. Nur ein schmächtiges Mädchen mit Brille und Zahnspange, das vorhin in der ersten Reihe alleine in einer Bank gesessen hatte, wandte sich zu Claire um.

»Ja, setz dich neben mich. Ich heiße Inès.« Sie reichte ihr feierlich die Hand.

Claire hörte die anderen spöttisch wispern. Ihr war klar, dass Inès die Außenseiterin der Klasse sein musste, die man vermutlich nicht nur der Spange wegen hänselte. Dumm war sie sicher nicht. Vielleicht gehörte sie ja zu den richtig Guten im Unterricht, was ihr aber auch keine Sympathiepunkte einbrachte.

»Danke, ich bin Claire«, sagte sie und lächelte das Mädchen betont freundlich an.

»Soll ich dir was über unsere Lehrer erzählen?«, bot Inès an. »Wir kennen ein paar von ihnen schon oder haben zumindest von den Älteren einiges gehört.«

Claire nickte. Während sie aß und mit einem Ohr Inès lauschte, betrachtete sie die anderen und versuchte herauszufinden, wer hier das Sagen hatte.

Bei den Jungs war es auf alle Fälle Adrien, der sie im Unterricht so angesehen hatte. Sein engster Freund schien Philippe zu sein, der ihm gegenübersaß und ihm mit gedämpfter Stimme etwas erzählte. Aber es gehörten wohl auch die beiden Jungen Sébastien und Jacques zu seinen Anhängern.

Bei den Mädchen gab es eine Königin, die im Kreis ihrer Bewunderinnen Hof hielt: Nathalie war die Schönste, daran gab es keinen Zweifel. Sie war fast so groß wie Claire, aber ein wenig weiblicher gebaut. Ihr ganzer Stolz schien ihr hellblondes Haar zu sein, das ihr bis auf den Rücken fiel. Im Gegensatz zu Claires Haar war es nicht naturblond, was man am Ansatz erahnen konnte. Zu Nathalies Hofstaat gehörten Claudine, Michèle und Lucie, die nun ihre Köpfe zusammensteckten und albern lachten. Am besten gefiel Claire ein Mädchen, das Louna hieß und das zu keiner Clique zu gehören schien. Anders als Inès wirkte Louna, als würde sie sich ganz sicher nicht ungestraft hänseln lassen. Sie war nicht wirklich hübsch, doch sie hatte ein Gesicht, das man nicht so leicht vergaß. Ihr kastanienbraunes Haar war dicht und glänzte in der Sonne, die durch die Fenster hereinfiel. Claire beschloss, sie nachher anzusprechen. Sie wandte sich wieder ihrem Teller zu, schob den letzten Bissen in den Mund und zog dann die Schüssel mit der Nachspeise zu sich heran.

»Ich bin froh, dass du gekommen bist«, sagte Inès gerade. »Ich hoffe, wir werden Freundinnen!«

Claire mied den erwartungsvollen Blick. »Wer weiß«, sagte sie vage und schob sich einen Löffel voll Pudding in den Mund. Sie senkte den Kopf ein wenig, sodass ihr das Haar ins Gesicht fiel, denn sie spürte wieder Adriens Blick auf sich ruhen und sie wollte sich nicht die Blöße geben, zum zweiten Mal deswegen rot zu werden.

***

»Salut, Mathis.«

»Salut, Clément.« Der junge Mann hob lässig die Hand mit der brennenden Zigarette und bot dann dem Neuankömmling eine seiner selbst gedrehten und mit besonderem Stoff verfeinerten Kippen an.

Clément griff zu und ließ sich Feuer geben. Dann ging er neben Mathis in die Hocke. »Was steht an?«

Mathis hob die Schultern. Sein Blick war glasig, seine Bewegungen waren träge. Das war sicher nicht der erste Stoff, den er heute rauchte, aber das störte seinen Kumpel nicht.

Zwei junge Frauen gesellten sich zu ihnen. Ihr Äußeres unterschied sich wenig von den anderen ungepflegten Gestalten, die sich hier in der Kaverne unter der Rue Sarrette versammelt hatten. Die meisten trugen schmutzige Jeans mit so vielen Rissen und Löchern, dass sie kaum noch als Lumpen taugten, und irgendwelche Shirts mit grellen Webeaufdrucken, soweit man diese unter dem Schmutz noch erkennen konnte. Hände und Gesichter waren ebenfalls schmutzig, die Haare wirr und verfilzt, aber das schien keinen hier zu stören.

Aus der Finsternis der von der Kaverne abzweigenden Gänge tauchten drei weitere Gestalten auf und traten in den Lichtschein der altmodischen Petroleumlampe, die in der Mitte auf dem Boden stand. Ihrem schwachen Schein gelang es nicht, die gesamte Steinbruchhöhle auszuleuchten, die vor mehr als hundert Jahren als Brauereikeller gedient hatte und nun ein beliebter Treffpunkt der »Schattenkämpfer« war. Das war der Name, den sie sich selbst gaben. Von den Parisern wurden sie Kataphile genannt – wenn die überhaupt etwas von der so ganz anderen Gesellschaft ahnten, die tief unter ihren Füßen im Verborgenen hauste.

Bier wurde hier unter der Rue Sarrette nicht mehr gelagert, dafür hatten sich einige künstlerisch Ambitionierte die mächtigen, quadratischen Säulen und Wände vorgenommen und sich mit viel Farbe an ihnen ausgelassen. Die Stilrichtungen waren fast so vielfältig wie die gesammelten Werke im Louvre, wobei sich die meisten sicher nicht künstlerisch wertvoll nennen durften. Ausdrucksstark jedoch waren sie allemal!

Ein Pärchen, das etwas gepflegter aussah als die meisten der Anwesenden, betrat die Kaverne, einen Kasten Bier zwischen sich.

»Wir haben da etwas gefunden«, verkündete die Frau, die vielleicht Anfang zwanzig war, fröhlich.

Die Aussage wurde mit Gelächter kommentiert. Allen war klar, was »gefunden« in diesem Fall bedeutete.

»Zoé, du bist ein Engel!«, rief Clément.

Sie warf ihm eine Kusshand zu. »Ich weiß. Kommt und bedient euch!«

Ihr Begleiter zog noch zwei Flaschen Rotwein aus den Taschen seines weiten Mantels und gab sie bereitwillig weiter.

Sie ließen sich auf Steinquadern oder auf dem staubigen Boden nieder und tranken einander zu. Stille kehrte ein. Einige Joints machten die Runde. Mathis legte sich auf den Rücken, den Blick starr zur verrußten Decke gerichtet. Mit ihm war heute nichts mehr anzufangen. Die anderen waren jedoch nicht nur gekommen, um zusammen zu trinken und zu rauchen. So einfach sie hier unten lebten, auch sie hatten Bedürfnisse, die befriedigt werden mussten, und dazu brauchten sie Geld. Oder sie mussten sich die Dinge auf andere Weise besorgen, wie den Kasten Bier, dessen Flaschen nun geleert im Staub lagen.

Schließlich ergriff Clément das Wort. »Hat jemand eine Idee? Ich finde, wir sollten mal wieder etwas Größeres ins Auge fassen. Die letzte Inspektion ist schon Wochen her, oder hat einer von euch die Männer der E.R.I.C. hier irgendwo rumschnüffeln sehen?«

Er blickte in die Runde. Alle schüttelten einmütig die Köpfe.

»Vielleicht hat sich unser verehrter Commandant Jean-Claude endlich zur Ruhe gesetzt«, vermutete Zoé.

Gabriel schnaubte. »Der doch nicht. Der jagt uns, bis er tot umfällt.«

»Vielleicht hat ihn der Teufel geholt?«, brummte ein riesenhafter Hüne, den alle Scorpion nannten.

»Der Teufel? Der hat hier unten nichts zu sagen. Wenn schon, dann hat ihn der Schatten geholt!«, kicherte ein Mädchen mit Dreadlocks, das ein seltsam geblümtes Kleid über einer verwaschenen Cargohose trug. Sie hob die schon fast geleerte Weinflasche an die Lippen und trank einen Schluck. Die anderen verstummten. Es breitete sich ein ungutes Schweigen unter den Bewohnern der *Carrières* aus, von dem nur Josette nichts zu bemerken schien. Genussvoll leerte sie die Weinflasche.

Schließlich räusperte sich Clément. »Egal, wenn es nicht Sabatier ist, dann jagt uns eben ein anderer Commandant der E.R.I.C.«

»Ganz egal ist es sicher nicht«, erklang da eine Stimme aus der Dunkelheit, die alle herumfahren ließ. Ein junger Mann trat in den Lichtschein. Er war groß und schlank. Sein schwarzes Haar, die dunklen Augen und Brauen standen in herbem Kontrast zu seiner weißen Haut. Alle starrten die Gestalt in ihrer schwarzen Kleidung an, die in ihrer gepflegten, aber eher asketischen Art so gar nicht zu ihnen passte.

»Hallo, Léon«, hauchte Zoé schließlich. Die anderen schwiegen noch immer. Es war so etwas wie eine respektvolle Stille, obgleich Léon aussah, als sei er einer der Jüngsten dieser seltsamen Versammlung.

»Euch ist anscheinend nicht bewusst, dass Commandant Sabatier uns alle mit einer gewissen wohlwollenden Nachlässigkeit behandelt, als seien wir Kinder, deren Streiche man nur augenzwinkernd rügt. Schlimm wird es, wenn er abtritt und ein Scharfmacher, der es mit seinen Säuberungsaktionen ernst meint, die Equipe für die Inspektion der *Carrières* übernimmt. Dann könnt ihr eure gemütlichen Lager hier unten vergessen. Wenn sie euch nicht gleich in eine nette Gefängniszelle stecken.«

»Dummes Zeug«, wehrte Clément ab. »Dazu müssten sie uns erst mal finden. Die da oben haben keine Ahnung, was für ein Labyrinth das hier unten ist. Es sind Hunderte Kilometer von Steinbruchsystemen auf bis zu vier Ebenen, die Metrotunnel und die Abwasserkanäle noch nicht einmal mitgerechnet. Nein, hier können sie uns nicht aufspüren, wenn wir es nicht wollen.«

Léon war nicht überzeugt. »Wenn ihr euch da nicht täuscht. Ich kann euch nur raten, fühlt euch nicht zu sicher. Ansonsten geht mich das nichts an.«

Es ging ihn nichts an. Warum also war er gekommen? Léon ließ den Blick schweifen, bis er an einem hübschen Mädchen von etwa sechzehn Jahren hängen blieb. Ihr langes Haar hatte sie zu zwei mädchenhaften Zöpfen geflochten. Neben ihr saß ein zehnjähriger Junge, der ihr ähnlich sah. Sie waren nicht wie die anderen. Lilou und Noah. Vielleicht war er ihretwegen gekommen. Léon wandte sich zum Gehen, als Josette sich plötzlich reckte, und obgleich ihre Aussprache schwammig war, durchdrang ihre Stimme klar die Kaverne:

»Das würde der Schatten nicht zulassen! Der Untergrund von Paris ist sein Reich.«

Wieder schien es, als würden die anderen vor Spannung die Luft anhalten. Josette starrte Léon an, doch der schüttelte den Kopf.

»Seid euch da nicht so sicher. Natürlich weiß er sich und sein Reich zu schützen, aber ob das euch mit einschließt?« Er zuckte mit den Schultern. »Ich weiß nicht, ob ihr in seinen Plänen vorkommt.«

Noch einmal hielt ihn Josette auf. »Er redet mit dir, nicht wahr?«

Wieder hob Léon die Schultern, doch er nickte dabei.

»Weißt du, was er vorhat?«

Nun schnaubte er verächtlich. »Du glaubst, dass er mich in seine Geheimnisse einweiht? Träum weiter! Selbst wenn er mir etwas sagen würde, wäre ich bestimmt nicht so dumm, es euch zu erzählen, die ihr ja so verschwiegen und vertrauenswürdig seid, vor allem, wenn ihr gerade bekifft seid und euch zugesoffen habt.«

»Jetzt ist es aber genug«, protestierte Lilou. »Es gibt hier einige, die gerne feiern, aber wir anderen suchen lediglich einen Platz, an dem man uns in Frieden leben lässt!«

Léon starrte sie an, dann teilten sich seine Lippen zu einem Lächeln. Seine Stimme klang nicht mehr so schroff. »Ich weiß, Lilou. Ich habe auch nicht dich und deinen Bruder Noah gemeint. Euch wird niemand etwas tun.«

Scorpion erhob sich und trat auf ihn zu. »Kannst ausgerechnet du ihr das versprechen?« Scorpion ließ seine gewaltigen Muskeln spielen.

Léon gönnte ihm nur einen Blick, dann wandte er sich ab und verschwand in der Finsternis. Die anderen sahen ihm nach, bis Clément wieder das Wort ergriff.

»Kommen wir zu dem großen Coup. Ich sage euch, das wird was. Das Risiko ist gering, und wenn wir Erfolg haben, dann kommen wir bestens durch den Winter!«

***

Nach dem Essen strömten die Schüler hinaus, um den Rest der Mittagspause bei dem schönen Wetter im Freien zu genießen. Claire folgte Louna durch das Tor.

»Wo geht ihr hin?«, erkundigte sie sich.

Louna blieb stehen und musterte Claire einige Augenblicke, dann deutete sie mit einem Kopfnicken zu den ausladenden Bäumen, die sich auf der anderen Straßenseite hinter einem schmiedeeisernen Zaun reihten.

»Wir suchen uns ein sonniges Plätzchen im Jardin«, antwortete sie.

»Ist es in Ordnung, wenn ich mich anschließe?«

Louna hob die Schultern. »Warum nicht? Wir gehen jetzt in eine Klasse. Vielleicht ist es gar nicht schlecht, dass da ein wenig frisches Blut reinkommt und die abgestandene Collège-Suppe aufkocht.« Sie lachte spöttisch, als Nathalie an ihr vorbeirauschte, ihren Hofstaat im Schlepptau.

»Adrien, so warte doch auf mich«, rief sie den Jungen hinterher, die die Straße bereits überquert hatten.

Er tat ihr den Gefallen, was sie mit einem so süßen Lächeln belohnte, dass Claire glaubte, ihr würde gleich schlecht werden.

»Oh, Adrien, ich muss etwas mit dir besprechen«, verkündete sie so laut, dass es auch ja alle mitbekamen. »Ich muss einfach wissen, was der tollste Junge der Schule darüber denkt!«

Louna machte eine Geste, als müsse sie sich übergeben.

Claire zog eine Grimasse. »So jemand gibt es wohl in jeder Klasse«, sagte sie.

Louna rollte mit den Augen. »Ach ja? Ich dachte, das sei ein rein französisches Problem.«

»Keineswegs! Und ich nehme an, auch hier ist mit den Majestäten nicht leicht Kirschen essen.«

Louna hob die Schultern. »Das würde ich nicht so sagen. Wenn du ihr nicht widersprichst, dich immer einen Schritt hinter ihr hältst und ja nicht schöner oder besser bist als sie – ich meine außer in Mathe, also sorry, so schlecht kann man eigentlich gar nicht sein – nein, dann hast du mit ihr kein Problem.«

»Ach, so einfach ist das?«

»Ja, man kann das auf einen Punkt bringen: Diene oder du hast dir deine Schwierigkeiten selbst zuzuschreiben.«

Claire hob entschuldigend die Hände. »Ich bin im Dienen nicht besonders gut.«

Louna lachte auf. » Das klingt doch vielversprechend. Ich bin gespannt.«

Die beiden folgten den anderen in den Park und suchten sich auf dem frisch gemähten Rasen ein Sonnenplätzchen zwischen den alten Bäumen.

Die Jungen flegelten sich ins Gras, während Nathalie erst ihre Jacke ausbreitete, damit ihre Designerjeans keine Grasflecke bekam.

Louna und Claire setzten sich etwas weiter weg, während sich Nathalie betont nahe bei den Jungs niedergelassen hatte. Nachdem Adrien sie aber nicht beachtete und sich stattdessen leise mit seinen Freunden unterhielt, wandte sie sich ab und ließ den Blick gelangweilt über die anderen schweifen, bis er an Claire hängen blieb. Ein boshafter Ausdruck huschte über ihre Miene und machte dann einem Lächeln Platz, das so falsch war, dass Claire zum zweiten Mal dachte, ihr müsse schlecht werden. Nathalie erhob sich und kam mit lasziven Bewegungen zu ihr herübergeschlendert. Eine Hand auf die ausgestellte Hüfte gelegt, betrachtete sie Claire, als habe sie sie in diesem Augenblick gerade erst entdeckt.

»Sieh an, ein neues Gesicht. Du bist nicht von hier, das sieht man. Du kommst aus Amerika, habe ich gehört. Soll ich langsamer sprechen, damit du mich verstehst?«, erkundigte sie sich, wobei sie die Worte in die Länge dehnte, als rede sie mit einer Schwachsinnigen.

Claire versuchte, das Lächeln zu imitieren. »Danke, ich verstehe dich bestens!«

»Oh, eine Amerikanerin, die eine kultivierte Sprache spricht!«, rief Nathalie mit geheuchelter Begeisterung. »Aber sag, Kind, bist du hier nicht in der falschen Klasse? Ich meine, bist du nicht ein wenig jung fürs Gymnasium? Du kannst ja kaum fünfzehn sein, so wie du aussiehst.«

»Danke der Nachfrage, ich *bin* fünfzehn, aber ich verzichte gern darauf, mich mit Bergen von Make-up älter zu machen.«

Nathalie rollte mit den Augen. »Attraktiver, Kleine, nicht älter, da stehen die Männer drauf. Aber lass es gut sein, Süße, du kommst noch dahinter, wenn du so weit bist. Vielleicht ist es besser, wenn du dich vorerst auf den Unterricht konzentrierst. In Amerika mag das ja alles locker sein, aber hier?«

»Du meinst, hier muss man in der Schule tatsächlich etwas lernen?« Claires Stimme triefte vor Spott, aber dafür schien Nathalie nicht empfänglich zu sein.

»Ich meine ja nur, das könnte eine herbe Enttäuschung für dich werden.«

»Du meinst, falls ich sitzen bleiben würde? Ja, da könntest du recht haben. An so etwas bin ich, im Gegensatz zu euch, nicht gewöhnt. Bei euch gehört das ja offensichtlich fast zum guten Ton, ab und zu eine Runde extra zu drehen, und seine Jahre auf der Schule zu verschwenden. Wie viele Ehrenrunden hattest du schon, Nathalie? Eine oder zwei?«

»Touché«, hörte Claire Louna hinter sich sagen.

Nathalie schnaubte nur und warf ihre blonde Mähne über die Schulter zurück. »Es gibt eben wichtigere Dinge im Leben als Schule.«

»Hauptsache, man sieht dabei gut aus, nicht wahr?«, bestätigte Claire in einem Ton, der den der Diva gut traf.

»Ja, genau!«, sagte Nathalie scharf. »Aber von Mode hast du offensichtlich keine Ahnung. Dieser Goldton ist bei Blond völlig out. Diese Saison sind kühle Blondtöne angesagt.« Sie schüttelte ihre Haare erneut, doch Claire ließ sich nicht beeindrucken.

»Dafür ist mein Blond echt und ich muss nicht alle paar Wochen zum Frisör rennen.«

Nathalie schnaubte. Das schien ihr kein Argument zu sein. Sie murmelte nur »Amerikaner« und rollte mit den Augen. »Was will man erwarten, wenn jemand in einem so barbarischen Land aufgewachsen ist. Wenn ich nur daran denke, wie sich eure Männer beim Football gegenseitig die Köpfe einschlagen. Das ist ja wie in der Steinzeit. Alles, was zählt, sind Muskeln und rohe Gewalt. Und dann die Mädchen, die mit diesen albernen Puscheln am Spielfeldrand herumhüpfen.« Sie lachte schrill.

Zum ersten Mal fühlte Claire, wie ihr das Blut in die Wangen stieg. Ihre Hände ballten sich zu Fäusten, doch sie versuchte, ruhig zu atmen.

Lass dich nicht provozieren, beschwor sie sich. Nathalie schien zu spüren, dass sie eine empfindliche Stelle gefunden hatte. Sie stemmte beide Hände in die Taille und betrachtete Claire.

»Oh, du warst eine von ihnen? Nicht wahr? Du bist auch halb nackt albern am Spielfeldrand herumgehüpft? Jungs, seht her, wir haben hier eine waschechte Cheerleaderin!«

Nicht nur die Jungen unterbrachen ihre Unterhaltung und sahen Claire an. Auch Nathalies Freundinnen starrten zu ihr herüber.

»Schade, dass du deine Puschel nicht dabeihast. Sonst könntest du uns etwas vorhüpfen«, legte Nathalie nach. »Ist vielleicht ja auch netter, als richtig Sport zu machen.«

Claire baute sich vor Nathalie auf, ohne überhaupt den Entschluss gefasst zu haben, aufzustehen. »Cheerleading ist richtiger Sport!«

»Dann lass mal was sehen!«, rief einer der Jungen. Die anderen applaudierten. »Ja, tanz uns was vor, Cheerleader!«, forderten sie. Die Mädchen lachten. In Nathalies Gesicht trat ein lauernder Ausdruck.

»Du hörst es, Kleine, dein Publikum verlangt nach dir«, sagte sie leise.

Claire hielt ihrem Blick stand. »Dann will ich es nicht enttäuschen!«, gab sie zurück und schlüpfte aus ihrer Jacke.

»Hältst du mal?« Sie hielt sie Louna hin.

Louna erhob sich und nahm die Jacke. Sie sagte nichts, doch sie wirkte eher entsetzt als ermutigend. Vielleicht war auch sie davon überzeugt, dass Claire sich blamieren musste.

Claire erwiderte ihren Blick mit einem Schulterzucken. So ganz sicher war sie sich auch nicht, dass das gut gehen würde. Das letzte Training war Monate her. Vorsichtig ging sie ein paar Mal in die Knie und beugte dann den Rücken, bis sie mit der Handfläche den Boden berührte, was mit spöttischem Applaus belohnt wurde. Claire streckte sich wieder und reckte die Arme in die Höhe. Dann ließ sie die Schultern kreisen und neigte sich nach rechts und nach links, um die Halsmuskeln zu lockern.

»Wow, ist das alles?«, rief einer der Jungs, doch sie ging nicht darauf ein. Claire spannte die Muskeln an, bis sie völlig gerade stand, dann machte sie zwei schnelle Schritte und entfernte sich mit drei Radschlägen von den anderen. Zwei klatschten in die Hände, doch ein Mädchen rief: »Das kann ich auch!«

Claire wandte sich von den anderen ab. Sie konnte sie frotzeln hören, doch sie versuchte, alles Störende aus ihrem Kopf zu vertreiben. Sie wippte ein paar Mal auf den Zehenspitzen, dann hob sie die Arme und sprang ab. In einem Bogen, die Beine perfekt gestreckt, schwang ihr Körper herum und landete auf den ausgestreckten Armen. Mit Schwung ging es in den nächsten Flickflack an den Mitschülern vorbei, die sie anstarrten. Nach dem dritten sprang sie mit aller Kraft ab, drehte einen Salto und landete sauber auf beiden Füßen. Sie streckte die Knie und Arme durch und erhob sich noch einmal auf die Zehenspitzen.

Die anderen waren verstummt. Claire schlug noch einmal ein Rad und drückte sich dann zu einem Vorwärtssalto ab, aus dem sie genau vor ihren Mitschülern landete. Noch einmal hob sie ein Bein an, griff nach ihrem Knöchel und zog es gestreckt bis an die Schulter hoch. Sie hörte eines der Mädchen aufkeuchen. Ihre Jeans knackte bedrohlich. Claire zögerte einen Moment. *Alles oder nichts!*

Dann ließ sie sich in einen Spagat fallen und hob ein letztes Mal in Siegerpose die Arme.

Totenstille. Schließlich begann Louna zu applaudieren. Die anderen fielen ein. Nur Nathalie stand wie erstarrt da und konnte es nicht fassen.

»Wow, die macht was her, die amerikanische Lady«, rief Philippe, und auch Michèle gratulierte ihr begeistert.

Claire sprang auf, schob sich die Haare hinter die Ohren zurück und nickte ihren Mitschülern zu. »Louna, gibst du mir meine Jacke?« Während sie hineinschlüpfte, sah sie sich noch einmal zu Nathalie um, die von Claire um einige Zentimeter überragt wurde. »Ach und übrigens, nenn mich nicht Kleine!« Dann ging sie über den Rasen davon, ohne noch einmal zurückzusehen.

Kapitel 2

Adrien

»Hi, Dad.« Claire trat von hinten an den Sessel heran, in dem ihr Vater mit aufgeschlagener Zeitung saß. Sie beugte sich vor, legte die Arme um ihn und schmiegte ihre Wange an seine Schulter.

»Hi, mein Darling, wie war dein erster Schultag?«

»Frag nicht, ich habe mir meine neue Jeans ruiniert.«

Ihr Vater wandte den Kopf und sah sie prüfend an. »Hast du dich auf dem Schulhof geprügelt?«

Claire zog eine Grimasse. »So ähnlich könnte man das sehen – zumindest im übertragenen Sinn.«

Er sah sie noch immer an, während sie ihn losließ und auf einem Sessel ihm gegenüber Platz nahm. »Wie ist die Sache ausgegangen?«, erkundigte er sich vorsichtig.

»Bis auf die Hose? Ich denke, ich darf mir den ersten Sieg auf meine Fahne schreiben.«

»Aber du denkst, es gibt Revanche?«

Claire nickte. »Das ist totsicher. So schnell lässt sich eine wie Nathalie nicht von ihrem Thron schubsen.«

Ihr Vater nickte, auch wenn Claire sich nicht sicher war, ob er eine Vorstellung von echtem Zickenkrieg in der Schule hatte. »Gibt es auch angenehme Zeitgenossen in deiner Klasse?«

Claire zuckte mit den Schultern. »Ich denke schon.«

»Jungs?«

Claire sah ihren Vater empört an. »Du brauchst gar nicht so zu grinsen. Das geht dich überhaupt nichts an.«

»Bitte! Nur ein kleiner Tipp.«

Claire schüttelte den Kopf, sagte aber: »Na gut, einen gibt es, der mir durchaus gefallen könnte, aber …«

»Aber was? Ah, ich ahne es, du müsstest mit dieser Nathalie, die deine Hose auf dem Gewissen hat, um ihn kämpfen.«

Claire musste wider Willen lachen. »Du hast es erfasst.«

»Anscheinend sind Schulen überall gleich: echte Haifischbecken! Aber sag mir, mein liebste Claire, wirst du den Kampf aufnehmen?«

Sie setzte eine hoheitsvolle Miene auf. »Das weiß ich noch nicht, Dad. Ich habe ihn heute zum ersten Mal gesehen. Ich weiß doch noch gar nicht, ob sich das lohnt.«

»Ich wusste es bei deiner Mutter, kaum dass ich sie das erste Mal erblickt habe«, behauptete er und verschwand dann wieder hinter seiner Zeitung.

»Ein Mythos, Dad«, behauptete Claire. »Im Laufe der Geschichte werden viele Tatsachen romantisch verklärt.«

Ein Auflachen erklang hinter der Zeitung. »Lass das nur nicht deine Mutter hören!«

Claire lachte auch. »Und wie war es bei dir?«, wechselte sie das Thema. »Hast du irgendwelche Kunden um ein paar Millionen erleichtert und neue wichtige Leute kennengelernt?«

Noch einmal sank die Zeitung herab. »So wie du das sagst, klingt das, als würde ich die Leute übers Ohr hauen«, wehrte sich ihr Vater empört. »Ich verhelfe ihnen zu ihren Traumvillen.«

»Und erleichterst ihre Konten um ein paar Millionen«, wiederholte Claire.

»Ja, aber was bekommen sie dafür? Ich mache sie glücklich!«

Claire gluckste. »Dann ist es ja recht. Und, gibt es jemand Wichtiges in Paris, den du glücklich machen darfst?«

Ihr Vater nickte. »Womöglich. Ich habe heute den Polizeipräfekt kennengelernt, Monsieur Michel Charron, der auf der Suche nach einem neuen Domizil für seine Familie ist.«

»Charron, sagtest du?«, wiederholte Claire. »Soso, der Monsieur Polizeipräfekt. Na, dann streng dich an, Dad, damit er mit dir zufrieden ist und dich allen anderen hohen Tieren von Paris empfiehlt.«

Thomas Davidson nickte. »Ich sehe, du hast das Prinzip verstanden, wie die großen Geschäfte überall auf der Welt gemacht werden.«

»Ja, das habe ich«, stimmte ihm Claire nachdenklich zu.

***

Fünf Männer warteten in dem kleinen, vollgestellten Büro. Zwischen Aktenstapeln, Papierhaufen und einem überladenen Bücherregal lehnten sie an den einzig freien Stellen an der Wand oder am Schreibtisch, von dessen Oberfläche man allenfalls winzige Flecken erkennen konnte. Einer öffnete eine Schachtel filterlose Zigaretten und verteilte sie an seine Kollegen.

Endlich waren draußen auf dem Gang Schritte zu hören.

»Bonjour, Commandant«, grüßten die Männer.

»Bonjour«, erwiderte Jean-Claude Sabatier und zog angewidert die Nase kraus. »Habe ich euch schon mal gesagt, dass man in öffentlichen Gebäuden nicht mehr rauchen darf?«

Die Männer lachten.

»Macht wenigstens das Fenster auf«, entgegnete der Commandant unwirsch und ließ sich auf seinen Schreibtischstuhl fallen. »Alain!«

Der Lange ließ die warme Herbstluft in das stickige Büro. Staub tanzte im Sonnenlicht. Jean-Claude seufzte und starrte finster vor sich hin.

»Was ist los, Commandant?«, wagte Alain zu fragen und strich sich über das unrasierte Kinn. »Was für eine Laus ist Ihnen über die Leber gelaufen?«

Jean-Claude knurrte. »Wenn es nur das wäre. Die Laus ist eine ganz große und heißt Michel Charron!«

Die Männer warfen sich Blicke zu.

»Charron? Unser Polizeipräfekt?«, erkundigte sich der Neuling der Truppe, ein bartloser Jüngling von neunzehn Jahren mit noch weichen Gesichtszügen und dichtem, schwarzem Haar.

»Genau der, Evard«, bestätigte der Commandant. »Er hat mich abgefangen, noch ehe ich das Kommissariat betreten habe.«

»Was wollte er?«, erkundigte sich Pascal.

»Oh, nichts weiter, nur mir vorwerfen, dass ich meine Pflichten vernachlässige und meine Inspektionen nicht richtig durchführe!«

Die Männer protestierten, doch Jean-Claude Sabatier hob die Hand, um sie zum Schweigen zu bringen.

»Nun fordert er Erfolge beim Aufspüren und Vertreiben von Kataphilen und sonstigem Gelichter, das sich unter Paris herumtreibt und die Sicherheit der Bürger bedroht. So hat er sich ausgedrückt.«

Alain schnaubte abfällig. »Der hat keine Ahnung von unserer Arbeit.«

»Und außerdem sind die meisten, die dort hausen, nur arme Teufel und völlig harmlos«, fügte René hinzu.

»Oder irgendwelche Teenager feiern mal wieder eine abgedrehte Fete. Das haben wir früher auch gemacht«, sagte Evard.

»Und was machen wir nun, Chef? Müssen wir dem Präfekt ein paar Verhaftungen präsentieren, um ihn wieder ruhigzustellen?«

Der Commandant überlegte. »Wir machen weiter wie bisher. Wir können morgen eine Sonderschicht einlegen und mal wieder die Kavernen unter dem fünfzehnten und unter dem achten Arrondissement kontrollieren. Wenn wir jemand Verdächtiges aufspüren, können wir ihn verhaften, wenn nicht, dann eben nicht.«

»Und wenn das dem Herrn Präfekt nicht genügt, dann soll er doch selbst mal den Blaumann anziehen und durch die Gänge dort unten kriechen«, fügte Evard frech hinzu.

»Gott bewahre«, brummte Jean-Claude Sabatier. »Dann wären wir ja nicht einmal mehr unter der Stadt vor einer unverhofften Begegnung mit ihm sicher.«

***

Der nächste Tag war so schön wie der vorherige. Als es zur Mittagspause läutete, strahlte die Sonne von einem tiefblauen Himmel. Nach dem Essen machten sich die Schüler der *Seconde* wieder auf den Weg in den Jardin du Luxembourg. Claire und Louna folgten den beiden Cliquen. Selbst die stets gehänselte Inès schloss sich ihnen an. Nathalie warf Claire ab und zu einen hochmütigen Blick zu, sprach sie aber nicht an. Ansonsten bemühte sie sich, Adriens Aufmerksamkeit auf sich zu ziehen, doch das Ergebnis war nicht ganz das, was sie wollte. Zwar wandte sich Adrien ihr immer mal wieder zu, sah sie intensiv aus seinen braunen Augen an und schenkte ihr ein Lächeln, das einem die Knie weich werden ließ. Dann neckte er sie und flirtete mit ihr, nur um sich im nächsten Augenblick wieder seinen Freunden zuzuwenden und Nathalie völlig zu ignorieren. Als sie es wagte, ihn zu unterbrechen, erntete sie eine kühle Abfuhr. Claire sah, wie es in ihren blauen Augen zornig aufblitzte. Sie starrte mit einem Blick auf seinen Rücken, der ihn wie eine Klinge durchbohren musste, doch Adrien tat so, als würde er es nicht bemerken. Wütend rauschte Nathalie davon und setzte sich zu ihren Freundinnen.

»Unterhaltsamer als jede Fernsehsoap«, kommentierte Louna ungerührt.

Claire wandte ihren Blick von Nathalie ab und sah wieder zu den Jungs hinüber, die über irgendetwas sprachen, aus dem sie sich keinen Reim machen konnte, da sie nur wenige Worte und Satzfetzen hörte. Sie glaubte mitbekommen zu haben, dass es um eine Fete ging, die anders laufen sollte als das, was üblicherweise bei den anderen Schülern so abging. Philippe sprach von einem Bunker, der irgendwo unter der Schule sein sollte, aber Adrien hatte Bedenken, ob es ihnen gelingen konnte, sich unbemerkt Zugang zu verschaffen. Er schlug etwas vor, das er *Salle Z* nannte und das unter dem Val de Grâce liegen sollte. Sebastien hatte einen anderen Vorschlag und nannte einige Begriffe oder Namen, die Claire nichts sagten, dann lachten sie und senkten ihre Stimmen.

»Weißt du, worüber die sprechen?«, erkundigte sich Claire bei Louna. »Ist der *Bunker* eine Bezeichnung für einen Teil der Schule?«, fragte sie.

Louna schüttelte den Kopf. »Nein, es geht um einen echten Bunker aus dem zweiten Weltkrieg. Die Deutschen haben ihn unter unserer Schule gebaut. Ich glaube, das war 1940. Es gab für die Pariser natürlich noch andere Bunker und Schutzräume in alten Steinbruchkammern und in den Metrostationen, doch hier unter dem Montaigne haben die Deutschen während der Besatzungszeit ihr Hauptquartier eingerichtet. Die Schule war von der Luftwaffe beschlagnahmt worden.«

»Und diese Bunkerräume gibt es noch?«, fragte Claire erstaunt.

Louna nickte. »Überall sind noch Schilder, Schaltkästen und Kabel und sogar diese Tonnen, die als chemische Toiletten dienten.«

»Du warst dort unten?«

Wieder nickte Louna. »Ja, normalerweise ist alles verrammelt und verriegelt, aber wir haben mal mit unserem Geschichtslehrer eine Führung gemacht. Es ist echt gruselig. Ich kann mir nicht vorstellen, wie schrecklich das gewesen sein muss, dort unten eingesperrt zu sein, während über der Stadt Bomben abgeworfen wurden.«

»Und da wollen die Jungs ihre Fete feiern?«

Louna hob die Schultern. »Wollen vielleicht schon, aber dazu müssten sie erst einmal reinkommen, was ihnen nicht gelingen dürfte. Die Bunker sind mit Stahltüren gesichert. Nein, da ist es sicher einfacher, irgendwo anders in die Katakomben oder Stollen zu gelangen.«

Claire überlegte laut, ob das alles nur ein seltsamer Scherz sei, doch Louna versicherte ihr, dass sich mehr unter den Straßen von Paris im Verborgenen abspiele, als die meisten Bürger vermutlich ahnten.

»Mein Bruder war letztes Jahr nach seiner Aufnahme an der Universität unten«, mischte sich Inès ein. Claire sah sie fragend an. Mit eifriger Miene rückte Inès näher.

»Simon studiert an der *École des Mines*, hier ganz in der Nähe. Bei denen gibt es schon seit Ewigkeiten ein Aufnahmeritual, bei dem die Studenten in den Untergrund steigen müssen. Am 4. Dezember, am Tag der heiligen Barbara, der Schutzpatronin der Bergleute, müssen die Neulinge eine ganz besondere Prüfung ablegen. Sie klettern zwanzig oder mehr Meter hinunter in die alten Gänge und Steinbrüche unter der Stadt und müssen da so eine Art Hindernisparcours bewältigen: durch enge Löcher kriechen und dann in den Katakomben zwischen den ganzen alten Schädeln und Knochen eine Art Schwur leisten. Simon sagt, es war ein echter Spaß. Ich habe das alles leider noch nie gesehen. Ich habe so gebettelt, aber er will mich nicht mitnehmen.«

Claire schüttelte sich. »Mich würden da keine zehn Pferde runterkriegen. Finsternis, enge Schächte und dann auch noch überall Skelette? Nein, danke, ich steh nicht auf Geisterbahn.«

Sie sah erst zu Louna und dann zu Inès, doch die beiden Mädchen erwiderten ihren Blick nicht. Sie starrten über Claires Kopf hinweg. Verblüffung machte sich in ihren Mienen breit.

Claire wandte sich langsam um und ließ ihren Blick an den Hosenbeinen hinaufwandern, die nun kaum zwei Meter von ihr entfernt standen, über den wohlgeformten Oberkörper bis zu den einnehmenden Gesichtszügen, die von einem Lächeln erhellt wurden, von dem Claire weiche Knie bekommen hätte, säße sie nicht im Gras.

»Was gibt es?«, erkundigte sie sich, nachdem Adrien keine Anzeichen machte, sie anzusprechen.

Adrien wirkte ein wenig verlegen und hob die Schultern. »Ach, nichts. Ich denke, es klingelt gleich. Wir sollten zurückgehen.« Sein Blick huschte zu Inès und Louna und dann wieder zu Claire. Nach einem Zögern wandte er sich ab und wartete auf seine Freunde, die sich nun ebenfalls erhoben und auf das Tor des Parks zuschlenderten. Die Mädchen folgten ihnen.

Claire ließ sich ein wenig zurückfallen. Sie hatte das Gefühl, als könne sie noch immer seinen Blick auf sich spüren. Claire erreichte als Letzte das Tor, als Adrien plötzlich hinter einem Busch hervortrat. Claire merkte, wie sich ihr Atem beschleunigte, doch sie versuchte, ganz cool zu bleiben.

»Das war gestern eine tolle Vorstellung«, sagte er und passte seinen Schritt dem ihren an, als sie die Straße überquerten.

»Danke«, antwortete Claire schlicht und hoffte, dass sie nicht schon wieder rot wurde.

»Ich wusste gar nicht, dass Cheerleader so richtig ernsthaft turnen.«

»Tja, das tun sie. Neben den Tanzelementen gibt es viel Akrobatik mit Hebefiguren und Überschlägen. Wir haben dreimal die Woche trainiert.«

Sie spürte, wie er sie von der Seite betrachtete. »Deshalb hast du eine so gute Figur.«

»Danke«, sagte sie noch einmal. Nun wurde Claire doch rot. Sie wandte den Kopf, um sich zu fassen, und hatte plötzlich das Gefühl, Adrien wäre nicht der Einzige, der sie anstarrte. Ein eisiges Prickeln rann über ihren Rücken. In ihrem Nacken richteten sich die feinen, blonden Härchen auf. Claire blickte zum Park zurück, doch sie konnte nur das dichte Grün der Büsche und Bäume sehen. Und doch war sie sich sicher, dass irgendjemand sie beobachtete.

»Was sagtest du?«

Wie von fern drang Adriens Stimme in ihren Geist.

Claire riss den Blick von den Parkbäumen los und wandte sich wieder ihrem Begleiter zu. »Wie bitte? Was hast du gesagt? Entschuldige, ich war abgelenkt.«

»Ich sagte, dass ich dich näher kennenlernen möchte.«

»Oh«, hauchte Claire.

»Und ich habe dich zu meiner Party am Freitag eingeladen, wenn du kommen möchtest.«

»Ja, gerne«, stimmte sie zu und strahlte ihn an.

Adrien lächelte zurück. »Dann ist das abgemacht.«

Das wird Nathalie aber gar nicht schmecken, dachte Claire und stellte beschämt fest, dass ihr der Gedanke gefiel.

Zusammen betraten sie das Schulgebäude. Die anderen waren nicht mehr zu sehen. Vielleicht war das ganz gut so. Claire legte keinen Wert darauf, den Nachmittag über ständig Blicke wie Messer im Rücken zu spüren.

Als sie die Tür zu ihrem Klassenzimmer erreichten, blieb Adrien noch einmal stehen. »Zieh dich am Freitag warm an – und lieber keine Pumps. Ich habe einen ganz besonderen Ort zum Feiern ausgesucht. Lass dich überraschen!«

Claire dachte an den Bunker aus dem zweiten Weltkrieg, von dem Louna gesprochen hatte, und ihr wurde ein wenig mulmig. Aber sie war auch neugierig und bereit, für Adrien bis in die tiefsten Katakomben hinunterzusteigen.

* * *

»Maman?« Claire trat ins Wohnzimmer und blieb in der Tür stehen. »Ich geh heute Abend weg.«

Ihre Mutter ließ das Buch sinken, in dem sie gelesen hatte. Claire erhaschte einen Blick auf Hochglanzfotos von irgendwelchen alten Gemälden. Natürlich. Was sonst.

»Wo willst du hin?«

Claire schob die Hände in die Hosentaschen. »Zu einer Party. Ein Klassenkamerad – Adrien – hat mich eingeladen. Du hast doch nichts dagegen?«

Louise lächelte sie an. »Aber nein. Ich freue mich für dich, dass du hier so schnell Freunde findest. Wie kommst du nach Hause?«

»Ich nehme die Metro.«

Claire konnte den inneren Kampf im Gesicht ihrer Mutter beobachten. Die Vorstellung, dass ihre Tochter nachts mit der Metro unterwegs war, schmeckte ihr nicht, aber sie wollte ihr den Spaß auch nicht verbieten.

»Das heißt, du bist bis eins zurück?«, sagte sie schließlich.

Claire hob vorsichtig die Schultern. »Das kann ich doch jetzt noch nicht sagen. Ich kenne die meisten ja noch nicht und habe keine Ahnung, wie es wird.«

Ihre Mutter schlug das Buch zu. »Claire, du bist fünfzehn! Ich will kein Spielverderber sein, aber das geht so nicht. Die Metro schließt irgendwann gegen eins und fährt dann erst um fünf wieder. Ich erlaube dir auf keinen Fall, dich die ganze Nacht herumzutreiben, und ich will auch nicht, dass du nach elf allein auf irgendwelchen Bahnhöfen herumstehst.«

»Maman!«, protestierte Claire. »Ich bin kein Kind, das du um zehn ins Bett schicken kannst. Was denken dann die anderen von mir? Die meisten sind sechzehn oder noch älter. Die lachen mich ja aus.«

Ihre Mutter seufzte. »Das habe ich nicht gesagt. Ich verlange ja auch nicht, dass du am Wochenende um elf von einer Party daheim bist, aber ich will, dass du sicher nach Hause kommst. Also, wenn es dir dort gefällt und es später wird, dann rufst du mich an, und ich hole dich ab. Abgemacht?«

Claire eilte zu ihr und drückte ihr einen Kuss auf die Wange. »Abgemacht. Aber willst du wirklich so lange aufbleiben?«

Ihre Mutter schnitt eine Grimasse. »Ich muss sowieso noch einige Abhandlungen lesen und mit deinem Vater ist heute sicher auch nicht vor Mitternacht zu rechnen.«

»Also dann, bis später.«

Claire wollte sich abwenden, doch ihre Mutter hielt sie zurück. »Gehst du so?«, erkundigte sie sich verwundert und betrachtete ihre Tochter, die feste, flache Schuhe und einen warmen Pullover trug. Nicht gerade das übliche Partyoutfit.

Claire erwiderte verlegen den Blick. »Wir feiern draußen, im Garten, weißt du, und es wird jetzt nachts schon recht frisch.«

Ihre Mutter nickte langsam. »Ach so, na dann viel Spaß.«

Claire schlüpfte aus dem Wohnzimmer, ehe ihre Mutter noch weitere Fragen stellen konnte. Sie log nicht gern, aber in diesem Fall wäre ihre Mutter von der Wahrheit bestimmt nicht begeistert und würde ihr vermutlich verbieten, Adriens Einladung anzunehmen. Das wollte sie auf keinen Fall!

Im Flur blieb sie in der Garderobe stehen. Ihr Blick huschte zwischen ihrer schicken Lederjacke und einem warmen Anorak hin und her. Sie griff nach der Lederjacke, klemmte ihre Handtasche unter den Arm und eilte aus dem Haus.

Wie versprochen wartete Adrien zwei Straßenecken weiter auf sie. Der Bruder seines Freundes Philippe, der zwei Klassen über ihnen war, hatte bereits den Führerschein und war bereit, sie mitzunehmen. Auf dem Beifahrersitz saß seine Freundin, eine hübsche Brünette, die Claire mit einem Lächeln zunickte. Claire quetschte sich zu Philippe und Adrien auf die Rückbank des Renaults. Sie hatte kaum die Tür zugezogen, als Orson mit quietschenden Reifen anfuhr. Wie gut, dass sie darauf bestanden hatte, dass man sie nicht vor der Haustür abholte!

Die anderen unterhielten sich lebhaft, während Orson den Wagen über die Seinebrücke steuerte und dann am Champ de Mars Richtung Südosten fuhr. Claire drückte die Nase an die Scheibe und sah zu dem nun hell erleuchteten Eiffelturm hinauf. Ein Schild, das zum Friedhof Montparnasse wies, huschte vorbei.

»Wohin fahren wir?«, erkundigte sich Claire.

»Lass dich überraschen«, gab Adrien mit einem geheimnisvollen Lächeln zurück. »Wir sind gleich da. Ich verspreche dir eine Nacht, die du nicht so schnell vergessen wirst.«

»Wir nehmen nicht den direkten Zugang, oder?«, mischte sich Philippe ein.

Adrien tauschte mit seinem Freund einen Blick. »Nein, ich dachte mir, wir gönnen Claire den ganzen Genuss und nehmen den Zugang am Denfert-Rochereau.«

Philippe und sein Bruder Orson lachten. Claire schielte zu Lucille hinüber, die sich ebenfalls zu amüsieren schien. In diesem Moment war sie froh, nicht alleine mit den Jungs unterwegs zu sein. Was um alles in der Welt hatten sie mit ihr vor? Claire dachte an die Geschichte, die Inès über ihren Bruder und das Einführungsritual der Studenten erzählt hatte. Ein wenig mulmig fühlte sie sich schon, aber das schien auch deren Absicht zu sein. Claire versuchte sich an einer sorglosen Miene. Sie würde sich keine Blöße geben, schwor sie sich.

Kapitel 3

Party

Es war schon dunkel, als die Männer vor dem Kommissariat im 18. Arrondissement eintrafen. Gemeinsam holten sie ihre speziellen Uniformen aus dem Spind.

René griff nach seinem robusten Blaumann und schlüpfte hinein. Die weißen Buchstaben auf dem Rücken reflektierten hell im Schein der Lampe. »POLICE«, stand dort für jeden klar erkennbar geschrieben. Das ebenso schimmernde dienstliche Wappen der E.R.I.C. zierte die rechte Brust. Jeder der Männer nahm sich seinen weißen Helm mit Stirnlampe, dann verließen sie die Umkleidekabine.

Jean-Claude Sabatier stand bereits im Hof neben seinem Dienstwagen, doch seine Miene war nicht heiter entspannt wie sonst, wenn es in die Tiefe zu einer Inspektion der Höhlensysteme ging. Ganz im Gegenteil. Der Commandant der Truppe blickte äußerst finster drein.

»Was gibt es, Chief?«, wollte Alain wissen.

»Männer, wir werden die Inspektion heute nicht alleine durchführen. Auf speziellen Wunsch unseres Polizeipräfekten wird uns eine Einheit der Police Nationale aus der Cité begleiten.«

Als hätten sie auf ihr Stichwort gewartet, fuhr ein Kleinbus vor, aus dem ein Dutzend dunkel gekleideter Männer mit schwarzen Helmen und Schnürstiefeln stieg. Mit offenem Mund starrte Evard auf das Waffenarsenal, das die Polizisten bei sich trugen. Es waren lauter junge, durchtrainierte Männer mit akkurat geschnittenem Haar und ernsten Mienen.

»Was?«, keuchte Alain. »Wir sollen diese Möchtegernrambos mitnehmen?«

»Was denkt der Präfekt, was wir dort unten heute aufspüren?«, fragte Laurent.

Jean-Claude hob die Schultern. »Das weiß ich auch nicht. Ich bin überzeugt, dass wir auf nichts stoßen, mit dem wir nicht fertigwerden, und dass wir die da ganz sicher nicht brauchen. Aber es hilft nichts. Lasst uns aufbrechen und es hinter uns bringen«, befahl er. »Wir fangen am Friedhof Montparnasse an, kontrollieren dann die Katakomben und steigen nachher in die untere Ebene, um die Steinbrüche drüben unter den Hospitälern zu inspizieren.«

* * *

Orson bog in einen dunklen Hinterhof ein und stellte den Motor ab. Er ging mit Philippe auf einen Kellerabgang zu. Claire wollte ihnen folgen, aber Adrien hielt sie zurück.

»Das ist eine schöne Jacke«, sagte er und umfasste ihren Arm. »Vielleicht lässt du sie lieber hier. Ich habe noch einen warmen Parka im Kofferraum.«

Er hielt ihr die in militärischer Tarnfarbe gehaltene Jacke hin, die robust und warm war, in der man anderseits aber keine gute Figur abgeben würde. Claire zögerte.

Lucille, die offenbar keine Schwierigkeiten hatte, Claires Gedankengängen zu folgen, lachte spöttisch. »Ich würde ihn nehmen«, riet sie. »Es macht keinen Spaß, wenn man friert, und außerdem würdest du dich ärgern, wenn du deine schöne Jacke versaust.«

Claire gab nach, warf ihre Lederjacke in den Kofferraum und schlüpfte in den Parka. Dann folgte sie den anderen eine kurze Eisentreppe mit verrosteten Stufen hinunter, die vor einer ebenso rostigen Tür endete, die in einen harmlos wirkenden Keller führte. Am Ende des Raums war noch eine Tür. Orson zog einen Schlüssel hervor. Claire war froh, dass ihre Eltern keine Ahnung hatten, was sie hier trieben.

Orson beugte sich vor und machte sich an dem Schloss zu schaffen, bis es klickte und die Tür aufschwang. Adrien holte einladend mit der Hand aus.

»*Arrête! C'est ici l'empire de la mort*«, sagte er theatralisch.

»Halt, hier beginnt das Reich des Todes«, übersetzte Claire in Gedanken, folgte Adrien aber tapfer in die Dunkelheit. Die Tür schlug mit einem Krachen zu, doch ehe Claires aufwallende Furcht in Panik umschlagen konnte, flammten die Taschenlampen auf, die die anderen mitgebracht hatten. Adrien reichte ihr eine. Zaghaft sah sich Claire um, konnte aber nichts entdecken, was besonders schrecklich gewesen wäre. Es war kalt und feucht, doch ansonsten war dies lediglich eine steinerne Kammer, von der aus ein Gang leicht abfallend in die Tiefe führte.

»Kommt schon«, drängte Lucille, »ich habe Durst!«

Sie stiegen eine Treppe hinunter, und Claire fragte sich gerade, was für einen seltsamen Scherz sich Adrien mit ihr erlaubt hatte, als die Wände unvermittelt zurückwichen und sich der Gang zu einer riesigen Kaverne weitete. Boden und Decke waren glatt und zeigten Bearbeitungsspuren. In gleichmäßigen Abständen stützten massive Pfeiler die Decke ab. Doch was Claire ein Aufstöhnen und den anderen ein Lachen entlockte, war das, was in dieser Höhle gelagert wurde: Knochen und Schädel, Hunderte, nein Tausende, die langen Knochen fein säuberlich zu Mauern und Rondellen geschichtet mit Schädeln wie Girlanden verziert. Der Lichtschein von Claires Taschenlampe huschte durch die Höhle. Überall starrte sie der Tod aus leeren Augenhöhlen an, während die Schädel ihr zuzugrinsen schienen. Claire presste die Lippen zusammen und zwang sich, weiterzugehen. Sie spürte die forschenden Blicke der anderen auf sich ruhen.

»Da hat sich aber jemand Mühe gegeben«, sagte sie und war froh, dass ihre Stimme so gelassen klang. »Wie viele Tausend Tote sind hier begraben?«

Sie sah, wie sich Adrien und Philippe zunickten, während Lucille sagte: »Ich glaube, es sind ein paar Millionen, aber Genaueres weiß ich nicht darüber. Geschichte hat mich nie interessiert. Ich mag nur die Atmosphäre hier unten. Aber nun kommt weiter, sonst trinken uns die anderen alles weg.«

Philippe stimmte ihr zu. Sie schienen es nun alle eilig zu haben, aus diesen Katakomben wieder rauszukommen.

»Komm, Claire, hier entlang. Wir wollen doch nicht unsere eigene Party verpassen.« Adrien lächelte sie an.

Claire hatte das Gefühl, sie habe den Test in den Augen der anderen bestanden und gehöre nun dazu. Dennoch wollte die Anspannung, die sie erfasst hatte, nicht weichen, während sie durch immer neue Höhlen voll von Knochen und Schädeln schritten. Über einem Türsturz entdeckte sie die Worte, mit denen Adrien sie in die Katakomben geführt hatte: *»Arrête! C'est ici l'empire de la mort«*.

Dann war es vorbei. Keine Knochen und keine Schädel mehr. Nur noch harmlose Steine um sie herum.

Sie folgten den Gängen, stiegen Stufen hinunter und querten Höhlen, von denen manche teilweise eingestürzt waren. Ab und zu entdeckte Claire an den Wänden Markierungen, die ihr aber nichts sagten. Die anderen dagegen schienen genau zu wissen, wohin sie wollten. Das hoffte Claire jedenfalls. Ihr war klar, dass sie schon längst keine Ahnung mehr hatte, wie sie aus diesem Labyrinth jemals alleine wieder herausfinden könnte. Claire nahm sich vor, Adrien den ganzen Abend nicht aus den Augen zu lassen!

Sie stiegen eine Wendeltreppe hinunter, als sich unter den Klang ihrer Schritte ein anderes Geräusch zu mischen begann. Erst klang es wie ein Klopfen, dann mischte sich ein Dröhnen darunter, aus dem sich nach und nach Tonfolgen herausschälten. Offensichtlich näherten sie sich ihrem Ziel. Die Party schien bereits in vollem Gang. Noch eine Biegung, dann wummerte ihnen die Musik in voller Lautstärke entgegen, und sie sah den Schein von zahlreichen Lampen.

Claire trat hinter Adrien durch einen gemauerten Torbogen und blickte sich staunend um, während die Anwesenden ihren Gastgeber mit großem Hallo begrüßten. Sie reichten ihnen Bier und ließen die Flaschen aneinanderklirren. Während ihre Begleiter durstig tranken, nippte Claire lediglich an ihrer Flasche und sah sich um. Die *Salle Z,* wie Adrien den Saal genannt hatte, war ein geräumiger Steinbruch, dessen riesige Halle durch Säulen und gemauerte Bögen regelmäßig unterteilt war. Die Mauern waren mit Graffiti verschönert oder verschmiert, das kam auf die Sichtweise an. Für Claire waren die sich überlappenden Schriftzüge und Bilder eher eine Entweihung dieser Höhle, die ihr mit den hintereinandergestaffelten Bögen und Säulen wie eine romanische Kirche oder wie eine Moschee vorkam. Staunend streifte Claire umher. Die wummernden Bässe und das laute Lachen und Kreischen der Feiernden verscheuchte jedoch die feierliche Stimmung, die sie sonst überkam, wenn ihre Mutter ihr ein besonderes Kunstwerk zeigte.

»Fühlst du seine Ausstrahlung?«, fragte ihre Mutter dann immer. »Sieh es nicht nur an. Fühl in dich hinein und erfass das Werk mit allen deinen Sinnen.«

Claire sah zu einem der Bögen über sich und versuchte sich vorzustellen, wie die Kaverne in ihrem ursprünglichen Zustand auf sie wirken würde, in der Stille der Unterwelt, nur vom Licht einiger Fackeln erhellt.

Ein Prickeln in ihrem Nacken holte sie aus ihren Gedanken. Wieder dieses Gefühl, dass jemand sie beobachtete. Claire fuhr herum und hielt nach Adrien Ausschau, doch hinter ihr war niemand. Nur ein weiterer Bogen und ein Gang, der sich in der Finsternis verlor. Adrien hockte einige Meter weiter links von ihr inmitten einer Gruppe gackernder Mädchen, die sich irgendwelche alkoholischen Mixgetränke teilten. Neben Adrien standen zwei leere Bierflaschen. Nun hob er gerade eine Wodkaflasche an den Mund und nahm einen tiefen Schluck. Philippe und sein Bruder waren dabei, sich einen Joint zu drehen. Himmel, wo war sie hier nur gelandet?

Wieder spürte Claire einen Blick auf sich ruhen. Sie starrte in die Dunkelheit, konnte aber nichts erkennen. Irgendjemand war da, aber wer? Claire schaltete ihre Taschenlampe ein und leuchtete durch den Bogen, doch sie konnte keine Menschenseele entdecken. Der Strahl huschte über den schmutzigen Boden und verlor sich dann im Dunkeln. Wieder kroch ein Schauder über ihren Rücken, und plötzlich verspürte sie Furcht vor dem, was dort im Verborgenen lauern könnte. Was, wenn es keiner von Adriens Kumpeln war? Trieben sich hier unten nicht noch ganz andere Gestalten herum, die das Tageslicht scheuten? Geschichten von wahnsinnigen Serienkillern, die mit einem blutigen Messer durch die Finsternis schlichen, stahlen sich in ihre Gedanken. Claire wich zurück. Hastig kehrte sie zu den anderen zurück. Hier, inmitten des hellen Lichtscheins und der ausgelassenen Stimmung, kamen ihr ihre Ängste plötzlich kindisch vor, und entgegen ihrer Vorsätze ließ sie sich die Wodkaflasche mit dem knallroten Getränk geben und nahm einen großen Schluck.

***

Léon stand reglos in der Dunkelheit und sah zu der fröhlichen Gesellschaft hinüber, die ausgelassen feierte. Oder das tat, was sie für feiern hielt, dachte er verächtlich, während er die jungen Männer beobachtete, die die Wirkung dieses unterirdischen Ortes zusammen mit der enthemmenden Wirkung des Alkohols nutzten, um mit den Mädchen auf Tuchfühlung zu gehen. Hinter einem Bogen lag ein eng umschlungenes Paar und knutschte hingebungsvoll. Eine andere Gruppe ließ eine Flasche kreisen. Der, auf den der Hals zeigte, musste eine intime Frage beantworten oder einen aus dem Kreis küssen. Die Mädchen kicherten und zierten sich, doch sie machten mit und schienen keinen Widerwillen zu empfinden. Nur zwei standen etwas außerhalb des Kreises. Dieser Adrien, der die Bande hier herunter eingeladen hatte und der vermutlich die Getränke bezahlte, und das wunderschöne, blonde Mädchen, das mit ihm in die gleiche Klasse ging.

Die Flasche blieb so liegen, dass sie auf eine Lücke zeigte, ungefähr in die Richtung, in der Adrien stand.

»Adrien!«, kreischte das Mädchen, das die Flasche gedreht hatte. »Beantworte eine Frage oder du musst eine von uns küssen!« Sie schob die Lippen vor und schloss die Augen. Ihre roten Wangen und die feuchten Schläfen verrieten, dass sie schon längst nicht mehr nüchtern war.

»Ich spiel doch gar nicht mit«, wehrte Adrien ab, doch dann hob er den Blick und sah zu dem blonden Mädchen hinüber, das seinen Blick erwiderte.

Léon war, als könne er ihr Erschaudern fühlen. Wie vorhin, als sie seine Anwesenheit in der Dunkelheit gespürt haben musste. Gesehen hatte sie ihn nicht. Da war er sich sicher. Ihre Augen taugten hier in der Unterwelt nichts.

Nun trat Adrien in den Kreis, seine Augen noch immer auf das Mädchen gerichtet.

»Claire«, sagte er. »Ich möchte Claire küssen!«

Abwehrend hob sie die Hände und wich einen Schritt zurück. »Wir spielen doch gar nicht mit«, wiederholte sie seine Worte, doch die anderen klatschten in die Hände und skandierten: »Claire, Claire, Claire!«

Adrien trat unbeirrt auf sie zu. Der Alkohol hatte längst jede Hemmung weggespült.

»Spiel oder nicht, ich möchte dich küssen.« Er umfasste ihre Arme und hielt sie fest.

Léon spürte, wie sich seine Muskeln anspannten, als würde er zum Sprung ansetzen. Der unsinnige Gedanken, ihm das Mädchen aus den Händen zu reißen, überfiel ihn, doch da gab sie nach. Ihr Ausdruck wurde weich und sie lächelte, während er seine leicht geöffneten Lippen auf die ihren drückte.

Léon wandte sich ab. Verfluchte Bande! Waren die Junkies und Tagediebe, die hier unten hausten, nicht schon schlimm genug? Warum mussten sich auch noch Studenten und Schüler hier herumtreiben und mit ihren lauten Partys die Stille zerstören? Sie waren alle dumme Ignoranten, die wie eine Horde Büffel herumtrampelten und nichts von der Schönheit seiner Welt sahen. Nichts von ihrem Zauber spürten.

Zornig stapfte Léon voran, bis erneut Geräusche, die hier nicht hergehörten, in seine Gedanken drangen. Er hielt inne und lauschte. Schritte. Tritte von Stiefeln, mindestens ein Dutzend. Léon runzelte die Stirn. Was hatte das zu bedeuten? Noch mehr Gäste? Um diese Zeit? Das erschien ihm seltsam. Nein, das passte nicht. Außerdem klangen diese Schritte nicht nach angeheiterten Jugendlichen, die sich auf der Suche nach einem nächtlichen Kick in die Unterwelt begaben. Kein Tuscheln, kein Gelächter, keine Rufe, um das Echo zu testen. Nur leise, unterdrückte Worte, kurze Anweisungen, dann wieder gleichmäßige Schritte, die stetig näher kamen. Léon nickte. Ja, diese Schritte kannte er. Die Hüter von Recht und

Ordnung waren mal wieder unterwegs und sie bewegten sich unerbittlich auf die Steinbrüche unter dem Val de Grâce zu.

Léon grinste in sich hinein. Das bedeutete, der Party stand ein jähes Ende bevor, wie es der Veranstalter sicher nicht geplant hatte. Das konnte amüsant werden. Wobei, viel würde den jungen Leuten nicht passieren. Léon kannte den Commandant der *Equipe de Recherches et d'Intervention en Carrières*. Er hatte ihn oft bei seinen Einsätzen beobachtet. Jean-Claude Sabatier zeigte viel Verständnis für die Abenteuerlust junger Leute und ließ sie meist mit einer Ermahnung davonkommen.

Léon wollte sich gerade abwenden, als er mit einem Stirnrunzeln innehielt. Irgendetwas war heute anders. Er kannte die Männer des Commandant. Er hatte immer dieselbe Truppe dabei. Heute aber trieben sich mehr Männer im Untergrund herum. Léon huschte zu einer Seitengalerie und ging hinter einem großen Felsblock in Deckung. Die Lichtkegel der Stirnlampen kamen bereits in Sicht. Und dann traten die Männer in die Kaverne. Er hatte richtig gehört. Heute war nicht nur der Commandant mit seinen Männern der E.R.I.C. zu einer Patrouille unterwegs. Dies sollte offensichtlich eine größere Razzia werden, wenn er sich die Typen mit ihren Waffen und Kampfanzügen ansah, die den Commandant begleiteten. Vielleicht waren sie auf der Suche nach Diebesgut oder Drogen. Waren das Männer der Spezialtruppe, die direkt dem Polizeipräfekten unterstanden? Léon grinste. Na, da würde es gleich eine Überraschung geben – für beide Seiten! Das Spektakel würde er sich nicht entgehen lassen!

***

Commandant Sabatier ging schweigend durch die Dunkelheit. Seine Stirnlampe wies ihm den Weg durch schlammige Pfützen, über Geröll und durch Engpässe, wo die Pfade von herabgefallenen Steinen halb verschüttet worden waren und durch die man sich wie ein Aal winden musste. Sicher gab es auch andere Gänge, luftig und breit und mit trockenem, ebenem Boden, doch die Männer des Polizeipräfekten wollten sicher alle Facetten der Unterwelt von Paris kennenlernen, dachte er grimmig. Bislang waren sie nur auf einen völlig zugedröhnten Junkie getroffen, der in seinem schmuddeligen Schlafsack seinen Rausch ausschlafen wollte und der vermutlich kaum merken würde, dass er dies nun in einer Arrestzelle tun musste. Ansonsten waren die einzigen Lebewesen, denen sie begegneten, ein paar von den fetten Ratten, die im vergangenen Jahrhundert aus Osten eingewandert waren und den heimischen Pariser Ratten den Garaus gemacht hatten. Commandant Sabatier spürte den Unmut der fremden Männer in seinem Rücken, was ihn noch beschwingter ausschreiten ließ. Ja, die Arbeit hier unten war kein Zuckerschlecken. Man stieg nicht einfach in ein paar Höhlen runter, verhaftete gesuchte Verbrecher und heimste die Lorbeeren ein. Hier unten brauchte man einen langen Atem und den richtigen Instinkt.

»Chef!« Alain schloss zu ihm auf und tippte an seinen Arm. »Hören Sie das?«

Jean-Claude blieb stehen und lauschte.

»Was ist das?«, wollte der Sprecher der Rambos wissen.

Jean-Claude konnte die Besorgnis in seiner Stimme hören und musste sich ein Grinsen verkneifen. »Das sind Bässe!«

»Wie meinen Sie das?«

»Oh Mann, haben Sie noch nie laut Musik gehört?«, mischte sich Alain ein. »Ihre unterirdischen Schwerverbrecher schmeißen da vorne eine Party.«

Jean-Claude konnte den Blick nicht deuten, den der Truppenführer Alain zuwarf. »Also weiter«, unterbrach er das Geplänkel. »Ich wette, die sind in der *Salle Z.* Das ist nicht die erste Fete, die dort stattfindet, doch für heute definitiv die letzte! Teilen wir uns auf, dass uns nicht die Hälfte entwischt. Ich habe keine Lust, denen hinterherzuhetzen.«

Die Männer seiner Einheit nickten. Alain, Pascal und Laurent bogen an der nächsten Kreuzung ab, um sich der Kaverne von der anderen Seite zu nähern. Der Rest folgte dem Commandant weiter geradeaus auf den anschwellenden Sound zu.

***

Die Musik, die Adrien nun auswählte, war leiser. Die hämmernden Rhythmen wurden von Melodie abgelöst. Claire summte die Töne mit und bewegte sich im Takt. Sie fühlte sich von der düsteren Atmosphäre und dem Alkohol, der in ihren Adern kreiste, aufgeputscht und seltsam leicht. Wenn sie den Kopf hin und her bewegte, schienen die Graffitis an den Wänden zu tanzen. Sie traten fast plastisch hervor, und auch die Rauchschwaden, die von den Joints der anderen aufstiegen, zogen sich zu fantasievollen Figuren zusammen, die sie in einem Reigen umschwirrten. Ein Lachen stieg in ihr auf, als Adrien unvermittelt vor ihr stand. Er legte seine Arme um ihre Taille und nahm ihre Bewegungen auf. Sie schmiegte ihre Wange an seine Schulter und ließ sich von ihm über den staubigen Steinbruchboden führen. Seine Wärme durchdrang ihren Körper und schien sie zu verbrennen. Sie spürte seine Hände in ihrem Rücken und seine Lippen, die über ihre Schläfe glitten. Das Licht, die Farben, die Musik. Alles war so sanft und weich, dass sie schwebte.

Ein Ruf riss Claire unsanft aus ihrem Traum. Dann schrie

noch jemand. Sie sah aus den Augenwinkeln, wie die vier, die mit ihren Joints neben dem Hocker mit der Lampe und dem Lautsprecher gesessen hatten, aufsprangen. Der Klang von Stiefeln näherte sich rasch. Claire befreite sich aus Adriens Umarmung. Geschockt sah sie Männer in Uniform mit Waffen in den Händen heranstürmen. Claire keuchte und taumelte zurück. Adrien sah ebenso entsetzt drein, wie sie sich fühlte. Er wandte sich ab und lief auf Philippe zu, der ein Kabel in der Hand hielt.

»Halt, keine Bewegung! Nehmen Sie die Hände hoch, Sie sind vorläufig festgenommen«, brüllte eine Stimme.

Claire wich zurück. Sie starrte auf die Männer in ihrer militärisch anmutenden Uniform und konnte nicht fassen, was vor ihren Augen passierte. Einer der Männer griff nach Adriens Arm. Ein anderer hielt Lucille fest, die zu kreischen begann. Als sie sich wehrte und wild um sich schlug, drehte er ihr den Arm auf den Rücken. Ihre Schreie wurden zu einem Wimmern, dafür kreischten zwei andere Mädchen. Einer der Jungen brüllte die Männer an, obwohl einer seine Waffe auf ihn richtete.

Entsetzen vertrieb den Nebel in ihrem Kopf. Was für ein Albtraum. Claire wankte weiter rückwärts durch einen der Bögen. Sie sah einen älteren Mann in einem blauen Overall mit einem weißen Helm heranstürmen. Er brüllte den Uniformierten an, er solle seine Waffe runternehmen.

»Dies ist mein Einsatz, und ich gebe die Befehle!«, brüllte er. »Verhaftet alle und nehmt sie mit. Verflucht, ihr werdet doch mit ein paar Jugendlichen fertigwerden, ohne mit euren Waffen rumwedeln zu müssen!«

Noch mehr Männer fluteten in den Saal und griffen nach Adrien und seinen Freunden, die unter Schock zu stehen schienen. Nur Philippe reagierte. Er riss das Kabel hoch. Die Lichter erloschen und für einen Moment herrschte undurchdringliche Finsternis. Claire schnappte nach Luft. Sie hatte das Gefühl, man habe sie in Eiswasser geworfen. Was sie hören konnte, klang nach wildem Durcheinander. Mädchen schrien, Männer fluchten. Dann flammten die ersten Lichter an den Helmen der Eindringlinge auf. Claire zog sich noch zwei Schritte weiter zurück. Noch hatte sie keiner ins Visier genommen.

Da schlossen sich plötzlich Finger um ihr Handgelenk. Claire hätte aufgeschrien, wenn eine Hand vor ihrem Mund nicht den Laut erstickt hätte. Sie wehrte sich, doch der Griff um ihren Arm verstärkte sich. Eine Stimme raunte ihr ins Ohr.

»Sei still! Ich tu dir nichts. Ganz ruhig, oder willst du lieber verhaftet werden und den Rest der Nacht in einer Zelle verbringen?«

Die Vorstellung, wie ihre Eltern sie am nächsten Morgen aus dem Gefängnis würden abholen müssen, entsetzte sie so, dass sie erstarrte.

»So ist es gut«, sprach die Stimme in dem leisen Flüsterton weiter.

Wer war das? Es war eine männliche Stimme, kein Zweifel, aber Claire erkannte sie nicht. Vermutlich, weil er so leise sprach.

Adrien war es jedenfalls nicht und auch nicht Philippe, der gerade noch am anderen Ende des Saals den Stecker gezogen hatte. Aber wer dann? Orson? Sie konnte ihn in dem Chaos aus zuckenden Lichtern zwischen den Männern der Patrouille nicht entdecken.

»Willst du, dass ich dich hier rausbringe?«, fragte die Stimme weiter. »Ich verspreche dir, in wenigen Minuten bist du unversehrt oben, und keiner wird von diesem Ausflug erfahren.«

Das klang verlockend. Keine entsetzten Mienen ihrer Eltern, keine Enttäuschung, keine Vorwürfe, dass sie das Vertrauen, das man in sie gesetzt habe, missbraucht hätte.

Claire nickte.

Die Hand vor ihrem Mund verschwand.

»Gut, dann sei leise und komm mit mir.« Die Finger um ihr Handgelenk zogen sie tiefer in die Dunkelheit.

Kapitel 4

Retter in der Dunkelheit

Sie zogen sich aus der *Salle Z* zurück. Schon nach der ersten Biegung umfing sie undurchdringliche Finsternis. Claire stolperte, doch ihr Begleiter fing sie auf.

»Ich habe meine Taschenlampe bei den Getränkekisten liegen lassen«, wisperte sie ihm zu. »Hast du eine?«

»Nein.«

»Du hast keine Lampe?«

»Nein«, sagte er schlicht und ging weiter. Claire stemmte sich gegen den Zug an ihrem Arm.

»Was?« Sie spürte, wie Panik in ihre Stimme stieg. »Ohne Licht haben wir keine Chance, hier herauszufinden. Wir verirren uns und werden elendig zugrunde gehen. Da lasse ich mich lieber verhaften und beichte es meinen Eltern.«

Ihr Begleiter blieb ebenfalls stehen. Sie konnte ihn nicht sehen. Nicht einmal einen Schatten erahnen, doch sie spürte noch immer seine Finger um ihren Arm.

»Vertraue mir. Ich kenne mich hier unten wirklich gut aus. Ich verspreche dir, ich bringe dich auf dem kürzesten Weg hinauf. Ich brauche keine Lampe. Lass dich einfach von mir führen.«

Claire rührte sich nicht von der Stelle. »Wer bist du? Du bist nicht Orson, nicht wahr?«

»Nein«, sagte er, und es klang wie ein Lachen. »Und auch sonst keiner deiner Freunde, die sich so stark und mutig fühlen, wenn sie hier in der Unterwelt eine Party feiern.«

»Wer bist du?«, fragte sie mit bebender Stimme.

»Was sind schon Namen und Gesichter? Sie sagen nichts. Du heißt Claire, nicht wahr? Ich kenne deinen Namen und habe gesehen, wie schön du bist, doch weiß ich deshalb etwas über dich?«

»Nein, das weißt du nicht, genauso wenig wie ich weiß, ob ich dir vertrauen kann.«

Er schien zu überlegen, dann reichte er ihr seine Hände. Sie waren angenehm warm und trocken, die Haut erstaunlich weich.

»Fühle in dich hinein. Dein Instinkt wird dir sagen, ob ich ehrlich zu dir bin und du mir trauen kannst.«

Claire schloss die Augen und lauschte seiner Stimme. Sie spürte den Druck seiner Hände. Ein warmes Gefühl stieg in ihr auf. Es war ein Gefühl von Geborgenheit mitten in diesem albtraumhaften Labyrinth tief unter der Erde.

Es war verrückt. Vielleicht lag es am Alkohol, den sie nicht gewohnt war, oder am Rauch der Joints, den sie eingeatmet hatte, doch sie beschloss, diesem wildfremden Mann, von dem sie weder den Namen kannte noch wusste, wie er aussah, ihr Leben anzuvertrauen.

War das einer dieser Scheidewege des Lebens, an dem man die Wahl hat, aber nur ein Pfad der Richtige ist? An dem man zu spät erkennt, wenn man sich geirrt hat und es dann kein Zurück mehr gibt?

Er schob ihre Hand unter seinem Arm durch. »Du musst einfach immer weitergehen. Ich sage dir, wenn irgendwelche Hindernisse im Weg sind oder wenn wir Stufen erreichen.«

Dann ging er los, ohne zu zögern, und Claire ging mit ihm. Sie konnte nicht einmal die Hand vor Augen erkennen, doch auf irgendeine geheimnisvolle Weise fand sich ihr Begleiter zurecht. Zumindest führte er sie stetig voran, ohne dass sie gegen eine Wand oder einen Felsblock stieß oder auch nur stolpern musste.

Es war ein komisches Gefühl, beängstigend, als sei sie plötzlich blind geworden, und doch auch seltsam befreiend, ja, erhellend. Claire kam es vor, als würden alle ihre anderen Sinne plötzlich aus ihrem Dämmerschlaf erwachen und schärfer arbeiten als je zuvor. Sie konnte die Steine riechen und den feuchten Lehm unter ihren Schuhen. Dann streifte ein Hauch von Ruß ihre Nase. Und einmal roch es nach Petroleum.

Aber auch ihr Gehör schien scharf wie noch nie. Ganz in der Ferne ahnte sie noch die Stimmen und Stiefeltritte der Patrouille, die ihre neuen Freunde abführte. Dann vernahm sie nur noch ihre eigenen Schritte, das Tropfen von Wasser oder ein fernes Poltern. Einmal quiekte und raschelte es zu ihren Füßen. Ratten? Claire versuchte, sich nicht an den Arm zu klammern, um den ihre Finger lagen. Sie spürte den etwas klammen Stoff eines Pullovers oder Sweatshirts, der bei jeder Bewegung über die Haut ihres unbekannten Führers glitt. Sie spürte ihr Herz klopfen und vernahm ihre eigenen Atemzüge. Was sie allerdings nicht hörte, war sein Atem, und auch seine Schritte waren lautlos.

Wie machte er das nur? Wer war dieser Mann an ihrer Seite und warum wollte er sie vor Schwierigkeiten bewahren? Kannte sie ihn vielleicht doch von irgendwoher?

Claire zermarterte sich den Kopf, während er sie eine Treppe hinaufgeleitete, am Rand einer Pfütze vorbeiführte und dann unter einem niedrigen Bogen hindurchlotste. Er legte seine Hand auf ihr Haar, damit sie sich nicht den Kopf stieß, und zum ersten Mal konnte sie ihren Begleiter riechen.

Er roch irgendwie männlich und angenehm. Es konnte sich also nicht um einen dieser Herumtreiber handeln, die hier unten verbotenerweise hausten, vermutete sie zumindest.

Aber wer war er? Was tat er hier unten? Warum kannte er sich so gut aus? Und wie in aller Welt schaffte er es, sich in dieser Finsternis zu orientieren? Sie hätte geschworen, dass es keinen Menschen auf dieser Welt gab, dem so etwas möglich war.

Dann musste die einzig mögliche Schlussfolgerung sein: Er war kein Mensch. Claire spürte, wie es bei diesem Gedanken in ihrer Brust eng wurde.

So ein Unsinn! Was sollte er bitte dann sein? Ein Vampir oder so etwas? Das waren Geschichten für Leichtgläubige. Solche Fantasywesen gab es nicht!

Aber wie machte er das dann?

Claire ließ sich eine Wendeltreppe hinaufführen und betrat einen Gang, dessen Untergrund irgendwie anders klang als ihr Weg zuvor. Auch die Luft hatte sich verändert. Sie war nun trockener. Dann blieb ihr Begleiter stehen.

»Was ist los?«, erkundigte sich Claire alarmiert. »Haben wir uns verlaufen?«

»Nein, ich sagte dir doch, dass ich mich hier gut auskenne. Ich wundere mich nur, dass du so still bist.«

»Ich muss mich auf den Weg konzentrieren.«

»Ich dachte, das sei meine Aufgabe«, gab er zurück. Jetzt flüsterte er nicht mehr und Claire lauschte seiner Stimme. Sie klang schön. Nicht zu hoch, aber auch nicht nach einem alten Mann. Claire vermutete, dass ihr Begleiter nicht wesentlich älter war als sie.

»Ja, das ist deine Aufgabe«, wiederholte sie. »Ich frage mich nur, wie du das machst. Man kann sich in der absoluten Dunkelheit nicht einfach so zurechtfinden. Das ist unmöglich!«

»Da muss ich dir widersprechen. Du merkst doch, dass es geht. Ich sage nicht, dass es einfach ist, aber es ist möglich. Hast du jemals einen Blinden beobachtet? Wie er nur mit seinem Stock ausgerüstet durch Paris geht, ohne sich von den vielen Menschen, Fahrrädern und Autos irritieren und von seinem Weg abbringen zu lassen?«

Claire hielt die Luft an. »Du bist blind? Deshalb bist du hier unten? Das tut mir leid.«

Sein Lachen war warm und hüllte sie ein. »Das habe ich nicht gesagt. Ich wollte dir nur vor Augen führen, dass nicht alles unmöglich ist, was du dir nicht vorstellen kannst. Nein, ich bin nicht blind. Ganz im Gegenteil. Ich bin hier unten der Sehende, der Hüter des Schattens.«

Claire war sich nicht sicher, ob sie verstand, was er ihr sagte. Das klang so fremd wie aus einer anderen Welt. Er löste sich von ihr und ergriff noch einmal ihre Hände. Nein, ein Vampir war er ganz sicher nicht. Waren die nicht immer kalt, weil kein eigenes Blut durch ihre Adern floss? Ihr Begleiter dagegen hatte – trotz der kalten Höhlen und Gänge – angenehm warme Hände.

»Darf ich dich etwas fragen?«, wandte sie sich wieder an ihren unsichtbaren Retter.

»Bitte.«

»Ich habe die vielen Toten gesehen. Ich meine, zumindest ein paar ihrer Überreste, Knochen und Schädel, wie zu einem Kunstwerk aufgestapelt.«

»Ah, wollten deine Freunde dich das Gruseln lehren?«

»Vermutlich. Und ein wenig ist es ihnen auch gelungen. Ich meine, wenn man darüber nachdenkt! Es müssen Tausende, ja Abertausende gewesen sein. Es waren so viele!«

»Es sollen sechs Millionen Tote sein, die dort in den Katakomben ihre letzte Ruhe gefunden haben«, präzisierte ihr Begleiter.

»Sechs Millionen? Himmel, woher stammen so viele Tote?«

»Dies ist eine große Stadt, und in früheren Jahrhunderten war das Leben nicht viel wert, vor allem wenn wieder einmal die Pest durch die Viertel zog. Da kommen rasch viele

Tote zusammen, die man auf den Friedhöfen der Stadt begrub. Der größte war der Cimetière des Innocents, den der Hauptmarkt der Stadt umschloss. Ich sage dir, es stank dort zum Himmel, denn er war völlig überfüllt, sodass man kaum mehr eine dünne Erdschicht über die Toten schichten konnte. So wuchs und wuchs er, bis ein Teil der Mauer einbrach und die Leichen zwischen die Marktstände kullerten. Ende des achtzehnten Jahrhunderts endlich wurde beschlossen, alle Friedhöfe innerhalb der Stadt zu schließen und auszuräumen. Die Knochen sollten in die Höhlen südlich der Stadt gebracht werden. Nacht für Nacht rollten die Wagen mit den Überresten aus den Friedhöfen und Gebeinhäusern durch die Stadt, vom Gesang der Mönche begleitet, die dem Zug Geleit gaben. Hier im Süden angekommen, kippten die Männer den Inhalt in die Schächte. Katakombenarbeiter, meist aus den Gefängnissen der Umgebung, schaufelten sie in die Kavernen.«

»Aber wer hat die Knochen aufgeschichtet und wie Kunstwerke dekoriert?«

»Das geschah erst viel später, als Thury, Napoleons Generalinspekteur der Steinbrüche, sich der Sache annahm und die Katakomben für Besucher herrichten ließ. Damals hegten die Leute eine Vorliebe für Makabres. Das ist keine Erfindung der heutigen Zeit. Familien unternahmen Ausflüge zu den Toten, es wurden Konzerte veranstaltet, und auch manch gekröntes Haupt kam hier herunter.«

»Das kann ich mir kaum vorstellen.«

»Es war aber so. Du siehst, die Party deines Klassenkameraden folgt einer langen Tradition.«

Claire dachte noch darüber nach, als ihr Begleiter wieder stehen blieb.

Sie schreckte hoch. »Wie geht es jetzt weiter?«

»Wir sind da. Wenn du den Arm ausstreckst, dann berührst du eine Tür. Ich habe das Schloss entriegelt. Du kannst sie ganz leicht aufziehen. Du gelangst in einen Keller. Geh immer geradeaus, die Treppe hinauf in den Hof. Wenn du der kleinen Gasse nach links folgst, kommst du auf die Hauptstraße. Die Metrostation Raspail ist ganz in der Nähe, wenn du dich nach rechts wendest. Ich denke, es ist noch nicht zu spät. Du kannst die letzte Metro noch erreichen.«

»Kommst du nicht mit?«

»Nein. Das schaffst du von hier aus allein.«

Claire wehrte ab. »Natürlich, aber was ist mit dir? Bleibst du immer nur hier unten? Lebst du in einer der Höhlen?«

»Hast du mir gesagt, wo du lebst, Claire?«

»Auf der rechten Seite der Seine im sechzehnten Arrondissement«, sagte sie rasch.

»Das kann ich mir gut vorstellen. Ein Mädchen aus gutem Haus, reiche Eltern, eine Schule mit altem Namen nahe am traditionellen Quartier Latin.«

Claire stutzte. »Woher weißt du, wo ich zur Schule gehe?«

»Ich weiß vieles. Ich lebe hier zwar in der Dunkelheit, doch ich versichere dir, meine Sinne und mein Geist sind sehr hell.«

»Du hast mich beobachtet, nicht wahr? Die ganze Woche schon, gib es zu. Und dann bist du mir zu der Party gefolgt. Ich habe es gespürt!«

Seine Hände zogen sich zurück und plötzlich fühlte sich Claire seltsam verlassen. Sie tastete hektisch nach allen Seiten. Da war die Tür, von der ihr Retter gesprochen hatte, doch sonst fand sie nichts. Von ihm selbst keine Spur. Es war, als habe er sich in Luft aufgelöst.

»Komm zurück!«, rief sie. »Bitte, ich weiß ja noch nicht einmal deinen Namen. Ich habe nichts als deine Stimme, um mich an dich zu erinnern!«

Es war wie ein Windhauch an ihrem Ohr. Ein körperloses Flüstern in der Nacht. »Ich heiße Léon. Lebe wohl Claire. Du brauchst dich nicht an mich zu erinnern. Ich denke nicht, dass wir uns noch einmal begegnen werden.«

Und dann war er fort. Sie spürte die Einsamkeit, die von allen Seiten mit kalten Fingern nach ihr griff. Hastig stieß sie die Tür auf, tastete sich die Treppe hinauf und stürmte in den Hof. Keuchend sog Claire die kalte Nachtluft in ihre Lungen. Sie legte den Kopf in den Nacken und sah zu dem funkelnden Sternenhimmel über ihr auf, der von den um sie aufragenden Häuserfronten umrahmt wurde. Sie hätte nicht gedacht, dass so ein kleines Stück Himmel einmal solch eine Befreiung für sie würde sein können.

Claire zog fröstelnd den Parka um die Schultern und machte sich dann auf den Weg zur Metrostation. Sie hatte zwar versprochen, ihre Mutter anzurufen und sich abholen zu lassen, doch das würde zu viele unbequeme Fragen nach sich ziehen. Nein, lieber die Metro und noch eine kleine Lüge. »Alles in Ordnung, Maman. Ich wollte dich so spät nicht mehr stören. Adriens Mutter hat mich heimgefahren.«

* * *

Sonntag. Es regnete in Strömen. Claire war nach dem Frühstück in ihr Zimmer zurückgekehrt und stand nun hinter der Scheibe und starrte hinaus. Ihr Blick durchdrang das Glas, an dem die Tropfen wie Perlen herabrannen, und wanderte dann über den triefenden Garten zwischen den nächsten Häusern hindurch nach Osten, wo die Seine die Stadt in zwei Hälften zerschnitt und wo hinter dem Eiffelturm irgendwo verborgene Türen in die Finsternis hinabführten, wo unter dem Paris, das sie kannte, eine ganze Welt verborgen lag.

Claires Gedanken wanderten Stunde um Stunde zurück. Was war nach dem unerwarteten Auftauchen der Polizei in den Höhlen geschehen? Wo waren die anderen? Wie ging es ihnen? Saßen sie noch immer in einer kalten, kargen Zelle –

so gaukelte es ihr ihre Fantasie vor –, während sie selbst hier warm und satt daheim in ihrem Zimmer sein durfte?

Das schlechte Gewissen nagte an ihr. Sie kam sich wie eine Verräterin vor. Adrien war so nett gewesen, sie zu seiner Party einzuladen und damit in seine Clique aufzunehmen, und sie ließ ihn bei der ersten Gelegenheit im Stich. Was würde er nun von ihr denken? Würde er überhaupt noch etwas mit ihr zu tun haben wollen? Claire unterdrückte einen Seufzer. Was hatte sie sich nur dabei gedacht?

Auf der anderen Seite, was hätte es ihm und seinen Freunden genützt, wenn sie ebenfalls abgeführt worden wäre? Und außerdem war es nicht ihre Idee gewesen, abzuhauen. Alleine wäre sie nie durch das Labyrinth geflohen. Dieser Gedanke führte unweigerlich zu der körperlosen Stimme, die sie seither nicht mehr losließ.

»Léon«, hauchten ihre Lippen auf das Fensterglas und hinterließen eine kleine Wolke aus Nebel.

Er war ihr durch ihre Träume gefolgt und wollte auch jetzt nicht aus ihren Gedanken weichen.

»Léon«, flüsterte sie noch einmal. Ihr Finger schrieb seinen Namen auf die beschlagene Scheibe. Es war zum Verrücktwerden. Sie hatte nichts als einen Namen und eine Stimme. Vielleicht konnte sie gerade deshalb nicht loslassen. So viele Fragen. So viele Geheimnise. Wer war er? Warum hatte er ausgerechnet sie vor der Verhaftung bewahrt? Woher kannte er sie und wusste, wo sie zur Schule ging? Und wie um alles in der Welt fand er sich ohne Licht dort unten zurecht?

Schritte auf der Treppe rissen sie aus ihren Gedanken. Widerwillig wandte sie sich um, als es an der Tür klopfte und ihre Mutter ins Zimmer trat.

»Was ist?«

Ihre Mutter kommentierte den unwirschen Tonfall mit einem Stirnrunzeln. In der Hand hielt sie den lehmbeschmierten Parka, den Adrien Claire geliehen hatte.

»Was ist das für ein Anorak? Und wo ist deine Lederjacke? Sie hängt nicht in der Garderobe.« Louise sah sich suchend im Zimmer um und richtete dann ihren Blick wieder auf ihre Tochter.

Claire holte tief Luft und bemühte sich um einen lässigen Tonfall. »Den Parka hat mir Adrien geliehen. Es wurde da draußen im Garten ganz schön kalt. Meine Jacke habe ich dort vergessen. Ich denke, Adrien bringt sie mir morgen in die Schule mit.« *Wenn er nicht mehr in einer Arrestzelle sitzt,* fügte sie in Gedanken hinzu.

Louise nickte und sah auf die lehmige Jacke in ihren Händen. »Was habt ihr nur getrieben? Hast du sie so zugerichtet?«

Claire sah ihre Mutter strafend an. »Maman, was denkst du wieder? Nein, wir haben gar nichts getrieben. Keine Ahnung, wobei Adrien seinen Parka schmutzig gemacht hat. Ich habe ihn nicht gefragt.«

Ihre Mutter tat ihr den Gefallen, verlegen dreinzusehen. »Entschuldige, so habe ich das nicht gemeint. Ich werfe ihn kurz in die Waschmaschine. So kannst du ihm die Jacke nicht zurückgeben.«

Da war Claire zwar anderer Meinung, doch sie widersprach nicht und war nur froh, dass ihre Mutter die Tür hinter sich schloss und sie wieder ihren Gedanken überließ.

***

»Commandant, das glauben Sie nicht.«

Ohne anzuklopfen, riss Alain die Tür zum Büro seines Chefs auf und stürmte hinein. »Wir haben heute Nacht wirklich einen tollen Fang gemacht.«

»Findest du? Es waren nicht gerade die kriminellen Elemente der Unterwelt, die der Herr Präfekt auszumerzen gedachte. Nur ein paar harmlose Jugendliche, denen man vielleicht den illegalen Konsum von Alkohol und Gras vorwerfen kann. Das reicht gerade einmal für eine Verwarnung, wenn sie bisher noch nicht aufgefallen sind. Hast du etwas anderes erwartet?«

Alain schnaubte. »Es ist noch viel schlimmer, Commandant. Wissen Sie, wen wir da aufgegriffen haben? Wer diese verbotene Party geschmissen und den Alkohol und den Shit besorgt hat?«

Jean-Claude Sabatier nickte Alain aufmunternd zu. »Nun, wer ist es?«

»Er heißt Adrien«, begann Alain und machte dann eine bedeutungsvolle Pause, ehe er die Bombe platzen ließ. »Adrien Charron!«

Alain starrte seinen Chef an, der einige Sekunden brauchte, bis er verstand, was sein Sergeant ihm gerade mitgeteilt hatte. Der beugte sich endlich mit einem Stöhnen vor und vergrub das Gesicht in seinen großen Händen.

»Nein, sag das nicht. Der Bengel ist der Sohn des Präfekten?«

Alain nickte. »Genau das, und nachdem er das den Leuten vom Revier unter die Nase gerieben hat, bekamen die Muffesausen und haben ihn samt seiner Partybande gleich wieder laufen lassen. Der Wachhabende hat mir eine lebendige Schilderung davon geliefert, wie das arrogante Bürschchen seine Sachen gefordert und dann feixend hinausmarschiert ist.

»Das heißt, sein Vater weiß gar nichts davon, dass wir ihn und seine Freunde verhaftet haben?«

Alain zuckte mit den Schultern. »Das nehme ich an. Er wird ja wohl kaum daheim damit prahlen, dass er Alkohol und Marihuana an seine minderjährigen Schulfreunde verteilt hat.«

»Und sein Vater hatte sicher keine Ahnung, dass sein Bengel gerade in dieser Nacht eine Katakombenparty schmeißen wollte. Sonst hätte er uns kaum seine wilde Militärtruppe aufgehalst. Was für ein Schlamassel!«

***

»Ihr habt mich gerufen, Meister?«

Léon blieb wie immer mit einigem Abstand stehen und sah in die Richtung, wo er den Schatten nur erahnen konnte.

»Gibt es etwas, das du mir sagen willst?«

Wie immer konnte man seine Stimmung nur schwer aus dem Tonfall deuten, doch Léon glaubte eine ungute Spannung zu spüren und musste sich zusammenreißen, um nicht zurückzuweichen.

»Nein, Meister, es gibt keine Neuigkeiten«, sagte er kühl. »Ich hätte es Euch sonst wissen lassen.«

»Du hast mir wirklich alles über diese Feier in der *Salle Z* berichtet?«

Léon tat so, als würde er überlegen. »Ja, alles, was Euch interessieren könnte. Der Junge Adrien hat das Fest veranstaltet und am Nachmittag Getränkekisten, drei Lampen und eine Musikanlage herunterbringen lassen. Seine Freunde kamen vor ihm an. Er selbst stieß wenig später zu ihnen. Er brachte seinen engsten Freund, dessen Bruder und die Freundin des Bruders mit.

»Und das Mädchen, nicht wahr?«

»Ja, noch ein Mädchen aus seiner Klasse«, fügte Léon hinzu und fuhr dann rasch fort: »Auf der Party wurde getrunken, getanzt und ein albernes Spiel veranstaltet, als Commandant Sabatier mit seinen Männern dem Treiben ein Ende setzte. Er brachte noch eine Truppe mit, die ich noch nie hier unten gesehen habe. Die Typen waren schwer bewaffnet und rochen nach militärischer Ausbildung. Sie haben die Jugendlichen verhaftet und mitgenommen, doch soweit ich gehört habe, wurden sie gleich wieder freigelassen. Keiner von denen hat auch nur eine Nacht in einer Arrestzelle verbracht. Das war's. Die Überreste der Party stehen noch unverändert dort, wo sie sie zurückgelassen haben. Es sei denn, irgendwelche unserer Streuner hier unten haben sie bereits entdeckt und sich bedient.«

Léon erhaschte eine Bewegung in der Dunkelheit, die vielleicht eine abwehrende Handbewegung war. »Du lässt wieder etwas aus. Was ist mit dem Mädchen?«

Léon biss sich auf die Zunge. Es würde nichts bringen, sich dumm zu stellen, daher entgegnete er: »Was wollt Ihr wissen?«

»Alles! Fangen wir mit ihrem Namen an.«

»Claire, sie heißt Claire Nicolas und lebt mit ihren Eltern im sechzehnten Arrondissement. Ich weiß nur, dass sie jetzt in die Klasse von Adrien Charron geht. Jedenfalls scheint sie neu in Paris zu sein.«

»Dennoch hat er sie eingeladen«, stellte der Schatten fest.

Léon nickte. »Ja, sie scheint ihm zu gefallen.«

»Und nicht nur ihm, oder?«

Léon hob betont lässig die Schultern. »Sie ist ein hübsches Mädchen.«

»Ach, und deshalb hast du dich eingemischt und sie nach draußen gebracht? Hast dich ihr gezeigt und alles gefährdet?«

»Sie konnte mich nicht sehen«, wehrte Léon ab. »Es war dunkel.«

Der Schatten gab einen unwilligen Laut von sich. »Das ist nicht das Entscheidende! Sag mir, Léon, wie lautet dein Plan? Du hast doch einen Plan, nicht wahr? Oder hast du beschlossen, dich meinen Anweisungen zu widersetzen?«

»Es gibt keinen Plan. Sie schien mir einfach ein nettes

Mädchen, und ich dachte, sie habe es nicht verdient, eine Nacht in der Arrestzelle zu verbringen. Das ist alles. Ich habe sie hinausgebracht und damit Ende der Geschichte!«

»Wirklich? Gut, wenn du das so sagst. Ich hoffe für dich, dass es auch die Wahrheit ist.«

»Ist das alles? Kann ich jetzt gehen?«, fuhr Léon den Schatten patzig an.

»Ja, das ist alles, doch nimm dir meine Warnung zu Herzen. Ich schätze es nicht, wenn meine Anweisungen nicht genau befolgt werden.«

Léon entgegnete nichts. Er neigte nur knapp den Kopf, wandte sich ab und stürmte davon.

***

Claire spürte, wie ihr Atem rascher ging, je näher die Metro der Station kam, an der sie aussteigen musste.

»Notre-Dame-des-Champs«, verkündete eine Lautsprecherstimme. Claire klemmte ihre Schultasche unter den Arm und stieg aus. Mit zunehmendem Herzklopfen verließ sie die Metrostation und eilte die Straße entlang auf das Schulgebäude zu. Ihr Blick huschte hin und her. Sie hoffte und fürchtete zugleich jemanden von der Party wiederzusehen. Was sollte sie sagen? Wie ihr plötzliches Verschwinden erklären? Sie schluckte bei dem Gedanken, was um alles in der Welt die anderen den Rest des Wochenendes zu erleiden gehabt hatten – wenn sie überhaupt schon wieder auf freiem Fuß waren. Schaudernd blieb Claire stehen und schloss für einen Moment die Augen.

»Guten Morgen, Claire!«

Seine Stimme ließ sie zusammenzucken. Sie fuhr herum und riss die Augen auf. Da stand Adrien direkt vor ihr. Ihr

Blick huschte bis zu seinen Füßen herab und wieder zurück, doch sie konnte keine Anzeichen dafür erkennen, dass er ein ungemütliches Wochenende verlebt hatte.

Was erwartete sie? Fesselspuren an seinen Handgelenken oder Schrammen von Schlägen und Misshandlung? So ein Blödsinn! Sie waren hier nicht in einem Krimi.

»Guten Morgen, Adrien«, erwiderte sie reichlich spät und fügte dann atemlos hinzu: »Wie geht es dir? Ist alles in Ordnung?«

Er lächelte sie entspannt an. »Aber ja, was sollte denn nicht in Ordnung sein?«

»Aber die Polizei!« Claire senkte die Stimme. »Ihr seid doch alle abgeführt worden. Haben sie euch nicht eingesperrt?«

Adrien grinste nur noch breiter. »Aber nein. Ich konnte das Missverständnis aufklären und dann durften wir alle gehen. Nur die Party haben sie uns versaut.«

Claire sah ihn aus weit aufgerissenen Augen an. »Das verstehe ich nicht, ich meine, das war doch verboten, was wir dort unten gemacht haben. Schon allein in die Stollen einzudringen, und dann noch der Alkohol und die Joints?«

Adrien zuckte nur lässig mit den Schultern. »Kleinigkeiten. Über so etwas lässt sich reden. Apropos reden. Sprechen wir über dich. Wo warst du? Wohin bist du so einfach verschwunden? Es herrschte da unten plötzlich so ein Chaos, dass ich dich aus den Augen verloren habe. Erst auf dem Revier wurde mir klar, dass sie dich gar nicht mitgenommen haben.«

»Nein, sie haben mich übersehen«, sagte Claire vage.

»Ich habe mir Sorgen gemacht. Ich fürchtete, du würdest dort unten alleine durch das Labyrinth irren.«

Claire schüttelte den Kopf. »So schlimm war es nicht.«

»Ja, aber wie bist du da allein wieder rausgekommen?«

Claire überlegte. Was konnte sie ihm sagen? Etwas in ihr sträubte sich dagegen, ihren Retter zu erwähnen. »Ich bin euch gefolgt«, sagte sie rasch. »So konnte ich mich nicht verlaufen.«

»Alle Achtung!« Adrien nickte anerkennend. »Du bist mutig und verstehst es, einen kühlen Kopf zu bewahren.

Er legte den Arm um ihre Schulter und führte sie auf die geöffnete Tür zu. Claire unterdrückte den Impuls, seinen Arm abzuschütteln. Das war eine liebevolle Geste! Er wollte ihr Beschützer sein, war das nicht rührend?

Eine andere Stimme hallte durch ihren Geist. Und ein anderer Name. Léon! Das war ihr Beschützer. Adrien hatte gar nicht auf sie geachtet.

Wie auch? Als die Polizisten mit ihren Waffen so unvermittelt über sie hereingebrochen waren, was hätte er da tun können? Schließlich hatte keiner der Uniformierten sie ernsthaft bedroht. Es wäre albern gewesen, hätte er sich wie in einem schlechten Film schützend vor sie geworfen. Und doch hinterließ es in ihrem Mund einen schlechten Geschmack, dass er erst so spät bemerkt hatte, dass sie nicht unter den Verhafteten gewesen war.

Und selbst dann, als er befürchten musste, sie würde noch immer allein durch das Labyrinth irren, hatte er da irgendetwas unternommen, sie aus dieser misslichen Lage zu retten?

»Dann ist es für dich ja eine echte Überraschung, mich heute hier zu sehen«, sagte Claire, als sie bereits vor ihrem Klassenzimmer standen.

»Nein, wieso?« Adrien sah sie irritiert an.

»Na, wenn du dachtest, ich sei dort unten verloren gegangen. Bist du denn, nachdem die Polizei dich freigelassen hat, noch mal zurückgekommen, um mich zu suchen?«

Adrien schüttelte den Kopf. »Das wäre, wie nach einer Nadel im Heuhaufen Ausschau zu halten. Ich allein hätte da nichts tun können. Aber nein, ich bin nicht überrascht, dich zu sehen. Natürlich habe ich mich erkundigt, ob du unversehrt nach Hause gekommen bist.«

Claire sah zu ihm auf. Sie wusste nicht genau, was er meinte.

Madame Girard unterbrach ihre Überlegung und scheuchte sie auf ihre Plätze. Sie begann über die Entwicklung von Paris zu sprechen, doch Claire war nicht bei der Sache. Ihre Gedanken glitten davon und gingen ihre eigenen Wege.

Kapitel 5

Notre-Dame

Die nächsten drei Tage fiel Claire im Unterricht vor allem durch geistige Abwesenheit auf. Nathalie und ihre Freundinnen amüsierten sich köstlich, wenn Claire aufgerufen wurde und keine Ahnung von der Frage hatte, die der Lehrer ihr stellte. Sie spürte die Blicke auf sich brennen. Auch Adrien sah immer wieder zu ihr hinüber. Seine Gefühle waren allerdings nicht so leicht zu deuten wie Nathalies offene Schadenfreude. Ab und zu kam er in den Pausen auf sie zu und sprach ein paar Sätze mit ihr, doch er versuchte nicht noch einmal, sie zu berühren oder gar zu küssen, wie er es unten in der Höhle getan hatte, als sie beide vom Alkohol und der Atmosphäre berauscht gewesen waren. Jedenfalls verbrachte Adrien die meiste Zeit mit Philippe und seinen anderen Freunden. Ja, er schenkte selbst Nathalie wieder mehr Aufmerksamkeit und flirtete ein paar Mal mit ihr, als Claire es sehen musste.

Was bezweckte er damit? Wollte er ihr zeigen, dass er nicht an ihr interessiert war und die Einladung und auch der Kuss ein Fehler gewesen waren? Oder wollte er sie mit diesem Verhalten eifersüchtig machen? Hatte er ihren inneren Widerstreit bemerkt, als er den Arm um sie gelegt hatte, und wollte sie so aus der Reserve locken?

»Wenn man nur verstehen könnte, was in einem Jungen

vor sich geht«, stöhnte Claire und presste die Wange an die kühle Scheibe.

»Wozu?«, wollte Louna wissen, die neben ihr stand und durch das Fenster des Aufenthaltsraums hinüber zum Park sah, wo ein stürmischer Herbstwind die Bäume zauste, deren Blattspitzen sich gelb zu verfärben begannen. »So wichtig sind Jungs auch wieder nicht. Das denken sie nur von sich, und ich finde, wir sollten sie in ihrer Einbildung nicht auch noch bestärken.«

Claire gab einen undefinierbaren Laut von sich und beobachtete einen Schwarm Spatzen, der sich mit aufgeregtem Tschilpen auf dem Gehsteig niederließ.

»Du machst das schon richtig«, fuhr Louna fort.

Claire schreckte aus ihren Gedanken. »Was meinst du?«

»Du lässt Adrien erst mal abblitzen und hältst ihn an der langen Leine. Gut so!«

»Das tue ich doch gar nicht!«

Louna machte eine wegwerfende Handbewegung. »Ich bin nicht blind! Aber das ist schon in Ordnung. Er ist eingebildet genug. Ist es nicht süß, wie er mit der Kuh Nathalie schäkert, obwohl sie ihm schrecklich auf die Nerven geht? Und sie merkt es noch nicht einmal. Sie denkt tatsächlich, sie habe ihn an der Angel.« Louna lachte. »Dabei hängt er an einem ganz anderen Haken. Lass ihn ruhig ein wenig zappeln.«

Claire starrte Louna an. »Bist du sicher? Ich meine, woher kannst du das wissen? Ich bin mir ja nicht einmal über meine eigenen Gefühle im Klaren. Woher soll ich dann wissen, was Adrien empfindet?«

Louna hob die Schultern. »Sieh es einfach ein wenig lockerer. Es ist ein Spiel, nichts weiter. Man kommt zusammen, hat Spaß, und wenn man sich zu langweilen beginnt, geht jeder seiner Wege, und das Spiel beginnt mit einer neuen Besetzung von vorn.«

Claire wandte ihren Blick wieder zur Straße hinunter, wo

die Spatzen zwitschernd aufstoben, als sich zwei Gestalten näherten. Adrien und Nathalie. Claire unterdrückte einen Seufzer, konnte aber den Blick nicht von den beiden wenden, obwohl es irgendwo tief in ihrem Innern schmerzte. Sie waren ein schönes Paar, das musste sie zugeben.

»Sieh nicht hin«, riet ihr Louna. »Es bedeutet nichts.«

In diesem Moment blieben die beiden stehen. Ihre Blicke wanderten zum Fenster hinauf. Claire konnte sehen, wie sich der Ausdruck in ihren Gesichtern veränderte. In Nathalies Miene stand Triumph. Adriens Blick jedoch konnte sie wieder einmal nicht deuten. Ernst sah er zu ihr hinauf. Kein Lächeln war zu erkennen. Aber war da so etwas wie ein verborgenes Verlangen? Oder war sie ihm einfach gleichgültig? Warum sah er so lange zu ihr herauf? Ihr Blickkontakt riss erst ab, als Nathalie an seinem Arm zog. Rasch wandte er sich ab und ging mit ihr davon.

* * *

Am nächsten Nachmittag wurde der Schulalltag mit seinen aufeinanderfolgenden Stunden von Mathematik, Französisch, Chemie und anderen Fächern unterbrochen. Madame Girard wollte den Nachmittag dazu nutzen, mit einem Ausflug zur Île de la Cité das Interesse ihrer Schüler an der Geschichte von Paris zu wecken. Der Vorschlag wurde begeistert aufgenommen. Nicht, weil die Schüler so scharf darauf gewesen wären, einem Vortrag über die Entwicklung der Bedeutung der Seineinsel im Mittelalter und der frühen Neuzeit am Ort des Geschehens zu lauschen. Es war eher so, dass jede Abwechslung außerhalb des Klassenzimmers willkommen war und die meisten die Gelegenheit nutzen wollten, sich ungestört mit ihren Klassenkameraden oder – über ihre

Handys – mit anderen Freunden auszutauschen. Das war vermutlich auch Madame Girard klar. Claire schätzte die Lehrerin als eine resolute Person ein, die hinreichend Erfahrung mit Schülern gemacht hatte und mit beiden Beinen fest im Leben stand. Ihr war sicher klar, dass sie etwas Besonderes würde bieten müssen, um die Aufmerksamkeit der Schüler zu erringen.

Fröhlich schwatzend machte sich die Klasse des Lycée Montaigne zur Metrostation auf. Sie mussten umsteigen und fuhren dann unter dem Seinearm durch bis direkt in die Cité, während Madame Girard mit erhobener Stimme davon berichtete, dass die Seine-Insel bereits in der Antike besiedelt gewesen war.

»König Chlodwig aus dem Geschlecht der Merowinger wählte diese Insel zum Mittelpunkt seines Reichs. Sein Nachfolger, der fränkische König Childebert I., ließ Mitte des sechsten Jahrhunderts eine Kirche errichten, dort an der Stelle, an der heute noch Notre-Dame steht.«

Sie erzählte von Kriegen und Unruhen und vom letzten Großmeister des Templerordens, Jacques de Molay, der an der Westspitze der Insel hingerichtet worden war, bis die Metro hielt. Schwatzend strömten die Schüler zum Ende des Bahnsteigs, über dem sich ein Schacht wie das Innere eines riesenhaften, runden Silos öffnete. Eine Treppe wand sich an den mit dicken Nieten verbundenen Stahlblechen entlang und entließ die Schüler drei Stockwerke höher auf den Platz zwischen Justizpalast und Polizeipräfektur. Statt direkt zu Notre-Dame führte Madame Girard ihre Klasse zuerst zum Quai de la Corse und deutete hinüber zum Hôtel de Ville auf der anderen Flussseite. Sie beschrieb die aufregenden Tage, als dort im Jahr 1870 in dem Gebäude, das zuvor als Rathaus gedient hatte, die dritte Republik ausgerufen wurde, und dann den Untergang ein Jahr später, als der Bau im Kampf gegen die Kommunarden zerstört worden war.

»Das war nach dem deutsch-französischen Krieg, als die Deutschen Paris eingenommen und ihr Reich im Spiegelsaal von Versailles gegründet hatten. Paris war noch immer von den deutschen Truppen belagert, als der Bürgerkrieg ausbrach. Die Regierung, die sich nach Abdankung des Königs gebildet hatte, wollte den Besitz und den Einfluss der reichen Bürger und des Adels bewahren, ein großer Teil des Volkes dagegen drängte nach einem Weg aus der bitteren Armut und der Rechtlosigkeit, die sie unter allen Herrschern erduldet hatten, und strebte mit ihrer Kommune eine Art frühen Kommunismus an. Wobei sie noch längst nicht so radikal an Enteignung dachten wie die Kämpfer später bei der russischen Revolution 1917.«

Eigentlich war es interessant, was Madame Girard berichtete, wenn man sich darauf einließ, ihren Worten zu folgen, und seine Fantasie bemühte. Dann konnte man die Kommunarden ihre roten Fahnen schwenken sehen, konnte die Schreie der Menge vernehmen und das Feuer der Artillerie, als die Regierungstruppen gegen die Barrikaden der Aufständischen vorgingen.

»In der Nacht zum 24. Mai begann der große Brand von Paris.«

Claire ließ den Blick schweifen und stellte sich vor, sie könne die Flammen lodern sehen und den Qualm in den Himmel steigen.

»Die Kommunarden räumten die großen Barrikaden an der Rue Royale und den Tuileriengarten und zogen sich zum Rathaus zurück. In der Rue Royale und drüben in Saint-Germain standen unzählige Häuser in Flammen. Die Kommunarden hatten die Feuer gelegt, um das Vorrücken der Regierungstruppen zu erschweren. Der Tuilerienpalast brannte und auch hier in der Cité wüteten die Flammen. Vom verhassten Justizpalast, dessen Nachfolger wir vorhin schon gesehen haben, blieb nur ein rauchender Trümmerhaufen. Schließlich brannte auch das Rathaus ab.« Sie machte eine Pause, und Claire erwischte sich dabei, wie sie atemlos darauf wartete, wie es weiterging.

»Vier Tage dauerte der letzte erbitterte Kampf der Kommunarden gegen die Truppen der Regierung. Diese sind als die Blutige Woche in die Geschichtsbücher eingegangen. Die Armee ließ alle Aufständischen, die in ihre Hände gerieten, sofort erschießen. Fliehen konnten die Kommunarden nicht, denn noch immer umstellten zehntausend deutsche Soldaten die Stadt. Aufgeben kam aber auch nicht infrage. So kämpften die meisten bis zu ihrem bitteren Untergang. Andere versuchten, in den Untergrund zu fliehen. Wie Sie alle wissen, wenn Sie im Unterricht aufgepasst haben, ist Paris von einem Labyrinth aus Steinbrüchen und Kavernen auf mehreren Stockwerken durchzogen.«

»Ja, das habe ich schon einmal gehört«, vernahm Claire Philippes Stimme hinter sich. »Dort unten soll es recht gemütlich sein.«

Die Jungen lachten. Die Lehrerin hob die Brauen und warf ihnen einen warnenden Blick zu.

»Gemütlich fanden es die Sympathisanten der Kommune sicher nicht, als sie durch die Höhlen flohen, gejagt von den Patrouillen der Armee, die jeden, den sie dort unten antrafen, sofort erschossen, egal ob er nun bewaffnet war oder nicht.«

»Da haben sich die Zeiten offensichtlich verbessert«, raunte Philippe seinem Freund zu, verstummte aber, als Madame Girard fortfuhr.

»Manche der armen Teufel konnten sich so lange verstecken, bis ihnen nur noch der Hungertod unter Tage oder die Kapitulation blieb, die meist ebenfalls mit dem Tode endete.«

»Mann, ist die bald fertig?«, nörgelte Nathalie. »Wir stehen uns hier für olle Geschichten die Beine in den Bauch.«

Demonstrativ zog sie ihr Handy aus der Tasche und begann darauf herumzutippen. Madame Girard trat auf sie zu und streckte die Hand aus.

»Darf ich bitten?«

Nathalie versuchte, das Mobiltelefon in ihrer Tasche verschwinden zu lassen, doch die Lehrerin war schneller und nahm es ihr aus der Hand. »Wir haben noch immer Unterricht. Sie bekommen es wieder, wenn wir unseren Ausflug beendet haben.«

Sie gingen weiter und überquerten den riesigen Platz vor der Kathedrale von Notre-Dame. Schimpfend trottete Nathalie hinterher und stieß allerlei Verwünschungen gegen ihre Lehrerin aus, natürlich so leise, dass nur ihre Freundinnen es hören konnten, die, wie von ihnen erwartet wurde, Nathalie bei allen Vorwürfen zustimmten und die himmelschreiende Ungerechtigkeit beklagten.

»Auf ihren Hofstaat ist echt Verlass«, kommentierte Louna und verdrehte die Augen. »Komm, lass uns schneller gehen. Ich bekomme einen Schreikrampf, wenn ich das noch länger mit anhören muss.«

Claire und Louna beschleunigten ihre Schritte, während Claire ihren Blick an den beiden wuchtigen Zwillingstürmen hinaufwandern ließ.

»Die Figuren, die wir heute hier sehen, sind, sagen wir, neuzeitliche Interpretationen statt der Könige von Judäa, die hier ursprünglich zu sehen waren«, sagte Madame Girard gerade.

Claire legte den Kopf in den Nacken. »Dort oben hat also Quasimodo gelebt.«

»Quasi wer?«, fragte Philippe.

»Quasimodo, der bucklige Glöckner von Notre-Dame«, sagte Louna ungeduldig. »Mensch Philippe, wie hast du es eigentlich aufs Gymnasium geschafft?«

»Du meinst so ganz ohne Disneyfilme? Wer schaut sich

diesen Blödsinn an? Ihr Mädchen findet das vermutlich ganz toll romantisch.«

»Ich glaube nicht, dass sie den Zeichentrickfilm meinte«, kommentierte Adrien trocken.

Louna schüttelte mit empörter Miene den Kopf. »Nein, du Holzkopf. Wir sprechen vom Original, dem Roman von Victor Hugo, schon mal gehört?«

»Ne, aber ich weiß, dass es da einen uralten Film mit einem Buckligen gibt, der Gina Lollobrigida rumschleppt. Tolle Kurven, die Frau.«

»Das ist mal wieder typisch. Was nimmt der Kerl als Einziges von der Literatur wahr: die Titten!«

»Ich beschränke mich eben auf das Wesentliche!«

»Komm«, sagte Adrien leise und trat mit Claire durch das Portal ins dämmrige Kirchenschiff, während Philippe und Louna ihr Streitgespräch fortsetzten.

Madame Girard betete noch eine ganze Reihe Daten und Zahlen herunter, bevor sie ihre Schüler entließ, damit sich jeder umsehen und auf den Turm steigen konnte.

Wie selbstverständlich blieb Adrien an Claires Seite, als sie sich aufmachte, um durch das Seitenschiff bis zum Chor vorzugehen. Es war ihr angenehm, dass er schwieg und nicht, wie so viele ihrer Klassenkameraden, die Atmosphäre mit nichtigem Geschwätz zerstörte. Claire trat an die Absperrung, die um die Stuhlreihen im Hauptschiff gezogen war, und ließ den Blick das Chorgestühl entlang zum Altar und weiter hinauf zu den farbigen Fenstern wandern. Ein feierliches Gefühl erfasste sie. Nicht, dass sie sonderlich religiös gewesen wäre. Sie war zwar auf Wunsch ihrer Mutter katholisch getauft, doch in Amerika waren sie nie zur Messe gegangen. Ihr Vater hielt nichts von Kirchen und noch weniger von deren Vertretern, die sich als Vermittler zwischen Gott und den Menschen aufspielten – so formulierte er es jedenfalls. Claire hatte auch nicht das Gefühl, sie brauchte einen

Pfarrer in ihrem Leben, dennoch fühlte sie sich in manchen Kirchen seltsam geborgen. Mal war es eine fröhliche Leichtigkeit, mal eine Melancholie, die sie erfasste. Ein Gefühl, das sie auch aus Museen kannte, wenn ein Kunstwerk ihre Seele berührte.

»Was ist mir dir?«, fragte Adrien leise.

Wie könnte sie ihm das erklären? Er würde sie auslachen, wenn sie es versuchte, daher wehrte sie ab. »Nichts, was sollte denn sein?« Sie entdeckte im Chor ein detailgetreues Modell von Notre-Dame aus Holz und trat näher, um es zu betrachten. »Wir müssen uns die Kirche anschauen, hat Madame Girard gesagt, und genau das tue ich.«

Sie hörte selbst, wie schroff ihre Stimme klang. Adrien seufzte leise. »Du bist noch immer sauer auf mich, nicht wahr?«

Damit hatte Claire nicht gerechnet. Überrascht sah sie ihn an. »Sauer? Nein warum?«

»Weil wir dich in der Höhle zurückgelassen haben. – Weil *ich* dich zurückgelassen habe.«

»Nein, ich meine, nicht besonders. Es ist ja nichts passiert.«

»Es hätte aber etwas passieren können, und ich könnte es mir vermutlich niemals verzeihen, wenn du dort stundenlang in Panik herumgeirrt wärst.«

Gerührt griff Claire nach seinen Händen, ehe sie darüber nachdachte, was sie tat. Er umschloss ihre Finger und hielt sie fest.

»Vielleicht hätte ich es dem Commandant gleich sagen sollen, als ich dein Fehlen bemerkte, aber ich wusste einfach nicht, was die schlechtere Wahl ist. Ich wollte dich ja nicht in Schwierigkeiten bringen, aber nicht zu wissen, was mit dir geschehen ist, hat mir die ganze Nacht keine Ruhe gelassen. Ich war gleich am Morgen bei dir und bin vor eurem Haus wie ein Dieb auf- und abgeschlichen. Und da habe ich dich gesehen, als du die Zeitung reingeholt hast. Ich war erleichtert, das kannst du mir glauben.«

Claire sagte nichts. Sie genoss nur das Gefühl von Wärme, das sie durchflutete, als Adrien ihre Hände drückte.

»Kannst du mir verzeihen?«

»Aber ja!«

Sie zog ihre Hände rasch zurück, als sie sah, dass sich Louna und Philippe näherten. Den Blicken nach zu urteilen, die sie sich zuwarfen, waren sie zu keiner Einigung gekommen.

»Hier seid ihr«, begrüßte Louna die beiden. »Wir dachten schon, ihr seid mit den anderen bereits auf dem Turm. Wir sollten uns beeilen. Die machen demnächst zu.«

Die vier machten sich auf den Weg zurück durch das Seitenschiff auf das Westportal zu. Die Kirche war jetzt wie ausgestorben. Louna hatte recht. Ihre Mitschüler waren bereits auf dem Weg zum Turm hoch. Claire blieb stehen und sah zu der beeindruckenden Orgel hinauf, über deren Pfeifen das bunte Glas der Rosette durch die bereits tief stehende Sonne blau aufleuchtete.

»Herrlich«, sagte sie, doch sie hatte das Gefühl, die anderen würden gar nicht darauf achten.

»Claire, komm!«

Claire setzte sich wieder in Bewegung, als eine sanfte Tonfolge ihr Ohr streifte. Ein Dreiklang unterstrich die Harmonie. Fasziniert sah Claire zur Empore hinauf und lauschte.

»Claire!«

»Hört ihr das? Da spielt jemand auf der Orgel. Ist das nicht wunderschön?«

In den Mienen ihrer Mitschüler stand eher Unverständnis als Zustimmung.

»Nun komm schon. Sonst lassen sie uns nicht mehr auf den Turm«, drängte Louna.

»Geht ihr schon mal vor. Ich komme gleich nach.«

Schulterzuckend wandte sich Louna ab und verschwand mit Philippe und Adrien durch das Portal. Claire dagegen stand reglos da und lauschte der feinen Melodie, die sie seltsam berührte. Sie schloss für einen Moment die Augen und glaubte, die körperlose Stimme wieder zu hören.

»Komm zu mir«, raunte sie ihr zu. Die Musik verstummte. Claire öffnete die Augen und sah sich um. Sie legte den Kopf in den Nacken und blickte zu der matt erleuchteten Empore hinauf, die sich über dem Seitenschiff entlangzog. War da jemand? Sie glaubte vage die Umrisse einer Gestalt erkennen zu können. Oder war das nur ein Widerschein, der durch die bunten Fensterscheiben entstand? Sie war sich nicht sicher.

Mit einem Ruck riss sie sich los und wandte sich ab. Ihre Fantasie ging mit ihr durch. Höchste Zeit, dass sie den anderen folgte. Sie wollte unbedingt auf den Turm und die berühmte Galerie des Chimères sehen.

Claire trat ins warme Abendlicht hinaus und wandte sich nach rechts zum Nordturm. Sie kam gerade noch rechtzeitig.

»Wir schließen, Mademoiselle«, sagte eine streng aussehende Dame. »Gehören Sie zu der Gruppe?« Claire nickte und zeigte ihre Karte.

»Gut, dann aber rasch. Ihre Klassenkameraden sind alle schon oben.«

Claire bedankte sich und schlüpfte durch die Tür, die die Dame hinter ihr verschloss. Gemeinsam stiegen sie die ersten Stufen der sich nach links windenden Treppe hinauf. Dann verabschiedete sich die Dame und verschwand in einem Raum mit einem prächtigen Kreuzgewölbe, wo einige Souvenirs angeboten wurden, während Claire ihren Weg die Wendeltreppe hinauf fortsetzte. Eine Windung folgte der nächsten. Ein Absatz lud zum kurzen Verschnaufen ein. Dann wurde die Treppe noch enger und düsterer.

Claire war es, als könne sie die flüsternde Stimme wieder hören. Sie zog und lockte. Claire war wie in einem Zauber gefangen. Außer ihr war keine Menschenseele zu sehen, aber das bemerkte sie nicht einmal. Über ihr schied sich eine leuchtend rot gestrichene Tür mit schwarzen Eisenbändern von der grauen Steinwand. Gerade als sie die letzten Stufen erklomm, sprang sie einladend auf.

Claire dachte nicht darüber nach. Sie passierte die Tür und schraubte sich immer höher auf den Turm hinauf. Endlich erreichte sie das Ende der Treppe und trat durch einen schmalen Bogen ins Dämmerlicht des scheidenden Tages. Die Sonne hatte sich bereits verabschiedet, und es zogen düstere Wolken über ihrem Kopf hinweg, die auf den Kirchturm herabzudrücken schienen. Zaghaft schritt Claire weiter. Ihre Hand glitt über die steinerne Brüstung, während sie das achteckige Bleidach in der Mitte einmal umrundete, dessen Neigung so flach war, dass man es von unten gar nicht sehen konnte. Noch immer kam sie sich wie in einem Traum vor. Der Stein unter ihren Händen hätte sich kälter anfühlen müssen, der Wind sollte in ihren Ohren rauschen, doch es war ihr, als hörte sie noch immer die Musik.

Als Claire sich der hüfthohen Brüstung zuwandte und den Blick schweifen ließ, runzelte sie verwirrt die Stirn. Irgendetwas stimmte hier ganz und gar nicht. Zäher Nebel schien die Stadt zu verhüllen, der sich nur träge verflüchtigte. Aber was war das? Claire schüttelte den Kopf. Der Platz vor der Kathedrale hätte sich bis zu dem riesigen Karree der Polizeipräfektur erstrecken müssen, doch ihr Blick schien seltsam getrübt. Sie sah eine schmale Straße vom Portal wegführen und alte Häuser, dicht an dicht gebaut mit engen, schmutzigen Seitengassen. Ärmlich gekleidete Menschen drängten sich in dem Gewirr aus Hinterhöfen. Wäsche flatterte im Wind. Schräger Gesang und Gezeter drang aus offenen Fenstern. Was war das?

Das ist Paris. Das echte Paris!

Claire fuhr herum, doch sie erwartete, niemanden zu

sehen. Sie konnte die Stimme nicht wirklich hören. Es war wie ein inneres Flüstern, ein Widerhall eines Gedankens in ihrem Geist. Dennoch rief sie halblaut: »Léon? Bist du das?«

Natürlich bekam sie keine Antwort. Der Gedanke, es könnte Adrien oder gar ein anderer ihrer Mitschüler sein, kam ihr nicht, und sie wunderte sich auch nicht darüber, keinen von ihnen hier oben zu sehen. Eigentlich hätte sich Claire fragen sollen, warum ihre Mitschüler alle drüben auf dem Südturm waren, dessen steinerne Brüstung zusätzlich mit einem hohen Maschendrahtzaun gesichert war, über den man auf keinen Fall hinüberklettern konnte. Hier auf dem Nordturm trennte sie nur die hüfthohe Balustrade von dem fast siebzig Meter tiefer liegenden Platz.

Ja, komm näher. Sieh hinunter. Ist es nicht herrlich?

»Es ist düster und eng, es drängen sich viel zu viele Menschen in den Hinterhöfen und den sicher kaum größeren Kammern der Häuser. Der Gestank steigt bis zur Spitze der Türme auf!«, widersprach Claire und zog angewidert die Nase kraus. Das war seltsam. Woher kamen diese Bilder in ihr?

Ja, es stinkt, aber das ist das wahre Paris. Das ist der überquellende Topf des Lebens, Geburt und Tod, Werden und Vergehen mit all den dramatischen Facetten des Menschseins. Hier findest du alles: Leidenschaft in Liebe und Hass, Verrat und Vernichtung, aber auch Aufopferung bis zur Selbstaufgabe. Das war eine Insel, die jahrhundertelang lebte, bis Baron Haussmann kam und den Kaiser überredete, die Stadt zu töten. Sie haben sie ausgebeint und alles niedergerissen, sie haben die Menschen vertrieben und stattdessen breite Straßen gebaut, die unter der unbarmherzigen Sonne glühen. Tausende mussten gehen, um toten Justizpalästen und Kasernen Platz zu machen. Wo einst vor der Kathedrale das Leben pulsierte, wächst heute nicht einmal mehr ein Grashalm auf dem riesigen, kahlen Platz, der dem Tod näher ist als jeder Friedhof.

Claire schüttelte unwillig den Kopf, um die raunende Stimme zu vertreiben. Was waren das nur für seltsame Gedanken? Sie beugte sich über die Brüstung und sah auf den Platz hinunter, der dunkel und verlassen von den Schatten verschluckt wurde.

Ja, sieh es dir an, und stell dir das pulsierende Pariser Leben vor, das für immer verloren ist. Stattdessen kommen Touristen in Bussen. Schwärme von Japanern mit ihren Kameras, die herumwuseln, Fotos schießen und nichts verstehen. Sie haben keine Ahnung von Paris. Von dem echten, verlorenen Paris.

Claire hatte das Gefühl, als würde jemand hinter ihr stehen und ihr ins Ohr wispern, doch statt sich erneut umzudrehen, gab sie dem Drang nach, sich immer weiter vorzulehnen, bis sie das Portal sehen konnte, vor dem nun tatsächlich eine schwatzende Gruppe Japaner stand. Claire bemühte sich zu begreifen, was die Stimme ihr zu sagen versuchte, doch der Nebel umwehte sie und strich mit eisigen Fingern über ihre Haut.

Sie wich zurück. Ihre Hand griff nach dem weichen, grauen Metall des Daches, doch eine Böe schob sie weiter. Claire sah für einen Moment zum anderen Turm hinüber, der nun menschenleer war. Ohne es zu wollen, beugte sie sich wieder über die Steinbrüstung, um zu sehen, wohin alle verschwunden waren, aber auch auf der Galerie unter ihr war niemand zu sehen. Da spürte sie, wie ihre Füße den Kontakt zum Boden verloren. Schwindel erfasste sie. Es rauschte in ihren Ohren. Dann riss eine Sturmböe sie mit sich in die Tiefe.

Sie fiel!

Nein, das war ein Traum. Das war nicht möglich. Und doch spürte sie den Fall in ihrem Magen, den kalten Luftzug in ihrem Gesicht und das Zerren an ihrem Haar. Die Galerie der Chimären raste auf sie zu. Noch im Fallen prägten sich ihr die Grimassen ein, die halb Mensch, halb Tier zu sein schienen, oder vielleicht doch die Vorboten der Hölle. Nun würde es gleich vorbei sein. Ein Aufprall und ein Schmerz und dann für immer Dunkelheit.

Claire schloss die Augen.

Ihr Sturz endete unvermittelt. Ganz ohne Aufprall und Schmerz. Es war eher ein Hinübergleiten, so als habe sie jemand aufgefangen, der sie nun sanft in seinen Armen hielt. Konnte das der Tod sein? Dann war alles, was sie über ihn gehört und gelesen hatte, falsch.

Claire war verwirrt. Es rauschte noch immer in ihren Ohren. Adrenalin ließ ihr Blut aufwallen. Vielleicht würde sie den Schmerz erst später spüren. Oder hatte der Tod sie bereits in eine andere Welt hinübergerissen, wo es solche Empfindungen nicht mehr gab?

Claire wagte nicht, die Augen zu öffnen, obwohl sie keine Angst verspürte. Ganz im Gegenteil. Sie fühlte sich seltsam geborgen. Warmer Atem strich über ihre Wange, und sie konnte die starken Arme spüren, die sie festhielten.

»Claire? Bist du in Ordnung?«

Léon? Nein, das konnte nicht sein. Und doch war es, als würde sie seine Stimme hören. Ihr Retter! Verständlich, dass ihr Geist ihr gerade seine Stimme vorgaukelte.

»Claire!« Die Stimme wurde lauter und eine Hand presste ihren Arm zusammen. »Ich lass dich jetzt runter.«

Sie spürte die Bewegung und dann harten Grund unter ihren Füßen. Claire taumelte, doch die Arme umschlangen sie und hielten sie fest. Ihr Gesicht ruhte an einer Schulter. Der Geruch, der ihr zusammen mit der flüsternden Stimme die Nachtruhe geraubt hatte, hüllte sie ein.

Das war unmöglich!

Und dennoch konnte es gar nicht anders sein. Claire riss die Augen auf und starrte in ein Gesicht, das sie sich bisher nur in ihren Träumen hatte vorstellen können. Dennoch zweifelte sie nicht.

»Léon«, hauchte sie. »Du hast mich schon wieder gerettet.«

Er lächelte sie an. »Ja, aber lass das nicht zur Gewohnheit werden.«

»Bestimmt nicht«, sagte sie, ohne den Blick von seinem Gesicht zu lösen. Es war so bleich, die Haut fast durchscheinend, dazu der harte Kontrast seines schwarzen Haares, der Brauen und Wimpern, die ihm einen düsteren Ausdruck verliehen. Vielleicht lag es aber auch an seinen Augen, die so dunkel waren, dass ihr Blick irgendwo in der Tiefe zu verschwinden schien. Er sah sie an, doch Claire gelang es nicht, in seiner Miene zu lesen.

Dann ließ er sie los und trat einen Schritt zurück. »Geht es wieder?«

Claire fror plötzlich und fühlte sich, als habe man sie einsam irgendwo in der Wildnis zurückgelassen. Sie schlang die Arme um ihren Leib und versuchte das Beben, das sie erfasste, zu unterdrücken.

»Ich denke schon«, log sie und straffte sich, um dem Impuls nicht nachzugeben, der sie wieder in seine Arme trieb.

Léon nickte. »Dir ist nichts geschehen. Nur ein kleiner Anfall von Schwindel. Nichts Tragisches.«

»Nein?« Claire blinzelte, dann legte sie den Kopf in den Nacken und sah zu den beiden Türmen hinauf. Wie viele Meter mochten es von der Brüstung oben bis zum Fuß der Spitzbögen sein, neben denen sie nun stand? Mehr als dreißig? Allein die Chimärengalerie über den Bögen schien mehr als zwei Stockwerke entfernt. Das war nicht möglich!

»Es ist nichts passiert«, wiederholte Léon fast beschwörend.

»Nein? Ich war da oben. Ich habe über die Brüstung gesehen und dann bin ich gefallen. Vielleicht hat mich auch jemand gestoßen, ich kann mich nicht mehr erinnern, aber da war eine Stimme, die davon sprach, wie Paris früher gewesen ist.«

»Das ist nicht möglich«, sagte Léon sanft. »Das bildest du dir ein. Wie könntest du sonst unversehrt hier stehen?«

Claire starrte ihn an. »Weil du mich gerettet hast?«

Es klang selbst in ihren Ohren albern. Léon war nur ein junger Mann. Sie schätzte ihn auf siebzehn. Fast gierig glitt ihr Blick an ihm entlang, um jedes Detail in sich aufzunehmen. Er war sehr schlank, seine Arme und seine Brust hatten sich jedoch stark und muskulös angefühlt. Ihr Blick saugte sich an seinem blassen Gesicht fest, das schmal war und bereits männlich kantig, nicht wie bei den meisten Jungen in ihrer Klasse, die noch so kindlich und irgendwie unfertig mit ihren weichen Gesichtern wirkten. Léon war bereits ein Mann, daran zweifelte sie nicht.

Vermutlich war sein Leben nicht so einfach und gradlinig verlaufen wie das ihre, in der Sicherheit eines Elternhauses, das ihr so viel Freiheit wie möglich gab, sie aber dennoch vor allen Widrigkeiten dieser Welt beschützte. Léons Augen schienen auch die Schattenseiten gesehen und vermutlich bereits in manchen Abgrund geblickt zu haben. So war es nicht nur sein schwarzes Haar und die ebenfalls schwarze Kleidung, die ihm etwas Düsteres verliehen. Es schien auch aus seinem Innern zu kommen, und plötzlich hatte Claire das Gefühl, als müsse sie ihn in ihre Arme nehmen und ihn vor dem Bösen, das ihn umgab, beschützen.

So ein Blödsinn!

Verlegen sah sie zu Boden und hoffte, er habe diesen Gedanken nicht in ihrer Miene gesehen, doch Léon schien abgelenkt. Nun wandte er sich ihr wieder zu und deutete auf eine schmale, rot gestrichene Tür in der Wand.

»Du bist falsch abgebogen«, behauptete er. »Und vielleicht ist dir schwindlig geworden.«

Claire widersprach nicht. Alles andere war schlichtweg zu unglaublich.

»Ich bring dich runter zu den anderen«, sagte er. »Ich glaube, sie suchen schon nach dir.«

Mit sanftem Druck führte er sie von den Spitzbögen weg

über die flach ansteigenden Dachplatten auf eine Tür zu, die in den Giebel des Kirchenschiffes zu führen schien. Dunkelheit umfing sie, doch Léon dirigierte sie weiter. Sie stiegen ein paar Stufen hinunter. Sicher und ohne zu zögern, ging Léon voran, und Claire fühlte sich in das finstere Labyrinth unter Paris zurückversetzt, doch da öffnete sich wieder eine Tür, und sanftes Abendlicht umfing sie. Staunend sah sich Claire um. Sie schritten über die flach geneigten Dachplatten. An ihrer linken Seite erhob sich die Wand des Kirchenschiffs mit den obersten Spitzbogenfenstern, zwischen denen Strebebögen ansetzten, die über ihre Köpfe kühn hinwegschwangen und dem gewaltigen Gebäude Stabilität verliehen. Claire sah zu den grotesken Fabelwesen auf, die in den Ecken der Dachvorsprünge und Nebengiebel kauerten. Hugos Chimären? War sie die neue Esmeralda?

Nein, wie albern. Léon war ganz sicher kein hässlicher Buckliger und er hatte sie auch nicht auf den Turm hinauf verschleppt. Und doch kam sie sich ein wenig wie in einem seltsamen Traum vor.

Léon blieb stehen und folgte ihrem Blick zu den Wasserspeiern hinauf.

»Hässliche Burschen, nicht wahr? So stellt man sich das finstere Mittelalter mit seinen schrecklichen Geistern und Dämonen vor. Zumindest dachten die Menschen im vorherigen Jahrhundert so, als sie die Kathedrale nach den Revolutionen und den Verwüstungen, die sie erlebt hatte, wieder in ihrem ursprünglichen Glanz erstrahlen lassen wollten. Und so entschieden sie, diese Drolerien müssten bei einer mittelalterlichen Kirche schon sein. Besser ist es, sie nicht aus der Nähe zu betrachten. Es ist nur billiger Beton statt feine Steinmetzkunst!«

»Oh«, sagte Claire enttäuscht. Manches Mal wollte man seine Illusion nicht gegen die Wahrheit eintauschen.

Schweigend gingen sie durch eine weitere Tür und dann

eine enge Wendeltreppe hinunter. Léon hielt ihr die Pforte am Fuß auf, durch die warmes Licht über die Schwelle floss.

»Geh jetzt. Sie suchen bereits nach dir.« Seine Hand berührte noch einmal sanft ihren Arm. »Lebe wohl, Claire.«

Sie blieb abrupt stehen. »Du kommst nicht mit?«

»Nein, hier trennen sich unsere Wege.«

»Aber wir werden uns wiedersehen. Versprich es!«

»Wer weiß, was das Schicksal noch mit uns vorhat.«

Claire schüttelte hartnäckig den Kopf. »Nein, mit so einem mystischen Gerede kommst du mir dieses Mal nicht davon. Sag mir, wann wir uns wiedersehen. Wo kann ich dich finden?« Léon zögerte.

»Bitte!«

»Ich werde dich finden. Ich verspreche es.«

»Wann?«, drängte sie.

»Bald.«

Claire sah ein, dass er zu mehr nicht bereit war. Sie konnte Louna ihren Namen rufen hören. »Dann bis bald«, sagte sie, und schenkte ihm noch einen letzten Blick. Die Tür fiel mit einem leisen Klicken hinter ihr ins Schloss.

Kapitel 6

Polizeipräfekt Charron

»Claire?«

Es klopfte, dann trat Louise ins Zimmer und blieb stehen. Sie runzelte die Stirn und betrachtete ihre Tochter, die mit apathischem Blick im Bett lag.

Louise bückte sich und hob ein paar Kleidungsstücke vom Boden, dann trat sie ans Bett, beugte sich vor und legte ihre Hand auf Claires Stirn.

»Was ist mit dir? Bist du krank?«

Claire schüttelte den Kopf. »Nein, ich habe nur nachgedacht«, sagte sie abweisend und hoffte, ihre Mutter würde gehen, damit sie wieder in ihre Träume zurücksinken konnte.

»Es ist gleich zwölf. Dein Dad und ich haben schon längst gefrühstückt. Willst du nicht mal runterkommen?«

»Ich habe keinen Hunger.«

Ihre Mutter hob die Schultern. »Gut, wenn du den Tag im Bett verbringen willst, das ist deine Sache, aber ich bitte dich, uns heute Abend zu begleiten.«

Claire setzte sich auf und starrte ihre Mutter an. »Weshalb?«

»Weil dein Vater einen wichtigen Termin hat. Es geht um die Vermittlung eines großen Anwesens.«

»Und was geht mich das an?«, fragte Claire missmutig.

»Es geht dich insofern etwas an, da wir alle drei dort heute Abend zum Essen eingeladen sind. Ich bitte dich daher, etwas Ordentliches anzuziehen und nicht mit so einer Miene herumzusitzen.«

Claire sah noch finsterer drein und verschränkte die Arme vor der Brust. »Und wenn ich keine Lust habe, die nette Tochter zu spielen und mit irgendwelchen öden alten Leuten Small Talk zu machen?«

»Dann sage ich dir, dass das nichts zur Sache tut. Jeder von uns muss ab und zu Dinge tun, zu denen er keine Lust hat. Dein Dad arbeitet viel, um uns das bequeme Leben, das wir alle führen, zu ermöglichen. Da ist es nicht zu viel verlangt, dass du ihm einen Abend opferst und freundlich bist, auch wenn dir nicht danach ist.«

»Du verdienst in deinem neuen Job auch gut«, warf Claire ein.

Ihre Mutter lächelte. »Ja, das ist richtig. Das heißt, ich darf demnächst auch auf dich zukommen und ein paar deiner kostbaren Stunden für mich einfordern.«

Claire starrte ihre Mutter an. Der Schuss war wohl nach hinten losgegangen. Angesichts der entsetzten Miene lachte Louise auf.

»Jetzt komm, stell dich nicht so an. So schlimm wird es sicher nicht werden. Ich verspreche dir, du wirst nicht nur alte Männer bei Laune halten müssen. Ich habe gehört, der Präfekt habe einen sehr charmanten Sohn in deinem Alter.«

Auch das noch. Claire verdrehte die Augen. Dann musste sie sich auch noch mit irgend so einem reichen Schnösel abgeben. Sie konnte sich den arroganten Schleimer gut vorstellen.

»Keine Vorurteile!«, sagte die Mutter, die den Gesichtsausdruck ihrer Tochter offensichtlich richtig deutete. »Lass es einfach auf dich zukommen. Vielleicht wird es gar nicht so schlimm.« Sie kam noch einmal zum Bett und strich Claire über das Haar. »Also, sei bitte um halb acht fertig, damit wir pünktlich loskommen, und ich verspreche dir, dich bis dahin in Ruhe zu lassen.«

Louise verließ das Zimmer und schloss die Tür, während Claire noch minutenlang zornig vor sich hin starrte. Dann warf sie die Decke beiseite und sprang aus dem Bett. Ihre Träumerei hatte die Mutter ihr gründlich versaut. Da konnte sie auch gleich aufstehen.

Claire trat vor den Spiegel, ergriff ihre Bürste und begann sie durch die verwirrten blonden Locken zu ziehen. Sie betrachtete ihr ebenmäßiges Gesicht im Spiegel.

»Léon«, hauchten ihre Lippen, und wieder fragte sie sich, was wirklich am Abend auf dem Turm von Notre-Dame geschehen war. Hatte sie sich das alles nur eingebildet? War sie so in Gedanken gewesen, dass sie statt auf den Turm nur auf das Dach hinaufgestiegen war? Aber woher war das Gefühl gekommen, sie würde fallen? Nur ein wenig Schwindel, wie Léon behauptete? Sie hatte dieses Bild, wie sie stürzte, noch klar vor Augen.

Und dennoch musste er recht haben. Wie sonst könnte sie es sich erklären, noch am Leben zu sein?

Es war seine Anwesenheit gewesen, die sie so verwirrt hatte, die ihr Bilder und Gefühle eingeflüstert hatte, die es nicht gab. Wie war das möglich? In den Kavernen hatte sie es dem Alkohol und dem Haschrauch zugeschrieben, aber in Notre-Dame? Reichten ein wenig Orgelmusik und ein paar Erinnerungen, um sie in eine solche Trance zu versetzen, dass sie wie eine Schlafwandlerin durch die Gegend lief und Dinge tat, an die sie sich nachher nicht mehr erinnern konnte? Oder auch Ereignisse für real hielt, die sie sich nur eingebildet hatte?

Die Bürste fuhr gleichmäßig durch die Locken, die längst

wie Gold schimmerten, doch Claire hörte nicht auf. Es war ihr, als brauchte sie diese seit ihrer Kindheit vertraute Handbewegung, um sich an etwas Realem festhalten zu können. Das Bild, das ihr der Spiegel zurückwarf, war wie immer, doch irgendetwas stimmte in ihr nicht. Wurde sie verrückt? Ein schrecklicher Gedanke, der ihr Angst einjagte, aber mit wem hätte sie darüber reden können?

Claire konzentrierte sich auf ihr Haar und überlegte, was sie am Abend zu diesem Essen mit dem Präfekt anziehen sollte. Es war beruhigend für ihre angespannten Nerven, sich mit Alltäglichem zu beschäftigen, und doch kamen ihr diese Dinge, denen sie immer so viel Gewicht beigemessen hatte, plötzlich nichtig vor.

***

»Monsieur Thomas Davidson mit Ehegattin Louise Nicolas und Tochter Claire«, meldete ein wie ein englischer Butler aussehender Bediensteter, als sie pünktlich um acht Uhr die Eingangshalle des beeindruckenden Hauses betraten. Claire musste sich das Lachen verbeißen. Sie kam sich wie in einem englischen Krimi vor. Vermutlich würde beim festlichen Dinner der alte Erbonkel vergiftet werden, und Miss Marple würde ein Familiendrama mit noch mehr Leichen im Keller enthüllen, ehe sie den Mörder zielsicher entlarvte.

So lächelte Claire noch immer, als der Hausherr auf sie zukam, galant ihrer Mutter die Hand küsste und dann erst dem Vater und danach ihr die Hand schüttelte.

Das war also der Polizeipräfekt von Paris. Einer der mächtigsten Männer der Stadt, der von vielen bewundert, aber vielleicht von noch mehr gefürchtet oder gehasst wurde. Verstohlen betrachtete Claire Monsieur Charron. Er war ein großer Mann um die fünfzig mit markanten Gesichtszügen und grau meliertem Haar. Seine Augen waren ebenfalls grau, und sie konnte sich vorstellen, dass er mit seinem Blick so manchen in die Knie zwingen konnte.

Die Dame des Hauses war fast so groß wie er, wirkte aber dennoch zierlich. Was trug sie für eine Kleidergröße? Mit der Figur konnte sie mit jedem Model mithalten! Sie war eine strahlend schöne Frau mit hellblondem Haar, das sie zu einer eleganten Abendfrisur aufgesteckt hatte. Ihr langes Kleid war aus schimmernd silbrigem Stoff, doch an ihr wirkte es nicht übertrieben. Sie schien solch auffallende Garderobe gewöhnt zu sein. Sicher stammte sie aus einer reichen Familie mit einem ellenlangen Stammbaum. Claire konnte sie sich gut als eine Comtesse in einem der Pariser Stadtpaläste vorstellen. Ihre Stimme war angenehm und klar, als sie die Gäste willkommen hieß.

»Salut, Claire«, begrüßte sie noch jemand, dessen Stimme sie scharf die Luft einziehen ließ.

»Adrien, was sind das für Manieren!«, rügte sein Vater streng.

Der junge Mann wandte sich Claires Mutter zu, begrüßte sie mit einer Verbeugung, reichte ihrem Vater die Hand und wandte sich dann wieder ihr zu. Er grinste breit, doch sie hatte sich von ihrer Überraschung bereits erholt und nickte ihm hoheitsvoll zu.

»Guten Abend, Adrien«, sagte sie geziert.

Er ging auf das Spiel ein und verbeugte sich übertrieben tief. »Verehrte Claire, darf ich dich in den Salon führen?«

Sie reichte ihm ihren Arm. »Ich bitte darum!«

Sein Vater schien mit ihm zufrieden und geleitete nun Louise durch die prächtige Eingangshalle, von der aus eine breite Treppe in den oberen Stock führte. Thomas Davidson reichte der Dame des Hauses den Arm.

Eine doppelte Flügeltür öffnete sich in den Salon, wo noch

mehr Gäste versammelt waren und sich bei Champagner und anderen Getränken leise unterhielten. Claire und Adrien traten hinter ihren Eltern ein und stellten sich etwas abseits, von wo aus sie den Raum mit den Gästen überblicken konnten. Ein Diener brachte ihnen ebenfalls ein Glas Champagner. Claire traute sich nicht, es abzulehnen. Sie prostete Adrien zu und trank einen Schluck.

Ich weiß nicht, warum die Leute immer so von Champagner schwärmen, dachte sie und bemühte sich, keine Grimasse zu ziehen.

Claire wusste nicht, ob ihre Eltern etwas dagegen hatten, wobei sie sich sicher war, dass sie sie in diesem Rahmen vor den anderen Gästen nicht blamieren und wie ein Kind rügen würden. Auf einem anderen Blatt stand, wie sich der Alkohol auf sie auswirken würde. Claire nahm sich vor, vorsichtig zu sein, um nicht die Kontrolle zu verlieren und negativ aufzufallen.

Nicht dass ich nachher auf dem Tisch tanze, dachte sie und musste kichern.

»Was ist so lustig?«, erkundigte sich Adrien.

»Lustig? Ach nichts, aber sehr erhellend!«

Adrien verdrehte die Augen. »Lass mich raten, du sprichst über eine gewisse Nacht.«

»Genau. Eine Nacht, in der, soweit ich informiert bin, eine Party mit Alkohol und Hasch an einem verbotenen Ort gefeiert wurde, wo plötzlich die Polizei auftauchte. Doch obwohl die Ertappten abgeführt wurden, kamen sie auf wundersame Weise gleich wieder frei, statt eine unbequeme Nacht in irgendeiner Zelle zu verbringen.«

Adrien stöhnte. »Ja, du hast recht. Ich habe dem Wachhabenden meinen Ausweis gezeigt und ein paar Sprüche geklopft. Wir hatten Glück. Der Kerl hatte kein Rückgrat und wollte nicht den Zorn des Polizeipräfekten riskieren und ihm sagen, dass er seinen Sohn verhaftet hat.«

»Auch wenn er im Recht gewesen wäre?«

»Das Recht ist dehnbar«, behauptete Adrien.

»Dann hat dein Vater gar nichts darüber erfahren?«, erkundigte sich Claire neugierig.

»Nein! Gott bewahre. Er wäre nicht erfreut. Und ich sage dir, er kann sehr unangenehm werden.«

Claire sah zum Polizeipräfekten hinüber, der jovial mit ihrer Mutter plauderte. Dennoch konnte sie sich sehr gut vorstellen, dass es keine gute Idee war, seinen Missmut zu erregen.

»Und noch schlimmer ist mein Onkel Cato.« Er zeigte auf den Gesprächspartner ihres Vaters, ein großer, sehr hagerer Mann mit grauem Haar, scharfen Gesichtszügen und einer Hakennase, der mit dem gut aussehenden Polizeipräfekten keine Ähnlichkeit aufwies. Sein Alter war schwer zu schätzen, doch Claire war sich sicher, dass er deutlich älter war.

»Ist er sein Bruder?«, fragte sie.

Adrien schüttelte den Kopf. Nein, er ist ein Onkel meines Vaters, das heißt, eigentlich ist er dann mein Großonkel. Wie auch immer. Ich nenne ihn Onkel Cato, dabei wusste ich bis vor fünf Jahren nicht einmal, dass es ihn gibt, und ich sage dir, mein Vater war auch milde gesagt erstaunt, als er bei uns auftauchte und blieb.«

»Und seitdem lebt er bei euch?«

Adrien nickte und zog eine Grimasse, die deutlich zeigte, was er davon hielt. »Mélyssa kann ihn, glaube ich, auch nicht leiden, aber mein Vater ist ganz begeistert von ihm. Nächtelang schließen sie sich zusammen in der Bibliothek ein und brüten irgendwelche großen Pläne zum Wohle Frankreichs aus.«

Adrien rollte mit den Augen. Claire betrachtete den Mann und versuchte zu ergründen, was sie an ihm abstieß, als er plötzlich den Kopf hob und quer durch den Raum zu ihr herübersah.

Er hatte dunkle Augen, die wie schwarze Löcher wirkten.

Wie Léon und doch ganz anders. Léons Blick war unergründlich und geheimnisvoll, dieser Blick dagegen war scharf wie ein Skalpell, das bis tief in ihr Inneres fuhr, um selbst ihre verborgenen Gedanken zu sezieren. Ein eiskalter Schauder ließ Claire erbeben, und sie war froh, dass die Gastgeberin diesen Moment wählte, um zu Tisch zu bitten. Monsieur Cato wandte den Blick ab und führte Claires Mutter in das Speisezimmer hinüber, in dem für zwölf Personen gedeckt war. Claire und Adrien waren die einzigen jungen Leute. Die anderen Gäste waren eher im Alter ihrer Eltern.

Claire war froh, dass sie den Platz neben Adrien bekam. Was hätte sie mit diesen Leuten den ganzen Abend reden sollen? Weniger angenehm war, dass Monsieur Cato ihr schräg gegenüber saß und sie schon wieder so durchdringend musterte. Claire sah zu den Besteckreihen zu beiden Seiten ihres Tellers hinunter und lehnte dankend ab, als der Bedienstete ihr Wein einschenken wollte. Adrien dagegen ließ sich das Glas füllen und prostete ihr zu. Monsieur Charron begrüßte noch einmal die Gäste, dann ließ er den ersten Gang servieren.

Claire hasste solche formellen Essen, bei denen man nie wusste, ob man glibbrige Austern schlürfen musste oder andere ekelhafte Dinge auf den Teller bekam, die in den gehobenen Kreisen als vornehm galten und vermutlich nur gegessen wurden, weil sie teuer waren. Einen anderen Grund konnte sich Claire kaum denken, bei Dingen, deren Aussehen, Konsistenz oder Geruch Übelkeit bei ihr erregten.

Mit dem ersten Gang hatte Claire Glück. Dass Lachscarpaccio in einem Kranz aus Ruccolasalat schmeckte ganz gut, doch die seltsame Zange, die an zweiter Stelle der Messerreihe lag, ließ sie Schlimmes fürchten. Und wirklich, Claire musste sich zusammennehmen, als danach Schnecken serviert wurden. Sie sah zu ihrem Vater, der ähnlich entsetzt wirkte. Sie tauschten einen Blick, doch im Gegensatz zu ihm, der den silbernen Teller mit den mit Kräuterbutter garnierten Schneckenhäusern annahm, lehnte Claire höflich, aber bestimmt ab. Adrien dagegen griff mit Appetit zu.

»Ihr Amerikaner wisst nicht, was gut ist«, sagte er. »Komm, probier wenigstens eine.« Er hielt ihr mit seiner silbernen Zange ein Schneckenhaus hin. »Schmeckt ein wenig wie Kalbfleisch mit Kräuterbutter.«

Claire lehnte sich entsetzt zurück und schüttelte den Kopf. »Danke, dann esse ich lieber Kalbfleisch mit Kräuterbutter und muss mir nicht vorstellen, wie mein Essen auf seiner Schleimschicht davonkriecht.«

Sie verstummte, als sie den scharfen Blick von Monsieur Cato auf sich ruhen spürte, doch er sprach sie nicht an, sondern fuhr mit dem Vortrag fort, den er bereits beim Lachscarpaccio begonnen hatte.

Bisher hatte sich Claire nicht besonders für die Errungenschaften des kaiserlichen Präfekten interessiert, die der Onkel in höchsten Tönen lobte, doch nun nannte er den Präfekten bei seinem Namen: Baron Georges-Eugène Haussmann, der Paris von Grund auf verändert hatte.

Claire ließ das Stück Weißbrot, das sie gerade in den Mund schieben wollte, wieder sinken.

Baron Haussmann. Von diesem Mann hatte die Stimme auf dem Turm gesprochen. Sie versuchte sich die Worte ins Gedächtnis zurückzurufen.

Dieser Baron Haussmann hat die lebendige Stadt getötet, hatte die Stimme behauptet. *Er hat sie ausgebeint und alles niedergerissen, die Menschen vertrieben und stattdessen breite Straßen gebaut, die unter der unbarmherzigen Sonne glühen. Tausende mussten gehen, um toten Justizpalästen und Kasernen Platz zu machen.*

Ein rücksichtsloser Zerstörer, musste man glauben, doch Monsieur Cato sprach in ganz anderen Tönen von ihm.

»Er hat die schmierigen, dunklen Gassen verdrängt, in denen nur Krankheit und Verfall gezüchtet wurde, um die

Sonne nach Paris zu holen«, sagte er. »Ihm verdanken wir diese wundervollen, breiten Boulevards mit ihren Alleen, den freien Blick vom Place de la Concorde bis zum Triumphbogen oder die herrliche Ansicht von Garniers Oper, wo seine neuen, geraden Straßen zusammenlaufen. Die einheitlichen Fronten der Häuser, nicht mehr so verspielt wie im Neobarock, dafür geradlinig und für das Auge wohltuend. Wie könnte man sich Paris heute anders vorstellen?

Und dabei sind das nur die heute noch augenfälligen Leistungen des großen Planers und Stadtbauers, der Napoleon III. damit zu einem Platz in der Geschichte verholfen hat. Haussmann hat sich darum gekümmert, dass Paris zu einer sauberen und gesunden Stadt wurde. Mit seinen kühnen Trinkwasserleitungen und noch mehr mit dem, was unter der Stadt verborgen ist, an das niemand gerne denkt, das sich jedoch schnell unangenehm in Erinnerung bringt, wenn es nicht vorhanden ist oder nicht funktioniert.«

»Ach Monsieur, Sie sprechen in Rätseln«, zwitscherte die Dame zu seiner Linken, die einen albernen Federbüschel in ihrem Haar trug und deren Finger von ihren klobigen Ringen erdrückt zu werden schienen. Weitere Klunker glitzerten in ihrem schlaffen Dekolleté, das auch die künstliche Bräune nicht attraktiver machen konnte.

Monsieur Cato sah sie mit einem ähnlichen Blick an, wie Claire die Schnecken begutachtet hatte. Claire musste die Lippen aufeinanderpressen, um nicht zu lachen.

»Madame«, sagte er mit eisiger Stimme. »Ich spreche von der Kanalisation. Von dem, was diese riesige Stadt verdaut und wieder ausstößt.«

Sie quietschte auf. »Das ist aber kein schönes Thema bei Tisch«, sagte sie und hob tadelnd ihren Zeigefinger, was den Onkel eher anzustacheln schien.

»Ja, genießen wir es, dass wir hier ungestört bei Tisch sitzen können, ohne dass uns der Gestank einer Jauchegrube hinter dem Haus stört oder ein stinkendes Rinnsal, das jede Form des Abfalls transportiert, durch die Straße fließt. So, Madame, sah es nämlich in den meisten Stadtvierteln aus, ehe der Baron sich auch dieser Sache annahm, über die man in guter Gesellschaft nicht gern spricht. Oh ja, es war sicher nicht einfach, so viele Millionen zur Verfügung gestellt zu bekommen für etwas, mit dessen Ergebnis der Kaiser nicht protzen konnte. Und doch war es eine Tatsache, der man nirgends entkam: Paris stank zum Himmel! Die wenigen Sickergruben und Kanäle waren völlig unzureichend. Aber wie alles andere auch, hat der Baron es richtig angepackt und mit Weitsicht ausgeführt. Noch heute fließt unser Abwasser durch die Tunnel, die er bauen ließ. Selbst den großen Siphon unter der Seine hindurch hat bereits der Baron anlegen lassen.«

»Cato«, unterbrach ihn die Gastgeberin. »Ich denke, wir haben nun genug über Abwasser gehört und widmen uns lieber wieder unserem Wein und dem Hauptgang, der gleich serviert wird.«

Claire sah zu ihm hinüber. Es passte ihm offensichtlich gar nicht, von der Dame des Hauses unterbrochen zu werden. Für einen Moment dachte Claire, er würde ihr eine schroffe Antwort geben. Zorn blitzte in seinen schwarzen Augen, doch sie reckte sich und hielt seinem Blick stand. In ihr steckte tatsächlich mehr, als Claire bis dahin gedacht hatte. Vielleicht hatte sie ihr unrecht getan, als sie sie lediglich für eine dieser Frauen gehalten hatte, die sich einen reichen und mächtigen Mann suchen, um sich in dessen Glanz und mit dessen Geld ein bequemes Leben zu gönnen. Einige Augenblicke dauerte der Kampf noch an, dann wurde sein Gesicht ausdruckslos. »Wie du meinst«, sagte Cato und trank sein Glas mit einem tiefen Zug leer.

***

Es war schon lange dunkel, als er das Haus mit der hohen Mauer erreichte, die den Garten umschloss. Die Zufahrt war mit Kameras und einem elektrischen Tor gesichert. In regelmäßigen Abständen patrouillierten bewaffnete Männer in Uniform vor dem Haus auf und ab, um den wichtigen Mann und seine Familie zu beschützen. Léon zog eine verächtliche Miene. Die Männer waren in der Nacht blind und taub. Nur vor den Kameras musste er sich in Acht nehmen. Sie konnten durchaus die Dunkelheit durchdringen. Aber auch sie stellten kein ernst zu nehmendes Hindernis dar. Sie schwenkten in gleichmäßigem Tempo hin und her und ließen genügend Raum, um unbemerkt an ihnen vorbeizuhuschen. Léon begab sich auf die Rückseite des Hauses und blieb unter den Zweigen eines ausladenden Ahornbaums stehen. Er sah zur Mauerkrone hinauf und schätzte die Höhe ab. Drei Meter? Konnte er die Kante mit einem Sprung erreichen? Natürlich. Die Gesetze der Physik galten für ihn nicht in gleichem Maße wie für normale Menschen, allerdings wusste er nicht, ob dort oben Glasscherben einbetoniert waren, die ihm die Finger zerschneiden würden.

Nein, das war zu riskant. Er würde die Mauer erst genauer unter die Lupe nehmen. Außerdem wollte er abklären, wo im Garten Kameras angebracht waren. Geschickt schwang sich Léon ins Geäst und kletterte so hoch, dass er über die Mauer sehen konnte. Léon schob sich noch ein Stück höher und balancierte dann auf einem nahezu waagerechten Ast, der bis fast an die Mauer heranreichte.

Nein, keine Glasscherben. Das müsste gehen. Sein Blick durchschnitt mühelos die Nacht. Léon erkannte jedes Detail in der Dunkelheit. Sein Auge war schärfer als das jeder Katze. Sein Blick glitt an der Mauer entlang und dann in den Garten hinab. Der Rasen war sauber gepflegt. Hier stand kein Hälmchen quer, von Unkraut ganz zu schweigen. Dem wurde mit Harke und Gift der Kampf angesagt. Und auch die Bäume und Büsche waren so gestutzt, dass keine schattigen Winkel blieben, wo im Verborgenen irgendetwas Ungeplantes hätte erblühen können. Léon kräuselte die Lippen. Das passte. Zucht und Ordnung hießen die Götter dieses Hauses.

Léon war gerade dabei, sich die Bereiche einzuprägen, die von den Kameras nicht erfasst wurden, als sein Blick von einem hell erleuchteten Fenster angezogen wurde. Er rutschte noch weiter den Ast entlang, der sich unter seinem Gewicht zu neigen begann, doch Léon hielt den Blick starr auf das schimmernde Glas gerichtet, und auf die Person, die mit dem Rücken zu ihm stand. Ihre goldenen Locken waren hochgebunden und am Hinterkopf festgesteckt, sodass sich nur ein paar Strähnen über ihren Hals und den nackten Schulteransatz ringelten. Dann drehte sie sich ein wenig zur Seite, sodass er ihr Profil sehen konnte. Sie neigte den Kopf, um etwas zu hören, das die Person zu ihr sagte, die hinter dem Vorhang verborgen stand. Dann legte sie den Kopf in den Nacken und lachte. Léon war es, als könne er ihr helles Lachen hören. Er schob sich noch ein Stück weiter vor und reckte den Hals. Nun konnte er die Gestalt erahnen, die bei ihr stand. Sie kam näher und hob die Hand. Finger berührten ihre Schulter, doch statt sie wegzustoßen, lächelte Claire ihrem Begleiter zu. Léon erkannte den jungen Mann:

»Adrien Charron«, stieß er zwischen den zusammengebissenen Zähnen hervor. Er machte eine unbedachte Bewegung. Der Ast knackte gefährlich, doch Léon reagierte sofort. Er stieß sich ab und sprang mit einem riesigen Satz auf die Mauer zu. Katzengleich landete er auf der Mauerkrone und ließ sich dann in den Garten fallen. Wie ein Blitz huschte er zu dem zu einem sauberen Kegel geschnittenen Buchsbaum und kauerte reglos dahinter, bis die Kamera sich weitergedreht hatte. Dann lief er zum nächsten Busch und von dort weiter zu einem Rosenbogen, der auf die Terrasse führte. Noch waren genügend Blätter und Blüten daran, um ihn zu verbergen. Léon blieb stehen, sodass er mit den Schatten verschmolz. Er war dem Fenster nun viel näher und konnte Claire deutlich sehen. Sie war keine fünf Meter von ihm entfernt und doch unerreichbar in einer anderen Welt.

Léon zwang sich, seinen Blick von ihrem Profil zu lösen, und starrte stattdessen Adrien an. Léon hätte gern gewusst, was er gerade zu Claire sagte, um dieses Lächeln zu erhalten. Sie nickte und nun lächelte auch er.

Nein, vielleicht war es ganz gut so, dass er die beiden nicht hören konnte. Vermutlich hätte das seine Stimmung noch mehr getrübt. Zornig ballte er die Hände, doch er blieb, wo er war, und ließ die beiden nicht aus den Augen, bis ein Mann zu ihnen trat und die Zweisamkeit störte. Léon starrte den großen, hageren Mann an, der irgendwie alterslos wirkte. Er sah, wie der Mann seine Hand ausstreckte und Claires Arm berührte. Es waren magere Finger mit langen Nägeln, die sie zurückzucken ließen. Léon kniff die Augen zusammen. Das war interessant. Sehr interessant. Aber was sollte er jetzt tun?

Léon zog sich vorsichtig zurück und betrachtete die protzige Villa mit den neobarocken Halbsäulen und Friesen. Kein Problem, da hinaufzuklettern. Oben war alles dunkel. Er entdeckte eine halb geöffnete Tür hinter einem verschnörkelten Balkongitter. Das konnte man fast schon als Einladung auffassen. Léon wartete, bis die Kamera zur Seite schwenkte, dann huschte er bis zur Ecke und pirschte sich zu der Säule, die den Balkon trug. Innerhalb weniger Augenblicke war er oben und schwang sich über das Geländer. Geduckt verharrte er einige Momente und spähte in das Zimmer. Erst als er sicher war, dass es keine unliebsamen Überraschungen geben konnte, schlüpfte er hinein.

Es gab mehrere Zimmer im oberen Stock, die von einem Flur abgingen, der mit einem orientalischen Läufer bedeckt war. An den Wänden hingen antike Spiegel und Ölgemälde im Wechsel. Léon öffnete eine Tür nach der anderen und spähte in die Zimmer. Ein Schlafzimmer, eindeutig das einer Frau, mit einem riesigen Bett, das passend zu den Vorhängen mit einem aprikosenfarbenen Überwurf bedeckt war. Auch hier antike Möbel aus verschiedenen Epochen, ein zierlicher Schminktisch, Spiegel in goldenen Rahmen und Gemälde an den mit teuren Stofftapeten verkleideten Wänden. Auf dem Schminktisch lagen in einer wie eine Muschel geformten Schale Ringe und Ketten, die sicher kein billiger Modeschmuck waren. Léon ließ eine Perlenkette durch seine Finger gleiten, die samtig im schwachen Licht schimmerte, das durch das Fenster drang.

Vielleicht wurde man nachlässig, wenn man so viel Geld besaß. Und vielleicht vermisste man das ein oder andere Schmuckstück – von dem eine Familie vermutlich mehrere Jahre satt werden konnte – nicht einmal, wenn man so viel davon hatte.

Léon öffnete eine weitere Tür, die sich fast lückenlos in die Wand einfügte, und betrat eine üppig gefüllte Kleiderkammer, bei der es nicht nur Abendgarderobe und Kostüme in allen Farben gab, sondern selbstverständlich auch jeweils die passenden Schuhe und Handtaschen dazu.

Kopfschüttelnd verließ Léon das Schlafzimmer, sah noch in ein großzügiges Badezimmer und öffnete dann die letzte Tür am Ende des Gangs. Das hier musste Adriens Zimmer sein. Die Einrichtung hatte zwar nicht viel Ähnlichkeit mit einem normalen Jugendzimmer, doch vermutlich hatte er sich die Möbel nicht selbst ausgesucht. Die Poster an den Wänden, die Kleider, die wahllos verteilt herumlagen, und das Chaos auf dem Schreibtisch passten da schon besser. Léon ließ sich auf den Schreibtischstuhl sinken und begann, einen Stapel Papier durchzusehen. Dann klappte er den Laptop auf und schaltete den Computer ein.

Kapitel 7

Diebe in der Nacht

Der Abend zog sich endlos dahin. Endlich war das Essen mit seinen sechs Gängen vorbei. Man begab sich wieder in den Salon, wo es mit härterem Alkohol und genauso öden Gesprächen weiterging. Claire warf ihrem Vater einen Hilfe suchenden Blick zu, doch der bemerkte es nicht einmal. Er war schon wieder mit dem Präfekten im Gespräch und würde sich nicht so schnell losreißen. Ihre Mutter saß etwas abseits mit einem Glas Champagner in der Hand und ließ den Blick versonnen über die Gemälde an der Wand schweifen. Wenn sie so dreinsah, dann waren es sicher Originale irgendwelcher berühmter Renaissancekünstler. Nichts konnte sie so sehr ins Schwärmen bringen wie deren Pinselei.

»Mann, ist das öde«, sprach Adrien ihren Gedanken aus. Er sah sich um und nickte dann zufrieden. »Mein Onkel hat sich zurückgezogen. Ich denke, dann können wir uns auch verdrücken.«

»Wohin?«, wollte Claire wissen.

»Wir können in meinem Zimmer einen Film auf meinem Laptop anschauen«, schlug Adrien vor.

Claire nickte. Alles war besser, als hier dumm rumzustehen und dem langweiligen Small Talk zu lauschen. Adrien griff nach ihrer Hand und zog sie hinter sich her in die Halle hinaus und dann die Treppe hoch. Oben war es dunkel. Er griff gerade nach dem Lichtschalter, als sich vor ihnen am Ende des Gangs etwas bewegte. Adrien hielt inne. Claire schlug sich die Hand vor den Mund, um einen Aufschrei zu unterdrücken. Da war jemand.

Natürlich, das Haus war voller Gäste, aber wer schlich hier im Dunkeln bei den Schlafzimmern der Familie herum?

Entschlossen drückte Adrien auf den Schalter, sodass die Deckenleuchten aufflammten und den Flur in helles Licht tauchten. Die Gestalt, die ihre Hand auf die Klinke der letzten Tür gelegt hatte, fuhr herum. Schnellen Schrittes ging Adrien auf den Mann zu. Claire folgte ihm.

»Onkel Cato, du hast dich in der Tür geirrt«, sagte Adrien in eisigem Ton. »Das ist mein Zimmer!«

Der Großonkel erwiderte gelassen seinen Blick. So einfach konnte man ihn nicht aus dem Gleichgewicht bringen.

»Ich weiß, Adrien, aber mir war, als hätte ich ein Geräusch gehört, und ich kam, um nachzusehen, ob sich nicht etwa ein Eindringling im Haus herumtreibt.«

Schlechte Ausrede! Adrien lachte abfällig. »Oh ja, und der Einbrecher würde sich ganz sicher ausgerechnet mein Zimmer aussuchen, weil es da so viel zu stehlen gibt. All meine Goldbarren und Juwelen, die ich auf meinem Schreibtisch habe liegen lassen. Himmel, ich muss nachsehen, ob noch alles da ist!«

»Bitte!« Monsieur Cato drückte die Klinke und stieß die Tür weit auf. Adrien und Claire betraten das Zimmer. Der Onkel folgte ihnen. Claire bemerkte, wie er sich hastig umsah, als erwarte er tatsächlich einen Eindringling zu entdecken, doch es war natürlich keiner im Zimmer. Das einzige Licht kam von dem aufgeklappten Laptop, der auf dem Schreibtisch stand. Er zeigte ein Foto. Ein Schnappschuss, vermutlich im Park. Das Mädchen saß, die Beine verschränkt, mit konzentrierter Miene über ein Buch gebeugt da. Während ihr Gesicht im Schatten lag, leuchteten ihre Locken in der

Sonne wie Gold. Adrien beeilte sich, das Bild wegzuklicken, doch Claire hatte sich bereits erkannt.

»Ich muss den Computer aus Versehen angelassen haben«, sagte Adrien verlegen und klappte ihn schnell zu.

Claire tat so, als habe sie es nicht gesehen, doch sie überlegte, was sie davon halten sollte, dass er sie heimlich fotografierte. Ein kalter Windstoß blähte die langen Vorhänge. Das bodentiefe Fenster, das auf einen französischen Balkon hinausführte, stand einen Spalt weit offen. Claire zog es noch ein Stück weiter auf und sah in den dunklen Garten hinunter. Plötzlich musste sie wieder an Léon denken, der den ganzen Abend über ihren Gedanken ferngeblieben war. Sehnsucht rollte mit einer so heftigen Woge über sie hinweg, dass sie am ganzen Körper bebte. Wo war er in diesem Moment? Was tat er gerade? Dachte er etwa an sie? War das so eine Art geistige Verbindung, die sie gerade erfasste? Ihr Blick glitt zu den sauber gestutzten Büschen über den Rasen hinweg bis zur Mauer, die das Grundstück umspannte, und es war ihr, als könne sie seinen Blick auf sich ruhen spüren.

Er war da. Er wachte über sie, und er würde zur Stelle sein, wenn sie seine Hilfe brauchte.

Blödsinn! Abrupt wandte sich Claire ab und schlug das Fenster zu.

* * *

Léon eilte die Straße entlang. Er mied die Lampen, so gut es ging, und war froh, als er den verborgenen Einlass erreichte, der ihn in seine gewohnte Welt zurückbrachte. Zwei Ratten stoben quiekend davon, als er die Tür aufschob und den Gang betrat, der ihn in die Kavernen hinunterbrachte. Wohltuende Kälte und Dunkelheit hüllten ihn ein. Keine Menschen, keine

Lichter. Nur der schweigende Fels um ihn herum. Endlich konnte er seinen Gedanken freien Lauf lassen und überlegen, was das alles zu bedeuten hatte. Er war sich noch nicht ganz sicher, ob er mit seiner Vermutung richtig lag. Oder müsste er besser sagen mit seiner Befürchtung?

Grübelnd schritt Léon weiter, stieg Treppen hinunter, bog in Seitengänge ab und schlüpfte unter einem niederen Torbogen durch, hinter dem Schuttmassen nur einen schmalen Durchgang ließen. Zwischen zwei Säulen verborgen fügte sich im Schatten eine Tür ein, die nicht von der gemauerten Wand zu beiden Seiten zu unterscheiden war. Ein verborgener Hebel ließ sie mit einem leisen Klacken aufschwingen. Léon schlüpfte hinein und schloss die Tür hinter sich.

Langsam ließ er die Luft entweichen, die er in zunehmender Anspannung angehalten hatte.

Jetzt war er wirklich sicher und allein. Hier, in seinem Unterschlupf, konnte er in Ruhe nachdenken, eher er sich auf den Weg machte, um dem Meister Bericht zu erstatten. Vermutlich wartete der Schatten schon auf ihn, doch Léon ließ sich auf sein Lager sinken und stützte den Kopf in seine Hände. Bilder und Gesprächsfetzen rauschten durch seinen Geist. Es war schwer, sie zu ordnen. Noch ergaben sie kein klares Bild, was es ihm schwer machte, zu entscheiden, was er dem Meister berichten sollte und was er lieber noch für sich behielt. Er musste vorsichtig sein. Der Schatten hatte ein untrügliches Gespür dafür, wenn man ihn belog, und er bestrafte Verrat grausam und ohne zu zögern. Er durfte nicht an Léons Loyalität zweifeln. Das würde Folgen für ihn haben, die er noch nicht absehen konnte. Léon erfasste ein Schauder. Das durfte er nicht riskieren. Es hing zu viel vom Wohlwollen des Meisters ab!

***

»Adrien, warte, ich muss kurz mit dir reden.«

Er war im Begriff gewesen, Claire in den Salon zurückzubegleiten. Die ersten Gäste brachen auf, und sie wollte sehen, ob auch ihre Eltern sich auf den Heimweg machen wollten. Da trat Monsieur Cato unvermittelt auf sie zu und griff nach Adriens Arm.

»Das muss sicher nicht jetzt sein, Onkel«, wehrte Adrien ab. Claire blieb stehen und sah unsicher von ihm zu dem Mann mit dem eisigen Blick.

»Sie können schon hinuntergehen«, sagte Monsieur Cato nicht minder kalt zu Claire. »Ihre Eltern suchen bereits nach Ihnen und fragen sich, was es zu bedeuten hat, dass Sie sich mit Adrien von den anderen Gästen entfernt haben!«

Der Blick, der diese Worte begleitete, ließ Claire erröten, und sie fragte sich, ob er gerade erst hochgekommen war oder ob er sie etwa ausspioniert hatte. War die Tür nicht ganz geschlossen gewesen? Es war nichts zwischen ihnen passiert, dennoch schielte Claire an sich herab, ob ihre Kleider in Unordnung geraten waren. Nein, alles war gut. Ein verstohlener Blick in den Spiegel verriet ihr, dass auch ihr Haar nicht sonderlich zerzaust aussah. Mit etwas mehr Selbstvertrauen erwiderte sie Monsieur Catos Blick.

»Danke, dass Sie mir Bescheid gesagt haben«, entgegnete sie mit einem Hauch von Spott.

Er hob die Augenbrauen, ohne seinen Blick von ihr zu wenden. »Gerne, Mademoiselle. Ich sorge dafür, dass alles in Ordnung ist.«

War das eine Drohung? Claire war sich nicht sicher. Freundlich klang es jedenfalls nicht.

Adrien schien ebenfalls nicht recht zu wissen, was er von diesem seltsamen Überfall halten sollte. Monsieur Cato trat in Adriens Zimmer und hielt ihm die Tür auf. Der durchdringende Blick ruhte nun auf Adrien und schien ihn zu zwingen, seinem stillen Befehl Folge zu leisten.

»Ich komme gleich nach«, versprach Adrien ein wenig hilflos, dann schob Monsieur Cato die Tür zu.

Claire starrte fassungslos auf die geschlossene Tür. Was ging hier vor? Das war seltsam. Wollte der Onkel Adrien nun eine Standpauke halten, dass er ein Mädchen mit auf sein Zimmer genommen hatte? Er war siebzehn und sie fünfzehn! In was für einem Jahrhundert, dachte der Onkel, würden sie leben?

Claire schnaubte abfällig. Sie wollte sich gerade auf den Weg zum Salon hinunter machen, als sie die Stimmen hinter der Tür vernahm.

»Wie ich höre, gibt es da eine Episode, von der dein Vater nichts weiß«, sagte der Onkel mit schneidender Stimme. »Eine Party an einem ganz besonderen Ort?«

Claire hielt inne. Oh nein! Wie hatte der Onkel davon erfahren? Sie näherte sich der Tür und lauschte.

»Ich weiß nicht, wovon du sprichst«, hörte sie Adrien sagen, aber ihr war klar, dass er so einfach nicht davonkommen würde. Der Onkel hatte diese Vermutung ja nicht aus der Luft gegriffen. Irgendjemand musste geredet haben. Einer von Adriens Freunden? Waren nicht auch Sebastiens Eltern unter den Gästen? Hatte er ihnen von der Party und der Verhaftung erzählt?

»Es ist nicht ganz so gelaufen, wie du es dir gedacht hast, nicht wahr? Wolltest vor deinen Freunden angeben und cool sein, und dann diese Blamage!«

»Keine Ahnung, was du meinst«, leugnete Adrien noch immer. »Wer verbreitet denn solche Gerüchte?«

»Die Ratten, die sich unter Paris herumtreiben«, zischte der Onkel. »Schmutzige, widerliche Viecher, die nichts als Pestilenzen verbreiten, wie alles, was sich dort im Untergrund von Paris herumdrückt.«

Claire hatte den Eindruck, Monsieur Cato würde nicht mehr von Ratten und anderem tierischem Ungeziefer sprechen. Der Hass, der in seiner Stimme mitschwang, ließ sie erschaudern. Worum ging es hier eigentlich? Um eine harmlose Party in einem – zugegeben – verbotenen Steinbruch?

»Du bist verhaftet worden, nicht wahr?« Er lachte auf. »Was für ein Pech. Dein Vater hat den Männern der E.R.I.C eine Truppe zur Seite gestellt, die nicht nur aus laschen Kerlen in Blaumännern besteht. Und wen haben sie aufgespürt? Meinen sauberen Neffen und seine Freunde.«

»Ja und? Mach nicht so einen Wind. Es ist nichts passiert. Ich habe dem Wachhabenden auf dem Revier meinen Ausweis gezeigt und schon öffneten sich mir und meinen Freunden alle Türen wie von Zauberhand.«

Claire war es, als könne sie ihn lächeln sehen, doch das schien seinen Onkel nicht zu besänftigen.

»Du scheinst es nicht zu kapieren. Hier geht es nicht darum, ob du eine Nacht im Gefängnis warst oder nicht, und auch nicht darum, was deine Eltern erfahren. Es geht um dieses Höhlenlabyrinth dort unten, wo du nichts verloren hast. Das ist kein Spaß! Es ist gefährlich und kann schneller tödlich enden, als du ahnst. Nicht nur der unsichere Untergrund, wo es immer wieder ganz unvermittelt zu Felsstürzen kommt, die euch für immer begraben könnten. Dort unten treiben sich Gestalten herum, die nicht entdeckt oder gestört werden wollen!«

»Ein paar harmlose Junkies!«

»Das glaubst du? Dann liegst du falsch. Es gibt dort Leute, die keine Skrupel kennen und keine lebenden Zeugen hinnehmen!«

Adrien schwieg und überlegte vermutlich, ob diese Behauptung lediglich dazu diente, ihm einen Schreck einzujagen, oder ob der Onkel wirklich mehr wusste.

»Jedenfalls wirst du dich von den Steinbrüchen und anderen Gängen fernhalten, ist das klar? Du willst doch deine kleine Freundin nicht verlieren oder Schuld sein, wenn ihr etwas zustößt?«

Was sollte das denn nun wieder heißen? Claire überlief es eiskalt.

Quatsch! Sie las zu viele Krimis. Das war keine Drohung gegen sie. Es ging nur um ihre und Adriens Sicherheit.

»Haben wir uns verstanden?«

»Ja«, brummte Adrien.

»Gut, dann ist es ja recht. Ich werde dich im Auge behalten, dann muss es dein Vater nicht erfahren.«

Das Gespräch schien zu Ende. Hastig floh Claire den Gang entlang, damit Monsieur Cato sie nicht auch noch beim Lauschen erwischte.

***

»Es hat schon wieder einen Einbruch in der Gegend gegeben«, verkündete Thomas Davidson beim Frühstück. Er tauchte hinter der Zeitung auf und angelte sich eines der frischen Croissants.

Frau und Tochter schienen von dieser Meldung nicht sonderlich beeindruckt und starrten verschlafen in ihre Tassen mit Milchkaffee. Claire hielt ihre extragroße Tasse mit beiden Händen umschlossen und hatte die Ellenbogen auf den Tisch gestützt, doch anscheinend war Louise nach dem Wochenende noch zu müde, um sie deswegen zu rügen.

»Es wurde weder Schmuck noch Bargeld entwendet, dafür aber einige wertvolle Gemälde.«

Bei dem Wort »Gemälde« sah seine Frau auf. Das war ein Reizwort, mit dem man sie immer wach bekam.

»Steht drin, was für Werke es waren?«, fragte sie.

Thomas ließ den Blick über die Zeilen wandern und schüttelte dann den Kopf. »Das nicht, aber wenn ich die vagen Ortsangaben richtig interpretiere, dann war der Einbruch am

Samstag, als wir bei Monsieur Charron beim Essen waren, direkt bei einem seiner nächsten Nachbarn.«

Nun hatte er auch Claires Aufmerksamkeit. Sie nahm die Ellenbogen vom Tisch und stellte ihre Tasse ab.

»Das kann man sich kaum vorstellen, wo die Häuser dort doch so gut bewacht werden. Sie haben Alarmanlagen und es waren bei den Charrons so viele Menschen. Dass da keiner etwas bemerkt hat.«

Ihr Vater nickte. »Die Diebe scheinen sehr geschickt zu Werke gegangen zu sein. Die Polizei stellt diesen Diebstahl in eine Reihe von Einbrüchen, die in den vergangenen Monaten nach ähnlichem Muster verübt worden sind. Irgendeine Bande ist da am Werk.«

»Dann haben die Charrons Glück gehabt, dass die nicht bei ihnen eingestiegen sind«, sagte Claire. »Die haben auch genug alte Bilder herumhängen, dass es sich für diese Bande lohnen könnte.«

»Gut möglich«, stimmte ihr Vater zu, »aber ich denke, das Haus des Polizeipräfekten auszurauben, wäre dann doch zu dreist. Hast du die Mauer um den Garten gesehen und die Kameras? Außerdem hat er Wachleute, die das Haus Tag und Nacht im Auge behalten. Nein, ich denke, da kommt keiner ungesehen rein.«

»Aber die Krönung wäre es schon«, sagte Claire und merkte, wie der Gedanke ihre Augen blitzen ließ. »Der Polizeipräfekt von Paris während einer Party in seinem eigenen Haus beraubt.«

»Das wäre eine Schlagzeile!«, ergänzte ihr Vater

»Ja, bestimmt, und es wäre ein ganz schöner Schlag für das Ego des Herrn Präfekten.«

Louise hob den Kopf und sah ihre Tochter an. »Du magst Monsieur Charron nicht?«

»Ich weiß nicht«, sagte Claire. »Ich finde ihn ganz schön arrogant. Er gehört zu denen, die denken, die Welt müsse sich stets um sie drehen, und sie hätten kraft ihrer Geburt ein Anrecht auf ein besseres Leben.«

»Ich weiß nicht«, widersprach ihre Mutter. »Ich kenne seine Herkunft nicht. Vielleicht hat er sich sein Amt mit viel Mühe erarbeitet? Ich denke, das Geld kommt von der Familie seiner Frau.«

Claire zuckte mit den Schultern. »Kann sein, aber dieser Onkel Cato, mit dem er dauernd geredet hat, ist mir geradezu unheimlich. Ist er nicht wie ein Herrscher herumstolziert? Und diese Augen!«

Louise nickte. »Ja, ich weiß, was du meinst. Er starrt die Leute so durchdringend an, dass es einem unangenehm ist. Dennoch habe ich festgestellt, dass er ein hochgebildeter Mann ist. Er kennt sich in der Kunstwelt aus und wusste Details über einige Kunstwerke im Louvre, die mich erstaunt haben.«

»Na, wenn er sich mit Kunst auskennt, kann er nur ein guter Mensch sein«, spottete Claire.

Ihre Mutter tat ihr den Gefallen, rot zu werden. »Nein, so ist das natürlich nicht, aber vielleicht beurteilst du die Menschen zu negativ.«

»Kann sein«, gab Claire zu. »Jedenfalls hat es mir gefallen, wie Madame Charron ihn bei Tisch zurechtgewiesen hat.«

»Madame Charron? Oh, du meinst sicher Madame de Rivarol, die Gastgeberin.«

Claire runzelte die Stirn. »Das war nicht Adriens Mutter?«

Thomas schüttelte den Kopf. »Soweit ich weiß, ist der Präfekt seit zehn Jahren Witwer. Ich glaube, sie ist eine Cousine seiner verstorbenen Frau, die vielleicht für Adrien die Mutter ersetzen wollte. So genau weiß ich nicht Bescheid. Ich wollte nicht neugierig sein und nachfragen.«

»Mir hat Adrien auch nicht gesagt, dass seine Mutter tot

ist«, wunderte sich Claire, doch vielleicht war es für ihn immer noch zu schmerzhaft, darüber zu reden. Jedenfalls schien er mit seiner Tante mehr Glück zu haben als mit diesem Onkel Cato!

***

Der Einbruch war auch Thema, als Claire in der Schule ankam. Adrien, der mit seinen Freunden Philippe, Sebastien und Jules zusammenstand, winkte ihr zu.

»Salut, Claire«, rief er.

Sie kam näher und nickte den Jungs zu. »Alles klar?«

»Alles klar«, bestätigte Adrien. »Zumindest bei uns. Unsere Nachbarn sind in heller Aufregung und haben uns heute Morgen schon belagert. Insbesondere natürlich meinen Vater, von dem sie jetzt wohl erwarten, dass er die Ärmel hochkrempelt und sich persönlich in die Katakomben stürzt, um die Bilder wieder herbeizuschaffen.«

Die Jungen lachten und auch Claire schmunzelte. Die Vorstellung, wie der stolze Herr Präfekt durch schmutzige Gänge robbte, um ein paar Diebe aufzuspüren, war zu komisch, und doch stieß ihr an dem Bild noch etwas anderes auf.

»Wie kommst du darauf, dass sich die Diebe in den Katakomben unter der Stadt herumtreiben?«

Léons Gesicht blitzte in ihren Gedanken auf. Hatte er etwa mit dieser Bande zu tun? Trieb er sich deshalb im Untergrund herum und war gar nach Notre-Dame gekommen, um nach lohnenswerter Beute Ausschau zu halten?

Unsinn! Ihre Fantasie ging mit ihr durch. Sie sah Adrien fragend an.

»Es gibt Hinweise, die zu den alten Steinbrüchen führen. Frag mich nicht, welche. Keine Ahnung, wie sie darauf gekommen sind. Aber dies soll genau die Handschrift einer Bande sein, die äußerst unerschrocken vorgeht. Sie planen die Einbrüche und ziehen sie dann blitzschnell durch. Sie kennen nicht nur alle Sicherheitsvorkehrungen, sie wissen auch ganz genau, wo die Kunstwerke zu finden sind. Der Rest des Hauses bleibt stets unversehrt. Nie zerstören sie etwas oder machen Unordnung. Die Diebe haben außerdem Geschmack. Die hässlichen modernen Bilder in der Halle unten haben sie hängen lassen.« Adrien feixte. »Und sie verfügen über Sachverstand und wissen genau, welche Gemälde was wert sind und auf dem Schwarzmarkt einen Abnehmer finden.« Adrien grinste breit. »Die Kopien einiger alter Meister haben sie nämlich hängen lassen, was unserem Nachbarn besonders peinlich war, da er sie stets als Originale ausgegeben hat. Es war ihm daher ein großes Anliegen, diese Information aus der Presse rauszuhalten.«

»Und dazu hat er deinen Vater in aller Frühe aufgesucht«, vermutete Claire.

»Exakt!«, stimmte ihr Adrien zu.

Claire wiegte den Kopf. »Wenn diese Diebe in der Lage sind, eine gute Fälschung zu erkennen, dann haben sie wirklich Ahnung. Oder sie hatten Insiderinformationen.«

»Dann müsste es Monsieur Roux den Dieben selbst gesteckt haben, wenn nicht einmal seine Familie davon wusste«, gab Adrien zu bedenken.

»Oder derjenige, der die Kopien für ihn angefertigt hat«, schlug Claire vor.

»Na, das wäre ja ein Ding«, meinte Philippe, dem diese Vorstellung offensichtlich gefiel.

Das Läuten der Schulglocke bereitete ihren Überlegungen ein Ende und trieb sie ins Klassenzimmer. Monsieur Martineau kam mit federnden Schritten und einem Lächeln auf den Lippen den Flur entlang.

»Das bedeutet nichts Gutes«, raunte Louna Claire zu und

sollte damit recht behalten. Kaum hatte er die Tür hinter sich geschlossen und seine Schüler zu ihren Plätzen gescheucht, verkündete er freudestrahlend, dass er einen kleinen Test für sie vorbereitet habe. Alle murrten und stöhnten, nur Inès lächelte vor sich hin.

***

Der September glitt dahin. Die Tage verstrichen. Mal zeigte sich der Herbst mit seinem launischen Wetter und zerrte mit stürmischen Böen an den Passanten oder schüttete kalte Schauer auf die herab. Dann zeigte sich wieder die Sonne und ließ die Pariser zumindest einige Stunden vom vergangenen Sommer träumen. Claire bemerkte das Wetter gar nicht. Sie stand morgens auf, frühstückte mit ihrer Mutter und fuhr mit der Metro in die Schule. Dort ließ sie Französisch, Mathe, Chemie und Geschichte über sich ergehen, ging zum Musikunterricht und zum Sport, doch ihr Blick und ihre Gedanken suchten stets nach einem Gesicht. Vergeblich. Sie hätte es wissen müssen. Er hatte sie nur abgewimmelt und sein Versprechen nicht ernst gemeint. Sie würde ihn niemals wiedersehen. Das Herz wog schwer in ihrer Brust.

»Claire?«

Warum hatte er sie belogen? Warum hatte er sie zweimal gerettet und wollte sie nun nicht wiedersehen?

»Claire!«

Louna stieß ihr in die Rippen. »He, wo bist du? Madame Girard hat dich aufgerufen.«

»Claire, hast du meine Frage gehört?«

Claire hielt dem bohrenden Blick der Lehrerin stand. »Nein, wenn Sie sie bitte wiederholen würden?« Einige Mädchen kicherten.

«Wir haben über Baron Haussmann gesprochen, über Kaiser Napoleon III. und darüber, wie er mit Geschick und weitsichtiger Planung den Grundstein für das Paris der Neuzeit legte. Fallen dir ein paar seiner großen Taten ein?«

Claire hatte die ganze Stunde nicht zugehört, doch sie erinnerte sich daran, was Adriens Onkel gesagt hatte, und was die Stimme auf dem Turm von Notre-Dame ihr ins Ohr geflüstert hatte. Offensichtlich gingen die Meinungen über die Leistungen des Barons auseinander. Aber was war er nun? Zerstörer oder Erschaffer? Der Held, der Paris in ein neues Zeitalter geführt hatte, oder ein rücksichtsloser Mensch, der lediglich sich selbst ein Denkmal hatte setzen wollen. Den es nicht störte, was mit den vielen Menschen geschah, deren Häuser für seine Straßen und Verwaltungsgebäude weichen mussten und die sich die Mieten der neu errichteten Wohnungen nicht leisten konnten. Claire sah ihre Lehrerin nachdenklich an, während sie die widersprüchlichen Gedanken formulierte.

»Paris ist geprägt von seinen regelmäßigen Häuserfassaden und noch mehr von den breiten Boulevards, die er mit dem Lineal durch die Stadt legte. Sicher ist die Stadt dadurch prachtvoller geworden und nur so einer aufstrebenden Wirtschaft mit ihrem Konsum und dem Verkehr gewachsen, und doch ist auch vieles zerstört worden, was Paris vielleicht ausgemacht hat. Es war sicher gut und mehr als überfällig, die Trinkwasserversorgung der Stadt zu verbessern und vor allem ein anständiges Abwassersystem zu bauen, um von den grauenhaften Zuständen wegzukommen, die Victor Hugo in »Les Misérables« beschreibt. Aber was ist mit den vielen Menschen geschehen, die seinen Abbruchmaschinen weichen mussten? Hatten sie auch etwas von dem Fortschritt? Sie wurden in die Banlieue verdrängt und vergessen, wo sie vermutlich unter gleich schlechten Bedingungen dahinvegetierten wie zuvor, nur stand das den Parisern in ihrer neuen, strahlenden Stadt nicht mehr vor Augen. Man konnte die Banlieue vergessen, bis sich die Kommunarden erhoben und ihre Fahnen schwenkten und sich mit Gewalt und Barrikaden den Parisern wieder in Erinnerung brachten.«

Claire verstummte. Madame Girard starrte sie mit einem Ausdruck von Verwunderung an, und auch die Augen einiger ihrer Klassenkameraden – zumindest derjenigen, die zugehört hatten – blieben voller Staunen auf sie gerichtet.

Madame Girard räusperte sich. »Das war eine sehr interessante Ausführung, Claire, aber ich bitte dich dennoch, nach dem Unterricht zu mir zu kommen.«

Claire nickte und versank bis zum Läuten wieder in ihren Gedanken.

Das Gespräch, das sie später nicht nur mit Madame Girard, sondern auch noch mit ihrem Mathelehrer Monsieur Martineau und ihrer Französischlehrerin Madame Lefèvre führen musste, fand im Lehrerzimmer statt. Es wunderte Claire nicht, was sie von den dreien zu hören bekam. Sie wusste ja selbst, dass sie unaufmerksam war und nichts mitbekam.

»Dabei hast du in der ersten Woche einen so guten Eindruck gemacht«, sagte Madame Lefèvre. »Ich war angetan, wie gut dein Französisch ist, obwohl du in New York aufgewachsen bist. Aber jetzt schaffst du es einfach nicht, bei der Sache zu bleiben, und machst viele Fehler, die meiner Meinung nach nicht sein müssten.«

Monsieur Martineau nickte zustimmend. »Deine Klausur von gestern ist ein Fiasko! Ich kann dir nicht mehr als eine acht geben. Das ist insuffisant! Dabei bin ich überzeugt, dass du den Stoff verstehst.«

Claire schluckte. Mangelhaft in ihrer ersten Mathearbeit, das war beschämend. Was würden ihre Eltern dazu sagen? Sie hatte versprochen, sich anzustrengen und ihren guten Notenschnitt zu halten. Das war der Deal gewesen, damit sie gleich aufs Lycée gehen durfte und nicht die letzte Klasse des Collège wiederholen musste, um hier in Paris Fuß zu fassen. Dabei war die Arbeit gar nicht so schwer gewesen. Claire hatte nur die halbe Zeit verträumt und sich dann so beeilt, dass sie einige Flüchtigkeitsfehler begangen hatte und noch dazu nicht fertig geworden war.

»Vielleicht solltest du zusammen mit deinen Mitschülern lernen«, schlug Madame Girard vor. »Inès ist eine gute Schülerin und ein hilfsbereites Mädchen. Sie hat in dieser Arbeit eine achtzehn und ist sicher bereit, dir zu helfen. Ansonsten steht dir das Kollegium in den Pausen und am Nachmittag natürlich jederzeit für Fragen zur Verfügung. Es wäre traurig, wenn du den Anschluss versäumen und deine Klasse verlassen müsstest.«

»Es tut mir leid«, stotterte Claire. »Ich brauche keine Nachhilfe, danke. Es wird nicht mehr vorkommen. Ich werde mich ab jetzt besser konzentrieren und die Mathearbeit gleiche ich ganz bestimmt wieder aus.«

Die drei Lehrer sahen sie an und nickten dann. Endlich entließen sie Claire, die mit hochrotem Kopf zu ihrer Klasse zurückeilte.

***

Adrien lud Claire für den Abend ins Kino ein. Claire zögerte nicht lange und nahm an. Sie musste sich diesen Léon endlich aus dem Kopf schlagen! Er war nur ein Geist, der sie vergiftete. Ein Traum, der sich nicht greifen ließ. Adrien dagegen war real. Er war ein gut aussehender, netter Junge aus reichem Haus, nach dem sich die Mädchen die Finger leckten – allen voran Nathalie, die noch immer Gift und Galle spuckte, wenn Adrien nur in Claires Nähe kam. Claire versuchte sich nicht auszumalen, wie sie erst toben würde, wenn sie von der Kinoeinladung erfuhr. Nein, es war vielleicht besser, wenn sie nichts davon wusste. Man sollte seine Feinde nicht auch noch reizen.

So schlenderten die beiden am Abend durch die Stadt und sahen sich einen der neuen Actionfilme an. Die Handlung war banal. Es wurde viel geschossen und es gab jede Menge Verfolgungsjagden. Der Held wurde immer wieder verletzt, doch er schaffte es dennoch, den bösen Jungs zu entkommen und die schöne Heldin zu retten, die ihm natürlich dankbar in die Arme sank. Claire verdrehte ein wenig genervt die Augen. Aber gut, so musste sie sich wenigstens nicht auf die Handlung des Films konzentrieren. Viel wichtiger war Adriens Hand, der sie immer wieder in der Popcorntüte begegnete und die dann, als die Tüte leer war, über ihr Knie wanderte und Claires Hand umfasste. Beim Abspann beugte er sich zu ihr hinüber und berührte mit seinen Lippen ihre Wange. Claire hatte das Gefühl, als würde ein Stromstoß durch ihren Körper zucken. Er hatte sie ja bereits in der Kaverne geküsst, doch heute waren sie beide nüchtern. Claire drehte ihren Kopf, sodass sich ihre Lippen fanden. Es war ein vorsichtiges Abtasten, während ihre Hände sich fest umschlangen. Als das Licht anging, lösten sie sich voneinander. Schweigend verließen sie das Kino. Sie hingen beide ihren Gedanken nach, bis sie draußen auf der Straße standen. Claire war sich sicher, dass auch Adrien nicht über den Film nachdachte, den sie gerade gesehen hatten.

Kapitel 8

Der Louvre

»Was hast du am Wochenende vor?«, erkundigte sich Louise, als sie mit Claire beim Frühstück saß.

Zur Abwechslung gab es heute amerikanische Pancakes mit Ahornsirup. Claire nahm sich gleich drei Stück und goss eine ordentliche Schicht Sirup darüber. Louise hielt sich mehr an ihren Milchkaffee und riss sich lediglich ein Stück von einem der dicken Pfannkuchen ab. Claire war bewusst, dass ihre Mutter ihr eine Freude machen wollte. Louise hatte nie viel von amerikanischen Frühstücksgewohnheiten gehalten. Vor allem wenn sich Claire und ihr Vater über Eier mit Bacon und Würstchen hermachten, schloss die Mutter schaudernd die Augen.

»Keine Ahnung«, sagte Claire mit vollem Mund und leckte sich den Ahornsirup aus den Mundwinkeln. »Dad kommt erst Montag zurück, nicht wahr?«

Ihre Mutter nickte. »Ja, er ist mit einem Klienten unterwegs und zeigt ihm einige Villen an der Küste. Und ich muss heute auch arbeiten. Es könnte spät werden. Aber wenn du nichts vorhast, dann würde ich mich freuen, wenn du mich gegen Abend besuchst. Wenn es dich interessiert, zeige ich dir das Gemälde, das der Louvre erwerben will und für das wir gerade eine Expertise erstellen.«

Claire schob sich noch ein Stück Pfannkuchen in den Mund, um Zeit für ihre Antwort zu gewinnen. Ein Besuch im Louvre war für einen Samstagabend nicht gerade der Hit. Sie könnte stattdessen Adrien anrufen und ihn fragen, ob er Lust habe, mit ihr auszugehen. Anderseits wollte sie sich nicht aufdrängen, nachdem er sie bislang nicht nach ihren Plänen fürs Wochenende gefragt hatte. Vielleicht war es ganz gut, ihn ein wenig auf Abstand zu halten, statt sich ihm mit Schwung an den Hals zu werfen. Wer weiß, vielleicht hatte er sonst schon bald genug von ihr, und Claire legte keinen Wert darauf, von ihm abserviert zu werden. Nein, es war besser, die Kontrolle zu behalten und es langsam anzugehen. Außerdem sah ihre Mutter mit einer solch erwartungsvollen Miene zu ihr herüber, dass Claire es nicht übers Herz brachte, sie zu enttäuschen.

»Ja, gute Idee«, sagte sie schließlich. »Wann soll ich kommen?«

Sie verabredeten sich für sechs Uhr. Bis dahin wollte Louise mit ihrer Arbeit fertig sein. »Frag nach meinem Kollegen Simon. Er lässt dich rein, auch wenn die Kassen um diese Zeit schon geschlossen sind.«

Claire nickte und nahm sich noch einen Pfannkuchen, während ihre Mutter ihre Tasse leerte und aufsprang. »Lass dir Zeit und genieße dein Frühstück. Ich muss los.« Sie hauchte ihrer Tochter einen Kuss aufs Haar und eilte dann davon.

***

Die tief stehende Sonne verbarg sich hinter dichten Wolken, als Claire beim Louvre eintraf und die gläserne Pyramide betrat. Claire stieg die Wendeltreppe in die weitläufige Eingangshalle hinunter. Obwohl die Kassen längst geschlossen hatten, waren noch viele Besucher unterwegs, die gerade von ihrem Museumsrundgang zurückkehrten und sich mit müden Füßen, aber erfüllt von unendlich vielen Eindrücken auf den Heimweg machten. Claire fragte nach Monsieur Simon, der ein rundlicher Herr in den Fünfzigern war, mit Halbglatze und Brille. Er begrüßte Claire und führte sie dann eine Treppe tiefer durch eine verwirrende Anzahl von Gängen, die die Museumsbesucher nicht zu Gesicht bekamen. Im Kellergeschoss wurden nicht nur Kunstwerke aufbewahrt, die gerade nicht ausgestellt wurden oder für eine Reise in ein anderes Land verpackt wurden. Hier unten war auch das Reich der Konservatoren, ein Team aus Fachleuten der Archäologie und der Kunstgeschichte, die eng mit den Restauratoren zusammenarbeiteten und die nicht nur Hand an beschädigte Kunstwerke legten. Sie waren auch stets mit dabei, wenn es darum ging Herkunft, Alter und vor allem die Echtheit eines Kunstwerks zu prüfen.

Claire fand ihre Mutter umringt von einigen jüngeren Männern in Laborkitteln, die ihr aufmerksam zuhörten. Hinter ihnen sah Claire ein Gemälde in ein metallenes Gestell eingespannt. Es schien alt zu sein, die Farben nachgedunkelt oder von Ruß und Staub bedeckt. Irgendeine übertrieben wilde Landschaft mit einem düsteren Himmel, dessen Dynamik durch die plastischen Wolken und die von stürmischem Wind gebeugten Bäume erzeugt wurde. Zwischen den Wolken bahnte sich ein Sonnenstrahl seinen Weg und fiel genau auf die Figurengruppe in der linken unteren Ecke, eine Frau mit zwei Kindern an der Hand, die dem Betrachter ihr Gesicht zuwandte und ihn aus weit aufgerissenen Augen erschrocken anstarrte.

»Oh, du bist schon da?«, begrüßte ihre Mutter sie und sah auf die Uhr. »Schon so spät. Es tut mir leid, Claire. Wir brauchen hier noch eine Weile. Aber sieh dir das Bild an. Ist es nicht ein Meisterwerk? Ein Glücksfall für das Museum, also, falls es wirklich echt und von Tizian ist. Das müssen wir noch abschließend klären. Bisher sieht es gut aus. Nicht nur das Alter der Farben und der Leinwand stimmen. Der Stil ist makellos, und auch die Analyse der Rußschicht, die sich im Laufe der Zeit angesammelt hat, ergibt keine Unstimmigkeit.«

Claire nickte. Sie war mit diesen Reden ihrer Mutter vertraut und wunderte sich noch immer, in was für einen Begeisterungstaumel so ein altes Bild sie stürzen konnte.

»Ich fürchte, das wird für dich zu langweilig hier. Magst du dich nicht im Museum umsehen? Viele der Räume sind zwar offiziell für die Besucher schon geschlossen, aber ich gebe dir einen Ausweis mit, dann lassen dich die Aufseher in Ruhe.«

Claire nahm das Plastikschild, das ihre Mutter ihr reichte, und klemmte es an ihrer Jacke fest.

»Ich rufe dich auf deinem Handy an, wenn ich fertig bin«, versprach Louise und wandte sich dann wieder den Herren in ihren weißen Kitteln zu, die ihrer Ausführung mit ernster Miene folgten.

Claire kehrte ins fast völlig leere Foyer zurück. Sie schritt unter der gläsernen Pyramide hindurch und nahm die Rolltreppe in den Denon-Flügel.

Sie durchquerte einen lang gestreckten Saal, unter dessen kunstvollen Gewölben griechische Skulpturen ausgestellt wurden. Die breite Treppe führte direkt auf eines der berühmtesten Kunstwerke zu, die kopflose Nike von Samothrake, doch Claire beachtete sie nicht. Sie wandte sich nach links und betrat den ersten langen Saal, durch dessen Fenster man einen schönen Ausblick auf die gläserne Pyramide hatte, die vor den neobarocken Fassaden der Palastbauten seltsam fremd wirkte.

Claire schlenderte durch die Galerie, in der Gemälde französischer Künstler aus dem 18. und 19. Jahrhundert ausgestellt wurden. Das Parkett knarzte leise unter ihren Schritten. Die roten Wände schimmerten warm im Licht des Abendhimmels, der sich über dem verglasten Mittelteil der Galerie wölbte. Claire blieb vor einem Bild stehen, das fast zehn Meter maß und auf dem in lebensgroßen Figuren die Krönung Kaiserin Josefines dargestellt war. Dann ging sie langsam weiter. Ihr Blick schweifte über die riesigen Gemälde. Sie war alleine in diesem Stockwerk, die meisten Lampen, die die Kunstwerke ins rechte Licht setzen sollten, bereits gelöscht, der Souvenirshop im prächtigen Denon-Salon geschlossen. Die Aufseher waren auf dem Weg in ihren verdienten Feierabend. Das Licht des frühen Abends tauchte die Galerie in ein geheimnisvolles Zwielicht, das manche der Bilder noch lebendiger wirken ließ. Claire bewegte fasziniert den Kopf hin und her, sodass die Figuren, die sie nur aus den Augenwinkeln erhaschte, sich zu regen schienen. Sie blieb vor einem Bild stehen, das sie seltsam berührte. Ein totes Mädchen in einem weißen Kleid, das mit gefesselten Händen im Wasser trieb. Ihr Gesicht war von einem goldenen Schein erleuchtet.

Langsam ging Claire weiter und betrat den nächsten Saal. Sie blieb stehen, um eines der berühmtesten Gemälde anzusehen: eine barbusige Frau schwenkte die französische Flagge, während sie zwischen Toten und Sterbenden dahinschritt. Ein Mob Bewaffneter folgte ihr auf die Barrikaden und auch sie trug ein Gewehr in der Linken. Im Hintergrund war zwischen Rauchschwaden Notre-Dame zu erkennen.

»Freiheit, Gleichheit, Brüderlichkeit«, murmelte Claire vor sich hin.

»Und was ist davon geblieben?«, flüsterte da eine Stimme hinter ihr. Claire fuhr zusammen und blickte sich nach allen Seiten um, konnte aber niemanden entdecken.

Claire unterdrückte den Impuls, aus dem Saal zu flüchten,

und zwang sich stattdessen, sich wieder dem Bild zuzuwenden. Sie hatte sich diese Stimme nur eingebildet!

»Sieh dir den Jungen an«, fuhr die Stimme fort.

»Gavroche«, entfuhr es Claire, obgleich das natürlich Unsinn war. Victor Hugo hatte »Die Elenden« erst Jahrzehnte später geschrieben.

»Nicht ganz«, erwiderte die körperlose Stimme, die von überall und nirgendwo zu kommen schien. »Aber ganz sicher hatte Hugo diesen jungen Helden vor Augen, als er seinen Roman schuf. Diesem hier verdanken die Aufständischen den Durchbruch von der Seinebrücke zum Rathaus. Todesmutig rannte er mit seinen Pistolen voran und starb.«

Claire drehte sich zitternd einmal um ihre Achse, doch es gelang ihr nicht herauszufinden, von wo die Stimme kam.

»Léon?«, fragte sie halblaut. »Bist du das? Dann zeig dich!«

Noch einmal drehte sie sich ganz langsam im Kreis und versuchte, die dunkler werdenden Schatten mit ihrem Blick zu durchdringen. Als sie sich wieder dem Bild zuwandte, war er plötzlich da. Obwohl Claire nach ihm gesucht hatte, fuhr sie erschreckt zusammen, als er so unvermittelt neben dem Rahmen stand, lässig an die Wand gelehnt, die Arme vor der Brust verschränkt.

»Léon!«, keuchte sie. Ihr Herz raste und schlug so laut, dass er es vielleicht hören konnte.

Er sah sie nicht an, sondern richtete seinen Blick auf das Bild. »Wusstest du, dass im selben Jahr, als das Museum im Louvre eröffnet wurde, Ludwig XVI. und seine Frau Marie Antoinette zur Guillotine geführt wurden?«

Claire schüttelte den Kopf, während Léon fortfuhr.

»Ein Museum für das Volk sollte der Louvre werden, mit freiem Eintritt, damit jeder die hohe Kunst genießen kann. Nun ja, umsonst ist der Zutritt heute nicht mehr, doch die Kunst wird noch immer von aller Welt bewundert.«

»Léon«, wiederholte Claire und trat einige Schritte näher. »Wo kommst du her und was machst du hier um diese Zeit? Das Museum ist längst geschlossen.«

»Ist mir aufgefallen«, gab er liebenswürdig zurück. »Doch wie du inzwischen ahnst, bin ich kein Freund des Lichts und auch nicht von Menschenmassen um mich herum. Ich genieße die Kunstwerke lieber in Ruhe für mich allein.«

»Und wie kommst du hier herein?«, erkundigte sich Claire neugierig.

»Da ich niemanden kenne, der mir so ein nettes Plastikschild verehrt, muss ich meine eigenen Wege nutzen«, antwortete Léon ausweichend. »Ich löse nur ein, was dem Volk damals versprochen wurde! Freier Zugang zur Kunst.«

Claire schmunzelte. »Ob du mit der Argumentation durchkommst, wenn sie dich erwischen, bezweifle ich.«

»Sie erwischen mich aber nicht«, behauptete Léon. »Ich bin nur ein flüchtiger Schatten, den niemand sieht, wenn ich es nicht will.«

Claire fand das ein wenig hochtrabend, doch anderseits wusste sie noch immer nicht, wie er es geschafft hatte, sie ohne Licht durch das Höhlenlabyrinth zu führen.

Für einige Momente sahen sie einander nur schweigend an, dann erkundigte sich Léon: »Und was führt dich zu dieser späten Stunde hierher?«

»Meine Mutter«, sagte Claire. »Sie arbeitet hier mit den Konservatoren zusammen. Sie wollte mit mir essen gehen, aber wie immer dauert es länger als geplant.«

»Also bleibt dir nichts anderes übrig, als hier irgendwie die Zeit totzuschlagen«, ergänzte Léon.

»Genau, aber warum bist du hier?«

Léon schien zu überlegen. »Weil ich mich für Kunst interessiere, insbesondere für diese Gemälde des siebzehnten, achtzehnten und beginnenden neunzehnten Jahrhunderts.«

»Warum? Ich meine, was gefällt dir an diesen Bildern?«

»Den Künstlern dieser Zeit ist mit ihren Werken etwas gelungen, was sonst kein Mensch kann. Sie haben das Flüchtige begreifbar gemacht.«

Claire runzelte die Stirn. »Entschuldige, aber das verstehe ich nicht.«

»Schau an einem stürmischen Tag oder in der Nacht zum Himmel auf und sieh, wie die Wolken dahinjagen. Und dann versuche die flüchtenden Schatten zu greifen, dir das gleißende Licht, das unvermittelt in Dunkelheit übergeht, einzuprägen. Es wird dir nicht gelingen. Die Zeit streicht stetig voran und mit ihr fließen Licht und Schatten. Nur auf diesen Bildern steht die Zeit still, sind einzelne Momente für immer festgehalten. Und obwohl die Maler den Lauf von Sonne und Mond eingefroren haben, ist es ihnen gelungen, ihre überirdische Strahlkraft zu bewahren. Das erstaunt und fasziniert mich immer wieder aufs Neue.« Er schwieg und ließ den Blick über das Gemälde wandern.

»Oder sieh dir diese Gesichter an, den Ausdruck in jeder Miene. Es dauerte nur einen Wimpernschlag, dann war der Moment vorbei, und alles hat sich verändert, doch in jedem Bild wird der Augenblick zur Ewigkeit. Er wird plötzlich wichtig und über alle anderen Momente herausgehoben. Wenn ich vor einem Bild stehe, dann frage ich mich stets, warum ist gerade dieser Wimpernschlag festgehalten? Was ist zuvor passiert und was danach?«

Claire sah ihn erstaunt an. »Ich war mit meiner Mutter schon unzählige Male in Museen und Galerien und habe schon Tausende Bilder gesehen, aber solche Gedanken sind mir dabei nie gekommen.«

Claire wandte sich noch einmal dem Gemälde zu und studierte die Gesichter des Gassenjungen mit den beiden Pistolen in den Händen und die Miene der barbusigen Freiheit, die sich halb zu den Männern umwandte, die ihr folgten. Sie sah die Gesichter der Toten und der Lebenden und fragte sich, wie es wohl weitergehen würde. War das der Augenblick, ehe der Junge voranstürmen und im Gewehrfeuer den Tod finden würde? Wer von den anderen würde an diesem Abend noch leben?

»Wir werden es nie erfahren«, sagte sie frustriert.

»Was?«

»Was vorher und was nachher geschehen ist.«

Léon lächelte. »Nein, das bleibt das ewige Geheimnis des Künstlers, das er mit sich ins Grab nimmt. Doch genug Revolution. Der Louvre hat noch so viel mehr zu bieten. Was wollen wir uns heute noch ansehen?«

Claire hob die Schultern und folgte Léon aus dem Saal. »Keine Ahnung, die meisten Besucher wollen die Mona Lisa sehen, aber ich verstehe den Hype um dieses Bild nicht so ganz. Es ist schön, ja, aber das sind viele andere auch. Als ich es das erste Mal sah, war ich enttäuscht, wie klein und düster es ist.«

Léon nickte. »Gut, dann nicht die Mona Lisa. Aber wie sieht es aus? Was weißt du vom Louvre und von seiner langen Geschichte? Bist du jemals bis zu seinen Ursprüngen zurückgegangen, als die erste Burg die mittelalterliche Stadt an der Seine schützen sollte?«

Claire schüttelte den Kopf. »Nein. Gibt es davon überhaupt noch etwas zu sehen?«

»Aber ja. Wir müssen nur bis in die Tiefen der Fundamente hinabsteigen. Möchtest du?«

»Aber ja!«

Claire hätte in diesem Moment zu allem Ja gesagt, egal was er vorgeschlagen hätte. Sie fühlte sich wie berauscht. Es war, als wirke allein seine Gegenwart stärker auf sie als alles, was sie kannte. Zumindest schlug ihr Herz unregelmäßig und in kurzen Abständen rollten heiße Wellen durch ihren Körper. Der Boden fühlte sich weicher an, als würde sie durch pulvrigen Schnee schweben.

Sie gingen zurück zur Galerie 75, umrundeten das Treppenhaus und durchquerten dann einen Saal.

»Hier sind wir dem alten Louvre schon sehr nahe«, sagte Léon.

»Ich dachte, du wolltest mir Teile der alten Burg zeigen.«

»Ja, aber von ihr gibt es nur noch Reste im Verborgenen.«

Sie stiegen eine schmale Treppe bis ins Untergeschoss hinunter. Léon machte Claire auf das prächtige Relief im Gewölbe über ihnen aufmerksam.

Claire warf einen kurzen Blick zur Decke hoch und richtete ihn dann wieder auf Léon, der vor ihr ging. Es kam ihr vor, als würde seine Haltung mit jeder Treppenbiegung, die sie tiefer kamen, aufrechter, sein Rücken straffer, sein Gang kraftvoller. Oben in den Sälen war er ihr wie ein normaler, junger Mann vorgekommen, doch jetzt schien ein Strahlen von ihm auszugehen, das heller wurde, je tiefer sie kamen.

So ein Unsinn, dachte sie.

Sie erreichten den Grund und schienen in eine andere Welt einzutreten. Rohe Mauern aus riesigen Quadern statt verputzte oder mit Seidentapeten bedeckte Wände. Balken statt Stuck an der Decke. Sie wählten einen schmalen Gang, der auf eine gebogene Mauer zuführte, die sie zu drei Vierteln umrundeten. Es war so düster, dass Claire nach Léons Arm griff. Wie in den Steinbrüchen schlossen sich seine Finger warm um ihre Hand.

»Das hier ist der Anfang, der Ursprung von allem. Ein mächtiger Turm, ein Donjon, um die Stadt vom Fluss her zu schützen, so wie der Tower von London. Hier im Westen der Stadt waren von der Mündung des Flusses her am ehesten Feinde zu erwarten. Der erste Louvre war ein ummauerter Burgturm. Er war Kerker und Arsenal und bildete die Gegenbefestigung zur Bastille im Osten der Stadt, wo sich von jeher das arme Volk zusammendrängte. Vermutlich war deshalb auch die Zerstörung der Bastille das erste Ziel der Revolution. Aber das ist eine andere Geschichte.«

Claire berührte die rauen Steine des Fundaments, über dem sich der wehrhafte Turm einst erhoben hatte.

»Die Burg war natürlich durch einen Wassergraben geschützt. Seine Reste kannst du noch sehen, wenn du von Osten her auf den Louvre zugehst. Erst im sechzehnten Jahrhundert machte sich König Franz I. daran, die Festung in eine Residenz umzubauen.«

Claire stöhnte. »Ich kann mir die vielen Könige von Frankreich eh nicht merken. Für mich ist einer wie der andere.

Léon lächelte sie an. »Das ist, weil du sie nicht einordnen kannst und nichts über ihr Leben und ihre Taten weißt. Doch kommen wir zum Louvre zurück. König Franz' neue Hauptstadt musste einen Palast bekommen. Also ließ er den Turm abbrechen und stattdessen einen Palast errichten, wo er dann später den Kaiser empfing, als Karl V. nach Paris kam.«

Claire wandte sich Léon zu. Es war ihr ganz gleich, was er ihr erzählte. Es konnte gar nicht langweilig sein. Vielleicht lag es an der Art, wie er sprach. Mit so viel Leidenschaft, als liege ihm jeder einzelne dieser Steine am Herzen. So als habe er selbst den ersten Turm gebaut und an jedem Umbau mitgearbeitet.

»Danke«, hauchte sie.

»Wofür?«

»Dafür, dass du meinen Blick auf die Dinge veränderst. Dass du mir zeigst, wo die Dinge herkommen und wohin sie sich entwickelt haben.«

Léon trat einen Schritt näher. »Danke, dass du dein Herz und deinen Geist für diese Dinge öffnest und nicht nur dem bunten Schein der hellen Glitzerwelt dort oben nachläufst«, sagte er leise. Dann hob er seine Hand und näherte sie ihrer Wange. Ehe er sie berührte, hielt er inne, so als müsse er überlegen, ob er diesen Schritt wirklich wagen wollte. Claire spürte, wie ihr Herz noch rascher schlug. Sie sah ihm in die Augen, doch sie konnte nur ihr eigenes Gesicht erahnen, hinter dem sich irgendwo seine Seele verbarg. Sie spürte seinen warmen Atem in ihrem Gesicht, so nah waren seine Lippen den ihren.

In diesem Moment begann Claires Handy zu klingeln. Die Melodie, die sie sonst so mochte, zerriss das unsichtbare Band und ließ den Zauber verfliegen. Léon trat rasch zurück und wandte den Blick ab, während Claire fluchend nach ihrem Handy angelte.

»Ja?«, sagte sie barsch.

»Claire? Wo bist du?«, hörte sie die Stimme ihrer Mutter. »Wir sind hier fertig und können jetzt essen gehen.«

»Hm, ja«, gab Claire mit wenig Begeisterung zurück.

»Ist etwas?«, fragte ihre Mutter.

»Nein, alles in Ordnung.« Sie unterdrückte einen Seufzer. »Ich komme gleich.«

Sie berührte das Symbol mit dem roten Hörer und schob das Telefon wieder in ihre Hosentasche.

»Léon«, begann sie und sah sich suchend um. »Léon?«

Claire drehte sich im Kreis und versuchte mit ihren Augen die Schatten zu durchdringen. Außer dem spärlichen Licht von ein paar Notlampen war es hier unten völlig dunkel.

»Léon!«, rief sie noch einmal lauter, doch sie wusste, dass er nicht antworten würde. Er war weg. Verschwunden, lautlos und ohne eine Spur zu hinterlassen, ohne sich von ihr zu verabschieden. Wieder einmal.

»Verdammt, Léon«, fluchte sie. »Das kannst du nicht mit mir machen!« Sie ballte die Hand zur Faust. »Ich hasse dich und will dich nie wieder sehen«, stieß sie hervor, doch so leise, dass er es hoffentlich nicht hören konnte. Was, wenn er diese Worte ernst nehmen würde?

Claire wollte es sich gar nicht vorstellen, doch heute Abend würde sie ihm sicher nicht noch einmal begegnen. So machte sie sich auf den Weg ins Foyer, wo ihre Mutter schon auf sie wartete.

Kapitel 9

Jannine und Marcell

Im Keller des Louvre öffnete Léon eine verschlossene Metalltür, die zu einem Schacht führte. Er kletterte eine schmale Eisenleiter hinunter. Der Gestank von Abwasser hüllte ihn ein, als er in den Kanal stieg. Er folgte ihm eine Biegung weit und verschwand dann durch einen weiteren Schacht ein Stockwerk tiefer, der ihn hinunter in die Steinbrüche führte. Léon überlegte, ob er sich in sein Versteck zurückziehen sollte, doch er entschied sich anders und machte sich auf den Weg nach Süden. Er passierte den Untergrund des Friedhofs von Montparnasse mit seiner Krypta und den unterirdischen Beinhäusern und wandte sich dann in einem weiten Bogen erst nach Westen und dann wieder nach Südosten, bis der Gang unvermittelt endete.

Zwei Türen versperrten ihm nacheinander den Weg, ein verborgener Schacht und ein niedriger Durchgang, der mit einer geheimen Falle gesichert war, die jeden unbefugten Eindringling in ernsthafte Schwierigkeiten bringen würde. Doch Léon kannte jeden Fallstrick und vermied mit schlafwandlerischer Sicherheit alles, was seine Anwesenheit hätte verraten können. Dann öffnete er die letzte Tür und trat in die Höhlung, deren Decke von vier mächtigen Pfeilern aus Kalkstein gestützt wurde.

Léon blieb stehen und sah sich um. Es war eine Weile her, dass er hier das letzte Mal gewesen war. Er sah, dass sich einiges verändert hatte. In der Mitte standen ein paar Holzkisten, aus denen ihm poliertes Metall entgegenschimmerte: vergoldete Kerzenleuchter, silberne Vasen und Zigarettenetuis, Schalen und Kelche. In den kleineren Kisten lagen Schmuckstücke und alte Münzen. Eine dicke Schicht Staub sprach davon, dass sie schon sehr lange hier ruhten. Léon wandte sich ab. Er wusste nicht, was das alles wert war, aber das interessierte ihn auch nicht. Seine Aufmerksamkeit wurde von dem angezogen, was sich an den Wänden reihte: Bilder in unterschiedlichen Formaten, Ölgemälde auf Holz oder Leinwand, Aquarelle und Zeichnungen und ein paar sehr alte Temperabilder. Auf ihren Rahmen konnte er kein Staubkorn entdecken. Mit aufmerksamem Blick schritt Léon an ihnen entlang, blieb immer wieder stehen und betrachtete die Werke: Landschaftsbilder und Akte, Porträts und Schlachtenbilder, Allegorien, Madonnenbilder und Stillleben. So unterschiedlich die Motive der Bilder waren, eines hatten sie alle gemein: Es waren große Kunstwerke. Keines unter ihnen war billige Massenware von einem der Flohmärkte, und es waren auch keine Kopien oder Fälschungen unter ihnen, da war sich Léon sicher.

Mit unbeweglicher Miene ging er an den Schätzen entlang, die in dieser Kaverne mit ihren grob behauenen Steinbruchwänden irgendwie fehl am Platz wirkten.

Ein Steinchen knirschte unter einem Schuh, doch es war nicht seine Sohle, die das Geräusch verursacht hatte. Léon lauschte. Es war weiter nichts zu hören, dennoch ahnte er ihre Anwesenheit. Er wandte sich langsam um. Außer dem Schatten und ihm selbst gab es nur einen Menschen in dieser Welt der Finsternis, der sich so leise bewegen konnte.

»Jannine«, sagte er, obgleich er sie nirgends entdecken konnte. Da trat sie hinter einer der Säulen hervor und kam langsam auf ihn zu.

»Salut, Léon«, sagte sie mit ihrer tiefen, samtigen Stimme, die wie das Schnurren einer Katze klang, und so bewegte sie sich auch: lautlos und geschmeidig. Ansonsten schien die Stimme nicht zu der fast kindlichen Gestalt zu passen. Jannine war mehr als einen Kopf kleiner als Léon und erschreckend dünn. Wie er trug sie stets schwarze Kleidung, die vermutlich für ein Kind angefertigt worden war. Jannine schüttelte ihr dichtes, dunkelbraunes Haar, das sie zu einem Pagenkopf geschnitten hatte. Ihre Augen schimmerten wie zwei Kastanien. Ihre Haut war von einem warmen Bronzeton. Léon wusste, dass sie deutlich älter war, als sie auf den ersten Blick wirkte. Auf keinen Fall durfte man den Fehler begehen, sie an ihrer Körpergröße zu messen und sie zu unterschätzen. Sie war keinesfalls so harmlos, wie sie auf den ersten Blick schien!

»Was für ein seltener Gast«, sagte sie. »Was tust du hier? Ich kann mich nicht erinnern, dass wir uns verabredet hätten.«

»Nein, haben wir nicht. Ich sehe mir lediglich deine inzwischen beeindruckend angewachsene Sammlung an.«

Jannine wehrte ab. »Es sind nicht meine Bilder. Ich achte lediglich eine Weile auf sie.«

Sie schnippte mit den Fingern und plötzlich flammte Licht auf. Es waren keine Lampen zu sehen. Der diffuse Lichtschein schien direkt aus den Felsen zu dringen und erhellte die Schätze.

Außerdem fiel das Licht auf eine zweite Gestalt, die sich mit gesenktem Blick näherte und dann mit einigen Schritten Abstand stehen blieb, was Léon nicht wunderte. Wo Jannine zu finden war, konnte Marcell nicht weit sein.

Er war ein ganzes Stück größer und breiter als Jannine, obgleich er einige Jahre jünger sein musste. Jannine nannte ihn stets ihren Bruder, aber Léon war sich nicht sicher, ob sie wirklich dieselben Eltern hatten oder ob Jannine ihn nicht einfach unter ihre Fittiche genommen hatte, um ihn zu beschützen. Inzwischen fragte sich Léon, wer wen schützte, zumindest wenn es um Dinge ging, die eine gewisse Körperkraft verlangten.

Stark war Marcell, das bezweifelte niemand, und trotz des etwas vierschrötigen Körperbaus schnell und geschickt, doch hatte Léon zuweilen den Verdacht, dass sein Geist nicht sonderlich helle war. Marcell schien alles genau zu beobachten, doch er sprach nicht. Léon hatte noch kein einziges Wort aus seinem Mund gehört. Eines allerdings war sicher: Er liebte Jannine abgöttisch und folgte ihr auf Schritt und Tritt.

Léon nickte ihm zu und wandte sich dann wieder den Gemälden zu. »Lauter Originale«, sagte er. »Und es sind wirklich außergewöhnliche Schätze dabei. Ist das da drüben nicht der van Eyck, der vor einigen Monaten spurlos aus der Münchner Pinakothek verschwand?«

Sie lächelte geheimnisvoll. »Nun ist er wieder aufgetaucht. Schön, nicht? Der Sammler aus Auteuil kann den Verlust leider nicht melden, da er das Bild offiziell nicht besessen haben kann, dumm, nicht wahr?«

»Ähnlich wie bei diesem Raffael. Ich erinnere mich an dieses Bild. Es gehörte früher eine Zeit lang dem Louvre.«

Jannine nickte. »Das ist richtig, aber zuvor war es Eigentum des Vatikans. Napoleon hat es mit so vielen anderen Bildern und Skulpturen von seinen Beutezügen mitgebracht und dann seinen Louvre mit dem Raubgut gefüllt. Die meisten Stücke musste Paris nach seiner Abdankung wieder rausrücken, doch dieses Bild verblieb lange Zeit in einem Magazin im Louvre verborgen, bis es eines Tages daraus verschwand, um anschließend bei einem reichen Bankier ein ebenso lichtscheues Dasein zu führen.«

»Wo ich es dann entdeckt habe«, sagte Léon und betrachtete das Bild mit einem geradezu zärtlichen Blick. Er streckte die Hand aus, ohne die Oberfläche zu berühren.

»Ja, das hast du, und ich wollte dir nicht glauben«, erwiderte Jannine. »Du bist gut. Ich weiß nicht, wer dir das beigebracht hat, aber ich bin überzeugt, dich kann man nicht hinters Licht führen.«

»Ich hatte viel Zeit, mich mit den hohen Künsten zu beschäftigen«, wehrte er ab, doch sie wussten beide, dass das nicht die Wahrheit war. Zumindest nicht allein.

Sein Blick war noch immer auf das Bild gerichtet. Seine Hand schwebte mit einem leichten Zittern über der Leinwand.

»Möchtest du es haben?«

Léon wandte sich zu ihr um. »Wozu? Um es zu verkaufen?«

Jannine schüttelte den Kopf. »Nein, einfach, um es anzusehen. Wenn du willst, dann nimm es. Schließlich hast du es gefunden. Die Lücke wird sich bald wieder schließen.«

Léon strich mit dem Finger über den Rahmen, dann schüttelte er den Kopf. »Nein, es wäre bei mir nicht gut aufgehoben. Es würde auf Dauer Schaden nehmen. Auch hier ist kein guter Platz«, fügte er hinzu. »Es geht ihm nicht gut. Es ist zu feucht.«

Jannine hob die Hand und lauschte. Léon verstummte. Er sah zu Marcell hinüber, dessen dunkle Augen zur Tür huschten. Nun konnte auch Léon die Stimmen und Schritte hören, die sich näherten. Marcell war mit ein paar schnellen Sätzen bei Jannine und sah so grimmig drein, dass keiner an seiner Absicht zweifeln konnte, sie bis zum letzten Atemzug zu verteidigen.

»Ganz ruhig, Marcell«, raunte sie ihm zu und sah Léon fragend an. Mit einer raschen Handbewegung ließ Jannine das Licht erlöschen. Finsternis hüllte sie ein. Die drei zogen sich hinter eine Säule zurück, als ein Metallhaken im Schloss kratzte.

***

»Jetzt haben sie auch bei den Nachbarn auf der anderen Seite eingebrochen«, erzählte Adrien, als sie sich am Montag in der Schule trafen.

»Scheint ja eine gefährliche Gegend zu sein dort draußen im sechzehnten Arrondissement«, sagte Philippe und zog eine Grimasse. Die anderen lachten.

»Weißt du, was gestohlen wurde?«, erkundigte sich Claire.

Adrien nickte. »Wieder nur Gemälde und nichts anderes.«

»Und, hatten diese Nachbarn auch ein paar Fälschungen aufgehängt?« Philippe grinste.

Adrien hob die Schultern. »Wenn, dann haben sie diese schnell verschwinden lassen und es meinem Vater nicht auf die Nase gebunden. Jedenfalls waren die Diebe sehr dreist. Sie haben gewartet, bis es dunkel war und alle das Haus verlassen hatten. Dann müssen sie blitzschnell zugeschlagen haben, denn als Madame Moreau kaum eine Stunde später zurückkam, waren die Diebe schon wieder weg. Und wieder haben sie nichts durchwühlt oder irgendwelche Schäden angerichtet. Sie haben nur das genommen, was ihnen wertvoll erschien, und sind damit verschwunden.«

»Das ist krass«, kommentierte Jacques. »Gibt es irgendeine Spur?«

»Das wird wieder so eine Bande aus Rumänien oder Bulgarien sein«, vermutete Sebastien. »Die baldowern das Haus aus, schlagen zu und schaffen das Diebesgut sofort über die Grenze. Das Zeug verschwindet auf Nimmerwiedersehen irgendwo im Osten. Und wenn die Polizei mal einen erwischt, dann ist das ein kleiner Handlanger, der entbehrlich ist und nichts über die Bosse weiß.«

Adrien schüttelte den Kopf. »Nein, das denke ich nicht. Die Ermittlungen gehen zumindest bei diesen speziellen Einbrüchen in eine andere Richtung. Es hat ja schon einige Villen rund um Paris getroffen, doch mein Vater sagt, die Vorgehensweise ist zu raffiniert für diese Banden. Da müssen echte

Spezialisten dahinterstehen, die gute Beziehungen haben, denn viele der Kunstwerke kann man, trotz ihres hohen Werts, nicht so einfach zu Geld machen. Überhaupt, keines der Kunstwerke ist bislang wieder aufgetaucht. Mein Vater meint, dass die Diebe hier aus Paris kommen und auch ihr Versteck in der Nähe sein muss, wo sie die Sachen lagern, bis sie einen geeigneten Käufer gefunden haben.«

Jacques schüttelte den Kopf. »Paris oder der Osten. Es bleibt die Suche nach einer Nadel im Heuhaufen, oder hat die Polizei einen Tipp bekommen?« Neugierig sah er Adrien an.

»So genau weiß ich es nicht, aber mein Onkel sagt, es gäbe eine Spur, die in die alten Steinbrüche führt.«

»Sag ich doch, eine Nadel im Heuhaufen!«, sagte Jacques lachend. »Das Labyrinth dort unten ist riesig. Wenn sie die Kerle nicht auf frischer Tat schnappen, dann finden sie die Beute nie.«

»Du unterschätzt unsere Polizei«, behauptete Adrien. »Wir leben ja nicht mehr im Mittelalter, wo die Steinbrüche in der Hand von irgendwelchen Banden waren und die Polizei sich da nicht runtertraute. Mit dem richtigen Aufgebot an Männern kann man den Untergrund schon durchkämmen.«

Jacques sah seinen Freund skeptisch an und auch Philippe schien nicht seiner Meinung. »Meinst du Commandant Sabatier und seine Männer? Ich weiß nicht. Die schaffen es ja gerade mal, eine Party auffliegen zu lassen. Falls die Diebe wirklich dort unten irgendwo ihr Versteck haben, dann sind die sicher nicht so leicht aufzuspüren.«

Adrien wehrte verächtlich ab. »Ich spreche nicht von der E.R.I.C. Das ist ja nicht die richtige Polizei. Das ist ein Witz. Männer in Blaumännern, die ab und zu ein wenig unter der Erde rumkriechen und ein paar Junkies verwarnen. Mein Vater hat militärisch geschulte Truppen, die in der Kaserne drüben in der Cité nur auf seinen Einsatzbefehl warten. Wenn von denen eine Hundertschaft nach unten steigt, dann bleibt kein Auge trocken, das versichere ich euch.«

Philippe war nicht überzeugt. »Ich weiß nicht. Wir kennen ja nur einen winzigen Teil, doch es soll ganz Paris in mehreren Stockwerken unterhöhlt sein. Das muss Hunderte Kilometer an Gängen und Kavernen ergeben, manche versteckt und kaum zugänglich, andere verschüttet. Ich kann mir schon vorstellen, dass es dort unten Verstecke gibt, die keiner findet.«

»Wir werden sehen. Ich brauche jedenfalls kein Hellseher zu sein, um zu prophezeien, dass es bis zum nächsten Einbruch nicht lange dauern wird.«

»Ist das nicht unheimlich?«, mischte sich Inès ein. »Hast du keine Angst, dass diese Leute das nächste Mal bei euch einbrechen?«

Adrien grinste, als er ihre erschrockene Miene sah. »Warum sollte ich? Erstens wird sich kein Dieb trauen, beim Polizeipräfekten einzubrechen, zweitens könnten diese Typen nicht einmal bis zum Haus gelangen, ehe unsere Sicherheitsleute sie schnappen würden. Und selbst wenn die so übermenschlich gut sein sollten, es zu schaffen, wäre es mir egal, wenn sie ein paar von diesen alten Bildern mitnehmen. An meinen Sachen würden sie sich sicher nicht vergreifen.«

»Ne, was sollten sie mit deinen ollen Klamotten«, stichelte Louna.

»Und was ist mit seinem neuen Laptop und dem Smartphone und den anderen teuren Sachen, die er von seinen Eltern bekommen hat?«, wandte Inès ein.

Adrien hob die Schultern. »Für so was scheinen sich diese Diebe nicht zu interessieren. Und selbst wenn, dann müsste mir mein Vater die Geräte eben ersetzen. Es gibt sowieso schon wieder eine neue Generation auf dem Markt.«

»Dann hast du ja überhaupt keine Probleme«, ätzte

Louna. »Wie schön für dich. Wie wunderbar ist es doch, in ein reiches Elternhaus hineingeboren zu werden.« Sie warf Adrien einen verächtlichen Blick zu, drehte sich auf dem Absatz herum und ging davon. Inès folgte ihr.

»Die Zicke ist halt neidisch«, kommentierte Philippe.

Claire sah den beiden Mädchen nach, doch ehe sie sich entschieden hatte, ob sie ihnen folgen sollte, legte Adrien den Arm um sie und zog sie an sich.

»Gehen wir!«, sagte er und sah sie so intensiv an, dass sie die anderen Mädchen vergaß. In seinem Blick lag etwas, dass ihre Knie weich werden ließ. Ein Begehren, das ungeahnte Wünsche wachrief, und ein Verlangen, das ihren Atem beschleunigte.

Wer weiß, was geschehen wäre, wenn sie in diesem Moment nicht im Foyer der Schule gestanden und es nicht zur nächsten Stunde geläutet hätte.

***

»Wir sollten nicht hier sein«, flüsterte eine Stimme.

»Was ist? Bekommst du jetzt kalte Füße? Dann geh und träum dir deine Flasche Schnaps. Wenn dich das wärmt und vergessen lässt, ist es ja gut.«

Die Frau stieß einen jämmerlichen Laut aus.

»Mach, was du willst«, erklang eine andere Stimme, die Léon ebenfalls kannte. »Ich jedenfalls brauche neuen Stoff. Mein Dealer macht mir ein Sonderangebot, mit dem ich vielleicht über den Winter komme.«

Ein Poltern erklang und dann ein Schrei. »Was machst du denn da? Ich wäre fast erschlagen worden!«

»Eine böse Falle«, sagte eine tiefe Männerstimme. »Das hätte ins Auge gehen können.

»Meinst du, da gibt es noch mehr davon? Dann lass uns lieber abhauen.«

»Mathis, sei ruhig«, befahl ein anderer. »Ich muss mich konzentrieren, sonst bekomme ich das Schloss nicht auf.«

Die Stimmen verstummten, dafür wurde das Kratzen lauter. Léon spürte Jannines Finger an seinem Arm, die ihn warnend drückten. So blieben sie, wo sie waren, bis die Tür aufsprang und vier Gestalten mit Taschenlampen bewaffnet in die Kaverne brandeten: Mathis, Clément, Scorpion und Josette. Lichtkegel huschten suchend umher, doch für eine Weile sagte keiner etwas, dann stieß Scorpion einen Pfiff aus. »Was für eine Schatzkammer. Die haben uns offensichtlich nicht alles gesagt.«

Clément warf einen Blick auf die Bilder, dann wandte er sich desinteressiert ab und trat zu Josette, die eine der eingestaubten Kisten öffnete.

»Seht nur, das ist sicher was wert. Wir können ein wenig von dem Plunder verkaufen. Das fällt sicher nicht auf und dann leben wir wie die Könige!«

»Du meinst, du wirst bis zum Frühling nicht mehr nüchtern«, präzisierte Mathis.

Josette fuhr herum. »Das geht dich nichts an. Du hast ja keine Ahnung. Kiff dich weiter zu und red nicht über andere!«

Mathis griff in eine der Kisten, nahm sich zwei Ringe und einen goldenen Armreif und steckte sie in die Tasche. Dann zog er eine silberne Tabakdose heraus. Nun begann sich auch Josette zu bedienen. Ihr zerschlissener Beutel füllte sich. Die beiden anderen standen dabei, konnten sich aber offensichtlich nicht entschließen, sich ebenfalls etwas zu nehmen.

»Willst du nichts?«, erkundigte sich Scorpion.

Clément sah den Hünen an. »Wir haben Geld bekommen. Sie haben uns bezahlt für das, was wir für sie erledigen sollen.«

»Ja, und? Was sind die paar Euro im Vergleich zu den Schätzen, die wir hier rausholen können«, widersprach Josette.

»Es hat dich keiner gezwungen, dich darauf einzulassen«, wandte Clément ein.

»Aber es ist nicht gerecht«, beharrte Mathis.

»Du hättest ja mehr verlangen können«, entgegnete Clément.

Scorpion runzelte die Stirn. »Ich versteh dich nicht. Dein von dir so großartig angekündigter Deal ist geplatzt und hat dich und ein paar andere fast in den Knast gebracht und jetzt kriegst du hier den Moralischen? Wir haben mit diesem Deal eine zweite Chance bekommen und uns entschlossen, sie zu nutzen. Warum bist du mitgekommen, wenn es dir nicht passt?«

Clément drehte sich um seine Achse und ließ den Blick schweifen. »Neugier, würde ich sagen. Ich wollte einfach wissen, was die wirklich treiben und wie gut sie sind.«

»So gut, dass es für uns auch reicht!«, bekräftigte Josette und schob sich noch eine Kette in ihren Beutel.

Scorpion gesellte sich zu Clément und folgte dessen Blick. »Und, bist zu zufrieden?«

Clément nickte. »Ich bin beeindruckt. Das hätte ich nicht erwartet, aber ich bin auch mit uns nicht unzufrieden. Wir haben das Versteck gefunden und es geschafft, hier einzudringen.«

»Und das sollte belohnt werden«, ergänzte Scorpion. Er öffnete eine weitere Kiste und nahm sich ein Kästchen mit alten Münzen. »Keine Ahnung, ob die was wert sind, aber irgendwer wird es schon wissen.«

»Komm, nimm dir auch etwas«, drängte Josette. »Das hast du dir verdient. Wir sind die Schattenkämpfer, schon vergessen?« Clément näherte sich den Kisten, dann streckte er die Hand aus, nahm sich ein silbernes Feuerzeug und steckte es in die Tasche. »So, und jetzt sollten wir wieder gehen. Wir müssen noch Bericht erstatten. Schon vergessen?«

Léon spürte, wie sich der Druck der Finger um seinen Arm verstärkte. Offensichtlich wollte sich Jannine nicht zu erkennen geben. Vermutlich, weil ihr an dem Schmuck und dem Silberzeug, das hier seit Ewigkeiten ruhte, nicht wirklich etwas lag. Solange die Eindringlinge ihre Bilder nicht anrührten, entstand für sie kein Schaden. Außer, dass es den Kataphilen gelungen war, das Versteck aufzuspüren. Damit hatte sie sicher nicht gerechnet. Léon spürte, wie ihr Bruder sich anspannte, als würde er sich zum Sprung bereit machen, doch Jannine hielt ihn fest. Sie blieben in ihrem Versteck, bis die vier Eindringlinge die Kaverne verlassen und die Tür wieder verschlossen hatten. Dann erst schnippte Jannine mit den Fingern und ließ die Steine wieder leuchten. Léon sah sich fasziniert um. Ihre Magie war so ganz anders als die seine. Es war, als könne sie mit den Felsen sprechen. Bei ihm blieben die Felsen kalt und dunkel, doch er brauchte ihr Licht nicht, um zu sehen.

»Das hätte ich denen nicht zugetraut«, sagte Jannine, als sie zu den Kisten trat, vermutlich um zu sehen, was die ungebetenen Besucher alles eingesteckt hatten.

»Die Meisterdiebin wird von ein paar Junkies bestohlen, die sich die Schattenkämpfer nennen«, kommentierte Léon amüsiert.

Jannine machte eine wegwerfende Handbewegung. »Unwichtiges Spielzeug, an dem Marcell seine Freude hatte. Es ist noch genug Glitzerkram da, mit dem er spielen kann.

Léon sah zu Marcell hinüber, doch dessen Miene war so ausdruckslos, dass er nicht einmal sicher war, ob er zugehört hatte.

»Nein, was mich ärgert«, fuhr Jannine fort, »ist, dass es denen gelungen ist, das Versteck zu finden und hier einzudringen. Das kann ich mir nicht erklären.«

Léon hob die Schultern. »Warum nicht? Ich gebe zu, Josette und Mathis sind sicher nicht mehr allzu oft klar im Kopf, aber Scorpion ist nicht dumm, und Clément halte ich für einen schlauen Fuchs, auch wenn sein großer Coup nicht genug durchdacht gewesen war, um zu gelingen.«

Jannine seufzte. »Vielleicht sind sie Marcell gefolgt, als er ein paar der Bilder hergebracht hat.«

Marcell fuhr herum und starrte sie wild an. Offensichtlich hatte er doch zugehört.

Abwehrend hob Jannine die Hände. »Ich mache dir doch keine Vorwürfe. Ist auch egal, wie es passiert ist, ich frage mich nur, wer sie zu ihrer Suche angestiftet haben könnte. Sie haben Geld dafür bekommen? Habe ich das eben richtig verstanden?«

Léon nickte. »So habe ich das auch gehört. Vielleicht hat die Polizei sie bei einem Einbruch überrascht und ihnen einen Deal angeboten?«

»Dann rennen sie jetzt direkt zum Präsidium, um denen mein Versteck zu verraten?« Jannine stöhnte.

»Gut, es ist nun einmal passiert, doch noch ist der Schaden nicht zu groß. Wir müssen die Sachen nur rechtzeitig an einen anderen sicheren Ort bringen, wo uns die Kataphilen nicht wieder in die Quere kommen.«

Sie kaute auf ihrer Lippe, während ihr Blick unruhig umherhuschte. Plötzlich richtete er sich auf Léon und sie begann zu lächeln.

»Wie wäre es, wenn du meine Bilder eine Weile verwahren würdest?«

Léon starrte sie an. »Ich? Vergiss es. Ich liebe meine Privatsphäre.«

»Das respektiere ich«, beeilte sich Jannine zu versichern. »Oder bin ich schon mal bei dir aufgekreuzt?«

»Kannst du nicht. Keiner weiß über meinen Unterschlupf Bescheid und so soll es auch bleiben.«

»Bist du dir da ganz sicher?« Das Lächeln gefiel ihm gar nicht.

»Du hast dich sehr bemüht«, sagte sie ein wenig gönnerhaft. »Und ich muss sagen, du hast es dir richtig gemütlich gemacht.« Sie schlug die Hand vor den Mund. »Ups, das hätte ich wohl nicht sagen sollen. Verzeih, die Neugierde. Ich war nur einmal ganz kurz drin.«

Léon stöhnte. Er war sich nicht sicher, ob sie die Wahrheit sprach, doch er traute es ihr durchaus zu, dass sie hinter sein Geheimnis gekommen war.

»Ich möchte deine Sachen nicht«, wehrte er ab. »Ich will meine Ruhe!«

»Das verstehe ich«, sagte sie einschmeichelnd, »aber könnten wir uns darauf einigen, dass du die Meisterwerke zu dir nimmst, bis ich etwas Besseres gefunden habe? Wer weiß, ob diese Schnüffler nicht vorhaben, die Polizei direkt hierherzuführen. Könntest du dir das vorstellen, wie es wäre, wenn die Bilder in deren Hände fielen? Das sind ungebildete Kerle, die von Kunst keine Ahnung haben. Was, wenn sie auch nur eines dieser Gemälde zerstören würden, wäre das nicht schrecklich?«

Léon wusste nicht, ob er sich ärgern oder sich über ihre raffinierte Argumentation amüsieren sollte.

»Also gut, aber du siehst dich nach etwas anderem um!«

»Aber sicher, versprochen!« Sie strahlte ihn an.

Jannine war richtig hübsch, wenn sie so lächelte, stellte er fast ein wenig verwundert fest.

»Marcell kann sie zu dir bringen«, fügte sie eifrig hinzu, doch Léon wehrte ab.

»Nein, das mach ich selbst«, beharrte er, und sie widersprach ihm nicht.

»Danke«, sagte sie nur. Weiter gab es nichts zu sagen. Er nickte ihr und Marcell zu und wandte sich zum Gehen. Er hatte die Kaverne mit den Kunstwerken noch nicht verlassen, als ihn ihre Stimme aufhielt.

»Léon, was ist eigentlich mit dem Mädchen?«

Er blieb stehen, drehte sich aber nicht zu ihr um. »Was für ein Mädchen?«

»Versuche nicht mich für dumm zu verkaufen! Jede Ratte unter Paris weiß davon. Du hast dich ihr gezeigt und dich mit ihr getroffen. Mehr als einmal!«

»Und? Bin ich irgendjemandem Rechenschaft schuldig?«

»Mir nicht, aber vielleicht dem Meister«, sagte Jannine mit Bedacht.

»Dann ist das eine Sache zwischen dem Meister und mir«, beharrte Léon.

»Ach komm, sei nicht so. Wer ist sie und was hast du mit ihr vor?«

Nun wandte er sich doch um. »Ich bin ein Mann. Darf ich mich nicht einfach ein wenig amüsieren? Es bedeutet nichts.« Er machte eine Pause und sah Jannine in die Augen. »Sie bedeutet nichts!«

Léon wandte sich ab und ging davon. Er war sich wohl bewusst, dass Jannine ihm nachsah, bis sich seine Konturen in der Finsternis auflösten.

***

»Léon, wie schön, dass du dich mal wieder zeigst.« Die Stimme des Meisters klang beißend.

Léon fiel es schwer, sich aufrecht zu halten. Seine Knie waren weich und er hatte fast kein Gefühl mehr in den Füßen. Dennoch versuchte er, sich seine Schwäche nicht anmerken zu lassen. Trotzig drückte er den Rücken durch und suchte den feurigen Blick des Schattens.

»Ich war den ganzen Tag über draußen!«, sagte er vorwurfsvoll.

»Ja, und? Ist das ein Problem?«

Ja, dachte Léon. *Das wisst Ihr genau. Es sind Eure Regeln, und es ist Eure Macht, die uns erhebt oder erdrückt, ganz nach Euren Launen.*

Der Schatten lachte freudlos. Vielleicht hatte er die Gedanken gelesen.

»Nun gut, dann gönn dir eine Nacht Pause und sammle deine Kräfte. Wer weiß, wozu du sie brauchst. Was nützt mir ein schwacher Diener, der im entscheidenden Moment zusammenbricht. Ich weiß, dass sich da etwas zusammenbraut, und ich will rechtzeitig davon erfahren, um vorbereitet zu sein, ist dir das klar?«

Léon nickte. »Aber sicher, Meister. Darf ich mich dann zurückziehen?«

»Du darfst. Und bleib an dem Mädchen dran. Ich fühle es, sie wird zum gegebenen Zeitpunkt meinen Plänen nützlich sein.«

»Und dann?«

»Was dann?«, gab der Schatten ungeduldig zurück. »Sie interessiert mich nicht. Sie ist nur ein Werkzeug, das im entscheidenden Augenblick funktionieren muss. Wenn sie ihren Zweck erfüllt hat, ist sie ohne Wert.«

»Es ist also gleichgültig, ob sie dabei zu Schaden kommt«, entfuhr es Léon, der sich auf die Zunge hätte beißen können, doch nun waren die Worte gesagt.

Er spürte, wie sich der Schatten verdichtete. Er wuchs und breitete sich aus, umhüllte Léon mit seiner eisigen Aura. Schmerz erfasste ihn und schüttelte ihn. Er konnte sich nicht mehr aufrecht halten. Seine Schwäche forderte ihren Tribut. Er fiel auf die Knie.

»Wir haben eine Abmachung«, raunte es in seinem Ohr. »Ich gebe dir, was du am meisten begehrst, und du folgst dafür meinen Befehlen, ohne sie infrage zu stellen. Erinnerst du dich?«

Eine zweite Welle von Schmerz überrollte ihn und ließ ihn erzittern, doch sein Zorn erhob sich über ihn und vertrieb die Kälte.

»Du versuchst gegen mich zu kämpfen?« Der Schatten schien zu verblüfft, um zornig zu werden.

Unvermittelt zog er sich wieder zurück und schrumpfte auf Menschengröße zusammen.

»Du hast einen unbeugsamen Willen, Léon. Vielleicht habe ich dich deshalb ausgewählt, doch versuche nie wieder, dich gegen mich zu stellen. Sosehr ich dich und deine Dienste schätze, du bist nicht unersetzlich. Denk immer daran. Ich könnte dich jederzeit zerquetschen oder Schlimmeres mit dir anstellen, bis du darum bettelst, dass ich dich dem Teufel überlasse, der schon lange in der Hölle auf dein Erscheinen wartet.«

»Ihr braucht mir nicht zu drohen, Meister, und Ihr müsst mich auch nicht an meinen Pakt erinnern. Ich habe ein gutes Gedächtnis!«

»Dann ist es recht. Du darfst dich jetzt zurückziehen und dich ausruhen, bis du wieder bei Kräften bist.« Wieder klang Spott in seiner Stimme.

Léon überlegte, ob er sich verbeugen sollte, doch es kostete ihn genug Kraft, wieder auf die Füße zu kommen. So nickte er lediglich mit dem Kopf und wandte sich um. Da traf ihn ein Blitz von hinten, der ihn fast noch einmal in die Knie zwang, doch statt Kälte und Schmerz wallte eine Welle von Energie durch seinen Körper, die ihm innerhalb eines Augenblicks seine Kraft zurückzubringen schien. Das hatte der Meister noch nie getan!

Léon begann zu ahnen, wie groß seine Kräfte waren, und doch wusste er als Einziger in der Welt der Finsternis auch von seiner Furcht.

Léon wandte sich nicht um. Vielleicht erwartete der Meister Dank für sein großzügiges Geschenk, doch Léon schwieg und ging einfach davon.

Kapitel 10

Unsichtbare Diebe

Die Sache mit den Einbrüchen und den gestohlenen Gemälden ging Claire den ganzen Tag nicht aus dem Kopf. Warum nur huschten ihre Gedanken in diesem Zusammenhang immer wieder zu Léon? Was hatte er mit diesen Einbrüchen und den verschwundenen Bildern zu tun?

Sie zählte immer wieder alle Argumente auf, die diesen Verdacht einfach lächerlich erscheinen ließen. Und doch kam sie immer wieder auf die bange Frage zurück, die ihr keine Ruhe ließ. Sie hätte zu gern gewusst, welche Hinweise der Polizei vorlagen, dass sie den oder die Täter im Untergrund von Paris vermuteten. Vielleicht war das ja nur eine Mutmaßung, weil es so gut passte. Unsichtbare Diebe, die im Schutz der Nacht kamen und sich dann mit ihrer Beute in die finsteren Höhlen zurückzogen. Vielleicht aber war es auch ganz anders und die Beute lagerte in irgendeinem Schuppen draußen in den Vororten der Banlieue oder auf einem der stillgelegten Industriegelände. Oder es stand gar ein superreicher Sammler hinter alldem, der die Kunstwerke in seiner Villa versteckte. Alles war möglich, und Léon hatte ganz sicher nichts damit zu tun, selbst wenn die Spur zutreffen sollte und zu den Steinbrüchen führte.

Wo sich Léon bestens auskennt, erinnerte sie wieder diese

Stimme, die sie zum Schweigen bringen wollte. *So gut, dass er dich auf direktem Weg hinausgeführt hat. Und das ganz ohne Licht!*

Na und? War er etwa der Einzige, der dort unten lebte oder sich in einigen Teilen des Labyrinths auskannte? Nein, ganz sicher nicht! Dort gab es jede Menge Junkies und Aussteiger oder arme Obdachlose, die sich bei schlechtem Wetter in den Untergrund zurückzogen.

Die sich mit Kunst auskennen und nachts in den Louvre schleichen?

Claire hätte sich am liebsten die Hände auf die Ohren gepresst, doch das würde gegen die Stimme aus ihrem Innern nichts nützen.

Verdammt! Léon war kein Dieb. Das konnte sie sich einfach nicht vorstellen. Er war ihr Retter. Ihr Schutzengel. Er gehörte zu den Guten!

Ach, so einfach ist das? Es gibt die Guten, die Mädchen retten, und es gibt die Bösen, die Bilder klauen?

Nein, so einfach war es leider nicht.

Was hatte er in Notre-Dame zu suchen? Wollte er zur Beichte, um sein schlechtes Gewissen zu erleichtern? Oder hat er nach wertvollen Kunstgegenständen für seinen nächsten Beutezug Ausschau gehalten?

»Genug!«, rief Claire laut aus und ballte die Hände zu Fäusten. Minutenlang schritt sie schon in ihrem Zimmer auf und ab, doch nun schienen ihr auch diese Wände zu eng. Sie musste es einfach wissen! Aber wie sollte sie es in Erfahrung bringen? Wie Léon überhaupt finden? Warten, bis er sie besuchte, war keine Option. Wer konnte schon sagen, ob er überhaupt noch einmal in ihrem Leben aufzutauchen gedachte. Sie musste ihn suchen! Aber wo sollte sie anfangen?

Dort, wo sie ihn schon einmal getroffen hatte!

Claire stürmte aus dem Zimmer und rannte die Treppe hinunter. Sie griff nach ihrer Jacke, steckte Handy und Geldbeutel in ihre Tasche und stürmte aus dem Haus.

Erst als sie in der Metro saß, hatte sie Zeit, über den Plan nachzudenken. Streng genommen hatte sie gar keinen Plan, und die Hoffnung, er werde sich heute Abend wieder im Louvre aufhalten, war schlichtweg kindisch. Sie dachte lieber nicht über die Chancen nach. Doch wo hätte sie sonst nach ihm suchen sollen? Ob Kunstdieb oder nicht, er liebte Gemälde und hatte selbst gesagt, er sei gern im Louvre, wenn der bereits geschlossen habe und er mit den Kunstwerken allein sein könne.

Claire fragte sich, ob ihre Mutter noch bei der Arbeit war und ihr somit einen Vorwand lieferte, hineinzukommen. Hatte sie heute Morgen irgendetwas gesagt, dass es wieder spät werden würde? Claire wusste es nicht. Sie hatte beim Frühstück nicht so recht zugehört, doch noch war Louise nicht nach Hause gekommen, also war die Wahrscheinlichkeit hoch, dass sie noch arbeitete. Dann musste Claire nur noch jemand finden, der ihre Mutter kannte und sie hineinließ. Das dürfte kein zu großes Problem sein. Sie fragte sich wieder einmal, wie es Léon gelang, unbemerkt in das so gut gesicherte Museum einzudringen.

Er ist eben gut, dein Kunstdieb!

Kunstliebhaber!, verbesserte sie energisch. Die Metro hielt. Claire stürmte die Treppe hinunter und durch die fast leeren Gänge der Einkaufspassage an der umgekehrten Glaspyramide vorbei zum unterirdischen Zugang des Louvre, an dem noch ein gelangweilter Securitymann stand, der sie aufforderte, ihre Tasche durchleuchten zu lassen. Claire trat durch das Tor mit den Metalldetektoren, schnappte sich ihre Tasche am Ende des Bands und eilte weiter. Es kamen ihr nur wenige Menschen entgegen, als sie sich auf den Weg ins Foyer machte. Sie hatte Glück und entdeckte gleich ein bekanntes Gesicht. Claire wusste zwar den Namen der Frau nicht mehr, doch sie hoffte, dass diese sich an sie erinnern würde.

»Salut«, grüßte sie fast ein wenig übertrieben fröhlich. »Ich bin mit meiner Mutter verabredet, Madame Nicolas«, fügte sie sicherheitshalber noch hinzu.

Die Dame mit dem grauen Dutt nickte. »Oh ja, *la Doctoresse Nicolas*«, sagte sie begeistert. »Soll ich sie anrufen?«

Claire winkte ab. »Nein, stören Sie sie nicht. Ich warte.«

»Wie Sie wünschen, Mademoiselle.«

»Darf ich mich ein wenig umsehen, bis sie kommt?«

Die Dame mit dem Dutt zögerte, doch dann nickte sie. »Ich denke, das geht in Ordnung. Sie werden doch nichts anfassen?«

»Natürlich nicht!«, entgegnete Claire mit einem Ton der Entrüstung. Dennoch hob die Frau mahnend den Zeigefinger. »Es wäre für uns beide gar nicht gut, wenn Sie den Alarm auslösen würden.«

Claire schwor ihr hoch und heilig, dass sie keinem der Kunstwerke zu nahe kommen würde, dann durfte sie endlich gehen. Sie eilte davon und tauchte in die Galerien ein, die im Dämmerlicht der Notbeleuchtung vor ihr lagen. Erst jetzt hielt sie inne.

Gut. Sie war im Louvre, aber wo sollte sie Léon suchen? Das Museum war riesig! Sie könnte stundenlang durch die Säle gehen, ohne ihn zu treffen, selbst wenn er sich im Louvre aufhielt. Also, in welcher Abteilung war die Chance am größten? Sollte sie dort anfangen, wo sie sich beim letzten Mal getrennt hatten? Unten bei den mittelalterlichen Fundamenten?

Nein, was sollte er dort zu suchen haben? Er liebte Gemälde, das hatte er zumindest gesagt. Also schieden auch die Säle für Kunsthandwerk und die vielen Skulpturen aus. Dennoch blieben noch endlos viele Galerien übrig.

Vielleicht sollte sie wieder zu den riesigen Werken der

französischen Maler hinaufgehen, wo sie sich begegnet waren.

Claire stieg die Treppe hinauf. Irgendwo musste sie schließlich anfangen. Sie durchquerte die Säle fünfundsiebzig, sechsundsiebzig und siebenundsiebzig, wobei sie den Bildern heute wenig Aufmerksamkeit schenkte. Stattdessen blieb sie immer wieder stehen, sah sich im Raum um und rief halblaut Léons Name, doch sie erhielt keine Antwort. Das Einzige, was sie bei ihrer einsamen Wanderung hörte, waren ihre eigenen Schritte auf dem Parkettboden.

Enttäuscht kehrte Claire zum Treppenhaus zurück und querte hinüber zum Südflügel entlang der Seine, der die italienischen Maler beherbergte. Ein Blick zu den Anfängen im 14. Jahrhundert mit seinen Marienbildern und anderen biblischen Szenen, doch auch hier war niemand. Langsam ging sie weiter zur Renaissance, wo die Menschen lebendiger wurden, die Stoffe plastischer und die Natur voller Dramatik. Rechts öffnete sich der Saal mit dem Bild, das wohl kaum ein Besucher des Louvre ausließ. So blieb auch Claire einige Augenblicke vor der berühmten Mona Lisa stehen, über deren rätselhaftes Lächeln unzählige Werke geschrieben worden waren. Es war ein seltsames Gefühl, hier mit diesem Bild allein zu sein. Dieses Erlebnis hatten nicht viele. Und vielleicht gerade weil die Scheinwerfer, die sie sonst ins rechte Licht setzten, ausgeschaltet waren, ging von dem Gemälde eine geradezu magische Ausstrahlung aus.

»Salut, Mona Lisa«, grüßte Claire. »Du hast nicht zufällig Léon hier gesehen?«

Claire hielt ihren Blick auf das Bild gerichtet, so als warte sie auf eine Antwort, doch als sie die flüsternde Stimme vernahm, zuckte sie erschreckt zusammen.

»Du sprichst mit Bildern? Interessant! Es gibt wohl noch vieles an dir zu entdecken.«

Claire fuhr herum. Wieder hatte sie ihn nicht kommen

hören, aber das war auch nicht wichtig. Entscheidend war, dass sie ihn tatsächlich gefunden hatte. Nun würden sich alle Rätsel klären und alles Misstrauen in Luft auflösen.

»Léon!«, stieß sie hervor. »Ich habe dich gesucht.«

Er nickte und trat ihr einige Schritte entgegen. Es sah aus, als würde er sich aus dem riesigen Gemälde gegenüber lösen und zwischen den Gästen der »Hochzeit zu Kana« von Veronese hervortreten. Claire blinzelte. Die schlechten Lichtverhältnisse spielten ihren Sinnen einen Streich.

Ein Hauch von einem Lächeln umspielte seine Lippen. »Ja, das ist mir nicht entgangen.«

Claire hatte noch immer Mühe, ihr Glück zu fassen. Natürlich war sie gekommen, um ihn zu finden, doch die Hoffnung war so winzig klein gewesen. Sie verschlang ihn mit ihrem Blick. Da stand er nur zwei Meter von ihr entfernt, reglos in der düsteren Galerie, und kam ihr wie eines der Gemälde oder eine Skulptur vor. Nie war er ihr schöner erschienen. Sein Körper perfekt, wie die Künstler der Antike sie dargestellt hatten, sein Gesicht ebenmäßig und beinahe von innen leuchtend, sein Lächeln so geheimnisvoll wie das der Mona Lisa. Es drängte sie, ihn zu berühren, doch sie hatte das Gefühl, sie könne sich nicht mehr bewegen. Vielleicht war er ein Basilisk, der sie mit seinem Blick in Stein verwandelt hatte.

»Und warum hast du mich gesucht?«, erkundigte er sich höflich.

Claire starrte ihn stumm an. Sie konnte nicht einfach mit der Frage herausplatzen, die sie seit dem Morgen umtrieb.

He, Léon, bist du der Kunstdieb, der die Pariser Villen ausräumt? Sag mal, lagerst du die Beute in deinem unterirdischen Versteck? Ach übrigens, die Polizei sucht nach dir und wird vermutlich demnächst in den Höhlen eine groß angelegte Razzia durchführen, also nimm dich in Acht. Ich wäre zwar sehr enttäuscht, zu erfahren, dass du nur ein Dieb bist, der sich an anderen bereichert, aber du hast mich gerettet, also rette ich jetzt dich, dann sind wir quitt.

Kein Laut kam über ihre Lippen, während ihre Gedanken rasten. Léon zog die Augenbrauen hoch. »Was geht dir gerade durch den Kopf?«

Mit Mühe löste Claire ihren Blick von ihm und wandte sich wieder dem weltberühmten Bild zu.

»Ich habe mich gefragt, ob schon mal jemand versucht hat, die Mona Lisa zu stehlen.«

Falls sich Léon über diese Frage wunderte, so ließ er es sich nicht anmerken. »Aber ja!«, sagte er und trat neben Claire, den Blick ebenfalls dem Frauenbildnis zugewandt. »Was berühmt und wertvoll ist, ist immer auch Objekt der Begierde. *La Joconde* hatte schon immer einen Ehrenplatz hier im Louvre. Das war im Jahr 1911 nicht anders, als sich an einem Abend im August ein Spiegelmacher, der hier im Palast arbeitete, unbemerkt einschließen ließ. Die Grande Galerie mit ihren zahlreichen Spiegeln war ihm wohlbekannt und auch der Salon Carré, wo die Mona Lisa zwischen einem Tizian und einem Correggio hing. Es war an einem Montag, als das Museum geschlossen hatte, als der Spiegelmacher die Mona Lisa einfach von ihrem Haken nahm und das Bild unter seinen weiten Mantel steckte. Damals war das noch so einfach möglich. Es gab in weiten Teilen des Louvre noch nicht einmal elektrisches Licht, geschweige denn eine Alarmanlage. Also nahm er das Bild einfach mit hinunter, verließ den Louvre durch eine Seitentür und schritt über den Hof der Sphinx zum Seinequai hinunter. Dabei hatte es gerade zu dieser Zeit Überlegungen gegeben, wie man die wertvollsten Bilder vor Diebstahl und Vandalismus schützen könnte. Zu spät! Die Mona Lisa war weg und blieb verschwunden.«

Claire riss die Augen auf. »Sie wurde tatsächlich gestohlen? Das ist kein Scherz?«

»Aber nein«, versicherte ihr Léon. »Es gab lange Zeit

keine Spur von ihr, denn Peruggia versteckte sie im doppelten Boden eines Koffers. Erst als er sich bei einem florentinischen Kunsthändler meldete, der auf der Suche nach italienischen Gemälden war, und ihm *la Gioconda* anbot, kamen die Dinge wieder in Bewegung. Der Kunsthändler bat ihn nach Florenz, um das Bild zu prüfen, und es war tatsächlich die Mona Lisa, die für kurze Zeit der staunenden Öffentlichkeit in Italien präsentiert wurde, dann aber zum Louvre zurückkehrte.«

»Und Peruggia?«, wollte Claire wissen.

»Der wurde verhaftet. Er sagte, er sei Patriot und habe lediglich *la Gioconda* in ihre Heimat zurückbringen wollen.«

»Also hat er das Bild nicht gestohlen, um sich zu bereichern«, stellte Claire fest.

»Ist es dann kein Diebstahl mehr?«, fragte Léon.

»Doch, schon«, gab Claire zu. »Aber es ist in meinen Augen dennoch etwas anderes.«

»Entschuldbar?«

Sie hob die Schultern. »Vielleicht.«

»Nicht für die Polizei und die Justiz«, stellte Léon fest.

»Nein, für sie spielt das keine Rolle«, stimmte ihm Claire mit einem Seufzer zu. Sie gingen weiter. Passierten die Kunstwerke der italienischen Renaissance und wanderten noch einmal durch die Säle der französischen Künstler, ehe sie in den Westflügel des Cour Carrée einbogen. Claire schwieg lange und schritt einfach an seiner Seite durch die düsteren Räume, die mit ihren großen Fenstern ein magisches Schattenspiel darboten. Es war wie eine Zeitreise. Sie passierten die detailgetreu eingerichteten Gemächer und Salons der früheren Könige, die hier residiert hatten.

Léon ging neben ihr, blieb stehen, wenn sie sich staunend umsah, und fiel dann wieder mit ihr in einen vertrauten Gleichschritt. Endlich, als sie im Nordflügel einen Stock höherstiegen und die Säle der niederländischen Malerei erreichten, brach Léon das Schweigen.

»Unser Interesse gilt heute Abend also dem Kunstraub in seinen verschiedenen Facetten, wenn ich dich richtig verstanden habe. Gerade hier in diesen Räumen hat sich vor vielen Jahren ein mysteriöser Raub ganz anderer Art zugetragen. Es fiel erst gar nicht auf. Anders als bei der Mona Lisa blieb kein mahnender Nagel in der Wand zurück. Nein, die Bilder blieben alle an ihren gewohnten Plätzen.«

Claire blieb mit gerunzelter Stirn vor einem üppigen Stillleben stehen. »Wie meinst du das? Ich verstehe nicht. Sind die Bilder durch Kopien ersetzt worden?«

Léon schüttelte den Kopf. »Es wurden nicht die Gemälde selbst gestohlen. Es wurde *aus* den Gemälden gestohlen.« Claire blinzelte verwirrt.

Nun wandte sich Léon ebenfalls dem Stillleben zu. »Sieh es dir an. Diese üppige Vielfalt. Der Tisch biegt sich unter gebratenen Hühnern und Süßspeisen. Die Weinkaraffen sind gefüllt. Die flämischen Maler verbreiteten ihre Bilder in alle Welt, sodass selbst die Tische der französischen Künstler bald üppig gefüllt waren, dass einem beim Anblick der Gemälde das Wasser im Munde zusammenlief, während das Volk von Paris den Gürtel enger schnallen musste. Und da geschah es, erst unbemerkt, doch bald nicht mehr zu übersehen. Nacht für Nacht verschwanden immer mehr von den deftigen, fetten Speisen. Zurück blieb meist nur noch eine Fastenmahlzeit.«

Claire starrte Léon ungläubig an. »Du nimmst mich auf den Arm!«

»Aber nein«, wehrte er ab.

»Du willst mir weismachen, die hungrigen Pariser hätten das Essen aus den Gemälden gestohlen?« Claire sah ihn mit hochgezogenen Augenbrauen an.

»Nein, nicht alle Pariser. Es war nur einer, dem die Polizei schließlich mit nächtelanger Observation auf die Schliche kam. Es war ein Mann, der sein Leben lang hier im Louvre gearbeitet hatte und der nun für sein Alter nicht einmal eine Pension erwarten durfte, mit der er sich hätte ernähren können.«

»Und so stillte er seinen Hunger mit dem Essen, das auf Gemälden abgebildet war?«

»Wer weiß?« Léon schmunzelte. »Vielleicht war er nach den Jahren seiner Arbeit den Kunstwerken so nah, dass er mit ihnen verschmolz? Die Polizei berichtet, er habe sich ihrem Zugriff entzogen und sei einfach in einem Bild verschwunden. Ich glaube es war »Landschaft mit Sonnenuntergang« von Adriaen Brouwer. Es hängt dort drüben im Saal dreiundzwanzig. Willst du es sehen? Wenn man genau hinsieht, kann man den entflohenen Dieb entdecken.«

Léon ergriff Claires Hand und führte sie in den kleinen Raum mit Gemälden aus Flandern. Gemeinsam blieben sie vor dem Bild stehen. Claire wusste nicht mehr, was sie denken sollte. Das war völliger Unsinn, und doch konnte er so mitreißend erzählen, dass sie in Versuchung geriet, ihm jedes Wort zu glauben. Claire starrte in den gemalten Sonnenuntergang, dessen Strahlkraft sie zu wärmen schien. Sie spürte Léons Hand in der ihren, und es war, als pulsiere eine ungekannte Lebenskraft von ihm auf sie über. Sie fühlte sich leicht und glücklich und stark wie nie zuvor.

»Haben wir das Thema Kunstraub nun zufriedenstellend besprochen oder gibt es noch Fragen?«, brach Léon die Stille.

Er wusste es! Claire wandte sich ihm zu und versank wieder einmal im Schwarz seiner Augen.

»Du kennst dich so gut mit Gemälden aus«, stieß Claire hervor. »Und es scheint keine Tür und kein Schloss zu geben, das dich aufhalten könnte.«

Er hielt ihrem Blick gelassen stand. »Ja?«

»Diese ganzen Einbrüche in den Villen, zuletzt bei den Nachbarn des Polizeipräfekten, da wurden wertvolle Gemälde gestohlen. Ich meine wirklich nur die echten, alten Werke. Einige gut gemachte Kopien ließ der Dieb hängen.«

»Dann hat derjenige wohl Geschmack und kennt sich aus, nicht wahr?«, sagte Léon leichthin. Er wandte sich wieder zum Gehen, doch Claire hielt ihn fest und zwang ihn, sich ihr noch einmal zuzuwenden.

»Léon, du hast Geschmack, du liebst Bilder, und du kennst dich aus!« Sie holte tief Luft, um den Verdacht auszusprechen, der sie so quälte, doch er kam ihr zuvor.

»Und nun willst du wissen, ob ich sie gestohlen habe? Ob ich ein gewöhnlicher Einbrecher bin, der seine Beute nur wegen des Geldes, das sie ihm einbringt, begehrt, oder vielleicht doch ein Dieb, dem es um das Kunstwerk geht und der in deinen Augen mildernde Umstände zugebilligt bekommt.«

»Es tut mir leid, aber ich muss es einfach wissen. Ich kann an nichts anderes mehr denken.« Sie blickte ihn entschuldigend an, doch er schien ihres Verdachts wegen nicht gekränkt zu sein.

War das jetzt ein gutes oder ein schlechtes Zeichen? Claire wusste es nicht.

»Bitte, sag mir die Wahrheit!«

Léon sah sie versonnen an. »Was hilft es dir, wenn ich dir sage, ich habe diese Bilder nicht gestohlen? Weißt du dann mehr? Kannst du dir sicher sein, dass ich die Wahrheit sage? Nein, vermutlich nicht. Die Zweifel werden bleiben. Warum auch sollte ich diese kunstfertigen Raubzüge einfach so zugeben?

Anderseits, wenn ich dir sage: ich war es, bist du dir dann sicher, dass es die Wahrheit ist? Vielleicht will ich nur vor dir angeben und dich mit meinen Fertigkeiten und meinem Gespür für Originale beeindrucken. So oder so, deine Zweifel werden nicht durch das ausgeräumt, was ich dir sage. Die Wahrheit kannst du nur in dir selbst finden. Glaubst du, mich zu kennen? Bist du bereit, mir zu vertrauen?«

Er kam ihr sehr nahe, sodass sie seinen Atem spürte. Seine

Lippen streiften ihr Ohr. Es war eine so zärtliche Berührung, dass es Claire heiß durchfuhr.

»Das sind die Fragen, die du klären musst, sonst wirst du keine Ruhe finden«, hauchte er, ehe er sich wieder ein Stück von ihr zurückzog.

»Ich möchte dir vertrauen, und ich glaube dir!«, versicherte Claire, doch er lächelte nur.

»Die Zeit wird es zeigen. Vielleicht muss man sich manchmal einfach in Geduld üben. Du wirst sehen.« Er wandte sich ab und ging langsam davon.

»Ich will aber nicht warten!«

»Es ist spät geworden. Sie werden dich noch als vermisst melden, wenn du dich nicht bald im Foyer blicken lässt.«

Léon ging weiter. Gleich würden ihn die Schatten verschlingen, und sie musste wieder mit der Ungewissheit zurückbleiben, ob sie ihn jemals wiedersehen würde.

»Léon, geh nicht!«, bat sie, doch er drehte sich nicht um. »Sag mir, wo ich dich finden kann!«

»Ich werde dich finden.«

Claire lief los. »Nein!«, protestierte sie. »So geht das nicht. Ich halte das nicht aus.«

Sie erreichte die Tür, unter der Léon gerade noch gestanden hatte, doch er war weg. Claire konnte es nicht fassen. Sie drehte sich um ihre Achse. Er musste hier irgendwo sein! Doch sie fand nichts als die Bilder, die schweigend auf sie herabsahen.

»Léon!«, schluchzte sie.

»Wir werden uns wiedersehen«, hauchte der Nachtwind. »Ach übrigens, das Gemälde, das deine Mutter untersucht, ist eine Fälschung, eine sehr gute zwar, aber dennoch. Der Louvre sollte nicht so viel Geld dafür ausgeben.«

»Léon? Zeig dich! Woher weißt du das?«

Doch die Nacht schwieg, und dann näherten sich Schritte, die zu laut waren, um von Léon zu stammen.

»Claire? Was tust du hier? Madame Michel sagte mir, dass du auf mich wartest. Ist etwas passiert?«

Claire schüttelte den Kopf. »Nein, Maman, lass uns nach Hause gehen.«

***

Léon ging ihr nicht aus dem Kopf. Claire schlief schlecht in dieser Nacht. Wilde Träume quälten sie. War er nun ein gewöhnlicher Kunstdieb oder war er es nicht?

Gewöhnlich war Léon ganz sicher nicht, aber das war ein anderes Thema!

Claire stöhnte lautlos. Warum hatte er nicht einfach gesagt: Ich war es nicht! Punkt und fertig.

Léon hatte ihr die Antwort selbst gegeben. Weil auch dann ihre Zweifel nicht ausgeräumt sein würden. Wie er ihr gesagt hatte, die Antwort konnte nur aus ihrem Vertrauen in ihn kommen, und genau das war der wunde Punkt, der sie so umtrieb und ihr die nächtliche Ruhe raubte. Es war gar nicht so einfach, zu vertrauen.

Keine Frage. Léon war ein faszinierender Mann. Er sah gut aus, nicht auf diese langweilig glatte Art, wie man sich als Kind den Märchenprinzen erträumt. Es war eher die verbotene, düstere Aura, die seine Schönheit umgab, die ihn unwiderstehlich machte, gerade weil er geheimnisvoll und unerklärlich war und seine Worte mehr Rätsel aufgaben, als Antworten zu liefern. Er war kein wohlerzogener Junge aus einem angesehenen Elternhaus, den man am Samstag auf einen Kaffee besuchte oder mit dem man am Abend ins Kino ging. Léon strich dort unten in den Höhlen in der Finsternis umher. Lebte dort vermutlich irgendwo, und sie hatte keine Ahnung, wie er aufgewachsen war und aus was für einer Familie er stammte. Claire konnte sich lebhaft vorstellen, was ihre Eltern zu so einem Bekannten sagen würden. Er wäre in ihren Augen garantiert nicht der rechte Umgang für ihre Tochter! Nein, sie wollte sich die Standpauke lieber nicht ausmalen, die ihr Vater ihr halten würde, sollten er und Léon aufeinandertreffen.

Das alles reizte Claire, zog sie an und brachte ihren ganzen Körper in Aufruhr.

Aber das waren auch alles Argumente, die mehr für als gegen die Theorie sprachen, dass Léon tatsächlich der geheimnisvolle Bilderdieb sein oder zumindest etwas mit den Einbrüchen zu tun haben könnte.

Er kannte sich erstaunlich gut mit den Gemälden aus, und das in seinem Alter, wo er vermutlich noch kein Studium in Kunstgeschichte abgeschlossen haben konnte. War er überhaupt in die Schule gegangen und hatte einen Abschluss? Woher also kam dieses Wissen? Kannte er sich gar besser aus als Dr. Louise Nicolas, der ihr Ruf als Expertin bis über den Atlantik vorausgeeilt war, sodass man ihr einen Job am Louvre angeboten hatte?

Ihre Mutter hielt das neue Gemälde für echt. Léon behauptete das Gegenteil. Konnte er recht haben und ihre Mutter sich irren?

Eigentlich ging Claire das nichts an, und ihr war es auch egal, ob sich der Louvre eine gut gemachte Fälschung andrehen ließ oder nicht. Anderseits ging es um den Ruf ihrer Mutter. Wenn sie sich wirklich gleich bei ihrer ersten Expertise übers Ohr hauen ließ und das rauskäme, wäre ihr Ruf sicher zerstört. Vielleicht würde sie gar ihren Job verlieren und Paris verlassen müssen.

Der Gedanke schmeckte bitter. Auf keinen Fall wollte Claire zurück nach Amerika. Nicht, nachdem sie sich hier eingelebt hatte.

Nicht, nachdem sie Léon getroffen hatte.

Und natürlich Adrien, mit dem sie nun wohl offiziell befreundet war, schob sie rasch in Gedanken hinterher.

Nein, an Adrien wollte sie im Moment nicht denken. Claire kehrte zu dem Problem mit dem Gemälde zurück. Sie musste ihre Mutter wenigstens warnen. Aber würde sie auf ihre Tochter hören? Und wie sollte sie ihren Verdacht erklären?

Ich habe da einen finsteren, jungen Mann getroffen, der mein Herz zum Rasen bringt und der sagt, das Bild ist gefälscht?

Claire zog eine Grimasse. Sie konnte sich die Reaktion ihrer Mutter lebhaft vorstellen. Also, wie könnte sie sonst Frau Doktor Nicolas dazu bringen, das Bild noch einmal auf Herz und Nieren zu prüfen?

Kapitel 11

Der Tizian

Als Claire zum Frühstück herunterkam, hatte sie immer noch keine zündende Idee. Ihre Mutter war offensichtlich gut gelaunt.

»Du strahlst so«, stellte Claire fest, als sie sich ein Croissant aus dem Korb nahm.

»Wir werden das Bild kaufen. Der Tizian ist perfekt und wird schon bald die Ausstellung bereichern. Ich wüsste schon einen Platz, wo ich ihn gern sehen würde, aber das ist natürlich nicht meine Entscheidung. Ich kann nur einen Vorschlag unterbreiten.«

Oh je. Es stand bereits schlimmer, als sie befürchtet hatte. Wenn sie etwas sagen wollte, dann jetzt. War der Ankauf erst durch, nützte es nichts mehr.

»Hast du den anderen dein Ergebnis schon mitgeteilt?«, erkundigte sich Claire vorsichtig.

»Nein, das werde ich nachher gleich als Erstes tun«, gab ihre Mutter strahlend zurück und schenkte Kaffee nach.

»Vielleicht solltest du damit lieber warten«, schlug Claire vor.

»Warum?«

»Weil das Bild eine Fälschung ist«, platzte es aus ihr heraus.

Es war, als habe sie am Esstisch eine Bombe gezündet. Ihr Vater starrte sie entgeistert an. Ihre Mutter ließ ihr Croissant fallen.

»Was?«, rief sie mehr verwundert als entsetzt.

»Es könnte dir schaden, wenn du es jetzt empfiehlst und es sich später herausstellt, dass es nicht echt ist«, legte Claire nach, doch das war natürlich nicht die Frage, die ihre Eltern bewegte.

»Wie kommst du auf so etwas?«, wollte Louise wissen. »Du kennst es ja nicht einmal.«

»Du hast es mir gezeigt«, erinnerte Claire ihre Mutter.

Sie machte eine wegwerfende Handbewegung. »Ja, aber du hast es gesehen, ich aber habe es eingehend untersucht. Und nicht nur ich. Meine Kollegen sind ebenfalls zu der Ansicht gekommen. Du weißt doch fast nichts über Kunstgeschichte.«

Fast nichts traf die Sache nicht. Immerhin hatte sich Claire seit Jahren in jedes Museum schleppen und jeden Vortrag ihrer Mutter über sich ergehen lassen, aber das war nicht das Entscheidende, das war ihr klar.

»Das behaupte ja nicht ich«, wehrte Claire ab.

»Wer dann?«

Jetzt musste sie Farbe bekennen oder sich ganz schnell etwas Plausibles ausdenken.

»Da waren gestern zwei Männer im Museum«, fabulierte Claire. »Die kamen mir seltsam vor. Sie sahen sich um, so als wollten sie nicht belauscht werden. Ich stand in einer Nische, daher haben sie mich nicht entdeckt. Jedenfalls unterhielten sie sich über ein Bild, das verkauft werden sollte. Mir wurde schnell klar, dass sie über deinen Tizian sprachen. Sie beglückwünschten sich zu der exzellenten Fälschung, mit der sie dem Louvre ein Schnippchen schlagen und sich selbst reich machen wollten.«

Ihre Eltern starrten sie noch immer an. Claire hatte nicht

den Eindruck, als würden sie ihre Geschichte glauben. Resigniert breitete sie die Arme aus.

»In Ordnung, vielleicht bin ich zu leichtgläubig und die Männer haben nur eine Show abgezogen, aber warum und für wen? Ich finde, du solltest kein Risiko eingehen, Maman. Gib deine Empfehlung erst ab, wenn du absolut sicher bist. Es wäre doch schrecklich, wenn du dich gleich beim ersten Mal irrst. Wie soll es dann mit dir und uns weitergehen? So was spricht sich sicher schnell rum.«

Claire sah, wie Besorgnis in die Miene ihrer Mutter stieg. Die Euphorie war verflogen. Nachdenklich schob sie ihren Kaffee von sich und runzelte die Stirn.

»Das wäre fatal und vermutlich das Ende meiner Karriere. Danach könnte ich nur noch in den Sälen Wache schieben.« Sie erschauderte und legte grübelnd die Stirn in Falten. Claire und ihr Vater wagten nicht, sich zu regen, bis sich die Miene ihrer Mutter wieder entspannte.

»Ich denke, ich weiß, was für eine Prüfung wir noch machen können.«

Ohne dem Rest der Familie noch einen Blick zu gönnen, erhob sie sich, nahm ihre Tasche und ging zur Tür.

»Ich hoffe, das war kein Scherz«, sagte Thomas streng. »Denn dann war er sehr geschmacklos und du hast deiner Mutter einen wichtigen Tag in ihrem Leben verdorben.«

Claire schüttelte den Kopf. »Nein, Dad, ich schwöre es. Ich will wirklich nur, dass ihr kein Fehler passiert, den sie später bereuen müsste.«

»Dann ist es ja gut«, gab er noch immer grollend zurück. Anscheinend hatte sie nicht nur ihrer Mutter den Tag versaut.

***

Jannine schlenderte einen felsigen Gang entlang. Wie üblich folgte ihr Bruder ihr in einigem Abstand. Sie war in ihren Gedanken noch bei dem Treffen am frühen Abend. Sie sah die große, schlanke Frau im Schatten einer Nische stehen, ihre Aufmerksamkeit scheinbar nur auf das Gemälde an der Wand gegenüber gerichtet. Natürlich hatte sie Jannines Kommen bemerkt, doch wie die Male zuvor, war sie offenbar nicht bereit, sich ihr zuzuwenden und sie bei ihrem Gespräch anzusehen.

Nun gut, das war Jannine gleichgültig. Wichtig war, was sie einander zu sagen hatten.

»Hast du dir das Bild angesehen?«, erkundigte sich die Frau mit dem schönen, blonden Haar, das sie zu einem Knoten geschlungen hatte.

Jannine richtete ihren Blick auf das zarte Kinn und den schlanken Hals. Mehr konnte sie von ihrem Gesicht nicht erkennen.

»Ja, habe ich, schon unzählige Male«, antwortete sie abweisend. Was sollte diese Frage?

»Ist es nicht ein Meisterwerk?«, sagte die Frau, und zum ersten Mal schwang etwas Lebendiges in ihrer Stimme mit.

»Ja, das ist es«, gab Jannine zurück und konnte auch ihre Begeisterung nicht verbergen. »Es ist unheimlich, bedrückend und ergreifend in seiner düster feurigen Bedrohung. Das Pandemonium, die Stadt Satans und seiner Dämonen. Was für einen schlimmeren Ort könnte man sich vorstellen? Es sprengt unsere Fantasie. Vielleicht übt es gerade deshalb solch eine Faszination auf uns aus. Ein großes Meisterwerk, Madame, das findet die ganze Welt.«

»Ja, und? Bist du daher der Meinung, ich müsse es mit der ganzen Welt teilen?«

»Das ist Ihre Entscheidung«, antwortete Jannine zurückhaltend.

Sie hatte keine Skrupel, den arroganten, reichen Leuten

ihre Gemälde wegzunehmen, die sich nur am Geldwert der Bilder begeisterten, nicht aber die Kunst selbst schätzten. Ein Bild aus dem Louvre zu stehlen, war dagegen etwas anderes. Hier gehörte es allen Menschen. Hier konnten sich nicht nur die Reichen an ihm erfreuen. Das war das Ziel gewesen, als der Palast im Jahr der großen Revolution für die Menschen geöffnet und die Gemäldesammlung allen zugänglich gemacht worden war. Anderseits war es in der heutigen Zeit mit all seiner Sicherheitstechnik selbst für eine Meisterdiebin eine echte Herausforderung, ein Bild aus einem der berühmtesten Museen zu stehlen, was Jannine durchaus reizte. Sie warf verstohlen einen Blick nach oben, wo zwischen Lampen die schwarzen Kameras wie gewölbte Insektenaugen aus der Decke ragten. Nicht zu vergessen die Alarmdrähte, mit denen jedes Kunstwerk gesichert war.

»Was haben Sie mit dem Bild vor?«

»Höre ich Skrupel aus deiner Frage?« Die Frau lachte leise. »Eine Diebin mit moralischen Bedenken.«

»Es geht mir allein um den Schutz der Kunstwerke.«

»Nein, wie rührend«, kommentierte die Frau und lachte noch einmal. Es wäre ein schönes Lachen gewesen, hätte nicht diese Kälte darin gelegen. Jannine spürte, wie sich ihre Nackenhaare aufstellten. Wie allen Bewohnern der Pariser Unterwelt machten ihr weder Kälte noch Dunkelheit etwas aus, doch dies war eine andere Form von Kälte, die das Herz und die Seele erstarren ließ.

»Es geht dich zwar nichts an, aber wenn es dir so viel bedeutet: Ich habe vor, mich an dem Bild zu erfreuen, wie an allen anderen auch, die du mir geliefert hast. Der Kampf der Dämonen der Finsternis gegen das göttliche Licht, ist das nicht aufregend? Eine wundervolle Metapher, findest du nicht? Man kann noch nicht abschätzen, wer gewinnen wird. Ist der Teufel nur größenwahnsinnig, oder hat er wirklich eine Chance, diesen Kampf zu gewinnen?«

Was sollte das? Jannine war nicht nach Plaudereien über das Bild. Sie nahm den Auftrag an, führte ihn aus und war dann mit dem Fall fertig. So einfach war das. – Oder auch nicht.

Früher hatte sie nur ab und zu ein Bild gestohlen. Nur wenn ihr das Werk am Herzen lag und sie fürchten musste, es könnte Schaden nehmen. Sie hätte jeden für verrückt erklärt, der behauptet hätte, sie würde einst für jemand anderes stehlen. Es gefiel Jannine auch ganz und gar nicht, und sie verfluchte den Tag, an dem sie sich von dieser Person bei einem Einbruch hatte erwischen lassen.

Noch immer war sie fassungslos, wenn sie daran dachte. Sie war sich stets sicher gewesen, dass kein Mensch sie entdecken oder aufhalten könnte. Nun, es war ja auch keinem *normalen* Menschen gelungen, dachte sie bitter.

»Wann kannst du es holen?«

»Wann immer Sie wollen.«

»Gut. Dann tu es bald, ehe etwas passiert, das ganz Paris durcheinanderbringt.«

Wieder ließ sie ihr kaltes Lachen erklingen. Jannine hätte sich am liebsten auf dem Absatz umgedreht und wäre davongegangen, aber sie wagte es nicht. Stattdessen fragte sie:

»Kann ich jetzt gehen?«

»Nein, wir unterhalten uns doch gerade so schön. Ich habe noch ein paar Fragen an dich. Du bist so verschlossen. Erzähl mir doch, wo du die Bilder hinbringst, wenn du sie den ursprünglichen Eigentümern entwendet hast.«

»In ein sicheres Versteck.«

»Ist es das? Ich möchte mir ganz sicher sein. Du bist ein Wesen der Unterwelt, daher nehme ich an, dein Versteck ist irgendwo dort unten in den alten Höhlen, doch wo genau? Kann ich mir denn wirklich sicher sein, dass meine Bilder nicht bei den anstehenden Patrouillen zufällig in die Hände der Polizei fallen?«

»Das werden sie nicht!«, behauptete Jannine.

»Mir kam das Gerücht zu Ohren, dass du umgezogen bist?«

Jannines Gedanken rasten. Hatte die Frau versucht, sie auszuspionieren? Wie sonst konnte sie sich ihre letzten Worte erklären? Dann hatte sie auch den Einbruch der Kataphilen entdeckt und diese für ihre Zwecke eingespannt? Langsam traute sie dieser Person alles zu.

»Wer wacht über die Bilder, wenn du nicht da bist?«, fuhr sie fort.

»Ein Freund, dem ich vertraue.«

»Oh, ein Freund, soso. Doch, kommen wir noch einmal zu der Lage deines geheimen Rückzugsorts.«

»Er ist geheim, wie Sie selbst schon sagen. Wenn ich darüber sprechen würde, wäre er das nicht mehr und damit auch als Versteck der Ihnen so teuren Bilder nicht mehr sicher.«

Jannine sah, wie eine Ader am schlanken Hals der Frau zu pochen begann. Hatte sie sie verärgert? Ihre Stimme jedenfalls blieb unverändert.

»Gut, wenn du nicht über dein Versteck sprechen möchtest, unterhalten wir uns über deinen Bruder. »Wie geht es dem bedauernswerten Marcell?«

»Ich möchte auch nicht über meinen Bruder sprechen«, gab Jannine gepresst zurück.

»Warum nicht?« Dieses Mal ließ die Frau nicht so schnell locker. »Der arme Junge. In seinem Geist wird es immer trüber, bis er so finster ist, wie die Welt in der er gezwungen ist, zu leben.«

»Marcell ist stumm, nicht schwachsinnig«, widersprach Jannine gegen ihren Willen.

»Ja, ich weiß. Das war nicht immer so, doch es ist erst der Anfang des Zerfalls, das weißt du wohl, nicht wahr?«

Das war es, was Jannine heimlich befürchtete, doch nicht einmal vor sich selbst zugeben wollte.

»Die Finsternis, die du ihm aufzwingst, macht ihn verrückt.«

»Nein! Sie wissen gar nichts«, rief Jannine gequält und sah sich dann rasch um, doch es war niemand in der Nähe, der ihr Gespräch hätte hören können.

»Ich weiß sehr viel, kleine Diebin. Ich weiß beispielsweise, dass du dich mit dem Gedanken trägst, nicht weiter für mich zu arbeiten. Du denkst, deine Schuld sei beglichen. Mag sein, aber darauf kommt es nicht an. Du wirst mir dienen, solange ich deiner bedarf!«

»Ich bin ein freier Mensch. Ich tue, was mir beliebt. Wenn ich entscheide, mich nicht mehr mit Ihnen zu treffen, dann müssen Sie das hinnehmen!«, wagte Jannine zu sagen, obgleich sie innerlich zitterte.

Warum eigentlich?, fragte sie sich selbst verwundert. Warum hatte diese Frau eine solche Macht über sie? Warum hatte sich Jannine überhaupt auf diese Diebstähle eingelassen, die sie als Preis für ihre Freiheit gefordert hatte? So genau wusste Jannine es nicht. Vielleicht, weil sie, selbst wenn sie eine Diebin war, an Ehre glaubte und stets ihr Wort hielt. Und sie hatte dieser Frau versprochen, drei Einbrüche für sie durchzuziehen, wenn sie sie laufen ließ und nicht der Polizei übergab. Ihre Schuld war bereits beglichen. Sie musste das Bild aus dem Louvre nicht stehlen und doch war sie gekommen.

»Denk nicht einmal daran!«, zischte die Frau, die nun zum ersten Mal ihre vornehme Zurückhaltung aufgab. »Du machst es so, wie besprochen. Du denkst vielleicht, du bist frei, ja, du bildest dir sogar etwas auf deine ungewöhnlichen Kräfte ein, die dich von den anderen armen Teufeln dort in der Hölle unten unterscheiden, doch ich sage dir, sie sind nichts!«

Jannine spürte, wie ihr kalt wurde. Wovon sprach diese Frau? Sie konnte unmöglich etwas über die Magie wissen, die in ihr wohnte, die ihr Macht über die Natur gab, sodass nicht nur Steine und Bäume für sie leuchteten. Die scheinbar unbelebten Dinge hörten ihr zu und sprachen auf ihre Weise mit ihr. Niemand außer ihrem Bruder, Léon und der Schatten wussten davon. Was aber konnte sie sonst meinen?

»Frage dich nicht, woher ich davon weiß. Denk lieber an deinen Bruder. Hat er dir je von jenem Tag erzählt, als er seine Stimme verlor? Oh, wie dumm von mir, das kann er nun ja nicht mehr.«

»Was wissen Sie darüber?«, fragte Jannine mit belegter Stimme. Dies war ein wunder Punkt, der sie seit Jahren quälte. Sie wusste nicht, was passiert war und was ihn so verstört hatte, dass er seitdem nicht mehr sprach. Jannine gab sich die Schuld. Sie hatte ihren kleinen Bruder alleine gelassen und war nicht zur Stelle gewesen, als er sie dringend gebraucht hätte. Und warum? Weil sie ein glitzerndes Kleinod entdeckt hatte, das sie unbedingt hatte haben wollen.

»Was haben Sie ihm getan?«, flüsterte Jannine heiser.

»Das ist nicht die entscheidende Frage. Diese lautet: Was kann ich für ihn tun? Ich könnte den Zerfall seines Geistes aufhalten, oder ich könnte ihm seine Sprache wiedergeben, wenn mir danach wäre. Das hängt ganz allein von dir und deinem Verhalten ab. Du glaubst mir nicht? Du denkst, diese Macht hätte ich nicht? Dann ist deine Magie schwächer, als ich dachte. Kannst du es wirklich nicht spüren?«

Jannine konzentrierte sich auf die Frau, die das Gesicht noch immer abgewandt hielt und die ihr plötzlich viel größer vorkam. Riesig. Mächtig.

Es war ein Schock. Sie sprach die Wahrheit. In dieser Frau schlummerten weit größere Kräfte als in Jannine oder Léon. Wer um alles in der Welt war sie? Und was wollte sie? Nur ein Bild, um sich an ihm zu ergötzen?

Jannine wurde es ganz schwummrig, und sie spürte, wie

ihre Knie weich wurden. War das Furcht? So etwas kannte sie sonst nicht. Bei ihren Einbrüchen war sie stets hellwach und konzentriert. Alarmiert, ja, und auf der Hut, um möglichen Gefahren rechtzeitig ausweichen zu können, aber niemals ängstlich.

»Geh jetzt«, sagte die Frau in diesem leisen, beherrschten Ton, der für Jannine plötzlich noch einen ganz anderen Klang bekam. Sie wandte sich ab und floh durch die Räume und Flure, die Treppen hinunter bis in die Sicherheit ihrer unterirdischen Welt.

Der vermeintlichen Sicherheit.

Bislang hatte Jannine gedacht, der Schatten sei das gefährlichste Wesen von Paris, vor dem sie sich in Acht nehmen musste. Jetzt war sie sich da nicht mehr sicher.

***

»Wollen wir noch was zusammen machen?«, erkundigte sich Adrien nach der Schule. Er legte den Arm um Claire, zog sie zu sich und küsste sie auf den Mund. Nathalie, die mit ihrer Clique gerade durch die Tür trat, verzog angewidert das Gesicht und wandte sich dann rasch ab. Claire fragte sich wieder einmal, ob Nathalie in Adrien verliebt war oder einfach nur neidisch, dass Claire den gut aussehenden Jungen aus reicher Familie bekommen hatte.

»Wo wollen wir hingehen?«

Claire befreite sich aus seiner Umarmung. »Es tut mir leid, Adrien, heute kann ich nicht.«

»Was hast du vor? Es gibt doch nicht etwa einen Nebenbuhler, mit dem ich mich anlegen sollte?«

Er lachte. Sein Tonfall sagte Claire, dass er selbst diese Möglichkeit für absurd hielt. Was sie selbst darüber dachte, wollte sie im Moment lieber nicht weiterverfolgen. Claire schüttelte den Kopf.

»Was denkst du! Nein, ich muss noch bei meiner Mutter im Louvre vorbei. Sie hat da, nun ja, einige Probleme.«

Adrien schnitt eine Grimasse. »Der Louvre! Der Inbegriff verstaubter Langeweile. Deine Mutter ist nicht zu beneiden.«

Claire fühlte einen Stich und widersprach ihm. »Meine Mutter liebt ihren neuen Job. Es war für sie die Erfüllung eines Traums, nach Paris zu kommen und im berühmtesten Museum der Welt anzufangen.«

Adrien hob die Schultern. »Jedem das Seine. Für mich wäre das nichts. Aber gut, wenn du deinen Abend lieber mit Mama im Museum verbringen willst.«

»Das hat damit nichts zutun. Es war heute sicher schwierig für sie und da will ich mal nach ihr sehen.«

Adrien blickte noch immer verständnislos drein. Auf so eine Idee käme er wohl nicht. Nun gut, sein Vater war sicher keiner, der sich in Krisensituationen von seinem Sohn aufheitern lassen musste, und eine Mutter hatte Adrien nicht. Dafür aber eine Tante, die ihre Stelle einnahm. Dennoch konnte sich Claire beim besten Willen nicht vorstellen, wie die elegante, selbstsichere Madame de Rivarol in trüber Stimmung nach Unterstützung ihres Neffen verlangte.

Claire stellte sich auf die Zehenspitzen und drückte Adrien einen Kuss auf die Wange. »Wir sehen uns morgen«, sagte sie so heiter wie möglich und ging dann Richtung Metrostation davon.

Im Louvre angekommen, sah sie sich im Foyer unter der Pyramide suchend um, bis sie eine Angestellte entdeckte, die sie kannte.

»Salut, Valérie«, grüßte Claire. »Wissen Sie, wo ich meine Mutter finde?«

Die hübsche, dunkelhaarige Dame sah auf, doch ihr Lächeln schien zu erstarren, als sie Claire erkannte.

»Du bist es«, stieß sie hervor. »Salut, Claire. Also, ja, ich glaube, ich weiß, wo sie ist. Soll ich dich zu ihr bringen?«

Der Blick, den Valérie ihr zuwarf, gefiel Claire gar nicht. Irgendetwas war hier geschehen, das ihr vermutlich nicht schmecken würde. Dann hatte ihre Mutter wohl von dem Verdacht gesprochen, doch bedeutete die schlechte Stimmung, dass ihre Mutter in Ungnade gefallen war, weil sie falschlag, oder waren die Zweifel berechtigt und nun alle sauer, dass sie fast einer Fälschung aufgesessen wären?

Valérie ging vor Claire her den Gang entlang. Sie wirkte seltsam angespannt. Claire wurde den Verdacht nicht los, dass noch mehr passiert war, was nicht nur die Mitarbeiter in Aufruhr brachte, die direkt mit dem Ankauf des Bildes zu tun hatten.

Valérie brachte Claire in einen Bereich des Louvre, wo sie noch nie gewesen war. Die Räume schienen zur Verwaltung zu gehören. In einem saß ihre Mutter mit apathischem Blick vor einem Schreibtisch, eine Tasse Tee in den Händen. Claire sah, dass ihre Finger zitterten.

»Maman, was ist denn passiert?«, rief sie und lief zu Louise, die bebend die Tasse abstellte, ehe sie ihre Tochter in die Arme schloss. Claire hatte den Eindruck, ihre Mutter wäre den Tränen nahe. Das war wirklich etwas Außergewöhnliches.

»Maman, was ist passiert?«, wiederholte sie leise, nachdem Valérie geradezu fluchtartig das Büro verlassen hatte. Der Eigentümer des Schreibtisches war nirgends zu sehen. »Ist es wegen des Bildes?«

Ihre Mutter nickte stumm. Sie schien noch immer um Fassung zu ringen.

»Was hast du ihnen gesagt?«

Louise schüttelte den Kopf. »Es ist nicht das, was ich ihnen gesagt habe. Es ist das, was heute Nacht hier passiert ist.«

Claire runzelte die Stirn. »Heute Nacht? Was war denn los?«

Ihre Mutter erhob sich schwerfällig, als wäre sie in den vergangenen Stunden Jahrzehnte gealtert. »Komm, ich zeige es dir.«

Sie ging auf eine Tür zu und öffnete sie. Der Raum daneben war ein Besprechungszimmer mit einem runden Tisch, um den acht Stühle standen. Daneben sah Claire eine Staffelei, auf der ein verhülltes Bild stand.

»Sieh selbst!«, sagte ihre Mutter und zog erschaudernd das Tuch herunter.

Claire entschlüpfte ein Aufschrei. Sie erkannte das Bild wieder, das ihre Mutter mit dem Team der Konservatoren untersucht hatte, obgleich es eigentlich nicht mehr zu erkennen war. Ein hässlicher Schnitt verlief durch das ganze Bild. Darunter war mit schwarzer Farbe dick das Wort »Fälschung« geschrieben.

»Wisst ihr schon, ob es wirklich gefälscht ist?«, fragte Claire, die ihren Blick nicht von dem geschändeten Kunstwerk wenden konnte. Selbst wenn dieses Gemälde von einer anderen Hand als der Tizians stammte war es großartig, und es war eine Sünde, es so zu zerstören.

Louise schüttelte den Kopf. »Nein, das müssen wir noch überprüfen. Jetzt laufen erst einmal Ermittlungen, um herauszufinden, wer das getan hat.«

Claire schluckte. Ihr fiel spontan jemand ein, der sehr gut über Kunst Bescheid wusste und dem so eine Fälschung vielleicht ein Dorn im Auge war. Hatte Léon sie nicht selbst darauf hingewiesen? Doch selbst wenn das zutraf, hatte er das Recht, das Bild zu zerstören?

Und wenn er sich irrte? Wenn das Bild doch ein echter Tizian war?

Claire drehte es bei diesem Gedanken den Magen herum. Sie war eben die Tochter ihrer Mutter, der von klein auf Respekt und Hochachtung vor dem Künstler und seinem Werk beigebracht worden war.

»Was denkt ihr, wer das gewesen sein könnte?«, erkundigte sich Claire vorsichtig. »Gibt es schon einen Verdacht?«

Ihre Mutter hob ratlos die Schultern. »Wenn wir überlegen, wer Zugang zu dem Bild gehabt hat, dann müsste es jemand aus dem Mitarbeiterkreis gewesen sein. Vielleicht sogar aus meinem Team. Natürlich besteht die Möglichkeit, dass sich jemand in der Nacht Zugang zum Louvre verschafft hat, aber das ist nicht so einfach. Das Museum ist gut gesichert und es gab heute Nacht keinen Alarm. Und dann gibt es noch diese seltsamen Männer, deren Gespräch du gehört hast. Könnten sie es gewesen sein?«

Claire spürte ein Ziehen im Magen. Wie konnte sie jetzt zugeben, dass sie diese Geschichte erfunden hatte? Das war auf alle Fälle die falsche Spur! Die Zerstörung war real, die Männer nur Fantasie.

»Ich denke nicht, dass sie es waren«, widersprach Claire. »Sie wollten das Bild an das Museum verkaufen. Was hätten sie davon, es zu entlarven und zu zerstören, ehe es zum Verkauf kommt?«

Ihre Mutter überlegte. »Das ist richtig. Dann gibt es noch jemand anderes, der davon wusste und das hier getan hat.« Anklagend zeigte sie auf das zerschnittene und beschmierte Gemälde.

»So muss es sein«, bestätigte Claire und atmete innerlich auf, nur um beim nächsten Satz ihrer Mutter wieder zusammenzuzucken.

»Du musst der Polizei trotzdem alles ganz genau berichten. Es ist wichtig«, beharrte ihre Mutter. »Auch wenn es diese Männer nicht waren. Sie wussten über diesen Betrug Bescheid, wenn es denn einer war. Du musst der Polizei helfen, sie zu finden. Ich habe ihnen bereits gesagt, was du mir erzählt hast, aber der Kommissar will persönlich mit dir reden.«

Claire schluckte trocken. Jetzt gab es kein Zurück mehr.

Die einzige Alternative wäre, von Léon zu berichten, und das kam gar nicht infrage. Sie hoffte nur, sie würde nicht in ihrem eigenen Lügengespinst hängen bleiben.

»Mach ich doch gern«, versicherte sie mit gepresster Stimme.

Kapitel 12

Das Pandemonium

Der Kommissar war ein dicker, phlegmatischer Mann, doch Claire argwöhnte, dass der schläfrige Blick vorgetäuscht war, um seinen Opfern unbedachte Bemerkungen zu entlocken. Denn ab und zu huschte sein Blick aufmerksam umher, nur um sich dann wieder zu verschleiern.

»Sie sind diesen Männern also ganz zufällig im Louvre begegnet?«

Claire nickte. »Ich habe auf meine Mutter gewartet.«

»Wann war das?«

Claire überlegte. »So gegen halb acht.«

»Und wo genau waren Sie?«

»Im Saal fünfundsiebzig.«

Der Kommissar hob die Augenbrauen. »Sie kennen die Nummern der Säle und Galerien?«

»Nicht alle«, sagte Claire. »Nur die, in denen ich öfters bin, also der Trakt mit den italienischen und französischen Gemälden ab dem sechzehnten Jahrhundert im ersten Stock und die Großformate, wie sie im Saal fünfundsiebzig und siebenundsiebzig hängen.«

Das schien den Kommissar zu beeindrucken. Er vergaß ganz, schläfrig dreinzusehen.

»Und da haben Sie die Männer bemerkt?«

Claire nickte. Ich war am Durchgang zum Salon Denon. Die Männer standen vor …« Sie überlegte.

»Vor einem Tizian?«, schlug der Kommissar vor. »Um einen solchen ging es doch, nicht wahr?«

Claire sah ihn strafend an. Entweder hatte er keine Ahnung oder er versuchte sie in eine Falle zu locken.

»Die Bilder von Tizian hängen in den Sälen der italienischen Malerei des sechzehnten Jahrhunderts.«

»Ach so«, sagte der Kommissar und notierte sich etwas. »Aber die Männer haben über einen Tizian gesprochen.«

»Sie haben über das Bild gesprochen, das der Louvre kaufen wollte. Tizian haben sie nicht erwähnt. Ich nahm an, dass es sich um das Werk handelt, das meine Mutter untersucht«, stellte Claire richtig.

Hatte sie es ihrer Mutter heute Morgen auch so erzählt? Sie war sich nicht ganz sicher. Verdammt, wie hätte sie auch ahnen können, dass sie ihre Lüge vor einem Kommissar würde wiederholen müssen.

Er wollte noch einmal die Beschreibung der Männer hören und wie sie gesprochen hatten. Ob sie vermute, sie seien Franzosen, oder ob sie einen anderen, ausländischen Akzent vernommen hätte.

Claire beschloss, sie zu Franzosen ohne auffälligen Akzent zu machen. Dann endlich entließ sie der Kommissar, doch sie spürte, wie sein Blick ihr folgte und ihren Rücken zu durchbohren schien, als sie das Büro verließ.

* * *

Es war früh am Abend, wobei das in den Kavernen unter der Stadt keinen Unterschied machte. Hier in der ewigen Finsternis gab es keinen Wechsel zwischen Tag und Nacht. Léon hatte sich an das kühle, dunkle Einerlei gewöhnt, doch manches Mal fragte er sich, wie es wäre, den Tag beim Schein der aufgehenden Sonne zu beginnen, wenn der Tau im Gras glitzerte und die Welt in bunten Farben erstrahlte. Früher hatte auch er die Welt Tag für Tag so erlebt, doch hatte er es geschätzt? Vermutlich nicht. Léon wusste es nicht mehr. Es war schon so lange her. Seit vielen Jahren waren die Höhlen sein Zuhause, und ihre Dunkelheit schenkte ihm mehr als die gleißenden Sonnenstrahlen, die unangenehm in den Augen brannten.

In Gedanken versunken schritt er lautlos wie immer durch die Gänge. Er passierte die kleine Höhle, in der die Geschwister Lilou und Noah hausten, doch sie waren nicht da. Dann kam er in die Gegend, die häufig von den Kataphilen und anderen abenteuerlustigen Besuchern aufgesucht wurde, was die ständig wechselnden Graffitis belegten. Er konnte Stimmen hören. Bierdosen und Flaschen lagen auf dem Boden verstreut. Léon zog angewidert die Lippe hoch, ging aber weiter, ohne sich bemerkbar zu machen. Er konnte riechen, dass die meisten schon wieder betrunken oder bekifft waren. Léon zog sich in die Bereiche der Kavernen zurück, in denen außer ihm nur selten jemand unterwegs war. Die Vorstellung gefiel ihm. Er war gern mit sich und seinen Gedanken allein, die nur so ungestört fließen konnten. Allerdings waren sie heute nicht so frei, wie er es sich gewünscht hätte. Sie huschten immer wieder zu seinem letzten Gespräch mit dem Schatten, das ihn mehr als sonst beschäftigte. Jahrelang war der Meister durch seine Dunkelheit geglitten und hatte nur selten nach seinen Getreuen verlangt. Manches Mal war es Léon vorgekommen, als sei der Meister mit den Schatten der Höhlen für immer verschmolzen. Früher hatte er nicht so viel über ihn nachgedacht, doch jetzt drängte er sich immer häufiger in Léons Gedanken.

Etwas hatte sich verändert, aber was? Rief der Schatten häufiger nach ihm? Ja, aber das war es nicht allein. Er hatte

Pläne, große Pläne, die er noch nicht bereit war, mit seinen Getreuen zu teilen. Irgendetwas hatte der Meister vor. Irgendetwas hatte ihn aus seiner Lethargie gerissen, doch Léon hatte keine Ahnung, was das sein könnte. Er spürte nur die unbändige Wut, die den Meister seit einigen Wochen wie eine Wolke umschwebte, und ahnte, dass der Plan, den er ausheckte, Veränderungen mit sich bringen würde. Aber welche? Würden sie zum Guten oder zum Schlechten sein?

Léon wusste es nicht. Er hatte auch keine Ahnung, welche Rolle ihm bei diesem Plan zugedacht und wer noch mit von der Partie war. Jannine? Vermutlich. Und dieser Junge, Adrien. Aber warum?

Und Claire? Was hatte sie für einen Part? Warum war sie in den Fokus des Schattens geraten? Nur ein Zufall oder steckte mehr dahinter?

Léon spürte Unbehagen. Der Gedanke, dass der Schatten sie im Auge behielt, gefiel ihm gar nicht. Er fürchtete, der Schatten könnte ihr Schaden zufügen. Sie durfte auf keinen Fall in seine Nähe kommen. Wenn er doch nur wüsste, was der Meister vorhatte. Und was den Schatten so beunruhigte, dass er aus seinem Dämmerschlaf erwacht war.

»Salut, Léon.«

Wie aus dem Nichts stand Jannine plötzlich vor ihm. Léon zuckte zusammen.

»Ha, ich habe dich überrascht!«, triumphierte sie.

Es war ihm unangenehm, doch es stimmte. Er war zu sehr mit seinen eigenen Gedanken beschäftigt gewesen, um angemessen auf seine Umgebung zu achten.

»Was tust du hier im Dunkeln?«

Jannine grinste. »Leben wir nicht alle im Dunkeln?«

»Du weißt, was ich meine. Was ist mit deinen Steinen?«

»Nichts«, wehrte sie ab, und schon begannen die Felsblöcke um sie herum rötlich zu glühen und verbreiteten ihr sanftes Licht. »Ich habe nur ein wenig nachgedacht.«

»Wo ist Marcell?«

»Ich habe ihn in unserem Versteck gelassen. Er wird heute Nacht nicht mitkommen!«

Sie sagte es mit solchem Nachdruck, dass Léon aufhorchte und seine eigenen Grübeleien vergas.

»Ach nein? Warum nicht? Was ist los?« Er sah sie aufmerksam an, doch Jannine mied seinen Blick.

»Nichts Besonderes. Er fühlt sich heute nur nicht wohl.«

Léon war sich sicher, dass sie log. Wenn Marcell krank wäre, würde Jannine nicht von seinem Lager weichen. So gut glaubte er sie zu kennen. Irgendetwas hatte sie vor, bei dem sie ihn nicht dabeihaben wollte. Aber was? Zu ihren Einbrüchen nahm sie ihn immer mit. Er war ein aufmerksamer Wächter, der ihr den Rückzug sicherte. Sie verbarg also etwas vor ihm. Das war ihr gutes Recht und ging ihn nichts an, und dennoch war seine Neugier geweckt.

»Was hast du heute Nacht noch vor?«, erkundigte er sich in beiläufigem Ton.

Sie schritten nebeneinander den Gang entlang. Das Leuchten der Steine begleitete sie.

»Nichts Bestimmtes«, behauptete sie. »Vielleicht einen Abstecher zum Louvre. Wir haben nicht zufällig den gleichen Weg?«, fügte sie vielleicht ein wenig zu harmlos hinzu. Léon vernahm das Vibrieren in ihrer Stimme. So lässig sie sich gab, seine Antwort darauf schien für sie entscheidend. Wollte sie, dass er mitkam, oder versuchte sie ihn davon abzuhalten?

»Ich bin immer gern im Louvre unterwegs, wie du weißt. Möchtest du denn, dass ich mitkomme?«

Léon blieb stehen und fixierte sie. Jannine hatte sich wieder im Griff und hielt seinem Blick gleichmütig stand. Sie schien zu überlegen. Es war ihr offensichtlich wichtig, die Vor- und Nachteile abzuwägen, ehe sie ihm eine Antwort gab.

»Es wäre sehr schön, wenn du mich begleitest«, sagte sie schließlich fast feierlich.

Léon spürte ein warnendes Ziehen im Magen. Das klang nicht danach, als wolle sie sich lediglich an den Kunstwerken dort erfreuen – zumindest nicht so, wie es in einem Museum sein sollte. Léon griff nach ihrem Arm.

»Möchtest du mir nicht sagen, was du vorhast?«

»Was sollte ich denn vorhaben? Ins Museum gehen, wie in so vielen Nächten auch.« Ihr Lachen klang ein wenig künstlich.

»Soso, aber du weißt bestimmt, dass dies heute schwieriger sein könnte als sonst, nachdem der falsche Tizian entlarvt wurde.«

Jannine sah ihn einige Momente an, doch Léon gelang es nicht, ihre Gedanken zu erraten.

»Du meinst, es sind mehr Wachen unterwegs und vielleicht auch ein paar Polizisten, die verschlafen irgendwo herumhängen und das Schicksal verfluchen, das ihnen diesen nächtlichen Zusatzdienst eingebrockt hat?« Sie lachte verächtlich.

»Ja, so in der Art. Und ich denke, du solltest das nicht ganz so leichtfertig abtun. Hochmut kommt vor dem Fall. Ich möchte es nicht erleben, dass man dich eines Tages in Handschellen abführt.«

»Ich werde es mir merken«, gab sie noch immer leichthin zurück. »Also, kommst du nun mit oder fürchtest du dich vor den paar Wachen?«

»Ich fürchte mich nicht. Ich bin nur vorsichtig«, korrigierte Léon, der an ihrer Seite blieb. Er fragte sich, ob das eine gute Idee war, denn er hatte es bislang stets vermieden, mit in Jannines Vorhaben hineingezogen zu werden, doch heute war sie so anders, dass er es nicht über sich brachte, sie alleine ziehen zu lassen. Es war diese Ahnung von Gefahr, die ihm in die Nase stieg. Léon hatte auf die harte Tour gelernt, solche Warnungen ernst zu nehmen und achtsam zu sein.

Sie gingen schweigend nebeneinander her, bis sie den Zustieg erreichten, der sie ungesehen in den Louvre bringen würde.

»Warte hier!«, hielt Léon sie zurück, als sie den Deckel zu dem Versorgungsschacht aufzog, der im Keller des Louvre endete. »Wir wissen nicht, ob dieser Weg noch sicher ist. Die Polizei hat heute das ganze Museum auf den Kopf gestellt.«

Jannine schien nicht erfreut, doch sie fügte sich und ließ Léon vor. Sie war zwar eine lautlose Diebin, doch er konnte sich in absoluter Dunkelheit bewegen, ohne irgendwo anzustoßen. Ein Vorteil, um den sie ihn beneidete, wie er wusste.

Vorsichtig schlich Léon weiter. Er musste durch zwei niedere Durchbrüche kriechen, ansonsten war der Versorgungsschacht so hoch, dass man aufrecht gehen konnte. Er tastete den Deckel ab, der in den Keller hinüberführte, ehe er ihn vorsichtig einen Spalt weit öffnete. Er war nicht versiegelt. Gut, offensichtlich hatte keiner die Schwachstelle entdeckt, durch die man so einfach von unten in den Louvre eindringen konnte. Hier gab es auch keine Kameras und keine Bewegungsmelder. Zumindest bisher nicht.

Behutsam öffnete Léon den Deckel noch ein Stück weiter und sah sich um. Nein, hier hatte sich nichts verändert. Er huschte bis zur Tür, die in einen Gang führte, und spähte nach beiden Richtungen. Auch hier war keine neue Sicherheitstechnik angebracht worden. In der Ferne hörte er die Schritte eines Wachmanns, der seine üblichen Runden drehte. Léon hatte genug gesehen und kehrte zu Jannine zurück.

»Ist alles zu deiner Zufriedenheit, mein Wächter und Beschützer?«, spottete sie, doch Léon spürte die Dankbarkeit hinter ihren Worten.

»Komm«, forderte er sie auf und nahm ihre Hand. »Aber lass dein Licht aus.«

Gemeinsam durchquerten sie den Versorgungsschacht

und stiegen dann in den Keller. Sie kannten alle Gänge und Räume hier unten und hatten keine Schwierigkeiten, den Wachen auszuweichen, die ihr Kommen stets rechtzeitig durch ihre Schritte und den Schein ihrer Lampen ankündigten. Léon führte Jannine zur Treppe und stieg mit ihr in den nächsten Stock hinauf, in dem sich das weitläufige Eingangsfoyer unter der gläsernen Pyramide erstreckte. Sie huschten auf den Zugang mit der Aufschrift »Sully« zu, der zu den mittelalterlichen Grundmauern des Louvre führte. Jannine ließ Léons Arm los. Hier in den Ausstellungsbereichen brannten überall Notlichter, sodass sie seine Führung nicht mehr brauchte.

»Wo möchtest du hin?«, erkundigte sich Léon.

»Zu den Spaniern«, gab Jannine Auskunft und übernahm nun wieder die Führung. Sie wich geschickt den Kameras aus, nutzte jeden toten Winkel und hielt sich in den Schatten, wenn sich jemand näherte. Léon beobachtete sie genau. Er ahnte, was sie vorhatte. Diesen Weg war sie bestimmt ein Dutzend Mal gegangen, um sich jedes Detail einzuprägen, um nun mit schlafwandlerischer Präzision zu ihrem Ziel zu gelangen. Sie wollte nicht nur die Bilder ansehen. Sie war auf Beute aus!

Léon blieb stehen, als sie die Grande Galerie betraten. Sternenlicht fiel durch das gläserne Gewölbe über ihnen und beleuchtete die Werke der italienischen Maler.

»Jannine, haben wir nicht oft genug darüber gesprochen?«

Sie stöhnte und blieb stehen, ohne sich zu ihm umzudrehen. »Léon, dies ist nicht der rechte Ort und die richtige Zeit, um darüber zu diskutieren.«

»Warum nicht? Nur jetzt kann ich dich noch von deinem Vorhaben abbringen. Vergiss es einfach, bitte. Wir sehen uns einige Bilder an und verschwinden dann wieder in unsere Unterwelt, und kein Mensch braucht zu erfahren, dass wir hier waren.«

Jannine sah ihn noch immer nicht an. »Das geht nicht, Léon, aber wenn du gehen willst, dann mach dich auf den Weg. Ich schaffe das auch allein.«

»Warum?«, fragte Léon. Er trat neben sie und suchte ihren Blick. »Wir waren uns einig. Mir ist es egal, ob du in die Villen reicher Leute einsteigst und irgendwelchen Sammlern Bilder stiehlst, die sie mit Geld erwerben, das sie auf mehr oder weniger ehrliche Weise anderen abgenommen haben, die es vermutlich nötiger bräuchten. Aber diese Bilder hier gehören dem Volk. Jeder kann kommen und sich die Kunstwerke ansehen. Hier gehören sie hin. Du darfst den Menschen diesen Schatz nicht wegnehmen!«

Er sah, dass es sie Mühe kostete, seinen Blick zu erwidern. »Ich stimme mit dir noch immer überein, doch dieses Mal muss es sein. Frag nicht weiter. Ich kann dir nicht mehr sagen, aber glaube mir, es wird eine Ausnahme bleiben und nicht wieder vorkommen.«

Léon wäre gern weiter in sie gedrungen, um den wahren Grund zu erfahren, doch er ahnte, dass sie nicht nachgeben würde, daher fragte er stattdessen: »Um welches Bild handelt es sich?«

Jannine setzte ihren Weg fort. »Wir müssen zu den hinteren Sälen mit den Werken aus Spanien.«

Er folgte ihr schweigend, bis sie stehen blieb.

»Es hängt gleich dort vorn, das ›Pandemonium‹. Es ist der Kampf der Finsternis der Hölle gegen das göttliche Licht.«

»Sehr symbolträchtig«, murmelte Léon und trat ein Stück vor, um das Gemälde zu betrachten. »Warum dieses Bild?«

Jannine hob die Schultern. »Vielleicht gerade aus diesem Grund. Vielleicht bedeutete es genau das.«

Léon dachte über ihre Worte nach, doch er verstand sie nicht. Der Kampf der Finsternis gegen das Licht. Zwei Welten, die aufeinandertrafen? Er kannte die dunkle Welt und ihren Meister über alle Schatten sehr gut. Aber was war mit der anderen Welt? Wer stand auf der Seite des göttlichen Lichts?

Vielleicht legte Jannine zu viel Bedeutung in dieses Gemälde. Vielleicht war es einfach nur das, was sich ihnen bot: Ein Bild der Unterwelt, angeregt von John Miltons Erzählung über die Hölle, die dramatisch von der Fantasie des Künstlers eingefangen worden war.

»Ich muss anfangen, ehe die Wachen abgelöst werden und ihre Runde sie hierherführt«, unterbrach Jannine seine Überlegung. »Wenn du verschwinden willst, dann tu es jetzt.«

Doch Léon rührte sich nicht von der Stelle. »Wie willst du die Alarmanlage austricksen? Das Bild ist im Fokus der Kamera und mit einem Kontakt an der Wand gesichert, selbst wenn es nicht das wertvollste Gemälde hier im Raum ist.«

Jannine nickte. »Ich weiß. Ich habe alles bedacht.« Sie nahm ihren kleinen Rucksack von den Schultern, sah sich noch einmal nach allen Seiten um und huschte dann in den Saal. Léon rührte sich nicht von der Stelle. Er wusste, er hätte gehen sollen, doch er hielt seinen Blick auf die Diebin gerichtet, die jetzt voll in ihrem Element war, nur noch auf das Objekt der Begierde konzentriert. Fasziniert sah er ihr zu, wie sie die gläserne Halbkugel der Kamera mit einem Spray trübte und dann mit einem Haken und einem Gewicht hinter das Bild fuhr, um den Kontakt zu täuschen.

Es vergingen keine zwei Minuten, da stand sie mit dem Bild in den Armen vor ihm. An der Wand blieb nur ein Draht mit einem altmodischen Eisengewicht zurück, während Jannine sich mit ihrer Beute auf den Absatz einer schmalen Nebentreppe zurückzog, die von keiner Kamera erfasst wurde.

»Wir haben fünf Minuten, bis der Wächter hier durchkommt«, sagte sie. »Verlassen wir den Louvre so, wie wir gekommen sind.«

»Das Bild ist zu groß für den Schachtdeckel«, bemerkte Léon.

»Ich weiß.« Mit geübten Bewegungen befreite Jannine das Bild von seinem Rahmen, rollte es zusammen und verstaute es in einer Hülle.

»Schade, dass wir ihn nicht mitnehmen können«, sagte Jannine. »Der Maler hat ihn selbst für dieses Bild gestaltet. Sieh dir die Schlangen und Drachen an, die sich dem Betrachter entgegenrecken.«

Léon nickte. »Noch drei Minuten. Los jetzt!«

Sie huschten den Weg zurück, den sie gekommen waren. Der Alarm ging los, als sie im Keller den Raum erreichten, der ihnen Zugang zum Versorgungsschacht verschaffte. Léon öffnete den Deckel und trat zurück, um Jannine den Vortritt zu lassen. Sie wandte sich zu ihm um und lächelte.

»Das war einfach, nicht?« Léon nickte. Vielleicht zu einfach.

Er stieg hinter ihr in den Tunnel und schloss den Deckel, während im Louvre die Hölle losbrach.

***

»Was ist passiert?« Claire ließ ihre Tasche fallen und eilte zu ihrer Mutter, die, das Gesicht in den Händen vergraben, mit bebenden Schultern am Küchentisch saß.

»Maman, ist es noch immer wegen des Tizians? Habt ihr etwas Neues herausgefunden?«

»Er war gefälscht«, rief sie zornig.

»Aber dann ist es doch nicht so schlimm, oder?«, versuchte Claire sie aufzumuntern. Sie trat an die Anrichte, schaltete die Kaffeemaschine ein und stellte einen Topf mit Milch auf den Herd.

»Du meinst abgesehen davon, dass ich es nicht erkannt habe?«, stieß Louise hervor.

»Du hast dein Gutachten noch nicht verkündet, das allein zählt«, behauptete Claire. »Und nun hast du den Fehler gefunden, nicht wahr?«

»Ja«, bestätigte sie ohne rechtes Interesse.

Claire goss heiße Milch in die großen, bunten Tassen, ehe sie ihren Blick wieder auf ihre Mutter richtete.

»Ist noch was?«

»Aus dem Louvre wurde heute Nacht ein Gemälde gestohlen!« Mit tragischer Miene sah sie ihre Tochter an.

Das musste Claire erst einmal verdauen. »Du meinst, Diebe sind in den Louvre eingebrochen und haben ein Bild mitgenommen?«

»Wie sie es gemacht haben, weiß bisher keiner. Alle Türen und Fenster waren unversehrt. Und dennoch fehlt eines der großen spanischen Werke. ›Das Pademonium‹ ist weg!«

In Claire stieg die Erinnerung an ein düsteres Bild mit feurigen Rottönen auf. Der übergroße Teufel auf einem Felsen im Vordergrund, der auf seine Hölle blickt, aus deren feurigem Lavagrund seine dämonischen Heerscharen aufsteigen, um ihm zu Diensten zu sein und den Kampf gegen das göttliche Licht zu wagen. Im Hintergrund ein riesiger Palast, der die Macht des Teufels noch zu unterstreichen schien.

Etwas regte sich in ihr. Etwas, das sie ängstigte. Eine Ahnung, doch sie konnte sie nicht greifen. Und noch etwas stieß Claire wie Übelkeit auf. Ein unsichtbarer Dieb, der keine Spuren hinterlassen hatte? Ach, wäre doch ein Fenster oder eine Tür aufgebrochen, dann würde sich das Misstrauen nicht wieder erheben. Dann würde nicht Léons Bild vor ihr entstehen und die Frage, ob er der unsichtbare Dieb im Louvre gewesen war.

Claire stellte die Tasse mit Milchkaffee vor ihre Mutter auf den Tisch und schichtete einen Berg Kekse auf einen Teller. Dann ging sie um den Tisch herum und schlang die Arme von hinten um Louise.

»Jetzt lass dich davon nicht so fertigmachen. Das mit dem Tizian hätte ganz dumm für dich laufen können, aber so ist es jetzt nicht deine Schuld, und der Louvre erspart sich viel Geld für eine Fälschung. Und der Diebstahl hat überhaupt nichts mit dir zu tun. Es ist ein Verlust für das Museum und für die Menschen, die die Bilder sehen wollen, aber die Lösung des Falls ist ganz allein Sache der Verwaltung und der Kriminalpolizei. Also beruhige dich und trinke deinen Kaffee!«

Gehorsam nahm Louise ihre Tasse in beide Hände. Claire setzte sich ihr gegenüber. Eine Weile tranken sie schweigend ihren Kaffee und aßen ein paar Kekse. Claire sah, wie ihre Mutter sich entspannte, und so wagte sie die Frage zu stellen, die ihr auf der Seele brannte.

»Selbst wenn die Diebe irgendwie in den Louvre gekommen sind, wie konnten sie das Bild einfach von der Wand nehmen und damit verschwinden? Die Kunstwerke sind doch alle gesichert und es gibt überall Kameras.«

Louise hob die Schultern. »Soweit ich es mitbekommen habe, ist es den Dieben gelungen, die Kameras zu umgehen und die Linse, die auf das Bild gerichtet war, zu trüben.«

»Und das ist keinem aufgefallen?«

Louise hob die Schultern. »Jedenfalls nicht sofort. Außerdem haben sie es geschafft, die Sicherung von der Bildrückseite zu lösen und mit einem genau abgestimmten Gewicht zu täuschen. Die Polizei geht davon aus, dass sich die Täter bereits während der Öffnungszeiten im Museum aufgehalten und sich dann bis zur Nacht irgendwo verborgen haben.«

»Das erklärt nicht, wie sie danach unbemerkt den Louvre verlassen konnten«, bemerkte Claire.

Ihre Mutter schüttelte den Kopf. »Nein, das ist den Ermittlern nach wie vor ein Rätsel.«

»Vielleicht sind sie ja gar nicht verschwunden, ehe der Alarm losging«, überlegte Claire. »Vielleicht trugen sie Uniformen und haben gewartet, bis die Polizei eintraf und die Türen geöffnet hat. Und dann sind sie in dem Trubel einfach rausspaziert.«

Ihre Mutter starrte sie an. »So könnte es gewesen sein. Claire, wie kommst du auf so eine Idee?«

»Habe ich mal in einem Film gesehen«, gab sie zu. »Aber möglich wäre es, nicht wahr?«

Wenn der Dieb nicht durch irgendwelche unterirdischen Tunnel im Labyrinth der Unterwelt verschwunden ist, die sein Revier sind.

***

Jannine erreichte den Treffpunkt im Schatten des Observatoriums vor der vereinbarten Zeit, dennoch war die Frau schon da. Sie trug einen eleganten Ledermantel, der ihr bis zu den Waden reichte. Ihr Gesicht blieb durch die breite Krempe ihres Huts im Schatten verborgen.

»Wie ich höre, warst du erfolgreich«, sagte sie statt einer Begrüßung. »Ganz Paris spricht über nichts anderes.«

Jannine konnte aus ihrer Stimme nicht heraushören, ob sie sich darüber freute. Hatte sie etwa auf ihr Scheitern gesetzt und gehofft, sie würde erwischt werden? Dann hätte sie sich nicht die beste Diebin von Paris aussuchen sollen, dachte Jannine mit grimmiger Genugtuung.

»Ja, es war fast zu leicht«, sagte sie und reichte der Frau die Hülle mit dem Bild.

Sie nahm es entgegen und entrollte es. »Ist es nicht schauderhaft?«, sagte sie mehr zu sich selbst. »Schauderhaft und sehr inspirierend. Ja, das ist ein guter Einfall!«

Sie rollte das Bild wieder zusammen und verstaute es unter ihrem Mantel aus hellem Leder, der weich und teuer aussah.

»Zu einfach? Das kam mir auch so vor«, wechselte sie das Thema. »Die Verwaltung des Louvre sollte dringend ihr Sicherheitskonzept überprüfen. Es war geradezu lächerlich, wie ihr beiden vom Keller bis in den Saal den Kameras ausweichen konntet.«

Jannine erstarrte und wich unwillkürlich einen Schritt zurück. Wie konnte sie das wissen? Die Frau musste sie beobachtet haben. Nicht über die Kameras des Louvre jedenfalls, wie aber dann?

»Dein Begleiter, war das nicht dieser geheimnisvolle Léon?«

Jannine schwieg, doch die Frau nickte, als habe sie ihre Aussage bestätigt.

»Eine interessante Persönlichkeit. Es lohnt sich, sich näher mit ihm zu befassen. Du arbeitest nun also mit ihm zusammen?«

»Nein, es war nur ein Freundschaftsdienst«, gab Jannine knapp zurück.

»Weil dein Bruder nicht mitgekommen ist? Wo ist er? Fühlt er sich nicht wohl?«

»Das braucht Sie nicht zu kümmern«, rief Jannine. »Wichtig ist allein, dass Sie Ihr Versprechen einhalten. Dies war der letzte Einbruch, den ich für Sie erledigt habe, und Sie halten sich nun an den Vertrag und helfen meinem Bruder. Sorgen Sie dafür, dass er wieder sprechen kann!«

Die Frau lachte kalt. »Wie sollte ich das bewerkstelligen? Hier und jetzt, wo er nicht einmal da ist? Was glaubst du, was ich bin? Eine Voodoozauberin, die ein paar Nadeln aus einer Puppe ziehen muss, um deinen Bruder zu heilen?«

»Keine Ahnung, wer Sie sind und über was für Kräfte Sie verfügen«, zischte Jannine. »Aber Sie haben es geschworen. So lautete der Deal und nun halten Sie sich an unsere Abmachung. Ich bin zwar keine Zauberin, aber auch ich verfüge über Magie und kann nicht nur Bilder stehlen, ohne Spuren zu hinterlassen!«

Die Frau lachte hell auf. »Willst du mir etwa drohen, Kindchen? Das solltest du lieber nicht. Du weißt nicht, mit wem du deine Kräfte zu messen versuchst.«

»Nein, und ich will es auch gar nicht wissen. Ich will mit Ihnen nie wieder etwas zu tun haben, sobald Sie Marcell geheilt haben.«

Die Frau hob abwehrend ihre Hände, die ebenfalls in feinen Lederhandschuhen steckten. »Nur nicht so hastig, Mädchen. Du hast deine Aufgabe erfüllt, nun bin ich am Zug. Alles andere erledigen wir, wenn es so weit ist.«

»Was? Worauf warten Sie?«, rief Jannine, die die Geduld verlor.

Die Frau sah sie nachdenklich an. »Darauf, dass endlich alles wieder ins Lot kommt? Dass ein Fehler der Natur korrigiert wird? Nenn es, wie du es willst. Mit deinem Bruder beschäftigen wir uns, wenn es an der Zeit ist.«

Sie wandte sich ab. Jannine war fassungslos.

»Sie haben es versprochen. Wie hatten einen Deal. Sie können mich hier nicht einfach stehen lassen und mit dem Bild verschwinden!«

Die Frau warf einen Blick über die Schulter zurück. »Nein? Wer sollte mich daran hindern? Du? Versuche es nicht. Ich würde dich nur ungern töten. Du bist zwar eine Diebin und ein Kind der Finsternis, aber du gefällst mir. Es wäre doch schade, wenn dein Bruder in diesem Zustand allein zurückbleiben müsste. Also sei still und geh zu ihm zurück. Warte, bis ich dich rufe. Ja, ich habe dir mein Wort gegeben, und ich werde mich daran erinnern, wenn es an der Zeit ist. Bis dahin, höre auf meinen Rat und halte dich bedeckt. Es könnte bald sehr unangenehm dort unten in euren Rattenlöchern werden.«

Nach dieser Warnung wandte sie sich endgültig ab und ging davon. Jannine sah ihr hilflos nach. Die Frau schritt in ihren hochhackigen Stiefeln durch die Dunkelheit, bis das Licht der ersten Straßenlaterne sie erfasste. Ein Lichtblitz blendete Jannine, sodass sie kurz die Augen schließen musste. Als sie sie wieder öffnete, war die Frau verschwunden. Jannine blinzelte und sah sich fassungslos um, doch es war niemand mehr da außer ihr.

Kapitel 13

Das Versprechen

Es war Freitag. Noch zwei Stunden, dann war der Unterricht zu Ende. Die aber hatten es in sich: Mathe und Französisch, wobei Claire eindeutig Mathematik bevorzugte. So langweilig, wie die französische Literatur, die sie gerade durchnahmen, konnte keine Rechenaufgabe sein!

Adrien trat zu ihr und bot ihr einen Kaugummi an. »Hast du heute Abend Zeit?«

»Was hast du vor?«, erkundigte sie sich.

»Wir suchen nach einem absolut coolen Ort«, mischte sich Philippe ein.

»Was für einen Ort? Wozu?«, fragte Claire.

»Um zu feiern!«, erklärte Philippe ungeduldig.

»Nachdem meine letzte Party so rüde gestört wurde, müssen wir die Fete doch nachholen, ehe es Winter wird, und da dachte ich, wir sehen uns eine Location an, die sich vielversprechend anhört. Ich habe da einen Tipp bekommen.« Seine Augen leuchteten.

Claire sah ihn skeptisch an. »Es ist wieder etwas Verbotenes, nicht wahr?«

Philippe kicherte. »Aber natürlich. Das macht den Reiz seiner Feten aus. Was glaubst du, warum seine Einladungen so begehrt sind, selbst unter den Schülern aus den Klassen über uns. Zu Adriens Party eingeladen zu werden, ist eben echt cool!«

In diesem Moment schlenderte Nathalie mit ihrem Hofstaat heran. »Habe ich gerade das Wort Party gehört?« Sie ließ ihren Blick über Philippe hinweg zu Adrien gleiten, um diesem einen Augenaufschlag allererster Güte zu schenken. »Planst du etwas Neues?«

Adrien zögerte, dann nickte er. Nathalie zeigte ihr falsches, klebriges Lächeln. »Wie schön. Endlich ein wenig Vorfreude, mit der man sich den öden Schulalltag versüßen kann. Ich warte auf deine Einladung!« Sie stolzierte davon, ehe Adrien etwas erwidern konnte.

»Ich bin mir nicht sicher, ob ich sie nach diesem Auftritt dabeihaben will«, sagte Adrien mit einem unwilligen Brummen.

Seine Freunde starrten ihn entsetzt an. »Was? Nun sag nicht, dass du eine Party ohne Mädchen machen willst. Sie nervt, aber sie sieht klasse aus. Claudine und Michèle kann man auch anschauen. Wen würdest du stattdessen einladen? Doch nicht etwa Louna oder noch schlimmer Inès?«

Claire spürte, wie die Galle in ihr aufstieg, und sie wäre davongegangen, wenn Adriens Arm nicht noch immer schwer auf ihrer Schulter gelegen hätte.

»Wenn euch so viel daran liegt, bitte«, gab er nach. »Aber haltet sie von mir fern. Ich will nicht, dass sie Claire den ganzen Abend angiftet.«

»Danke, ich kann mich auch allein gegen Nathalie behaupten«, sagte Claire bestimmt und schob Adriens Arm von ihrer Schulter. Er starrte sie an und runzelte die Stirn, dann aber lächelte er und drückte ihr einen Kuss auf die Wange.

»Natürlich kannst du das, Cheerleaderchampion. Du bist ein toughes Mädchen. Das mag ich an dir. Also, kommst du um acht zu mir oder soll ich dich abholen?«

Claire zögerte einen Moment. »Ich komme um acht«, sagte sie knapp, wandte sich ab und ging mit gemischten Gefühlen davon.

***

Pünktlich um acht klingelte Claire am Tor zur Villa des Polizeipräfekten. Einer der Uniformierten, die draußen Wache schoben, musterte sie einige Augenblicke misstrauisch, doch anscheinend bestand sie die Prüfung, denn er kümmerte sich nicht weiter um sie.

»Komm herein!« Adrien öffnete ihr selbst. »Philippe ist noch nicht da, aber er wird jeden Moment eintreffen. Er hat versprochen, den Schlüssel zu besorgen. Keine Ahnung, wie sein Bruder das immer macht. Er will mir seine Quellen nicht verraten. Ich glaube, er hat mal wieder ein Mädchen aufgerissen, das dort an unserem ganz besonderen Ort arbeitet, und hat ihr dann den Schlüssel abgeschwatzt.«

Adrien zog Claire ins Haus und schloss die Tür. Sein Blick huschte durch die Halle, doch es war niemand zu sehen. Erst jetzt umarmte er sie und küsste sie auf den Mund.

»Komm mit hoch. Philippe ist nicht für seine Pünktlichkeit bekannt. Willst du was trinken?«

Claire schüttelte den Kopf. Sie folgte ihm zur Treppe, als eine laute Stimme sie innehalten ließ. Auch Adrien blieb stehen und sah sie mit einer Grimasse an.

»Mein verehrter Onkel Cato. Was ihm nun wieder nicht passt?«

Adrien trat einen Schritt näher an die nur angelehnte Tür, doch man konnte die Männer auch so problemlos verstehen. Monsieur Cato stritt mit dem Polizeipräfekten. Die nächsten Sätze ließen Claire aufhorchen.

Jemand hat den Mann gesehen. Der Zeuge kann den Täter beschreiben. Ein junger, schlanker Kerl, auffällig blass mit schwarzem Haar und ganz in Schwarz gekleidet. Es gibt Hinweise, dass sich sein Versteck irgendwo in den alten Höhlen im Süden der Stadt befindet. Du musst etwas unternehmen, ehe noch mehr Villen der Gegend ausgeräumt werden. Und jetzt auch noch der Louvre! Die Menschen wollen sich sicher fühlen und mit ihrer Polizei zufrieden sein, vor allem die Leute mit Macht und Einfluss in dieser Gegend. Unterschätze das nicht!«

Claire erstarrte. Léon tauchte ganz deutlich vor ihrem inneren Auge auf. Hatte er mit diesen Einbrüchen also doch etwas zu tun?

So ein Blödsinn! Es gab vermutlich Tausende, auf die diese Beschreibung zutraf.

Die irgendwo in den alten Steinbrüchen von Paris hausen?, bohrte die Stimme in ihrem Innern.

Vielleicht wohnte Léon gar nicht dort unten und sie hatten sich lediglich zufällig dort getroffen.

Und er war auch nur rein zufällig im Louvre unterwegs gewesen, nachdem das Museum bereits geschlossen hatte, fuhr der innere Quälgeist fort.

Der Polizeipräfekt lachte freudlos. »In den alten Steinbrüchen im Süden der Stadt. Das ist wirklich eine genaue Beschreibung. Da können wir direkt zugreifen. Weißt du überhaupt, über was wir da sprechen? Ist dir klar, wie weitläufig das alles dort unten ist? Wie viele Gänge, Höhlen und Verstecke es gibt?«

»Ja, das ist mir durchaus bewusst«, entgegnete Cato mit seiner scharfen Stimme. »Ich war mehr als einmal unten.«

»Ach ja?« Monsieur Charron schien überrascht. »Dann hast du mir etwas voraus. Ich kenne lediglich die Beschreibungen von Commandant Sabatier, der mir einen Stapel verwirrender Karten vorgelegt hat, die nicht einmal vollständig sind, wie er sagt. Selbst er, der seit Jahrzehnten dort unten Patrouillen durchführt, findet immer wieder neue Gänge und sagt selbst, dass er nicht einmal die Hälfte des Labyrinths kennt.«

»Das heißt, du gibst einfach auf?« Nun klang Catos Stimme verächtlich.

»Nein, das heißt es nicht!«, widersprach der Präfekt zornig. »Aber so einfach, wie du dir das denkst, ist es eben nicht. Ich habe auf dein Drängen hin dort unten erst eine Razzia durchführen lassen, und was ist dabei herausgekommen?«

Claire und Adrien sahen einander an.

»Nichts, absolut nichts«, fuhr der Präfekt fort. »Die Patrouille hat lediglich einen alten Junkie aufgespürt! Und dafür darf ich einen Nachteinsatz mit einem Dutzend Männer bezahlen.«

»Ja, das war wirklich ein Reinfall«, kommentierte Cato spöttisch. »Vielleicht denkst du zu klein? Du hast viele Hundert Männer zur Verfügung. Setz sie ein und räuchere das Gesindel dort unten aus! Blase zur großen Treibjagd, und ich bin mir sicher, du wirst deinen Einbrecher und die Kunstwerke finden und nebenbei dort unten mal so richtig aufräumen!«

»Soll ich dich auch gleich für den Posten des Polizeipräfekten vorschlagen, wenn du so viel besser weißt, was ich tun muss?«, ereiferte sich Monsieur Charron.

Was der Onkel dazu zu sagen hatte, erfuhren sie nicht, denn nun mischte sich eine weibliche Stimme ein.

»Ich denke, für den Augenblick ist alles gesagt. Am Besten, ihr beruhigt euch beide und senkt eure Stimmen. Man kann euch bis in die Halle hören!«

Leichte Schritte waren zu vernehmen, dann öffnete sich die Tür, und die schöne Dame des Hauses, die Claire auf der Dinnerparty kennengelernt hatte, trat in die Halle. Auch heute war sie elegant mit einem raffiniert geschnittenen Kostüm bekleidet und trug eine zweireihige Perlenkette. Ihr silbrigblondes Haar fiel ihr locker über die Schultern. Sie sah erst Adrien und dann Claire an.

»Guten Abend Mademoiselle Nicolas.« Sie reichte Claire ihre zarte Hand, an der ein großer Diamant blitzte.

»Sagen Sie Claire zu mir, Madame Charron, ach nein, Sie heißen de Rivarol, nicht wahr?«

»Das ist richtig. Adriens Mutter und ich waren Cousinen. Ich versuche die Lücke zu füllen, die Seline hinterlassen hat.«

Beim Namen seiner Mutter zuckte Adrien zusammen. Seine Miene wurde abweisend.

»Wir gehen gleich wieder, sobald Philippe da ist.«

Madame de Rivarol ging nicht darauf ein. »Werdet ihr unterwegs essen?«, fragte sie nur. Adrien nickte knapp.

»Gut, dann sage ich der Köchin Bescheid. Ich wünsche euch einen schönen Abend.«

Sie verabschiedete sich von Claire und stieg dann die Treppe hinauf. Sie fragte nicht, wann sie zurück sein würden, und ermahnte Adrien auch nicht, nicht zu spät heimzukommen. Vielleicht wollte sie sich nicht als Mutter aufspielen, doch auch sein Vater schien ihn nicht sonderlich einzuschränken oder auch nur zu ahnen, was sein Sohn in seiner Freizeit trieb. Das war bei ihr daheim ganz anders. In ihrer Familie sprach man, nun ja, über fast alles, schränkte sie ein. Claire wusste nicht, ob sie Adrien für diese Freiheit beneiden oder ihn vielleicht sogar bemitleiden sollte. Selbst wenn die Fragen ihrer Eltern manches Mal nervten oder sie sich über ein Verbot aufregte, so waren sie doch eine Familie, die zusammenhielt und in der es Wärme und Vertrauen gab. Im Haus des Polizeipräfekten dagegen erschien ihr alles glänzend perfekt und wertvoll, aber doch schrecklich kalt.

***

»Du wirst begeistert sein!«, prophezeite Adrien, dessen Augen abenteuerlustig blitzten. Philippe stimmte ihm kaum weniger enthusiastisch zu. Er spielte mit einem Schlüssel, der ihnen offensichtlich den Zugang zu dem Ort ihres Begehrens verschaffen sollte.

»Wohin gehen wir?«, erkundigte sich Claire, die automatisch den Weg zur Metrostation einschlug. Sicher mussten sie wieder auf die andere Seite der Seine zu den grausigen Katakomben und den anderen Höhlenlabyrinthen, doch die beiden Jungen gingen an der Treppe vorbei die Straße hinunter.

»Es ist nicht besonders weit«, sagte Philippe geheimnisvoll. Mehr waren sie noch nicht bereit zu verraten.

So gingen sie schweigend durch den Abend, bis sie den Place du Trocadéro erreichten. Ohne zu zögern, überquerten die Jungen den belebten Platz, der zwischen den beiden gebogenen Seitenflügeln des Palais de Chaillot den besten Blick auf den Eiffelturm bot. Daher wimmelte es hier beinahe zu jeder Tages- und Nachtzeit von Touristen, zwischen denen junge Afrikaner umherhuschten, die Miniatureifeltürme in verschiedenen Größen und anderen Krimskrams zum Verkauf anboten.

Auch Claire war noch immer von dem Anblick fasziniert und trat an das Geländer, wo der Blick zu den Jardins du Trocadéro mit ihren Fontänen in einem lang gestreckten Wasserbecken abfiel, um dann über die Seine hinweg zum Champ de Mars zu wandern, aus dem sich die kühne Eisenkonstruktion von Monsieur Eiffel erhob.

»Ihr wollt nicht etwa hier zwischen den ganzen Touristen feiern?«, fragte Claire verwirrt.

Die Jungen starrten sie an, als habe sie etwas Unanständiges gesagt. Dann eilten sie mit geheimnisvollen Mienen die Treppe hinunter zum Eingang des vor wenigen Jahren wiedereröffneten Aquariums.

Claire begann zu ahnen, was ihr Ziel sein würde, als sie

las, dass das Aquarium damit warb, Besucher in die Steinbruchkavernen im Innern des Chaillothügels zu führen, die in eine verzauberte Meereswelt verwandelt worden wären.

Das Aquarium war um diese Zeit geschlossen, doch Philippe führte sie am offiziellen Eingang vorbei zu einer unscheinbaren Tür, hinter der eine Treppe in die Tiefe führte. Sie kamen in einen Lagerraum, dessen Inhalt, nach den Beschriftungen der Behälter zu schließen, zur Versorgung der Aquariumsbewohner diente.

»Wir sind fast da!«, verkündete Adrien.

»Sag jetzt nicht, dass du im Aquarium heimlich eine Fete machen willst. Da seid ihr schneller verhaftet, als ihr euer erstes Bier austrinken könnt!«

»Sicher?« Philippe grinste.

»Sicher!«, bekräftigte Claire. »Und da nützt es auch nichts, dass Adriens Vater Polizeipräfekt ist, denn ich denke mal, er soll nichts davon erfahren. Er nicht und dein Onkel Cato erst recht nicht.«

»Was würden wir ohne unsere kluge Claire machen«, säuselte Adrien. »Dann eben keine Fische. Philippe, ich fürchte, wir müssen uns etwas anderes suchen.«

Philippe erwiderte sein Grinsen. Adrien ging weiter und öffnete mit Philippes Schlüssel noch eine Tür, hinter der es muffig roch. Sie knipsten ihre Taschenlampen an und folgten einem in rohen Fels gehauenen Gang. Claire hatte den Eindruck, dass sie immer tiefer unter den Hügel eindrangen. Der Gang machte eine Biegung und entließ sie in eine riesige Kaverne, die allerdings nichts mit den Steinbruchhöhlen gemein hatte, die Claire bisher gesehen hatte. Philippe machte sich an einem Kabel zu schaffen. Plötzlich flammten ein paar Glühbirnen auf, die sie nun erst das Ausmaß dieser Höhle erahnen ließen.

»Was um alles in der Welt ist das?«, keuchte Claire verwundert.

»Das, meine Verehrte«, sagte Adrien hochtrabend, »das sind die Errungenschaften der Weltausstellung von 1878. Auf dem Chaillothügel wurde damals die erste Version des Trocadéropalasts gebaut, doch unter oder besser gesagt in seinem Innern verwandelten sie die alten Steinbruchstollen in diese bizarre Grottenlandschaft. Große Teile sind heute umgebaut und werden für das Aquarium genutzt, doch dieser Teil ist geblieben und noch ein paar andere skurrile Dinge. Komm mal mit.« Er fasste sie bei der Hand und zog sie um die wie eine Märchenlandschaft geformten Säulen mit künstlichem Sinter und Tropfsteinen herum, bis sie vor etwas standen, das wie ein chinesischer Tempel anmutete, der allerdings schon bessere Zeiten gesehen haben musste.

»Ist das nicht fantastisch?«

Claire nickte. »Unglaublich. Von wann ist er?«

»Ich glaube von der Ausstellung im Jahr 1900«, sagte Philippe und wies auf eine Tafel mit altmodisch geschwungenen Lettern.

»Und, was sagst du dazu? Wird das eine Party?«

»Aber sicher!«, rief Philippe begeistert. »Da kann die *Salle Z* unter dem Val-de-Grâce einpacken!«

***

»Maman? Ich fahr noch mal kurz mit der Metro in die City. Ich brauche noch ein paar Sachen für die Schule.«

Ein Geschirrtuch in den Händen, tauchte Louise in der Küchentür auf. »Ich kann dir deine Sachen morgen mitbringen, wenn du mir sagst, was du brauchst.«

Claire schüttelte den Kopf. »Nein, danke, ich treffe mich mit Louna. Wir wollen nach Schuhen sehen.«

Ihre Mutter lächelte. »Weil du so wenige Schuhe hast?«

Claire schnitt eine Grimasse. »Maman, willst du mir einen Vortrag über Schuhe halten?«

Ihre Mutter hob resignierend die Hände. »In Ordnung, ich habe verstanden. Wer im Glashaus sitzt, der sollte nicht mit Steinen werfen. Aber ich sage dir, dein Vater wird mit uns irgendwann verzweifeln.«

Claire machte eine wegwerfende Handbewegung und grinste. »Solange er uns noch immer Handtaschen von seinen Reisen mitbringt, kann es nicht so schlimm sein.«

»Ach, und nun brauchst du passende Schuhe zu der roten Tasche, die er dir geschenkt hat?«, vermutete Louise.

Claire lächelte nur und drückte ihrer Mutter einen Kuss auf die Wange. »Bis später!«

Die Wohnungstür fiel hinter ihr ins Schloss. Claire lief die beiden Treppen hinunter und trat dann in die von einem eisernen Gitter bewachte Auffahrt mit dem winzigen Stück Rasen rechts und links des Weges, an dessen Rand einige große Terrakottatöpfe mit Blumen standen.

Es war schon fast dunkel. Die Straßenlaternen flammten eine nach der anderen auf. Claire grüßte die Nachbarin, die mit ihren beiden Hunden ihre übliche Runde drehte. Die kleinen Köter zerrten an der Leine und kläfften in Claires Richtung, die lieber einen Bogen schlug, ehe die unerzogenen Viecher sich in ihre Hose verbissen. Wie üblich schimpfte die alte Frau mit ihren Lieblingen, die sie wie immer ignorierten.

Claire hatte die Kreuzung schon fast erreicht, wo die ruhige Anliegerstraße in den geschäftigen Boulevard mündete, an dem die Metrostation lag, als eine Gestalt hinter einem Baum hervortrat und ihr den Weg verstellte.

Claire erschrak. Die Frau mit den Hunden war längst in Richtung Park verschwunden, ansonsten schien hier gerade keiner zu Fuß unterwegs zu sein. Ihr fiel auf, dass es an dieser Stelle besonders dunkel war. War die Straßenlampe dort vorn schon länger kaputt? Claire wusste es nicht. Sie blieb stehen und überlegte, ob sie die Straßenseite wechseln sollte, da erkannte sie ihn.

»Léon, bist du das?«, fragte sie erstaunt und spürte, wie ihr Herz raste. »Du hast mich ganz schön erschreckt.«

»Das tut mir leid. Ich habe gehofft, dich heute noch zu treffen.«

»Und da treibst du dich hier an der dunkelsten Stelle herum, um mir einen Schreck einzujagen?«

Léon schüttelte den Kopf. Da er offensichtlich nicht bereit war, aus dem Schatten der hohen Hecke zu treten, ging Claire auf ihn zu, bis sie sein Gesicht erkennen konnte.

»Ich bin hier, weil ich dir etwas Wichtiges sagen muss.«

Was er sagte, konnte gar nicht so wichtig sein. Allein ihn so unverhofft zu sehen und seine Stimme zu hören, drohte Claire zu überwältigen. Bestimmt hatte sie wieder diese roten Flecken im Gesicht, die sie immer bekam, wenn sie etwas aus dem Gleichgewicht brachte. Aber vielleicht war es so dunkel, dass er es nicht sehen konnte.

»Ich wollte in die City, ein wenig bummeln und ein paar Sachen besorgen, aber das ist nicht so wichtig. Ich kann das verschieben. Ich muss nur Louna anrufen.«

Sie zog ihr Handy aus der Tasche, doch Léon legte die Hand auf die ihre. »Ich will dich nicht aufhalten. Es dauert nicht lange. Ich muss dir lediglich etwas sagen.«

»Ja, was denn?«, fragte sie, während sich Enttäuschung in ihr ausbreitete und ihr aufgeregt klopfendes Herz in seinem Enthusiasmus bremste.

»Ich möchte, dass du mir etwas versprichst.«

»Was denn?«, wiederholte sie.

Léon sah sie ernst an. »Etwas sehr Wichtiges!«

»Ja?« Claire hatte keinen Schimmer, worum es sich handeln konnte. Das war alles sehr seltsam. Schon allein sein Auftreten hier, wie er sie abgefangen hatte. Warum klingelte er nicht wie andere einfach an der Tür, wenn er schon hier war und ihr etwas sagen wollte?

Weil er eben nicht wie andere war und ihn genau das so unwiderstehlich machte.

»Claire, du darfst dich nicht mehr mit Adrien treffen.«

»Was?« Sie starrte ihn entgeistert an. »Du bist eifersüchtig«, entfuhr es ihr.

»Claire, das ist kein Spiel. Du musst es mir versprechen und vor allem darfst du nicht auf diese Party.«

»Was für eine Party?«, fragte sie leichthin.

Léon sah sie strafend an. »Ich gehe erst wieder weg, wenn du mir schwörst, am Samstag nicht zu Adrien Charrons Feier unter dem Trocadéropalast zu gehen.«

Woher wusste er davon?, war ihr erster Gedanke und der zweite: Das ging ihn nichts an! Zorn stieg in ihr auf und sie entzog ihm ihre Hände.

»Ich denke, dass dich das nichts angeht. Ich bin mit Adrien befreundet. Er geht in meine Klasse, und er hat mich eingeladen, daher werde ich – wie auch seine anderen Freunde – zu seiner Party gehen.«

Léon sah sie beschwörend an. »Du verstehst nicht. Es geht hier nicht um Eifersucht. Ich fürchte um deine Sicherheit.«

Claire zog die Brauen zusammen. Wenn Léon von der Party wusste, dann hatten vielleicht auch andere, die es nicht wissen sollten, davon erfahren.

»Gibt es wieder eine Razzia?«, fragte sie.

Léon schüttelte den Kopf. »Nein, die Polizei weiß nichts davon, und ich kann mir nicht denken, dass Commandant Sabatier mit seinen Männern ausgerechnet in dieser Gegend unterwegs sein wird.«

»Dann müssen wir ja nicht fürchten, verhaftet zu werden«, schlussfolgerte Claire, die zu der Überzeugung kam, Léon sei doch eifersüchtig, was ihr nicht schlecht gefiel, wenn sie ehrlich zu sich war.

»Wenn es nur das wäre!«, erwiderte er. »Da hättest du nicht mehr als eine unbequeme Nacht und vielleicht Ärger mit deinen Eltern zu befürchten. Es geht hier um Schlimmeres. Vielleicht um dein Leben!«

Das war ihr dann doch zu dramatisch. »Kannst du das nicht etwas genauer sagen? Was ist mit den anderen? Sind die dann auch in Gefahr?«

Léon zögerte. »Ich denke nicht, aber vertraue meiner Ahnung. Sie täuscht mich nur selten. Ich will nicht, dass dir etwas passiert! Das ist mir wichtig.«

»Was sollte denn passieren? Muss ich fürchten, dass uns die Höhlendecke auf den Kopf fällt?«, rief Claire ungeduldig.

Léon hob hilflos die Schultern. »Nein, das sicher nicht. Ich kann dir nicht mehr sagen. Bitte vertraue mir.«

»Ich weiß nicht, ob ich das kann«, sagte sie bedauernd. Sie sah ihm ins Gesicht und suchte nach etwas, das ihr bei ihrer Entscheidung helfen konnte, doch sie konnte in seinen schwarzen Augen nicht lesen.

Da umschlangen sie plötzlich seine Arme. Er zog sie zu sich und küsste sie auf den Mund. Claire war so perplex, dass sie überhaupt nicht reagierte. Es war eine Wildheit in diesem Kuss, die sie von Adrien nicht kannte. Und vielleicht auch ein wenig Verzweiflung.

»Bitte, versprich es mir«, drängte er noch einmal, als er sie losließ.

»Ich verspreche es«, stieß Claire verwirrt aus und strich sich ihr Haar aus dem Gesicht.

Für einen Moment lächelte er warm. »Das wollte ich hören!«

Und dann war er weg. Wieder einmal schien er sich einfach in Luft aufgelöst zu haben. Claire konnte es nicht fassen. Wohin war er gegangen? Wie konnte er so schnell und völlig lautlos verschwinden? Und was war das für ein Kuss gewesen?

Ihre Finger berührten die Lippen, auf denen sein Geschmack noch immer nachklang. Mochte er sie, oder war das kalte Berechnung gewesen, um ihr ein Versprechen abzuringen, das sie ihm nicht hatte geben wollen? Ging es hier wirklich um ihren Schutz oder um etwas ganz anderes?

Claire wusste es nicht. Ihre Gedanken jagten sich, als sie wie eine Schlafwandlerin zur Metrostation hinübertappte.

***

Claire saß in ihrem Zimmer und starrte auf das Smartphone in ihrer Hand. Sie musste sich endlich entscheiden. Es war Samstagabend, und sie sollte sich nun umziehen, um zu Adriens Party zu gehen, oder ihn anrufen und ihm absagen. Einfach so wegbleiben kam nicht infrage, obgleich das feige Wesen, das sich manches Mal in ihr regte, am liebsten diesen Weg gewählt hätte. Aber das würde die Sache noch schlimmer machen. Sie würde Adrien spätestens Montag in der Schule wiedersehen, und was sollte sie ihm dann sagen? Nein, sie musste jetzt anrufen oder hingehen.

Weitere fünf Minuten verstrichen, ohne dass Claire etwas unternahm. Es war jetzt schon acht. Um neun sollte sie am geheimen Treffpunkt am Trocadéro sein, damit Philippe sie und die anderen in die Höhle hinunterführen konnte, wo Adrien und seine Freunde im Laufe des Tages eine Musikanlage und bunte Scheinwerfer angeschlossen und eine Bar mit Knabberzeug und natürlich jeder Menge Getränken eingerichtet hatten.

»Claire?« Louise streckte den Kopf ins Zimmer. »Hier bist du.« Sie runzelte die Stirn. »Was machst du?«

»Nichts«, antwortete Claire patzig.

»Das sehe ich, aber wolltest du heute Abend nicht zu einer

Party? Du sagtest, du würdest nicht mit zu Tante Valéries Geburtstagsessen kommen, weil Adrien dich eingeladen hätte. Du weißt, wir bleiben über Nacht bei ihr und kommen erst nach dem Frühstück wieder.«

Claire nickte, machte aber noch immer keine Anstalten, sich zu erheben. Ihre Mutter seufzte.

»Ach je, du hast dich mit ihm gestritten, nicht wahr? Deshalb hängst du hier herum. Das ist normal in so jungen Beziehungen – und auch in älteren, aber wenn du ihn magst, dann müsst ihr darüber reden und das wieder in Ordnung bringen.«

»Maman, ich habe keine Beziehung mit Adrien!«, protestierte sie.

»So meine ich das ja auch nicht. Dazu seid ihr schließlich noch zu jung.«

Claire schnaubte und kommentierte diese Vermutung nicht. Wenn sie dem, was ihre Klassenkameraden so alles behaupteten, Glauben schenkte, dann hatten einige von ihnen bereits richtige Erfahrungen gesammelt, aber das war ganz sicher nicht das Thema, das sie mit ihrer Mutter diskutieren wollte. Sie musste endlich eine Entscheidung treffen.

Léon oder Adrien.

Das Versprechen halten, dass sie einem düsteren Unbekannten – warum auch immer – gegeben hatte, und dafür Adrien – ihren Freund – vor den Kopf stoßen?

Ihren Freund.

War Adrien ihr Freund? Hatten sie doch so etwas wie eine Beziehung? Lud er nur Claire ins Kino ein, um sie zu küssen und mit ihr Händchen zu halten?

Seltsam. Sie hatten nie darüber gesprochen. Aber vielleicht fragte man das auch nicht. Vielleicht musste man einfach spüren, ob man zusammengehörte. Ihre Mutter unterbrach ihre Gedanken.

»Er wartet unten!«

Claire sprang auf und ließ ihr Handy fallen. »Was?«

»Er ist unten und unterhält sich mit deinem Vater!«

Für einen Moment hatte sie das Bild vor Augen, wie Léon im Wohnzimmer unten stand. Was für eine unwirkliche Vorstellung. Das Wesen einer fremden, düsteren Welt, das nur im Schatten der Nacht zu existieren schien, im hellen Licht der Wohnzimmerlampe. Erst da fiel ihr auf, dass ihre Mutter nicht Léon meinen konnte.

»Adrien?«, fragte Claire.

Ihre Mutter nickte. »Wer sonst? Hast du noch mehr Freunde, von denen wir wissen sollten?«

»Natürlich nicht«, stieß Claire hervor. Sie hob ihr Smartphone auf und ging zur Tür.

»Er ist ein netter Junge«, sagte Louise. »Dein Vater und ich freuen uns darüber, dass du dich mit ihm angefreundet hast, oder wie ihr das heute nennt. Die Charrons sind, ja, sehr liebenswürdig.«

Claire kommentierte diese Aussage nicht, sondern drängte sich an ihrer Mutter vorbei und lief die Treppe hinunter ins Wohnzimmer.

»Salut, Claire, bist du fertig? Dann sollten wir gehen«, begrüßte sie Adrien und hauchte ihr vor den Augen ihres Vaters einen Kuss auf die Wange, was Thomas Davidson mit einem jovialen Lächeln kommentierte.

Was ging hier ab? War das so eine Art Ritual unter Männern, ohne Worte ihr Revier zu markieren? Eine stumme Forderung Adriens, die ihr Vater wohlwollend zur Kenntnis nahm?

Claire spürte Zorn. Dachte keiner daran, sie zu fragen? Das war allein ihre Entscheidung! Es interessierte sie nicht, ob ihre Eltern eine Verbindung mit dem Hause Charron begrüßten, weil die Leute so liebenswürdig waren. So ein Quatsch! Weil Monsieur Charron Polizeipräfekt war und damit ein reicher und mächtiger Mann, der eine teure Villa suchte, die ihr Vater ihm zu verschaffen gedachte.

Ich bin aber kein Rädchen in eurem Spiel!, ereiferte sie sich in Gedanken und starrte beide abwechselnd an.

»Was ist?«, erkundigte sich Adrien. »Stimmt etwas nicht?«

Claire sah zu ihm auf. Ihre Wut schmolz. Er blickte sie so offen an. Adrien mochte sie einfach und wollte mit ihr zusammen sein. Sollte sie ihn nur deshalb ablehnen, weil er zufällig auch ihren Eltern passte? Nein, das wäre genauso unfair, wie auf sein Geld und den Einfluss der Familie zu starren.

Adrien hatte sich in sie verliebt und sie mochte ihn auch mit jedem Tag mehr. So einfach war das.

Claire lächelte ihn an. »Nein, alles in Ordnung. Ich bin nur überrascht, dass du mich abholst. Das hatten wir nicht ausgemacht.«

Sie erwiderte seinen Begrüßungskuss, was ihren Vater noch breiter grinsen ließ. Claire warf ihm einen warnenden Blick zu. Thomas Davidson verstand, räusperte sich und zog sich mit einer Ausrede in sein Arbeitszimmer zurück.

»Bist du so weit?«, erkundigte sich Adrien. »Wir sollten gehen.«

»Ich wusste nicht, was ich anziehen soll«, versuchte sich Claire an einer Ausrede.

Adrien sah an ihr herunter. »Bleib, wie du bist. Jeans sind genau richtig, und nimm dir eine Jacke mit. Außerdem siehst du immer gut aus, falls es das ist, was du hören willst.«

Claire rollte mit den Augen. Natürlich mochte sie Komplimente, aber war da nicht auch ein wenig Spott in seiner Stimme?

»Na gut«, sagte sie mit einem unterdrückten Seufzer und versuchte Léons Bild zu verdrängen. »Gehen wir.«

Kapitel 14

Fische und Felsen

Léon wanderte durch die Finsternis. Seine Gedanken schweiften allerdings ungewöhnlich häufig zur Oberfläche in das Paris, das er so wenig kannte, zumindest im Gegensatz zu all dem, was unter der Erde verborgen lag. Er haderte mit sich. Auch das war etwas Neues, genauso wie sein Interesse an etwas aus der Welt des Lichts.

Er hasste das Licht. Es war sein Feind, und doch spukte dieses Mädchen, das geradezu alles von dort oben verkörperte, was er so sorgfältig mied, durch seine Gedanken.

War seine Entscheidung richtig gewesen, sie zu warnen? Er malte sich lieber nicht aus, was der Meister dazu sagen würde, sollte er davon erfahren. Er schätzte es nicht, wenn man eigenmächtig dachte und handelte. Aber Léon war nicht sein Sklave. Das mochte der Schatten vielleicht denken, doch Léon hatte sich ihm freiwillig verpflichtet, na ja, mehr oder weniger. Jedenfalls hatte er sich seinen unabhängigen Geist und seinen freien Willen bewahrt. Er konnte dem Schatten jederzeit den Rücken kehren und davongehen, wenn ihm danach war. Das versuchte er sich zumindest einzureden.

»Salut, Léon!«

Er schrak zusammen. Schon wieder! Das wurde langsam zur Gewohnheit. *Er* war hier unten doch der Lautlose, der überall unerwartet auftauchte und andere überraschte. Diese neue Variante gefiel ihm gar nicht.

Léon versuchte, sich nichts anmerken zu lassen. »Salut, Jannine«, entgegnete er bemüht gelassen. »Was treibt dich hier in diese Gegend?«

»Ich habe dich gesucht.«

»Und wo ist dein Bruder?« Léon sah sich suchend um. War er schon wieder nicht bei ihr? Heute würde ihn vermutlich nichts mehr überraschen.

Jannine machte die ihr eigene Handbewegung, die das Glühen im Innern der Felsen rief. Da trat Marcell aus einem Seitengang und neigte den Kopf zu so etwas wie einer angedeuteten Verbeugung.

»Wie ich gesehen habe, hast du die Bilder rechtzeitig weggeschafft«, sagte Jannine.

Léon nickte. »So haben wir es besprochen, aber es ist nur, bis du etwas Geeignetes gefunden hast.«

»Ja klar«, beeilte sie sich zu sagen. »Ich habe mir ein paar mögliche Verstecke angesehen.«

»Aber?« Léon hob seine schwarzen Augenbrauen.

»Es ist nicht so einfach. Ich will schließlich nicht, dass sich die Kataphilen gleich wieder großzügig bedienen oder sich als Spitzel für die Polizei entlohnen lassen.«

»Sie verstehen das nicht«, sagte Léon. »Sie leben in den Tag hinein und von der Hand in den Mund.«

»So ist es«, bestätigte Jannine mit einem Seufzer. »Aber ich bleibe dran«, versprach sie. »Wobei inzwischen die Kataphilen nicht mehr mein einziges Problem sind. Es gibt immer mehr Neugierige, die sich hier unten rumtreiben. Schüler und Studenten, die Partys feiern oder Mutproben abhalten. Ich meine jetzt nicht die Studenten der École des Mines. Das ist Tradition und die kommen nur einmal im Jahr. Erst letzthin ging es in der *Salle Z* hoch her, aber da sage ich dir ja nichts Neues.«

»Ja, ich habe es mitbekommen«, sagte Léon und schnitt eine Grimasse. Er hatte das Gefühl, als würde Jannine ihm einen seltsamen Blick zuwerfen, doch sie sprach hastig weiter.

»Ich war selbst drüben auf der anderen Seite der Seine und habe mir die Kavernen unter dem Chaillot angesehen, die sie für die Weltausstellungen umgebaut haben.«

»Und? Wäre das nichts? Ich weiß, dass sie einen Teil für das neue Aquarium nutzen, aber da müssen noch andere Bereiche sein, wo schon lange kein Mensch mehr hinkommt«, sagte Léon.

Wieder dieser Blick, den er nicht zu deuten verstand. »Das dachte ich auch, aber ich habe mich geirrt. Da ist etwas im Gange. Ich glaube, es sind wieder diese lästigen Kids aus der *Salle Z.*«

»Wie kommst du darauf?«, fragte Léon, obgleich er dachte, er müsse sich an den Worten verbrennen.

»Ich war dort, als sie einen Vorrat an Getränken reinschleppten.«

Es entstand eine Pause. Zwei Ratten huschten aus einem Versteck, umkreisten ihre Füße und machten sich dann davon.

»Warum hast du mich gesucht, wenn du noch kein neues Versteck gefunden hast?«, erkundigte sich Léon nach einer Weile.

»Ich habe gesehen, welche Werke du als Erstes mitgenommen hast.«

»Ja, und?«

Jannine lächelte. »Nur die größten Meisterwerke. Ich weiß nicht, wie du das machst, aber du irrst dich nie, daher bitte ich dich um eine Beurteilung.«

Sie nahm ihren Rucksack ab, zog eine Papprolle heraus und ließ dann eine aufgerollte Leinwand in ihre Hand gleiten. Mit feierlicher Miene reichte sie sie an Léon weiter, der sie vorsichtig entrollte. Ein ernstes Frauengesicht, das er schon einmal gesehen hatte, sah ihm entgegen.

»Was ist damit?«

»Ich möchte wissen, ob es echt ist oder eine sehr raffinierte Fälschung.«

Léon sah sie erstaunt über den Rand des Gemäldes hinweg an. »Du fragst mich um Rat? Hast du nicht dein Leben der Suche nach den wertvollsten Kunstwerken gewidmet und mehr Erfahrung als jede andere?«

Jannine hob die Schultern. »Vielleicht, und dennoch bin ich mir in diesem Fall nicht sicher und denke, nur du kannst mir helfen, auch wenn ich noch immer nicht weiß, wie du es machst.«

Léon lächelte. »Glaubst du mir, wenn ich dir sage, dass ich es auch nicht weiß?«

Er legte das Gemälde vor sich auf den Boden, kniete sich davor und hielt dann beide Handflächen nur wenige Millimeter über das Bild. Für einige Augenblicke schloss er die Augen und spürte die Schwingungen, die durch seinen Geist und seinen Körper flossen. Er konnte das Gesicht der Frau ganz deutlich durch die geschlossenen Lider sehen, und er erkannte den Maler, der hinter seiner Staffelei stand und sie betrachtete.

Léon öffnete die Augen und sah Jannine an. »Du hast richtig gewählt. Es ist echt.«

Sie strahlte ihn an. »Danke, das freut mich. Ich denke, ich gebe es dir gleich mit.«

Sie rollte das Bild zusammen, steckte es wieder in die Röhre und reichte diese an Léon, der ihr und ihrem Bruder zunickte und sich abwandte.

»Übrigens, Léon!« Jannine hielt ihn zurück. »Ich habe deine kleine Blonde gesehen.«

Der Tonfall ließ ihn innehalten. Er öffnete den Mund, doch sie ließ ihn nicht zu Wort kommen. »Beleidige mich nicht, indem du fragst, wen ich meine!«

»Das würde ich nicht tun«, entgegnete er kühl. »Und, wo hast du sie gesehen?«

»Wo sie nicht sein sollte! Unter dem Palais du Trocadéro.«

Léon seufzte. »Ich weiß, das ist kein guter Ort.«

Marcell trat zu ihnen und gestikulierte eifrig. »Das findet Marcell auch«, übersetzte Jannine.

Léon blinzelte. »Moment, *wann* hast du Claire gesehen?«

Jannine überlegte. »Ich denke, das ist keine Stunde her. Sie kam mit diesem Adrien und seinen Freunden.«

»Verdammt!« Sein Fluch kam so unvermittelt, dass Jannine zusammenzuckte. »Verdammt!«, rief er noch einmal. »Sie hat es mir versprochen.« Léon drückte der noch immer verdutzten Jannine die Röhre mit dem Bild in die Hand.

»Ich nehme es später mit«, versprach er, dann wandte er sich um und rannte davon.

»Das ist interessant«, murmelte Jannine, die sich zu ihrem Bruder umdrehte, der Léon mit entsetzter Miene nachstarrte.

* * *

Es war kurz vor Mitternacht und die Party in vollem Gange. Harte Rhythmen wummerten durch die alten Steinbruchhöhlungen und brachen sich an den skurril verkleideten Pfeilern und Wänden. Vor dem Chinesischen Pavillon stand Philippe hinter einem Klapptisch, ein Sammelsurium an bunten Flaschen vor sich, und mixte exotische Getränke, die es so vermutlich auf keiner Cocktailkarte gab. Er wurde von Nathalie und ihren Freundinnen umlagert, denen er – mit jedem weiteren Glas, das er selbst trank – immer abenteuerlichere und stärkere Mischungen kredenzte. Claudine war bereits so betrunken, dass sie nicht mehr stehen konnte und sich auf einen Bierkasten sinken ließ. Die Beine weit von sich gestreckt, nippte sie an ihrem leuchtend blauen Getränk. Jacques wankte auf sie zu und ließ sich auf den Boden fallen.

»Ich will genau das, was sie hat«, sagte er ein wenig undeutlich und zeigte auf das blau schimmernde Glas.

»Keine Ahnung, was ich da alles reingemischt habe«, gestand Philippe mit einem breiten Grinsen, »aber ich mix dir was, dass dir Hören und Sehen vergeht!«

»Das klingt doch gut«, stimmte ihm Jacques zu, während er Claudine in den Ausschnitt starrte.

»Wird sofort erledigt!« Philippe griff nach dem Rum und der Flasche mit Blue Curaçao und füllte reichlich in ein Glas. Der Cocktail von Nathalie dagegen war milchig grün, und sie kicherte unentwegt vor sich hin, während sie trank. Dabei beugte sie sich immer wieder vor und präsentierte Philippe ihr tiefes Dekolleté, was diesem ähnlich gut zu schmecken schien wie seine Mixgetränke.

Auch Lucie trotzte der Kälte hier unten mit viel Alkohol und trug nur ein eng anliegendes Oberteil mit dünnen Trägern, das ebenso viel ihrer Brüste enthüllte, nur dass die Natur sie zu ihrem Leidwesen nicht so gut ausgestattet hatte wie Nathalie. Dennoch tat Jacques ihr den Gefallen, zog sie zum Tanzen in die Mitte und drückte sich mit wiegenden Bewegungen an sie. Drei weitere Paare fanden sich und tanzten eng umschlungen, obgleich die Musik viel zu schnell und rhythmisch war. Adrien nahm Claire bei der Hand und zog sie in die Mitte. Dann schlang er seine Arme um sie und drückte sie so eng an sich, dass sie glaubte, keine Luft zu bekommen. Sein Gesicht presste sich an ihren Hals. Seine Lippen wanderten über ihren Schulteransatz zu ihrem deutlich dezenteren Ausschnitt. Dann richtete er sich wieder auf und flüsterte ihr ins Ohr:

»Du bist ein tolles Mädchen, Claire.«

Sein Atem kitzelte ihren Hals und jagte ihr einen wohligen Schauer über den Rücken. Seine Hand glitt an ihrem Rücken herab und umfasste ihren Po, während ihre Körper sich weiterhin mehr oder weniger passend zur Musik bewegten. Sie protestierte nicht.

»Dass du super gut aussiehst, habe ich schon bei unserem ersten Zusammentreffen bemerkt, aber wie du dich bewegen kannst, das ist unglaublich. Ich glaube, als du dort im Park mit deinen Flickflacks an uns vorbeigewirbelt bist, habe ich mich in dich verliebt.«

Seine Worte waren wie zärtliche Berührungen. Claire wurde es schwindelig. Sie fühlte sich leicht und beschwingt. Sie wusste zwar nicht, ob auf ihre Beine noch recht Verlass war – einen Flickflack würde sie im Moment sicher nicht schaffen –, aber er hielt sie fest und gab ihr eine Sicherheit, die sie genoss.

»Du hast so schöne Haut«, flüsterte er weiter. »Wie schade, dass du so viel davon versteckst.«

»Soll ich lieber wie Nathalie oder Lucie rumlaufen?«, protestierte Claire.

»Warum nicht?«

»Weil es hier zu kalt ist und mir Philippe dann vielleicht auch in den Ausschnitt fallen würde?« Claire kicherte bei der Vorstellung.

»Ich würde dich wärmen und natürlich Philippe von dir fernhalten. Ich bin sonst gern bereit, großzügig zu meinen Freunden zu sein und alles mit ihnen zu teilen, aber du gehörst ganz allein mir!«

Claire wusste nicht recht, ob ihr diese Rede gefiel. Er schmeichelte ihr, das war schön, aber sein Griff hatte auch etwas Beängstigendes.

»Ich gehöre dir nicht!«, widersprach sie. »Ich mag dich sehr gern und bin vielleicht auch dabei mich zu verlieben, aber was ich dir gebe, ist ein Geschenk, nichts, das du fordern und besitzen kannst.«

Adrien stöhnte. »Claire, sei nicht so grausam zu mir. Ich würde es nicht ertragen, wenn du mich zurückweist. Bitte, ich will noch mehr von dir spüren!«

Er legte seine Lippen auf die ihren und begann, sie fordernd zu bewegen. Dann schob er sie auseinander und fuhr mit seiner Zunge tastend in ihren Mund. Claire wich zurück. Sie keuchte, und ihr wurde plötzlich so heiß, dass sie am liebsten den Pullover ausgezogen hätte, doch sie wollte ihn nicht auch noch anheizen. Nicht hier, wo alle seine Freunde und die anderen Mädchen zusahen und sich über seine Annäherungsversuche amüsierten.

In ihrem Geist sah sie sich mit Adrien allein in seinem Zimmer. Sie lagen eng umschlungen auf seinem Bett, hielten sich und küssten einander immer leidenschaftlicher. Allein die Vorstellung ließ ihr Herz noch schneller rasen.

»Claire«, beschwerte er sich. »Willst du mich foltern oder liebst du mich nicht?«

»Nicht hier!«, lehnte sie ab und löste sich aus seiner Umarmung.

Er starrte sie an. Seine Enttäuschung stand ihm ins Gesicht geschrieben, doch dann nickte er.

»Du hast recht. Weißt du, ich liebe sogar deine Vernunft und deinen kühlen Kopf, den du anscheinend nie verlierst, aber vielleicht wäre genau das ein lohnendes Ziel.«

»Was?«

Er beugte sich ein wenig nach vorn und sah sie eindringlich an. »Dich so weit zu bringen, dass du alles loslässt und deinen Kopf vergisst. Dass du dich mir ganz hingibst!«

Wieder schoss es heiß in ihr auf, und sie spürte, wie sie bei den Bildern, die in ihrem Geist aufblitzten, rot wurde.

»Wir werden sehen, ob wir einander irgendwann so vertrauen«, sagte Claire und wandte sich dann ab, denn sie hatte das Gefühl, unter seinem Blick zu verbrennen. Ohne sich noch einmal umzudrehen, ging sie auf die Bar zu und ließ sich von Philippe ein knallrotes Getränk geben, von dem sie nur wusste, dass es neben Saft und Grenadine jede Menge Rum enthielt. Claire dankte ihm und zog sich mit ihrem Glas an den Rand des Geschehens zurück. Neben einem Pfeiler stand eine Holzkiste. Mit einem Aufseufzen ließ sie sich niedersinken, denn sie hatte das Gefühl, ihre Beine würden sie keinen Augenblick länger tragen. Versonnen nippte sie an ihrem Cocktail und beobachtete Adrien über den Rand ihres Glases hinweg. Er tanzte nun mit Michèle, die nicht ganz so betrunken zu sein schien wie ihre Freundinnen, doch Claire sah wohl, dass er sich nicht so eng an sie schmiegte wie zuvor an sie und sie auch nicht mit seinem Blick verschlang. Sie erzählte ihm etwas, über das er lachte, doch sie konnte sehen und spüren, dass Adrien nicht an Michèle interessiert war.

War das Erleichterung, was sie empfand? Wäre sie eifersüchtig, wenn er sie küsste?

Aber ja!

Und was für Gefühle lösten seine Fantasien in ihr aus? Claire war sich nicht sicher. Da war Furcht vor dem Unbekannten, aber auch Sehnsucht nach Wärme und Zärtlichkeit und die Neugier nach mehr. Wie fühlte es sich an, wenn man der Lust in sich nachgab? Wenn ein Junge sie anfachte, um sie dann zu befriedigen? Wie wäre es, nackt in seinen Armen zu liegen? Völlig schutzlos darauf zu vertrauen, dass er die Situation nicht ausnützen und etwas tun würde, was sie nicht mochte. Claire beobachtete Adrien, doch in ihrem Innern stieg noch ein zweites Bild auf, das ihr Herz aus seinem Rhythmus brachte. Sie versuchte es wegzuschieben, doch es war nicht einfach, sich darauf zu konzentrieren, etwas *nicht* zu denken. Immer deutlicher konnte sie seine Gestalt vor sich sehen, wobei sein Gesicht von einem Nebelschleier verhüllt war. Sie sah nur seine schwarzen Augen, die Wimpern und Brauen, die ihm diesen düsteren Ausdruck verliehen.

Sie hatte ihm versprochen, nicht auf die Party zu gehen. Er hatte sie gewarnt. Aber warum? Bis auf den zu hohen Alkoholkonsum einiger Gäste konnte Claire nichts erkennen, was ihr oder den anderen gefährlich hätte werden können.

Dann war Léon eifersüchtig und wollte sie lediglich von

Adrien fernhalten? Aber kannte er Adrien überhaupt, außer von der Party in der *Salle Z*? Es war seltsam.

Und noch seltsamer war, dass sie glaubte, seine Gegenwart zu spüren, ja, ihn riechen zu können. Es war, als würde er ganz dicht hinter ihr stehen, seinen Blick unverwandt auf sie gerichtet. Claire spürte, wie sie fröstelte und sich die Härchen in ihrem Nacken aufrichteten. Er war da! Sie war sich ganz sicher.

Nein! Das konnte nicht sein.

Warum nicht?

Claire verbot sich, sich umzudrehen. Vielleicht, weil sie nicht wollte, dass er dort stand und sie beobachtete und daran dachte, dass sie das Versprechen, das sie ihm gegeben hatte, gerade brach. Doch so einfach kam sie nicht davon. Sie musste sich seinem Zorn stellen, der ihr kalt in den Nacken blies.

»Ich wollte es nicht glauben! Ich dachte, ich hätte mich klar ausgedrückt. Ich habe deinem Versprechen vertraut.«

Seine Worte peitschten ihr um die Ohren, obwohl er so leise sprach, dass sicher nur sie es hören konnte. Die Musik war nun leiser und ruhiger geworden.

Zaghaft wandte Claire den Kopf, doch falls sie noch immer gehofft hatte, ihr schlechtes Gewissen würde ihr lediglich einen Streich spielen, so wurde sie eines Besseren belehrt. Tief im Schatten der Säule verborgen, leuchtete ihr sein Gesicht entgegen, doch heute schenkte er ihr nicht einmal die Spur eines Lächelns. Die Brauen waren mürrisch zusammengezogen, die Lippen aufeinandergepresst.

»Ich habe gewusste, dass du ein reiches, verwöhntes Mädchen bist, das sorglos in den Tag lebt, aber ich glaubte, du wärst nicht dumm! Und ich dachte, du bist ehrlich und hältst, was du versprochen hast.«

Seine Worte schmerzten wie Peitschenhiebe. Was sollte sie ihm auf diese Vorwürfe erwidern? Was konnte ihre Entscheidung rechtfertigen?

»Es tut mir leid«, stotterte Claire, auch wenn das nichts

besser machte. »Ich wollte ja absagen, aber wie hätte ich das Adrien erklären sollen? Dass mich ein Fremder vor einer Gefahr gewarnt hat? Dass ich es ihm versprochen habe? Das hätte er doch nicht verstanden oder viele Fragen gestellt. Außerdem konnte ich ihn nicht so vor den Kopf stoßen, nachdem er extra kam, um mich abzuholen.«

Sie wusste, wie lahm das alles klang, dennoch tat ihr die Verachtung in Léons Stimme weh. »Das sind natürlich wichtige Argumente, wenn es um deine Sicherheit und um dein Leben geht. Er muss ja die Liebe deines Lebens sein, dass du dich lieber opferst, als ihn zu kränken.«

Claire hielt den Protest, der spontan über ihre Lippen kommen wollte, zurück. Liebte sie Adrien? Oder war sie nicht eher in Léon verliebt? Zumindest war er es, der ihr den Schlaf raubte und durch ihre Träume spukte. Aber war das wirklich Liebe oder beschäftigte er sie nur? Claire wusste es nicht. Sie hatte es bislang vermieden, sich genauer mit ihren verwirrenden Gefühlen auseinanderzusetzen. War das im Augenblick überhaupt das Entscheidende? Claire sah sich um. Die Party war in vollem Gange, die Stimmung prächtig. Sie konnte sich einfach nicht vorstellen, dass es hier etwas Schlimmes gab oder gar Gefahr für ihr Leben bestand. Was also bezweckte Léon mit dem Ganzen?

Sie spürte seinen Blick in ihrem Nacken brennen. Léon schien noch immer auf eine Antwort zu warten.

»Nein, Adrien ist nicht die Liebe meines Lebens, zumindest nicht heute. Mehr kann ich dazu nicht sagen. Ich habe auch ihm ein Versprechen gegeben, als er mich zu seiner Party eingeladen hat. Ich bin ein aufrichtiger Mensch und halte meine Versprechen, aber du hast mich so überrumpelt, dass du mich in eine unlösbare Situation gebracht hast. Und ganz ehrlich, ich kann mir nicht vorstellen, was für eine Gefahr mir in Adriens Nähe drohen sollte. Was könnte mir hier Dramatisches passieren?«

»Genau diese Vorstellung ist dein großer Fehler«, schimpfte Léon.

»Wenn hier etwas passieren sollte«, sagte Claire nachdenklich, »dann würde es doch nicht nur mich betreffen, oder?«

Er atmete hörbar ein und schien dann die Luft anzuhalten. Claire wandte rasch den Kopf und sah in sein Gesicht, das vom flackernden Licht der Scheinwerfer immer wieder für einen Moment erhellt wurde. Sie konnte seine ernste Miene nicht deuten, doch aus ihr sprach nicht mehr der Zorn, der in seiner Stimme gelegen hatte. Er schüttelte sich unwillig.

»Mag sein, so genau weiß ich das nicht.«

»Aber für mich ist es gefährlich?«, fragte Claire verwundert.

Léon lachte kurz auf. »Es ist mir schon zur Gewohnheit geworden, auf dich aufzupassen. Also kommst du jetzt mit?«

Claire sprang auf und stemmte die Hände in die Hüften. »Nein, das tue ich nicht. Wenn du dir nur einen üblen Scherz erlaubst, dann geh und lass mich in Ruhe. Wenn du aber wirklich etwas über eine Gefahr weißt, die uns hier droht, dann müssen wir die anderen warnen.«

Seine Miene war nun so finster, dass Claire sich zusammenreißen musste, um nicht vor ihm zurückzuweichen. Es war ihr klar, dass er ihr nicht helfen würde, die anderen zu überzeugen.

»Was weißt du?«, drängte Claire noch einmal.

Léon schüttelte den Kopf. »Ich kann dir nicht mehr sagen. Ich kann dich nur bitten, mir zu vertrauen und mit mir zu kommen. Die Höhlen sind kein Ort für dich. Bitte!« Er streckte die Hand nach ihr aus, rührte sich aber nicht von der Stelle. Sie glaubte, einen neuen, weichen Zug in seinem Gesicht erkennen zu können, den sie bisher nicht gesehen hatte. Ein Hauch von Verletzlichkeit.

Alles in ihr sehnte sich danach, zu ihm zu eilen, seine Hand zu ergreifen und mit ihm zu gehen, dennoch wich Claire zurück.

»Entweder versuchst du mir unnötig Angst einzujagen, oder es sind alle hier in Gefahr und müssen die Höhle verlassen«, beharrte sie. »Sag mir die Wahrheit!«

Léon sah sie nur stumm an. Claire erwiderte seinen Blick noch einen Moment, dann wandte sie sich ab und lief zu Adrien, der noch immer mit Michèle tanzte. Sie griff nach seinem Arm. Die beiden blieben stehen und sahen sie fragend an.

»Willst du wieder tanzen?«, erkundigte sich Adrien mit einem Lächeln. »Dann komm. Michèle hat sicher nichts dagegen, oder?«

Er griff nach Claires Hand, doch sie zog sie zurück. »Nein, ich will nicht tanzen. Wir müssen von hier verschwinden. Sofort!«

»Was? Bist du verrückt?« Adrien blinzelte ungläubig. »Du musst nicht eifersüchtig sein.«

»Darum geht es nicht! Es könnte etwas passieren, etwas Gefährliches, deshalb müssen wir jetzt alle gehen«, beschwor sie ihn.

Er hob die Brauen und sah sie mit einem Blick an, als sei sie verrückt geworden. »Ach ja? Und was genau wird das sein?«

»Das weiß ich nicht, aber vielleicht sind wir alle in Gefahr.«

Adrien verdrehte die Augen, während Michèle kicherte. »Sie ist betrunken.«

»Bin ich nicht!«

»Aha, dann sag uns, was das Schauriges sein wird, das gleich passieren soll.«

Claire stöhnte. »Das weiß ich auch nicht, aber ich schwöre euch, das ist kein Scherz!«

Sie glaubten ihr nicht. Natürlich. Adrien legte seine Arme wieder um Michèle. »Ich denke, du musst mit den Cocktails eine Pause machen«, riet er Claire, dann tanzte er mit

Michèle zur anderen Seite der Höhle hinüber. Hilflos blickte ihm Claire nach. Ihr fiel nichts ein, was sie sagen oder tun könnte, um ihn und die anderen umzustimmen. Was sollte sie jetzt tun? Langsam wandte sie sich um und suchte Léons Gesicht in der Dunkelheit.

Ein greller Blitz erhellte plötzlich die Höhle, dem absolute Dunkelheit folgte. Dann eine Detonation, die den Fels erbeben ließ. Claire hörte die anderen aufschreien. Sie selbst war wie versteinert. Zwei Hände griffen nach ihr und rissen sie zu Boden. Dann flammte irgendwo wieder Licht auf. Es waren nicht die Lampen. Es war ein rötlich flackernder Schein, der rasch heller wurde.

Dann raste eine Feuerwalze durch die Höhle und eine zweite Explosion ließ den ganzen Hügel erzittern.

Kapitel 15

Flammendes Inferno

Claire sah den feurigen Schein, ohne die Feuerwalze zu erkennen. Sie spürte die Hitze näher kommen, doch so etwas war einfach jenseits ihrer Vorstellung. Explosionen und Feuersbrünste gab es in Actionfilmen, aber nicht auf der Party eines Schulfreundes! Ihr Geist weigerte sich, zu begreifen. Er konzentrierte sich lieber auf die Arme, die sie umrissen, und den Körper, der sie zu Boden drückte, dass sie keine Luft mehr bekam. Zwei kühle Hände umschlossen ihr Gesicht und pressten es trotz ihres Protests in den Staub.

Dann war die Welle da und überrollte sie mit einer Hitze, die aus der tiefsten Hölle zu kommen schien. Claire versuchte nach Luft zu schnappen, doch die starken Hände pressten ihr Mund und Nase zu. Sie wehrte sich mit allen Kräften. Wollte er sie ersticken?

Dann erlosch das Feuer und stattdessen kam der Schmerz. Er schoss unvermittelt mit solcher Gewalt durch ihren ganzen Körper, dass Claire dachte, ihr Herz müsse stehen bleiben. Die Hände lösten sich von ihrem Gesicht, und ihre Lunge sog die noch immer heiße Luft ein, die nach verbranntem Staub und nach Schlimmerem roch. Sie wollte nicht darüber nachdenken, was das für ein Gestank war. Roch sie selbst auch so?

Die Hände waren wieder da und tasteten über ihren Körper. Sie zuckte zusammen und stöhnte. Der Schmerz war jenseits dessen, was sie bisher in ihrem Leben hatte aushalten müssen. Eine Stimme drang an ihr Ohr, doch ihr Geist war zu verwirrt, um zu verstehen.

»Wir müssen von hier verschwinden«, sagte die Stimme. »Es ist vielleicht noch nicht vorbei. Halte still. Ich bring dich von hier weg.«

Sie spürte, wie sie umgedreht wurde. Der Schmerz, der sie durchfuhr, raubte ihr fast das Bewusstsein. Claire öffnete den Mund, doch sie brachte keinen Ton zustande. Ihr Hals brannte.

Eine der Hände schob sich unter ihren Rücken, die andere hob ihre Knie an. Dann schwebte sie. Ein kalter Luftzug erfasste sie und ließ sie erzittern, bis der Schmerz wieder durch ihren ganzen Körper brandete, doch mehr als ein Wimmern brachte sie nicht zustande.

»Alles wird wieder gut«, hauchte die Stimme. Irgendwo in ihrem Geist war die Gewissheit, dass er aus unerklärlichem Grund ihr Schutzengel war, der sie aus dieser furchtbaren Lage befreien und alles zum Guten wenden würde.

Wenn sie nur nicht diese Schmerzen hätte, dann könnte sie sich besser auf seine Hände konzentrieren, die sie hochhoben und davontrugen. Sie spürte seine Brust an ihrer Wange und seinen Atem, der über ihren Kopf strich. Dann hielt er inne. Es hörte sich an, als würde eine schwere Metalltür geöffnet. Ein ferner Lichtschein tauchte hinter ihren Lidern auf. Claire versuchte, die Augen zu öffnen, aber das Bild war zu verschwommen, als dass sie etwas hätte erkennen können. Ihr Körper schwebte weiter, geborgen in den Armen, die, im Gegensatz zu ihrem brennenden Körper, wunderbar kühl waren. Dann hielten sie noch einmal inne. Sie hörte ein Klicken und dann seine Stimme, leise und distanziert. Er sprach mit jemandem über einen Unfall und ein Dutzend Verletzte. Er mahnte zur Eile. Dann klickte es wieder und ihr Körper setzte seinen Weg fort. Höher hinauf bis zur nächsten Tür, die sie in die Nacht mit ihrer wohltuend frischen Luft entließ, die den brennenden Rachen kühlte und ihren Körper wie ein seidiges Tuch umhüllte.

Schweigend setzte ihr schattenhafter Engel seinen Weg fort, während in der Ferne eine Sirene aufheulte, die sich mit weiteren zu einem Konzert vereinte, das auf sie zubrauste, die beiden Gestalten für einen Moment in ihr flackerndes Licht einhüllte, während die Wagen an ihnen vorbeirasten, um dann hinter ihnen zu verhallen.

Die darauf folgende Stille tat gut. Der Schmerz ließ ein wenig nach, und endlich hüllte gnädiges Vergessen sie ein und ließ Claire in der Finsternis davontreiben.

* * *

Als sie wieder zu sich kam, war es noch immer dunkel um sie herum, doch es war eine andere Art von Dunkelheit. Nicht die beängstigende Finsternis der Hölle, in die sie für einen Moment geblickt hatte. Es war eine sanfte, wohltuende Nacht mit vertrauten Gerüchen, die sie umhüllten.

Sie war daheim in ihrem Zimmer, stellte Claire mit Erstaunen fest. Das alles war nur ein schrecklicher Albtraum gewesen. Gott sei Dank! Sie hätte gleich wissen müssen, dass solche Dinge im realen Leben nicht passierten. Zumindest nicht in ihrem. Claire wollte sich auf die Seite drehen, um wieder einzuschlafen. Sobald sie sich jedoch regte, durchfuhr sie ein Schmerz, der sie aufstöhnen ließ.

»Bleib ganz ruhig liegen«, raunte ihr die Stimme ihrer Träume ins Ohr. »Es geht vorbei, ich verspreche es dir. Es wird alles wieder gut.«

Dann waren da wieder die Hände, die sich sanft um ihre Wangen schlossen, als wollten sie sie einhüllen.

Claire öffnete die Augen. Es brauchte eine Weile, bis sie sich an die Dunkelheit gewöhnten, die daheim in ihrem Zimmer niemals so vollkommen war wie die Finsternis der Höhlenlabyrinthe. Von irgendwoher drang immer ein Schimmer herein, der Wände und Möbel in verschieden dunkle Schatten teilte. Doch Claires Blick galt nicht den vertrauten Formen. Er richtete sich allein auf das helle Schimmern über ihr, das sich zu einem Gesicht mit dunklen Augen und Brauen formte.

»Léon«, raunte Claire mit heiserer Stimme. Das tat weh! Stärker als die schlimmsten Halsschmerzen.

»Schsch, sei still«, sagte er. »Ich bin bei dir.«

Trotz der Schmerzen stemmte sich Claire ein Stück hoch. »Was ist passiert?«, fragte sie mit der seltsamen Stimme, die nicht ihr gehörte.

Léon hob unschlüssig die Schultern.

»Da war plötzlich Feuer«, flüsterte Claire und spürte noch einmal das Entsetzen, das mit der Hitze über sie hinweggerollt war. »Eine Explosion.«

Léon nickte, sagte aber nichts.

»Wie konnte das passieren?« Wieder nur ein Schulterzucken.

»Was ist mit den anderen?« Trotz der Schmerzen stemmte sie sich noch ein Stück weiter auf.

»Genau weiß ich es nicht. Sie sind in einem Krankenhaus und werden dort versorgt.«

»Aber ich bin hier daheim«, stellte Claire verwirrt fest.

»Ja, du hast nicht so viel abbekommen. Das wird ganz schnell wieder heilen. Du musst dir keine Sorgen machen.«

»Es schmerzt schrecklich«, protestierte Claire.

»Ich weiß.« Léon zuckte zusammen, als sie ihre Hand auf seinen Arm legte. Seine Pupillen verengten sich für einen Moment.

Jetzt erst bemerkte Claire, dass sie nicht in ihrem Bett lag. Léon hatte sie auf den Boden gebettet und sich neben sie gelegt. Ihr Kopf ruhte an seiner Schulter, seinen Arm hatte er schützend um sie gelegt. Nun richtete er sich mit seltsam ungelenken Bewegungen auf. Claire stieg der Geruch von verbranntem Stoff in die Nase, der sich mit dem Gestank von verkohltem Fleisch mischte. Claire fuhr auf und schrie vor Schmerz. Seine Hände waren sofort da und verschafften ihr Linderung. Dennoch keuchte sie entsetzt auf. Sie sah auf ihren linken Arm herab, der von aufgeplatzten Brandblasen übersät war. Ihre Finger glitten zu ihrer Wange.

»Nicht!«, sagte Léon und hielt ihre Hand fest.

»Oh Gott«, wimmerte Claire. »Sieht mein Gesicht auch so aus?«

»Nein, es hat nicht viel abbekommen«, beschwichtigte er.

»Es fühlt sich aber so an«, widersprach Claire. »Ich muss entsetzlich aussehen.«

»Nein, wirklich, es ist nicht schlimm. Verbrennungen tun zu Anfang nur schrecklich weh, aber das ist bald vorbei.« Sie bewegte sich und stieß leicht gegen ihn. Wieder zuckte er zusammen und der Gestank wurde intensiver. Claire löste ihren Blick von ihrem Arm und ließ ihn über Léon wandern. Es war zu düster im Zimmer, um Farben zu erkennen, doch sie sah genug, um zu begreifen, dass er recht hatte, wenn er sagte, *sie* habe nicht viel abbekommen. Zumindest, wenn man es mit seinem Zustand verglich.

»Léon«, keuchte sie entsetzt. Der Anblick war so schrecklich, dass sie die Augen schließen wollte, doch sie konnte den Blick nicht von ihm wenden. Nun fiel ihr wieder ein, wie er sie plötzlich gepackt und zu Boden gedrückt hatte. Wie er sie, trotz ihrer Gegenwehr, mit seinem Körper beschützt hatte. Wie seine Hände, so gut es ging, ihr Gesicht bedeckt und dafür gesorgt hatten, dass sie die glühende Luft nicht einatmete.

Der Preis, den er dafür bezahlen musste, war hoch. Sein Gesicht, das er in ihr Haar gepresst hatte, war weitgehend unversehrt, doch seine Arme sahen entsetzlich aus. Seine Kleider waren fast vollständig zu Asche zerfallen, die Haut geschwärzt, die Krusten von rot marmorierten Blasen und Rissen durchzogen. Seinen Rücken konnte sie nicht sehen, aber sie ahnte, dass er nicht besser aussah. Léon musste Höllenqualen leiden, dennoch hatte er sie aus der Höhle getragen und nach Hause gebracht und harrte nun bei ihr aus, statt sich selbst in einem Krankenhaus behandeln zu lassen.

»Léon, du brauchst dringend einen Arzt«, beharrte sie. Er schüttelte den Kopf und fragte stattdessen:

»Wann kommen deine Eltern zurück?«

»Ich weiß nicht. Irgendwann morgen.« Sie versuchte sich zu erinnern, was sie gesagt hatten. Das schien alles so weit weg, als wäre es in einem anderen Leben geschehen. »Sie übernachten bei Tante Valérie und kommen nach dem Frühstück.«

Léon war sichtlich erleichtert. »Gut, dann versuch zu schlafen. Ich bleibe bis zum Morgen bei dir. Dann wird alles wieder gut.«

Er legte sich wieder auf die Seite, die von der Feuerwalze abgewandt gewesen war, und drückte Claire sanft in die Kissen zurück. Dann rückte er wieder so nah, dass ihre Seite seine Brust berührte. Seine Hand legte sich sacht auf ihren verletzten Arm. Claire wollte protestieren. Das würde wehtun, doch erstaunlicherweise verschaffte ihr seine Hand Linderung und kühlte den Schmerz.

»Schlaf«, hauchte er ihr ins Ohr. »Schlaf und werde gesund.«

In Claire drängten sich noch so viele Fragen, die nach Antworten suchten, doch sie schaffte es nicht, sie in Sätze zu fassen und auszusprechen. Ihre Gedanken wurden träge, bis das Karussell zum Stehen kam und sie in den Schlaf sank. Doch selbst in ihren Träumen spürte sie Léon dicht an ihrer Seite, der über sie wachte und irgendwie alles zum Guten wenden würde.

***

Er musste selbst kurz eingenickt sein, denn als er hochschreckte, hatte der Himmel bereits seine Nachtschwärze verloren und wandelte sich in die farblose Blässe, die die aufsteigende Sonne mit ihren leuchtenden Farben füllen würde.

Léon unterdrückte einen Fluch. Claire schlief noch in seinen Armen. Kritisch musterte er ihren Arm und den Teil ihrer Wange und des Halses, die er nicht genügend vor den Flammen geschützt hatte. Léon nickte zufrieden. Wie er es sich gedacht hatte.

Vorsichtig löste er sich von ihr und rückte ein Stück ab, ehe er sich erhob. Sie murmelte etwas, wachte aber nicht auf. Léon bewegte seine Arme und Beine, die ihm taub geworden waren, dann bog er vorsichtig den Rücken. Die Haut spannte und schmerzte noch, was ihn nicht wunderte. Seine Kleider waren nur noch geschwärzte Lumpen. Léon beugte sich noch einmal zu Claire herab und berührte mit seinen Lippen ihre schorfige Wange. Gern hätte er noch eine Weile ihren Duft eingeatmet, doch es wurde Zeit, zu gehen.

Lautlos verließ er das Zimmer und betrat das angrenzende Schlafzimmer ihrer Eltern. Im Schrank fand er eine dunkle Jeans, ein Shirt und einen Pullover, die ihm leidlich passten. Die verkohlten Reste würde er auf seinem Weg irgendwo in eine Mülltonne werfen.

Léon trat auf die weitläufige Dachterrasse hinaus und sah in den Garten hinunter, der vier Stockwerke unter ihm noch im Schatten lag. Allerdings war es bereits erschreckend hell.

Die Sonne musste bereits aufgegangen sein. Léon spürte, wie seine über Nacht abgetrockneten Brandwunden wieder zu schmerzen begannen. Ihm war klar, sie würden wieder nässen und dann aufbrechen, wenn er sich nicht beeilte. Der Tag war nicht sein Freund, und die Sonne schon gar nicht. Léon warf noch einen Blick hinunter. Normalerweise war das keine Höhe für ihn, doch in diesem Zustand bei Tageslicht? Vielleicht war es sicherer, das Haus durch das Treppenhaus zu verlassen. Léon achtete sorgsam darauf, dass ihn niemand sah, und blieb dann im Schatten der Häuser stehen. Was nun?

Ein mühsamer Weg nach Hause lag vor ihm. Der kürzeste wäre, die Seine über die Brücke zu queren, doch diese lag bereits im hellen Sonnenlicht. Léon war es, als könne er bereits spüren, was ihre Strahlen an seinem noch geschwächten Körper anrichten würden, ehe er sich in die Höhlen unter St. Germain würde zurückziehen können, um im Schutz der unterirdischen Gänge in sein Versteck zurückzukehren. Nein, keine gute Idee. Er würde sich lieber an einen der Metrotunnel halten, die unter dem Flussbett hindurchführten.

Vielleicht war er ja doch so etwas Ähnliches wie ein Vampir, dachte er sarkastisch, während er sich in den nächsten Tunnel zurückzog. Obwohl der Vergleich nicht stimmte. Vampire verbrannten, sobald ein Sonnenstrahl sie traf. Für ihn war die Sonne unangenehm, ja sie schwächte ihn, aber sie war nicht richtig gefährlich. Jedenfalls nicht sofort, wenn er sich nicht gerade üble Brandverletzungen zugezogen hatte.

Léon schritt durch die wohltuende Dunkelheit, deren Stille immer wieder von den vorbeibrausenden Zügen unterbrochen wurde. Bald näherte er sich der Station »Trocadéro«. Léon hielt inne. Vielleicht war es eine gute Idee, erst einmal unter dem Chaillothügel zu bleiben und nachzusehen, was dort vor sich ging. Sicher war die Kriminalpolizei und ihre Spurensicherung noch mit ihren Untersuchungen beschäftigt. Es waren einige Jugendliche verletzt worden, unter ihnen der

Sohn des Polizeipräfekten. Da musste genau geklärt werden, wie es zu diesem Unglück hatte kommen können. Doch genau das würde sich als sehr schwierig erweisen.

Léon wusste nicht, zu welchem Ergebnis die Kripo am Ende kommen würde, ob der Fall als Unglück oder ungeklärtes Verbrechen in den Akten landen würde. Die Wahrheit jedenfalls würde nie ans Licht kommen.

Diese Formulierung entlockte ihm ein grimmiges Lächeln, während er den Metrotunnel verließ, um zum Tatort des Verbrechens hinabzusteigen.

***

»Chef?«

»Hm« Jean-Claude Sabatier starrte vor sich hin. »Was gibt es?«, erkundigte er sich, ohne aufzusehen. In engen Schlangenlinien ging er durch die Kaverne, den Blick auf den geschwärzten Boden gerichtet.

»Der Kerl, der meint das Sagen zu haben, will uns hier nicht haben«, teilte ihm Alain mit.

»Ach ja?«, erwiderte Commandant Sabatier, ohne seine Untersuchung zu unterbrechen.

»Dieser Ober- oder Hauptkommissar oder was auch immer er ist, will an seinem Tatort nur die Leute, die er hierherbeordert hat, und die E.R.I.C. gehört seiner Meinung nach nicht dazu.«

»Ach nein?« Sabatier ließ sich nicht unterbrechen. »Das ist mein Revier! Alles, was unter den Straßen von Paris liegt, fällt in unsere Zuständigkeit.«

»Seine Leute gehen übrigens von einem Unfall aus«, erläuterte er seinem Commandant. »Jugendliche dringen hier ein, machen Party, passen nicht auf und wumm, kommt es zu einer Explosion. Ende der Fete.« Er deutete auf die Reste des Chinesischen Pavillons, vor denen ein angekohlter Klapptisch und etliche zerbrochene Flaschen lagen. »Nächstes Treffen: Krankenhaus.«

»Hm«, brummte Sabatier. »So einfach? Es ist, als sei hier eine Feuerwalze durch die ganze Höhle gerast.«

Alain nickte. »Ich habe gehört, dass die Kids ganz schön was abgekriegt haben. Zündeln ist gefährlich, vor allem, wenn man nicht mehr nüchtern ist.«

Jean-Claude Sabatier blieb stehen.

»Und mit was haben die deiner Meinung nach gezündelt, das solche Spuren hinterlässt? Mit Benzinfässern?«

»Das war sicher nicht nur eine Flasche Hochprozentiges«, musste Alain zugeben.

»Eben! Aber bis auf die Reste dieser Ausstellungsstücke gibt es hier nichts Verbranntes.«

Alain klopfte gegen die künstlichen Stalaktiten. »Aus was sind die?«

Sabatier hob die Schultern. »Keine Ahnung. Vielleicht sind sie brennbar, aber du siehst ja, dass sie nicht der Brandherd waren. Sie sind lediglich vom Ruß geschwärzt. Das Feuer ist so schnell wieder erloschen, dass es nur die papierdünnen Wände des Pavillons in Brand gesteckt hat, nicht aber das Holz oder diese Verkleidung.«

»Also doch so was wie ein Spritkanister?«, vermutete Alain. »Sie wissen, wie viele Unfälle es beim Grillen gibt.«

»Wie viel hätten die da reinkippen müssen, dass es solch eine Explosion gibt?«

»Vielleicht war hier irgendwas versteckt«, mischte sich René ein, der zu ihnen getreten war und zuerst nur schweigend zugehört hatte. »Eine Kiste mit Dynamit aus der Zeit der Weltausstellung, versteckt oder einfach nur vergessen, und dann wollten die Kids ihre Fete mit einem Feuerwerk aufpeppen.«

Alain sah ihn verächtlich an. »Das sind doch nicht die Spuren eine Sprengung! Wenn hier Dynamit oder anderer Sprengstoff in die Luft gegangen wäre, dann hätte es nicht nur die Verkleidung von den Wänden und Säulen gerissen. Vermutlich wäre die ganze Höhle eingestürzt.«

René ließ sich nicht entmutigen. »Dann eben etwas Flüchtiges. Ein Gas, das sich hier angesammelt hat, das von den Kids aus Versehen entzündet wurde und dann verpufft ist.«

Sabatier und Alain starrten ihn an.

»Das ist das erste Vernünftige, das ich aus deinem Mund höre«, lobte Alain seinen jüngeren Kollegen.

»Ja, das war kein dummer Gedanke«, stimmte ihm der Commandant zu. »Aber was für ein Gas könnte das gewesen sein, und vor allem, wo kam es her? Hat es sich nur in dieser Höhle angesammelt, oder schlummern unter Paris noch mehr dieser Bomben, die jeden Moment hochgehen können?«

Ein Gendarme mit grimmiger Miene trat zu ihnen und unterbrach Jean-Claudes Überlegungen.

»Sie müssen jetzt gehen! Sie zertrampeln uns hier die Spuren und vernichten Beweismaterial.«

Commandant Sabatier sah ihn aufmerksam an. »Dann gehen Sie von einem Anschlag aus? Nicht von einem Unfall?«

Der Gendarme wand sich. »Noch ist alles möglich. Wichtig ist, dass wir sauber ermitteln und uns keine Fehler erlauben.«

Jean-Claude nickte. »Sagen Sie Ihrem Chef, wenn er an meiner Meinung interessiert ist, weiß er, wo er mich findet. Leute, wir sind hier fertig!«

Die Truppe der E.R.I.C. verließ die Kaverne unter dem Chaillothügel.

»Der war aber nervös«, stellte Pascal fest.

Alain nickte. »Na klar. Dem sitzt der Präfekt persönlich im Nacken, nachdem sein Sohn heute Nacht ebenfalls in die Klinik eingeliefert wurde.«

Jean-Claude Sabatier blieb abrupt stehen. »Adrien Charron ist unter den Opfern?«

Alain nickte. »Ja, soweit ich es verstanden habe, hat er die Fete veranstaltet.«

»Hatten wir den nicht schon mal?«, fragte Evard.

Die anderen nickten. »Ja, das ist nicht die erste Fete dieses Bürschchens auf verbotenem Terrain.«

»Nur, dass es dieses Mal nicht nur eine Patrouille war, die seinem Treiben ein Ende gesetzt hat«, fügte der Commandant nachdenklich hinzu. »Ich frage mich, ob da ein Zusammenhang besteht. Erst eine Warnung, auf die er nicht gehört hat, und nun die Quittung?«

»Jetzt geht Ihre Fantasie mit Ihnen durch, Chef«, protestierte Laurent. »Sie meinen doch nicht etwa, dass das ein Anschlag auf den Sohn des Polizeipräfekten war?«

Sie sahen einander schweigend an, bis Alain die Stille unterbrach. »Wie gut, dass das Sache der Ermittler ist. Uns geht der Fall nichts an. Haben die uns das nicht klipp und klar gesagt?«

***

Der Tag und die halbe Nacht waren verstrichen. Léon stand in seinem Versteck vor dem Spiegel und begutachtete den Fortschritt der Heilung. Das sah gut aus. Der Schmerz war bereits abgeklungen und bald würde seine Haut wieder so makellos weiß sein wie zuvor. Er griff nach seinem Pullover und zog ihn über. Noch einen Augenblick blieb er vor dem Spiegel stehen und betrachtete mit ausdrucksloser Miene sein Gesicht. Er musste jetzt gehen. Er war längst überfällig, doch es fiel ihm schwer, sich aufzuraffen. Er musste sich erst überlegen, was er ihm sagen durfte und was nicht. Wie sollte er die Fragen beantworten, die unvermeidlich kommen würden? Er musste ihn zufriedenstellen und durfte keinen Verdacht erregen. Léon holte tief Luft, dann wandte er sich ab und verließ sein Versteck.

»Léon, was für eine Überraschung. Wie freundlich, dass du dich hierherbemühst!« Es hätte des beißenden Tons nicht bedurft, um Léon klarzumachen, dass er seine Worte ironisch meinte.

Léon tat so, als habe er es nicht gehört. »Meister«, sagte er nur und neigte den Kopf. »Habt Ihr neue Aufträge für mich?«

»Ja, das auch, aber berichte mir zuerst von Samstagnacht.«

»Was wünscht Ihr zu hören?«, erkundigte sich Léon, obgleich er wusste, worum es dem Schatten ging. Es war nur ein winziger Aufschub, um noch einmal seine möglichen Antworten abzuwägen.

Der Umhang des Schattens geriet unter seiner ungeduldigen Bewegung in Wallung. »Versuche keine Spielchen mit mir. Du warst dort – in den Höhlen unter dem Chaillothügel«, fügte er hinzu, um Léon keine Ausflüchte zu ermöglichen.

»Ja«, sagte Léon schlicht und hielt dem Blick, der unter der Kapuze glühte, stand.

Der Schatten beugte sich ein wenig nach vorn. »Du hattest dort nichts zu suchen!«, zischte er. »Ich habe dir nicht den Auftrag erteilt, dich einzumischen.«

»Ihr habt mir aber auch nicht das Gegenteil gesagt«, erwiderte Léon ruhig. »Habt Ihr überhaupt davon gesprochen, dass dort in dieser Nacht etwas geschehen soll? Ich kann mich nicht erinnern!«

Die Antwort schien den Schatten zu verblüffen. Er stieß einen Laut wie ein kurzes Lachen aus.

»Frecher Bursche«, sagte er, doch es klang nicht zornig. Léon atmete innerlich auf und wartete, wie er fortfahren würde.

»Du warst dort, als diese Feuerwalze durch die Höhle rollte.«

Léon nickte. Der Schatten schien zu überlegen.

»Es gab viele Verletzte.«

Wieder nickte Léon lediglich. Worauf wollte der Meister hinaus? Er war doch sicher ebenfalls in der Nähe gewesen.

»Du hast dieses Mädchen beschützt und sie aus der Höhle fortgebracht.«

Léon zögerte, nickte dann aber noch einmal.

»Warum? Was hast du dir dabei gedacht?«

»Ihr habt mich nicht in Eure Pläne eingeweiht, also musste ich selbst entscheiden. Sagtet Ihr nicht, Ihr hättet für sie Verwendung? Es wäre unsinnig, sie jetzt zu opfern. Wozu dann die Aktion von Notre-Dame?«, sagte er so ruhig wie möglich. »Sie ist ein hübsches Ding und in den Sohn des Präfekten vernarrt. Wenn ihr Gesicht von Brandwunden entstellt wäre, würde sie vermutlich nichts mehr nützen.«

Die Kapuze bewegte sich, als würde der Schatten mit dem Kopf nicken. »Das ist richtig«, gab er zu. »Doch wage dich nicht zu weit vor. Ein gewisses Maß an Initiative lasse ich dir durchgehen, weil ich zugegeben eine Schwäche für dich hege, aber treibe es nicht zu weit und versuche nicht, mich zu hintergehen. Das würde dir nicht bekommen!«

Léon neigte den Kopf. »Aber natürlich nicht, Meister«, antwortete er vage.

Misstrauen stahl sich in die roten Augen, doch Léons Miene blieb ausdruckslos.

»Gut, dann sage mir, was du darüber wusstest und wie du davon erfahren hast.«

Damit hatte Léon nicht gerechnet. Was sollte diese Frage?

»Ich habe gar nichts gewusst. Ich bin nur meinen Ahnungen gefolgt, das ist alles.«

Der Meister glaubte ihm nicht, das konnte Léon spüren,

doch zu seinem Erstaunen, fragte er nicht weiter, sondern kam auf einen neuen Auftrag zu sprechen, der Léon weit in den Süden von Paris führen würde.

Kapitel 16

Im Krankenhaus

»Ich möchte bitte zu Adrien Charron«, sagte Claire der Schwester am Empfang.

»Sind Sie mit ihm verwandt?«, erkundigte sich diese, ohne von ihren Unterlagen aufzusehen.

»Nein, befreundet«, gab Claire zu. »Aber er ist doch nicht auf der Intensivstation, oder?«

Ihr wurde ganz schwach bei der Vorstellung, Adrien könnte so schwer verletzt sein. Sie hatte die Schmerzen noch gut in Erinnerung, die sie während der Nacht geplagt hatten. Wie musste er erst leiden, den niemand vor den Flammen geschützt hatte? Claire schluckte trocken.

Nun sah die Schwester doch auf und betrachtete die Besucherin aufmerksam. Sie starrte Claire ins Gesicht, auf den rötlichen Schorf, der auf ihrer Wange und am Hals noch zu sehen war. Ansonsten waren die Blasen und mit ihnen die Schmerzen wie durch Zauber über Nacht verschwunden.

»Warst du mit dabei?«, erkundigte sich die Schwester neugierig.

Claire nickte.

»Dann hast du Glück gehabt. Die anderen sind nicht so gut davongekommen. Zumindest einige von ihnen.«

»Und Adrien?«

»Dein Freund? Er ist hier bei uns auf der Station. Es geht ihm nicht so schlecht. Du kannst ihn besuchen.«

Claire spürte, wie ihr ein Stein vom Herzen fiel. »Und die anderen?«

»Ich glaube, bei uns haben sie acht Verletzte eingeliefert. Ein Mädchen ist noch auf der Intensiv, doch soweit ich weiß, sind alle über den Berg.«

»Danke«, stieß Claire aus, erkundigte sich noch nach der Zimmernummer und machte sich dann mit ihrem Päckchen in der Hand auf den Weg. Sie kam sich mit ihrer Zitronentarte albern vor, doch Blumen wären ihr noch unpassender erschienen. Ihr fiel auf, dass sie Adrien gar nicht kannte. Sie wusste nicht, was er mochte und was nicht – außer Zitronentarte. Die hatten sie das letzte Mal zusammen gegessen.

Zaghaft klopfte sie an die Tür. Eine kräftige Stimme rief sie herein. War das Philippe?

Ja, es war der Freund, der mit Adrien das Zimmer teilte. Das Erste, was Claire sah, war das schiefe Grinsen in einem geröteten Gesicht und die verbundenen Arme auf der Bettdecke.

»Oh, hallo, Claire«, rief Philippe. »Haben sie dich schon entlassen oder bist du ihnen ausgebüchst?«

»Weder noch«, gestand sie, während sie ins Zimmer trat und die Tür schloss. »Aber dir scheint es ja auch nicht besonders schlecht zu gehen.«

»Die Laune ist in Ordnung«, sagte Philippe und schnitt eine Grimasse. »Dank der Drogen, die sie mir in den Tropf füllen. Ein Teufelszeug! Das muss ich mir merken.«

»Du bist ein Kindskopf«, schimpfte Claire und wandte sich dem anderen Bett zu, in dem Adrien lag. Sein Gesicht war von Brandblasen übersät, und auch seine Arme waren verbunden, doch er hatte nicht die schweren Verbrennungen, die sie an Léons Seite gesehen hatte.

Léon.

Für einen Moment war sie abgelenkt. Er war verschwunden gewesen, als sie am Morgen aufgewacht war. Wohin war er gegangen und warum hatte er sich nicht einmal von ihr verabschiedet? Sie fragte sich bang, wie es ihm jetzt ging. Seine Wunden hatten schlimm ausgesehen. Er hätte in ein Krankenhaus gehört, in die Obhut von Ärzten und Krankenschwestern, doch stattdessen lag er vermutlich hilflos und allein in irgendeiner dunklen Höhle, wo ihn niemand pflegte und er sterben konnte, ohne dass ihn jemand fand und sie je davon erfahren würde.

Sie spürte, wie sich ihr Herz zusammenkrampfte. Der Gedanken war unerträglich. Ihr Blick heftete sich wieder auf Adrien, der sie unverwandt anstarrte.

»Hallo, Claire. Nun schau nicht so drein, als würde ich gleich das Zeitliche segnen«, begrüßte er sie. Er hob den Arm, um nach ihrer Hand zu greifen, zog aber vor Schmerzen eine Grimasse.

Langsam trat Claire näher. In ihrem Innern tobten die widersprüchlichsten Gefühle, die sie nicht verstand. Léon und Adrien. Sehnsucht, Mitleid und Schuld. Und dann wieder dieser bittere Geschmack von Verrat auf ihrer Zunge.

»Du siehst gut aus«, sagte Adrien, der vom Sturm in ihr nichts mitzubekommen schien.

»Du bist sicher auch bald wieder hergestellt«, versicherte ihm Claire. Hast du starke Schmerzen?«

»Ich bekomme das gleiche Zeug wie Philippe, aber es tut noch genug weh. Ich hoffe, es bleiben keine Narben. Aber sonst ist die Stimmung nicht schlecht. Komm, gib mir einen Kuss, das baut mich sicher auf.«

Claire stellte ihre Schachtel ab. Dann beugte sie sich widerstrebend zu ihm hinab und drückte ihre Lippen auf eine Stelle, an der die Haut unversehrt geblieben war.

»Genau genommen ist die Stimmung wieder gut, seit sein Vater und Onkel gegangen sind«, sagte Philippe.

»Oh«. Claire sah Adrien an, der mit den Augen rollte.

»Frag nicht. Der Herr Polizeipräfekt war richtig wütend und dann noch die Vorhaltungen von Onkel Cato, der mich zuvor ja geradezu bedroht hatte, um mich von den Höhlen fernzuhalten.« Er seufzte. »Es ließ sich jetzt leider nicht mehr vermeiden, dass mein Vater von allem erfuhr. Aber sein Zorn richtet sich zum Glück mehr auf den, der versucht hat, uns umzubringen, als auf mich, weil ich eine Party geschmissen habe.«

Claire riss die Augen auf. »Dann war es wirklich ein Anschlag auf uns? Das hört sich absurd an. Hat die Polizei mit euch gesprochen?«

»Ja, ein Polizist war hier und hat uns gefragt, ob wir was Ungewöhnliches bemerkt haben«, mischte sich Philippe vom anderen Bett her ein. »Ich habe den Attentäter leider nicht gesehen, aber Adrien!«

»Was?«

Er sah sie plötzlich ganz seltsam an. »Ja, ich habe ihn gesehen, aber du müsstest für die Ermittlungen ja auch was haben.«

In Claire stieg ein ungutes Gefühl auf. Ihr war plötzlich flau im Magen und ihre Knie wurden weich. Sie ließ sich auf Adriens Bett sinken.

»Wie meinst du das?«

»Er hat sich geradezu auf dich gestürzt. Ich weiß nicht, ob er dich entführen wollte oder ganz sichergehen, dass du nicht davonkommst. Doch dann ist das Feuer über uns hinweggerast und ich habe nichts mehr gesehen. Als ich wieder zu mir kam, warst du verschwunden. Ich dachte wirklich, ich sehe dich nicht wieder!«

»Und jetzt tauchst du frisch und fröhlich hier auf«, ergänzte Philippe. »Erzähle, wie bist du ihm entkommen?«

»Entkommen? Ich weiß nicht, was du meinst«, log Claire.

»Adrien vermutet, dass er dich fortgeschleppt hat. Sag, was ist passiert? Wie sah er aus?«, drängte Philippe.

Claire dachte fieberhaft nach, wie sie sich aus dieser Lage befreien sollte. Sie konnte den beiden ja schlecht die Wahrheit sagen.

»Ich kann mich nicht erinnern«, behauptete sie. »Ich weiß noch, dass mich etwas zu Boden riss, dann wurde es hell und heiß, und dann ist alles dunkel. Ich bin vermutlich ohnmächtig geworden. An einen Fremden erinnere ich mich jedenfalls nicht!«

»Oh, schade!« Philippes Worte drückten aus, was sie auch in Adriens Miene lesen konnte. »Na wenigstens kann Adrien der Kripo eine Beschreibung liefern.«

Claire versuchte, sich den Schreck nicht anmerken zu lassen. »Was hast du gesehen?«, erkundigte sie sich mit belegter Stimme.

Adrien schloss kurz die Augen, vielleicht, um sich die Szene noch einmal ins Gedächtnis zu rufen.

»Er war jung, schlanker Typ, ich denke kaum älter als wir, und er hatte schwarze Haare.«

Claire glaubte, keine Luft mehr zu bekommen. »Und der soll versucht haben, uns alle umzubringen?«

»Er war zumindest da, wo er nicht hätte sein sollen, und er hat dich zu Boden gerissen, kurz bevor das Spektakel losging.«

»Aber das ist noch kein Beweis«, konterte Claire. »Wir alle waren an einem Ort, an dem wir nicht hätten sein sollen. Das kann Zufall gewesen sein. Vielleicht einer der Kataphilen, die dort unten unterwegs sind, der die Musik gehört hat und mal sehen wollte, was da los ist.«

»Das ist möglich«, räumte Philippe ein. »Aber warum war er dann nicht bei denen, die die Rettungsleute ins Krankenhaus gebracht haben? Ich habe mich nämlich erkundigt. Er ist danach einfach verschwunden. Das macht ihn höchst verdächtig.«

Claire spürte, wie ihr schlecht wurde. »Ich glaube, ich muss mal raus. Ich komme später wieder.«

»Ist gut, aber lass die Zitronentarte da«, rief Philippe. »Das Essen hier ist grauenhaft!«

Claire reichte Philippe eines der Törtchen und lief dann hinaus. Draußen lehnte sie ihre Wange an eine kühle Scheibe und sah in den Regen hinaus, der das Krankenhausgelände noch trübsinniger erscheinen ließ.

Léon hatte gewusst, dass etwas passieren würde. Deshalb hatte er sie von dieser Feier fernhalten wollen.

Dieser Gedanke war noch erträglich, doch ihr Verstand machte an diesem Punkt nicht halt. Hatte Léon die Gefahr lediglich geahnt oder hatte er sie gar verursacht? War es wirklich ein Anschlag gewesen? Ein mörderisches Attentat auf so viele unschuldige Jugendliche, die nichts anderes wollten als ein wenig Spaß?

Nein, nein, nein, das war nicht möglich. Léon war kein kaltblütiger Mörder. Das konnte und wollte sie sich nicht vorstellen.

Aber er hatte davon gewusst, und es hatte ihm nichts ausgemacht, die anderen in die Falle laufen zu lassen. Claire presste die Handflächen auf ihr Herz. Der Gedanke tat schrecklich weh. Wie konnte er nur? Warum diese grausame Tat, die so gar keinen Sinn ergab?

Sie gab sich für einige Momente dem Traum hin, dies alles wäre nicht geschehen und sie müsste sich nur darüber Gedanken machen, ob Léon ab und zu in fremde Häuser einstieg und ein paar Gemälde stahl. Wie unwichtig ihr das plötzlich vorkam. Es waren nur Bilder! Tote Leinwand mit ein wenig Farbe, jetzt aber ging es um Menschenleben. Sie hatten alle Glück gehabt, mit dem Leben davongekommen zu sein. Wobei es bei manchen noch nicht sicher war, ob sie jemals wieder vollständig geheilt werden und wie viele Narben zurückbleiben würden.

»Ist mit Ihnen alles in Ordnung?« Eine Schwester blieb stehen und sah Claire besorgt an.

Claire straffte sich. »Danke, alles bestens. Ich habe nur zwei Freunde besucht.«

»Die Opfer dieses Attentats unter dem Chaillot?«

»Vielleicht war es ja doch nur ein Unfall«, widersprach Claire schwach.

»Ja, vielleicht, das wird die Polizei klären.« Die Schwester wandte sich ab und ging davon. Claire sah ihr nach. Sie wusste nicht, ob sie hoffen sollte, die Polizei würde jemals die Wahrheit herausfinden. Konnte sie auf der anderen Seite mit der Ungewissheit leben? Eines zeichnete sich jedenfalls deutlich ab: Léon war ins Fadenkreuz der Ermittlung geraten, und sie würden ihn jagen.

Zu Recht?

Das war gerade die Frage, die Claire so sehr quälte.

Aber was nun? Sollte sie hier einfach die Hände in den Schoß legen und abwarten, wie sich die Dinge entwickelten? Gab es für sie überhaupt eine Möglichkeit, Einfluss zu nehmen? Wie sollte die Sache ihrer Meinung nach ausgehen?

Das kam darauf an, was wirklich geschehen war, und da biss sich die Katze in den Schwanz. Um das zu erfahren, musste sie etwas unternehmen und mit ihm sprechen. Doch was, wenn sie ihn fand und er seine Unschuld beteuerte? War dann alles vergeben und vergessen? Würde sie ihm glauben können?

Es war, wie er gesagt hatte, als sie ihn nach dem Diebstahl der Bilder gefragt hatte. Es kam darauf an, ob sie ihm vertraute. Und genau da war sich Claire nicht mehr sicher.

In ihrem Kopf dröhnte es, ihr Magen schlingerte, und ihr Herz schmerzte. Sie würde hier in Tränen ausbrechen, wenn sie diese marternden Gedanken nicht zum Stillstand brachte.

Claire schüttelte energisch den Kopf. Vielleicht sollte sie auch den anderen einen Besuch abstatten? Es reizte sie nicht sonderlich, Nathalie und ihren Freundinnen gegenüberzutreten, doch ihr Gewissen trieb sie den Flur entlang. Zaghaft klopfte sie an die Tür, während sie sich bang fragte, wie schlimm es ihre Klassenkameradinnen getroffen hatte. Claire nahm allen Mut zusammen und öffnete die Tür.

Sie waren zu dritt im Zimmer: Michèle, Claudine und Nathalie. Lucie, so erfuhr Claire, lag noch immer auf der Intensivstation. Beklommen ließ Claire den Blick über die drei Mädchen schweifen, die alle drei einiges abbekommen hatten. Vermutlich steckten nicht nur ihre Arme in Verbänden, auch wenn sie nur diese sehen konnte. Claudine hatte Verbrennungen im Gesicht, doch noch mehr schockte Claire Nathalies kahler Kopf, selbst wenn ihr das körperlich sicher nicht die meisten Schmerzen bereitete. Es war ein schrecklicher Anblick. Wo gestern ihre blond gefärbte Mähne herabgewallt war, gab es nur noch geschwärzte Stoppeln.

»Was glotzt du so?«, fuhr sie Claire an.

»Es tut mir leid«, stotterte sie. Ihr gelang es kaum, ihren Blick von dem geschwärzten Schädel zu lösen.

»Das sollte es auch!«, zischte Nathalie. »Wie kommt es, dass wir hier liegen und du ganz frech hereinspazierst und kaum einen Kratzer abbekommen hast?«

Claire hob hilflos die Schultern, sagte aber nichts. Was hätte sie Nathalie auch antworten sollen?

»Das ist doch nicht Claires Schuld«, wagte Michèle zu widersprechen. »Keine von uns hat Schuld. Wir sind alle zu Adriens Party gegangen und hatten unseren Spaß, bis es passierte. Keiner kann sagen, warum die einen das Glück hatten, irgendwo zu stehen, wo sie vor dem Feuer geschützt waren, und die anderen eben Pech. Aber wenigstens haben wir alle überlebt!«

»Wirst du das auch zu Lucie sagen, wenn sie irgendwann völlig entstellt entlassen wird, oder zu Claudine, wenn ihr Narben im Gesicht zurückbleiben?«

»Ja!«, behauptete Michèle. »Das werde ich. Wir haben überlebt und das ist das Wichtigste!«

»Na, wenn ihr meint«, stieß Nathalie aus und strich sich mit einem Schaudern über ihre Haarstoppeln. Der Verlust ihrer Mähne nahm sie sichtlich mit. Dann richtete sie ihren Zorn wieder auf Claire und starrte sie so hasserfüllt an, dass Claire zurückwich.

»Es ist alles deine Schuld!«, behauptete Nathalie noch einmal. »Wenn du nicht gekommen wärst und dich an Adrien rangeschmissen hättest, wäre alles anders gekommen.«

Vielleicht glaubte nicht einmal sie selbst ihre eigene Behauptung, aber vermutlich half es ihr in ihrer ohnmächtigen Wut, jemandem die Schuld zuzuschieben und sich von ihrem Schmerz abzulenken. Claire verstand es, war aber nicht bereit, sich noch länger als Zielscheibe zur Verfügung zu stellen.

»Ich geh dann wieder«, sagte sie, während sie zur Tür zurückwich. »Ich wünsche euch alles Gute und schnelle Besserung.«

Hastig zog sie die Tür auf, schlüpfte hinaus und schloss sie dann wieder. Mit einem Stoßseufzer ließ sie sich gegen die Wand sinken. Sie wollte sich gar nicht vorstellen, wie sich die Atmosphäre in der Klasse verändern würde, wenn Nathalie und die anderen aus dem Krankenhaus entlassen wurden und wieder am Unterricht teilnehmen mussten.

***

Eine Glocke klingelte. Léon fuhr hoch. Er lag auf dem einst prächtigen Brokatsofa und war tief in seine Gedanken versunken gewesen. Geschlafen hatte er nicht. Er konnte schon seit Tagen keine Ruhe mehr finden. Seine wirbelnden Gedanken hielten ihn wach. Und die vielen Fragen, auf die er keine Antwort fand.

Nun schreckte ihn der Klang der Glocke hoch, die niemals klingeln sollte. Sie hatte die vergangenen Jahre stets geschwiegen, doch nun war es so weit, und ihr Ton kündete einen ungebetenen Eindringling an.

Für einen Moment war Léon verwirrt. Er war sich so sicher gewesen, dass kein normaler Mensch sein Versteck würde finden können, dass er sich zu wenig Gedanken darüber gemacht hatte, wie er reagieren sollte, falls dies doch geschähe.

Die andere Möglichkeit war, dass es sich eben um keinen normalen Menschen handelte, sondern um einen mit ganz besonderen Fähigkeiten, dem es schon einmal gelungen war, in sein privates Versteck einzudringen, ohne bemerkt zu werden oder irgendwelche Spuren zu hinterlassen.

Léon spürte, wie die Anspannung ein wenig nachließ. Er sprang auf, zog sich seine schwarze Leinenjacke über und verließ die Kammer durch eine verborgene Tür. Er huschte den schmalen, dunklen Gang entlang und dann durch eine zweite Geheimtür in die von mächtigen Pfeilern gestützte Kaverne, in der sich der Eindringling aufhalten musste. Im Dunkeln verborgen blieb Léon stehen.

Er sah sofort das unnatürliche Glimmen der Felsen, das nur eine Person hervorrufen konnte. Seine Vermutung war richtig gewesen.

»Salut, Jannine«, begrüßte er die unerwartete Besucherin und sah sich nach ihrem Bruder um.

»Salut, Léon.«

»Wo ist Marcell?«, erkundigte sich Léon. »Ich sehe ihn nirgends. Kann er sich neuerdings unsichtbar machen?«

Jannine schnitt eine Grimasse. »Nein, leider nicht. Du weißt doch, dass ihm Magie nicht liegt.«

»Er will nichts damit zu tun haben«, korrigierte Léon.

Jannine nickte nachdenklich. »Ja, ich denke, sie macht ihm Angst. Jedenfalls habe ich ihn nicht mitgebracht.«

Léon hob erstaunt die Augenbrauen. Das war ungewöhnlich. So wie ihr Besuch hier.

»Willst du deine Bilder zurück?«, fragte er.

Jannine wehrte ab. »Ich denke, sie sind bei dir gut aufgehoben. Ich habe noch nichts Geeignetes. Die Höhlen unter dem Chaillot fallen nun ja aus«, sagte sie mit einer seltsamen Betonung.

»Das kann man sagen«, stimmte ihr Léon leichthin zu, obgleich er auf der Hut war. »Dort muss es noch immer von Polizisten wimmeln.«

»Die Spurensicherung ist noch immer bei der Arbeit«, bestätigte Jannine. »Ich war eben dort und habe mir die Sache angesehen, ehe ich mich auf die Suche nach dir gemacht habe.«

»Ach ja?« Léon fixierte sie und versuchte in ihren Gedanken zu lesen. Sie schien geschockt oder zumindest ernsthaft besorgt von dem, was sie dort vorgefunden hatte. Jannine erwiderte seinen Blick.

»Du warst dort, nicht wahr? Mitten im Geschehen, wenn man das so formulieren kann.« Léon nickte.

»Ich habe läuten hören, du hättest ganz schön etwas abbekommen.«

»Nicht der Rede wert.« Er winkte ab. »Oder kannst du noch irgendetwas sehen?«

Jannine schüttelte den Kopf. »Das nicht, aber ich habe gehört, du wärst am Morgen in sehr schlechtem Zustand gewesen, als du in die Höhlen zurückgekehrt bist.« Léon hob nur die Schultern.

»Sag mir, wie konnte das passieren?«

»Vielleicht war ich unaufmerksam?«, schlug er vor.

»Unsinn!«, zischte sie. »Ich kenne dich lange genug. Du bist der Stärkste und Mächtigste hier unten. Du bist nicht einfach unaufmerksam!«

»Lass das den Meister nicht hören«, erwiderte Léon. »Er wäre von deiner Einschätzung nicht erfreut.«

Jannine wehrte ab. »Lenk nicht ab. Ich spreche von unsereins und das weißt du. Also, sag mir: Was genau ist da passiert und warum? Und wie konntest du dabei so verletzt werden?«

»Es ist vermutlich eine Schande, aber die einfache Antwort lautet: Ich habe mich nicht auf mich konzentriert.«

»Du warst zu abgelenkt, um dich zu schützen?«, rief Jannine ungläubig.

Léon schüttelte den Kopf. »Das trifft es nicht ganz. Sagen wir, ich war zu sehr auf jemand anderes konzentriert.«

Jannine starrte ihn stumm an. Er konnte sehen, wie es in ihrem Kopf arbeitete. Dann blitzte Verstehen in ihren Augen auf.

»Das Mädchen, du hast sie beschützt. Du hast deine Kräfte für sie verschwendet.«

»Einigen wir uns darauf, es nicht verschwendet zu nennen. Der Meister selbst sagte mir, er habe Pläne mit ihr.«

Jannine zog misstrauisch die Brauen zusammen. »Versuche nicht, mich auf eine falsche Fährte zu locken. Du hast das nicht im Auftrag des Meisters getan!«

»Nein, aber ich denke, es hat seine Billigung gefunden.«

Jannines Lippen verzogen sich zu einem Grinsen. »Du hast es ihm gut verkauft. Léon, ich kenne dich, du bist ein Fuchs. Und du hast eine goldene Zunge, mit der du dich auch aus der schlimmsten Lage herausreden kannst.«

»Mag sein.«

Sie schwiegen wieder und sahen einander an. Er wusste, das war noch nicht alles. Das, was sie am meisten bedrückte, hatte sie noch nicht gesagt, doch er hatte nicht vor, es ihr leichter zu machen. Schließlich überwand sie sich, ihm die Frage zu stellen.

»Léon, bitte, sage mir, ob du das getan hast. So viele Opfer! Hat der Meister dir das befohlen?«

Léon sah sie ernst an. »Glaubst du mir, wenn ich dir sage,

dass ich es nicht war und dass auch ich es noch nicht begreife?«

»Dann war es der Meister selbst? Warum? Ich verstehe den Sinn dahinter nicht.«

»Es ergibt auch keinen, und deshalb stellt sich die Frage, war er es überhaupt?«

»Du zweifelst? Es war kein normales Feuer, und es war auch kein Unfall, das versichere ich dir. Da ist nicht plötzlich ein Gas explodiert, das sich aus irgendeinem Grund in der Höhle angesammelt hat. Das haben sie bereits ausgeschlossen. Ich versichere dir, die Experten der Spurensicherung haben nichts gefunden und sind ratlos.«

Léon nickte. »Ich habe es nie für einen Unfall gehalten!«

»Weil du schon vorher davon wusstest, nicht wahr?«

Léon schüttelte den Kopf. »Nein, so kann man das nicht sagen.«

»Und warum bist du dann wie der Teufel davongestürzt, um sie zu retten? Sag nicht, dass es nicht so war, denn ich habe es nun verstanden.«

Léon hob abwehrend die Hände. »Lass es gut sein, Jannine. Sagen wir einfach, ich hatte eine Ahnung, dass Claire in Gefahr sein könnte.«

Jannine sah ihn an. »Weil der Blick des Meisters auf sie gefallen ist?« Er antwortete nicht.

»Und was nun?«, fragte sie leise.

»Nun ist die Jagd auf das Böse aus der Unterwelt eröffnet«, gab Léon zurück.

Sie stieß einen Seufzer aus. »Dieses Mal wird es schlimm werden, nicht wahr?«

Léon nickte. »Was erwartest du? Der Sohn des Polizeipräfekten und seine Freunde wurden verletzt. Wer weiß, wie schwer. Das muss Folgen haben.«

»Und genau das ist es, was ich nicht verstehe. Was könnte der Meister damit bezwecken, sie derart herauszufordern?«

»Wenn er es war.«

»Wer sonst, wenn du und ich ausscheiden? Fällt dir noch jemand ein, der über magisches Feuer gebietet?«

Er schüttelte den Kopf. »Nein.«

»Dann muss es der Meister gewesen sein! Aber zu welchem Zweck?«

Léon zuckte mit den Schultern. »Wenn ich das nur wüsste. Vielleicht glaubt er, die Zeit sei gekommen, den letzten großen Kampf zu wagen. Vielleicht denkt er, er sei nun mächtig genug, zu gewinnen. Wie der Satan auf dem Bild, der seine dämonischen Heerscharen schickt, um das göttliche Licht herauszufordern.«

Léon sah, wie Jannine erschauderte. »Glaubst du das?«

»Es ist egal, was ich glaube. Sicher ist, dass es in nächster Zeit sehr ungemütlich für uns alle werden wird, also zieh den Kopf ein, bleib in Deckung und pass auf Marcell auf.«

Kapitel 17

Der Schlüssel

Zwei Tage später ging Claire wieder zur Schule. Sie fühlte sich völlig aufgelöst. Seit er in den ersten Morgenstunden jener entsetzlichen Nacht aus ihrem Zimmer verschwunden war, hatte Claire nichts mehr von Léon gehört. Die Szenarien, die sie sich ausmalte, wurden immer schrecklicher. Außerdem wurde sie bei jedem ihrer Besuche im Krankenhaus darauf gestoßen, wie viel Glück sie im Gegensatz zu den anderen gehabt hatte. Philippe und Adrien waren meist zwar recht munter, aber auch sie mussten vermutlich noch Wochen der Schule fernbleiben, und auch die Genesung der Mädchen würde dauern. Wenigstens hatten sie Lucie endlich von der Intensivstation in ein normales Zimmer verlegt. Ihr Anblick bereitete Claire allerdings Übelkeit. Es würde die ganze Kunst der Ärzte nötig sein, damit sie irgendwann wieder ohne Schaudern in einen Spiegel würde sehen können.

»Maman, ich gehe jetzt.«

Louise kam aus der Küche und betrachtete ihre Tochter kritisch. »Willst du das wirklich?«

»Ich denke nicht, dass man es sich aussuchen kann, ob man zur Schule geht oder nicht«, gab Claire zurück.

»Ich könnte dir eine Krankmeldung schreiben, wenn du

noch ein paar Tage zu Hause bleiben willst«, bot Louise an. »Du darfst selbst entscheiden, ob du schon so weit bist.«

Es war ein verlockendes Angebot, sich unter der Decke zu verkriechen und sich vor der Welt zu verstecken, doch Claire wusste, dass sie so ihrem Gedankenkarussell nicht würde entfliehen können, vor allem nicht allein in ihrem Zimmer, in dem sie nichts von ihren Grübeleien und Ängsten ablenkte.

»Ich bin gesund, mir fehlt nichts«, sagte sie abweisend, »da kann ich in die Schule. Die anderen würden vermutlich auch lieber im Unterricht sitzen, als im Krankenhaus zu liegen.«

Louise legte ihrer Tochter den Arm um die Schulter. »Du musst dir nicht die Schuld dafür geben! Du hast riesiges Glück gehabt.«

Es war kein Glück, es war mein Schutzengel, der das Feuer für mich abbekommen hat und der jetzt irgendwo einsam und alleine leidet!

Laut sagte sie: »Du hast ja recht.« Sie umarmte ihre Mutter und wandte sich dann schnell ab. Sie stürmte die Treppe hinunter, um dem besorgten Blick zu entgehen. Unten auf der Straße wurden ihre Schritte langsamer. Genauso wenig, wie sie alleine in ihrem Zimmer sein wollte, zog es sie in die Schule, wobei sie nicht den Unterricht scheute. Es waren die Fragen der anderen, die ganz sicher auf sie einstürmen würden, die ihr Bauchschmerzen verursachten. Was konnte und sollte sie ihnen erzählen?

***

Er fühlte sich schwach und verletzlich. Er sollte nicht hier sein, zumindest nicht um diese Zeit, das wusste Léon, doch er rührte sich nicht von der Stelle, obgleich die Schatten zu weichen begannen und er die zerstörerischen Strahlen der

Sonne auf seiner Haut spürte, die schlimmer als das Feuer zu schmerzen schienen.

Nein, das war Einbildung. Die Sonne war nicht schlimmer für seine Haut als für die jedes anderen Menschen. Wenn überhaupt, dann riskierte er einen Sonnenbrand, wenn er hier zu lange stand. Und doch konnte er ihr Zerstörungswerk spüren. Die Strahlen drangen in ihn ein und zersetzten seine Kraft, die sich unter ihnen wie Kalk in einem Säurebad auflöste. Allein schon das helle Licht kostete ihn viel. Dennoch verharrte er gegenüber dem prächtigen, vierstöckigen Gebäude, bis sich die Haustür öffnete.

Claire kam die Stufen hinabgeeilt, verlangsamte dann aber ihren Schritt, als sie den Weg in Richtung Metrostation einschlug, bis sie nur noch zögerlich einen Fuß vor den anderen setzte.

Hatte sie ihn gesehen?

Nein, das war nicht möglich. Außerdem wandte sie sich nicht zu ihm um, sondern ging gesenkten Kopfes weiter.

Vielleicht spürte sie seine Anwesenheit. Zögerte sie deshalb? War sie sich unsicher, ob sie ihn sehen und mit ihm sprechen wollte? Gab sie ihm die Schuld an allem?

Trug er denn die Schuld? Er hatte sie vor der Gefahr, die ihr in den Höhlen drohte, gewarnt, ja, und sie hatte seine Warnung leichtfertig in den Wind geschlagen. Dennoch war er gekommen, um sie zu schützen und nach dem Inferno aus der Hölle fortzubringen. Er hatte die Nacht bei ihr verbracht und über sie gewacht. Und sie dann ohne eine Erklärung sich selbst überlassen.

Léon unterdrückte einen Seufzer. Was sollte sie jetzt über ihn denken?

Was scherte es ihn, was ein Mädchen über ihn dachte?

Es sollte ihn überhaupt nicht kümmern. Es durfte ihn nicht berühren! Der Schatten hatte sie für seine Pläne gewählt, das allein sollte ihm genügen, um die Finger von ihr zu lassen.

Zumindest sollte er nur seinen Auftrag erfüllen, soweit es sie und die anderen betraf, die in dieses Spinnennetz verwoben wurden. Die Frage war nur, klebten sie schon in den Fäden? Hatten sie sich schon rettungslos darin verwirrt, um elendig zu verenden und am Ende von der Spinne gierig verschlungen zu werden?

Léon schloss für einen Moment die Augen, doch die Sonne brannte bis in die Tiefen seines Kopfes und leckte gierig an seinem Geist. Er musste weg. Hier konnte er nicht klar denken.

Léon trat auf die grell beleuchtete Straße hinaus, wo das Licht der Sonne vom Asphalt reflektiert wurde. Er folgte Claire in trägen, schwankenden Schritten, wie es ihm vorkam, doch er blieb auf ihrer Spur. Endlich erreichte er den Eingang zur Metro und tappte die Stufen hinunter. Er erreichte den Bahnsteig, als Claire gerade in den Zug stieg und sich die Türen hinter ihr schlossen. Mit einem singenden Geräusch fuhr die Bahn an und verschwand im nächsten Tunnel. Léon schritt den Bahnsteig entlang, drückte sich an der Schranke vorbei und folgte den Waggons in die wohltuende Finsternis.

* * *

Nach der Schule machte sich Claire wieder ins Krankenhaus auf, um Adrien und die anderen zu besuchen. Philippe begrüßte sie geradezu euphorisch und auch Adrien ging es sichtlich besser. Er umfing sie mit seinem verbundenen Arm, zog sie an sich und küsste sie auf den Mund.

»Aufhören, ihr zwei!«, rief Philippe vom anderen Bett her. »Wenn ich euch weiter zusehen muss, können die mich gleich noch wegen Depressionen behandeln.«

»Such dir halt selbst so eine schöne Freundin«, gab Adrien ungerührt zurück und versuchte Claire noch einmal zu küssen, doch sie hatte sich bereits aus seiner Umarmung befreit und wich einen Schritt zurück.

»Nein, diese Schuld will ich nicht auch noch auf mich laden«, sagte sie in bemüht scherzhaftem Ton.

»Auch noch?«, hakte Philippe nach. »Was hast du denn sonst noch angestellt?«

Claire spürte, wie ihr das Blut in die Wangen schoss. Ihr stand die Antwort klar vor Augen, aber sie würde sie nicht aussprechen. Sie mied Philippes Blick und machte eine wegwerfende Handbewegung.

»So meine ich das nicht. Ich habe nur ein schlechtes Gewissen, dass ihr hier im Krankenhaus seid und mir so gut wie nichts passiert ist.«

Adrien griff wieder nach ihrer Hand. »Das musst du nicht. Freu dich lieber darüber – und auch darüber, dass dieser Typ dir nichts angetan hat.«

Claire schluckte, ging aber nicht darauf ein.

»Du siehst schon viel besser aus«, sagte sie stattdessen und sah dann wieder zu Philippe, dessen Verbände ebenfalls weniger geworden waren. Die schlimmsten Brandwunden nässten nicht mehr, und an manchen Stellen lösten sich bereits die ersten Krusten, unter denen neue, rosafarbene Haut zum Vorschein kam.

»Das hätte ich gar nicht zu hoffen gewagt, nachdem ich mir beim ersten Blick in den Spiegel den Schock meines Lebens geholt habe«, stimmte ihr Adrien zu. Claire nickte mitfühlend.

»Die Schmerzen haben auch nachgelassen«, berichtete er.

»Deshalb haben sie uns unseren tollen Cocktail weggenommen«, maulte Philippe, dessen Infusionsflasche ebenfalls fehlte. »Die sind hier so grausam und gemein, das kannst du dir nicht vorstellen!«

Claire sah ihn strafend an. »Sei lieber froh, dass alles so gut heilt. Ich hätte das bei solchen Brandwunden nicht gedacht.«

»Ja, es geht voran, allerdings nicht ganz so schnell wie bei dir«, sagte Adrien.

Claire warf einen Blick in den Spiegel, der über dem Waschbecken hing. Es war schon erstaunlich. In ihrem Gesicht konnte man nicht einmal mehr eine Spur der Verbrennungen erkennen. Ohne jede Narbe oder Verfärbung waren die Verletzungen spurlos verschwunden.

»Die Ärzte hier sind ganz schön happy«, meldete sich Philippe aus seinem Bett. »Sie faseln schon etwas von mysteriöser Wunderheilung, weil wir so robuste Kerlchen sind und ihnen nicht mehr lange ihre Kassen füllen werden.«

Claire starrte ihn an, doch er lachte nur spöttisch.

»Wunderheilung? Das hat keiner so gesagt«, widersprach Adrien seinem Freund, »aber ganz unrecht hat Philippe nicht. Sie sind alle erstaunt, und keiner weiß, was das für ein Feuer war. Vieles scheint ihnen unerklärlich.«

Philippe zog eine Grimasse und flüsterte dann mit tiefer Stimme: »Magie! Es ist schwarze Magie im Spiel!«

Adrien schüttelte den Kopf und lachte. »Du bist und bleibst ein Kindskopf.«

Claire konnte über diese Bemerkung nicht lachen. Wenn es auf dieser Welt so etwas wie Magie gab, dann würde sie jetzt daran glauben. Zum Glück wechselte Adrien das Thema.

»Warst du in der Schule?«

Claire nickte. »Ja, heute zum ersten Mal seit dieser Nacht.«

»Und? Hat's Spaß gemacht?«, wollte Philippe wissen.

Claire wandte sich ihm zu. »Was denkst du? Madame Girard hat für Montag eine Geschichtsarbeit angekündigt und wir haben bei Monsieur Martineau einen Mathetest geschrieben.«

»Den du sicher mit Bravour bestanden hast«, vermutete Adrien.

»Zum Glück bin ich noch hier!«, rief Philippe dazwischen.

»Und es haben mich alle ausgequetscht und wollten genau wissen, was in dieser Höhle unter dem Chaillot geschehen ist«, fügte Claire mit leiser Stimme hinzu.

»Was hast du ihnen erzählt?«, wollte Adrien wissen.

Claire hob die Schultern. »Dass ich nichts Genaues weiß und es mir nicht erklären kann.«

Es klopfte an der Tür. Zwei Männer traten ein, die Claire schon einmal gesehen hatte, im ersten Moment aber nicht einordnen konnte. Mit ihren Jacketts und den dunklen Rollkragenpullovern darunter gehörten sie offensichtlich nicht zum Personal des Krankenhauses. Sie mussten von der Polizei sein, folgerte Claire. Und richtig, der Kleinere der beiden, der einige Jahre älter sein musste als der andere, zog einen Ausweis hervor und stellte sich als Hauptkommissar Mercier vor.

»Und dass ist mein Kollege Sergeant Dubos.« Er wandte sich an Adrien. »Kommen wir gleich zur Sache. Bisher konnten wir keine Erklärung für einen Unfall finden und müssen daher von einer vorsätzlichen Tat ausgehen. Monsieur Charron, Ihr Vater, ist sehr an der Aufklärung dieses Vorfalls interessiert, daher möchte ich Sie noch einmal persönlich nach dem Verdächtigen fragen, den Sie gesehen haben.«

An der Aufklärung interessiert? Er macht den Ermittlern die Hölle heiß, dachte Claire. Es war nie gut, wenn ein Familienmitglied des Polizeipräfekten in ein Verbrechen verwickelt war. Sie glaubte, den Frust über diesen dummen Zufall in der Miene des Kommissars zu erkennen. Wenn es ein Zufall war. Oder hatte der Anschlag gezielt Adrien gegolten? Wenn ja, warum? Sicher nicht, weil er selbst sich Feinde geschaffen hatte. Wenn, dann war dies eine Botschaft an seinen Vater, das wussten sowohl der Präfekt als auch die Männer, die nun noch einmal Adriens Aussage aufnahmen.

Claire versuchte, nicht zusammenzuzucken, als er Léon erwähnte und beschrieb, wie dieser kurz vor der Explosion aufgetaucht war und Claire zu Boden gerissen hatte. Zu ihrem Entsetzen richteten sich alle Augenpaare auf sie. Claire spürte, wie sie rot wurde, doch sie hoffte, der Inspektor würde die falschen Schlüsse ziehen.

Der Kripobeamte mit dem schütteren, grauen Haar rang sich ein Lächeln ab. »Ich kann verstehen, dass Sie nicht gern an dieses traumatische Erlebnis erinnert werden möchten, Mademoiselle, aber verstehen Sie, wenn wir dieses Verbrechen schnell aufklären und den oder die Täter schnappen wollen, dann sind wir auf Ihre Mithilfe angewiesen. Versuchen Sie sich zu erinnern. Sagen Sie alles, was Ihnen durch den Kopf geht. Es gibt keine unwichtigen Informationen. Alles kann uns helfen, den Täter zur Strecke zu bringen.«

Nun konnte sie ein Zucken doch nicht verhindern, doch der Kommissar verstand den Grund dafür nicht.

»Es ist schmerzhaft, ich weiß, aber bitte, versuchen Sie es!« Erwartungsvoll sah er sie an, aber Claire kniff die Augen zusammen und schüttelte den Kopf.

»Es tut mir leid, ich kann Ihnen nicht helfen«, behauptete sie. »Ich habe diesen Mann nicht gesehen. Er kam aus dem Dunkeln und riss mich zu Boden. Dann war überall Feuer und ich weiß nichts mehr.«

Der Kommissar beugte sich ein wenig nach vorn. »Aber dass es ein Mann war, da sind Sie sich sicher?«

Claire zögerte. »Ich denke schon. Er schien mir stark, der Körper muskulös.«

»Das ist doch schon mal ein Hinweis.« Der Kommissar fixierte Claire noch schärfer.

»Ich kann nachvollziehen, dass Sie ihn nicht gesehen haben, doch mich interessiert noch etwas anderes: Wo genau waren Sie, und wie sind Sie aus der Höhle gekommen?«

Claire starrte in seine grauen Augen, denen nichts zu entgehen schien, und überlegte fieberhaft. Ja, es stimmte, dass sie sich nur schemenhaft erinnern konnte, wie Léon sie aus der

Höhle und durch die Straßen getragen hatte, aber sie konnte dem Kommissar schlecht verraten, dass sie erst in ihrem eigenen Zimmer wieder richtig zu sich gekommen war.

»Ich bin draußen im Gras aufgewacht. Ein Stück vom Trocadéro entfernt.«

»Wo genau?«

Claire hob die Schultern. »Am Rand des Parks. Ich war verwirrt und bin wohl instinktiv nach Hause gelaufen. Alles war so verschwommen und ich hatte Schmerzen. Dann weiß ich erst wieder, dass ich mich in meinem Zimmer befand.«

»Wie sind Sie ins Haus gekommen?«

»Bitte?«

»Ich frage mich, ob Ihnen jemand die Tür geöffnet hat. Ihre Tasche mit dem Hausschlüssel haben wir in der Höhle gefunden.«

Claire durchfuhr es heiß und kalt. »Nein, es war niemand daheim. Ich habe wohl den Schlüssel benutzt, den wir im Vorgarten versteckt haben.«

»Die gute alte Fußmatte«, murmelte der jüngere Polizist. »Oder lieber ein Blumentopf?«

Claire sah ihm an, dass er ihr nicht glaubte. Sie konnte nur hoffen, die Kripomänner würden dieses Detail nicht überprüfen. Ihre Eltern würden nur bestätigen, dass sie draußen keinen Schlüssel aufbewahrten.

Der Kommissar fixierte sie noch einige Momente, dann entließ er sie aus seinem Blick.

»Nun gut, dann will ich nicht länger in Sie dringen. Wir haben eine ganz brauchbare Beschreibung von einer Ihrer Klassenkameradinnen.« Er sah in sein geöffnetes Notizbuch. »Nathalie«, fuhr er fort. »Damit lässt sich etwas anfangen. Außerdem gibt es mehrere Indizien, dass der Gesuchte zu den Kataphilen gehören könnte, die sich in den Steinbrüchen im Süden unter der Stadt herumtreiben. Der Präfekt hat eine Großrazzia angeordnet, um diesen Kerl aufzuspüren und zu fangen. Wenn wir ihn erst mal haben, werden wir das Motiv und die Hintergründe erfahren, und auch, ob es Mittäter gibt.«

Claire nickte stumm. Während sich die beiden Kripobeamten verabschiedeten, schossen die Gedanken durch ihren Kopf. Sie hatte es von Anfang an geahnt. Léon war in Gefahr! Jetzt war es an ihr, ihn zu warnen und das Schlimmste zu verhindern. Aber wie? Wie sollte sie ihn finden. Ja, wie überhaupt in den Untergrund gelangen, dessen Zugänge nahezu alle verschlossen oder gar versiegelt waren?

Claires Blick richtete sich auf Adrien. Vielleicht könnte er ihr helfen. Sie musste es nur geschickt genug anstellen.

***

Claire drückte auf die Klingel und trat dann einen Schritt zurück. Eine Angestellte öffnete und sah sie fragend an.

»Ja, bitte?«

»Ich bin Claire Nicolas. Ich gehe mit Adrien in die Klasse.«

»Adrien ist nicht hier«, unterbrach sie das junge Mädchen, das kaum älter sein konnte als sie selbst. »Er hatte einen Unfall und ist im Krankenhaus.« Sie brach abrupt ab und zeigte eine verlegene Miene. Vermutlich fragte sie sich, ob sie diese Information hatte preisgeben dürfen.

»Ich weiß«, sagte Claire daher schnell. »Ich habe ihn gerade im Krankenhaus besucht. Er hat mir aufgetragen, ihm morgen einige seiner Schulbücher mitzubringen, damit er nicht so viel versäumt, bis er wieder in den Unterricht kann.«

Das Mädchen starrte sie ratlos an. »Ich weiß nicht. Ich habe mit den Sachen des jungen Herrn nichts zu tun. Sie müssten Madame fragen, aber die ist gerade nicht da.«

Gut!

»Das macht doch nichts«, wandte Claire ein und lächelte das Mädchen an. »Adrien hat mir gesagt, wo die Bücher sind. Ich kenne mich in seinem Zimmer aus. Ich war schon öfters da, erinnern Sie sich nicht?«

Das Mädchen sah sie prüfend an und nickte zögernd. »Ich weiß nicht«, sagte sie noch einmal. »Ich will keinen Ärger bekommen.«

Claire riss die Augen weit auf. »Ja, eben!«, stieß sie hervor. »Deshalb ist es ja so wichtig, dass ich Adrien seine Schulbücher bringe.«

Damit hatte das Hausmädchen offensichtlich nicht gerechnet. Sie kaute unschlüssig auf ihrer Lippe, dann trat sie zur Seite und ließ Claire ein.

»Oben«, sagte sie und deutete auf die Treppe.

»Danke, ich weiß«, gab Claire zurück und lief leichtfüßig die Stufen hinauf, doch so einfach ließ sich das Mädchen nicht abhängen. Zu Claires Missfallen folgte sie ihr in den ersten Stock hinauf und den Flur entlang zu Adriens Zimmer. Sie öffnete die Tür und blieb dann im Türrahmen stehen, während Claire eintrat.

Verdammt!

Hastig sah sich Claire um und entdeckte Adriens Schultasche unter dem Schreibtisch. Sie ging in die Hocke, zog die Tasche hervor und öffnete sie. Betont langsam zog sie ein Buch heraus und legte es auf den Boden. Dann nahm sie einen Ordner, schob ihn aber wieder zurück. Vergeblich hoffte sie, das Hausmädchen würde ihren Beobachtungsposten aufgeben und wieder an ihre Arbeit gehen. Aber nein, sie blieb in der Tür stehen und ließ Claire nicht aus den Augen. Claire zog noch ein zweites Buch heraus und legte es auf das erste.

»Haben Sie nun alles?«, erkundigte sich das Mädchen ungeduldig. Claire wandte sich zu ihr um und erwiderte den Blick mit zusammengezogenen Brauen.

»Nein«, widersprach sie kühl. »Ich suche noch das Geschichtsbuch, aber es ist nicht in seiner Tasche. Dann ist es wohl im Schreibtisch.«

Sie erhob sich rasch und zog die erste Schublade auf. Wie auf dem Schreibtisch selbst herrschte darin wildes Durcheinander, doch nach kurzer Suche war klar, dass das, was sie suchte, nicht hier war. In der nächsten Schublade fand sie das gleiche Chaos vor, doch unter einem Stapel Papier entdeckte sie das Objekt ihrer Begierde: zwei altmodische Schlüssel, die mit einem eisernen Ring verbunden waren. Das Mädchen beobachtete sie noch immer. Sie durfte nicht sehen, dass Claire die Schlüssel an sich nahm.

»Ach, da ist es ja!«, rief sie daher laut und griff mit der Rechten nach dem Geschichtsbuch, das sie zuvor schon auf dem überladenen Schreibtisch entdeckt hatte, während sie unbemerkt mir der Linken den Schlüssel aus der Schublade nahm und in ihre Tasche schob.

»Dann habe ich jetzt alles«, verkündete sie und klemmte sich die drei Schulbücher unter den Arm. Das Hausmädchen atmete erleichtert auf.

»Gut. Ich bringe Sie zur Tür.«

Sie wandte sich um, erstarrte dann aber und stieß einen Schrei aus. »Oh, Monsieur, Verzeihung, ich habe Sie nicht kommen hören.«

Claire fluchte innerlich. *Verdammt!* Was tat der Präfekt um diese Zeit zu Hause? War er nicht auf der Jagd nach Léon?, dachte sie bitter, doch Claire irrte sich, wie sie sogleich feststellte. Die Stimme, die dem Hausmädchen antwortete, war nicht die des Hausherrn.

»Valentine, was hast du hier zu suchen?« Die schneidende Kälte ließ nicht nur das Mädchen erschaudern. Auch Claire zuckte zusammen. Onkel Cato! Das hatte ihr gerade noch gefehlt.

»Da ist ein Mädchen gekommen, das mit Adrien in die

Klasse geht und ihm seine Bücher bringen will«, stotterte Valentine und wurde dabei abwechselnd rot und blass.

»So?«

Claire straffte den Rücken und setzte eine – wie sie hoffte – selbstbewusste Miene auf, als der Onkel ins Zimmer trat und sie mit finsterer Miene musterte. Dann verzogen sich seine Lippen zu so etwas wie einem Lächeln.

»Ah, Mademoiselle Nicolas, ich bin erfreut, Sie wiederzusehen.«

Claire nickte ihm zu. »Bonjour, Monsieur«, sagte sie knapp.

»Mein Neffe verlangt nach seinen Schulbüchern?«, wunderte sich Monsieur Cato. »Nein, wie ungewöhnlich. Ich muss fast annehmen, Sie haben eine gute Wirkung auf ihn, Mademoiselle. So viel Einfluss hätte ich Ihnen gar nicht zugetraut.«

Claire vernahm sehr wohl den Spott in seiner Stimme, doch sie nahm sich vor, sich von ihm nicht unterkriegen zu lassen.

»Ja, das kommt mir auch so vor«, gab sie zurück. »Ich besuche ihn täglich und es geht Adrien schon viel besser.«

Sie schob sich mit den Büchern im Arm an ihm vorbei und wandte sich zum Gehen.

»Wie erstaunlich«, bemerkte Cato, und er meinte dieses Mal nicht ihren Einfluss auf Adrien. »Wie erstaunlich, wie schnell Ihre Verletzungen verheilt sind«, fügte er hinzu. »Man kann sie nicht einmal mehr erahnen.«

»Ich hatte eben Glück.«

»Glück?«, wiederholte Cato das Wort. »Ich wusste nicht, dass man mit Glück Brandwunden heilt. Es kommt einem fast wie Zauberei vor, finden Sie nicht auch?«

Claire lachte ein wenig gezwungen. »Wenn man an so etwas glaubt. Ich denke, die Ärzte würden Ihnen bestätigen, dass es so etwas nicht gibt.«

»Die Ärzte? Vermutlich. Aber was würde wohl der junge Mann sagen, den man in den vergangenen Nächten im Krankenhaus gesehen hat und der ganz sicher nicht zur Ärzteschaft gehört?«

»Was?« Claire fuhr herum und starrte ihn aus weit aufgerissenen Augen an. »Was für ein junger Mann? Von wem sprechen Sie?«

Cato fixierte Claire mit seinem kalten Blick. »Keiner weiß, wer er ist. Ich habe mit dem Kommissar gesprochen. Er hält es durchaus für möglich, dass der Attentäter so dreist ist, im Krankenhaus aufzutauchen, um sich am Leid seiner Opfer zu erfreuen. Solche kranken Psychopathen gibt es.«

Claire keuchte. »Es ist noch nicht abschließend geklärt, ob es überhaupt ein Anschlag war oder vielleicht doch nur ein Unfall.«

»Das denke ich nicht. Die Polizei steht jedenfalls bereit. Sollte er noch einmal einen Fuß in das Krankenhaus setzen, gibt es kein Entkommen mehr!«

Claire nickte nur und wandte sich wieder zum Gehen. Ihre Gedanken rasten. War Léon wirklich im Krankenhaus gewesen? Wozu? Sicher nicht, um ihren Freunden zu schaden. Nein, das war nicht möglich. Hatte er etwa nach ihr Ausschau gehalten oder selbst nach Hilfe gesucht? Vielleicht brauchte er Verbandsmaterial und Medikamente gegen seine Schmerzen?

Claire umklammerte die Schlüssel in ihrer Tasche. Sie musste Léon finden, so schnell wie möglich!

Kapitel 18

Eine neue Macht

Als Claire am Abend nach Hause kam, fand sie ihre Eltern beide im Wohnzimmer vor.

»Hallo, mein Schatz«, rief Louise mit ein wenig zu hoher Stimme. »Wie war der erste Tag?«

Claire blieb im Türrahmen stehen und zuckte mit den Schultern. »Normal. Wir haben einen Mathetest geschrieben.«

»Den du sicher mit Auszeichnung bestanden hast«, sagte ihr Vater mit einem übertriebenen Lächeln.

Wieder hob Claire die Schultern, um zu zeigen, dass ihr das unwichtig erschien.

»Und wie haben deine Klassenkameraden reagiert?«, fragte die Mutter behutsam weiter.

»Neugierig, was denkst du denn«, gab Claire ein wenig unwirsch zurück. »So was Aufregendes gab es noch nie. Da will man natürlich Informationen aus erster Hand. Ich denke, sie waren enttäuscht, dass man von den Brandwunden gar nichts mehr sieht.«

Louise protestierte halbherzig, doch Claire wehrte ab. »Wie viele Leute halten ihr Auto an, wenn es einen Unfall gegeben hat, um die grausigen Details auch wirklich selbst zu sehen und mit dem Handy fotografieren zu können? So ist unsere Welt eben«, fügte sie kalt hinzu. Ihre Eltern warfen sich hilflose Blicke zu.

»Ich werde hierbleiben«, sagte ihre Mutter schließlich. Ihr Vater wirkte enttäuscht. Claire sah von einem zum anderen.

»Was? Worum geht es?«

»Ich muss nach Nizza, mir zwei Villen ansehen und sie dann einigen Interessenten zeigen. Ich hätte deine Mutter gerne mitgenommen. Es sind, nun ja, sehr große Objekte, die bekannten Persönlichkeiten gehören. Ich muss dort eine Cocktailparty organisieren und erwarte, dass einige Stars Interesse bekunden. Da hätte ich Louise gerne als Gastgeberin dabei.«

Claire verstand nicht. »Ja, und?«

»Ich muss hier doch auch arbeiten«, sagte Louise. »Außerdem hast du genügend Angestellte, die das übernehmen können. Soweit ich weiß, sind da durchaus ansehnliche junge Damen dabei.«

Ihr Vater wehrte ab. »Darum geht es nicht. Die haben nicht deine Klasse.«

»Danke.«

»Ich möchte dich an meiner Seite haben. Da kann ich mich darauf verlassen, dass alles reibungslos funktioniert und du dich, egal wer kommt, mit jedem unterhalten kannst.«

»Dein Vater hat eine hohe Meinung von mir«, kommentierte Louise. Claire konnte in ihrer Stimme hören, wie gut ihr das gefiel.

»Dann fahr doch mit«, schlug Claire vor. »In Nizza ist es sicher noch schön warm.«

»Ich kann dich doch nicht so lange alleine lassen. Wir wären eine Woche weg!«

Claire zuckte noch einmal mit den Schultern. »Maman, ich bin kein Baby. Ich komme schon zurecht.«

Ihre Mutter war nicht überzeugt. Sie sah ihre Tochter mit einem Blick an, der Claire wütend machte.

»Natürlich bist du schon groß«, beeilte sich Louise zu versichern, »aber nachdem, was du durchgemacht hast …«

»Mir geht es gut«, blaffte Claire. »Mir fehlt rein gar nichts. Wenn ihr jemanden bedauern wollt, dann geht ins Krankenhaus zu den anderen, die wirklich was abgekriegt haben! Ansonsten schlage ich vor, ihr fahrt eure Villen verkaufen.«

Claire brach ab. Ihr hatte noch: *und lasst mich in Ruhe,* auf der Zunge gelegen, aber sie sah schon jetzt, dass sie mit ihrem Ausbruch die Besorgnis ihrer Eltern eher angeheizt als besänftigt hatte. Claire atmete tief durch.

»Es ist wirklich alles in Ordnung«, sagte sie ruhig. »Ihr braucht euch keine Sorgen zu machen. Ich fühle mich nur schlecht, wenn ich die anderen sehe.«

Louise nahm ihre Tochter in die Arme. »Das verstehe ich. Es ist nicht einfach, so etwas zu verkraften, aber denk daran, ihr habt Glück gehabt, dass ihr überlebt habt und alle wieder gesund werden.«

Claire nickte und befreite sich aus der Umarmung. »Ich komme schon klar«, versicherte sie noch einmal, ehe sie sich in ihr Zimmer zurückzog, die Hand in der Tasche fest um die beiden Schlüssel geschlossen.

***

Am nächsten Morgen verabschiedeten sich die Eltern von Claire, trugen ihre Koffer zum Wagen und fuhren davon. Claire sah ihnen erleichtert nach. Das würde vieles einfacher machen. Keine Erklärungen. Keine Ausflüchte.

Am liebsten hätte sie sich sofort auf den Weg gemacht, doch wenn sie der Schule fernblieb, würden ihre Eltern das auf alle Fälle erfahren. So blieb ihr nichts anderes übrig, als bis zum Abend zu warten.

Die Zeit im Unterricht zog sich zäh dahin, während ihre Gedanken zum Abend vorauseilten und sich ausmalten, wie sie Léon finden würde. Er würde ihr für die Warnung danken und sie für ihre Klugheit loben.

Oder ging es ihm noch immer schlecht? Würde sie einen Verletzten finden, der sich mit Schmerzen im Fieber wand? Dann würde sie sich um ihn kümmern, seine Wunden versorgen und bei ihm bleiben, bis er wieder gesund war. Und dann würde er sie in die Arme nehmen und küssen. Bei dem Gedanken wurde ihr heiß. Louna stieß sie in die Rippen.

»Claire«, wisperte sie, »wo bist du mit deinen Gedanken?«

Claire wurde rot und schüttelte nur den Kopf.

Louna grinste. »Tagträume vom lieben Adrien?«

»Aber nein!«, protestierte Claire und nahm sich vor, den Rest der Stunde aufzupassen, doch es dauerte nur wenige Minuten, da schlichen sich ihre Gedanken bereits wieder davon.

Den Teil, wie es ihr gelingen sollte, Léon aufzuspüren, ließen ihre Träume vorsorglich weg, da sie für diesen Part ihrer Mission noch keine Lösung wusste. Vielleicht half es, einfach auf ihr Glück zu vertrauen? Etwas Besseres fiel ihr im Moment nicht ein, doch sie hatte ja noch ein paar Stunden bis zum Abend, um einen Plan auszuarbeiten.

***

Als Claire die Schule verließ und sich in Richtung Metrostation aufmachen wollte, hörte sie, wie jemand ihren Namen rief. Claire blieb stehen und wandte sich stirnrunzelnd um. Sie konnte die Stimme nicht einordnen, bis sie die Frau entdeckte, die ihr zuwinkte.

»Claire, hättest du eine Minute Zeit?«

Sie zog verwundert die Brauen zusammen, während sie

die elegante Erscheinung betrachtete, an der von den blonden Haarspitzen bis zu den Lackpumps alles perfekt zu sein schien.

Was wollte Madame de Rivarol von ihr? Es konnte nur mit Adrien zusammenhängen, über den Claire im Moment nicht nachdenken wollte. Dennoch wäre es unhöflich gewesen, seine Tante einfach hier stehen zu lassen. Claire unterdrückte einen Seufzer und trat auf sie zu.

»Bonjour, Madame de Rivarol«, sagte sie höflich und reichte ihr die Hand. Sie trug passende Handschuhe zu ihrem Kostüm und dem auffällig mintgrünen Mantel. Vermutlich besaß sie zu jedem Kleid passende Schuhe, Handtasche und Jacke.

»Wie schön, dich zu sehen«, begrüßte sie Claire. »Dir geht es gut, nicht wahr? Zumindest äußerlich ist nichts mehr zu sehen.«

Lag in diesen Worten ein Hauch von Vorwurf oder interpretierte ihr eigenes Gewissen etwas in den Tonfall hinein?

»Mir geht es gut, danke«, sagte Claire.

Madame de Rivarol nickte. »Bist du auf dem Heimweg? Ich fahre dich, wenn du nichts dagegen hast. Dann können wir uns ein wenig unterhalten.«

Sie deutete auf den weißen Mercedes, der vor der Schule im Halteverbot stand. Claire hätte am liebsten abgelehnt, doch sie wusste, wie unhöflich das gewesen wäre. Daher murmelte sie ein Wort des Dankes und rutschte auf den weinroten Ledersitz. Madame de Rivarol nahm hinter dem Steuer Platz und ließ den Motor an. In flottem Tempo fuhr sie die Straße hinunter.

»Ist mit Adrien alles in Ordnung?«, erkundigte sich Claire. »Ich habe ihn erst gestern besucht und da schien er mir recht guter Stimmung. Seine Verletzungen heilen schnell, sagen die Ärzte.«

»Ja, er kommt wieder auf die Beine«, bestätigte seine

Tante. »Dennoch ist das eine schwere Zeit für ihn, in der er ganz besonders den Halt seiner Familie und seiner Freunde braucht. Sein Vater ist ein viel beschäftigter Mann, der nicht oft Zeit findet, abends auch noch zum Krankenhaus zu fahren. Adriens Mutter ist, wie du weißt, schon viele Jahre tot.«

»Er hat doch Sie«, wagte Claire einzuwerfen, doch das ließ Madame de Rivarol nicht gelten.

»In diesem Alter will man nicht mit seiner Tante reden. Da sind Freunde wichtig, vor allem die Freundin! Er hält sehr viel von dir. Du bist klug und schön. Es ist ganz wichtig, dass du nun treu zu ihm stehst und ihn durch diese Krise begleitest.«

Claire spürte einen Kloß im Hals und wäre am liebsten aus dem Wagen gesprungen und davongelaufen.

»Du willst doch die Frau an seiner Seite sein, nicht wahr?«, bohrte sie.

Claire nickte nur stumm. Sie fühlte sich nicht in der Lage, die Wahrheit zu sagen. Was gingen Adriens Tante ihre Gefühle an? Sie waren befreundet, nichts weiter! So wie Madame de Rivarol sprach, hätte man glauben können, sie wäre Adriens Lebensgefährtin und mit ihm verlobt oder so etwas.

»Das ist gut, denn nichts würde ihn in ein tieferes Loch stürzen, als von dir enttäuscht zu werden. Wenn da gar ein Anderer im Spiel wäre, wie sollte Adrien das verkraften?«

Claire hatte Mühe, ihre Hände ruhig in ihrem Schoß liegen zu lassen und sie nicht zu Fäusten zu ballen.

»Er hat so ein Glück mit dir«, fuhr Madame de Rivarol fort. »Bei der Position seines Vaters ist es wichtig, dass die ganze Familie ein gutes Bild in der Öffentlichkeit abgibt. Ich sehe dich schon an Adriens Seite bei den Empfängen und Dinnereinladungen, die er bald besuchen wird. Wir werden dich natürlich entsprechend ausstatten, meine Liebe. Du musst dich nicht sorgen. Und ich habe auch schon einen Coiffeur, der dir eine ganz zauberhafte Frisur machen wird.

Man müsste dein Blond nur ein wenig aufhellen, dann wäre es *perfekt.*«

Claire hatte plötzlich das Gefühl, der Sicherheitsgurt würde ihr die Luft abschnüren.

»Ich denke, das hat alles noch ein wenig Zeit«, würgte sie hervor.

Madame de Rivarol warf ihr einen Blick zu. »Vielleicht. Dennoch ist es gut, wenn man weiß, was man will, sich früh im Leben entscheidet und dann zielstrebig darauf hinarbeitet. Was könnte es Erstrebenswerteres für ein Mädchen wie dich geben als das Leben an der Seite eines Mannes wie Adrien, der aus solch einer Familie stammt?«

Ein selbstbestimmtes Leben? Ein Job, in dem ich erfolgreich bin und mein eigenes Geld verdiene? Eine eigene Meinung haben und nicht nur schöne Dekoration an der Seite eines Mannes sein?

Claire fiel dazu so einiges ein, aber sie war zu feige oder zu rücksichtsvoll, es laut auszusprechen. Madame de Rivarol war Adriens Tante und vielleicht kannte sie kein anderes Leben. Es wäre nicht richtig gewesen, sie zu brüskieren, argumentierte Claire im Stillen. Eine Weile fuhren sie schweigend weiter, doch dann sah Madame de Rivarol wieder zu ihr hinüber.

»Du willst Adrien heute doch sicher wieder besuchen?«

Claire wagte nicht, zu widersprechen, obgleich sie am liebsten herausgeschrien hätte, dass es ihr ganz und gar nicht passte. Sie musste los, sich auf die Suche nach Léon machen, das aber konnte sie Madame de Rivarol nicht sagen.

Claire spürte, wie diese sie von der Seite ansah, und war froh, dass sie keine Gedanken lesen konnte, dennoch war ihr der prüfende Blick unangenehm.

»Ja, natürlich«, stieß sie daher hervor.

Ein Lächeln umspielte die geschminkten Lippen. »Das ist wunderbar. Weißt du was, Claire, ich bringe dich gleich zu ihm. Dann sparst du dir die Fahrt mit der Metro.«

»Danke«, presste Claire heraus und hoffte, sie würde ihr die mangelnde Begeisterung nicht ansehen.

Léon. Sie musste zu ihm. Doch so wie es aussah, würde ihre Expedition in die Tiefe noch einige Stunden warten müssen.

* * *

Claire hatte gehofft, Madame de Rivarol würde sie einfach vor dem Krankenhaus absetzen und dann weiterfahren, doch sie steuerte das Parkhaus an und begleitete Claire auf die Station. Ärzte und Pfleger gafften ihr gleichermaßen hinterher. Eine so elegante Erscheinung bekamen sie sicher nicht häufig zu sehen. Vor der Tür zum Krankenzimmer blieb Claire stehen und wandte sich zu ihrer Begleitung um.

»Danke, dass Sie mich gefahren haben. Ich wünsche Ihnen noch einen schönen Abend.«

Madame des Rivarol lachte ein wenig gekünstelt. »Du willst mit Adrien allein sein? Das kann ich verstehen. Ich verspreche, ich bleibe nicht lange, dann dürft ihr für euch sein.«

Claire musste sich bemühen, nicht mit den Augen zu rollen. Nein, sie legte keinen Wert darauf, mit Adrien allein zu sein. Ihr war mehr daran gelegen, den Besuch so kurz wie möglich zu gestalten.

Sie klopfte an und trat ein. Philippes Bett war leer, Adrien dagegen war da und starrte mit großen Augen auf seine Besucherinnen. Da Claire jeden Tag gekommen war, konnte das nur bedeuten, dass seine Tante sich nicht sehr oft hatte blicken lassen.

»Salut, Claire, Salut, Tante Mélyssa. Was für eine Überraschung! Hast du dich verlaufen?«

Claire ging auf ihn zu und küsste seine Wange, während sein Blick auf die Tante gerichtet blieb, die in der Mitte des

Raums innehielt und sich umsah. Ihre Miene blieb zwar unbeweglich, doch Claire kam es so vor, als würde sie innerlich die Nase rümpfen. Eine Madame de Rivarol würde sich vermutlich nur in einem privaten Sanatorium behandeln lassen.

Claire streifte Adriens Blick. Seine Miene schwankte zwischen Belustigung und Unmut. Offensichtlich schätzte er sie ähnlich ein.

»Tja, Tante Mélyssa, so sieht es im Innern eines primitiven Krankenhauses aus, in dem selbst der einfache Pöbel behandelt wird! Unglaublich, mit was man es hier täglich zu tun bekommt«, spottete er. »Und erst das köstliche Essen! Ich sage dir, das ist besser als jede Diätklinik. Man isst freiwillig so wenig, dass man abnimmt.«

»Das glaube ich gleich«, stieß sie hervor und hob leicht die Oberlippe.

Gleich presst sie sich ein parfümiertes Taschentuch an die Nase, dachte Claire und verspürte plötzlich den Drang zu lachen. Sie sah Adrien an und gemeinsam prusteten sie los. Madame de Rivarol hob die Augenbrauen und betrachtete sie abwechselnd.

»Es ist schön zu sehen, dass ihr euch so gut versteht«, sagte sie. »Ich denke, ich kann euch mit gutem Gewissen alleine lassen. Claire, ich treffe dich draußen. Ich möchte noch mit dem Chefarzt sprechen.« Sie wartete keine Antwort ab und verließ das Krankenzimmer.

Adrien sah ihr kopfschüttelnd nach.

»Wie hast du sie dazu gebracht, ein Krankenhaus aufzusuchen?«

Claire hob abwehrend die Hände. »Ich habe nichts damit zu tun. Es war ihre Idee. Sie hat mich von der Schule abgeholt und mich hergebracht.«

»Einfach so? Trotz ihrer unzähligen gesellschaftlichen Verpflichtungen? Ich bin beeindruckt!«

Es schwang etwas in seinem Tonfall, das Claire berührte.

»Sie hat sich nicht besonders um dich gekümmert, nicht wahr?«

Adrien zuckte mit den Schultern. »Es kommt darauf an, was man darunter versteht. Wenn du meine glänzenden gesellschaftlichen Kontakte meinst, dann war sie sehr rege.«

»Ich meine Dinge, die normale Mütter für ihre Kinder so tun«, widersprach Claire. »Mit ihnen spielen und vorlesen, in den Park gehen und ihnen Schwimmen beibringen und Fahrradfahren. Einfach da sein, wenn man sie braucht!«

Adrien hob die Brauen. »Kannst du dir das bei Mélyssa vorstellen? Wie sie hinter meinem Rad herrennt, bis ich die Balance finde, und wie sie mir aufs Knie pustet, wenn ich mal wieder im Dreck gelandet bin?«

Claire seufzte. »Nein, eigentlich nicht.«

»Ich hatte ein Kindermädchen für die normalen Sachen. Radfahren hat mir unser damaliger Chauffeur beigebracht. Heulen gab es da nicht. Ich musste es gleich richtig lernen.«

»Und deine Mutter?«, wagte Claire leise zu fragen. »Wie war sie?«

Adrien überlegte. Ein weicher Ausdruck trat in seine Miene. »Sie war anders«, sagte er, »weich und zärtlich. Sie war immer leise, sodass man sie gar nicht mehr bemerkte, wenn mein Vater ins Zimmer kam. Ich denke, er hätte manches Mal lieber so eine Frau wie Mélyssa gehabt. Aber vielleicht interpretiere ich da etwas hinein. Meine Erinnerungen sind eher verschwommen. Es ist schon so lange her.«

»Wann ist sie gestorben? Wie alt warst du?«

Adrien schüttelte den Kopf. »Ich weiß nicht, ob sie tot ist. Sie ist spurlos verschwunden, als ich fünf war.«

Claire riss die Augen auf. »Du meinst, sie hat euch einfach so verlassen?«

Adrien hob die Schultern. »Das weiß keiner. Die Polizei hat es nie herausgefunden. Jedenfalls fehlt seit dem Tag vor meinem sechsten Geburtstag jede Spur von ihr. Ob sie gegangen ist oder Opfer eines Verbrechens wurde, wird vermutlich nie geklärt werden.«

»Das muss für deinen Vater sehr schwer sein«, vermutete Claire.

Adrien zog eine Grimasse. »Es hat ihn fast in den Wahnsinn getrieben. Er war damals noch nicht Polizeipräfekt und konnte nicht viel machen, aber ich denke, dass er gerade deshalb alles darangesetzt hat, diese mächtige Position zu erreichen. Allerdings konnte auch er an der Situation nichts ändern. Wir tappen heute genauso im Dunkeln wie damals. Man denkt nur nicht mehr so häufig daran.«

»Und dann ist deine Tante zu euch gekommen?«

Adrien nickte, doch er sah dabei nicht sehr glücklich drein. »Später, als ich elf wurde. Das war in dem Jahr, als mein Vater zum Präfekten ernannt wurde. Versteh mich nicht falsch. Für meinen Vater ist es sicher ein großer Gewinn, dass sie bei uns ist und er so jemand hat, der alle Anforderungen an die Frau eines Polizeipräfekten mit Glanz erfüllt.«

»Und für dich?«, wollte Claire wissen.

Adrien sah sie nachdenklich an. »Ich weiß nicht. Sie ist sehr schön und elegant und intelligent, aber, nun ja, sie ist nicht meine Mutter.«

Claire nickte. Sie verstand, was Adrien meinte. Madame de Rivarol glich den griechischen Statuen im Louvre, die einem einen Ausruf des Entzückens entreißen konnten: Alles an ihr war schön und ergänzte sich zu perfekter Harmonie, erstarrt in kaltem Marmor.

***

Ausgerüstet mit einer dicken Jacke gegen die Kälte, zwei Taschenlampen gegen die Finsternis und einem Schokoriegel gegen verzagte Gedanken, machte sich Claire nach ihrem Besuch im Krankenhaus auf den Weg. Sie hielt die Schlüssel in ihrer Tasche fest umklammert, als sie die Stufen zu dem Keller hinunterstieg, durch den sie an Adriens Seite die Pariser Unterwelt zum ersten Mal betreten hatte. Ihre Gedanken eilten ihrem Weg voraus. Der Zugang zu den verbotenen Kavernen würde ihr nun keine Probleme bereiten, aber wie dann weiter? Sie konnte sich nur vage an den Weg erinnern, den sie mit Adrien und seinen Freunden zur *Salle Z* genommen hatte. Claire wusste, dass sie an etlichen Abzweigungen vorbeigekommen waren. Würde sie sich an jede erinnern können und den richtigen Weg wählen?

Viel Hoffnung hatte sie nicht. Aber selbst wenn sie den Weg wiederfinden sollte, was dann? Es war sicher nur Zufall gewesen, dass Léon sie dort gefunden und ungesehen hinauf zur Oberfläche gebracht hatte. Das hieß nicht, dass sein Versteck dort in der Nähe zu finden war.

Was aber konnte sie sonst tun? Sie musste wenigstens versuchen, ihn zu finden und zu warnen. Hatte er nicht das Gleiche für sie getan? Er hatte versucht, sie vor dem Unheil zu bewahren. Ihre eigene Sturheit war schuld daran, dass er jetzt verletzt war und gejagt wurde.

Claire schob die Tür auf, die wie in der ersten Partynacht nicht verschlossen war. Sie betrat den Keller, der sich seitdem nicht verändert zu haben schien, als wäre es gestern gewesen, und doch kam es ihr so vor, als sei seit diesem Tag ein ganzes Zeitalter vergangen.

Der Strahl der Taschenlampe huschte durch den Raum bis zu der Nische mit der fast verborgenen Tür, die in die Unterwelt führte. Claire ging auf sie zu und hielt dann unvermittelt inne.

Was war das? Sie trat näher und richtete das Licht auf das uralte Schloss, zu dem ihr Schlüssel hätte passen sollen. Zumindest war es das letzte Mal so gewesen. Nun glänzte an

Stelle des alten, angerosteten ein nagelneues Schloss. Außerdem war eine Kette durch den Ring an der Tür geführt und mit einem weiteren, der fest in den steinernen Bogen eingefügt war, verbunden. Claire musste das amtliche Siegel gar nicht in Augenschein nehmen, um zu begreifen, dass dieser Zugang von nun an versperrt war. Dafür hatte dieser Commandant Sabatier oder irgendeine andere Stelle der Polizei gesorgt.

Claire fluchte leise. Was sollte sie nun tun? Gab es für sie einen anderen Weg hinab? Léon und die Kataphilen kannten unzählige verborgene Eingänge und selbst Adrien und seine Freunde hatten im Laufe der Zeit sicher den ein oder anderen aufgespürt. Sollte sie noch einmal ins Krankenhaus zurück und ihn fragen? Aber wie konnte sie ihm diese Information entlocken, ohne Verdacht zu erregen und ihm die Wahrheit zu verraten?

Oder sollte sie ganz offen zu Adrien sein? Er mochte sie, sagte gar, er habe sich in sie verliebt. Vielleicht würde er ihr helfen.

Um einen anderen zu retten, der ihm die Gefühle seiner Freundin streitig machte? Wohl kaum!

Machte Léon ihm denn die Gefühle seiner Freundin streitig?

Oh ja!

Die Erkenntnis überfiel Claire in diesem finsteren Keller vor der verschlossenen Tür mit einer Heftigkeit, dass sie aufstöhnte und sich gegen das raue Holz sinken ließ. Tränen stiegen ihr in die Augen. Sie musste ihn einfach finden. Sie musste wissen, ob es ihm gut ging, und sie musste ihn vor dieser Razzia warnen. Aber die Lage war aussichtslos. Sie konnte auch nicht durch die Tür rein, zu der Léon sie hinausgeführt hatte. Diese ließ sich von außen, wenn sie erst einmal zugefallen war, nur mit dem richtigen Schlüssel öffnen.

Plötzlich fiel Claire etwas ein.

Es gab einen Zugang in die Höhlenwelt unter den südlichen Arrondissements. Einen, der ganz offiziell zugänglich war und von vielen Menschen betreten wurde. Sie selbst war schon einmal dort gewesen. Adrien und Philippe hatten sie erschrecken wollen und durch die Katakomben geführt, um von dort weiter zur *Salle Z* zu gelangen.

Claire sah auf ihre Armbanduhr. Es war halb acht. Wenn sie Glück hatte, würde sie noch ein Ticket bekommen. Claire eilte aus dem Keller und schlug die Tür zu. Dann rannte sie die Straße entlang und bog in die Rue Raspail ein. Sie lief an der Metrostation vorbei und hastete zu dem Gebäude am Platz mit dem riesigen Löwen, vor dem nur noch ein kleines Grüppchen Leute stand, das Einlass in die Unterwelt begehrte. Claire kam keuchend hinter ihnen zum Stehen und versuchte ihre Atmung wieder zu beruhigen. Ihr Herz raste, als sie ihren Geldbeutel herauszog und das Ticket bezahlte. Dann folgte sie den fünf jungen Männern die Treppe in das Reich der Toten hinab.

»Wir schließen um acht«, erinnerte der Wachmann ein wenig unwirsch. »Sie müssen sich ein wenig beeilen.«

Die jungen Leute nickten brav und machten sich dann lachend zu den ersten Schädeltürmen auf. Claire folgte ihnen die Treppe hinunter in die erste Kaverne und ließ sich dann Stück für Stück zurückfallen. Heute interessierte sie sich nicht für die Knochenstapel und Schädelgirlanden. Sie nahm jede der abgesperrten Abzweigungen genau ins Visier und versuchte sich zu erinnern, welche sie in jener Nacht genommen hatten. Sie waren aus einem anderen Gang in die Katakomben gekommen, das erschwerte die Orientierung, doch sie erkannte den Durchgang mit der Warnung: Hier beginnt das Reich der Toten!

Claire blieb einen Moment stehen, um sich zu konzentrieren, dann folgte sie zielstrebig dem Gang, bog zweimal nach rechts ab und stand vor der mit einem Gitter versperrten Abzweigung, die sie in jener Nacht überwunden hatten. Claire sah sich um. Gab es hier Kameras? Sie konnte keine entdecken. In der Ferne hörte sie die jungen Männer grölen. Rasch griff sie in das Gitter und schwang sich über die Brüstung. Sie huschte schnell weiter und verharrte erst, als sie von dem öffentlich zugänglichen Bereich nicht mehr gesehen werden konnte. Claire lauschte, doch keine Schritte kamen hinter ihr her, niemand rief nach ihr. Mit einem Seufzer der Erleichterung knipste sie ihre Taschenlampe an und machte sich auf den Weg.

Kapitel 19

Allein im Dunkeln

Der Blick auf ihre Armbanduhr verriet ihr, dass sie noch nicht einmal eine Stunde unter Tage war, doch es kam Claire vor, als sei sie bereits eine Ewigkeit unterwegs und die Nacht längst verstrichen. Oder war ihre Uhr stehen geblieben? Sie hielt an und beleuchtete das Ziffernblatt mit ihrer Lampe. Nein, der Sekundenzeiger zog nach wie vor seine gleichmäßigen Bahnen. Sie hatte also nicht einmal eine Stunde gebraucht, um sich hoffnungslos zu verirren. Vermutlich war sie bereits innerhalb der ersten Minuten, nachdem sie die Katakomben verlassen hatte, irgendwo falsch abgebogen.

Claire blieb stehen und sah sich um. Sie hatte gerade eine größere Kaverne durchquert, deren Decke mit mächtigen, aus groben Steinblöcken aufgeschichteten Pfeilern gestützt wurde, und stand nun vor einem breiten Durchgang, der in die nächste Höhlung führte. Links vor dem Eingang zweigte ein schmaler, niedriger Gang in einem steilen Winkel ab, ein Stück weiter führte ein Torbogen nach rechts zu einer Treppe. Es kam ihr alles bekannt und doch auch wieder fremd vor. Claire hatte keine Ahnung, ob sie hier schon einmal durchgekommen war. Es wiederholte sich alles in ähnlichen Mustern, die sich immer wieder neu kombinierten und ihre Sinne narrten. Das Labyrinth schien sie zu verhöhnen und sich an ihrer Verzweiflung zu laben.

»So ein Blödsinn«, sagte sie laut. »Mach dich nicht selbst verrückt!«

Sie musste ruhig bleiben und die aufsteigende Panik niederdrücken. Tränen und Geschrei halfen hier nicht. Nicht zu weinen, half ihr allerdings auch nicht weiter. Ihr war nicht klar gewesen, wie viele Gänge und Höhlen es hier gab. Sie hatte sich bei ihrem ersten Besuch hier unten mit Adrien und Philippe unterhalten und gar nicht mitbekommen, wie viele Abzweigungen sie passiert hatten. Und Treppen.

Wir sind zwei Treppen hinuntergestiegen, erinnerte sie sich. Bisher war sie nur eine hinuntergegangen, also musste sie noch eine Ebene zu hoch sein.

Claire beschloss, die Treppe zu ihrer Rechten zu nehmen. Der Strahl ihrer Taschenlampe glitt über den Boden und erhellte die ersten Stufen.

Sie spürte die Bewegung an ihrer Seite mehr, als dass sie sie sah. Etwas huschte in der Dunkelheit an ihr vorbei. Etwas Großes. Mehr als eine Ratte, wobei allein schon dieser Gedanke sie erschaudern ließ. Unwillkürlich stieß Claire einen Schrei aus und drehte sich einmal im Kreis. Das Licht der Lampe sprang hektisch auf und ab, doch es traf nur toten, grauen Stein: Wände, Blöcke, Säulen und einen Haufen Schutt. Hatte sie sich die Gestalt nur eingebildet? War sie schon dabei, den Verstand zu verlieren, und sah Gespenster?

Nein! Sie war eine intelligente, vernünftige Person und sie war nicht hysterisch!

Noch nicht.

Da war etwas gewesen. Aber was? Oder besser wer? Eine Gefahr, die in der Finsternis lauerte, oder die Rettung?

Ganz gleich, wer oder was es war, es war dort im Dunkeln verborgen, während sie mit ihrer Lampe auf dem Präsentierteller stand. Verstecken schied also aus.

»Hallo?«, rief Claire und hörte selbst, wie ihre Stimme zitterte. »Hallo, ist da jemand? Ich habe dich gesehen, also zeig dich. Ich bin auf der Suche nach Léon und habe mich verirrt. Bitte! Ich brauche Hilfe.«

Sie verstummte und sah sich um, aber niemand meldete sich. Wieder vernahm sie ein Geräusch in der Dunkelheit. Sie richtete den Strahl der Lampe in die Richtung, doch niemand trat in ihren Lichtschein. Claire wartete noch einige Augenblicke. Sie konnte die Anwesenheit der Gestalt spüren, doch wer immer da war, er war nicht bereit, sich ihr zu zeigen.

»Bitte, wenn du Léon kennst, dann sage ihm, dass ich ihn suche. Sage ihm, Claire ist hier und muss ihm etwas Wichtiges sagen. Ich versuche, die *Salle Z* zu finden. Dort sind wir uns schon einmal begegnet.«

Sie wartete, aber wieder keine Reaktion, nur ein feines Knirschen, das vielleicht nur von den Steinen kam. Entmutigt machte sich Claire wieder auf den Weg. Langsam stieg sie die Treppe hinunter. Immer wieder verharrte sie und lauschte in die Dunkelheit. Es war ihr, als folge ihr das leise Knirschen wie ein Echo, nur um kurz darauf zu verstummen, sobald sie innehielt.

Wurde sie verfolgt oder vernahm sie wirklich nur den Widerhall ihrer eigenen Schritte?

Claire unterdrückte einen Seufzer und setzte ihren Weg fort. Immer neue Höhlen, Säulen und Gänge. Es schien, als sei sie in eine andere Welt versetzt worden, in der es außer ihr kein Leben gab. Das einzige Geräusch, das sie nun ab und zu vernahm, war das Tropfen von Wasser. Sie fühlte sich plötzlich so einsam und verlassen, dass sie sich am liebsten auf den Boden hätte sinken lassen und geweint hätte. Selbst ihr unsichtbarer Verfolger schien sich zurückgezogen zu haben und überließ sie ihrem Schicksal.

Claire sah sich um. Inzwischen sah alles gleich für sie aus, und sie fragte sich, wie Adrien und seine Freunde jemals den

Weg zur *Salle Z* gefunden hatten. Ratlos umrundete Claire eine riesige Kaverne, von der mehrere Gänge und Durchbrüche abzweigten, als sie etwas entdeckte. An der Einmündung zweier ausgemauerter Gänge sah sie eine Gravur an einem der Ecksteine. Sie trat näher und ließ den Strahl ihrer Taschenlampe über die Vertiefung streichen.

1781 war in den Eckstein eingraviert und auf dem Block daneben: *RUE D'ENFER sous le Mur des Chartreux*. Darüber waren noch zwei Initialen eingeritzt. *C.C.* oder *G.G.* So genau konnte sie das nicht erkennen.

Es gab hier unten also Hinweisschilder, die sich auf die Straßen oben bezogen. So konnte man sich orientieren, wenn diese Markierung nicht eine Ausnahme war. Leider half ihr das wenig. Claire kannte diese Straße nicht. Höllenstraße? Vermutlich hieß sie heute nicht mehr so. Und wo waren die Mauern des Chartreux? Ein Kartäuserorden, den es zu dieser Zeit gegeben hatte, der jedoch vermutlich – wie so viele Ordenshäuser – bereits unter Napoleon aufgelöst worden war. Claire zermarterte sich den Kopf, doch sie konnte sich an kein altes Kloster erinnern, das irgendwie in Reichweite oberhalb der Katakomben stand. Dennoch machte ihr die Inschrift Mut. Vielleicht fand sie weitere Hinweise. Es waren sicher nicht alle Straßen umbenannt worden. Lag die *Salle Z* nicht unterhalb des Militärkrankenhauses Val-de-Grâce? Sie glaubte sich zu erinnern, dass Adrien so etwas gesagt hatte. Also dann los.

Mit frischem Mut machte sich Claire auf, ohne zu wissen, ob sie überhaupt in die richtige Richtung ging.

***

Jannine sah auf und erblickte ihren Bruder, der um die Ecke bog und mit schnellen Schritten auf sie zukam.

»Da bist du ja«, sagte sie und wandte sich wieder der Karte zu, auf der verschiedene Rohrleitungen und Versorgungsschächte eingezeichnet waren.

Marcell stürmte auf seine Schwester zu und packte sie am Arm.

Jannine hob verwundert den Kopf. »Was hast du denn? Ist etwas passiert?«

Marcell legte den Kopf schief und überlegte, dann zuckte er mit den Schultern.

»Wenn nichts Schlimmes geschehen ist, dann lass mich hier bitte weitermachen. Das ist wirklich wichtig, für uns beide, weißt du?«

Marcell schüttelte den Kopf und griff wieder nach ihrem Ärmel. Er zog energisch daran. Eine unmissverständliche Aufforderung mitzukommen. Jannine stöhnte.

»Worum geht es denn?«

Marcell zog eine Grimasse, schüttelte das Haar und öffnete den Mund zu einem stummen Gebrüll.

»Léon? Ich soll zu Léon kommen?«

Marcell verneinte mit verärgerter Miene. Seine Finger malten das Zeichen für Frau oder Mädchen. Dann fügte er wieder Léons Namen hinzu und deutete hektisch in die Richtung, aus der er gekommen war.

Jannine sah ihren Bruder verständnislos an. »Ganz ruhig«, sagte sie und hielt ihm beschwichtigend die Handflächen entgegen. »Wenn du so aufgeregt bist, kann ich dich nicht verstehen.«

Sie legte ihm ihre Handfläche auf die Stirn und schloss die Augen. Léon, er dachte an Léon und an ein Mädchen. Jannine erhaschte die Ahnung von langen, blonden Locken. Sie spürte Furcht und konnte die Finsternis ahnen, die sie mit kalten Fingern berührte. Jannine riss die Augen auf.

»Das Mädchen, Claire, du hast sie gesehen?« Marcell nickte.

»Hier unten in den Höhlen?« Wieder nickte er.

»Ist sie bei Léon?« Nun schüttelte er heftig den Kopf, legte sich die Hand vor die Augen und tat so, als taste er sich voran. Jannine stöhnte.

»Sie hat sich hier unten verlaufen.« Nun lächelte Marcell.

»Das dumme Ding, was denkt sie sich, hier einfach runterzukommen? Das ist kein Ort für die Kinder des Lichts.« Wieder lächelte er und bedeutete noch einmal Léons Namen.

Jannine verstand. »Sie sucht ihn, aber will er überhaupt von ihr gefunden werden? Er hat sich für sie, meiner Meinung nach, schon zu weit vorgewagt. Ich fürchte, der Schatten beobachtet ihn mit Argwohn. Léon sollte nicht seinen Zorn hervorrufen. Das wäre für ihn noch weniger gesund als magische Feuerwalzen oder seine Ausflüge hinauf in die Sonne. Wenn er es will, wird er sie schon finden. Uns geht das nichts an.« Jannine wandte sich wieder ihrem Plan zu, doch ihr Bruder blieb hartnäckig und zog wieder an ihrem Ärmel.

»Marcell, was soll ich deiner Meinung nach tun?«

Er zog noch stärker. Jannine stieß einen Seufzer aus. »Sie hat hier unten nichts zu suchen, und es ist ganz sicher nicht unsere Aufgabe, sie zu retten. Ich muss mich um uns kümmern. Um dich und mich! Wir haben nur noch uns beide, und ich will, dass es dir wieder besser geht, verstehst du das?«

Marcell schüttelte den Kopf. Er ließ seine Schwester los, wandte sich abrupt ab und ging dann davon. Sie sah ihm nach. Das Licht, das über die Steine huschte, flackerte unruhig wie immer, wenn ihr Gemüt in Aufruhr geriet.

***

Da war Licht! Claire blieb wie angewurzelt stehen. Das konnte nicht sein. Ihre Sinne narrten sie. Sie war schon zu lange in der Dunkelheit unterwegs, und nun wurde der Wunsch nach Licht und Menschen so übergroß, dass ihr Geist ihr etwas vorgaukelte. Oder konnte das, was sie dort vorne erahnte, doch wahr sein?

Claire knipste ihre Taschenlampe aus. Um sie herum wurde es finster, aber weiter vorn erkannte sie schemenhaft einen Torbogen und dahinter eine mit Graffiti besprühte Wand. Und sie vernahm eine Stimme. Eine Frau lachte. Dann hörte sie eine Männerstimme und noch mehr Gelächter. Dort vorn waren wirklich Menschen. Wer es war und was sie zu ihrem unerwarteten Auftauchen sagen würden, war Claire in diesem Moment egal. Sie schaltete ihre Lampe wieder ein und stolperte auf die Stimmen zu, die abrupt verstummten, als sie durch den Bogen trat und vom Licht in der Höhle erfasst wurde. Claire blieb ebenfalls stumm und starrte die Gruppe von Leuten an, die sich hier versammelt hatten. Es war ein buntes Völkchen von Männern und Frauen, deren Alter schwer zu schätzen war, was wohl an den schmutzigen Gesichtern und den langen, ungewaschenen Haaren lag. Vermutlich waren sie alle älter als sie selbst, aber noch keine dreißig. Gegen die Kälte trugen sie verschiedene Kleidungsstücke wahllos übereinander, die ihre Körperformen verschwinden ließen. Lediglich ein junger Mann mit wildem, schwarzem Haar saß nur mit einem T-Shirt und Jeans bekleidet da und schien die Kälte nicht zu spüren. Der süßliche Geruch in der Höhle und seine riesigen, schwarzen Pupillen, mit denen er sie anstarrte, ließen Claire vermuten, dass er eine andere Wärmequelle gefunden hatte als dicke Kleidung. Doch auch die anderen wärmten sich zusätzlich von innen auf, was Claire aus den zahllosen unterschiedlichen Flaschen schloss, die sicher keine Softdrinks enthielten.

»Der Herr erlöst uns!«, rief der Mann im T-Shirt. Er hob die Arme und deutete mit fahrigen Bewegungen auf Claire. »Er schickt uns seinen Engel, um uns ins Paradies zu geleiten.«

Eine junge Frau mit brauner Mähne setzte die Wodkaflasche ab, aus der sie gerade getrunken hatte, und prustete. »Mathis, wenn du nicht so viel kiffen würdest, würdest du nicht so einen Scheiß reden.«

»Ich red keinen Scheiß!«, protestierte der Junkie. »Kannst du ihn nicht sehen, Zoé?«

»Das ist kein Engel, das ist ein Mädchen«, sagte ein Hüne, der eine Bierflasche in den Händen hielt.

»Ein Mädchen, das, so wie es aussieht, hier unten nichts verloren hat«, ergänzte ein Typ mit Rastalocken.

»Dann fragen wir sie mal, was sie hier unten will«, sagte Zoé, die Claire eher neugierig als feindselig betrachtete.

»Komm her, Mädchen!«, rief der Hüne und machte eine einladende Handbewegung. »Wie heißt du? Ich bin Scorpion. Willst du ein Bier?«

Claire trat zögernd in die Runde. »Nein, danke. Ich heiße Claire.«

»Und was willst du hier? Du siehst nicht so aus, als würdest du hier unten einen Schlafplatz suchen«, erkundigte sich eine Frau mit Rastazöpfen, die ihrer Aussprache nach ziemlich betrunken war.

Claire schüttelte den Kopf. »Ich hoffe, das wird nicht nötig sein. Ihr könnt mir vielleicht helfen. Ihr kennt doch sicher Léon?«

Ihr Blick schweifte hoffnungsvoll durch die Runde. Dies war ein anderes Paris. So viele Kataphile gab es vermutlich nicht. Da mussten sich die Bewohner dieser Unterwelt doch sicher untereinander kennen.

»Léon?«, wiederholte die Rastafrau und lachte dann. »Sie sucht Léon!«

»Ist das nicht der finstere, ernste Typ, der hier lautlos

durch die Gänge schleicht und keinen Sinn für Humor hat?«, fragte Zoé und kicherte dann, dass es sie schüttelte.

»Ja, ich habe ihn auch noch nie lachen gehört«, stimmte ihr Mathis zu und nickte so heftig mit dem Kopf, dass er vornüberfiel. Zoé lachte noch lauter. Die Rastalockenfrau fiel mit ein.

Mit denen war nichts anzufangen. Claire wandte sich an den Hünen, der ihr das Bier angeboten hatte.

»Scorpion, du kennst Léon, nicht wahr?«

»Das wage ich nicht zu behaupten«, wehrte dieser ab. »Ich kenne Mathis und Zoé und Clement schon ziemlich lange. Und auch Josette gehört zu meinen Freunden, aber keiner könnte behaupten, Léon zu kennen. Er ist uns allen ein Rätsel. Er kommt und geht, taucht unverhofft aus der Finsternis auf und ist dann wieder verschwunden.

»Wenn er überhaupt mit uns spricht, dann nörgelt er nur an uns rum«, beschwerte sich Zoé.

»Das ist nicht wahr«, erwiderte Clément. »Er hat uns schon öfter vor Sabatier und seinen Patrouillen gewarnt.

»Aber nicht immer!«, schimpfte Josette. »Man kann sich auf nichts verlassen.«

»Er ist nicht unser Kindermädchen«, widersprach Scorpion. Trotz seiner geradezu beängstigenden Körpergröße, gepaart mit beachtlichen Muskeln, schien er ein vernünftig denkender Mensch zu sein, daher wandte sich Claire wieder an ihn.

»Weißt du, wo Léon wohnt?«

»Na, hier!«, kreischte Josette und lachte gackernd. »Wie wir alle. Die finstere Hölle ist unser Zuhause, damit wir den Lichtgestalten oben nicht in den Augen schmerzen oder gar ihr Gewissen berühren.«

»Das weiß ich«, sagte Claire und bemühte sich, nicht ungeduldig zu klingen. »Wisst ihr nichts Genaueres? Er muss doch irgendwo einen Unterschlupf oder so etwas haben.«

»Nein, wir wissen nicht, wo sich Léons gemütliches Heim befindet«, mischte sich Zoé ein. »Er legte nicht besonders viel Wert auf unsere Gesellschaft und hat uns noch nie zu einer gemütlichen Kaffeerunde eingeladen.«

Claire ließ den Blick durch die Runde schweifen und richtete ihn dann wieder auf Scorpion, der zu ihrem Bedauern ebenfalls den Kopf schüttelte.

»Wie gesagt, er taucht mal hier und mal da auf und ist uns allen ein Rätsel. Ein komischer Bursche. So verschlossen.«

»Und gefährlich!«, behauptete Zoé. »Man sollte sich tunlichst hüten, ihn zu verärgern.«

»Er ist doch ein cooler Typ. Der würde keinen schlagen«, widersprach Clément.

»Nein, schlagen nicht«, stimmte ihm Zoé zu. »Das hat er nicht nötig. Er kann dafür andere Sachen. Unheimliche Dinge, die weit schlimmer sind als ein paar Schläge.« Sie rollte mit den Augen. Claire starrte sie an. Sie sah, wie einige der anderen wissend nickten.

»Was meinst du damit?«, fragte sie, obgleich sich in ihrem Unterbewusstsein bereits eine Antwort formte, die dort schon eine Weile lauerte, der sie aber nicht gestatten wollte, weiter aufzusteigen.

Zoé erwiderte den Blick und starrte Claire aus weit aufgerissenen Augen an, doch ehe sie etwas sagen konnte, antwortete Mathis.

»Er ist ein schwarzer Magier«, stieß er hervor, »mit unheimlichen Kräften.«

Claire lachte unsicher auf. »Ihr seid gut im Geschichtenerzählen.«

Zoé schüttelte den Kopf. »Das ist zwar eine gute Geschichte, dennoch ist sie wahr. Léon verfügt über seltsame Kräfte. Er ist gefährlich, daher ist es vielleicht besser, wenn du nicht weiter nach ihm suchst, sondern dorthin zurückkehrst, wo du herkommst.«

Clément und Josette nickten zustimmend. Mathis dagegen schien in seine eigene Fantasiewelt zurückgekehrt. Er grinste verzückt, summte vor sich hin und wiegte den Oberkörper vor und zurück.

»Er würde mir nichts tun«, behauptete Claire. »Ich muss ihn sprechen. Es ist wichtig für ihn!«

Doch zu ihrer Enttäuschung hob Scorpion nur seine massigen Schultern. »Wir können dir nicht helfen. Du solltest auf Zoé hören und in deine Welt zurückkehren, ehe es zu spät ist. Hier unten kann man nur allzu schnell verloren gehen. Endgültig! Du wärst nicht die Erste, die hier für immer verschwindet. Das wäre doch sehr schade, meinst du nicht?«

Claire schluckte trocken. Ihr war längst klar, dass er nicht übertrieb. Es war Wahnsinn gewesen, sich hier herunterzuwagen und nicht einmal sicherzustellen, dass sie den Rückweg wiederfand.

»Ich kann nicht zurück«, gab sie kleinlaut zu. »Ich habe keine Ahnung, wie ich die Katakomben wiederfinde. Und außerdem ist dort längst zu. Da komme ich vor morgen nicht raus.«

»Dumm gelaufen.« Josette genehmigte sich noch einen großen Schluck aus ihrer Flasche.

Scorpion stöhnte und nahm sich noch ein Bier aus dem Kasten neben sich. »Möchte einer von euch das Mädchen rausbringen?«

Josette zog die Unterlippe hoch. »Sie soll lieber dableiben und mit uns trinken.«

Auch die anderen schienen keine große Lust zu verspüren, Claire zu helfen.

»Pass auf«, sagte Scorpion. »Das ist gar nicht so kompliziert. Du folgst jetzt dem Gang dort drüben, bis rechts eine Treppe kommt. Da dann rauf und oben links, den Gang weiter, durch zwei Kavernen, dann scharf rechts und noch eine Treppe hoch. Links ist eine Tür, die in die Abwasserkanäle führt. Sie klemmt ein wenig, ist aber nicht verschlossen. Dann folgst du dem Sammler gut zweihundert Meter bis du die Eisenstufen in der Wand siehst. Der Deckel oben ist nicht versiegelt. Ich denke, auch du schaffst es, ihn anzuheben. Alles klar?«

Claire sah ihn zweifelnd an. »Ich weiß nicht recht.«

Scorpion erhob sich schwerfällig mit einem Stöhnen. »Dann bleibt mir ja nichts anderes übrig, als unsere Prinzessin an die Oberfläche zurückzubringen.«

»Hat sie ja keiner gezwungen, hier runterzukommen«, maulte Josette. »Bleib hier, Scorpion. Ohne dich ist es nicht lustig.«

Der Hüne ließ mit nachdenklicher Miene den Blick schweifen. »Ach ja? Ist mir gar nicht aufgefallen, dass es hier lustig ist. Vielleicht brauche ich noch ein paar Bier, aber das will mir nicht schmecken, wenn die Kleine sich hier unten in einem der Schächte den Hals bricht, also komm, Claire, mein Bier wartet auf mich.«

Er griff nach einer Lampe und stapfte dann, ohne sich nach ihr umzudrehen, aus der Höhle. Claire blieb nichts anderes übrig, als ihm unverrichteter Dinge zu folgen. Sie überlegte, ob sie ihn bitten sollte, sie statt zu einem Ausgang zur *Salle Z* zu bringen, doch inzwischen war ihr klar, dass ihr das vermutlich nichts nützen würde. Warum sollte sich Léon ausgerechnet dort aufhalten? Sein Lager war ganz sicher nicht in einer Höhle, die ab und zu von Studenten für ihre Feten verwendet wurde. Daher blieb sie stumm und tappte ihm mit gesenktem Kopf hinterher.

Plötzlich schoss ein Schatten aus einem der Quergänge. Ein Körper stieß gegen ihre Seite. Claire taumelte und stieß vor Überraschung einen Schrei aus. Scorpion wandte sich um und hob seine Lampe. »Was ist?«

Der Lichtschein beleuchtete einen Jungen, der Claire aus

weit aufgerissenen Augen anstarrte. Zumindest nahm Claire an, dass er noch ein Junge war. Seine Körpermaße waren die eines Mannes, doch sein Gesicht war bartlos und weich, seine Miene hatte etwas Unschuldiges. In seinem Blick lag die Neugier eines Kindes. Mit seiner großen Hand umschlang er Claires Arm und winkte hektisch, ihr in den Gang zu folgen, aus dem er gekommen war.

Claire hielt mit ihrer ganzen Kraft dagegen, um nicht davongezogen zu werden.

»Scorpion, wer ist das, und was will er von mir?«

»Das ist nur Marcell. Er lebt mit seiner Schwester hier irgendwo. Beachte ihn nicht. Er ist ein wenig plemplem. Sie dagegen ist ein echter Leckerbissen, das kann ich dir versichern. Und nun komm weiter!«

»Würde ich ja, wenn ich könnte.«

Scorpion trat auf sie zu, packte Marcell und riss ihn von Claire los. »Verschwinde, Verrückter, wir haben keine Zeit für deine Spielchen.«

Marcell ließ mit einem Ausdruck von Enttäuschung die Hand sinken. Doch es glitzerte auch Wut in seinen Augen, die aufgeflammt war, als Scorpion ihn als verrückt bezeichnet hatte. Offensichtlich verstand er jedes Wort, widersprach dem Hünen aber nicht. Er unternahm noch einen zaghaften Versuch, winkte einladend und deutete mit hoffnungsvoller Miene in den Gang, berührte Claire aber nicht.

»Ich denke, er weiß genau, was er will«, sagte Claire, die ihn nicht aus den Augen ließ. »Offensichtlich will er mir etwas zeigen. Was hast du da?«

Marcell legte den Kopf in den Nacken und deutete ein stummes Brüllen an. War er etwa doch schwachsinnig?

»Ich verstehe dich nicht. Sprich mit mir! Was willst du?« Claire sah ihn freundlich an.

»Der spricht nicht«, mischte sich Scorpion wieder ein. »Ich habe ihn jedenfalls noch nie sprechen hören. Man sagt, vor

Jahren sei irgendwas passiert, danach hat er kein Wort mehr gesprochen.«

Claire sah, wie sich Marcells Miene für einen Moment verdunkelte. Ein Ausdruck von Schmerz huschte über sein Gesicht, und sie war sich nicht sicher, ob sie wissen wollte, was diesem Jungen widerfahren war, dass es ihn derart traumatisiert hatte. Dennoch kam er ihr weder schwachsinnig noch gefährlich vor.

Plötzlich kam ihr ein Einfall. »Du warst das vorhin in der Kaverne, nicht wahr? Du bist mir die Treppe hinunter gefolgt.«

Nun war sein Ausdruck verlegen. Bingo! Dann hatte er auch gehört, dass sie nach Léon suchte. War er deshalb gekommen?

Claire griff nach seinem Handgelenk. »Kennst du Léon?«

Der Junge nickte und ahmte noch einmal den stummen Schrei nach. Natürlich! Das sollte das Brüllen eines Löwen sein. Er versuchte mit ihr zu sprechen. Claire spürte, wie ihr Herz rascher zu schlagen begann.

»Weißt du, wo er ist?«

Der Junge nickte hektisch, doch dann hob er die Schultern. Sicher war er sich anscheinend nicht, aber vielleicht bedeutete es, dass er wusste, wo Léon sein Versteck hatte und sich normalerweise aufhielt. Wenn er sie dort hinbringen würde, könnte Claire auf ihn warten, selbst wenn er im Moment unterwegs sein sollte.

Claire lächelte den Jungen an. »Dann bring mich zu ihm!«

Marcell nickte und strahlte sie an. Seine große Hand umschloss ihre Finger. Sie war warm und trocken, und er hielt die ihre behutsam, als sei sie zerbrechlich.

»Einen Moment«, rief Scorpion. »Du willst mit diesem Kretin mitgehen? Das geht nicht! Ich bring dich raus.«

Claire duckte sich unter seinem Arm durch und wich zurück. »Marcell ist kein Kretin!«, verteidigte sie ihren neuen

Freund. »Und er wird mich zu Léon bringen. Ich danke dir, aber ich brauche deine Hilfe nicht mehr. Du kannst zu deinen Freunden und zu deinem Bier zurück.«

Scorpion zuckte mit den Schultern. »Deine Entscheidung, Prinzessin. Ich hoffe, dass du dir nicht die falschen Freunde ausgesucht hast.«

Er tippte sich an die Stirn und machte sich dann auf den Rückweg. Der Lichtschein wurde immer trüber und verlosch in der Ferne.

Kapitel 20

Fuchsjagd

Claire knipste ihre Taschenlampe an und sah zu Marcell auf. Er wirkte plötzlich unentschlossen, und sie war sich nicht mehr sicher, ob sie eine kluge Entscheidung getroffen hatte. Scorpion war bereits in den Tiefen des Höhlenlabyrinths verschwunden, daher blieb ihr gar nichts anderes übrig, als sich in Marcells Hände zu begeben.

»Gehen wir«, sagte sie und erwiderte den Druck seiner Finger. Marcell nickte und wandte sich dem Gang zu, aus dem er gekommen war.

Er ging gleichmäßig wie ein Uhrwerk voran, durchquerte Kavernen und zog sie durch schmale Gänge. Sie schlüpften durch Engstellen und stiegen Treppen hinauf und hinunter. Marcell zögerte nicht einmal. Entweder kannte er sich hier unglaublich gut aus oder er führte sie irgendwohin in die Irre.

»Ist es noch weit?«, wagte Claire irgendwann zu fragen. Ihr taten schon die Füße weh, doch zumindest war ihr durch die stetige Bewegung wieder warm.

Marcell schüttelte den Kopf, ohne innezuhalten, doch dann blieb er unvermittelt stehen und deutete in den Gang, der vor ihnen lag. Ein so glückseliges Lächeln huschte über sein Gesicht, dass Claire bezweifelte, Léon endlich aufgespürt zu haben. Was aber versetzte ihren Begleiter dann in diese Verzückung?

Zuerst konnte sie nichts Ungewöhnliches hören oder sehen, dann jedoch schienen die aus groben Quadern gemauerten Wände plötzlich lebendig. Marcell griff nach ihrer Lampe und schaltete sie aus. Nun konnte Claire es sehen. Sie hatte sich getäuscht. Die Steine bewegten sich nicht, aber sie schienen von innen heraus zu leuchten und verbreiteten ein warmes, waberndes Licht, das an die Glut eines Lagerfeuers erinnerte. Wie war so etwas möglich? Zaghaft streckte Claire ihre Hand aus, doch die Steine fühlten sich unverändert kühl und feucht an.

»Was ist das?«, hauchte sie fasziniert.

Marcell machte einige schnelle Handbewegungen, die sie nicht begriff, dann deutete er nach vorn, wo sich eine zierliche Gestalt aus dem roten Schimmern löste und auf sie zukam. Eine junge Frau, wie Claire bald feststellte, obgleich ihre Größe eher an ein Kind erinnerte. Dennoch schien sie einige Jahre älter als Marcell zu sein. Ihr dichtes, braunes Haar trug sie zu einem Pagenkopf geschnitten, ihre Kleidung war schwarz, doch das Auffälligste an ihr waren ihre geschmeidigen Bewegungen, die Claire an eine Katze erinnerten. Dem Ausdruck in Marcells Gesicht zufolge, liebte er diese Frau abgöttisch. Das musste Marcells Schwester sein, der *echte Leckerbissen,* wie Scorpion sie bezeichnet hatte.

Die Frau blieb einige Meter vor ihnen stehen und musterte sie mit ausdrucksloser Miene, doch sie schien Claire irgendwie angespannt. Dann seufzte sie leise.

»Marcell, du konntest es nicht lassen. Woher weißt du, dass León das gut findet? Vielleicht will er hier unten nicht gestört werden? Vielleicht hat er beschlossen, sie nach diesem Debakel nicht wiederzusehen? Das ist allein seine Entscheidung!«

Es ärgerte Claire, dass sie so sprach, als sei sie gar nicht anwesend. Daher trat sie forsch auf die Frau zu, die einen Kopf kleiner war als sie, und streckte ihr die Hand entgegen.

»Salut, ich heiße Claire, und wenn Léon mich nicht sehen will, dann werde ich ihn nicht belästigen, aber erst sage ich ihm das, was er dringend wissen sollte und was vielleicht auch für euch nicht uninteressant sein dürfte.«

Nun huschte ein Schmunzeln über die Lippen der Frau. Sie ergriff Claires dargebotene Hand mit erstaunlich festem Griff. »Salut, ich bin Jannine, die Schwester dieses dickköpfigen Jungen, der es sich offensichtlich in den Kopf gesetzt hat, dich zu Léon zu bringen. Also lass uns gehen und hören wir uns an, was du zu sagen hast, denn offensichtlich bist du genauso hartnäckig wie Marcell.«

Claire nickte mit ernster Miene. »Wenn sich das Ziel lohnt!«

»Anscheinend«, kommentierte Jannine trocken. »Ich sehe, mein erster Eindruck hat mich getäuscht. Ich dachte, du wärst nur eine naive Barbiepuppe, die sich in ihrer Dummheit hier heruntergewagt hat.«

»Ein wenig naiv war ich schon«, gab Claire widerstrebend zu. »Ich habe mir tatsächlich eingebildet, ich würde den Weg alleine wiederfinden, den ich mit meinen Freunden zur Party in der *Salle Z* gegangen bin. Da lag ich falsch!«

Jannine nickte und lächelte ohne Spott. »Ja, man braucht eine Weile, bis man sich hier unten zurechtfindet, und selbst nach Jahren entdeckt man immer noch neue Wege und Kammern. Aber tröste dich, in der *Salle Z* hättest du ihn nicht gefunden. Wie kommst du überhaupt darauf, dass er dort sein könnte?«

»Mir fiel nichts anderes ein«, sagte Claire. »Wir sind uns in dieser Höhle zum ersten Mal begegnet und von dort hat er mich hinaufgeführt.«

Jannine sah sie noch einmal eindringlich an, dann winkte sie. »Also komm. Suchen wir ihn. Ich weiß nicht, ob er in seinem Versteck ist, aber das werden wir bald wissen.«

Sie wandte sich ab und ging voran. Claire und Marcell folgten ihr. Fasziniert sah sie, wie das Glühen der Steine Jannine folgte, sodass Claire ihre Lampe nicht wieder einschalten musste.

»Was ist das?«, fragte sie verwundert. »Machst du das? Wie funktioniert so etwas?«

Jannine blieb stehen und wandte sich zu Claire um.

»Die Frage kann ich so nicht beantworten. Ich weiß nicht, wie es funktioniert. Es ist einfach in mir. Die Felsen sind meine Freunde. Ich bin mit ihnen verbunden, und deshalb leuchten sie, wenn ich vorübergehe.«

Das war eine abenteuerliche Erklärung. Claire warf Jannine einen misstrauischen Blick zu. Wollte die kleine Frau sie auf den Arm nehmen? Aber ihr Ausdruck verriet nichts, das darauf schließen ließ, dass Jannine sie verspottete. Glaubte sie etwa an ihre eigenen Worte?

Das war absolut verrückt! Das würde bedeuten, dass sie über Kräfte verfügte, die keine Wissenschaft der Welt erklären konnte.

Magie.

So ein Quatsch. Magier waren Betrüger oder – geschönt gesagt – Illusionisten, die mit der Leichtgläubigkeit des Publikums spielten und die Macht der Ablenkung geschickt nutzten.

Magie gab es nicht!

Claire dachte daran, was die Kataphilen über Léon gesagt hatten. Zoé hatte ihn einen schwarzen Magier mit unheimlichen Kräften genannt. Und sie hatte behauptet, er sei gefährlich.

Blödsinn!, dachte Claire, doch sie spürte, dass sich Zweifel einschlichen. Was, wenn es doch möglich war? Magie. Echter Zauber ohne Tricks. Wie anders könnte sie das erklären, was sich hier vor ihren Augen abspielte? Claire wusste es nicht.

Jannine setzte ihren Weg fort, bis sie in eine Kaverne mit

einem Brunnen kamen. »Du wartest hier«, sagte sie. »Marcell wird bei dir bleiben. Ich sehe nach, ob Léon in seinem Versteck ist.«

Claire spürte den Widerspruch in sich, doch sie schwieg. Offensichtlich wollte Jannine ihr den Weg zu seinem Unterschlupf nicht zeigen, den Léon vielleicht aus gutem Grund geheim hielt. Nicht allerdings vor Jannine, die genau zu wissen schien, wie man dorthin gelangte.

Sie spürte, wie ein saurer Geschmack in ihr aufstieg. War Jannine etwa Léons Freundin? Sie war sicher älter als er, aber sehr hübsch und mit ihrer kindlichen Figur vielleicht das, was den Beschützerinstinkt bei Männern wachrief, obgleich sie Claire nicht besonders hilfsbedürftig vorkam.

Sie sah ihr nach, wie sie in einem Gang verschwand. Der flackernde Lichtschein folgte ihr. Claire knipste die Taschenlampe wieder an und setzte sich auf den Rand des Brunnens.

»Sind deine Schwester und Léon befreundet?«, erkundigte sich Claire in möglichst neutralem Ton.

Marcell nickte.

»Ich meine, so richtig. Sind sie ein Paar?«

Macell wandte sich ihr zu und sah sie prüfend an. Er lächelte wissend. Nein, dumm war er ganz bestimmt nicht, auch wenn er sich nicht mit Worten verständlich machen konnte. Claire wusste, dass er ihr ihre Erleichterung ansah, als er den Kopf schüttelte.

Allzu lange mussten sie nicht warten, bis das Leuchten der Steine Jannines Rückkehr ankündigte. Zu Claires großer Enttäuschung war sie allein.

»Er ist nicht da«, bestätigte sie.

»Was nun?«, fragte Claire und versuchte nicht zu entmutigt zu klingen.

Jannine lächelte. »Nun müssen wir unsere Magie für uns arbeiten lassen.« Sie trat an die Wand und strich mit ihren Handflächen über die fein bearbeitete Kalksteinfläche. Claire sah, wie das Licht aufglühte und flackerte, als würde es mit Jannine Kontakt aufnehmen. Dann legte sie ihre Wange an die Wand. Ihre Lippen formten Worte, die Claire nicht verstand, doch wieder veränderte sich das Licht. Dann löste sich Jannine von der Wand und trat einen Schritt zurück. Plötzlich glühte der Quader, den ihre Wange eben noch berührt hatte, für einen Wimpernschlag hell auf, ehe das Licht in Dutzende Facetten zersprang, die wie nach einer Explosion auseinanderdrifteten, in alle Richtungen über die Wände, den Boden und die Decke huschten, um dann in den Tiefen des Labyrinths zu verschwinden.

»Und jetzt?«, erkundigte sich Claire.

»Jetzt warten wir auf Antwort«, sagte Jannine und ließ sich im Schneidersitz auf den Boden sinken.

***

Léon eilte durch die Gänge. Er lief immer schneller, sodass ihm kein Mensch hätte folgen können, vor allem nicht hier in der Dunkelheit über Schutt und durch Pfützen, die engen, gewundenen Gänge entlang, die einst Schmuggler gegraben hatten, um die Zollschranken von Paris zu meiden.

Ab und zu hielt er kurz inne und suchte den schwachen Lichtpunkt, der mal über die Wand, dann wieder vor ihm über den Boden huschte. Dann setzte er seinen Lauf fort.

Léon wusste nicht, was geschehen war, doch es war lange her, dass Jannine ihm auf diese Weise eine Nachricht hatte zukommen lassen. Sie rief ihn zu sich, was mehr als ungewöhnlich war. Was konnte nur geschehen sein? War sie in Gefahr? Wer sollte sie hier unten bedrohen? Die Höhlen waren ihr Element. Sie gaben ihr Schutz und Sicherheit. Das einzige gefährliche Wesen hier unten war der Schatten, doch gegen den

Meister würde er ihr nicht helfen können. Die Kataphilen dagegen, die hier unten hausten, waren im Grunde harmlos und Jannine ihnen mehr als gewachsen. Waren etwa wieder die Oberirdischen ins Reich der Dunkelheit vorgedrungen? Vor der Polizei musste sich eine Frau wie Jannine jedoch ebenfalls nicht fürchten. Der Gedanke war geradezu absurd.

Was dann? War etwas mit Marcell? Das kam ihm schon eher wahrscheinlich vor. Léon wusste, dass Marcell nicht dumm war, aber in manchen Dingen vielleicht ein wenig naiv und unvorsichtig.

Der rötliche Lichtpunkt sprang von einer Wand zur anderen und sauste dann auf die Kaverne mit dem Brunnen zu, die sich nahe seines Unterschlupfs befand. Léon spürte, wie sich etwas in seinem Magen verhärtete. Jannine kannte sein Versteck. War es etwa noch von anderen aufgespürt worden?

Er näherte sich dem Eingang, wo der rötliche Schimmer Jannines Anwesenheit verriet. Léon bog um die Ecke und blieb dann unvermittelt unter dem Torbogen stehen. Sein Blick erfasste das Innere der Kaverne. Er sah Marcell mit verschränkten Armen neben dem Brunnen stehen und Jannine anscheinend unversehrt vor ihm auf dem Boden sitzen. Doch er entdeckte noch eine dritte Person, die gerade in einer für sie typischen Geste ihre langen, goldblonden Locken in den Nacken warf. Claire!

Die widersprüchlichsten Gefühle brandeten in ihm auf, die alle in einer Frage mündeten: Was, um alles in der Welt, hatte sie hier zu suchen? Das war nicht der richtige Ort für sie. Hatte er sie nicht eindringlich genug gewarnt? War es ihr keine Lehre gewesen, so knapp entkommen zu sein? Sie war hier unten in Gefahr. Hatte sie das immer noch nicht kapiert? Wie oft würde er sie noch retten müssen? Was, wenn er bei einem der nächsten Male nicht rechtzeitig zur Stelle sein konnte?

Allein der Gedanke an seine Ohnmacht schnürte ihm die

Kehle zu und ließ Zorn in ihm aufsteigen. Mit raschen Schritten ging er auf sie zu.

Nun hatte sie ihn entdeckt, sprang vom Rand des Brunnens auf, streckte ihm ihre Arme entgegen und trat einige Schritte vor, nur um dann innezuhalten und wieder zurückzuweichen.

***

Léon! Seit Tagen hatte sie ununterbrochen an ihn gedacht, doch nun raubte ihr sein Anblick den Atem. Sie spürte, wie sie sich erhob, um ihm entgegenzueilen, doch der Ausdruck in seinem Gesicht ließ sie zurückprallen. Wenn sie seine sonst so rätselhafte Miene heute richtig deutete, dann war er nicht erfreut, sie zu sehen. Das sah eher nach Zorn aus, was da in seinen Augen glitzerte, und auch sein Mund war zu einem dünnen Strich zusammengepresst. Claire blieb ihre Begrüßung im Hals stecken. Sie hatte ihm so viel sagen wollen, doch nun spürte sie seinen Zorn, Jannines Skepsis und Marcells Neugier und brachte gar keinen Ton heraus. Léon schien ebenfalls nicht den Anfang machen zu wollen. Er sah zu Jannine, die ihm nun entgegentrat, und erkundigte sich mit kühler Stimme:

»Was ist passiert? Ich habe deine Nachricht erhalten.«

Jannine lächelte schief und deutete auf Claire. »Wie du siehst, ist das da passiert. Marcell war der Meinung, wir könnten sie nicht hier unten umherirren lassen und müssten ihr helfen. Ich hoffe, das war in deinem Sinn?«

Claire sah, wie er tief ausatmete und seine Schultern ein wenig nach vorne sackten. »Ja, ich danke euch.« Dann wandte er seinen Blick zu Claire, doch noch immer zeigte sich kein Lächeln in seinem Gesicht.

»Du hast schrecklich ausgesehen in der Nacht, und dann bist du einfach ohne ein Wort verschwunden«, stieß sie hervor.

»Es musste sein«, antwortete er, ohne näher zu kommen.

»Ich denke, wir machen uns auf den Weg. Das geht uns nun nichts mehr an. Macht's gut, ihr beiden«, sagte Jannine und winkte ihrem Bruder, der sichtlich enttäuscht war.

Claire und Léon erwiderten knapp die Abschiedsworte und schwiegen dann, bis sich Jannine und Marcell entfernt hatten. Mit ihnen schwand auch das Licht, und Claire war gezwungen, ihre Taschenlampe anzuschalten, um Léon zu sehen. Nach dem warmen Schimmern der Steine wirkte das Licht hart und erbarmungslos und schnitt scharfe Schatten in sein Gesicht.

»Warum bist du hergekommen?«

»Um dich zu sehen! Ich habe mir Sorgen um dich gemacht. Ich dachte, du liegst hier irgendwo verletzt ohne jede Hilfe. Das bin ich dir doch schuldig, nachdem du mich dort in dieser Flammenhölle beschützt und mich rausgeholt hast.«

»Das ist schon in Ordnung, und wie du siehst, habe ich keine Schäden zurückbehalten.«

Claire nickte erstaunt. Im Gegensatz zu den Verletzungen ihrer Klassenkameraden waren Léons Brandwunden vollständig abgeheilt und hatten keine Spuren in seinem Gesicht zurückgelassen. Seine weiße Haut schimmerte makellos. Wie war das möglich?

Claire dachte an Jannine. Wenn sie Steine zum Leuchten bringen konnte, dann durfte es sie nicht wundern, dass Léon über magische Kräfte verfügte, mit denen er sich selbst heilen konnte. Oder hatte ihm Jannine geholfen?

»Da wir das jetzt geklärt haben, kann ich dich nach Hause zurückbringen«, fuhr Léon fort.

Claire spürte, wie Zorn in ihr aufstieg. Sie hatte eine echt harte Nacht hinter sich und war stundenlang durch das Labyrinth geirrt, um ihn zu finden und zu warnen, und er wollte sie jetzt loswerden, ehe sie überhaupt eine Gelegenheit bekam, ihm das zu sagen, wozu sie gekommen war.

So nicht!

Claire verschränkte die Arme vor der Brust und wich einen Schritt zurück. »Nein, kannst du nicht, denn ich bin noch nicht fertig«, fuhr sie ihn an.

»Gut, dann sprich!«, forderte er sie auf.

Claire holte tief Luft, um ihre Gedanken zu sortieren. Dann legte sie los. »Ja, ich bin gekommen, weil ich mir Sorgen gemacht habe. Es war nicht gerade schön, dass du dich unbemerkt davongemacht hast und dann nichts mehr von dir hören hast lassen. Was sollte ich denn denken? Glaubst du, ich bin undankbar und es ist mir egal, was mit meinem Retter passiert? Ich habe Gerüchte gehört, dass du heimlich ins Krankenhaus eingedrungen bist. Warum? Weil es dir so schlecht ging und du auf der Suche nach Verbandszeug und Medikamenten warst? Ich hatte Angst um dich! Aber wie sollte ich dich finden? Du warst ja nicht gerade offen zu mir. Also blieb ich mit meinen quälenden Sorgen allein, während ich meine verletzten Freunde im Krankenhaus besuchte und die Polizei sich bemühte, den Fall aufzuklären.«

Er tat ihr den Gefallen, für einen Moment Betroffenheit zu zeigen, dann war seine Miene wieder starr.

»Die Polizei sucht nach dem Attentäter! Einen Unfall schließen sie inzwischen aus. Sie sind zuversichtlich, ihm auf der Spur zu sein, denn sowohl meine liebe Klassenkameradin Nathalie als auch Adrien haben ihnen eine gute Beschreibung von dem jungen Mann gegeben, der unvermittelt vor der Explosion aufgetaucht ist, mich zu Boden riss und dann verschwand. Sie haben sich im Krankenhaus postiert, um dich zu fangen, falls du noch einmal dort auftauchen solltest, und sie haben Hinweise, dass sich der Attentäter im Untergrund versteckt – hier im Süden von Paris. Der Präfekt schreit nach Rache für seinen Sohn und mobilisiert alle Polizeikräfte, die ihm zur Verfügung stehen. Er hat zur großen Hatz auf dich geblasen und wird vermutlich schon in den nächsten Stunden eine Razzia starten, wie ihr Höhlenkinder noch keine erlebt habt! Deshalb wollte ich dich hier unten aufspüren. Ich wollte dich warnen, so wie du mich gewarnt hast, und dich retten. Ich konnte einfach nicht zulassen, dass du ahnungslos in ihre Hände gerätst, denn ich fürchte, in ihren Augen steht deine Schuld längst fest.«

»Und in deinen Augen?«, fragte er leise.

Claire hob hilflos die Schultern. »Ich weiß es nicht. Ich will nicht glauben, dass du so etwas Schreckliches tun könntest, aber ich bin verunsichert, denn ich verstehe nicht, wie du davon wissen und mich retten konntest, ohne selbst in dieses Attentat verwickelt zu sein.«

»Du fühltest dich also mir gegenüber verpflichtet, eine Schuld zu begleichen«, fügte Léon in hartem Ton hinzu. »Meine Warnung gegen deine. Wir sind quitt.«

»Nein, darum geht es doch nicht!«, rief sie verzweifelt.

Claire hatte sich ihr Wiedersehen ganz anders vorgestellt. Warum nur war er so kalt und hart? Wo war der faszinierende, kunstsinnige Mann, der ihr den Kopf verdreht und ihren Puls beschleunigt hatte?

»Léon, bitte, willst du mich nicht verstehen? Ich bin fast verrückt geworden, weil ich an nichts anderes mehr denken konnte. Ich sah dich hier irgendwo schwer verletzt liegen, nur weil du mich retten wolltest. Und ja, natürlich frage ich mich, wie du in diese ganze Sache verwickelt bist und was mit solch einem sinnlosen Anschlag erreicht werden sollte. Wenn ich dich bereits verurteilt hätte, wäre ich sicher nicht hergekommen. Aber kannst du mir die quälenden Zweifel wirklich übel nehmen? Sie beschäftigen mich, gerade weil du mir wichtig bist. Würde ich sonst nicht Tag und Nacht bei Adrien im Krankenhaus sitzen, um seine Hand zu halten?«

»Du warst bei ihm, fast jeden Tag«, merkte Léon an.

»Ach? So genau beobachtest du mich? Ja, ich war bei ihm und den anderen und habe mit Schrecken bemerkt, dass mich nur noch Schuldgefühle und Mitleid zu ihm treiben. Du kannst froh sein, dass es so ist, sonst hätte ich von der Razzia nicht rechtzeitig erfahren. Ich musste mich entscheiden, Léon! Ich verrate Adrien und seinen Vater, deinetwegen, aber ich versichere dir, diese Entscheidung ist mir nicht schwergefallen. Viel schwerer war es, einen Weg zu finden, dich aufzuspüren. Verflucht noch mal, du hast es mir verdammt schwer gemacht!«

Plötzlich glitzerte etwas in seinen Augen, das kein Zorn mehr war. Um seine Mundwinkel zuckte es.

»Was?«

»Du hast in einem Satz zweimal geflucht. Hat man dir als Kind nicht beigebracht, dass man das nicht darf?«

»Verspotte mich nicht!«, schrie sie. »Ich habe in den letzten Stunden nicht nur einmal gedacht, dass ich hier nie wieder lebend rauskomme.«

Nun war es mit ihrer Beherrschung vorbei. Claire schossen Tränen in die Augen. Wütend wischte sie sie weg. Sie wandte den Kopf zur Seite, damit Léon ihre Schwäche nicht sehen konnte, doch er trat nun näher, bis er dicht vor ihr stand. Der Ausdruck, mit dem er sie ansah, ließ ihre Knie weich werden. Seine Hände legten sich sanft um ihre Oberarme.

»Claire, genau deshalb habe ich versucht, dich von mir fernzuhalten. Es ist für dich hier unten zu gefährlich. Ich gehöre hierher. Die Dunkelheit ist mein Element. Sie gibt mir Kraft und Schutz, aber für dich ist sie eine Gefahr. Und nicht nur sie. Es gibt hier unten etwas, das noch tödlicher ist als das Höhlenlabyrinth und das sein Auge auf dich gerichtet hat. Ich habe immer nur versucht, dich zu beschützen, aber du machst es mir verdammt schwer.«

»Jetzt hast du auch geflucht«, sagte Claire und lächelte unter Tränen zu ihm auf.

»Ja, na und. Was soll ich denn sonst dazu sagen, wenn du so etwas Verrücktes anstellst?«

»Dann hättest du mir eben sagen müssen, wo ich dich finden kann«, erwiderte Claire trotzig.

»Ich wollte nicht, dass du mich findest!«

»Warum nicht?«

»Weil du in den Höhlen in Gefahr bist und ich nicht der richtige Umgang für ein Mädchen wie dich bin.« Ihre Hände fanden sich, verschränkten sich und hielten einander fest.

»Das ist nicht wahr!«, protestierte Claire und rückte noch ein Stück näher an ihn heran.

»Du weißt nicht, wovon du sprichst. Du kennst mich nicht.«

»Aber ich will dich kennenlernen!«, beharrte Claire.

»Du weißt nicht, wer ich bin – was ich bin!« Léon klang nun wieder bitter.

»Das ist mir egal!«

»Nein, ist es nicht, sonst würdest du dir nicht so viele Gedanken darüber machen, ob ich es gewesen sein könnte, der das Feuer verursacht hat.«

Claire spürte, wie es bei dem Gedanken in ihrem Hals eng wurde. Sie wollte es wissen, aber war sie auch bereit, die Antwort zu ertragen, die sie auf keinen Fall hören wollte?

»Und? Warst du es?«, stieß sie hervor.

»Nein«, sagte er schlicht. »Und ich wusste auch nicht, was passieren würde. Ich wusste nur, dass dir in den Höhlen Gefahr droht.

Claire schwieg und überlegte. »Aber wer war es und warum?«

Léon hob die Schultern. »Ich dachte, ich wüsste es, aber ich habe mich geirrt, und nun bin ich verwirrt und weiß nicht mehr, was hier vor sich geht und mit welchem Ziel. Es geht um mehr als um deinen Freund Adrien, das kann ich dir versichern, aber noch tappe auch ich buchstäblich im Dunkeln.

Noch ein Grund mehr, warum du nicht hierherkommen solltest.«

Sie verstärkte den Druck auf seine Hände. »Wenn du nichts damit zu tun hattest, dann war es richtig, dich vor der Polizei zu warnen. Der Präfekt braucht dringend einen Schuldigen. Ich glaube nicht, dass sie sich deine Geschichte anhören und dich dann wieder freilassen würden.«

»Da sie mich niemals kriegen, stellt sich die Frage nicht.« Léon löste seine Hände aus den ihren und berührte sie sacht an der Schulter. »Komm jetzt, wir müssen gehen.«

»Wohin?«, wollte Claire wissen.

»Dahin, wohin du gehörst.«

Claire hob abwehrend die Hände. »Nur wenn du mir sagst, wann und wo ich dich wiedersehe und wie ich dich im Notfall finden kann.«

Léon schüttelte den Kopf. »Claire, du musst mich vergessen. Es war ein Fehler, dass ich mich dir gezeigt habe. Ich bin kein Umgang für dich. Du darfst dich da nicht in etwas hineinsteigern. Verliebe dich in einen Mann, der gut ist, der sich um dich kümmern kann, der für dich da ist und dich beschützt.«

»Hast du nicht genau das getan? Mich beschützt?«

Léon nickte. »Ja, aber das kann so nicht weitergehen. Du darfst nicht meinetwegen immer wieder in Gefahr geraten. Irgendwann bin ich dann nicht rechtzeitig zur Stelle und könnte es mir niemals verzeihen.«

Claire verschränkte die Arme vor der Brust. »Ich will dich auch nicht in Gefahr wissen. Wie kann ich mir sicher sein, dass du der Polizeirazzia entgehst?«

Er lächelte verschmitzt. »Weil kein Polizist der Welt mein Versteck finden kann.«

»Bist du dir ganz sicher? Jannine ist es jedenfalls gelungen, deinen Unterschlupf aufzuspüren.«

Léons Miene verfinsterte sich. »Ja, aber sie ist auch die

Einzige, und sie verfügt über Kräfte, die andere nicht besitzen.« Seine Miene entspannte sich wieder. »Ich schwöre dir, ich bin hier vollkommen sicher. Du kannst beruhigt sein und mit mir hinauf an die Oberfläche kommen.«

Claire rührte sich nicht von der Stelle. »Ich glaube nur, was ich sehe.«

»Was?« Léon starrte sie an.

»Ich vertraue dir, vertraust du auch mir?«

»Claire«, sagte er und wirkte plötzlich hilflos.

»Vertraust du mir?«, wiederholte sie.

»Ja«, sagte er zögernd.

»Willst du mir das nicht beweisen? Nur wenn du mich überzeugen kannst, dann gehe ich brav mit dir hinauf.« Sie wich noch einen Schritt zurück, um ihre Worte zu bekräftigen.

»Claire, du bist eine Plage!«, rief Léon aus. »Du bist unvernünftig und dickköpfig.«

Sie nickte. »Ja, denn nur so erreicht man etwas im Leben, das haben mir meine Eltern beigebracht.«

»Ich bezweifle, dass sie dabei eine vergleichbare Situation vor Augen hatten«, brummte Léon. Dann streckte er ihr die Hand entgegen. »Dann komm und überzeuge dich selbst.«

Kapitel 21

Ein sicheres Versteck

»Das wird eine lange Nacht.« Pascals Miene drückte all sein Missfallen aus. »Commandant, müssen wir uns diesen Schwachsinn wirklich antun?«

Nicht nur Jean-Claude Sabatier sah seinen Sergeant strafend an, was nichts damit zu tun hatte, dass er die bevorstehende Aktion als Schwachsinn bezeichnet hatte, darin waren sich die Mitglieder der E.R.I.C. alle einig. Doch ob sie das Vorhaben des Polizeipräfekten nun guthießen oder nicht, es betraf ihr Revier, und deshalb würden sie bei der großen Razzia mit dabei sein, um zumindest die schlimmsten Ausschreitungen zu verhindern und dafür zu sorgen, das die Jungs mit ihrem übersteigerten Selbstbewusstsein dort unten nicht zu Schaden kamen. Das sagte Alain seinem Kollegen in seiner üblichen Art mit deutlichen Worten.

»Wir können nicht überall sein«, widersprach Pascal düster. »Die wollen mit fünf Mannschaften vorrücken und so eine Art Treibjagd veranstalten. Einkreisen und das Wild vor die Flinten scheuchen.«

Alain schnaubte abfällig. »So einen bescheuerten Plan kann sich nur einer ausdenken, der absolut keine Ahnung hat.«

»Das kann gar nicht funktionieren«, stimmte ihm Laurent zu.

»Nein, kann und wird es nicht«, mischte sich nun auch der Commandant ein. »Die haben immer noch nicht begriffen, wie viele Gänge es dort unten gibt. Die Kataphilen haben unzählige Möglichkeiten, sich den Truppen des Präfekten zu entziehen, selbst wenn er zehn Mannschaften losschickt.«

»Es sei denn, sie sind zu bekifft, um sich aus dem Staub zu machen«, bemerkte René.

»An denen ist der Präfekt aber nicht interessiert«, widersprach Sabatier. »Die armen Teufel, die ihm heute Nacht ins Netz gehen, sind nur Beifang. Er sucht den Attentäter vom Chaillot, und ich gehe jede Wette ein, dass der nicht unter den Junkies zu finden ist!«

»Wie kommt er überhaupt darauf, den Typ dort unten zu suchen?«, wollte Pascal wissen.

»Die Kids, die fast abgefackelt wurden, konnten ihn beschreiben«, sagte Evard.

»Schon, aber das erklärt nicht, warum sie ihn in den Kavernen unten suchen. Oder ist das jetzt wieder mal so eine fixe Idee unseres Polizeipräfekten? Solche Verbrecher können ja nicht aus seinem schönen Paris stammen. Nein, das sind Dämonen der Unterwelt, die sich in den Katakomben rumtreiben.«

»Was erwartest du«, sagte Alain grinsend. »Im Mittelalter hat man auch so gedacht.«

»Und seitdem scheint es keine Weiterentwicklung gegeben zu haben«, frotzelte Evard.

»Charron hat einen Tipp bekommen«, mischte sich der Commandant wieder ein.

»Weiß man, von wem?«, fragte Alain.

Sabatier hob die Schultern. »Mehr habe ich nicht erfahren. Ich habe gehört, der Tipp kam anonym – wie auch der Hinweis, dass der Bilderdieb bei uns unten zu finden wäre.«

»Ich liebe anonyme Denunzianten«, rief Alain sarkastisch. »Na, dann wollen wir mal dem Strohhalm folgen, den man dem Präfekten entgegengestreckt hat, aber wenn noch jemand wetten will: fünfzig Euro, dass wir den geheimnisvollen, schwarzhaarigen jungen Mann heute Nacht dort unten nicht aufspüren werden.«

Er sah in die Runde, doch offensichtlich war keiner bereit, dagegen zu wetten.

»Vergiss es«, sagte Laurent. »Meinst du, ich arbeite so hart für mein Geld, um es dann an dich zu verschenken?« Seine Kollegen bedauerten ihren Dienstältesten mit spöttischen Worten.

»Ich biete eine Gegenwette an«, lästerte René. »Ich sage, bevor die Nacht zu Ende ist, werden sich mindestens fünf der unerschrockenen Kämpfer unseres Präfekten irgendwas verstaucht oder gebrochen haben und sich krankschreiben lassen. Wer hält dagegen?«

Alain lachte. »Ich erhöhe auf zehn!«

»In Ordnung. Wenn es unter zehn sind, dann gewinne ich. Über zehn Verletzte, bekommst du fünfzig Mäuse«, fasste René zusammen. Sie schüttelten einander feierlich die Hände.

»Können wir jetzt gehen?«, fragte Sabatier.

»Aber klar doch, Commandant. Mögen die Spiele beginnen!« René kicherte.

Jean-Claude Sabatier rollte mit den Augen.

»Also dann, kommt, ihr Kindsköpfe. Sehen wir zu, dass wir am Ende der Nacht alle Männer wieder lebend oben haben.«

* * *

Léon ergriff ihre Hand. »Du musst deine Lampe ausmachen«, sagte er.

»Sieht so dein Vertrauen aus?«

Er sah sie mit ernster Miene an. »Ja. Es ist ein Geschenk. Versuche alle deine Sinne zu öffnen, dann wirst du sehen.«

Claire spürte die Skepsis in sich aufsteigen, löschte aber das Licht und steckte die Lampe ein. Dann streckte sie ihren Arm aus, bis seine Finger ihre Hand umschlossen.

Es traf sie wie ein Stromstoß. Das war mehr als eine normale Berührung, das hier war echte Magie!

»Kannst du es sehen?«, fragte Léon.

Sie konnte seine Anspannung hören und spüren. Claire wandte sich ihm zu und riss die Augen auf. Es war, als schwebe sein weißes Gesicht in der Finsternis. Seine Augen schimmerten in einem rötlichen Ton. Dann lösten sich noch mehr Konturen aus der Finsternis.

»Du bist ein Magier, nicht wahr?«

Léon lachte. »Alles nur Tricks und Illusion. Magie gibt es nicht, oder etwa doch?«

»Das habe ich bis heute geglaubt«, sagte Claire staunend. »Du und Jannine habt mich vom Gegenteil überzeugt.«

Hand in Hand gingen sie durch die ihr neue Schattenwelt aus Dutzenden von Grautönen. Staunend ließ Claire den Blick schweifen. Sie fühlte sich seltsam, ein wenig wie im Rausch. Ihr war nicht mehr kalt. Ihre Füße taten nicht mehr weh.

»Achtung!«

Der Griff um ihre Hand verstärkte sich, als ihr Fuß plötzlich ins Leere trat. Sie spürte schon, wie sie fiel, doch dann schlossen sich seine Arme um sie – ein Ruck –, und sie stand wieder auf festem Boden.

Claire keuchte. Sie wandte sich um und ließ ihren Blick in die Tiefe gleiten, bis er sich in der Schwärze unter ihr verlor. »Himmel, wie tief ist dieser Schacht?«

»So acht oder zehn Meter.« Léon nahm sie wieder bei der Hand, um ihren Weg fortzusetzen.

»Ich wäre da beinahe hinuntergefallen. Danke.«

»Nichts zu danken. Ich gewöhne mich langsam daran.«

Sie knuffte ihn in den Arm. »Musst du mich da so mit der Nase draufstoßen?«

»Ich frage mich nur, wie du es ohne mich geschafft hast, fünfzehn Jahre alt zu werden«, antwortete Léon heiter und fing sich noch einen Knuff ein.

Sie gingen noch ein Stück, dann blieb Léon vor einem neuen Abgrund stehen, der mindestens so tief war, sich im Gegensatz zu dem Schacht vorhin jedoch über die gesamte Breite des Gangs erstreckte. Auf der anderen Seite, ungefähr vier Meter von ihnen entfernt, konnte Claire einen schmalen Absatz erkennen, hinter dem eine aus schweren Kalkquadern gemauerte Wand aufragte.

»Wir sind so gut wie da«, verkündete Léon. »Wir müssen nur noch auf die andere Seite.«

Claire maß die Entfernung. Im Weitsprung war sie durchaus in der Lage, einen Sprung von vier Metern zu absolvieren, aber dort so einfach hinüberspringen, das traute sie sich nicht zu. Sie spürte, wie Léon sie von der Seite betrachtete.

»Du nimmst mich auf den Arm«, schimpfte sie. »Und ich hätte dir fast geglaubt. Willst du mir tatsächlich einreden, du springst hier jedes Mal über diesen Abgrund, um in dein Versteck zu gelangen?«

»Warum nicht?«

Sie spürte, wie seine Finger den ihren entglitten, dann einen Luftzug, und er war verschwunden. Sie glaubte noch, seine Silhouette auf der anderen Seite erkennen zu können, dann wurde es finster um sie. Nicht, dass sie das Bewusstsein verlor, auch wenn es sich ein wenig so anfühlte. Sie hatte sich an das magische Sehen schon so gewöhnt, dass sie die Finsternis um sie herum nun wie ein Schlag traf.

»Léon, komm zurück! Das ist nicht witzig. Du lässt mich hier doch nicht alleine zurück?«

Wieder der Luftzug, dann klang seine Stimme ganz nah.

»Natürlich nicht. Sagtest du nicht, du würdest mir vertrauen?«

Seine Hand schob sich erneut in die ihre und sie konnte wieder sehen. »Wir machen das jetzt gemeinsam.«

»Ich muss Anlauf nehmen, wenn ich so weit springen soll«, sagte Claire, der es trotz seiner Hand mulmig wurde.

»Nein, du musst nur geradeaus gehen, langsam und gleichmäßig einen Fuß vor den anderen setzen. Das schaffst du doch?«

Claire wollte widersprechen. Ihr Blick wurde von der Schwärze der Tiefe verschluckt. Etwas zog an ihr, dass es ihr nicht gelang, sich zu lösen, doch Léon machte einfach einen Schritt vorwärts über die Kante hinweg nach vorn und zog sie mit sich. Claire konnte nur mit Mühe einen Aufschrei unterdrücken. Aber statt ins Leere zu treten, fand ihr Fuß Halt. Es fühlte sich nicht anders an als der Steinboden zuvor und doch gähnte unter ihr die bodenlose Tiefe. Zum Glück führte Léon sie auf gerader Linie weiter, bis sie die Kante auf der anderen Seite überwanden.

»Der Abgrund ist nur eine Illusion?«, keuchte Claire.

»Aber nein.« Léon kickte einen Stein weg, der polternd in die Tiefe stürzte und nach einigen Wimpernschlägen irgendwo unten aufschlug.

Claire konnte es nicht glauben. »Du kannst durch die Luft gehen?«

Léon lachte auf. »Nein, so allmächtig wie der Schatten bin ich nicht.«

»Wer ist der Schatten?«

»Nicht wichtig«, wiegelte er ab. »Schau, hier gibt es eine Brücke, die man nur schwer erkennen kann. Über die sind wir hinübergegangen.«

Claire konnte keine Brücke sehen. Sie knipste ihre Taschenlampe an, doch auch deren Licht verlor sich in der Tiefe.

»Sie ist mit normalen Augen nicht zu sehen«, präzisierte

Léon. »Aber sie ist da. Du kannst sie mit deinem Fuß ertasten. Der Übergang ist exakt in der Mitte zwischen den beiden Felswänden.«

Claire tastete mit ihrer Schuhspitze über die Kante hinweg und konnte den unsichtbaren Fels spüren. Langsam rückte sie ein Stück zur Seite, bis ihr Schuh plötzlich ins Leere stieß.

»Hast du das gemacht?«, fragte sie.

»Äh, ja, zum Schutz meines Verstecks. Ich bekomme nicht gern ungebetenen Besuch. Eigentlich bekomme ich gar keinen Besuch.«

Claire kommentierte diese Bemerkung nicht, sondern wandte sich zu der Felswand hinter ihnen um. Sie befühlte sie mit ihren Händen, doch die Quader schienen echt.

»Wie geht es nun weiter?«, wollte sie wissen.

»Es geht nicht weiter. Wir sind da. Wir müssen nur noch eintreten.«

Bei diesen Worten legte er seine Handflächen auf zwei Quader. Mit einem scharrenden Geräusch wich ein Stück der Wand zurück und ließ einen Durchgang frei, groß genug, dass sie bequem eintreten konnten.

Claire folgte Léon durch die Öffnung und blieb dann stehen, als er ihre Hand losließ und alles wieder in Dunkelheit versank. Sie hörte das leise Knirschen, als sich die Öffnung hinter ihr wieder verschloss. Claire spürte, dass Léon sich einige Schritte entfernte und an ihr vorbei auf die andere Seite ging, dann wurde es hell. Er schaltete keine Lampe an, die irgendwo von der Decke baumelte oder in einer Ecke stand. Es war eher wie die Morgendämmerung, die aufglühte und dann immer mehr Helligkeit verbreitete, bis ein gedämpfter, gelblicher Lichtschein die Kaverne erleuchtete.

Claire hätte nicht sagen können, was sie erwartet hatte. Vielleicht eine niedere Höhle mit einer Matratze, ein paar Kisten und Tüten mit dem Notwendigsten und ein paar Erinnerungsstücke, die er im Laufe seines Lebens zusammengesammelt hatte. Aber egal wie Léons Versteck in ihrer Vorstellung auch ausgesehen hatte, *das* hier hätte sie nicht erwartet!

Claire klappte die Kinnlade herunter. Die Höhle war riesig. Vermutlich hätte man hier eine geräumige Wohnung unterbringen können. Die Decke war bestimmt mehr als vier Meter hoch. Quadratische Säulen, die mit Bögen verbunden waren, stützten sie. Einige der Bögen wurden von genau eingepassten Regalen ausgefüllt, sodass mehrere Räume entstanden, die aber alle miteinander verbunden waren.

»Komm herein«, forderte Léon sie auf und machte eine einladende Handbewegung.

Zögernd trat Claire näher. Der Boden war eben und mit dicken Teppichen belegt, die ihre Schritte dämpften. Staunend sah sich Claire um. Dies war nicht das Versteck eines aus der Gesellschaft Ausgestoßenen, dies war ein unterirdischer Palast, der irgendwie orientalisch anmutete. Vielleicht lag es an den farbenprächtigen Teppichen und dem riesigen Diwan, auf dem vier Personen hätten schlafen können. Niedrige Tische standen verteilt in den Räumen, jeder für sich ein Kunstwerk, das für eine andere Epoche und eine andere Kultur zu stehen schien. Manche waren mit Schnitzereien verziert, andere mit feinen Einlegearbeiten aus Elfenbein, wieder andere mit glänzendem Lack überzogen. Claire kannte sich mit Möbeln nicht aus, doch sie ahnte, dass die Stücke alt und sehr wertvoll sein mussten. Die Regale, die in die Bögen eingepasst waren, waren alle vom gleichen, rötlich schimmernden Holz und voller Bücher, die meisten in Leder eingebundene Wälzer, die ebenfalls sehr alt zu sein schienen. Außerdem entdeckte sie noch einige Truhen, auf denen Kunstgegenstände aus Bronze standen. An den Wänden hingen einige Gemälde, die sich problemlos zu den Meisterwerken im Louvre hätten gesellen können. Claire kam aus dem Staunen nicht heraus. Wo kamen all diese wunderschönen Sachen her, und wie hatte es Léon geschafft, diese Kaverne so einzurichten? Er musste Jahre dafür gebraucht haben!

Wie alt war er eigentlich? Sie hätte ihn nicht älter als siebzehn geschätzt.

»Bist du zufrieden?«, fragte Léon, nachdem er ihr reichlich Gelegenheit gegeben hatte, sich umzusehen.

»Zufrieden? Das ist nicht das richtige Wort. Überwältigt! Wie ist so etwas möglich?«

Léon hob die Schultern. »Ich habe ja Zeit. Mit den Jahren sammelt man sich verschiedene Dinge zusammen, und dann hatte ich noch einiges, das mir meine Familie hinterlassen hat.«

Claire fragte nicht weiter nach. Sie trat an eine der alten Holztruhen heran und ließ ihren Zeigefinger behutsam über die Skulptur einer Balletttänzerin gleiten. Die Bronze war kühl, viel kälter, als es in der Höhle war. Claire sah zu den Säulen, aus deren Basis das Licht zu strömen schien. Verbreiteten sie auch Wärme? War das wieder Léons Magie?

Unmöglich!

Sie tat sich noch immer schwer, daran zu glauben. Langsam ging sie weiter. Wie schön jedes einzelne Stück für sich war und wie geschmackvoll er die Gegenstände arrangiert hatte. Claire versuchte nicht darüber nachzudenken, was Léon mit »gesammelt« meinte. Das hässliche Wort »Diebesgut« formte sich in ihrem Kopf. Er gelang Claire, den Gedanken zu verscheuchen, bis sie in der Nähe des Eingangs eine ganze Ansammlung von Gemälden entdeckte. Manche noch in ihren Rahmen, andere zusammengerollt.

Claire wandte sich zu Léon um. Sie musste ihre Gedanken nicht aussprechen. Er wusste auch so, was in ihr vorging.

»Ja, das sind sie«, beantwortete er die stumme Frage.

»Du hast behauptet, sie nicht gestohlen zu haben«, rief Claire vorwurfsvoll.

»Nein, das habe ich nicht«, erinnerte sie Léon. »Ich habe

dir die Entscheidung überlassen, was du glauben möchtest. Aber wenn du es hören willst: Ich versichere dir, ich habe weder die Einbrüche begangen noch die Bilder entwendet. Genügt das?«

»Und was haben sie dann hier in deinem Versteck zu suchen?«

Léon nahm sich einen Augenblick Zeit, sich seine Antwort zu überlegen. »Ich gewähre ihnen einen sicheren Unterschlupf, wo sie vor schlechten Einflüssen bewahrt werden.«

»Du schützt den Dieb und hilfst ihm. Damit machst du dich mitschuldig.«

Léon hob die Schultern. »Ich weiß nicht, auf welche Weise die vorherigen Eigentümer an die Bilder gekommen sind, daher ist es nicht an mir, eine Entscheidung zu treffen, wem sie zustehen. Mir geht es allein darum, zu verhindern, dass die Kunstwerke Schaden nehmen. Alles andere geht mich nichts an.«

»Also weißt du, wer sie gestohlen hat. Du kennst den Dieb!«

Léon sah sie eindringlich an. »Das wiederum geht dich nichts an, oder? Vertrauen gilt stets auf allen Seiten und geht mit der Wahrung von Geheimnissen und dem Einhalten von Versprechen einher, meinst du nicht?«

Widerstrebend nickte Claire und wandte sich von den Bildern ab. Sie kehrte zu dem Diwan zurück und wandte sich dann dem nächsten Bogen zu, der sich zu einem weiteren Raum öffnete. Auch hier lagen Teppiche auf dem Boden und hingen Zeichnungen an den Wänden. Ansonsten wurde dieser Bereich von einem Konzertflügel eingenommen, dessen polierte Oberfläche schwarz glänzte.

Claire trat auf ihn zu und berührte die elfenbeinfarbenen Tasten. »Ich komme mir vor wie beim Phantom der Oper. Nur dass du keine Maske tragen musst und mich auch nicht entführt hast.«

Léon lächelte. »Nein, das war nicht nötig. Du hast mir ja

geradezu die Pistole auf die Brust gesetzt, um mit hierherzukommen.«

»Das ist nicht wahr«, protestierte Claire und hob ihre Hände. »Siehst du hier eine Waffe?«

»Nicht alle Waffen kann man sehen«, widersprach Léon, der jetzt sehr nahe vor ihr stand. Claire konnte seinem Blick nicht länger standhalten. In seinen schwarzen Augen schienen Flammen zu lodern. Hastig wandte sie sich ab, setzte sich auf den Klavierstuhl und schlug einige Tasten an. Die Töne schwangen sich empor und brachen sich an den steinernen Wänden zu einem prächtig vollen Klang.

»Wundervoll! Die Akustik ist gewaltig wie in einem Kirchenschiff. Kannst du spielen?«

Zu ihrer Überraschung schüttelte Léon den Kopf. »Nein, ich bin über die rudimentären Anfänge leider niemals hinausgekommen.«

»Was? Trotz deiner mächtigen Magie?«

»Magie ist nicht allmächtig«, wandte Léon ein. »Ich kann mich der Elementarkräfte bedienen, sie verstärken oder ausschalten. Erde, Wasser, Luft und Feuer. Manche sagen, diese Magie macht sich die Erdgeister dienstbar. Doch egal, wie du es nennst, ich kann nichts Neues mit ihnen erschaffen, keine Wunder wirken und keine Kunst entstehen lassen. Dazu bedarf es anderen Genies. Und wohl auch, um diesem Instrument die gewaltige Musik Beethovens, Brahms' oder Wagners zu entlocken.«

»Ein Genie muss man vielleicht nicht sein, aber verdammt lange üben«, widersprach Claire und lächelte verschmitzt. »Darf ich?«

»Du kannst spielen?«, fragte Léon verwundert.

»Ich wurde zumindest jahrelang zum Unterricht gezwungen«, berichtigte Claire und ließ ihre Hände auf die Tasten fallen, dass die Saiten die Anfangsklänge von Beethovens fünfter Symphonie ertönen ließen, die gewaltig von den Wänden widerhallten. Claire spielte, soweit sie es noch auswendig wusste, und wechselte dann in die neunte Symphonie mit der berühmten Ode an die Freude. Nahtlos schloss sie ein Stück von Brahms an und spielte dann noch den Triumphmarsch aus »Aida«. Mit der getragenen Melodie des Pilgerchors aus dem »Tannhäuser« ließ sie ihr Spiel ausklingen. Für einen Moment schwebten die letzten Töne noch zwischen den Felswänden, dann erloschen sie, und es schien Claire, als ob sich auch der Lichtschein mit der aufziehenden Stille verdüsterte. Léon schwieg. Claire wandte den Kopf und sah zu ihm auf. Noch nie war seine Miene so offen gewesen. Der harte Ausdruck war verschwunden. Stattdessen wirkte er weich und verletzlich.

»Claire«, sagte er mit belegter Stimme. »Das war das schönste Geschenk meines Lebens. Ich habe davon geträumt, wenn ich die Übungen auf den Tasten geklimpert habe, aber dass es so gewaltig klingen kann, das konnte ich mir nicht vorstellen.«

»Ich bin keine Pianistin«, wehrte Claire verlegen ab. »Das liegt an der tollen Akustik hier.«

»Es liegt an deiner Seele«, widersprach Léon. »Du machst alles, was du tust, von ganzem Herzen und legst deine Seele mit hinein. Das macht es zu etwas Besonderem.«

***

Die Männer fuhren in mehreren Bussen heran und sammelten sich auf dem Parkplatz um ihre Kommandanten. Die Männer der E.R.I.C. betrachteten die wie zu einem Sturmangriff gekleideten und bewaffneten Männer mit Skepsis.

Der bullige Einsatzleiter, der die Teams koordinieren sollte, blickte nicht gerade glücklich drein.

»Die Pläne taugen nichts«, sagte er schroff, als Sabatier sie ihm in die Hand drückte. »Es ist kaum zu erkennen, welcher Gang in welcher Ebene verläuft und welcher zu niedrig für uns ist oder gar verschüttet.«

»Oh doch«, erwiderte Sabatier. »Wir haben alle Stellen markiert. Sehen Sie, hier beispielsweise ist im Winter die Decke runtergekommen, und hier und hier sind alte Einbrüche, deren Schuttmassen mit Zement stabilisiert wurden. Diese schraffierten Bereiche halten wir für einsturzgefährdet, doch bisher hat die Stadt noch keine Maßnahmen ergriffen, daher meiden wir diese Bereiche, bis ein Statiker sich das angesehen hat und wir grünes Licht bekommen. Ach ja, und hier an den Stellen mit den blauen Punkten muss man mit Wasser rechnen.«

Sabatier schenkte dem Einsatzleiter ein breites Lächeln. »Gibt es sonst noch etwas, das Sie wissen möchten?«

»Ja, wie zum Teufel man sich dort unten zurechtfinden soll.«

Sabatiers Lächeln wurde noch breiter. »Jahrelange Erfahrung.«

Die Miene des Einsatzleiters wurde noch finsterer. »Ach ja? Dann übernehmen Sie die Führung des ersten Trupps und teilen Sie jedem weiteren einen Ihrer Männer zu. Ich will keine unliebsamen Überraschungen erleben.«

Der Einsatzleiter wandte sich brüsk ab. »Himmelfahrtskommando«, hörte Sabatier ihn noch murmeln.

»Da hat er nicht unrecht«, stimmte ihm der Commandant der E.R.I.C. zu und ging zu seinen Männern zurück, um sie den fünf Einsatztrupps zuzuweisen. Er schickte Alain, Pascal, René und Laurent zu je einem der Truppenführer.

»Und was ist mit mir?«, erkundigte sich Evard.

»Du kommst mit mir«, wies ihn Sabatier an.

Sie begaben sich jeder zu einer Gruppe, stellten sich vor und gingen dann in die alten Kalksteinbrüche hinunter.

Unten angekommen teilten die Männer sich auf.

Jean-Claude Sabatier spürte die Anspannung, die die Männer ergriff, während der Klang ihrer schweren Stiefel ihnen vorauseilte und das Licht der vielen Lampen über die Wände huschte.

Uns wird nicht einmal eine Ratte ins Netz gehen, dachte Sabatier verächtlich. *Und der finstere junge Mann, den der Präfekt unbedingt haben will, schon gar nicht!*

Kapitel 22

Die Erde bebt

Sie saß noch immer auf dem Klavierhocker und sah zu Léon auf. Die Musik war endgültig verklungen, doch es kam Claire vor, als könne sie eine andere Melodie hören, die vielleicht aus ihrem Innern kam. Wie von einer fremden Macht gesteuert, erhob sie sich und trat einen Schritt vor. Er schien sie mit seinem Blick gefangen zu nehmen und ihres Willens zu berauben. Claire breitete ihre Arme aus und legte ihren Kopf in den Nacken, die Lippen halb geöffnet. Oder war es das, was sie sich seit Wochen erträumte? Was sie unterdrückt hatte, bis es nun endlich hervorbrach?

Léon trat den letzten Schritt auf sie zu und zog sie in seine Arme. Seine Lippen pressten sich auf die ihren. Er küsste sie so wild, dass sie aufstöhnte, doch ihre Finger krallten sich in seinen Rücken, um ihn nie wieder loszulassen.

Er raubte ihr den Atem und umschlang sie immer fester. Sie hätte nie geglaubt, dass es so sein könnte. Es war wie ein Rausch und doch schienen ihre Sinne geschärft und nahmen jede Kleinigkeit in sich auf. Sie saugte sie in sich ein. Alles war wichtig: jedes Detail seines Gesichts, sein Haar, das ihm in die Stirn fiel, die dunklen Brauen und die langen Wimpern, die seine nun tiefschwarzen Augen umrahmten, das Gefühl seines Körpers an dem ihren, sein Geruch, seine Wange, seine

Lippen. Das alles wollte sie für immer speichern und wie einen Schatz in sich aufbewahren, denn auch wenn Claire in diesem Moment hoffte, es würde ewig währen, wusste sie doch, dass die Stunde kommen würde, da ihr nur ihre Erinnerungen blieben.

Endlich lösten sie sich voneinander, um Luft zu schöpfen. Sein Blick blieb unvermindert auf sie gerichtet und es war keine Verlegenheit darin. Ganz im Gegenteil. Es flammte ein Verlangen in seinem Blick auf, das Claire einen Schauder über den Rücken jagte.

Was tat sie da? War sie wirklich bereit, sich auf diesen Mann einzulassen? Was war mit Adrien? Seine Küsse und Umarmungen waren so anders gewesen. Ja, auch sie hatten Claire berührt, ihr Inneres aufgewühlt und ihre Fantasie beflügelt, und dennoch waren Adriens Berührungen nur ein leichter Regen gewesen im Gegensatz zu dem Sturm, der Léon in ihr zu entfachen verstand.

Er nahm ihre Hand und führte sie auf den Diwan zu, der mit seinen Decken und Kissen lockte. Claire folgte ihm.

Für einen Moment zögerte Léon und suchte in ihrem Blick nach ihren Gedanken. Es war der Augenblick, in dem sie hätte Nein sagen können. Er bat stumm um ihre Zustimmung. Nur ein einziges Wort, und er würde ihre Hand loslassen, mit beherrschter Miene zurücktreten und vielleicht ein Gespräch über Musik beginnen oder ihr etwas zu trinken anbieten. Doch es dürstete Claire nach Léons Umarmung und seinen Küssen!

Eng umschlungen sanken sie in die Kissen. Seine Hände schienen überall zu sein, befreiten sie von ihrer Jacke und dem Pullover und wanderten dann über ihre kurze, dünne Bluse die nackte Haut ihrer Arme entlang. Die Berührung seiner Finger war kühl und heiß zugleich und jagte ihr einen Schauder nach dem anderen durch den Körper. Alles war in Aufruhr. Eine Sehnsucht entflammte, von der sie bisher nur ahnen konnte, wie sie zu löschen war. Claire schloss die Augen und überließ sich seinen Küssen und Liebkosungen, bis die Erschöpfung sie in einen wirbelnden Traum riss. Sie schlief ein und war doch wach und bei ihm, lag in seinen Armen und konnte ihn sehen, als würde ein Teil von ihr über ihm an der Decke schweben. Sie war sich seiner Nähe und seiner Wärme noch deutlicher bewusst als zuvor und erwiderte noch im Traum seine Umarmung.

***

Léon löste sich von ihr, stützte den Kopf in die Hände und betrachtete das schlafende Mädchen. Das Leuchten um die Säulen herum war erloschen, doch er brauchte das Licht nicht, um sie zu sehen. Für ihn bedeutete es längst keine Anstrengung mehr, die Dunkelheit zurückzudrängen. Jahre hatte er gebraucht, um die Magie, die durch seine Adern strömte, richtig zu nutzen und sie so einzusetzen, dass es ihn immer weniger Kraft kostete. Im Dunkeln zu sehen gehörte nun zu seinen leichtesten Übungen.

Léon spürte, wie er lächelte. Es fühlte sich fast ein wenig seltsam an. Er lächelte nicht häufig. Vielleicht, weil es in seinem Leben nicht viel gegeben hatte, das zu einem Lächeln reizte. Seit langer Zeit dachte er wieder einmal an seine Eltern. Die Erinnerungen waren längst verblasst, und er fragte sich, ob das, was er für die Reste davon hielt, sich wirklich so zugetragen hatte. Oder betrog ihn sein eigener Geist, indem er ihm etwas einflüsterte, das nie so stattgefunden hatte? Ganz gleich. Sicher war, dass er lange keinen Menschen mehr um sich gehabt hatte, zum dem er gehörte, dem er vertraute, den er Familie hätte nennen dürfen.

Er hatte die meiste Zeit seines Lebens alleine verbracht.

Nun, beim Anblick der schlafenden Claire, wallten plötzlich Gefühle auf, die er nicht kannte und die er vielleicht auch nicht wollte. Sie waren gefährlich, für sie und für ihn, und doch bereute er es nicht, Claire mit hierhergebracht zu haben. Noch nicht! Vielleicht würde der Tag kommen, da er sich selbst dafür verfluchen musste.

Vielleicht war dieser Tag gar nicht so fern.

Er hatte den Gedanken kaum zu Ende geführt, als ein feines Geräusch ihn von ihrem Anblick losriss. Blitzschnell war Léon auf den Beinen. Er eilte um die Säule herum und lief die schmale, steinerne Treppe hinauf, die dahinter in eine Art Galerie führte. Er öffnete eine verborgene Luke und spähte hindurch. Sein Alarmsystem funktionierte also. Und Claire hatte die Wahrheit gesagt. Dieses Mal hatten sie es auf ihn abgesehen und sie meinten es ernst. Léon lächelte grimmig. Dann sollten sie sich mal etwas mehr anstrengen. So würden sie in dieser Nacht nichts gewinnen!

Léon huschte zurück und kniete sich auf den Diwan. »Claire, wach auf!«

Seine Finger umschlossen ihren Arm und drückten ihn sanft.

***

Claire schreckte hoch und rieb sich die Augen. Es war völlig dunkel um sie. Dann umfasste sie eine Hand und die Schatten lösten sich wieder in Graustufen auf. Ihr Herz machte einen Sprung. Sie war bei Léon! Sie hatten sich umarmt und geküsst und …

»Claire, wach auf!«

Sie blinzelte und sah in das Gesicht, das sich über sie beugte. Ihr Blick hielt sich an diesem Bild fest. Vielleicht entsprach es nicht der Anforderung an die klassische Vorstellung von Schönheit. Dazu waren die Kontraste zwischen seiner weißen Haut und den schwarzen Haaren und Brauen zu stark, das Kinn ein wenig zu kantig. Dennoch war sich Claire sicher, niemals wieder einen Mann zu treffen, der sie mehr in seinen Bann würde ziehen können. Wenn er sie anlächelte, was er nicht gerade häufig tat, war sie rettungslos verloren.

Im Moment sah er wieder ernst drein.

»Ist etwas geschehen?«, fragte sie schläfrig.

»Du hattest recht. Sie kommen!«

»Was?« Nun war sie richtig wach und alle träumerische Schläfrigkeit verflogen. »Du meinst die Patrouille der Polizei? Sie haben dein Versteck aufgespürt?«, wisperte sie alarmiert.

Léon drückte beruhigend ihren Arm. »Niemand wird uns hier aufspüren. Aber komm, ich zeige es dir.«

Er zog sie hoch und führte sie die Treppe hinauf zu seinem Spion auf der Galerie.

»Sei jetzt leise«, mahnte er, ehe er den Stein, der die Öffnung verbarg, zur Seite gleiten ließ.

Zuerst sah Claire den Schein. Lichtkegel von starken Taschenlampen durchschnitten in einem seltsam unkoordinierten Tanz die Dunkelheit und huschten über Decke, Wände und Boden. Dann hörte sie die sich nähernden Stimmen. Kräftige Männerstimmen. Es waren viele, bis ihnen ein barsches Kommando Stille verordnete. Die Stimmen brachen ab. Nun konnte sie nur noch die Tritte Dutzender Stiefel hören. Léon schob die Öffnung wieder zu.

»Komm mit. Ich weiß, wo sie sind«, flüsterte er und führte Claire weiter ein schmales Felsband entlang zu einer anderen Nische, von der aus man ebenfalls die Möglichkeit hatte, einen Blick auf die andere Seite der Wand zu werfen. Léon legte den Finger auf die Lippen, Claire nickte. Sie kniete sich neben ihn und spürte, wie ihr Herz aufgeregt klopfte, als er den Stein zur Seite gleiten ließ und den Blick in die weitläufige Kaverne freigab, die, statt still und dunkel vor sich hin zu dämmern, nun vom Klang vieler Stiefel und gedämpfter Stimmen widerhallte. Claire zählte mehr als ein Dutzend Lichtkegel, die unruhig hin und her huschten.

»Der mit dem weißen Helm im Blaumann ist Commandant Sabatier«, wisperte Léon Claire zu. »Die anderen gehören nicht zu seiner Truppe.«

Der Gedanke war Claire auch schon gekommen. In ihrer schwarzen Kampfmontur und mit ihren Waffen wirkten sie eher, als würden sie zu einem Kriegseinsatz unterwegs sein.

»Alles nur, um dich zu kriegen«, sagte Claire. »Der Präfekt will auf Nummer sicher gehen.«

»Dennoch wird es ihm nicht gelingen, mich zu fassen«, entgegnete Léon. »Und den wahren Attentäter auch nicht!«

Claire brannten noch so viele Fragen auf der Zunge, doch dies war sicher nicht der rechte Ort und die rechte Zeit, sie zu stellen. Beide schwiegen und beobachteten die Truppe, die die Höhle durchquerte. Plötzlich näherte sich einer der Männer dem Abzweig, der scheinbar mit einem Abgrund und der Mauer endete. Claires Finger krallten sich nervös in Léons Ärmel. Er schien felsenfest davon überzeugt, dass niemand sein Versteck entdecken konnte, aber Claire fürchtete, ein dummer Zufall könnte den Männern zu Hilfe kommen.

»Entspann dich!«, sagte Léon beruhigend.

»Sie werden sich gleich zurückziehen«, behauptete er. »Spürst du das?«

Claire runzelte die Stirn. Was war das? Ein tiefes Brummen und Zittern zugleich, das sich durch den Boden und die Wände fortsetzte. Wie ein wummernder Bass, der alles erzittern ließ. Dieser Ton jedoch war leiser und tiefer und ging dennoch durch Mark und Beine.

***

»Ruhe, verdammt noch mal«, herrschte der Einsatzleiter seine Männer an. Jean-Claude Sabatier erwiderte den Blick, den der Mann mit dem militärischen Bürstenschnitt ihm zuwarf, sagte aber nichts. Er sollte ruhig fragen. Bisher begnügte sich Sabatier damit, in den jeweiligen Gang zu deuten, den sie nehmen mussten, wenn sie der Route folgen wollten, die sich der Kommandant der Truppe ausgedacht hatte. Es ärgerte Sabatier ein wenig, dass man lediglich die Karten von ihm verlangt, ihn aber nicht bei der Planung mit einbezogen hatte. Wer sonst als die Männer der E.R.I.C. hatte so viel Erfahrung mit diesem unsicheren Terrain oder kannte sich in diesem Labyrinth besser aus? Sabatier fiel niemand ein – außer die, die sie jagten! Die Kataphilen waren nicht dumm. Hier ging es um kalt agierende Verbrecher, um Attentäter, die nichts dem Zufall überließen. Glaubte der Präfekt tatsächlich, die würden hier in einer Höhle um ihr Lagerfeuer sitzen, bis die Truppe auflief und sie verhaftete? Dann war er naiver, als Sabatier gedacht hatte. Oder er verfügte über Informationen, von denen der Commandant der E.R.I.C. nichts wusste.

Sabatier konnte nicht sagen, welche der beiden Möglichkeiten ihn mehr beunruhigte.

Dic Männer standen in einer Kaverne und sahen sich um. Die Lichtkegel ihrer Lampen huschten wie Suchscheinwerfer umher.

»Da geht es nicht weiter, sagte einer der Männer, der sich ein Stück in einen der Gänge gewagt hatte. »Aber es geht ganz schön tief runter, wenn man nicht auf seine Füße achtet!«

Sabatier trat zu ihm und warf einen Blick in die Sackgasse. Er kannte die Stelle. Ein tiefer Abgrund, hinter dem nur noch ein schmales Felsband kam, ehe der Gang von einer Mauer verschlossen wurde. Vielleicht war sie später hochgezogen worden. Die Inspekteure der *Carrières* hatten in den vergangenen Jahrhunderten immer wieder Gänge vermauert, um

Einstürze zu verhindern oder bereits entstandene *Fontis* abzusichern, immer mit dem Ziel, das Nachbrechen der darüberliegenden Schichten zu verhindern, ehe es sich bis zur Oberfläche fortsetzte. Gerade im 18. Jahrhundert hatte es im Süden von Paris immer wieder böse Überraschungen gegeben, wenn mit einem Grollen und Rumpeln plötzlich der Boden einzusacken begann. Häuser und Gärten, ja halbe Straßenzüge brachen unvermittelt weg und hinterließen nur noch Schutt und Zerstörung, bei der immer wieder Menschen den Tod fanden. Nach diesen Unfällen wurde die *Inspection des Carrières* gegründet, deren Aufgabe es war, »die unterirdische Gefahr zu bannen«. Sabatier fühlte sich als einer der Nachfolger von Charles-Axel Guillaumot, der als erster Generalinspekteur der Steinbrüche ernannt worden war.

Seitdem war viel geschehen. Heutzutage kam es nur noch selten zu solchen spontanen Einbrüchen, aber gefährlich waren die Höhlen noch immer, und ganz ausschließen konnte man plötzliche Einstürze auch heute nicht. Das war Sabatier wohl bewusst. Er bewegte sich stets mit größter Vorsicht hier unten und achtete auf jede noch so kleine Abweichung, die eine Gefahr für ihn und seine Männer darstellen konnte. Und auf jedes ungewohnte Geräusch, mit dem sich so ein Einsturz ankündigen konnte.

»Gehen wir weiter«, befahl der Einsatzleiter, doch Sabatier hob warnend die Hand.

»Still!«, befahl er.

»Was ist?«, wollte der Führer der Truppe wissen.

»Hören Sie das nicht?«

Alle schwiegen und lauschten in die Finsternis, die sich jenseits ihrer Lichtkegel ausdehnte. Es war wie ein leises Flüstern, das von einem Knacken begleitet wurde, das aus verschiedenen Richtungen zu kommen schien. Dann rieselte irgendwo Sand zu Boden. Jean-Claude Sabatier spürte, wie sich seine Nackenhaare aufrichteten. Es war eine Ahnung, geboren aus seiner Erfahrung und dem Wissen, das er sich über viele Jahre erworben hatte.

»Was soll da sein?«, fragte der Einsatzleiter verständnislos.

»Vielleicht nichts, vielleicht aber auch die Vorboten eines Felssturzes«, sagte Sabatier. »Ich denke, wir sollten uns langsam und geordnet von hier zurückziehen. Sicherheit geht vor!«

»Ich kann nichts hören«, widersprach der Einsatzleiter. »Wir folgen unserem Plan.«

Sabatier schüttelte den Kopf. Er öffnete gerade den Mund, um zu widersprechen, als sich das Knacken verstärkte und sich an der Abzweigung zu der Sackgasse zwei Felsbrocken von der Größe eines Fußballs aus der Decke lösten und zu Boden krachten. Einige der Männer schrien auf und wichen zurück, die Blicke furchtsam zur Decke gerichtet.

»Wir müssen hier weg«, beschwor Sabatier.

Der Einsatzleiter warf noch einmal einen Blick auf die Karte in seiner Hand. »Also gut, zurück Männer. Wir suchen einen anderen Weg.«

Sabatier zögerte nicht. Er drängte sich an der Truppe vorbei und eilte den Gang entlang, den sie gekommen waren.

***

Die Männer draußen schienen das Brummen und Zittern ebenfalls vernommen zu haben und sahen sich verunsichert um. Einige zuckten zusammen, als sich von der Decke ein paar Steine lösten und zu Boden fielen. Sie zerbarsten mit einem Knall. Das Echo hallte durch die Kaverne.

»Was ist das?«, keuchte Claire. »Ein Erdbeben? Irgendetwas stürzt hier unten ein!«

»Ganz ruhig. Wir haben nichts zu befürchten«, behauptete Léon. »Kommen wir zum letzten Akt: der rasche Rückzug.«

Noch einmal erzitterte der Boden unter ihren Füßen, und wie Léon prophezeit hatte, blies Commandant Sabatier zum Rückzug. Er setzte sich an die Spitze der Truppe und ging den Männern mit schnellen Schritten voran. Diese folgten ihm nur zu gerne aus der Halle, von deren Decke sich noch ein paar Steine lösten, dann war alles still, die Schritte verklungen, die Lichter erloschen. Auch der Grund hatte sich wieder beruhigt.

»Siehst du. Ich bin nicht in Gefahr.«

»Außer, dir fällt die Höhlendecke auf den Kopf«, sagte Claire, deren Herz noch immer heftig klopfte.

Léon lachte. Er hakte sich bei ihr unter und führte sie die Treppe hinunter in seine Höhle zurück. »Nein, so ungeschickt bin ich nicht.«

Claire wollte widersprechen. Das lag nicht in seiner Hand. Wann und wo die Felsbrocken herunterkrachten, war ganz allein dem Zufall unterworfen – beziehungsweise der Statik. Die schwächste Stelle gab irgendwann nach. Daran konnte auch Léon nichts ändern. Gut, er kannte sich hier unten vielleicht besser aus als jeder andere, aber auch er war kein Hellseher und konnte nicht vorhersagen …

Claires Gedanke stockte. Oder etwa doch? Weil das Zittern und Brummen kein Zufall gewesen war? Es kam auch zu praktisch genau zur rechten Zeit. Claire blieb abrupt stehen und starrte Léon an.

»Du warst das, nicht wahr? Du hast das alles gemacht und die Männer in die Flucht getrieben.«

Léon sah sie an. »Ich habe dir vorhin gesagt, ich kann mich der Elemente bedienen: Feuer, Wasser, Luft und Erde. Wenn sie mir gütig gestimmt sind, folgen sie meinem Ruf. Sie beschützen mich und somit auch dich.«

Claire schüttelte den Kopf. »Es ist schwer, sich das vorzustellen. Das ist eine große Macht, die dir in die Hände gelegt wurde. Ist es nicht schwer, sie immer zu beherrschen?« Claire sah an seinem Zusammenzucken, dass sie den wunden Punkt getroffen hatte.

»Nein, so würde ich es nicht beschreiben. Mir wird die Gnade zuteil, mich ihrer zu bedienen, doch die Elemente sind stets frei und folgen ihren eigenen Gesetzen.«

»Das heißt, du weißt nie genau, was passiert?«

»Nicht immer«, gab Léon widerstrebend zu.

Claire schwieg und ließ sich wieder auf den Diwan sinken. *Die Elemente,* rauschte es durch ihren Kopf. *Erde, Wasser, Luft und Feuer! Hatte Léon doch das Feuer gerufen und dann die Kontrolle verloren? Hatte er sie nur erschrecken oder verjagen wollen und dann diese Katastrophe über Adrien und seine Freunde gebracht?*

Claire wagte nicht, ihm die Frage zu stellen, zu sehr fürchtete sie, dass genau das die Antwort war.

Er hat es nicht absichtlich getan!, redete sie sich ein. Ob das den Polizeipräfekten und seine Kommissare zu einem milden Urteil führen würde? Daran zweifelt Claire. Nein, sie durften Léon niemals in die Hände bekommen!

Léon stand noch immer vor ihr und betrachtete sie. Claire hätte zu gerne gewusst, was er dachte, doch seine Miene ließ wieder einmal nichts erahnen.

»Was denkst du?«, fragte sie ihn daher.

»Ich fürchte, du musst noch eine Weile hierbleiben, solange die Patrouillen unterwegs sind. Dann werde ich dich hinausbegleiten.«

»Es tut mir leid, wenn ich dir Umstände mache«, antwortete Claire steif. Hatte er es so eilig, sie loszuwerden?

»Es macht mir keine Umstände. Ich denke nur, du musst müde sein. Du warst die halbe Nacht unterwegs und hast nicht lange geschlafen.«

Jetzt, da er es erwähnte, kehrte die Erschöpfung in Claires Glieder zurück, und sie hatte Mühe, ein Gähnen zu unterdrücken.

»Außerdem denke ich, dass sich deine Eltern Sorgen machen, wenn sie dich am Morgen nicht in deinem Bett vorfinden. Dann schicken sie mir gleich die nächste Patrouille auf den Hals«, fügte er mit einem leichten Lächeln hinzu.

Claire wehrte ab. »Sie sind nicht da. Maman hat meinen Vater an die Côte d'Azur begleitet, irgendeine Promivilla verkaufen. Die kommen erst Ende der Woche zurück und außerdem wissen sie nichts von dir.«

»Da bin ich aber beruhigt.«

Claire war sich nicht sicher, ob sich sein Kommentar auf den ersten oder den zweiten Teil ihrer Erklärung bezog, doch sie fragte lieber nicht nach. Wieder stieg ein Gähnen in ihr auf, und sie spürte, wie schwer ihre Lider plötzlich wogen. Sie sah auf die Uhr. Kein Wunder. Es war bereits nach vier! Ihr Blick huschte sehnsuchtsvoll zu den weichen Kissen, was Léon anscheinend nicht verborgen blieb. Sein Lächeln war nun weich.

»Warum legst du dich nicht hin und schläfst ein paar Stunden? Danach begleite ich dich nach Hause.«

»Und du? Bist du nicht müde?«, fragte Claire, deren Herz bei dem Gedanken, in seinen Armen zu ruhen, wieder rascher schlug. Eine ungekannte Sehnsucht brannte schmerzhaft in ihrer Brust.

Léon schüttelte den Kopf. »Ich schlafe nicht sehr viel. Vielleicht erhält die Magie der Elemente meine Kraft, sodass ich nicht so oft ruhen muss. Schlaf du ruhig. Ich setze mich dort drüben hin und werde über dich wachen.«

Er zog sich zu einem mit Brokat bezogenen Sessel zurück, der vermutlich jeden Antiquar in Begeisterung versetzen würde. Die Leidenschaft, die vorhin aufgeblitzt war, war offensichtlich abgeebbt, und er hatte sich und seine Gefühle – wenn er denn welche hatte – wieder vollständig im Griff.

Die Enttäuschung fühlte sich an wie körperlicher Schmerz. »Das ist doch nicht bequem«, widersprach Claire. »Komm doch lieber hierher. Der Diwan ist breit genug.«

Léon zögerte. »Wenn ich dich nicht störe.«

»Wie könntest du!«, stieß Claire so heftig aus, dass er wieder lächelte.

»Nun, dann will ich es mir auch bequem machen«, sagte er und legte sich neben sie. Claire rutschte an seine Seite und barg ihr Gesicht an seiner Brust. Für einen Moment zögerte Léon, dann legte er den Arm um sie und schlief schon bald nach ihr ein.

Kapitel 23

Léon

Nur zögerlich ließen ihre Träume sie los, sodass Claire sanft aus ihnen auftauchte. Sie spürte die menschliche Wärme unter ihrer Wange und dann den Arm, der sie umschlungen hielt.

Zuerst hielt sie es für ihren Traum, der so wunderbar war, dass sie noch immer selig lächelte, dann wurde ihr bewusst, dass er wirklich da war. Sie lag in Léons Armen. Sie war bei ihm in seinem Höhlenversteck, und er hatte sie geküsst, dass sie dachte, etwas Wundervolleres könne sie in ihrem Leben nicht mehr erfahren. Das Glücksgefühl durchdrang sie wie wärmende Sonnenstrahlen. Claire öffnete die Augen und sah in sein Gesicht. Léon war bereits wach und beobachtete sie.

»Guten Morgen! Na, endlich ausgeschlafen?«, neckte er sie.

Claire rieb sich die Augen. »Ich denke schon. Bist du schon lange wach?«

»Aber ja, nur mein Arm schläft um so tiefer.« Léon zog ihn unter ihrer Schulter vor und massierte ihn, bis die Blutzirkulation wieder in Gang kam. »Ich habe nicht gewagt, mich zu rühren, um deine Ruhe nicht zu stören.«

»Das tut mir leid«, sagte Claire.

»Das muss es nicht«, widersprach Léon. »Ich konnte dich im Schlaf beobachten.«

»Und? Was hast du gesehen?«, erkundigte sie sich ein wenig verlegen.

»Ein wunderschönes Mädchen in glücklichen Träumen verwoben«, sagte er. »Ich gäbe ein Vermögen, zu wissen, was du geträumt hast.«

Claire erinnerte sich nur zu gut an den Traum, daher fühlte sie, wie Röte in ihren Wangen aufflammte, als sie an die Szenen dachte.

»Lieber nicht.« Mit einem verlegenen Lachen senkte sie den Kopf, um seinem prüfenden Blick zu entgehen, doch Léon legte seinen Finger unter ihr Kinn und hob es an, bis sie ihm wieder in die Augen sehen musste.

»Warum nicht?«, fragte er sanft. »Hast du von Adrien geträumt?«

»Nein!«, stieß sie aus und schüttelte heftig den Kopf. Adrien war in ihren Gedanken so weit weg, dass es einfach absurd erschien.

»Von wem hast du dann geträumt? Verrate es mir, Claire«, flüsterte er, während sein Gesicht immer näher kam.

»Von dir!«, hauchte sie. »Es ist so fantastisch, so unglaublich, so schön, dass es niemals enden darf!«

Léon sagte nichts, aber ihre Blicke verbanden sich und tauchten ineinander ein. Sie sah sich selbst und vielleicht auch ein Stück von ihm, wie er sie mit in die Tiefe seiner Seele zog. Ihre Lippen trafen einander, ihre Arme umschlangen die beiden Körper, die in diesem Moment zusammengehörten. Seine Lippen waren so zart und doch auch drängend. Sie waren Frage und Forderung, der Claire nicht widerstehen konnte. Nicht widerstehen wollte!

Sie musste nichts sagen. Ihre Küsse waren Antwort genug. Was für ein Gefühl! Dass es so etwas Herrliches geben konnte, hatte sie nicht gewusst. Herrlich und aufregend, sodass sie nie genug davon bekommen würde. Da war sich Claire sicher.

Die Zärtlichkeit schlug in Leidenschaft um. Nicht nur ihr Atem ging schneller, auch Léon verlor seine kühle Zurückhaltung. Sie wollte mehr von ihm. Sie wollte ihn spüren, überall! Seine Finger fuhren unter den Stoff. Claire seufzte voller Wonne. Wieder fiel ihr Pullover zu Boden, doch dieses Mal machten sich seine Finger auch an den Knöpfen ihrer Bluse zu schaffen. Claire zitterte, doch es war nicht vor Kälte. Ihr Körper und ihre Seele verlangten nach mehr!

Léon hielt inne und suchte ihren Blick.

Nein! Er durfte jetzt nicht aufhören. Nicht sich wieder hinter seine Fassade von Gleichgültigkeit zurückziehen. Dies war der Moment! Die alles entscheidende Stunde ihres Lebens, endlich seine tiefsten Geheimnisse preiszugeben. Claires Hände umschlossen die seinen und führten sie zu ihrer Brust zurück. Er sollte ihren raschen Atem spüren, ihr klopfendes Herz, das vor Spannung und freudiger Erwartung zu zerspringen drohte. Sagen konnte sie nichts. Es schien für diese Situation keine Worte zu geben.

Léon, liebe mich!, schrie es in ihrem Kopf. Er schien ihre stummen Worte zu hören, denn er nickte.

Ein Aufschluchzen stieg Claire in die Kehle, als seine Finger endlich die Knöpfe öffneten und ihre Bluse abstreiften. Ihr BH folgte. Seine Hände streichelten ihre Haut, die zu brennen schien. Er streichelte ihre Arme, ihre Schultern, den Ansatz ihrer Brüste, legte sanft seine Hände auf ihren Busen und strich dann weiter zu ihrem Bauch herab.

Claire spürte die Kälte der Höhle nicht. Sie lag von ihm umarmt zwischen den weichen Kissen und überließ sich dem Rausch, der über sie kam und die Tür zu einer neuen Welt aufstieß.

Sie hatte gedacht, alles zu wissen. Und doch war jetzt nichts so, wie sie es sich in ihren Träumen vorgestellt hatte.

Es war großartiger, erhabener und erfüllte sie mit einem Strahlen.

Léons Körper war ihr fremd und doch schien er in diesem Moment ganz selbstverständlich zu dem ihren zu gehören. Claire empfand keine Furcht und schämte sich nicht. Unter seinem Blick und seinen Händen fühlte sie sich schön und begehrt und traute sich, auch ihre Lippen auf Entdeckungstour zu schicken, bis er sie wieder an sich zog und fest umschlang. Ihre Blicke trafen sich. Er sagte nichts, doch Claire las den Liebesschwur in seinen Augen, als ob er ihn laut ausgesprochen hätte.

Zumindest wollte sie es in ihnen lesen. Dann schloss sie ihre Lider und war nur noch erfüllt von ihrem eigenen Begehren, bis es sich in glückseliges Schweben verwandelte.

»Léon!«, seufzten ihre Lippen. »Ich liebe dich!«

***

»Ihr habt mich gerufen, Meister?«

Léon richtete seinen Blick auf den Schatten. Er konnte die glühenden Augen unter der Kapuze erahnen.

»Ich wüsste gern, was du so treibst.« So harmlos er die Worte aussprach, Léon wusste, dass er auf der Hut sein musste.

»Was genau meint Ihr, Meister?«

»Das Mädchen!«

Léon gab sich erstaunt. »Ach so. Ihr habt nichts zu befürchten. Alles läuft zu Eurem Besten, Meister.«

Der Schatten lachte rau. »Ich weiß, denn ich habe ein scharfes Auge auf meine kleinen Helfer. Auf dich, Léon, und auf meine liebe Jannine, die sich so sehr an ihre schönen Fähigkeiten gewöhnt hat. Ich denke, weder sie noch du würden es riskieren, dass ich sie euch wieder nehme, nicht wahr?«

Léon versuchte die Drohung zu ignorieren. »Nein, natürlich nicht. Wir sind Euch treu ergeben, das wisst Ihr doch.«

Etwas Nachdenkliches schlich sich in die Stimme des Schattens. »Siehst du, genau da ist der Haken. Ich bin mir manches Mal nicht ganz sicher. Mir kommt es so vor, als würdet ihr gern euer eigenes Süppchen kochen und dächtet gar, es gäbe auch nur einen Atemhauch hier in meinem Reich, von dem ich nichts erfahre.«

Léon schwieg und wartete, worauf der Meister hinauswollte, wobei er das längst ahnte.

»Ich wollte, dass du sie und den Jungen im Auge behältst und dass du ihr blindes Vertrauen gewinnst. Schön. Dann holst du sie aus diesem Feuerzauber raus. Auch gut. Sie ist dir nun rettungslos verfallen. Eine gute Inszenierung, das muss ich dir lassen. Nein, Léon, sieh mich nicht so an. Ich lasse mich nicht an der Nase herumführen. Ich weiß Bescheid, und ich spüre auch, dass es dich befriedigt, dass der Junge einiges abgekriegt hat. Auch das stört mich nicht. Der Präfekt tobt und schickt seine Horden hier herunter. Vielleicht sollten wir ihnen eine Lektion erteilen und ihnen zeigen, dass das unterirdische Paris noch immer das mächtigere ist? Ich bin versucht, es zu tun. Ein Zeichen setzen, das sie lange nicht vergessen, was meinst du?«

»Dass es unvernünftig wäre«, antwortete Léon.

»Unvernünftig? So wie ein Mädchen in dein gut gehütetes Versteck einzuladen?«

»Sie soll mir völlig vertrauen und, ohne zu zögern, alles für mich tun, ist es nicht so?«

Der Schatten nickte. »Ja, so ist es, und du musst bereit sein, sie im entscheidenden Moment loszulassen. Pass auf, dass du dich da nicht zu sehr verstrickst. Wenn der rechte Zeitpunkt gekommen ist, wird sie mir dienen und geopfert werden.«

»So lautet der Plan, Meister«, sagte Léon mit eisiger Stimme.

»Und, bist du auch bereit dazu?«

»Habe ich Euch nicht Treue geschworen?«, entgegnete Léon. »Ich halte stets mein Wort!«

***

Sie liefen Hand in Hand durch die Dunkelheit, die plötzlich alles Kalte und Düstere verloren hatte. Zumindest schien Claire alles heller und freundlicher, obgleich sie durch Léons Blick vermutlich nicht anders sah als am Tag zuvor. Doch was war noch wie am Tag zuvor? Die Welt hatte sich verändert. Ihr Leben war auf eine neue Dimension gehoben worden. Claire spürte, wie sich Freude in ihrem ganzen Körper ausbreitete und sie erstrahlen ließ. Es kam ihr so vor, als würde sie selbst so warm leuchten wie die Felsen, wenn Jannine an ihnen vorüberging.

Léon war noch immer schweigsam, aber das störte sie nicht. Vermutlich war auch er in den unglaublichen Empfindungen der vergangenen Stunden gefangen. Zumindest glaubte Claire, das aus dem Lächeln herauszulesen, das er ihr ab und zu schenkte.

Sie verbot sich den Gedanken, dass sie auf dem Rückweg hinauf in ihre eigene Welt waren. Das ganz normale Leben im hellen Licht des Tages, zu dem sie nun nicht mehr zu passen schien. Gehörte sie jetzt nicht zu Léon? War nicht seine Schattenwelt auch die ihre?

Doch Léon schüttelte nur den Kopf und beharrte darauf, sie zurückzubringen. Allein der Gedanke, sich auch nur eine Minute von ihm zu trennen, seine Hand loslassen zu müssen und seines Anblicks beraubt zu werden, war unerträglich. Nur die Gewissheit, dass sie sich wiedersehen und wieder lieben würden, hielt sie aufrecht. Ihre Hand umschloss den blutroten Stein, der an einer Kette um ihren Hals hing. Er war ihr Schlüssel zu ihm, sein Versprechen, zu ihr zu gehören, und ihr Licht in der Finsternis, das ihn herbeirufen würde, wenn sie ihn brauchte.

»Du darfst niemals wieder in die Höhlen herunterkommen!«, beschwor er sie. »Wenn du mich brauchst, dann nimm den Stein in deine Hand, und ich werde es spüren. Ich kann dich überall finden, denn ich habe den zweiten Stein. Sie gehören zusammen und ziehen einander an, sodass ich nur seinem Drängen zu folgen brauche.«

Ich brauche dich jetzt, schrie es in ihren Gedanken. *Ich brauche dich jede Stunde, jede Minute meines Lebens!*

»Claire?«

Das war nicht seine sanfte Stimme, die ihr durch ihre Träume folgte.

»Claire!«

Ein Stoß in ihre Rippen ließ sie zusammenfahren. Claire riss die Augen auf und blinzelte, als die Strahlen der Sonne sie trafen.

»Claire, Monsieur Martineau hat dich aufgerufen!«, raunte Louna ihr zu.

Claire blinzelte noch einmal. Nun zog sich die schemenhafte Gestalt zusammen, die über ihr aufragte, und sie sah zu der grimmigen Miene ihres Mathematiklehrers auf.

»Claire, hast du meine Frage überhaupt gehört?«, erkundigte er sich.

Claire schüttelte den Kopf. »Nein, entschuldigen Sie, Monsieur Martineau. Könnten Sie sie noch einmal wiederholen?«

Statt ihr die Aufgabe zu nennen, sah er sie eindringlich an. »Was ist mit dir los?«

Claire senkte den Kopf. »Nichts«, behauptete sie und spürte, wie ihr bei dieser Lüge die Röte in die Wangen stieg.

Ihr Lehrer war nicht überzeugt, doch zum Glück gingen seine Gedanken in eine andere Richtung.

Monsieur Martineau runzelte die Stirn. »Du gefällst mir heute gar nicht. Du warst gestern nicht in der Schule.«

»Der Magen«, log Claire und presste sich die Handflächen auf den Bauch. »Meine Eltern sind nicht da. Ich reiche die Entschuldigung nach.«

Ihr Lehrer nickte nachdenklich. »Ich bin es von dir nicht gewohnt, dass du so überhaupt nicht mitarbeitest. Ich dachte, diese Phase hätten wir hinter uns. Ich weiß, wie du dich nach unserem letzten Gespräch angestrengt hast. Fühlst du dich nicht wohl?«

Nein, sie fühlte sich nicht wohl, aber das lag nicht an den Gründen, über die ihr Lehrer nachdachte.

»Warst du beim Arzt?«

Sie schüttelte den Kopf.

»Dann solltest du das vielleicht nachholen. Etwas stimmt mit dir nicht.«

Ist das verwunderlich?, dachte Claire. *Ich* bin *eine andere! Léon hat mich verwandelt. Er hat mir die Augen geöffnet und mich sehend gemacht. Er hat mich in eine neue Dimension gehoben.*

»Geh zum Arzt!«, riet Monsieur Martineau.

Claire nickte und vertiefte sich in ihr Mathematikbuch.

»Ich meine jetzt! Du siehst aus, als hättest du Fieber. Du bist vom Unterricht befreit und gehst zum Arzt und dann nach Hause.«

Claire sah zu ihm auf. Sie war nicht krank. Zumindest war es nicht diese Art von Fieber, an die ihr Lehrer dachte. Dennoch gehorchte sie gern. Sie wollte lieber alleine ihren Gedanken nachhängen, wenn sie schon nicht bei Léon sein konnte. Seit sie heute Morgen gekommen war, fürchtete sie die Mittagspause, in der Louna jede Menge Zeit haben würde, sie auszuquetschen. Louna glaubte nicht an die Ausrede mit dem verstimmten Magen, das hatte sie ihr gleich ins Gesicht gesagt und angekündigt, sie werde die Wahrheit schon aus ihr herauskriegen. Das würde ihr zumindest einen Tag Aufschub gewähren, um sich eine Geschichte auszudenken, die Louna zufriedenstellte. Was wirklich in dieser Nacht und an diesem Tag geschehen war, darüber würde sie mit niemandem reden!

Monsieur Martineau stand noch immer vor ihr.

Claire räusperte sich. »Äh, danke, dann gehe ich jetzt.«

Sie erhob sich, stopfte ihre Sachen in die Tasche und eilte zur Tür. Sie spürte die neidischen und missmutigen Blicke in ihrem Rücken. Mit einem Gefühl der Erleichterung schob sie die Tür zu und lief den Gang entlang.

Unten angekommen, stieß sie unter der Pforte beinahe mit jemand zusammen, der es fast so eilig hatte, in die Schule zu kommen, wie sie, diese zu verlassen.

»Claire!«, hielt eine Stimme sie auf, die sie hier nicht erwartet hätte. »Mein persönliches Empfangskomitee. Das nenne ich eine Begrüßung!«

Claire war plötzlich von seinen Armen umfangen. Seine Lippen pressten sich auf die ihren. Sie erstarrte. Adrien war in den vergangenen Stunden in so weite Ferne gerückt, dass sein unerwartetes Auftauchen sie völlig aus der Bahn warf.

»He, was ist mit dir? Du starrst mich an, als sei ich ein Geist«, beschwerte sich Adrien. »Freust du dich denn gar nicht?«

»Wo kommst du so plötzlich her?«, stieß sie hervor.

»Von wo wohl?«, entgegnete er und schnitt eine Grimasse. »Aus dem Krankenhaus. Ich hatte die letzte Untersuchung, danach haben sie mich entlassen.«

»Und dich sofort in die Schule geschickt?«

Adrien schüttelte den Kopf. »Nein, nach Hause, aber was soll ich da? Ich habe keine Sehnsucht nach Onkel Cato und mein Vater ist sicher eh nicht daheim. Außerdem habe ich genug im Bett gelegen.« Adrien küsste sie noch einmal. »Ich wollte dich sehen, Claire!«

Sie nickte noch immer ganz betäubt. »Wir haben gerade Mathe«, sagte sie, weil ihr nichts anderes einfiel.

»Wie schön«, erwiderte Adrien sarkastisch. »Und was machst du dann hier draußen?«

»Monsieur Martineau hat mich heimgeschickt.«

»Was?« Adrien starrte sie fassungslos an. »Dich? Seine Musterschülerin? Ich kann es nicht glauben. Was hast du Schreckliches angestellt?«

»Nichts«, wehrte Claire ungeduldig ab. »Mir geht es seit zwei Tagen nicht gut. Mein Magen. Deshalb war ich gestern auch nicht im Krankenhaus.«

Adrien nickte und sah sie prüfend an. »Dann gehst du jetzt heim ins Bett?«

Ein Grinsen breitete sich auf seiner Miene aus, das Claire Schlimmes ahnen ließ.

»Wenn ich genau darüber nachdenke, dann bin ich doch noch zu krank, um in die Schule zu gehen. Ja, ich glaube ich muss ebenfalls unbedingt ins Bett. Es muss nicht mein eigenes sein, wenn du in deinem ein wenig zur Seite rutschen würdest?«

Claire starrte ihn an. Nun regte sich ihr Magen tatsächlich. Allein die Vorstellung, Adrien in ihr Bett zu lassen, war unerträglich.

Hatten solche Gedanken ihr nicht noch vor wenigen Tagen einen wohligen Schauder über den Rücken laufen lassen?

Ja, damals, in ihrem früheren Leben, das vor wenigen Stunden zu Ende gegangen war. Doch wie konnte sie ihm das begreiflich machen? Es war aus und vorbei. Sie war nun anderweitig gebunden.

Léon. Für immer und ewig.

Ihre Kehle war wie zugeschnürt. Sie konnte Adrien nichts von Léon erzählen, und sie brachte es auch nicht übers Herz, ihm zu sagen, dass es aus war zwischen ihnen. Nicht jetzt. Nicht, wo er gerade erst aus dem Krankenhaus entlassen worden war.

»Adrien, es tut mir leid«, stieß sie hervor. »Nicht heute, bitte, mir ist so schlecht. Ich glaube, ich muss mich übergeben.«

Claire machte sich von ihm los und rannte davon, durch die offene Tür ins Freie. Sie hielt nicht an und sah sich auch nicht um, bis sie keuchend den Bahnsteig erreichte und sich in der Metro auf eine Bank fallen ließ. Der Zug fuhr ruckelnd an und verschwand dann in der Finsternis der unterirdischen Tunnelwelt.

***

Draußen im Süden vor Montsouris, wo sich heute an Stelle der mittelalterlichen Zollmauer ein doppelter Straßenring um die Stadt zog, begann der Morgen mit ungewöhnlichem Lärm. Das tiefe Brummen schwerer Lastwagen übertönte das Zwitschern der Vögel aus dem nahen Park. Auf einem brachliegenden Gelände reihten sie sich einer nach dem anderen auf. Die Fahrer stiegen aus, zündeten sich Zigaretten an und stellten sich zu einem Schwätzchen in die Sonne. Sie warteten, bis das Zittern des Bodens die Ankunft der Tieflader ankündigte, mit denen das schwere Gerät gebracht wurde.

Der Bauleiter trat seine Kippe aus. »Na, dann wollen wir mal. Männer, passt auf den Wagen dort drüben auf. Dort sind die Sprengsätze drin.«

Die etwa Dreidutzend Männer in Blaumännern und mit Helmen auf dem Kopf nickten.

»Gut, dann mal los!«

***

Léon fand ihn in den Katakomben unter dem Friedhof von Montparnasse. Es war dunkel hier, doch dort, wo der Schatten zwischen den alten Särgen stand, war es noch eine Spur finsterer und kälter.

»Hast du herausgefunden, was sich unter Montsouris tut?«

Léon nickte. »Aber ja, mein Meister, deshalb habt Ihr mich doch ausgesandt.«

Der Schatten schnaubte unwillig. »Sprich!«

»Sie sind mit schwerem Gerät angerückt und haben in den Tunneln Lichtmasten aufgestellt.«

Léon ahnte, wie sich der Körper unter der Kutte bewegte. Allein die Vorstellung von grellem Licht schien ihn erschaudern zu lassen. Wieder einmal dachte Léon über mögliche Schwächen des Schattens nach, die ihn vielleicht verletzlich machten.

»Und, weiter, was bezwecken sie damit?«

»Sie bereiten Sprengungen vor, um mit ihrem Gerät in die große Höhle vordringen zu können.«

»Wozu?«, rief der Meister in scharfem Ton. Léon spürte den Zorn, der seinen eigenen Körper zu umklammern schien.

»Laut ihren Plänen wollen sie ein neues Wasserreservoir anlegen, noch gigantischer als das alte von Montsouris. Sie erweitern die großen Höhlen, setzen neue Bögen und Pfeiler ein, dichten es ab und fluten es dann, um die neuen Stadtteile zu versorgen. Doch bis es so weit ist, werden wohl einige Monate ins Land ziehen. Es ist ein gigantisches Bauvorhaben.«

»Das werde ich nicht zulassen!«, schrie der Schatten so erbost, dass sich Sand und einige kleine Steine von der Decke lösten und herabrieselten. »Sie kommen mit ihren Scheinwerfern in mein Reich, um mir meine Höhlen wegzunehmen?

Sollen sie ihr Wasser aus der Seine nehmen oder sonst woher, das ist mir egal, solch einen Bau werde ich nicht dulden.«

»Die Seine ist zu verschmutzt, schon seit dem Mittelalter«, entgegnete Léon.

»Was kümmert mich das?«, brauste der Schatten auf.

»Ihr könnt diesen Bau nicht verhindern. Paris wächst und die Menschen brauchen sauberes Trinkwasser. Ja, es ist ein großes Vorhaben, doch es betrifft dennoch nur einen winzigen Teil der Höhlenwelt unter der Stadt.«

Dieses Argument ließ der Schatten nicht gelten. »Sie sind wie Kraken, gierig und unersättlich«, zischte er. »Sie kommen und nehmen sich, was ihnen nicht gehört, und wenn man sie gewähren lässt, verschwindet ein Stück nach dem anderen, bis es unsere Welt hier unten nicht mehr gibt. Nein, es ist genug. Ich habe sie mit ihren Patrouillen und Razzien gewähren lassen. Ich dulde seit Jahren, dass alte Gänge und Höhlen mit Beton verfüllt werden und alle Zugänge mit Ketten und Gittern verschlossen. Sie kommen herunter und legen Leitungen, sie bauen neue Tunnel für noch mehr Autos und Züge. Nun ist es genug. Wenn wir uns nicht wehren, werden sie uns verschlingen.«

Léon versuchte, sich seine Gefühle nicht anmerken zu lassen, und erkundigte sich stattdessen ruhig: »Wie wollt Ihr das anstellen?«

»Sie kommen hier runter, um meine Höhlen zu sprengen? Nun gut, das können sie haben. Ich brauche kein Dynamit, um ein paar Pfeiler zu brechen und eine Decke zum Einsturz zu bringen. Dann wollen wir sehen, wer hier wen vernichtet! Sie haben aus Versehen mit ihrem Dynamit das alte Reservoir beschädigt? Ist das nicht eine ganz wunderbare Idee? Die reinigende Sintflut, die sie mitsamt ihrer Bohrer und Scheinwerfer hinwegrafft.«

Léon spürte, wie ihm bei der Vorstellung, wie eine Viertelmillion Kubikmeter Wasser sich plötzlich ihre Bahn brechen und alles überschwemmen würde, übel wurde. Er richtete seinen Blick auf den Schatten.

»Ich denke, das ist keine gute Idee, Meister«, sagte er. »Vielleicht werdet Ihr ein paar der Männer töten und ihre Maschinen unbrauchbar machen, doch dann wird sich das Wasser seinen Weg suchen, und es wird nicht die Stadt dort oben überschwemmen. Es wird durch die Gänge und Kavernen rinnen und vermutlich die meisten der tiefen Steinbruchkammern fluten. Das könnt Ihr nicht wollen!«

»Natürlich nicht! Hältst du mich für einfältig? Du denkst, du kannst dich über mich lustig machen, ja? Ich warne dich. Begehe nicht den Fehler, mich zu unterschätzen. Ich werde den Stadtmenschen dort oben eine Lehre erteilen, die sie nicht so schnell vergessen werden. In Schutt und Asche versunken werden sie ihr Schicksal beweinen und ihre Wunden lecken und den Tag verfluchen, an dem sie das Alte, Gute für ihren Fortschrittswahn zerstört haben!«

Der Schatten stieß einen Fluch aus. Er wirbelte herum und verschwand in einer Nebelwolke.

Léon starrte kopfschüttelnd auf die Särge, die nun wieder einsam und still in ihrer Gruft standen. Er trat näher und strich mit der Hand über einen Kupfersarg, der mit einem Wappen verziert war. Das Metall war im Laufe der Zeit dunkel geworden und hatte sich an den Kanten mit einer grünen Kristallschicht überzogen. Doch Léon dachte nicht an die Toten. Ihn beschäftigten die Lebenden – in der Welt der Dunkelheit und in der Welt des Lichts. Er dachte daran, wie wenige Menschen in der Unterwelt von Paris lebten und wie viele Millionen sich im Schein der Sonne tummelten. Der Meister war mächtig, und er verfügte über Kräfte, von denen Léon vielleicht nicht einmal etwas ahnte, und dennoch war es ein ungleicher Kampf. Nicht nur, weil die dort oben so viel mehr waren und statt über Magie über Maschinen und Computer verfügten. Sie hatten auch eine Macht in ihrer

Mitte, von der sie vermutlich nicht einmal etwas ahnten. Noch wusste auch Léon nicht, wo sie zu finden war, doch er war sich sicher, dass er ihr immer näher kam und sie schon bald aufspüren würde.

Und dann?

Er hatte keine Ahnung, doch seine Nackenhaare sträubten sich. Aus Furcht?

Ja, vielleicht sollte er sich fürchten. Was würde von seiner Welt übrig bleiben, wenn Licht und Schatten aufeinandertrafen, erbittert bereit, das letzte Gefecht gegeneinander auszutragen.

Kapitel 24

Verzweiflung

Eine Woche verstrich, in der sich Claire in Hinhaltetaktik übte und ein Leiden nach dem anderen erfand, um Adrien von sich fernzuhalten. Eine Woche, in der es weder der Polizei gelang, den Diebstahl und die Schändung des Gemäldes im Louvre aufzuklären, noch der Kripo, irgendwelche neuen Spuren zu finden, die das Attentat auf Adrien und seine Freunde erhellt und sie dem wahren Täter nähergebracht hätten. Claires Eltern waren längst von ihrer Reise an die Küste zurück und noch so beschwingt von den prachtvollen Häusern und Partys, dass sie Claires Ausreden, ohne mit der Wimper zu zucken, akzeptierten. Louise strich ihrer Tochter über das Haar, bedauerte sie, dass sie so habe leiden müssen, und unterschrieb die Krankmeldung für die Schule. Alle Veränderungen, die ihnen an Claire vielleicht hätten auffallen können, schoben sie der eben überstandenen Magenkrankheit oder den Folgen des Attentats zu. Dabei waren die Zeichen mehr als deutlich:

Sie hatte keinen Appetit, saß meist träumend da und reagierte nicht, wenn man sie ansprach, oder brach unvermittelt in Tränen aus, nur um wenige Minuten später in ihrem Zimmer vor sich hin zu singen, wenn sie vor ihren aufgeschlagenen Heften und Büchern saß, ohne auch nur ein Wort oder eine Zahl von dem wahrzunehmen, was da stand. Irgendwann würde sie Ärger bekommen, wenn sie ihre Aufgaben nicht machte, doch im Moment ließ Claire das kalt. Es gab Wichtigeres. An Léon zu denken und darauf zu warten, dass er sie holte, um wieder mit ihr in seine Welt hinabzusteigen.

Doch er ließ sich Zeit. Eine ganze, lange Woche, die Claire schlimmer als eine Ewigkeit vorkam.

Die Schule war aus. Claire stand auf dem Bahnsteig und wartete auf ihre Metro, als eine kleine Hand an ihrem Ärmel zerrte. Claire fuhr herum und starrte in ein schmales, schmutziges Gesicht. Große, braune Augen waren auf sie gerichtet. Das Kind konnte kaum zehn Jahre alt sein, war aber für sein Alter auf alle Fälle zu klein und zu mager. Claire dachte, es müsse zu den Bettlern gehören, die überall in der Stadt anzutreffen waren und die Passanten manches Mal auch sehr nachdrücklich aufforderten, ein Almosen zu geben. Claire entzog ihren Arm den schmutzigen Händen und starrte das Kind finster an.

»Was willst du?«

»Bist du Claire?«

Das hatte sie nicht erwartet. Sie blinzelte verwirrt. »Äh, ja, wer schickt dich?«

»Du sollst den Zug in die Cité nehmen«, sagte das Kind nur und tauchte dann so unvermittelt im Strom der Menge unter, dass Claire sich nicht einmal für die Nachricht bedanken oder ihm eine Belohnung geben konnte. Wie betäubt wechselte sie den Bahnsteig, um zum Bahnhof Montparnasse zu fahren, wo sie die Metro zur Cité nehmen konnte. Ihr Herzschlag beschleunigte sich, als der Zug Fahrt aufnahm und in den Tunnel einfuhr, der unter dem Seinearm hindurchführte. War die Nachricht von Léon? Bestimmt. Wer sonst sollte dieses Kind zu ihr schicken? Aber warum rief er sie auf diese Weise und kam nicht einfach zur Schule, um sie abzuholen?

Weil es sich eben um Léon handelte und er nicht wie andere junge Männer war. Er war ein Wesen der Dunkelheit, das sich Claire auch nicht an einem hellen Nachmittag vor der Schule vorstellen konnte.

Der Zug bremste und hielt dann mit einem Ruck an. Die Türen öffneten sich. Claire sprang als Erste auf den Bahnsteig und sah sich suchend um, doch Léon war nirgends zu sehen. Und nun? Ein Bettler saß neben der Treppe, die an der gebogenen Metallwand zum Ausgang hinaufführte, und sah sie an. Er hatte hellgraue Augen, einen struppigen, grauen Bart und ebensolches Haar, das vermutlich schon monatelang nicht mehr gewaschen worden war. Doch zumindest schien er nicht betrunken zu sein. Sein Blick, mit dem er sie musterte, war klar.

»Mademoiselle, schon viele haben das, was sie begehren, in Notre-Dame gefunden«, sagte er.

Notre-Dame, natürlich. Wo sonst? Hier hatte er sie zum zweiten Mal gerettet.

»Danke.« Sie zog ein Zweieurostück aus ihrer Hosentasche und warf es in den Hut, in dem nur ein paar Cents lagen. Dann lief sie die Treppe hinauf. Oben angekommen, blieb sie einen Moment stehen, um sich zu orientieren. Ihr Blick fiel auf den Justizpalast, der im Schatten der Dämmerung bedrohlich wirkte. Auf der Südseite des Platzes schloss sich die Polizeipräfektur an. Bei der Vorstellung, Adriens Vater könnte vielleicht dort oben an einem der Fenster stehen und sie beobachten, wich sie unwillkürlich einige Schritte zurück. Dann machte sie sich mit gesenktem Kopf auf den Weg und folgte schnellen Schrittes der Straße, bis sie die beiden Türme der Kathedrale in den Himmel ragen sah, der sein herbstliches Blau bereits an die Dämmerung verloren hatte. Die Gestalt, die ihr folgte, bemerkte sie nicht.

***

Claire betrat die Kirche und sah sich im Dämmerlicht um. Es waren nicht mehr viele Besucher da. Der Platz vor der Kirche hatte sich geleert, die Busse mit den Touristen, die zu dieser Jahreszeit sowieso nicht mehr so zahlreich kamen, waren bereits abgefahren. Claire war das ganz recht. Ihr war nicht nach Menschenmassen. Sie mochte kein Drängen und Schieben. Sie genoss die Stille. Aber wo war Léon?

Claire konnte ihn nicht entdecken, obgleich sie das Kirchenschiff bis zum Chor durchschritt und dann wieder zum Westportal zurückkehrte. Irritiert trat Claire durch das Portal wieder ins Freie. Wo konnte er nur sein?

Ihr Blick wanderte über die reich verzierten Archivolten des Portals hinauf zu den Königen, die auf sie herabzusehen schienen, und dann weiter bis zur Galerie, die die beiden Türme verbanden.

War er dort oben?

Claire wandte sich nach rechts zum Eingang auf der Seite des Nordturms. Er war geschlossen, natürlich, keine Besucher mehr zu sehen, die sich bei Tag zu langen Schlangen aufreihten, um auf den Turm steigen zu dürfen. Claire schob das Eisengitter auf und drückte gegen die Tür, die wider Erwarten mit einem Knarren zurückschwang. Claire zögerte nicht. Sie schlüpfte hinein und schob die Tür hinter sich zu.

Bedächtig stieg Claire die unzähligen Stufen hinauf, bis sie die Plattform auf dem Nordturm erreichte. Sie trat an die Brüstung und sah hinüber zum Besucherturm, der sich inzwischen geleert hatte. Sie schien die Einzige hier oben zu sein. Niemand nahm Notiz von ihr und doch fühlte sie sich beobachtet. Claire drehte sich um ihre Achse. Sie erschrak nicht, als sie das leise Flüstern hörte. Es rief sie und umwarb sie. Es war, als sei sie zurückgekehrt, um das Geheimnis zu lüften und das Rätsel zu lösen, das so unerklärlich schien.

»Léon«, flüsterte sie. Er war hier, sie wusste es, und doch sah sie ihn erst, als sie sich noch einmal umwandte. Da stand er, keine drei Meter von ihr entfernt, wie üblich ganz in Schwarz gekleidet, sodass er sich kaum vom Dämmerlicht unterschied. Nur sein Gesicht leuchtete wie der blasse Mond, der im Osten über der Seine aufging.

Claire trat ihm entgegen und streckte die Hände aus. »Endlich«, stieß sie hervor und suchte vergeblich nach dem warmen Lächeln in seinem Gesicht und dem Leuchten voller Zärtlichkeit in seinen Augen. »Ich habe geahnt, dass ich dich hier oben finden werde«, sagte sie.

»Und du hattest keine Angst, ein weiteres Mal auf den Turm zu steigen, von dem du schon einmal Hals über Kopf fast zu Tode gestürzt bist?«

Claire schüttelte den Kopf. »Warum sollte ich? Du hast mich doch gerettet!«

»Ja, das habe ich, aber hast du dich auch gefragt, wie es überhaupt dazu kam, dass du gefallen bist?«

Claire hob die Schultern. »Ich habe nicht darüber nachgedacht. Es ist alles ein wenig verschwommen. Da war eine Stimme, die mich rief. Dann habe ich mich zu weit vorgebeugt und den Halt verloren. Mir ist ganz plötzlich schwindelig geworden.« Sie lachte unsicher. Das war jetzt nicht wichtig. Sie waren hier, zusammen. Sie konnten einander sehen und spüren. Ihre Finger schlangen sich um seine Hände, doch Léon beharrte darauf, die Geschichte weiter zu verfolgen.

»Denk nach! Wie kam es überhaupt dazu, dass du diesen Turm bestiegen hast?«

»Ich habe mich einfach geirrt«, sagte Claire mit einem Schulterzucken.

»Oh nein, so einfach ist das nicht«, widersprach ihr Léon. »Die Tür ist aus gutem Grund stets verschlossen. Es ist viel zu gefährlich, Besucher hier heraufzulassen, wo es keine Sicherheitsgitter gibt und nur diese niedere Steinbrüstung die Plattform umgibt.«

Claire wusste nicht, worauf er hinauswollte, und sie begriff auch nicht, warum er sie so ernst ansah und sie mit beiden Armen auf Distanz hielt. Wollte er sie nicht an sich drücken und sie küssen, nach all dem, was zwischen ihnen gewesen war? Wen kümmerte es, ob ein Küster vergessen hatte, eine Tür zu verschließen?

»Heute war sie auch offen«, sagte sie und hoffte, er werde es nun endlich dabei belassen.

»Ja, sie war offen, weil ich sie aufgeschlossen habe. Weil ich dich hier heraufgelockt habe. Zum zweiten Mal!«

Claire blinzelte. Sie brauchte einen Moment, bis sie begriff, was er ihr damit sagen wollte. »Du hast die Tür geöffnet? Warum? Ich meine, als ich das erste Mal hierherkam.«

»Aus diesem Grund! Ich habe deine Sinne verwirrt und dich von deinen Freunden getrennt. Ich habe dich hier heraufgelockt und dich in dein Verderben gestürzt.«

Claire runzelte die Stirn. Sie hörte wohl, was er sagte, doch das ergab keinen Sinn. Er konnte nicht das meinen, was er sagte. Wenn er sie doch nur nicht so abweisend angesehen hätte.

»Ich verstehe nicht«, sagte sie unsicher. »Wie kannst du mich heruntergestürzt und dann gerettet haben?«

»Wie? Ganz einfach!«

Obwohl Claire nicht bemerkt hatte, dass sie zurückgewichen wäre, spürte sie plötzlich die Steinkante an ihrer Hüfte. Sie hatte sich nicht umdrehen wollen und doch glitt ihr Blick in die Tiefe. Alles begann sich zu drehen. Die Bilder verschwammen, der Boden schien plötzlich so nah. Claire beugte sich nach vorn, ihre Füße verloren den Halt, und sie stürzte kopfüber in die Tiefe.

Es ging so schnell, dass sie keine Angst empfand, nur Verwunderung. Und dann waren da wieder die starken Arme, die sie auffingen und festhielten und sanft auf den Steinplatten der Galerie absetzten.

»Du hast mich hinuntergestürzt, um mich dann zu retten?«, keuchte Claire fassungslos, als sie wieder zu Atem kam und sich das Bild vor ihren Augen klärte. »Warum?«

»Ist das nicht offensichtlich?«

»Nein, ist es nicht!«, schrie sie. »Was ist das für ein schreckliches Spiel?«

»Eines, das dir die Augen öffnen soll«, gab er leise zurück. Seine Stimme klang nun wieder sanft, doch Claire machte sich von ihm los.

»Ich verstehe das noch immer nicht«, sagte sie mit einem Aufschluchzen. »Liebst du mich denn gar nicht?«

»Darum geht es nicht«, entgegnete Léon heftig. »Du musst endlich begreifen, dass du dich in ein Phantom verliebt hast. Den lieben, netten Léon gibt es nicht. Ich verfüge über Kräfte, von denen du nicht einmal etwas ahnst.«

»Doch, das tue ich. Du hast sie mir gezeigt.«

Er wehrte ihren Einwand ab. »Aber ist dir auch klar, was ich damit tun könnte? Ich bin gefährlich, verstehst du das nicht? Ich bin kein netter, junger Mann, mit dem man seine Zukunft plant, ich lebe nicht umsonst in der Unterwelt und scheue das Sonnenlicht. Du weißt gar nichts über mich. Du schwärmst für ein Bild, das du dir ausgedacht hast, und machst mich zu einem Helden, der ich nicht bin.«

Er war mit jedem Satz lauter geworden und stand nun schwer atmend vor ihr. Claire betrachtete ihn und horchte in sich hinein. Was wollte er mit dieser Rede bezwecken? Ihr Angst einflößen? Sie davonjagen? Nachdem er sie so zärtlich geliebt hatte? Nein, das passte nicht zusammen. Ja, er verfügte über außergewöhnliche Kräfte, und sie wusste nicht viel über ihn, doch sie weigerte sich zu glauben, was er ihr mit dieser Demonstration weiszumachen versuchte.

Claire verschränkte die Arme vor der Brust und ließ sich im Schneidersitz auf die Steinplatten sinken. Léon starrte sie an. Claire legte ihre Handfläche auf den Boden.

»Komm, setz dich zu mir. Du hast recht, ich weiß noch zu wenig von dir. Das können wir ändern. Erzähle mir etwas, das mir hilft, dich besser zu verstehen.«

»Du hast mir nicht zugehört!«

»Doch, das habe ich«, widersprach Claire, »und mir ist bewusst, dass vieles, was du sagst, was du tust und was ich empfinde, nicht zusammenpassen. Ich bin neugierig. Alles wird helfen, dich besser zu verstehen. Denn eines weiß ich ganz genau: Es lohnt sich, dich näher kennenzulernen. Natürlich denke ich nicht, dass du einfach nur ein Freund bist wie jeder andere, den ich in der Schule kennenlernen könnte. Hältst du mich für derart naiv? Nein, ich weiß, dass du etwas Besonderes bist, ja, einzigartig, und gerade das hat mich fasziniert. Aber ich weigere mich, den finsteren Bösewicht zu erkennen, den du mir einzureden versuchst. Du sagst, du bist gefährlich? Ich glaube dir. Du könntest ganz sicher gefährlich sein. Du hast diese Kräfte, die man im Guten und im Bösen einsetzen kann, doch genau das ist der Punkt: Du verfügst über diese Kräfte, nicht sie über dich. Du entscheidest, wie du sie einsetzt, und deshalb habe ich keine Angst. Ich weigere mich zu glauben, dass du mich auf diese Weise lieben und mir dann etwas antun könntest.«

»Also bist du doch naiv«, gab Léon mit erstickter Stimme zurück, setzte sich aber neben sie, sodass sie beide durch den Steinbogen über den nun einsam unter ihnen liegenden Platz hinaussahen. Eine Weile schwiegen sie, dann forderte Claire ihn noch einmal auf:

»Erzähle mir etwas!« Sie rückte ein Stück näher an ihn heran und lehnte ihren Kopf gegen seine Schulter.

Léon rührte sich nicht. »Paris ist eine Stadt der Gegensätze, schon immer. Früher gab es nur wenige, die im hellen Licht lebten und in den Strahlen der Sonne badeten. Die meisten Menschen waren Kinder der Dunkelheit. Nicht nur die Ausgestoßenen, die in den Höhlen hausten, gehörten dazu. Fast ganz

Paris war ein Ort der Finsternis. Es gab zu viele Menschen und immer mehr drängten vom Land in die Stadt. Darum schossen die Häuser in die Höhe, die Gassen waren eng, und so berührte bald kein Sonnenstrahl mehr das Pflaster. Dicht an dicht gedrängt mussten sich die Menschen dem Kampf ums Überleben stellen, und doch war es ihre Stadt und ihr Leben. Sie liebten sich, bekamen Kinder und sahen diese aufwachsen. Sie schufteten mit ihren Händen, um ihr Überleben zu sichern, während die draußen im Licht ihrer Paläste und Gärten sich zu Tode langweilten und an ihrer eigenen Dekadenz dahinsiechten, bis sie nicht einmal mehr in der Lage waren, gesunde Nachkommen zu zeugen! Während die dort draußen immer schwächer wurden, wurden die Kinder der Dunkelheit immer stärker.«

Claire hörte ihm zu, doch die verstand nicht, was er ihr damit sagen wollte. Was hatte das mit ihnen zu tun? Das war Stoff für Geschichtsstunden, wenn auch Madame Girard es sicher ein wenig anders darstellen würde.

»Die Kinder des Lichts hatten ihre Könige, doch auch in der Unterwelt wuchs ein Herrscher heran, wie ihn die Welt noch nicht gesehen hat und wie sie ihn auch niemals sehen sollte, denn er war die Finsternis selbst, die die Macht hat, alles zu verschlingen. Er gab den Elenden Kraft und half ihnen, die dekadenten Ausbeuter erstmals das Fürchten zu lehren.«

»Schön«, warf Claire ein, »doch diese Zeiten sind längst vorbei. Die Missstände wurden beseitigt. Es gibt kein Heer von Armen mehr in Paris, die unter unwürdigen Umständen dahinsiechen müssen. Madame Girard hat uns davon erzählt und auch Adriens Onkel Cato hat davon gesprochen. Im neunzehnten Jahrhundert hat Baron Haussmann sich der Missstände angenommen.«

»Oh ja, der gute Baron war sehr rührig«, stimmte ihr Léon zu, doch es klang eher bitter als anerkennend. Er riss das alte

Paris nieder und verjagte die, die seiner Klasse hätten gefährlich werden können. Er nahm ihnen ihre Unterkünfte und ihren Schutz.«

»So negativ kannst du das nicht sehen«, widersprach Claire. »Er hat für bessere Lebensbedingungen gesorgt. Er hat Luft und Licht nach Paris gebracht!«

»Ja, das hat er.« Es klang noch immer nicht begeistert. »Doch er war nicht die treibende Kraft.«

»Nein? Meinst du, das ging vom König aus?«

Léon schnaubte verächtlich. »Der König? Napoleon III. war ein schwächlicher Narr. Nein, es gab eine neue Macht hinter dem König, die es mit dem Schatten der Finsternis aufzunehmen gedachte. Wo sie so plötzlich herkam? Ich weiß es nicht. Es gibt die Sage von einem Zauber, der so mächtig ist, dass er die Welt in Stücke zu reißen vermag, doch der, der ihn sprach, war nicht stark genug, ihn zu beherrschen, also fiel der Zauber auf ihn zurück.«

»Ich verstehe nicht, was das mit der Geschichte von Paris zu tun hat, und noch weniger, wie es uns beide betreffen sollte.« Claire seufzte.

»Ich verstehe auch noch nicht alles«, stimmte ihr Léon zu, doch er schien eher zu sich selbst zu sprechen.

Ein Windstoß fuhr um die Türme, zerrte an ihren Haaren und ließ Claire frösteln. Léon sprang auf und zog sie hoch.

»Dir ist kalt. Komm, lass uns nach unten gehen.«

Er führte sie unter den Strebepfeilern am Kirchenschiff entlang und dann die Treppe hinunter, die in einer Seitenkapelle mündete. Die Kirche war längst verlassen, alle Türen verriegelt, die Lichter gelöscht. Nur der Mond, der durch die bunten Fenster schien, zeichnete geheimnisvolle Muster auf den Boden. Claire wunderte sich nicht mehr, dass es keine Tür und keinen Riegel gab, die Léon hätten aufhalten können. Gemeinsam traten sie durch die Seitenpforte ins Freie, wo die Nacht sie umfing. Léon blieb stehen.

»Ich kann dich nicht begleiten. Es tut mir leid.«

»Ich schaffe es durchaus alleine nach Hause«, erwiderte Claire und trat so nah auf ihn zu, dass sie seine Wärme spürte. »Wenn wir uns das nächste Mal sehen, will ich die Geschichte zu Ende hören.«

»Ich kenne das Ende noch nicht«, erwiderte Léon, und dann endlich nahm er sie in die Arme, drückte sie an seine Brust und küsste ihren Mund, dass sie die Kälte der Herbstnacht nicht mehr spürte. Sie roch seine Haut, sie spürte seinen Körper an den ihren gepresst. Sie gehörten zusammen, doch der Augenblick verstrich. Seine Lippen lösten sich von den ihren, seine Arme sanken herab, und er trat einen Schritt zurück.

»Wann sehen wir uns wieder?«

»Wir sollten es nicht«, sagte er mit einem Seufzen. »Ich will dich nicht in Gefahr bringen. Es ist nicht sicher für dich, solange ich nicht weiß, worauf das Ganze hinausläuft.«

»Das will ich nicht hören. Wir sehen uns wieder, schon bald, versprich es!«

»Ich verspreche es. Ich schicke dir eine Nachricht.«

Damit musste sich Claire zufriedengeben. Sie umfasste den roten Stein an ihrem Hals, den Schlüssel zu ihm, sollte sie ihn jemals brauchen. Dann wandte sie sich schweren Herzens ab und überquerte den riesigen, einsamen Platz, der so leer war, wie sie sich innerlich fühlte.

Erst als Claire im Zug saß und die Metro unter der Seine hindurchratterte, kam ihr die Ungeheuerlichkeit, die er ihr gestanden hatte, wieder in den Sinn. Er behauptete, sie absichtlich auf den Turm gelockt und in die Tiefe gestürzt zu haben, nur um sie dann vor dem sicheren Tod zu retten. Warum um alles in der Welt? Waren seine Motive wirklich so offensichtlich, wie er behauptet hatte? Waren solch drastische Mittel nötig, sich ihr Vertrauen zu erschleichen? Sie als Belohnung für ihre Rettung gefügig zu machen?

Die Vorstellung war so erbärmlich, dass Claire sie aus ihren Gedanken verbannen wollte. Nein! Das passte nicht zu Léon. Das war nicht möglich, und das hatte er auch nicht nötig, war ihm das nicht klar? Was aber konnte dann dahinterstecken?

Und dann noch diese seltsame Geschichte, wo sie gehofft hatte, etwas über ihn, seine Herkunft und seine Kindheit zu erfahren. Doch darüber schwieg er sich noch immer aus. Warum? Was konnte Schreckliches geschehen sein, das ihn von seinen Eltern weg in sein unterirdisches Versteck geführt hatte?

Claire hatte keine Ahnung. Vielleicht hatte er etwas getan, auf das er nicht stolz war. Hatte er deshalb behauptet, gefährlich zu sein? Vielleicht ein Unfall, an dem er sich schuldig fühlte. Ganz sicher hatte er keinem Menschen vorsätzlich etwas angetan. Das war völlig unmöglich. Ganz gleich, was er ihr sagte, sie war nicht bereit, so etwas von Léon zu glauben!

***

Die Metro hielt. Fast hätte Claire den Halt verpasst. Gerade noch rechtzeitig schlüpfte sie durch die Türen und verließ die Station. Die Straßen waren leer, als sie sich auf den Heimweg machte.

Claire schrak zusammen, als sich unvermittelt eine Gestalt zwischen zwei parkenden Autos vor dem Haus löste und ihr den Weg versperrte. Ihr Herz machte einen Sprung. Für einen Moment dachte sie, Léon wäre zurückgekommen, doch dann erkannte sie ihn.

»Was tust du hier?«, erkundigte sie sich lahm.

»Nachsehen, wie es meiner ach so leidenden Freundin

geht?«, gab Adrien in einem Tonfall zurück, der ihr gar nicht behagte.

»Du wolltest mich besuchen?«

»Ja, das macht man so, wenn es dem anderen nicht gut geht, doch wie ich gesehen habe, brauche ich mir um dein Wohlbefinden keine Sorgen zu machen.«

Claire schluckte. Hatte er sie etwa mit Léon zusammen gesehen? Der Gedanke ließ sie erschaudern. »Es tut mir so leid«, stotterte sie.

»Was? Dass du mich belügst und betrügst? Dass du mit einem anderen Kerl durch die Straßen ziehst und dich ihm wie ein Flittchen an den Hals wirfst? Ich hätte es wissen müssen, dass so eine wie du nichts taugt. In Amerika ist das vielleicht üblich, hier in Paris aber gibt es noch so etwas wie Ehrlichkeit und Treue.«

Seine Worte waren wie Messerstiche, doch Claire wusste, dass sie sie verdient hatte, obgleich sie nicht vorgehabt hatte, Adrien zu hintergehen. Es war einfach passiert. Die Liebe war über sie gekommen. Gegen diese Kraft war sie machtlos, aber war das Rechtfertigung genug, dass sie ihm ausgewichen war und ihn hingehalten hatte? Claire verfluchte ihre eigene Feigheit. Nun war es für ihn vermutlich noch viel schwerer. Und für sie auch, doch jetzt gab es kein Entkommen mehr.

Claire holte tief Luft und trat an seine Seite. »Komm, lass uns ein paar Schritte gehen.«

»Warum?«, stieß er unwirsch aus.

»Weil ich dir einiges erklären muss und das lieber nicht vor meinen Eltern tun möchte.«

»Ja klar, sie sollen von ihrer Tochter nicht so enttäuscht werden, wie ich es bin, und nicht erfahren, was sie sich da herangezogen haben.«

Claire ging auf seine bitteren Worte nicht ein. Sie legte die Hand auf seinen Arm, aber er zuckte zurück. »Bitte, lass es mich erklären.«

»Was gibt es da zu erklären?« rief er, doch er folgte ihr die stille Straße hinunter auf den Park zu. »Also, wer ist der Kerl, mit dem du dich jetzt rumtreibst?«, verlangte Adrien zu wissen.

»So ist das nicht richtig«, sagte Claire. »Aber wenn du es wissen willst: Er heißt Léon.«

»Léon und wie weiter?«

»Einfach nur Léon, lassen wir es dabei.«

»Das ist zu wenig. Woher kommt er? Glaubst du, er ist besser als ich?«

»Das tut doch nichts zur Sache. Es ist einfach passiert. Ich bin ihm begegnet und ich habe mich verliebt.«

»Du hast mich benutzt und belogen!«, schimpfte Adrien, und Claire war sich nicht sicher, ob er ihr in seiner Verbitterung überhaupt zuhörte. Sie blieb stehen und hielt ihn an beiden Armen fest, sodass er gezwungen war, sie anzusehen.

»Nein, Adrien, ich habe dich weder benutzt noch belogen.«

Er schnaubte, ließ sie aber weiterreden.

»Ich dachte, ich hätte mich in dich verliebt. Ja, vielleicht habe ich das auch, und ich habe dich auch nicht belogen oder dir irgendetwas vorgetäuscht. Doch dann passierte dieses schreckliche Unglück und die Ereignisse haben sich überstürzt. Ich mochte dich und mag dich immer noch. Du bist mein Freund und sollst es bleiben, mit Léon ist das jedoch etwas ganz anderes. Es hat mich einfach so getroffen und ist viel mehr als eine Schwärmerei oder ein wenig verliebt sein. Ich habe mir das nicht ausgesucht, doch ich weiß jetzt, dass ich zu ihm gehöre. Du hast recht, ich hätte es dir gleich sagen sollen, statt dich mit Ausreden hinzuhalten. Ich fühlte mich dir gegenüber schuldig. Du warst verletzt und hattest unter deinen Brandwunden zu leiden. Ich wollte dir nicht noch mehr Leid zufügen, und ich wusste einfach nicht, wie ich es dir sagen sollte.«

»Ach, und so ist es jetzt besser?«, fauchte er.

Claire stiegen Tränen in die Augen. »Nein, es ist noch viel schrecklicher, und es tut mir unendlich leid.«

»Aber du willst das durchziehen, ja? Du willst, dass es zwischen uns aus ist?«

Claire fiel es schwer, seinem vorwurfsvollen Blick standzuhalten, doch sie zwang sich, ihm in die Augen zu sehen. »Ich muss unsere Beziehung beenden, aber ich wünsche mir, dass wir noch immer Freunde sein können, die in und außerhalb der Schule miteinander reden.«

Für einen Moment hoffte Claire, er würde sie verstehen und sie könnten tatsächlich noch so etwas wie Freunde bleiben, doch dann blitzte etwas in seinem Blick auf, das sie zurückweichen ließ.

»So hast du dir das gedacht?«, zischte er. »Da muss ich dich enttäuschen. Wer die Familie Charron verrät, der muss bereit sein, die Konsequenzen zu tragen. Das hat sich in vielen Kreisen bereits herumgesprochen. Verräter haben keine Gnade verdient! Mein Vater wird zu Recht respektiert und gefürchtet.«

»Adrien, das ist doch etwas ganz anderes. Hier geht es nicht um Verbrecher und die Polizei«, unterbrach ihn Claire. »Es geht um uns!«

»Es gibt kein Uns mehr«, schrie er. »Und nein, es ist nichts anderes. Verrat bleibt Verrat, und ich schwöre, du wirst dir noch wünschen, mich nicht betrogen zu haben!«

Sie konnte nicht verhindern, dass er sich abwandte und davonlief. Mit Tränen in den Augen sah Claire ihm nach. Es hätte nicht schlimmer laufen können. Warum nur hatte sie so lange gewartet, bis er es selbst herausfand?

Aber wäre es wirklich leichter geworden, wenn sie es ihm ein paar Tage früher gesagt hätte? Als er noch im Krankenhaus lag?

Claire wusste es nicht, und es war müßig, jetzt noch darüber nachzudenken. Ihr blieb nur zu hoffen, dass Adrien sich beruhigen würde, sobald der erste Schmerz über die Enttäuschung abgeklungen war. Er konnte sie von nun an nicht ewig hassen. Oder vielleicht doch? Sein Vater schien ein nachtragender Mann zu sein. Vielleicht würde es sehr lange dauern, bis Adrien ihr nicht mehr grollte. Es graute Claire bei dem Gedanken, ihm jeden Tag in der Schule begegnen zu müssen. Wie würden seine Freunde reagieren? Würden sie sich Adrien in seinen Rachegedanken anschließen und sie von nun an mit seinem Hass verfolgen? Wie lange konnte sie das ertragen?

Blind von Tränen rannte Claire heim, schloss die Tür auf und lief, ohne ihre Eltern zu begrüßen, in ihr Zimmer. Sie schloss sich ein und warf sich auf ihr Bett. Dort weinte sie stundenlang, bis sie dachte, keine Tränen mehr zu haben. Auf das Klopfen an der Tür reagierte sie nicht. Sie war nicht in der Verfassung, darüber zu sprechen. Sie wollte nur noch zurück in Léons Arme und alles vergessen. Doch er war weit weg. Irgendwo in seiner eigenen, finsteren Welt unterwegs, wo er nichts von ihrer Verzweiflung ahnte. Wann würde sie ihn wiedersehen? Würde er überhaupt wiederkommen? Ihr Treffen war nicht so verlaufen, wie sie es sich erträumt hatte. Was, wenn Léon es sich wieder anders überlegte und sie verließ? Der Gedanke war so schrecklich, dass sie wieder weinen musste, bis sie in ihrer Verzweiflung einschlief.

Kapitel 25

Verrat

»Zurück von deinem kleinen Ausflug?«

Es war nicht leicht, Léon zu überraschen, und noch schwerer war es, ihn zu erschrecken, doch als die Stimme des Meisters so unvermittelt hinter ihm erklang, zuckte er zusammen. Léon nahm sich die Zeit, sich zu fassen, ehe er sich umdrehte und in der Dunkelheit nach dem Schatten suchte. Sein Blick wanderte zu der schwach schimmernden Wolke, in der sich die Konturen seiner Kutte zusammenzogen. Er konnte die Schärfe seines Blicks auf seiner Haut spüren. Keine Frage, der Meister war heute in schlechter Stimmung.

»Du hast dich wieder mit diesem Mädchen getroffen«, sagte er leise, fast sanft, doch Léon spürte die Gefahr. »Ich habe dich gewarnt«, fügte der Meister hinzu, »aber du denkst, du bist schlauer.«

Léon versuchte ruhig zu antworten. »Ja, ich habe mich mit Claire getroffen, aber das muss Euch nicht beunruhigen. Ich unternehme nichts, das Euren Interessen entgegensteht.«

»Ach nein? Bist du dir da ganz sicher? Man kann nicht zwei Herren dienen und du gehörst ganz allein mir. Du hast dich mir mit deinem Blut verschrieben, erinnerst du dich?«

Léon erwiderte seinen Blick, in dem nun ebenfalls Wut aufblitzte. »Ja, ich erinnere mich, Meister«, sagte er noch immer beherrscht, obgleich es ihm schwerfiel, die Emotionen, die ihn überfielen, zu kontrollieren. Er wusste nicht mehr, wie viele Jahre es her war, doch wenn die Erinnerungen in ihm aufstiegen, kam es ihm wie gestern vor, als er körperlich und seelisch dem Ende nah in die Höhle gekrochen war. Wie ein Tier, das den Tod nahen spürt und sich zurückzieht, um in Würde sein Leben zu beenden. Vermutlich wäre er in dieser Nacht in der Einsamkeit der Höhle gestorben. Léon konnte nicht sagen, ob das nicht besser für ihn gewesen wäre. Für seine Seele zumindest, wenn er denn noch eine besaß. Er wusste es nicht.

Für einen Augenblick war es Léon, als sei er wieder in der Höhle unter dem Montmartre. Er lag auf dem Rücken, die Augen geschlossen, und wartete auf sein Ende. Schmerzen, Angst und Verzweiflung hatte er bereits hinter sich gelassen und auch die Kälte spürte er nicht mehr. Nur die Schreie der anderen und das Dröhnen der Waffen klangen noch als Nachhall in seinen Ohren. Bald würde er sich ihnen anschließen.

Wieder erfasste ihn eine Welle von Kälte, die ihn erbeben ließ, doch es fühlte sich anders an. Da war etwas, das auf ihn zufloss und ihn umhüllte. Und dann verspürte er die Stimme in seinem Körper. Sie schien überall zu sein. Um ihn herum und in ihm. Eine Stimme, wie er sie noch nie vernommen hatte. War es Gott oder der Teufel, die gekommen waren, ihn zu sich zu holen? Léon wusste es nicht, doch es kümmerte ihn auch nicht. Er war bereit, für das einzustehen, was er getan hatte.

»Léon«, flüsterte die heisere Stimme in ihm. »Léon, ich habe dich beobachtet. Du bist ein mutiger junger Mann. Du siehst und hörst mehr als alle anderen, und du bist der Sache stets treu geblieben, der du dich verschrieben hast.«

Und was hatte es ihm gebracht? Alles war verloren und er lag hier im Sterben.

Die Stimme schien seine Gedanken zu hören. »Du musst nicht sterben, wenn du es nicht willst.« Léon glaubte der Stimme nicht.

»Reiß dich zusammen!« Der kalte Hauch um ihn wurde zu einer zornigen Böe. »Ich bin gekommen, um dir alles zu geben, was du dir erträumen kannst. Es genügt ein einziges Wort von dir.«

»Alles? Was begehrte er? Dass er diesen Tag ungeschehen machen könnte? Dass alle, die in diesen dramatischen Tagen im Mai 1871 in ihrem Blut elendig gestorben waren, noch leben würden? Heute, gestern, vergangene Woche. Wie weit würde er die Zeit zurückdrehen müssen, um den Wahnsinn aufzuhalten? Hatte es überhaupt eine Möglichkeit gegeben, dem Rad des Schicksals eine andere Richtung zu geben, oder war alles vorherbestimmt? Musste es so enden? Wenn ja, warum? Er konnte den Sinn nicht erkennen. So viel Leid, so viele Schmerzen, so viel Tod.

Die nächste eisige Böe riss ihn aus seiner Grübelei. »Die Geschichte kann man nicht ändern«, zischte die Stimme. »Das habt ihr euch selbst zuzuschreiben. Die Toten kann ich nicht zurückholen, aber ich kann dir deine Stärke zurückgeben und noch mehr. Ich mache dich unsterblich! Du wirst über Kräfte verfügen, von denen du noch nicht einmal geträumt hast. Du wirst nie mehr frieren, niemals Angst in der Dunkelheit haben und keinen Hunger leiden.«

Léon ließ die Worte durch seinen Geist wandern. So schwach er sich auch fühlte, er verfügte noch immer über so viel Verstand, dass ihm klar war, so ein Angebot gab es nicht umsonst. Es fiel ihm schwer, doch es gelang ihm, die Augen zu öffnen. Um ihn herum herrschte Dunkelheit, doch da war ein Wabern in der Luft, ein grünliches Schimmern, das eine dunkle Gestalt erahnen ließ.

»Was wollt Ihr dafür?«, hauchte Léon.

»Nicht viel. Nur deine Treue, solange wir zusammen durch

meine Welt wandeln. Du bist mein Diener, bis ich mein Ziel erreicht habe, das dem deinen sehr nahe kommen sollte. Die Kinder der Finsternis sollen nicht umsonst gestorben sein. Sie werden gerächt werden, das verspreche ich dir.«

Das war der Wendepunkt gewesen, der Scheideweg seiner Geschichte. Hier hätte er Nein sagen müssen oder zumindest weiter fragen, doch er war so müde und schwach gewesen. Der Schwur kam ihm damals leicht über die Lippen, und noch heute, so viele Jahre später, war er an ihn gebunden. Deshalb hatte der Schatten ihn abgefangen, um ihn daran zu erinnern.

»Das Mädchen ist Gift für dich«, zischte der Schatten. »Du wirst weich und unvorsichtig und du redest zu viel. Das kann ich nicht dulden!«

Léon wusste nicht, was er sagen sollte. Wie es ihm gelingen konnte, Claire aus dem Fokus des mächtigen Magiers zu befreien.

»Ich habe etwas erfahren«, sagte er schnell. »Das Feuer, ich glaube, ich weiß jetzt, warum es gerade dort entfacht wurde.«

Aber der Meister ließ sich nicht ablenken. Der Ärmel seiner Kutte schwang durch die Luft.

»Ich hätte sie auf der Stelle vernichten können. Sie in die Tiefe schleudern und zerschmettern, ohne dass du ihr hättest helfen können, aber ich bin nicht undankbar. Ich erkenne an, dass du mir so viele Jahre treu gedient hast, doch ich kann es nicht hinnehmen, dass du dich jetzt von mir entfernst und deine Gefühle an ein Mädchen bindest. Nein, widersprich nicht. Ich kann in dir lesen wie in einem offenen Buch. Du hast dich nicht mehr unter Kontrolle, daher muss dein Meister dafür sorgen, dass alles wieder ins Lot kommt. Du wirst mir dieses Mädchen bringen!«

Léon spürte zum ersten Mal wieder diese schreckliche Kälte, die sein Herz zu vernichten drohte.

»Ihr braucht sie nicht. Ich tue alles für Euch!«

»Ich weiß, doch du wirst andere Dinge für mich tun. Bring sie mir, oder ich muss mich meiner anderen Helfer bedienen, um deren Treue ich mich nicht sorgen muss.«

»Jannine?«, wollte Léon wissen.

»Kümmere dich nicht mehr um Dinge, die dich nichts angehen.«

Léon ballte die Hände zu Fäusten, wagte aber nicht, zu widersprechen. Der Schatten hatte ihm alles gegeben, als das Leben ihm bereits alles genommen hatte. Bisher war er damit zufrieden gewesen und hatte seinen Schwur nicht als Last empfunden, auch wenn er nicht immer mit seinen Aufträgen einverstanden gewesen war und auch nicht alles verstand. Sein Dasein war zu einem ruhigen Fluss geworden, ohne Stromschnellen, ohne Kälte, Hunger und Angst, aber auch ohne Freude, Wärme und Liebe. Erst jetzt wurde ihm klar, wie viel ihm gefehlt hatte und wie sehr er sich nach der Zärtlichkeit weicher Haut und warmer Lippen sehnte. Es fühlte sich an, als würde ihm zum zweiten Mal sein Leben geraubt.

Er hätte alles auf sich genommen, um noch einmal die Liebe in seinem Herzen erglühen zu lassen, doch er durfte nicht. Er musste sie vor der Macht des Meisters schützen, auch wenn sie dafür leiden musste. Der Schatten bluffte nicht, das war Léon klar. Was würde er Claire antun, wenn Léon sie ihm auslieferte?

Léon schluckte, dann senkte er den Kopf. »Bitte, verschont sie. Ich werde sie nicht wiedersehen«, versprach er.

»Das hättest du dir früher überlegen sollen. Du wirst sie mir bringen! Warte nicht zu lange.«

Léon wandte sich ab und ging davon. Es war alles gesagt.

Der Schatten hielt ihn nicht auf, doch Léon spürte, wie ihm sein Blick folgte. Er wandte sich nicht noch einmal um. Seine Gedanken flogen zu Claire, der er sich nun nicht mehr nähern durfte. Er hatte es ihr versprochen, doch er würde sein Wort nicht halten. Würde sie wütend werden? Enttäuscht sein? Traurig und verzweifelt?

Vermutlich, doch irgendwann würde sie darüber hinwegkommen, ihn vergessen und sich einem anderen Mann zuwenden. Vielleicht würde dann auch der Schatten sie vergessen.

Der Gedanke gab ihm zumindest Trost, und doch fachte er auch seinen Zorn an, es gab dennoch nichts, das er tun konnte, um das Schicksal abzuwenden.

***

Am Morgen fühlte sich Claire wie zerschlagen. Sie mied den Blick in den Spiegel, ehe sie die Treppe hinunterschlich und einige Schluck Milchkaffee trank. Nach Essen war ihr nicht. Sie bemerkte sehr wohl, wie ihre Eltern Blicke tauschten, doch sie waren so rücksichtsvoll, nicht zu fragen. Grußlos verließ Claire das Haus und ging so langsam wie möglich zur Metrostation. Es graute ihr davor, Adrien zu begegnen. Innerlich wappnete sie sich gegen neue Vorwürfe, doch er war nicht da und tauchte auch während des Tages nicht auf. Claire war erleichtert und bemühte sich, dem Unterricht zu folgen.

Auch am nächsten Tag war Adrien nicht in der Schule, dafür kehrten Philippe und Nathalie zurück. Philippe begrüßte Claire freundlich. Offenbar hatte Adrien nicht mit ihm gesprochen. Nathalie ignorierte Claire, was aber nicht verwunderlich war. Sie gesellte sich sofort zu ihrem Hofstaat, der bis auf Lucie bereits wieder vollständig versammelt war und bereit, ihrer Monarchin zu dienen. Nathalie trug eine schicke Kappe, um ihre Haarstoppeln zu verbergen, ansonsten war sie genauso wiederhergestellt wie die anderen Teilnehmer der Party. Keiner schien Narben davontragen zu müssen. Erstaunlich, dachte Claire wieder einmal. Sie wandte den Blick von Nathalie und ihrer Gang ab und gesellte sich zu Louna, die sie forschend betrachtete.

»Alles in Ordnung?«, erkundigte sie sich.

»Frag nicht. Ich kann nicht darüber reden.«

Louna nickte. »Ganz wie du willst. Weißt du, wo Adrien ist?«, fragte sie stattdessen.

Claire schnitt eine Grimasse. »Nein, weiß ich nicht, und ich bin auch nicht Diejenige, die man das fragen könnte. Nicht mehr«, fügte sie hinzu.

Lounas Augenbrauen schnellten nach oben. »Oh, ist mir was entgangen? Ihr habt euch doch nicht etwa gestritten?«

»Schlimmer«, stöhnte Claire, und dann brach es aus ihr heraus, obgleich sie ja nicht darüber hatte sprechen wollen.

Louna öffnete tonlos den Mund und begann dann zu grinsen.

»Was?«, herrschte Claire die Freundin an. »Findest du das etwa lustig?«

»Nein, das nicht, aber mein Mitleid mit Adrien hält sich in Grenzen. Ich finde, es schadet seiner Entwicklung überhaupt nicht, wenn man ihm zeigt, dass auch ein Charron nicht alles haben kann und dass man Liebe und Freundschaft nicht mit Macht und Geld erkauft.«

»Du magst ihn nicht«, stellte Claire fest.

Louna schüttelte nachdrücklich den Kopf. »Nein, überhaupt nicht. Er sieht blendend aus, das erkenne ich an, aber charakterlich fehlt bei ihm einiges: Er ist machtgierig wie sein Vater, hinterhältig, nachtragend und stets nur auf seinen eigenen Vorteil bedacht.«

Claire presste sich beide Hände auf die Ohren. »Sei still, ich will das nicht hören.«

»Weil du ihm gegenüber ein schlechtes Gewissen hast?« Louna zog eine Grimasse. »Ich versichere dir, das brauchst du nicht. Und glaube nicht, dass er dir lange nachtrauert. Er wird sich nur allzu schnell zu trösten wissen. Nathalie steht bestimmt schon bereit und scharrt mit den Hufen.«

»Er kann sie nicht leiden«, empörte sich Claire. »Er wird mit ihr nichts anfangen.«

»Nein? Könnte ich mir schon denken, und wenn es nur dazu dienen soll, dich zu kränken.«

»Es wäre mir gleichgültig«, gab Claire vielleicht ein wenig zu heftig zurück.

Louna lachte kurz auf, doch dann wurde ihre Miene ernst. »Ich habe ein wenig Angst um dich. Ich fürchte, er könnte sich rächen.«

»Jetzt hör aber auf«, schimpfte Claire. »Mach ihn nicht schlechter, als er ist. Es war eben ein Schock für ihn. Deshalb hat er überreagiert, aber er wird sich beruhigen, und dann können wir wieder ganz normal miteinander umgehen.«

Damit war das Thema für sie beendet, und da gerade Madame Lefèvre das Klassenzimmer betrat und eine Aufsatzübung ankündigte, schwieg Louna, ohne etwas zu erwidern.

Claire beugte sich über ihr Heft und versuchte, sich auf das Thema zu konzentrieren, das sie erörtern sollte, doch sie dachte noch immer an Adrien und den Zorn in seinen Augen. Oder war es gar Hass gewesen? Würde der so schnell erlöschen, wie sie Louna gegenüber behauptet hatte? Claire war sich nicht sicher. Sie konnte es nur hoffen.

***

Drei Tage vergingen, in denen weder Léon sich bei ihr meldete noch Adrien in die Schule zurückkehrte. Claire wagte nicht, sich bei ihm daheim nach ihm zu erkundigen, und kam sich schlecht dabei vor. Ihren Eltern teilte sie nur knapp mit, dass sie und Adrien sich getrennt hätten. Louise vermutete, es wäre Adriens Entscheidung gewesen, und versuchte, ihre Tochter zu trösten, doch Claire wehrte ab. Sie wollte nicht über das Thema sprechen. Ihr Vater bedauerte, dass diese vielversprechende Freundschaft zerbrochen sei. Vermutlich dachte er, er könne mehr Luxusvillen verkaufen, wenn sie in die Familie des Polizeipräfekten einheiraten würde, dachte Claire grollend und zeigte ihrem Vater die kalte Schulter. Von Léon erzählte sie nichts. Sie ahnte, dass sie mit ihrem neuen Freund bei ihren Eltern auf Widerstand stoßen würde, und sie fühlte sich im Moment noch nicht stark genug, den Kampf dagegen aufzunehmen. Also schwieg sie und träumte von ihm und von den unvergesslichen Stunden in seinem Refugium unter der Erde.

Dann kehrte Adrien in die Schule zurück. Claire kam gerade von der Metrostation und schritt vor sich hin träumend die Straße entlang, als er ihr unvermittelt in den Weg trat. Claire zuckte zusammen. Sie hob abwehrend die Hände und wich mit entsetzter Miene vor ihm zurück. Dann bemerkte sie, dass der brennende Zorn aus seinem Gesicht verschwunden war. Sie blieb stehen und ließ die Arme sinken.

»Salut, Adrien.«

»Salut, Claire«, erwiderte er verlegen. »Hast du ein paar Minuten Zeit für mich?«

Sie sah ihn aufmerksam an. »Das kommt darauf an, was du mir sagen willst. Ich werde mir keine weiteren Vorwürfe oder Beschimpfungen anhören«, sagte Claire bestimmt, obgleich sie innerlich zitterte.

»Das war nicht richtig von mir«, sagte Adrien widerstrebend. »Gibst du mir noch eine Chance? Können wir reden?«

»Ja, wir können reden, und wir können Freunde sein, mehr nicht.«

Adrien zögerte. »Lass uns nach der Schule einen Kaffee zusammen trinken«, schlug er dann vor.

Claire hätte am liebsten abgelehnt, doch das wäre nicht fair gewesen. Also nickte sie und folgte Adrien nach dem Unterricht in ein kleines Café an der Straßenecke, wo sie an einem Tisch am Fenster Platz nahmen und sich Milchkaffee und Schokoladencroissants bestellten. Sie saßen wortlos da und sahen aneinander vorbei, bis der Kellner ihre Bestellung brachte. Noch immer schweigend nippten sie an ihrem Kaffee. Claire brach ein Stück von ihrem *Chocolat* und schob es in den Mund, doch es schmeckte nach nichts. Zaghaft hob sie den Blick, bis er Adriens kreuzte.

»Wer ist dieser Léon?«, wollte er wissen.

Claire seufzte. »Sollten wir das Thema nicht lieber lassen? Es schmerzt uns nur beide.«

»Ich will wenigstens wissen, an wen ich dich verloren habe«, beharrte Adrien. »Ich finde, das Recht habe ich, und du kannst es mir nicht abschlagen. Also, er heißt Léon. Wie kam es, dass du dich in ihn verliebt hast? Seit wann kennst du ihn?«

Claire zuckte mit den Schultern. »Das ist halt einfach so passiert. Das kann man nicht erklären.«

Ein Hauch von Ungeduld huschte über Adriens Gesicht. »Dann sag mir wenigstens, wo du ihn kennengelernt hast. Wann bist du ihm das erste Mal begegnet?«

»Auf deiner Party«, stieß Claire hervor, obgleich sie ihm das eigentlich nicht hatte sagen wollen.

Adrien runzelte die Stirn. »Wie das? Ich kenne keinen Léon und habe daher auch keinen eingeladen.«

Nun gab es kein Zurück mehr. »Er war dennoch dort, und er hat mich zum Ausgang geführt, als die Polizei kam.«

»Ach, so war das!«, rief Adrien. »Und aus lauter Dankbarkeit hast du dich ihm an den Hals geworfen.«

»Nein, habe ich nicht«, entgegnete Claire. »Und wenn du mich schon wieder angreifst, dann gehe ich.« Sie stand auf, doch Adrien griff nach ihrer Hand.

»Entschuldige, es ist nicht einfach für mich. Bitte setz dich wieder. Du hast ihn also später wiedergetroffen.«

Claire nickte widerstrebend. »Ich hatte mich nicht mit ihm verabredet«, fügte sie zu ihrer Verteidigung hinzu. »Er tauchte eben immer wieder auf, wenn man es am wenigsten erwartete.«

Ein nachdenklicher Ausdruck trat in Adriens Miene. »Er tauchte plötzlich auf«, wiederholte er und nickte dann. »Jetzt weiß ich wieder, wo ich ihn gesehen habe. Er war nicht nur auf der ersten Party, nicht wahr? Er war auch in den Höhlen von Chaillot! Er war es, der sich auf dich stürzte. Er wollte dich gar nicht entführen. Er wollte dich retten. Vor dem Feuer retten, das er aus Rache entfacht hat, um mich und meine Freunde umzubringen, ist es nicht so?«

»Nein!«, schrie Claire, doch Adrien sprach aufgeregt weiter.

»Er ist der Attentäter, den mein Vater und die ganze Polizei sucht. Er ist einer der Kataphilen, die unter der Stadt hausen, wie mein Onkel es gesagt hat.«

Claire schüttelte immer wieder den Kopf. »Nein, Adrien, das stimmt nicht. Ja, er lebt unten in den Höhlen, aber er wollte weder dir noch den anderen etwas tun. Er hat das Feuer nicht entfacht.«

»Aber er muss von dem Anschlag gewusst haben. Wie sonst erklärst du sein Auftauchen? Warum hat er dich dann zu Boden gerissen?«

Claire schwieg. Das war der wunde Punkt, mit dem auch sie noch haderte. »Er fürchtete um meine Sicherheit«, gab sie zu, »aber er wusste nichts Genaues, sonst hätte er es verhindert.«

»Behauptet er«, erwiderte Adrien. »Was soll er dir auch sonst sagen?«

»Ich glaube ihm!«, beharrte Claire. »Er ist ein guter Mensch und er würde niemandem etwas tun.«

»Wer war es dann? Einer seiner Kataphilenfreunde? Oder der große Unbekannte aus der Tiefe?«

Claire hob die Schultern. »Ich weiß es nicht und Léon weiß es auch nicht.«

Adrien sah sie prüfend an. »Dann lassen wir es dabei. Er hat dich überzeugt, wie auch immer, dann muss ich es ja wohl ebenfalls glauben, oder?«

Claire sah ihn misstrauisch an, doch sein Ton ließ nicht darauf schließen, dass er es ironisch meinte.

»Du glaubst mir?«

Er nickte. »Ja, mir bleibt ja nichts anderes übrig – und ich akzeptiere, dass du dich in einen anderen verliebt hast, auch hier bleibt mir keine andere Wahl, wenn ich dich nicht ganz verlieren will und wir Freunde bleiben sollen.«

Claire starrte ihn fassungslos an. »Du bist wundervoll, Adrien, das hätte ich so nicht von dir erwartet. Ich ahne, wie schwer das für dich sein muss.« Sie erhob sich, beugte sich vor und gab ihm einen Kuss auf die Wange.

Adrien wehrte ab. Seine Stimme klang rau. »Nun mach kein Drama daraus. Darf ich dich am Sonntagabend ins Kino ausführen?«

Claire nickte. »Ja, gerne. Ich freue mich darauf!«

Adrien bezahlte, dann brachte er sie zur Metrostation. »Also Sonntag!«, wiederholte er.

»Ja, aber wir sehen uns doch vorher in der Schule, nicht wahr?«

Adrien zog eine Grimasse. »Wird sich nicht vermeiden lassen. Meine Tante will keine weiteren Krankmeldungen unterschreiben. Dann werde ich es wohl wieder mit Madame Girard und Monsieur Martineau aufnehmen müssen.«

»So schlimm sind sie doch nicht.«

»Wenn man so gut ist wie du«, widersprach Adrien.

»Wenn du willst, können wir zusammen für die nächste Mathearbeit lernen«, schlug Claire zögernd vor.

Adrien zog eine Grimasse. »Aber gern, auch wenn ich Kino und Kaffeetrinken mit dir vorziehe.«

Der Zug rollte heran und blieb mit quietschenden Rädern stehen. Die Türen öffneten sich, Menschen strömten heraus.

»Dann sehen wir uns morgen«, sagte Claire und hob die Hand zum Abschied, ehe sie rasch einstieg. Die Türen schlossen sich hinter ihr. Sie wandte sich um und sah noch einmal Adriens Gesicht durch die schmutzigen Scheiben, ehe der Zug anfuhr und er ihrem Blick entschwand. Claire ließ sich auf einen Sitz fallen und schloss die Augen. Ein Schauder erfasste sie. Nein, sie musste sich irren. Adrien und sie hatten sich ausgesprochen und versöhnt. Er hatte ihr verziehen und wollte weiterhin mit ihr befreundet sein. Warum sonst hätte er sie für Sonntag ins Kino einladen sollen? Und dennoch ging ihr sein Gesichtsausdruck nicht aus dem Kopf und sie fröstelte während der gesamten Fahrt.

***

Als Adrien am Abend nach Hause kam, fand er seinen Vater zusammen mit Onkel Cato im Wohnzimmer. Die beiden unterhielten sich und machten ernste Gesichter. Noch hatten sie ihn nicht bemerkt, zumindest erwiderten sie seinen Gruß nicht. Sein Vater sprach mit leiser Stimme weiter. Adrien blieb unter der Tür stehen und hörte zu. Wie er vermutet hatte, ging es um den Vorfall unter dem Chaillothügel und um den Attentäter, von dem trotz ihrer Beschreibung jede Spur fehlte. Nun, vielleicht konnte er das ändern.

Adrien grüßte noch einmal laut und trat näher. Sein Vater und Cato unterbrachen ihr Gespräch und sahen zu ihm auf.

»Was gibt es?«, erkundigte sich Cato. Sein Tonfall ließ keinen Zweifel darüber aufkommen, wie sehr ihn die Unterbrechung störte. Auch der Polizeipräfekt schien verärgert.

»Was gibt es, Adrien? Wir haben wichtige Dinge zu besprechen.«

»Ich weiß«, sagte Adrien und nahm ungefragt in einem der Sessel Platz. Er erwiderte den eisigen Blick seines Onkels gelassen.

»Nein, ihr solltet mich jetzt nicht hinausschicken. Ihr solltet euch lieber anhören, was ich zu sagen habe, wenn ihr euren Attentäter irgendwann fangen wollt.«

Zu seiner Befriedigung hatte er nun die volle Aufmerksamkeit der beiden Männer. Adrien lehnte sich zurück und verschränkte die Arme vor der Brust.

»Nun sag schon«, drängte sein Vater. »Ist dir noch etwas eingefallen, das du dem Kommissar noch nicht erzählt hast?«

»Noch besser«, gab Adrien zurück. Es gefiel ihm, seinen Vater auf die Folter zu spannen, und noch mehr Spaß machte es, Cato zappeln zu lassen. »Ich weiß jemand, der ihn kennt und der sich mit ihm sicher bald wieder trifft.«

Die Reaktion seines Vaters gefiel Adrien. Er sprang vom Sofa auf und starrte seinen Sohn ungläubig an.

Cato dagegen blickte zweifelnd drein. »Ach ja? Ich fürchte, da will sich jemand wichtig machen. Das ist nicht ungewöhnlich nach einem Verbrechen. Falsche Spuren und falsche Geständnisse, nur, um einmal im Leben im Mittelpunkt zu stehen. Was sind das für armselige Kreaturen?«

Adrien starrte seinen Onkel zornig an. »Nein, sie will sich nicht wichtig machen. Sie kennt ihn wirklich, da bin ich mir sicher. Ich habe sie zusammen gesehen. Nicht nur, als er sie in der Höhle zu Boden warf. Ich habe sie auch beobachtet, als sie sich vor ein paar Tagen in der Cité mit ihm traf!«

»Sie?« Cato runzelte die Stirn, schien nun aber ebenfalls an Adriens Information interessiert zu sein.

»Ein Mädchen, das du kennst?«, fügte sein Vater fragend hinzu.

»Es ist Claire, nicht wahr?«

Die Männer und Adrien fuhren herum und sahen zur Tür, wo Madame de Rivarol stand. Langsam trat sie näher. Ihre Miene war verschlossen. »Sie hat dich verlassen, oder nicht?«

Adrien machte eine wegwerfende Handbewegung. »Ja, aber das ist jetzt unwichtig. Entscheidend ist, dass sie uns zu dem Kerl führen kann. Wie Onkel Cato es vermutet hat, ist er einer der Kataphilen und haust irgendwo in den Höhlen unten. Vater, du musst Claire nur beschatten lassen, dann führt sie euch direkt zu ihm.«

Die Männer schienen begeistert, doch seine Tante schüttelte den Kopf. »Ist das wirklich nötig?« Sie sah Adrien noch einmal intensiv an, dann wandte sie sich ohne ein weiteres Wort ab und ging davon.

Die Männer sahen ihr nach. Keiner sagte etwas, doch Adrien fühlte sich plötzlich schlecht, und das ärgerte ihn. Er ballte die Hände zu Fäusten. *Ja, es war nötig! Claire hatte ihn betrogen und verlassen. Sie und der Kerl mussten bestraft werden!*

Kapitel 26

Tränen

Adrien holte Claire am Sonntag ab. Sie hatten noch Zeit bis zur Vorstellung ihres Kinofilms, daher schlug Adrien vor, bei ihm vorher noch etwas zu essen. Claire stimmte zögernd zu. Sie scheute sich, Madame de Rivarol unter die Augen zu treten, denn sicher hatte sie bereits von der Veränderung in ihrer Beziehung erfahren. Was Adriens Tante von der Trennung hielt, konnte sich Claire lebhaft vorstellen, doch sie tröstete sich mit der Hoffnung, die Dame des Hauses würde an einem Sonntagabend sicher nicht im Haus sein. Es gab bestimmt jede Menge gesellschaftlicher Verpflichtungen, denen sie nachgehen musste.

Claire und Adrien erreichten das Einganstor zu der imposanten Villa der Charrons gemeinsam mit dem Polizeipräfekten. Der Chauffeur hielt den großen, schwarzen Wagen mit den getönten Scheiben vor dem extrabreiten Garagentor an, hinter dem mindestens drei Fahrzeuge Platz fanden. Er stellte den Motor ab, sprang aus dem Auto und eilte um den Wagen herum, um dem Präfekten die Tür zu öffnen. Auf der Beifahrerseite stieg der Bodyguard aus, der ihn stets begleitete, und sah sich wachsam um. Zwei andere Männer, deren Aufgabe es war, das Haus zu bewachen, näherten sich von beiden Seiten. Erst als sie nickten, öffnete der Chauffeur den Schlag.

Mit einer Verbeugung trat er zurück, um seinen Chef aussteigen zu lassen.

Claire schwankte zwischen Bewunderung und Ablehnung. War so ein Leben erstrebenswert? So viele träumten davon, reich und berühmt zu sein. Ob als Sportler, Musiker oder Filmstar oder eben auch als Politiker im Scheinwerferlicht zu stehen. Doch im Fokus der Öffentlichkeit zu sein, hatte offensichtlich auch seinen Preis. Claire war sich nicht ganz sicher. War das Leben der Charrons wirklich gefährdet, oder gehörte das zur großen Show, um wichtiger zu erscheinen? Es gab sicher Menschen, die mit den Entscheidungen eines Polizeipräfekten nicht einverstanden waren und vielleicht einen Groll gegen Michel Charron hegten. Er wollte sicher nichts riskieren. Es gab so viele Verrückte und Fanatiker auf der Welt. Vorsicht war sicher besser als naives Vertrauen.

Adriens Vater starrte finster vor sich hin, bis er seinen Sohn entdeckte und seine Miene etwas freundlicher wurde.

»Salut, Adrien, und einen guten Abend, Claire«, begrüßte er sie und wartete in der Tür, bis sie den Vorgarten durchquert hatten. »Was habt ihr vor?«, erkundigte er sich, doch es war klar, dass er mit seinen Gedanken schon wieder ganz woanders war.

Adrien verdrehte die Augen. »Das Nachtleben von Paris genießen«, antwortete er sarkastisch, doch sein Vater schien dies nicht zu bemerken.

»Wie schön«, sagte er, als er in die pompöse Halle trat. Der Hausangestellten, die ihm die Tür öffnete, gönnte er keinen Blick. Stattdessen rief er nach Adriens Tante, die ihn heute offensichtlich begleiten sollte. Claire spürte, wie sie sich verkrampfte.

»Mélyssa, bist du fertig? Wir müssen gehen! Den Premierminister lässt man nicht warten.«

Er sah sich in der Halle um, doch Madame de Rivarol war

nirgends zu sehen. Claire sah, wie der grimmige Gesichtsausdruck zurückkehrte. Offensichtlich gehörte Geduld nicht zu den Tugenden des Polizeipräfekten, und er hatte auch kein Verständnis für Frauen, die für ihre Abendtoilette ein wenig länger brauchten, um den perfekten Auftritt hinzulegen. Na, wenigstens würde sie heute keine Zeit haben, Claire in ein Gespräch über Beziehungen zu verwickeln, das sicher nicht angenehm werden würde.

»Mélyssa!«, rief er noch einmal und murmelte dann etwas, das nach einem Fluch klang. Adrien und Claire, die hinter ihm eingetreten waren, schien er völlig vergessen zu haben.

Adrien zog Claire ins Wohnzimmer, wo sie nicht nur Madame de Rivarol, sondern auch seinen Onkel Cato fanden. Die beiden saßen nebeneinander auf dem Sofa, anscheinend so in ein Gespräch vertieft, dass sie den Ruf des Hausherrn nicht vernommen hatten. Nicht nur Claire spürte die Anspannung im Raum.

Adrien eilte zu seiner Tante und fragte: »Ist irgendetwas passiert?«

Die beiden rückten auseinander und sahen ihn mit ernster Miene an. Madame de Rivarol war zwar wie immer perfekt geschminkt und frisiert und trug ein elegantes Kostüm in zartem Gelb, doch Claire ahnte, dass dies für eine Abendeinladung beim Premierminister nicht genügen würde. Vielleicht war dies der richtige Zeitpunkt, sich zurückzuziehen, um nicht zwischen die Fronten zu geraten, doch es war bereits zu spät.

»Hier bist du«, rief der Präfekt, der nun ebenfalls ins Wohnzimmer trat. Ihm fiel ebenfalls auf, was Claire bemerkt hatte, und seine Miene wurde noch finsterer.

»Du hast dich noch nicht einmal umgezogen?« Bei seinem Tonfall wich Claire unwillkürlich einen Schritt zurück. Auf Madame de Rivarol schien er dagegen wenig Eindruck zu machen. Sie hob die Lider und sah ihren Schwager aus ihren veilchenblauen Augen an.

»Hör dir an, was sie dir zu sagen hat!«, mischte sich Cato ein. Die Anspannung in seiner Stimme gefiel Claire gar nicht.

»Ich habe ihn gesehen, Michel. Im Louvre, und ich denke, er hat mich erkannt, denn er kam direkt auf mich zu und hat mich angesprochen.«

»Wer?«, erkundigte sich Monsieur Charron unwirsch.

»Der Attentäter, dieser finstere, junge Mann, der versucht hat, Adrien und seine Freunde in die Luft zu jagen. Du weißt, ich bin ihm schon einmal im Louvre begegnet, und nun war er wieder da.«

Claire musste sich auf die Lippen beißen, um nicht laut aufzuschreien.

»Er trat im Untergeschoss plötzlich aus einer sonst verschlossenen Nebentür, der zu einem Bereich führt, in dem Besucher ganz sicher nichts zu suchen haben«, fuhr Madame de Rivarol fort.

War das möglich? Hatte sie wirklich Léon im Louvre getroffen? Aber wie konnte sie ihn erkannt haben? Die Beschreibung, die Adrien und Nathalie abgegeben hatten, traf sicher auf mehr als einen jungen Mann in Paris zu. Doch sie schien sich ihrer Sache sicher zu sein, wie sie dem Präfekten auf seine Nachfrage versicherte.

»Er war es! Er war sogar so frech, damit zu prahlen. Sein Name ist übrigens Léon.«

Claire spürte, wie ihr übel wurde. Wie konnte er nur? Was war in ihn gefahren, sich der Frau des Polizeipräfekten zu offenbaren? War er so von sich und seinen Fähigkeiten überzeugt, dass er mit dem Schicksal spielte?«

»Léon, und weiter?«

Madame de Rivarol lächelte versonnen. »Weiter hat er sich mir leider nicht vorgestellt, doch er nannte sich Herr der Finsternis und Herrscher über das Feuer. Ich denke, das ist ziemlich eindeutig.«

Léon, du hast geschworen, dass du es nicht warst, dachte Claire verzweifelt.

»Und was wollte der Kerl von dir? Dich verspotten und mit seinen Taten prahlen?«

Der Ausdruck in ihrem schönen Gesicht veränderte sich, doch Claire vermochte nicht, ihn zu deuten.

»Vielleicht«, sagte sie langsam, »aber es ging ihm vor allem darum, neue Taten anzukündigen, bei denen die Betroffenen nicht so gut davonkommen würden.«

Das konnte nicht sein! Es musste sich um eine Verwechslung handeln. So etwas würde Léon niemals tun.

Nein? Wirklich nicht? War es so unmöglich, dass er eine zweite, finstere Seite besaß? Warum verbarg er sich dort unten in den Kavernen? Warum führte er kein normales Leben? Woher stammten die ganzen Kunstwerke in seinem Versteck? Alles, was sie hatte, war sein Wort.

Und sie glaubte ihm! Er vertraute ihr und sie vertraute Léon. War sie zu naiv?

Die Worte des Präfekten rissen sie aus ihren Gedanken. »Warum hast du ihn nicht verhaften lassen?«, herrschte Monsieur Charron seine Schwägerin an.

»Es war kein Wachmann in der Nähe, und ich verfüge leider über keine Kampfkünste, die es mir ermöglichen würden, einen Mann an der Flucht zu hindern«, gab sie noch immer mit ruhiger Stimme zurück. Besonders aufgewühlt schien sie Claire nicht, oder sie verfügte über meisterliche Selbstbeherrschung, was in solchen Kreisen sicher bereits im Kindesalter andressiert wurde.

»Dann sind wir nicht weiter als zuvor«, stöhnte der Präfekt.

»Ich denke schon«, meldete sich Cato zu Wort. »Er ist in den Kellern des Louvre verschwunden, die in die Höhlen führen. Du warst mit deinen Männern auf der richtigen Spur. Dort unten hat er irgendwo sein Versteck.«

Der Polizeipräfekt nickte. »Das denke ich auch, aber das sagt nicht viel. Warst du jemals da unten? Ich habe zwar nur den Bericht des Einsatzleiters gelesen, doch das genügt mir, um mir dieses riesige Labyrinth vorzustellen. Ohne einen genauen Hinweis spüren wir ihn dort unten niemals auf«, gab Monsieur Charron widerstrebend zu.

Claire spürte, wie ihr ein wenig leichter ums Herz wurde, auch wenn Fragen über Fragen ihren Geist quälten.

»Nicht ganz«, widersprach Cato in einem Ton, der Claire aufhorchen ließ. Er nahm eine durchsichtige Plastiktüte vom Boden, in der sich etwas Schwarzes befand, und streckte sie dem Präfekten entgegen.

»Was ist das?«, sprach er Claires Frage laut aus.

»Das ist seine Jacke!«, antwortete Cato mit triumphierender Stimme.

»Ich konnte ihn zwar nicht überwältigen, aber ich habe versucht, ihn festzuhalten«, fügte Madame de Rivarol hinzu.

»Jetzt habt ihr ihn!«, frohlockte Cato.

Der Präfekt nahm die Tüte entgegen. »Das ist schon mal nicht schlecht. Ich werde sie im Labor untersuchen lassen.«

Claire runzelte die Stirn und überlegte, wie schlimm es für Léon war, wenn es sich wirklich um seine Jacke handelte. Was konnten die Kripoleute mit ihr anfangen? Vielleicht fanden sie Haare darauf und konnten seine DNA entschlüsseln. Doch das war es nicht, was Cato im Sinn hatte, wie sie sogleich erfuhr.

»Vergiss dein Labor«, wehrte er verächtlich ab. »So fasst du ihn nicht.«

»Ach ja? Willst du mir nun die Polizeiarbeit erklären?«, schimpfte Monsieur Charron pikiert.

»Wenn du selber nicht draufkommst«, gab Cato ungerührt zurück. »Verdammt, denk nach: Du brauchst nur einen ordentlich ausgebildeten Spürhund. Dann hast du ihn. Es ist alles da, was du brauchst: ein Kleidungsstück, mit dem der

Hund die Witterung aufnehmen kann, und ein Ort, wo sich der Gesuchte aufgehalten hat. Lass die Bluthunde los, und du stürmst noch heute Nacht sein Versteck!«

Claire war so überwältigt, dass ihre Beine nachgaben und sie mit einem erstickten Laut auf einen Sessel sank. Alle Augen richteten sich auf sie.

»Ist Ihnen nicht gut, Mademoiselle Claire?«, erkundigte sich Cato mit eisiger Stimme. »Diese Vorstellung scheint Sie zu erschrecken?«

»Nein, die plötzliche Wendung überrascht mich nur«, erwiderte sie, doch keiner schien ihr zu glauben.

»Wollen Sie denn nicht, dass der Attentäter gefasst wird, der Adrien und seine Freunde fast ermordet hat?«

»Doch, natürlich!«, rief Claire. »Es ist nur die Vorstellung, von Bluthunden gehetzt zu werden, die mich in Schrecken versetzt. Ich habe Angst vor Hunden, seit ich als Kind einmal gebissen worden bin.« Sie wusste nicht, ob sie die anderen überzeugte. Vor allem Adrien sah sie mit einem Blick an, der ihr nicht gefiel. Sie hätte ihm nicht von Léon erzählen sollen. Er glaubte ihr nicht, das war klar, und er war vermutlich noch immer eifersüchtig. Würde er sie nun vor seinem Vater und Cato bloßstellen? Doch er warf ihr nur einen scharfen Blick zu, trat zu ihr und zog sie hoch.

»Du hast sicher Hunger, nicht wahr?«, sagte er bedeutungsvoll. »Einer deiner üblichen Schwächeanfälle, wenn du zu lange nichts gegessen hast.«

Claire nickte.

»Dann schauen wir mal, was die Köchin Feines vorbereitet hat.« Adrien zog Claire aus dem Wohnzimmer und schloss die Tür hinter ihr.

***

»Jannine, bleib stehen! Ich muss mit dir reden.«

Sie hielt inne, wandte sich aber nicht zu Léon um. »Entschuldige, ich habe jetzt keine Zeit. Ich muss zu Marcell. Du weißt, er ist nicht gern allein und macht sich immer Sorgen, wenn ich ohne ihn unterwegs bin.«

Léon schloss zu ihr auf und griff nach ihrem Arm. »Ja, das weiß ich, und ich halte dich auch nur eine Minute auf, wenn du mir sagst, was das sollte.«

Jannine wandte sich langsam zu ihm um, mied aber noch immer seinen Blick. »Es war nur ein Missverständnis. Vielleicht habe ich mich nicht klar ausgedrückt.«

Léon starrte sie an. »Ein Missverständnis? Du meinst, ich hätte dir nicht richtig zugehört und wäre zur falschen Zeit am falschen Ort gewesen? Mein Gedächtnis funktioniert ganz wunderbar!«

Jannine wand sich und wich einen Schritt zurück. »Davon bin ich überzeugt. Vielleicht ist mir ein Fehler unterlaufen, dann tut es mir ehrlich leid.«

»Du machst keine Fehler, deshalb bist du so erfolgreich und noch nie geschnappt worden«, gab Léon zurück.

»Zum Glück ist nichts passiert, also vergessen wir den Vorfall.«

»Nichts passiert?«, widersprach Léon. »Diese Frau hat meine Jacke!«

Jannine hob die Schultern. »Ist das so schlimm? Ich besorge dir eine Neue, wenn du magst.«

Léon schüttelte sie grob. »Darum geht es doch nicht. Sag mal, bist du so naiv oder stellst du dich absichtlich dumm? Frag dich doch mal, warum sie so verbissen kämpfte, um an meine Jacke zu kommen.«

»Sie hat versucht, dich festzuhalten, aber nur deine Jacke erwischt«, stellte Jannine richtig.

»Ach, du warst also doch dort und hast das Ganze beobachtet? Warum hast du mir nicht geholfen?«

»Ich dachte, du wirst mit einer Frau alleine fertig«, verteidigte sich Jannine.

»Das hätte ich auch vermutet.« Léon starrte nachdenklich in die Ferne. »Seltsam, sehr seltsam. Das Ganze beunruhigt mich. Hier ist etwas im Gange, das ich nicht verstehe. Es hat mit dieser Feuerwalze angefangen, doch es ist sicher noch nicht zu Ende. Ich denke, wir müssen beide gewaltig auf der Hut sein.«

Jannine nickte und sah plötzlich so tieftraurig aus, dass Léons Zorn verflog. »Ja, das müssen wir. Es steht viel auf dem Spiel. Vielleicht alles.«

»Und du weißt mehr über das Ganze, als du mir sagen willst«, sagte Léon. »Verrätst du mir wenigstens, für wen du das tust?«

Jannine sah ihn lange an. »Wir wollen überleben, nicht wahr, und die schützen, die wir lieben.«

Sie riss sich los und rannte davon. Léon folgte ihr nicht. Er sah ihr nach, bis das Glühen der Steine in der Ferne erlosch.

* * *

»Komm!«, forderte Adrien Claire auf, als sie sich in der Küche ausgiebig bei den Leckereien bedient hatten. Er führte sie die Treppe hinauf. Madame de Rivarol kam ihnen in einem langen, fließenden Abendkleid entgegen. Vielleicht würden sie und der Präfekt doch noch pünktlich zu dem Abendessen des Premierministers kommen. Die Suche nach Léon schien verschoben. Das verschaffte ihr ein wenig Zeit. Claire wandte sich Adrien zu, der sie abschätzend betrachtete.

»Was sagst du nun über deinen düsteren Helden?«, wollte er wissen.

»Adrien, ich kann mir das alles nicht erklären. Ich kann

mir einfach nicht vorstellen, dass es sich so abgespielt hat, wie deine Tante behauptet.«

Adriens Augen wurden schmal. »Du willst also sagen, Mélyssa lügt uns an? Warum sollte sie das tun?«

Claire hob die Schultern. »Ich sage ja nicht, dass sie absichtlich lügt, doch manchmal spielt uns unsere Fantasie einen Streich, und Ereignisse stellen sich im Rückblick plötzlich ganz anders dar, vor allem wenn sie überraschend und ungewöhnlich sind.«

»Die Hobbypsychologin hat gesprochen«, kommentierte Adrien sarkastisch.

»Ich versuche ja nur, das alles zu erklären.«

»Ach ja?« Adrien trat näher, sodass Claire zurückwich. »Du suchst nicht nach einer Erklärung, du suchst nach einer Ausrede, um diesen Kerl, der uns alle fast umgebracht hat, zu verteidigen.«

»Er war es nicht! Er hat es mir geschworen!«, rief Claire verzweifelt.

Adrien drängte sie noch weiter zurück, bis sie mit dem Rücken gegen die Wand stieß und nicht mehr weiterkonnte.

»Er hat es dir geschworen?«, spottete Adrien. »Dann ist diese Aussage natürlich über alle Zweifel erhaben. Alle anderen liegen falsch, Mélyssa, der Präfekt und die ganze Polizei.«

»Die haben Léon ja schon verurteilt, noch ehe er die Möglichkeit hatte, ein Wort zu seiner Verteidigung zu sagen!«, schleuderte ihm Claire entgegen.

»Dann soll er sich doch stellen und alles erklären«, schlug Adrien vor. »Aber das tut er natürlich nicht. Er verkriecht sich wie eine Ratte in seiner Höhle, in der die Bluthunde ihn in wenigen Stunden aufspüren werden. Vielleicht bleibt ihm ja die Zeit, noch ein paar Worte zu sagen, ehe sie ihm die Kehle durchbeißen. Ups, das war ein Unfall! Was soll's. Unsere Gefängnisse sind eh überfüllt. Fall gelöst und abgeschlossen.«

»Warum hasst du ihn so sehr?«, fragte Claire mit Tränen in den Augen.

»Warum liebst du ihn so sehr?«, konterte Adrien. »Ich verstehe das nicht. Es war doch alles gut zwischen uns. Wir passen zusammen, ich kann dir alles bieten, deine Eltern sind glücklich, wenn wir zusammen sind. Und dann wirfst du dich so einem Kerl an den Hals, der in Höhlen haust und vermutlich ein gewalttätiger Psychopath ist. Muss ich dich da nicht vor ihm schützen?«

»Nein! Er hat mich mehr als einmal beschützt und nun muss ich ihm helfen. Bitte, Adrien, wir müssen verhindern, dass dein Vater die Hunde auf ihn hetzt.«

»Warum sollte ich das tun?«

»Weil du etwas für mich empfindest und ein guter Mensch bist«, beharrte Claire.

»Das ist zu wenig!« Er kniff die Augen zusammen und näherte sein Gesicht dem ihren. »Da musst du schon ein wenig mehr bieten!«, flüsterte er. Claire musste sich zwingen, den Kopf nicht wegzudrehen. Sie ließ zu, dass er sie küsste.

»Komm Claire, das kannst du besser. Du musst dich schon ein wenig anstrengen, wenn du willst, dass ich diese Jacke verschwinden lasse, ehe die Hunde seine Fährte aufgenommen haben.«

Claire riss die Augen auf. »Das würdest du tun?«

»Aber ja. Wenn du mir versprichst, zu mir zurückzukommen und den Kerl zu vergessen.«

Claire nickte. Sie musste Léon retten, ganz gleich, was es sie kostete. Sie versuchte, sich von Adrien zu befreien. »Komm, wir müssen nachsehen, wo dein Vater sie gelassen hat. Ich denke, er hat sie nicht zu diesem Dinner mitgenommen.«

Adrien hielt sie fest. »Nein, das hat er ganz sicher nicht. Daher haben wir keine Eile. Er ist mit Mélyssa beim Premierminister und wird noch lange weg sein. Wir haben also viel Zeit, unsere Beziehung zu vertiefen.«

Claire schluckte trocken. Sie wäre am liebsten schreiend davongelaufen, doch sie rührte sich nicht von der Stelle.

Geschlagen schloss sie die Augen und küsste Adrien. Doch es gelang ihr nicht, sich selbst zu belügen. Sie sehnte sich nur noch nach Léons Armen, und doch ließ sie es zu, dass Adrien sie noch enger an sich zog und noch einmal küsste.

»Das gefällt mir, Claire. Da könnte ich mich echt daran gewöhnen.« Seine Hände tasteten an ihr herunter, griffen nach ihrem Pullover und zogen ihn ihr mit einem Ruck über den Kopf. »Du bist wunderschön«, versicherte ihr Adrien. »Wir gehören zusammen. Spürst du das nicht?«

Claire nickte schwach, während sie gegen die aufsteigenden Tränen ankämpfte. Er würde bald damit aufhören und dann würde sie als Preis Léons Jacke erhalten. Adrien küsste sie noch einmal und presste seinen Körper gegen sie.

»Nein!«

Der Schrei formte sich in ihrem Innern und brach aus ihr heraus. Ihre Hände ballten sich zu Fäusten und hämmerten auf seinen Rücken.

»Lass mich los!«

Claire wehrte sich mit allen Kräften. Vergeblich mühte sich Adrien, ihre Fäuste einzufangen und ihr mit der anderen Hand den Mund zuzuhalten.

»Still!«, zischte er. »Halt still! Verflucht noch mal.«

Doch Claire konnte und wollte sich nicht fügen. Ihre Verzweiflung gab ihr Kraft. Doch Adrien war stark und drückte sie noch immer gegen die Wand. Seine Hand schloss sich über ihrem Mund. Claire hatte das Gefühl, keine Luft mehr zu bekommen. Sie trat ihm gegen das Schienbein. Adrien stöhnte auf, ließ sie aber noch immer nicht los.

Da ging plötzlich die Tür auf und Onkel Cato stand im Zimmer. Claire hätte nicht gedacht, einmal froh über sein

Auftauchen zu sein, und dennoch war es ihr zutiefst peinlich, von ihm in solch einer Lage gefunden zu werden.

»Adrien!«

Das eine Wort war wie ein Peitschenhieb, und es genügte, damit Adrien sie sofort freigab und zurücksprang.

»Verschwinde, es hat dich keiner eingeladen«, sagte er patzig, wagte aber nicht, seinem Onkel ins Gesicht zu sehen.

»Ich nehme an, Sie wollten gerade gehen?«, sagte er schneidend zu Claire.

Das ließ sie sich nicht zweimal sagen. Nur raus hier!

Sie duckte sich unter Adriens Blick und stürzte aus dem Zimmer. Onkel Cato folgte ihr mit raschen Schritten. Claire sah sich nicht um. Sie lief die Treppe hinunter, riss die Haustüre auf und rannte die Einfahrt hinunter bis zum Tor, das ihre Flucht aufhielt. Entsetzt starrte sie auf die unüberwindliche Barriere.

Das war kein einfaches Gartentor, das man von innen öffnen konnte. Sicher musste man eine Fernbedienung besitzen oder im Haus irgendeinen Schalter bedienen. Doch dort würden sie keine zehn Pferde mehr hineinbringen. Lieber würde sie über das Tor klettern!

»Mademoiselle!«

Widerstrebend wandte sie sich um. Onkel Cato kam auf sie zu. Seine Miene war verschlossen. Claire wollte gar nicht wissen, was er dachte. Sie wollte nur noch weg.

»Lassen Sie mich raus!«, stieß sie hervor.

Seine Mundwinkel bewegten sich. Lachte er über sie?

»Es ist kühl«, sagte er. »Sie wollen sich doch nicht erkälten!«

Er hielt ihr eine Jacke hin, die ihr sichtlich zu groß war.

»Das ist nicht meine«, entfuhr es ihr, als sie begriff, was er ihr da gerade entgegenstreckte.

»Sind Sie sicher?«, fragte Cato nun mit hörbarem Spott in der Stimme. Hastig griff Claire zu.

»Danke«, keuchte sie, obgleich sie nicht verstand, warum

er das tat. Er stellte sich gegen den Polizeipräfekten und würde ganz sicher Ärger mit ihm bekommen, doch das konnte ihr egal sein. Hauptsache sie hatte Léons Jacke und kam durch dieses Tor hinaus.

»Gehen Sie jetzt«, sagte Cato, als sich das Tor mit einem Ruck öffnete.

Claire presste die Jacke an ihre Brust und rannte auf die Straße hinaus. Sie lief, so schnell sie konnte, und hielt nicht inne, bis sie keuchend vor dem Haus ihrer Eltern ankam.

Kapitel 27

Verfolgung

»Wo ist sie?«, wollte Adrien wissen. »Wo ist Claire?«

Cato lachte abfällig. »Daheim bei ihren Eltern, wo sie hingehört, meinst du nicht?«

»Du hattest kein Recht, einfach in mein Zimmer zu platzen!«

Catos Augen wurden schmal. »Ach nein? Hätte ich lieber warten sollen, bis du den schlimmsten Fehler deines Lebens begehst?«

»Das geht dich nichts an!«, schimpfte Adrien.

»Nein? Ich gehöre auch zu dieser Familie, und es kümmert mich sehr wohl, was mit ihr geschieht. Es ist nicht die Art der Familie Charron, junge Mädchen zu bedrängen und gegen ihren Willen im Haus festzuhalten. Meinst du nicht, so etwas könnte großes Geschrei geben und negative Schlagzeilen, die dein Vater nicht gebrauchen kann?«

»Sie hätte nichts gesagt«, behauptete Adrien.

»Weil du die Jacke als Druckmittel gegen sie eingesetzt hättest?«

Adrien schwieg. Laut ausgesprochen hörte es sich schlimmer an, als er gedacht hätte.

»Es war ihre freie Entscheidung«, sagte er, sah dem Onkel aber nicht in die Augen.

»Frei? So nennst du das«, höhnte Cato. »Ich weiß nicht, wie das die Justiz sieht. Ich will die schlimmen Worte gar nicht aussprechen, die es in unserem Rechtssystem dafür gibt. Freiheitsberaubung? Nötigung?«

»Quatsch!«, wehrte Adrien ab.

»Erpressung?«

Er zuckte nur mit den Achseln und setzte eine abweisende Miene auf, doch sein Onkel war noch nicht fertig.

»Bist du eigentlich völlig verrückt geworden? Was denkst du, was dein Vater dazu sagt? Was würde wohl passieren, wenn die Presse von so etwas Wind bekommen würde? Es gab schon Persönlichkeiten, die über Geringeres gestolpert sind.«

Adrien setzte eine hochmütige Miene auf. »Nichts wird passieren, denn es wird weder Vater noch die Presse davon erfahren.«

»Solange das Mädchen nicht plaudert!«

Adrien schnaubte abfällig. »Wie könnte sie? Da müsste sie ja zugeben, dass sie einen Attentäter schützt und ein wichtiges Beweisstück gestohlen hat. Das wird sie nicht tun. Also haben wir sie noch immer in der Hand.«

»Adrien, vergiss es. Du hast dich in eine gefährliche Sache verrannt. Ich habe ihr die Jacke gegeben. Das war das Mindeste, was ich tun konnte, nachdem du sie so bedrängt hast.«

»Du hast was?« Adrien starrte ihn entsetzt an, doch Cato war nicht aus der Ruhe zu bringen.

»Geh ins Bett und sei froh, dass kein größerer Schaden entstanden ist.«

»Der Schaden ist riesig«, tobte Adrien. »Kapierst du das nicht? Nun haben wir wieder nichts in der Hand, um den Kerl zu vernichten.«

»Ihn vernichten? Hör dir mal selbst zu. Du sprichst, als sei dies ein Computerspiel. Geh jetzt ins Bett!«

»Ich bin kein Kind mehr. Du hast mir gar nichts zu befehlen!« Sie starrten einander voller Abneigung an. Dann wandte sich Cato ab und machte Anstalten, die Treppe hochzusteigen, doch Adrien hielt ihn zurück.

»Cato, bist du ihr gefolgt? Weißt du, wohin sie gegangen ist?«, drängte Adrien.

»Wohin wohl? Nach Hause!« Damit wandte sich Cato ab, stieg die Treppe hinauf und verschwand in seinem Zimmer. Adrien starrte ihm nach.

Nach Hause? Adrien runzelte die Stirn. Er hätte gedacht, sie würde sofort zu Léon laufen, doch vielleicht hatte Cato recht. Vielleicht war noch nicht alles verloren.

Was noch nicht ist, kann ja noch werden, dachte er, als er ebenfalls in sein Zimmer zurückkehrte. Da fiel sein Blick auf den zartgrünen Pullover, der ganz bestimmt nicht ihm gehörte. Er hob ihn ans Gesicht und sog Claires Geruch in sich ein. Seine Miene wurde hart.

Er hatte einen Entschluss gefasst. Noch war nicht alles verloren. Er konnte das Schicksal noch immer wenden. Sein Vater würde es ihm sicher nicht vergessen!

Keine fünf Minuten später verließ Adrien die Villa und machte sich auf den Weg zu dem Haus, in dem Claire vermutlich in ihrem Bett lag und schlief.

»Ich wünsche dir unangenehme Träume«, flüsterte er, als er auf der anderen Straßenseite seinen Wachposten bezog.

***

Er war steif und durchfroren, und seine Laune wurde mit jeder Viertelstunde, die verstrich, noch schlechter. Worauf hatte er sich da nur eingelassen? Endlich dämmerte der neue Tag herauf. In den Fenstern flammten Lichter auf und er glaubte den Geruch von frischem Kaffee wahrzunehmen.

Adrien schluckte trocken. Ein heißer Milchkaffee wäre genau das Richtige, doch wenn er jetzt seinen Posten verließ, würde er sie ganz sicher verpassen. Er ahnte, dass sie etwas vorhatte. Also schob er Durst und Hunger beiseite und starrte weiter auf die Haustür, die sich nun öffnete. Doch es war nicht Claire, die über die Schwelle trat. Ihr Vater fuhr zur Arbeit. Eine Viertelstunde später verließ ihre Mutter das Haus. Nun war sie allein. Adrien überlegte, ob er klingeln sollte. Er könnte sie überrumpeln und sie zwingen, die Jacke herauszugeben. Adrien hatte sich noch nicht entschieden, ob das wirklich eine gute Idee war, als Claire aus dem Haus trat. Sie trug ihre Schultasche über der Schulter. Adrien runzelte die Stirn. Sie ging zur Schule? Er war verwirrt. Damit hätte er nicht gerechnet. Claire konnte so spießig sein! Schule schwänzen war für sie vermutlich bereits ein Kapitalverbrechen, dachte er verächtlich. Adrien überlegte, ob es sich lohnte, ihr zu folgen. Ob sie die Jacke dabeihatte? Oder lag diese jetzt in ihrem Zimmer? Sollte er versuchen, ins Haus zu gelangen? Das war Einbruch und könnte ihm richtig Ärger einbringen, wenn man ihn dabei erwischte.

Man darf sich eben nicht erwischen lassen, dachte Adrien, doch er zögerte. Er sah seinen Vater und Onkel Cato vor sich. War es das wirklich wert? Außerdem war es eine Sache, das Schloss einer alten Kellertür zu knacken. Adrien vermutete, dass die Wohnungstür dieses Penthauses nicht so leicht zu öffnen war.

Claire durchquerte den schmalen Vorgarten, schob das eiserne Tor auf und trat auf die Straße hinaus. Unvermittelt blieb sie stehen und wandte sich um. Ihr Blick glitt aufmerksam umher. Adrien duckte sich hinter einen großen, schwarzen Wagen. Er lugte durch die Scheiben, bis er ihr Gesicht sehen konnte. Claire wirkte angespannt, ihre Miene war ernst, mehr noch: entschlossen. Ihre Hand fuhr an ihren Hals und umschloss den roten Kristall, der an einer Kette hing.

Den hatte sie früher nicht getragen. Er war Adrien vor wenigen Tagen zum ersten Mal aufgefallen, was vermutlich bedeutete, dass sie ihn von Léon bekommen hatte. Seine Hände ballten sich zu Fäusten. Plötzlich war sich Adrien sicher, dass sie nicht auf dem Weg zur Schule war. Sie wollte zu Léon und in ihrer Tasche trug sie vermutlich keine Schulbücher. Ha! Die unbequemen Stunden hatten sich gelohnt. Nun konnte er ihr folgen und würde das Versteck aufspüren, und dann würde dieser Kerl für lange Zeit hinter Gittern verschwinden, dafür würde sein Vater schon sorgen. Claire wandte sich wieder ab und eilte die Straße entlang. Adrien folgte ihr in einigem Abstand.

* * *

Claire verbrachte eine schlechte Nacht. Sie fand keine Ruhe. Sie ging in ihrem Zimmer auf und ab, den roten Stein fest in ihrer Hand. Geradezu beschwörend dachte sie an Léon und schickte ihm stumm ihre Nachricht. Er musste kommen. Sofort! Dies war eine Notsituation. Schlimmer konnte es nicht werden. Hatte er ihr nicht versprochen, dass er zur Stelle sein würde, wenn sie nach ihm rief? Doch die Stunden verstrichen, ohne dass er sich blicken ließ. Was nun?

In den frühen Morgenstunden nickte Claire eine Zeit lang ein und fuhr dann wieder hoch, als ihr Wecker klingelte. Hektisch sah sie sich um.

»Léon?«

Nein, er war nicht gekommen, und nun würde es bald hell werden. Verflucht! Claire ahnte, dass er während des Tages nicht auftauchen würde. Was sollte sie jetzt tun?

Sie umklammerte den roten Stein und schloss die Augen.

Léon, wo bist du? Du hast gesagt, wir seien durch die bei-

den Steine miteinander verbunden, und du würdest mich jederzeit finden, wenn ich dich brauche.

Schemen von düsteren Gängen huschten durch ihren Geist. Etwas schien an ihr zu ziehen, sodass sie die Decke zurückschlug und aus dem Bett stieg. Claire riss die Augen auf. Moment, wenn die beiden Steine zusammengehörten und zueinander strebten, musste es dann nicht auch andersherum funktionieren? Konnte ihr Stein ihr nicht den Weg zu Léon zeigen?

Er hatte ihr verboten, noch einmal in die Höhlen hinabzusteigen.

Ja.

Sie hatte ihm versprochen, es nicht wieder zu tun.

Ja, aber jetzt bestand keine Gefahr, dass sie sich verirren würde. Und außerdem war das eine außergewöhnliche Situation, die solch eine Entscheidung rechtfertigte. Léon würde das verstehen, hoffte sie zumindest.

Und schließlich hatte sie ihm die ganze Nacht Zeit gelassen, ihrem Ruf zu folgen. Auch er hatte sein Versprechen nicht eingelöst und zwang sie nun, die Sache selbst in die Hand zu nehmen! Claire umfasste den Stein noch fester. Die Schule musste heute ausfallen. Sie hatte Wichtigeres zu erledigen.

Claire blieb so lange wie möglich in ihrem Zimmer, um ihren Eltern auszuweichen. Ihr Vater war schon aus dem Haus, als sie endlich herunterkam, ihre Mutter bereits so in Eile, dass sie keine Zeit hatte, sich genauer mit dem Gemütszustand ihrer Tochter auseinanderzusetzen.

»Du siehst müde aus«, sagte sie nur zerstreut.

Claire gab zu, nicht gut geschlafen zu haben, schob es aber auf den Vollmond.

Ihre Mutter nickte, gab ihr einen Kuss auf die Wange und machte sich dann zu ihrer Arbeit auf. Claire blieb vor ihrem Milchkaffee sitzen, bis sie sicher sein konnte, dass auch ihre

Mutter außer Sichtweite war. Dann packte sie ihre Tasche und verließ ebenfalls das Haus. Sie machte sich zur Metrostation auf, hielt dann aber inne. Ein unangenehmes Gefühl im Rücken ließ sie sich umwenden. Aufmerksam sah sie sich um, konnte aber niemanden entdecken, der dieses Gefühl, beobachtet zu werden, ausgelöst haben konnte. Es waren noch kaum Menschen unterwegs und keiner von ihnen achtete auf Claire. Sie musste sich irren. Vermutlich war es nur ein Nachhall dieser schrecklichen Nacht. Adrien …

Nein, an ihn durfte sie jetzt nicht denken. Nicht an ihn und auch nicht an das, was er ihr angetan hatte. Wie konnte er nur? Liebe und Zärtlichkeiten waren das Schönste, das sie in ihrem Leben erfahren hatte, doch das galt nur, solange sie als Geschenk gegeben und mit Freude angenommen wurden. Die Liebe kannte keinen Zwang. Sie starb unter Druck und verwandelte sich in Abscheu. Wie konnte er genießen, was sie ihm nicht freiwillig geben wollte?

Stopp! Claire umfasste den roten Edelstein. Er pulsierte warm in ihrer Hand. Sie durfte diesen schrecklichen Erinnerungen nicht wieder nachgehen. Sie musste sich auf das konzentrieren, was vor ihr lag. Sie musste an Léon denken. Seine Jacke brannte in ihrer Tasche. So kam es ihr zumindest vor. Sie musste das gefährliche Stück dringend loswerden, und zwar so, dass es nicht wieder in die Hände der Charrons gelangte, die Léon mit allen Mitteln zur Strecke bringen wollten.

Claire ließ den Blick noch einmal schweifen, dann wandte sie sich um und eilte zur Metrostation.

***

»Commandant, draußen sind ein paar Jungs, die zu Ihnen wollen«, meldete René, als er ins Büro seines Chefs stürmte.

»Was für Jungs?«, verlangte Jean-Claude Sabatier zu wissen.

»Jungs in Uniform, die ihre haarigen Vierbeiner mitgebracht haben.«

Sabatier legte die Stirn in die Hände. »René, bitte! Mir ist nicht nach Rätselraten. Ich habe zu tun.«

»Es sind drei Männer einer Sondereinheit, genauer gesagt von der Hundestaffel. Menschenspürhunde, wenn Sie es noch genauer wissen wollen, und die sollen wir in die Steinbrüche runterbegleiten. Nachdem wir das letzte Mal das Objekt ihrer Begierde nicht finden konnten, hoffen sie nun auf die vierbeinigen Spürnasen.«

Sabatier runzelte die Stirn. »Und wie kommen die zu der Annahme, die Hunde könnten die Spur aufnehmen? Die müssen schließlich wissen, wonach sie suchen.«

»Das ist ein interessanter Punkt«, stimmte René dem Commandant der E.R.I.C. zu. »Halten Sie sich fest. Der Schwägerin des Polizeipräfekten soll es gelungen sein, dem finsteren Unbekannten seine Jacke zu entreißen und diese für die Polizei zu sichern.«

Die Augenbrauen des Commandant wanderten noch weiter nach oben. »Sie hat den Typen zufällig getroffen, ihn nach den Beschreibungen wiedererkannt und ihm die Jacke abgenommen?«

»Exakt! Im Louvre, wo der vermeintliche Bilderdieb zum Tatort zurückgekehrt sein soll.«

»Du nimmst mich auf den Arm.«

»Nein, so hat man es mir berichtet. Ich schwöre. Ich denke, die Handschellen haben nicht in die Handtasche der Dame gepasst, sonst hätte sie ihn bestimmt an Ort und Stelle verhaftet. Anderseits würde uns dann die lustige Fuchsjagd durch die Katakomben entgehen.«

Sabatier knurrte. »Ich weiß nicht, ob ich das so lustig finde wie du. Wann soll es denn losgehen?«

»Sofort, Commandant. Wir sollen keine Zeit verlieren und die Spur kalt werden lassen. Wir müssen nur noch beim Herrn Polizeipräfekten vorbei, um das wichtige Beweisstück in seiner Villa abzuholen.«

»Is nich wahr«, kommentierte Jean-Claude Sabatier trocken, erhob sich und knöpfte sich seine Jacke zu. »Trommle du die anderen zusammen. Wir treffen uns im Hof.«

»Zu Befehl, mein Commandant.«

* * *

Adrien folgte Claire in die Metro. Die Waggons waren wie üblich zu dieser Zeit gut gefüllt, sodass er nicht fürchten musste, von ihr entdeckt zu werden. Es wunderte ihn nicht, dass sie eine Linie nahm, die unter der Seine hindurch nach Süden fuhr, wo unter den Stadtteilen vom Quartier Latin bis nach Montparnasse das weitläufige Labyrinth der unterirdischen Steinbrüche zu finden war. Irgendwo musste es einen unverschlossenen Zugang geben, durch den Claire zu ihrem Liebhaber eilen wollte.

Adrien war fest entschlossen, sich nicht abhängen zu lassen. Neugierig las er die Schilder der Stationen und überlegte, wo der Eingang wohl zu finden sei. Er wusste, wie eifrig die Männer der E.R.I.C. dabei waren, alle Zugänge zu verschließen, und wie die Kataphilen ebenso eifrig versuchten, neue Eingänge zu schaffen oder die alten wieder zu öffnen. Er hatte mit Philippe lange gesucht, ehe er den Zugang in der Nähe der Katakomben gefunden hatte, der nun natürlich versiegelt worden war. Also würde er mit seiner Verfolgungsjagd gleich zwei Fliegen mit einer Klappe schlagen: Er würde nicht nur den Attentäter aufspüren und damit Claires Kerl aus dem Verkehr ziehen. Er würde auch einen neuen Zugang zu den Höhlen finden. Wobei die Faszination der verbotenen Unterwelt merklich nachließ, seit die Feuerwalze ihn fast sein Leben gekostet hatte, musste sich Adrien eingestehen.

Die Metro hielt an und Claire stieg aus. Adrien folgte ihr. Mit einem Stirnrunzeln sah er auf das Stationsschild: *Notre-Dame-des-Champs*. Das war seltsam. Wollte sie etwa doch nur zur Schule gehen? Adrien hatte nicht einmal seine Tasche dabei, und er sah sicher etwas verwegen aus, da er heute noch kein Badezimmer von innen gesehen hatte.

Tatsache, sie folgte der Rue d'Assas und bog dann in die Rue Auguste ein. Was war Claire für ein spießiges Ding! Sie musste erst ihre Schulstunden absolvieren, ehe sie ihren Freund retten ging. Er konnte es nicht fassen, doch es gab keinen Zweifel. Claire ging auf den Haupteingang zu, grüßte höflich den Pförtner und verschwand dann in der Schule.

Adrien zögerte. Lohnte es sich, ihr weiter zu folgen? Er könnte nach Hause fahren, duschen, etwas essen, sich ausschlafen und zum Ende des Unterrichts zurückkommen und die Verfolgung wieder aufnehmen. Das klang verlockender, als hungrig und müde den ganzen Tag im Klassenzimmer ausharren zu müssen. Doch seine Beine trugen ihn weiter in die Halle, von der einige Flure abgingen und das Treppenhaus, das zu den oberen Stockwerken führte. Claire folgte nicht dem Weg zum Klassenzimmer. Sie trat an die Treppe heran, hielt inne und sah sich um. Adrien fuhr zurück. Fast hätte sie ihn entdeckt. Das war knapp.

Noch immer stand sie da, als könne sie sich nicht entscheiden, was sie jetzt tun solle. Die Glocke erklang und alle Schüler eilten zu ihren Klassenzimmern. Nur Claire und Adrien blieben, wo sie waren. Die Halle und das Treppenhaus leerten sich. Als der letzte Schüler verschwunden war, straffte Claire den Rücken und eilte dann die Treppe hinunter, die zum Heizungskeller und zum Magazin des Hausmeisters führte. Adrien wartete, bis sie um die Biegung verschwunden war, dann lief er ihr nach. Was um alles in der Welt wollte sie im Keller?

Er folgte ihr den Gang entlang, vorbei an den geschlossenen Türen, hinter denen das Reich des Hausmeisters begann. Adrien blieb an der letzten Ecke stehen. Er wusste, der Gang führte noch ein Stück weiter und endete dann an einer schweren Stahltür, die er und Philippe vergeblich zu öffnen versucht hatten. Sie wussten aus einer Führung, was dahinter lag: die Bunker aus dem zweiten Weltkrieg, in denen die Deutschen damals ihr Hauptquartier aufgeschlagen hatten. Schon lange ein Ort der Begierde, den die beiden Freunde auf eigene Faust erkunden wollten, doch leider von allen Seiten sicher verschlossen. Hier würde Claire nicht weiterkommen, was bedeutete, dass sie umkehren musste und gleich wieder zurückkommen würde. Hektisch sah sich Adrien um. Hier gab es kein Versteck. Wenn er in diesem Gang blieb, musste sie ihn entdecken. Die Türen zum Heizungskeller und den anderen Räumen waren sicher verschlossen. Der Hausmeister kannte seine Schüler, die immer für irgendwelche Dummheiten zu haben waren. Er würde nicht riskieren, eine der Türen offen zu lassen. Also musste er es bis zum Treppenhaus zurückschaffen, wenn er nicht entdeckt werden wollte. Und das wollte er ganz sicher nicht! Eine Konfrontation mit Claire war das Letzte, was er jetzt brauchen konnte.

Adrien spähte um die Ecke, um abschätzen zu können, wie viel Zeit ihm blieb, um zu verschwinden. Sein Blick huschte den von einem Notlicht spärlich beleuchteten Gang entlang, bis dieser an der Stahltür endete. Er sah den Gang, und er sah die graue Tür, doch was er nicht sehen konnte war Claire. Er blinzelte verwirrt. Sie war verschwunden, aber wie war das möglich? Bewegte sich die Tür etwa?

Ein metallenes Klicken ertönte, dann war es wieder still.

Adrien lief den Gang entlang. Er riss die Klinke herunter und rüttelte an ihr, doch die Tür war so fest verschlossen wie immer. Und dennoch war es Claire gelungen, dort hineinzugelangen. Hatte der Kerl ihr einen Schlüssel besorgt? Das war die einzig mögliche Erklärung, und es war müßig, sich zu überlegen, woher Léon diesen hatte. Tatsache war, dass er sich auf dieser Seite der Stahltür befand und Claire auf der anderen und dass es keine Möglichkeit mehr für ihn gab, ihr weiter zu folgen.

»Verflucht!«, schrie Adrien und warf die Arme in die Luft. »Aber du hast noch nicht gewonnen. Das Spiel ist noch nicht zu Ende!«

Er wandte sich ab und lief den Gang zurück, die Treppe hinauf und aus der Schule. Er musste so schnell wie möglich seinen Vater finden. Dann hätten sie noch eine Chance, sie einzuholen.

Hoffte er zumindest.

Kapitel 28

Spürhunde

Obgleich sie noch immer das ungute Gefühl verspürte, beobachtet zu werden, folgte Claire dem Drängen des Steins auf die massive Stahltür zu. Sie hatte keinen Schlüssel. Wie sollte ihr der Stein um ihren Hals dabei helfen? Doch schon als sie sich der Tür näherte, hörte sie das leise Klicken, und als sie ihre Hand auf das kalte Metall legte, sprang die Pforte einen Spalt weit auf. Claire schlüpfte hinein und zog sie hinter sich zu. Die Tür rastete wieder ein und ließ Claire im Stockdunkeln zurück. Es roch unangenehm nach altem Schmierfett. Irgendwo knirschte es. Hektisch kramte sie nach ihrer Taschenlampe, konnte sie aber nicht finden. Ihr Herz begann zu rasen und ihr Atem wurde flacher. Claire spürte, wie Panik ihr den Hals zuschnürte. In ihrer Not griff sie wieder nach dem roten Edelstein. Sie spürte seine beruhigende Wärme in ihrer Hand, und es war ihr, als könne sie Léon flüstern hören. Der Weg lag klar in ihrem Geist vor ihr.

Und noch etwas geschah. Der Stein begann zu glühen und drängte die Dunkelheit zurück. Claire sah die Wände um sich herum und eine Tür mit der deutschen Aufschrift »Notausgang, Wachlokal«. Der Gang öffnete sich in einen Raum, in dem verrostete Metalltische an der Wand standen und herausgerissene Kabel sich wie Schlangen ineinanderwanden.

Die Tür an der anderen Seite war offen. Zaghaft trat Claire in den nächsten Gang, an dessen Wand ein weißer Streifen mit Pfeilen versehen und mit verschiedenen Ortsangaben beschriftet war. Doch sie brauchte keine Pfeile und keine Schilder. Sie umklammerte nur den Stein und lief los.

Die Bunkeranlage war bedrückend. Sie versuchte, nicht daran zu denken, wie sich die Deutschen hier verschanzt hatten, während die Pariser unter den fallenden Bomben um ihr Leben rannten. Sie fanden in Metrostationen Zuflucht, doch viele der Bahnhöfe waren für den Schutz der deutschen Besatzungstruppen reserviert. Unzählige Pariser starben in diesen Bombennächten.

Claire versuchte sich vorzustellen, wie es war, in einer besetzten Stadt zu leben, umgeben von Feinden, die einmarschiert waren, um sich Paris und damit Frankreich einzuverleiben. Viele Pariser hatten sich ergeben. Was hätten sie gegen diese Übermacht auch ausrichten können? Es ging um ihr Überleben und das ihrer Kinder. Claire konnte das verstehen. Und doch hatte es auch immer Widerstand gegeben. Auch die Résistance verlegte ihre Kommandozentrale in den Untergrund. Irgendwo unter dem Chaillot, in den Steinbrüchen des Trocadéro, ganz in der Nähe, wo die Feuerwalze gewütet hatte, war ihre Zentrale verborgen gewesen. Den Deutschen war es nicht gelungen, sie dort aufzuspüren. Das riesige Labyrinth unter Paris war selbst ihnen zu unheimlich und unübersichtlich gewesen. Das hatte zumindest Madame Girard gesagt.

Endlich ließ Claire die Bunkeranlage hinter sich und tauchte in das Geflecht der Steinbruchhöhlen ein. Sie stieg zwei Treppen tiefer und bog in die Gänge ein, die der Kristall ihr eingab. Einen Schritt vor den anderen, ohne zu zögern, und bald schon würde sie in Léons Arme fallen.

***

Léon schlenderte durch die dunklen Höhlen, als er vor sich das rötliche Schimmern entdeckte, das Jannine stets begleitete. Er bog in den Gang ab und trat in die Kaverne, deren Wände matt glühten. Das unruhige Wabern verriet Jannines Gemütszustand, noch ehe er ihr Gesicht erkennen konnte.

»Salut, Jannine, ist etwas nicht in Ordnung?«

Sie sah ihn nicht an, sondern starrte in die andere Richtung, wo sich eine weitere Höhlung in der Dunkelheit verlor.

»Ja, aber ich kann nicht sagen, was«, antwortete sie gedankenverloren.

»Ist etwas mit Marcell?«

»Nein, ich habe ihn zurückgelassen. Du weißt, dass er sich vor dem Meister fürchtet. Er zittert noch stundenlang, wenn er ihm begegnet ist. Das will ich ihm nicht antun.«

»Du hast dich mit dem Meister getroffen?«

Jannine wandte sich zu ihm um und zog eine Grimasse. »So würde ich das nicht nennen. Er hat mich zu sich zitiert!«

»Was wollte er?«

Jannines Miene wurde wieder ratlos. »Wenn ich das nur wüsste. Unsere Zusammenkunft währte nicht lange genug, um das herauszufinden. Wir hatten kaum ein paar Worte gewechselt, da fuhr er buchstäblich an die Decke. Wirklich, so etwas habe ich in meinem Leben noch nicht erlebt. Er war ganz außer sich.«

»Hast du eine Ahnung, weshalb?«, erkundigte sich Léon vorsichtig.

Jannine sah ihn scharf an. »Nein, aber ich glaube, ich habe deinen Namen aus seinem Mund gehört. Hast du irgendetwas angestellt, das ihn derart erregen könnte?«

Léon hob die Schultern.

»Könnte es vielleicht rein zufällig um dieses Mädchen gehen, das du mit in dein Versteck genommen hast?«, bohrte Jannine weiter. »Ich glaube der Meister ist über deine Beziehung zu ihr nicht erfreut.«

»Er hat mir befohlen, sie ihm auszuliefern«, gab Léon widerstrebend zu. »Er wollte nicht mit sich reden lassen, obwohl ich ihm geschworen habe, sie nicht wiederzusehen.«

Jannine wiegte den Kopf. »Davon weiß sie sicher nichts und rechnet mit dir, nicht wahr? Wie lange bist du denn schon überfällig? So wie ich die junge Dame kennengelernt habe, würde sie sich, um dich zu suchen, wieder kopflos in unser Labyrinth stürzen und sich hoffnungslos verirren.«

»Nein, sie hat mir versprochen, nicht wieder hierherzukommen. Wenn sie in Not ist, kann sie mich auf andere Weise erreichen.« Léon zog den Kristall unter seinem Hemd hervor, der blutrot pulsierte.

»Das hast du nicht getan«, stieß Jannine hervor. »Du hast ihr den Stein gegeben?«

Léon nickte und zog eine Grimasse. »Ja, ich habe ihr versprochen, zu ihr zu kommen, wenn sie mich ruft, aber ich kann nicht. Der Meister würde es erfahren, und dann wäre ihr Leben vermutlich keinen Pfifferling mehr wert. In ihrer hellen Welt ist sie hoffentlich vor ihm sicher, aber es gibt alte, magische Orte, an denen sein Arm bis an die Oberfläche reicht, vor allem, wenn er sich meiner bedienen kann. Ich will nichts riskieren.«

»Sie hat also nach dir gerufen? Habe ich das richtig verstanden?«

Er nickte widerstrebend. »Heute Nacht. Vielleicht hat sie sich einsam gefühlt.«

Jannine stöhnte. »Und du bist nicht gekommen, daher hat sie sich sicher auf die Suche nach dir gemacht. Die Steine funktionieren in beide Richtungen! Der Kristall wird sie zu dir führen. Kein Wunder, dass der Meister so außer sich ist. Es ist seine Magie. Das kann ihm gar nicht verborgen bleiben.«

Léon nahm den Stein in seine Hand und lauschte seinen Schwingungen. »Bei allen Mächten der Finsternis, ich glaube, du hast recht. Sie ist bereits in seinem Reich unterwegs. Er wird sie finden!«

»Was willst du jetzt tun?«

»Verhindern, dass er sie in die Finger bekommt. Ihn irgendwie ablenken.«

»Und wie?«

Léon warf noch einen Blick auf den Anhänger und begann dann zu laufen. Jannine folgte ihm. »Keine Ahnung. Denk nach! Irgendetwas Spektakuläres.«

»So was wie eine Explosion, die ihm die Höhlendecke auf den Kopf fallen lässt, oder eine Feuerwalze, die ihn in einem Sturm hinwegfegt?«

Die beiden eilten nebeneinander durch die Gänge. Das Flackern der Steine folgte ihnen. Der Kristall in Léons Hand wies ihnen den Weg.

»Meinst du, dass das reichen würde?«, gab Léon zurück.

»Keine Ahnung. Ich würde es ja ausprobieren, wenn ich solch schlagkräftige Waffen in meinem Repertoire hätte.«

Léon hielt unvermittelt an. »Würdest du das wirklich?«, fragte er ernst.

Jannine starrte ihn an. »Ja«, sagte sie dann. »Wir waren lange genug Sklaven dieser unheiligen Macht. Es wird Zeit, dass wir uns befreien. Unsere Schuld ist längst abgetragen.«

»Sie ist erst abgetragen, wenn er sein Ziel erreicht hat und uns freigibt«, widersprach Léon. »So lautet der Vertrag.«

Jannine sah ihn wild an. »Und wann wird er dieses Ziel erreichen? Wie viele Jahre will er uns noch in seinem Bann halten? Nein, Léon, es wird Zeit, dass wir uns wehren!«

»Mit Blitz und Feuer?«

»Wenn es sein muss!« Sie verschränkte die Arme vor der Brust.

»Hast du diese Feuerwalze ausgelöst?«, wollte Léon wissen.

»Nein, ich sagte doch gerade, über solche Magie verfüge

ich nicht. Und nun komm. Du wolltest doch deine Claire vor ihm retten.«

Sie setzten sich wieder in Bewegung. »Ja, das will ich, aber ich weiß nicht, was wir gegen ihn in der Hand hätten, um ihn aufzuhalten, außer unseren Mut und unsere Entschlossenheit.«

»Dann muss das eben reichen.«

***

Das Erste, was Adrien vernahm, als er die heimische Villa betrat, war das zornige Gebrüll seines Vaters. Draußen vor der Tür standen zwei Transporter der Polizei. Einer gehörte dem Team der E.R.I.C., der andere der Hundestaffel. Adrien hörte einen der Suchhunde bellen. Schon allein die tiefe Stimme des Hundes konnte einen einschüchtern, obgleich sich Adrien nicht sicher war, ob der Zorn seines Vaters im Moment nicht beängstigender wirkte. Für einen Augenblick dachte er darüber nach, ob es wirklich klug war, sich in diesem Moment einzumischen, aber wenn nicht jetzt, wann dann? Dies war die Stunde seiner Rache, und die wollte er sich schmecken lassen, wenn dieser Léon in Handschellen abgeführt werden würde und hinter Gittern verschwand. Was für eine süße Vorstellung!

Adrien straffte sich und ging auf die Tür zu. Er tippte den Code und trat ein. Die wutentbrannte Stimme seines Vaters leitete ihn zum Arbeitszimmer.

Der Präfekt war nicht allein. Adrien verdrehte die Augen. Sein Onkel Cato stand bei ihm, und auch Tante Mélyssa saß mit übergeschlagenen Beinen in einem Sessel und sah mal wieder aus, als posiere sie für einen Fotografen.

»Du hättest das wichtige Beweisstück eben nicht einfach

im Wohnzimmer liegen lassen dürfen«, sagte Cato gerade, was die Laune des Präfekten verständlicherweise nicht hob.

»Ach ja? Muss ich in meinem eigenen Haus damit rechnen, bestohlen zu werden?«, ereiferte sich der Präfekt.

Cato lachte trocken. »Du müsstest es am besten wissen, dass man den Menschen nicht trauen darf.«

»Warum hast du sie nicht aufgehalten?«, herrschte Michel Charron den Onkel an.

»Oh ja, das hätte ein tolles Geschrei gegeben, nicht wahr, Adrien?«, fügte er hinzu und wandte sich ihm mit hochgezogenen Augenbrauen zu.

Adrien versuchte, lässig zu wirken, und zuckte mit den Schultern. »Warum? Was weiß ich, was in dem Mädchen vorgeht.«

»Dass sie sich mitten in der Nacht davonschleicht?«, ergänzte Cato. »Ja, das ist wirklich seltsam und hat ganz sicher nichts mit dir zu tun oder damit, was du getan hast.«

»Ich weiß nicht, was du meinst«, gab Adrien patzig zurück.

»Lass ihn in Ruhe«, sagte sein Vater und setzte sich damit unerwartet für ihn ein. Adrien konnte sich nicht erinnern, wann er je zuvor Partei für ihn ergriffen hätte. Normalerweise hätte er sich darüber gefreut, doch in diesem Fall war es ihm eher unangenehm.

»Was glaubst du?« Cato ließ nicht locker. »Es hat alles mit diesem Mädchen zu tun und daher auch mit Adrien.«

Sein Vater winkte ab. »Das ist jetzt unwichtig. Es zählt allein, wie wir diese Jacke zurückbekommen, um endlich mit unserer Suche anzufangen. Die Spur wird mit jeder Stunde schwächer. Ich habe keine Ahnung, wie lange die Hunde ihr folgen können. Also Schluss mit dem Geschwätz. Wir müssen handeln.«

»Und was hast du vor?«, mischte sich zum ersten Mal Mélyssa ein, die sich den Disput bisher schweigend angehört hatte.

»Ich werde Richter Simon anrufen und mir einen Durchsuchungsbeschluss ausstellen lassen. Und dann nehmen wir uns die Wohnung der Davidsons vor. Ich werde dort keinen Stein auf dem anderen lassen, bis diese Jacke wieder in meinen Händen ist!«

»Das wird dir nichts nützen, selbst wenn du das Haus dem Erdboden gleichmachst«, sagte Adrien.

»Ach ja, wie kommst du darauf?«, blaffte ihn sein Vater an.

»Weil ich nicht glaube, dass Claire so dumm ist, das Ding daheim liegen zu lassen.«

»Nein? Sie schleppt die Jacke also mit sich herum? Bist du sicher?«

Adrien zögerte kurz. »Ich habe die Jacke nicht gesehen, als Claire vor zwei Stunden das Haus verließ, aber ich bin mir sicher, dass sie sie in ihrer Tasche hat.«

»Um sie mit in die Schule zu nehmen?« Sein Vater klang skeptisch.

»Nein, um sie Léon zurückzubringen«, widersprach Adrien. »Ich bin ihr gefolgt. Sie hat zwar die Schule betreten, doch sie sitzt im Augenblick nicht im Unterricht. Sie ist in den alten Bunkern verschwunden. Der Himmel weiß, wie sie an einen Schlüssel gekommen ist. Und jetzt läuft sie schnurstracks zu dem Kerl, falls sie sich da unten nicht verläuft, aber dann wird er oder seine Kataphilen sie finden, da bin ich mir sicher.«

Sein Vater starrte ihn an, doch er sah nicht erfreut aus. »Du bist ihr nach und hast sie entwischen lassen?«

»Sie war schon durch die Tür verschwunden, ehe ich sie erreichen konnte, und ich habe keinen Schlüssel zu den Bunkern unter dem Montaigne.«

Sein Vater stöhnte und fluchte laut. »Wir waren so nah dran!«

Adrien wandte sich ab, verließ das Arbeitszimmer und

stieg die Treppe hinauf in sein Zimmer. In der Tür blieb er stehen und ließ den Blick schweifen. Wo hatte er ihn hingelegt? Ach, da war er ja. Fast andächtig ging er darauf zu und griff nach dem Pullover, den er Claire in der Nacht ausgezogen hatte.

»Gehört er ihr?«

Mélyssas Stimme ließ ihn herumfahren. Er hatte sie nicht kommen hören. Wieder einmal fragte sich Adrien, wie es ihr gelang, in diesen Schuhen so lautlos zu laufen.

»Ja«, sagte er abweisend. Er legte keinen Wert auf ein Gespräch über seine Beziehung zu Claire, doch Mélyssa fragte nicht weiter nach.

»Dann solltest du ihn deinem Vater bringen«, sagte sie nur und wandte sich wieder ab. Adrien war erleichtert und verwundert zugleich. Sie lebte nun schon viele Jahre hier im Haus und dennoch war sie ihm stets ein Rätsel geblieben.

Adrien folgte ihr hinunter und hielt seinem Vater kommentarlos den Pullover hin. Der starrte auf das Kleidungsstück in den Händen seines Sohnes, während Cato den Kopf schüttelte.

»Jetzt wird es also doch noch ernst«, murmelte er, während sich die Miene des Präfekten aufhellte.

»Los geht es. Wo müssen wir beginnen?«

»Im Keller des Lycées«, wiederholte Adrien. »Wir brauchen Schlüssel, um in die Bunker zu kommen. Keine Ahnung, wer die hat, aber das wirst du sicher schnell herausfinden.«

»Das glaubst du aber«, knurrte der Präfekt und griff nach seinem Telefon.

***

Claire folgte dem pulsierenden Stein. Sie wusste nicht, wie es funktionierte, doch jedes Mal, wenn sie an eine Abzweigung kam, war sie sich sicher, welchen Weg sie wählen musste, und so ging sie stetig voran. Das Gefühl für die Zeit entglitt ihr. Sie hatte keine Ahnung, wie lange sie schon unterwegs war, denn sie fühlte weder Angst noch Kälte, keinen Hunger und keinen Durst. Ihre Gedanken waren nur auf ihren Weg gerichtet und auf das Ziel ihrer Suche: Léon! Es konnte nicht mehr weit sein. Das Gefühl überkam sie mit einer Sicherheit, die sie nicht in Zweifel zog. Léon war ganz nah. Ihr Herz schlug freudig. Nur noch diese Biegung und die nächste, dann würde sie vor ihm stehen, und er würde sie in seine Arme schließen und sie küssen.

Da ergriff sie plötzlich eine Welle aus eisiger Kälte. Claire prallte zurück, als sei sie gegen eine Wand gelaufen. Eine Wolke aus Finsternis und Furcht umwehte sie, hüllte sie ein und schien die Luft aus ihren Lungen zu pressen.

Was um alles in der Welt war das? Claire fand keine Erklärung, soweit ihr Geist überhaupt bereit war, darüber nachzudenken. Es fühlte sich eher so an, als würden ihre Gedanken zu Eis gefrieren. Das Gefühl wich aus ihren Beinen und sie wankte. Sie fiel auf die Knie, doch sie spürte den Aufprall kaum. Die Kaverne schien sich um sie herumzudrehen. Die Finsternis wurde von einem grünlichen Nebel abgelöst, der sie in einer Spirale umwirbelte. Ein Gedanke löste sich aus ihrem erstarrten Geist: Das ist das Ende. Jetzt muss ich sterben!

Aber in welcher Gestalt würde die Gefahr auf sie einstürzen? Noch immer sah sie nur den Nebel, der sich nun zusammenzog. Eine Silhouette nahm in dem schimmernden Grün Gestalt an. Was war das? Claire versuchte nicht hinzusehen. Die Angst wollte ihr Herz zerquetschen, doch sie konnte den Blick nicht abwenden. Es war, als habe eine fremde Macht die Kontrolle über ihren Körper und ihren

Geist übernommen. Und doch formte sich eine Frage in ihr:

Wer sind Sie?

Die Stimme schien von überall herzukommen. Sie vibrierte um sie herum und schallte durch ihren Kopf.

»Ich bin der Meister, der Herr der Schatten, Herrscher über die Finsternis und ihre Kinder.«

Vage Bilder stiegen in ihrer Erinnerung auf. Léons Arme, die sie umfangen hielten, ihre Wange an seiner Brust, der kalte Abendwind, der sie in luftiger Höhe umstrich, und seine Stimme, die eine Geschichte erzählte, die in das Reich der Märchen zu gehören schien. Von einem mächtigen Magier, der in den Schatten der Unterwelt hauste, geleitet von dem Drang, alles Helle und Schöne zu vernichten. Davor hatte Léon versucht sie zu warnen. Das war die Gefahr, die er von ihr hatte fernhalten wollen.

Das war Irrsinn und völlig unmöglich. Irgendetwas musste hier in der Luft sein, das ihre Sinne verwirrte und ihren Geist mit diesen Fantastereien vergiftete. Vielleicht so etwas wie der Rauch von Joints, der seltsame Träume hervorrief, nur etwas stärker.

Mühsam rappelte sich Claire auf und stemmte sich auf die Füße.

»Du glaubst, es gibt mich nicht? Du denkst, ich hätte nicht die Macht, alles zu beherrschen oder zu vernichten, wie es mir beliebt? Wünschst du eine kleine Demonstration meiner Kräfte? Ich will, dass du in Ehrfurcht vor mir auf dem Boden kauerst, dein Gesicht in den Schmutz gedrückt, und dass der letzte Gedanke deines Lebens Erstaunen ist über meine Kräfte.«

Claire antwortete nicht. Sie war gar nicht in der Lage, noch etwas zu sagen oder zu denken. Sie fühlte nur noch die Kraft, die von allen Seiten auf sie eindrang und sie zu zerquetschen drohte. Der Schmerz war überall und füllte sie aus.

Noch einmal fiel sie, schlug auf dem Boden auf und wand sich in stummen Schreien im Staub.

»So ist es recht«, höhnte der Schatten »Das ist deine Strafe.«

Warum? Warum?, schrie ihr Geist.

»Weil ich es nicht hinnehme, dass du mir meinen Diener nimmst. Er hat mir Treue geschworen und gehört mir allein!«

Léon, flüsterte es in ihrem Kopf.

»Niemand stellt sich zwischen den Meister und seine Getreuen!«, donnerte er, und noch einmal presste sie der Schmerz in den Staub.

»Aufhören! Sofort aufhören!«

Von weit her hörte sie seine Stimme, die die allumfassende Pein vertrieb. Léon! Er war gekommen, um sie zu beschützen und vor diesem wahnsinnigen Wesen der Unterwelt zu retten. Was für ein bittersüßes Gefühl. Er begab sich für sie selbst in Gefahr, und er würde mit ihr zusammen untergehen. Claire zweifelte nicht an der Macht dieses Schattenwesens. Vermutlich hatte Léon all seine Kräfte von ihm, doch sie konnten nur ein Bruchteil von dem sein, worüber der Meister verfügte. Es war ein Trost, dass sie hier nicht alleine sterben musste. Sie würden für immer zusammenbleiben.

»Aufhören!«, schrie er noch einmal, und sie spürte, dass er näher kam. Er baute sich zwischen ihr und dem Meister auf.

»Ich grüße dich, Léon«, spottete der Schatten. »Wie schön, dass du kommst. Willst du dir deinen Dank abholen, dafür dass du gehorsam warst und mir das Mädchen so prompt geliefert hast?«

»Lasst sie gehen!«, forderte Léon, ohne auf die Worte einzugehen. »Sie ist keine Gefahr für Euch.«

»Nein, ist sie nicht, vor allem, da sie jetzt in meinen Händen ist. Hast du mir nicht geschworen, dass du mir gehorchst? Nun ist der Augenblick gekommen, loszulassen.

Sage Adieu zu ihr und geh. Sie geht dich nichts mehr an. Du hast deinen Auftrag erfüllt. Du hast ihr Vertrauen gewonnen und sie zu mir gebracht.«

Claire glaubte zu ersticken. Nein, das war nicht möglich. Léon liebte sie. Er wäre zu solch einem Verrat nicht fähig. Mühsam öffnete sie die Augen und sah zu ihm auf. Sein Gesicht wandte sich ihr zu. Seine Miene war zu einer verzerrten Maske erstarrt.

»Geh, Léon!«, befahl der Schatten. »Sie gehört jetzt mir.«

»Nein!«, mischte sich noch eine Stimme ein. »Das lassen wir nicht zu.« Jannine eilte an Léons Seite.

»Es ist noch nicht zu spät. Lasst sie laufen. Sie kann Euch nicht schaden, doch wenn Ihr sie jetzt umbringt, dann wird ganz Paris hinter Euch her sein. Der Polizeipräfekt und seine Leute werden nicht ruhen, ehe sie ihren Mörder gefasst haben. Sie werden Euch fangen und einsperren!«

Ein schauderhaftes Lachen hallte in der Höhle wider. »Sollte ich mich wirklich vor der Polizei fürchten? Jannine, mein unschuldiges Lämmlein, das meinst du nicht ernst. Glaubst du, es gäbe irgendetwas, das diese armseligen Menschen gegen mich tun könnten? Du hast meine Kräfte kennengelernt. Denkst du, ich würde mich verhaften und einsperren lassen? Das ist lächerlich. Jannine, verärgere mich nicht mit solch dummen Reden.«

»Auch Eure Macht hat Schwächen«, beharrte Jannine. »Irgendwann wird jemand sie erkennen und Euch damit zu Fall bringen!«

»Mag sein, doch dieser Tag ist noch fern«, gab der Schatten ungerührt zurück. »Und nun geht zur Seite und seht zu, was passiert, wenn jemand es wagt, mich zu erzürnen. Ihr selbst habt durch euren Widerspruch ihr Schicksal besiegelt.«

Vermutlich lag es weder in Léons noch in Jannines Macht, gegen seinen Befehl anzugehen. Der Schatten schob die beiden wie Marionetten so grob zur Seite, dass Jannine strauchelte und sich an Léon festhalten musste.

Claire spürte, dass der Schatten sie wieder fixierte. Er riss sie hoch, dass sie taumelnd auf die Füße kam.

»Und nun zu dir. Das Letzte, was du in deinem Leben lernen wirst, ist, dass Neugier gefährlich ist und dass magische Schätze kein Spielzeug sind.«

Die Kette um ihren Hals bewegte sich. Der blutrote Kristall tanzte vor ihren Augen auf und ab und begann dann, sich zu drehen. Erst langsam, dann immer schneller. Die Kettenglieder wanden sich umeinander.

Léon schrie auf. Er hatte schneller als Claire begriffen, was der Schatten vorhatte. Er kämpfte und reckte die Arme vor, doch es gelang ihm nicht, sich vom Fleck zu rühren und zu Claire zu eilen, die nun nach Luft schnappte, als die Kette begann, ihr den Hals einzuschnüren.

»Nein!«, schrie Léon, doch der Schatten lachte nur.

Claire sah zu ihm und Jannine hinüber, doch sie konnte ihn nicht mehr richtig erkennen. Rote Flecken tanzten vor ihren Augen, während sie einen letzten Hauch von Atemluft einsog. Wie gern hätte sie Léon noch gesagt, dass sie ihn liebe und nichts bereue, doch es kam kein Laut über ihre Lippen. Die Flecken verdichteten sich, ein Rauschen stieg in ihre Ohren, das zu einem Brausen wurde und Léons und Jannines Rufe übertönte. Der eisige Wirbel erfasste ihren Körper, hob ihn hoch und ließ ihn schwerelos werden. Die Schmerzen verebbten. All die körperliche Pein entfernte sich von ihr und war nicht mehr wichtig. Ihr Körper schien sich von ihr zu lösen und als leere Hülle zurückzubleiben, doch das kümmerte Claire nicht mehr. Angst und Zweifel lagen hinter ihr. Sie sah nach vorn. Dort, wo sich jeden Moment eine neue Tür für sie öffnen würde. Sie konnte sie erahnen und schwebte voller Hoffnung auf sie zu, als ein Strahl sie erfasste. Das Licht war so grell, dass Claire nichts mehr sehen konnte. Es war überall um sie herum und in ihr. Es umwand sie und zog sie mit sich. Und es brachte den Schmerz zurück. Die Tür schlug zu und verschwand.

Kapitel 29

Licht!

So einfach, wie sein Vater es sich vorgestellt hatte, lief die Sache nicht. Es kam Adrien vor, als wäre der halbe Tag bereits verstrichen, als sie endlich vor dem Lycée de Montaigne standen, den Schlüssel für die Bunker in den Händen. Im Hof machten sich vier Führer mit ihren Spürhunden bereit. Sie alle waren in der Lage, auch alten Spuren zu folgen. Die Aufmerksamkeitsspanne eines Hundes sei allerdings begrenzt, erklärte der Staffelführer. Sollte der erste Hund ermüden, würde er abgezogen und der nächste an die Spur gesetzt. So konnten sie sich abwechseln und auch längere Strecken zurücklegen, bis sie das Zielobjekt aufgespürt haben würden. Die Hunde waren von verschiedenen Rassen. Der Staffelführer hatte einen belgischen Bloodhound dabei, ein großes, braunes Vieh mit langen Ohren und hängenden Lefzen, das Adrien durchdringend zu mustern schien. Da waren ihm die beiden Labrador Retriever schon sympathischer. Der vierte, ein Golden Retriever, schien der Jüngste der Truppe. Er sah sich aufmerksam um und wedelte heftig mit dem Schwanz. Es sah so aus, als würde er sein Herrchen zum Spielen auffordern. Adrien kannte sich mit Hunden nicht so gut aus.

Neben den Männern mit ihren Hunden stand die E.R.I.C-Truppe, und gerade fuhr noch ein Transporter mit bis zu den

Zähnen Bewaffneten vor, die in ihrer Tarnkleidung mit Helm und Sturmgewehr einen finsteren Eindruck machten. Adrien spürte, wie sich ein Kribbeln in ihm ausbreitete, sodass es ihm schwerfiel, ruhig hinter seinem Vater zu stehen. Einige Schüler kamen zaghaft näher und glotzten neugierig. Es klingelte zwar bereits zur nächsten Stunde, doch hier war etwas Außergewöhnliches im Gange, das sie sich keinesfalls entgehen lassen wollten.

Nathalie entdeckte Adrien und kam auf ihn zu. »Wo warst du?«, erkundigte sie sich. »Weißt du, was dieser Auflauf zu bedeuten hat?«

Adrien musterte sie. Sie trug noch immer eine Kappe und die Haut ihres Gesichts war gerötet.

»Das ist geheim«, gab er knapp zurück.

Nathalie sah von ihm zu seinem Vater. »Ach komm, gib mir wenigstens einen Tipp. Geht es um den Anschlag? Jagen sie den Attentäter vom Chaillot?«

Adrien stöhnte genervt, nickte aber.

»Oh, wie aufregend. Du musst mir nachher alles erzählen. Kommst du? Sonst macht der alte Martineau wieder Stress.«

Adrien hob abwehrend die Hände. »Geh du in die Mathestunde. Ich habe etwas Wichtigeres zu erledigen. Ich muss einen Attentäter und eine Verräterin zur Strecke bringen!«

Er wandte sich ab und folgte seinem Vater und den Hundeführern in den Keller hinunter.

***

Léons Blick löste sich von dem Schatten und huschte zu Claire. Voller Entsetzen starrte er auf die Kette, die sich wie von Geisterhand immer weiter zudrehte. Der rote Kristall, der ihr Trost in der Dunkelheit gespendet hatte und ihr der

Nordstern auf ihrer Suche gewesen war, funkelte nun als tödlicher Vorbote. Immer enger legte sich die Kette um ihren Hals und nahm ihr die Luft, doch Léon konnte nichts tun, um ihr zu helfen. Er nahm all seine Kräfte zusammen, doch es gelang ihm nicht einmal, die Arme zu heben oder auch nur einen Schritt vorwärts zu tun.

Der Schatten hatte ihm seine Kräfte verliehen, und er war in der Lage, sie ihm wieder zu nehmen. Sie alle wurden zu leblosen Puppen, wenn er es wollte. Léon spürte, wie sich eine Träne aus seinem Augenwinkel löste und über seine Wange rann. Die Hilflosigkeit war schlimmer als jeder Schmerz, doch er konnte nur zusehen, wie Claires Leben aus ihr wich. Sein Mund formte einen lautlosen Schrei, als sie in sich zusammensackte.

Da erblickte er eine Gestalt, die aus einem der Gänge in die Höhle stürzte. Sie hielt etwas in den Händen, das er nicht sehen konnte. Der junge Mann war groß gewachsen und massig. Seine kräftigen Arme schleuderten den Gegenstand über Claire hinweg, wo er zwischen ihr und dem Schatten auf dem Boden aufschlug. Ehe Léon darüber nachdenken konnte, was das zu bedeuten hatte, zersprang das Kästchen und entlud sich in einem grellen Blitz. Das Licht war so gleißend, dass Léon dachte, sein Geist müsse bersten. Es war ihm, als wäre die Sonne in jenem Kästchen gefangen gehalten gewesen und nun in dieser Höhle befreit worden. Léon fiel nach hinten und hörte sich vor Schmerz schreien, doch sein Schrei ging in einem viel mächtigeren Gebrüll unter. Lichtblitze zischten durch die Höhle. Sie schienen den Schatten zu umwinden, der zuckend zu Boden ging. Noch immer hallte die Kaverne von seinen Schreien wider, deren Echo so heftig gegen die Felswände brandete, dass sich Steinbrocken lösten und herunterkrachten. Léon sah die schwarze Kutte im Staub und konnte die Pein spüren, die auch seine eigene war. Der Schatten wand sich und kroch rückwärts auf einen Torbogen zu, um dem schrecklichen Licht zu entkommen. Léon spürte noch das Staunen, den mächtigen Magier plötzlich schwach und hilflos auf der Flucht zu erleben, dann überwältigte ihn seine eigene Schwäche, und seine Sinne schwanden.

***

Der erste Atemzug schmerzte schrecklich, doch der Druck an ihrem Hals ließ nach, und es wurde mit jedem Heben und Senken ihres Brustkorbs ein wenig leichter. Das grelle Licht um sie erlosch, die Schreie in ihren Ohren verhallten. Es war dunkel und still um sie, als Claire die Augen öffnete.

Sie lag auf dem Rücken, ihr Kopf ruhte in einem Schoß, und eine Hand schmiegte sich an ihre Wange.

Léon, schoss es ihr durch den Kopf, und sie spürte, wie ihre Kräfte zurückkehrten. Claire richtete sich ein wenig auf und sah sich um. Ein schwaches, rötliches Flackern huschte über die Felsen, und sie konnte Jannine erkennen, die zusammengekrümmt ein paar Meter von ihr entfernt auf dem Boden lag, neben einer anderen Gestalt, die sich ebenfalls nicht rührte. Entsetzt erkannte Claire Léon.

Aber wer streichelte dann ihre Wange? Sie hob den Blick und kniff die Augen zusammen, bis sie die Züge des Mannes ausmachen konnte: ein breites Gesicht mit ausgeprägten Wangenknochen. Sein Blick ruhte besorgt auf ihr und doch wirkte es ein wenig einfältig. Sie kannte den jungen Mann. Er hatte ihr schon einmal geholfen.

»Marcell?«, krächzte Claire. »Was ist passiert?«

Mit schnellen Handbewegungen versuchte er ihr zu berichten, doch sie verstand gar nichts. Sie begriff nur, dass sie noch am Leben war und der Schatten verschwunden und dass es Léon und Jannine offensichtlich nicht gut ging.

Marcell sah sie fragend an. Sein Finger strich erstaunlich zart über ihren geschundenen Hals.

Claire versuchte ein Lächeln. »Es geht wieder, danke.«

Er half ihr auf. Marcells kräftige Arme schoben sich unter ihren Oberkörper und hoben sie hoch. Vorsichtig stellte er sie auf die Füße und ließ sie erst los, als sie ihr Gleichgewicht gefunden hatte. Dann eilte er zu seiner Schwester und kniete neben ihr nieder. Claire folgte ihm und kauerte an Léons Seite. Beide waren nicht bei Bewusstsein, schienen aber keine Verletzungen zu haben.

»Was ist mit ihnen?«, fragte Claire und legte ihr Ohr an Léons Brust.

Er atmete, Gott sei Dank, aber warum erwachte er nicht? Sie schüttelte ihn, doch er reagierte nicht. Verzweiflung überfiel sie. Sie sah Marcell an, dessen Miene ebenfalls vollkommen ernst war.

»Was ist mit ihnen? Kannst du dir das erklären?«

Zu ihrem Erstaunen nickte er. Wieder versuchten seine Hände ihr etwas zu sagen. Sie machten eine allumfassende Geste, die die ganze Höhle zu erfassen schien. Claire glaubte zu begreifen. Das grelle Licht, das den Schatten vertrieben hatte, war anscheinend auch an Léons und Jannines Zustand schuld. Warum aber hatte es ihr nicht geschadet? Oder Marcell? Ganz im Gegenteil, ihr hatte es geholfen und vermutlich das Leben gerettet.

Seltsam. Sehr seltsam.

Claire sah Marcell an. »Werden sie wieder aufwachen?«

Marcell nickte, doch sie glaubte, seine Unsicherheit spüren zu können. Vermutlich war das Nicken eher Ausdruck seiner Hoffnung und er wusste es selbst nicht.

»Was sollen wir jetzt machen?«, rief Claire verzweifelt. »Wir können sie doch nicht hier liegen lassen.«

Marcell schüttelte den Kopf. Er hob Jannine hoch und nickte Claire zu. Sie stand auf und schob ihre Arme unter

Jannines Achseln durch. Marcells Schwester war klein und zierlich, dennoch bezweifelte Claire, dass sie sie durch die Gänge würde tragen können. Außerdem, wohin sollten sie sie bringen? Raus aus den Höhlen, um sie in einem Krankenhaus behandeln zu lassen? Claire ahnte, dass Marcell nicht damit einverstanden sein würde.

Und Léon? Auch er benötigte Hilfe, doch wie könnte sie ihn denen ausliefern, vor denen sie ihn hatte retten wollen? Wenn er die Höhlen verließ, würde die Polizei ihn schnappten, und dann würden die Charrons ihn für alles büßen lassen, egal ob er es gewesen war oder nicht.

Marcell bückte sich noch einmal und hob Léon hoch, als wiege er nicht mehr als seine Schwester. Trotz seiner massigen Statur erstaunte es Claire, über welche Kräfte er verfügte. Er warf sich den leblosen Körper über die Schulter und nahm Claire Jannine wieder ab. Sanft hielt er seine Schwester in den Armen. Obgleich sie noch immer ohne Bewusstsein war, folgte ihr das Leuchten der Steine, allerdings deutlich schwächer als sonst. Dennoch gab es Marcell und Claire genug Licht, dass sie nicht über irgendwelche Hindernisse stolperten. Wie Marcell jedoch seinen Weg finden wollte, ohne sich zu verirren, war Claire schleierhaft. Die Frage war außerdem: Wo wollte er hin?

Er konnte es ihr nicht sagen, doch er ging zielstrebig voran, daher blieb Claire nichts anderes übrig, als ihm zu folgen und ihm zu vertrauen.

***

Die Lichtkegel der unzähligen Lampen huschten durch den Bunker, der wie aus tiefem Schlaf zum Leben zu erwachen schien. Adrien fühlte ein Schaudern, als der Bluthund sein tiefes Bellen hören ließ.

»Er hat die Spur aufgenommen«, meldete der Hundeführer. Die Männer schienen wie elektrisiert.

»Dann los!«, befahl der Kommandant der Truppe. Adrien sah sich um.

Der Präfekt hatte sie nur bis zu der Stahltür begleitet, die in den Bunker führte, und sich dann verabschiedet. Er hatte noch andere wichtige Dinge zu tun, wollte aber ständig auf dem Laufenden gehalten werden. Vermutlich hatte sein Vater nicht einmal mitbekommen, dass Adrien mit den Männern der E.R.I.C durch die Tür geschlüpft war, und das war auch gut so. Adrien ahnte, dass er ihn sonst zurückgepfiffen hätte. So war sein Vater in seinen Gedanken schon beim nächsten Termin und dachte nicht mehr an den Sohn, den er vielleicht in seinem Klassenzimmer vermutete. Bei einer langweiligen Mathestunde, gefolgt von neugierigen Fragen seiner Freunde, allen voran von Nathalie. Adrien verdrehte die Augen. Nein, um nichts in der Welt wollte er diese Jagd verpassen!

***

Claire erkannte die Höhle, als sie sie betraten. Marcell strebte, ohne zu zögern, mit seiner Last in den Armen auf den Abgrund am Ende zu und schritt über die unsichtbare Brücke. Also kannte nicht nur seine Schwester den Zugang zu Léons Versteck, was Claire in diesem Fall mehr als nur recht war. Hier würden sie in Sicherheit sein. Hier konnten Jannine und Léon genesen. Sie hoffte, sie würden bald erwachen und dass das Etwas mit dem hellen Licht, das Marcell geworfen hatte, keine bleibenden Schäden zurücklassen würde. Claire vertraute Marcell, doch sie konnte sich nicht mit ihm verständigen. Sie brauchte Antworten auf die vielen Fragen, die durch ihren Geist schossen!

Marcell ließ Léon auf den Diwan fallen und bettete Jannine daneben. Dann kauerte er an ihrer Seite und nahm zärtlich ihre kleinen Hände, die in den seinen völlig verschwanden.

Claire ließ sich auf der anderen Seite in die Kissen sinken und strich über Léons eisige Wange. Plötzlich begann er sich zu regen und schlug die Augen auf. Sein Blick irrte umher, bis er Claire fixierte. Seine Arme umschlangen sie und zogen sie an seine Brust.

»Du lebst«, flüsterte er. »Ich kann es kaum glauben. Wie konntest du ihm entkommen?«

Claire hob die Schultern. »Ich kann es mir auch nicht erklären. Marcell hat uns alle gerettet.«

»Marcell?« Léon stemmte sich hoch und starrte den vierschrötigen, jungen Mann an, der noch immer die Hände seiner Schwester hielt.

»Ja, er hat uns hierhergebracht.«

Nun erst schien Léon zu registrieren, wo sie sich befanden. Er ächzte, richtete dann aber seine Aufmerksamkeit auf Jannine, die sich nun ebenfalls zu regen begann. Marcell traten Tränen der Erleichterung in die Augen, die über seine Wangen herabrannen, als sich Jannine mit einem Stöhnen aufsetzte.

»Was ist passiert?«, fragte sie und sah sich verwundert um.

»Das kann uns nur Marcell erklären«, mischte sich Claire ein. »Er kam, als alles zu spät schien, und hat etwas geworfen, aus dem Licht zu explodieren schien, so hell wie die Sonne.«

»Und das hat den Schatten vertrieben«, fügte Léon hinzu. »Das ist seine Schwäche.«

Claire nickte. »Ja, aber euch hat es auch geschadet.«

»Weil wir seine dunkle Magie in uns tragen«, sagte Jannine und sah dabei ihren Bruder an, der schuldbewusst den Blick erwiderte. Seine Hände begannen wieder zu sprechen.

»Ja, ich weiß, dass du uns nicht schaden wolltest. Reg dich nicht auf, es ist alles gut. Du hast Claire das Leben gerettet, darauf kannst du stolz sein.«

Marcell schüttelte den Kopf. Ihm rannen weiter die Tränen über die Wangen.

»Ich danke dir«, sagte Claire und legte ihre Hand auf seinen Arm. »Das war sehr mutig! Aber was war das für ein Ding?«

»Ja, das würde mich auch interessieren, und noch mehr, wo du es herhattest«, drängte Léon.

Marcell wandte den Kopf ab und starrte zu Boden.

»Jannine, frag ihn!«

Er schüttelte wild den Kopf, doch Jannine ließ nicht locker. Sie nahm sein Gesicht in ihre Hände und zwang ihn, sie anzusehen. Claire beobachtete, wie die beiden stumm Zwiesprache hielten. Offensichtlich schien Jannine ihn zu verstehen, und das, was er ihr übermittelte, gefiel ihr gar nicht. Sie wurde weiß im Gesicht und ließ ihren Bruder mit einem Aufschrei los.

»Was hat er dir gesagt?«, verlangte Léon zu wissen. »Das war mächtige Magie! Das hat er nicht von einem der Kataphilen.«

Claire sah, wie Jannine zögerte. Sie scheute sich, das preiszugeben, was ihr Bruder ihr offenbart hatte. Claire wunderte sich, was das sein könnte, dass sie derart entsetzt dreinsah. Immerhin hatte er sie mit dieser magischen Box gerettet. Claire sah von Marcell zu seiner Schwester und wieder zurück.

Plötzlich wusste sie, was Jannine derart aus der Fassung brachte. Das mächtige Licht war nicht die erste Magie, die Marcell entfesselt hatte, nur hatte die erste Welle aus Feuer bestanden statt aus Licht.

»Du warst es, nicht wahr«, keuchte Claire. »Du hast das Feuer in den Höhlen des Chaillot entfacht!«

Léon riss die Augen auf. »Marcell? Das kann nicht sein!« Doch sie konnten es in den entsetzten Mienen der Geschwister lesen.

Jannine nickte, noch immer fassungslos. »Er wusste nicht, was er damit anrichtet«, sagte sie, während Marcell zustimmend mit dem Kopf nickte. Claire konnte die Qual in seinen Augen lesen. Nein, er hatte niemanden verletzen wollen. Er war von dem wahren Attentäter benutzt worden!

»Wer hat dir die magischen Würfel gegeben?«, drängte Léon.

Marcells Hände flogen durch die Luft, doch Claire sah Jannine an, deren Gesichtsfarbe von Weiß nach Grün zu wechseln schien. Sie war offensichtlich kurz davor, wieder in Ohnmacht zu fallen.

»Sag es uns!«, verlangte Léon. »Genug der Geheimnisse. Wir müssen endlich offen zueinander sein.«

»Sie«, keuchte Jannine. »Sie war es!«

»Wer?«

»Die blonde Zauberin.«

Léon und Claire tauschten Blicke. Offensichtlich wusste auch Léon nicht, von wem Jannine sprach.

»Sie hat mich gezwungen, einige Einbrüche zu verüben – auch den im Louvre. Sie wollte unbedingt dieses Bild haben, und sie hat mir gedroht, dass es Marcell schlecht bekommen würde, wenn ich ihr nicht gehorche. Sie wusste so viel und sagte, sie könne Marcell seine Sprache zurückgeben. Ich war mir nicht bewusst, in was ich mich verstricke. Wie groß ihre Kräfte sind, habe ich erst nach und nach erahnen können. Ich wusste nicht, dass sie sich auch an ihn herangemacht hat.«

Alle Blicke richteten sich auf Marcell, der unter Tränen gestikulierte.

»Ja, ich glaube dir. Sie hat dir gedroht, und du wusstest nicht, was für eine Magie in den Boxen steckt.«

»Beruhige dich, es ist niemand zu Tode gekommen!«, versuchte Léon ihn zu beschwichtigen. »Viel interessanter ist herauszufinden, wer diese mächtige Magierin ist, die über Licht und Feuer gebietet.«

»Erst der Schatten und dann eine Zauberin des Lichts«, wiederholte Claire. »Das ist wie in der Geschichte, die du mir erzählt hast.«

Léon und Jannine starrten einander an und nickten. »Ja, es ist die Geschichte. Das ist es, was der Schatten schon so lange sucht: die einzige Macht, die ihn in Schach hält und ihn besiegen könnte«, sagte Léon. »Die Zauberin des Lichts, seine größte Feindin.«

»Sie ist noch mehr«, fügte Jannine hinzu. »Sie ist ein Teil von ihm. Seine Hälfte, die er abgespalten und verloren hat, als er den größten Zauber wirken wollte, der die Welt in Finsternis hätte stürzen sollen. Doch er war zu schwach, und so wandte sich der Zauber gegen ihn und spaltete ihn in zwei Hälften, die seitdem vergeblich versuchen, die Herrschaft an sich zu reißen.«

Léon nickte. »Das ist das Teil, das mir zu diesem Puzzle fehlte. Licht und Schatten hielten sich die Waage. Keiner konnte den anderen finden und zum letzten Gefecht herausfordern, aber sie haben nicht aufgehört, nach dem anderen Teil zu suchen.«

»Und nun haben sie es fast geschafft«, sagte Jannine leise.

»Wo hast du diese Zauberin das erste Mal gesehen?«, wollte Léon wissen.

»Bei einer Party in der Villa des Polizeipräfekten!«

Léon stieß einen Pfiff aus, der vom Bimmeln einer Glocke übertönt wurde. Alle sprangen auf und starrten zur Wand, wo erneut ein Läuten erklang.

Léon wandte sich zu Claire um. »Warum bist du gekommen? Du hast versprochen, den Höhlen fernzubleiben.«

»Es ist ein Notfall, und du bist meinem Ruf schließlich

nicht nachgekommen!«, sagte Claire vorwurfsvoll und zog die Jacke aus ihrer Tasche. Sie warf sie Léon hin. »Sie wollten die Hunde auf dich hetzen und deiner Spur vom Louvre aus folgen.«

Léon winkte ab. »Du hättest dich nicht sorgen müssen. Kein Hund der Welt kann meine Spur aufnehmen. Das hätten sie nur allzu schnell einsehen müssen.«

»Aber wer nähert sich dann deinem Versteck?«, fragte Jannine. »Irgendwelche Leute, die hier nichts zu suchen haben. Ist das vielleicht nur ein Zufall?«

Léon hob die Schultern, dann erstarrte er. »Oh nein!«, stieß er hervor. »Die Hunde können weder meiner noch deiner Spur folgen, aber ich fürchte, Claire hat sie direkt hierhergeführt!«

Er rannte auf die Galerie hinauf und öffnete die Luke. Er musste nicht hinaussehen, um seinen Verdacht bestätigt zu bekommen. Ein schauriges Heulen drang in die Höhle.

»Die Bluthunde sind nicht mehr weit!«, rief er, als er zu ihnen zurücksprintete. »Und die lassen sich nicht durch eine Illusion aufhalten. Sie folgen nur ihrer Nase!«

Claire erschrak. Sie konnte nicht glauben, dass sie die Katastrophe herbeigeführt hatte, die sie hatte verhindern wollen.

»Was machen wir denn jetzt?«

»Weglaufen, und zwar schnell!« Léon ergriff ihre Hand und zog sie zum anderen Ende der Höhle zu einem zweiten Ausgang. Im Hinauslaufen griff er nach einem Hebel an der Wand und zog ihn nach unten. Ein Rumpeln ertönte hinter ihnen.

»Was war das?«, rief Claire erschreckt.

»Ich habe den Zugang blockiert. Auf diesem Weg kommen sie nicht in meine Höhle. Die Spur wird jenseits des Abgrunds für sie enden.«

»Dann werden wir ihnen entkommen«, frohlockte Jannine, die ihnen mit Marcell dicht auf den Fersen folgte.

»Das hoffe ich«, antwortete Léon, der vor ihnen eine enge Wendeltreppe hochlief, die an einem weiteren Ausgang endete. Er betätigte den Mechanismus und spähte dann in die dunkle, stille Höhle hinaus.

»Die Luft ist rein«, meldete er, ehe er Claire hinausführte.

»Und was jetzt?«, fragte sie zaghaft. Es nagte schwer an ihr, dass sie selbst es gewesen war, die Léon in Gefahr gebracht hatte. Aber woher hätte sie das wissen sollen? Ihr kam ein übler Verdacht, mit was für einem Kleidungsstück die Bluthunde auf ihre Spur gesetzt worden waren. Dann war sie heute Morgen also tatsächlich verfolgt worden. Er musste vor dem Haus auf sie gewartet haben.

Adrien, dachte sie wütend und ballte die Hände zu Fäusten. *Dafür wirst du bezahlen!*

Später. Jetzt mussten sie sich erst einmal alle in Sicherheit bringen.

»Wohin jetzt?«, erkundigte sich Jannine, als Léon innehielt.

»Ich weiß noch nicht. Wir müssen Claire hinaufbringen und dafür sorgen, dass die Hunde ihr nicht weiter folgen können.

»Wir haben sie doch schon abgehängt«, wandte Claire ein.

»Ja, im Moment, doch wenn sie die Hunde lange genug ausschwärmen lassen, könnten sie wieder auf deine Spur stoßen, und dann heften sie sich ganz schnell wieder an unsere Fersen. Wir müssen sie endgültig von deiner Spur abbringen.« Er wandte sich an Jannine. »Fällt dir etwas ein?«, fragte Léon.

Jannine sah zu Marcell, dessen Hände schon wieder eifrig sprachen.

»Was sagt er?«

»Wasser oder Pfeffer«, übersetzte sie.

»Gar nicht dumm!« Léon nickte ihm anerkennend zu. Marcell lächelte verlegen. Er haderte noch immer mit seiner Schuld, die er so unwissend auf sich geladen hatte, doch Claire fand, er habe sie mit ihrer Rettung mehr als wieder gut gemacht.

»Gehen wir rasch zu unserem Versteck unter dem Observatorium«, schlug Jannine vor. »Da steht eine Kiste mit Gewürzen, in der es jede Menge Pfeffer gibt.«

Marcell nickte und grinste. Ihm schien diese Idee zu gefallen.

»Gut, dann los«, stimmte Léon ihr zu, nahm Claire an der Hand und ging zügig weiter.

Jannine schritt voran, Marcell bildete das Schlusslicht. Trotz der schimmernden Steine und der grauen Schatten, die Léons Hand ihr vermittelten, musste Claire aufpassen, nicht zu stolpern, so schnell zog er sie mit sich. Jannine und Marcell dagegen schienen keine Schwierigkeiten zu haben, trotz des schwachen Lichts ihren Weg zu finden.

Kapitel 30

Das Observatorium

Der Bluthund jaulte. »Commandant, hören Sie? Ich denke, wir haben sie gleich. Die Spur muss hier sehr frisch sein.«

Der Hundeführer ließ die Leine etwas nach und folgte dem Tier in eine Höhle, die eine Sackgasse zu sein schien.

Adrien drängte sich weiter nach vorn. War die Kaverne dort hinten zugemauert? Ja, und davor gähnte ein tiefer Abgrund, auf den der Hund unbeirrt zustrebte.

Zum ersten Mal kamen Adrien Zweifel an der Qualität der Spürhunde. In einer der Höhlen hatten alle vier ewig herumgeschnüffelt. Sie waren verängstigt mit eingekniffenem Schwanz umhergeirrt, hatten sich dann zusammengedrängt und sich geweigert, weiterzumachen, bis die Hundeführer sie mit Gewalt auseinandergezerrt und wieder auf die Suche geschickt hatten. Und nun schienen sie sich schon wieder auf eine falsche Fährte zu begeben, wobei der Hund freudig winselnd an der Leine zog und den Staffelführer immer näher an den Abgrund führte. Irritiert sah sich der Mann um. Die anderen zuckten mit den Schultern.

»Vielleicht sollten wir ihn ablösen«, schlug der Mann mit dem Golden Retriever vor, als der Bluthund direkt an den Rand des Abgrunds lief und seinen Herren über den Rand zu ziehen drohte.

»Zurück!«, befahl dieser. Der Hund gehorchte zwar, jaulte aber kläglich, als habe man ihm unrecht getan.

»Komm Sally, mein gutes Mädchen, zeig uns, wo die Spur hinführt!«

Der Retriever begann unter dem Torbogen, der von der vorherigen Höhle in die Sackgasse abzweigte, doch auch die Hündin strebte, ohne zu zögern, auf den Abgrund zu. Die Männer tauschten verwirrte Blicke.

»Sally, nein!«, schrie der Hundeführer, als sie den Rand erreichte und sich abstieß. Adrien sah in seinem Geist das Tier in die Tiefe stürzen, doch stattdessen schien es in der Luft zu schweben. Vor Schreck entglitt dem Polizist die Leine. Alle starrten den Hund an, der in der Luft über den Abgrund eilte und dann bellend auf der anderen Seite vor der Mauer stehen blieb.

Adrien rieb sich die Augen. Das war unmöglich. Auch die anderen Männer konnten es nicht glauben.

Der Führer des Bluthunds fasste sich als Erster und ließ seinen Vierbeiner noch einmal an die Kante treten. Auch er schien den Abgrund nicht wahrzunehmen und lief einfach weiter. Der Polizist folgte ihm in seiner Spur und schwebte ebenfalls über den Abgrund auf die andere Seite hinüber.

»Ich habe hier unten schon viele seltsame Dinge erlebt«, hörte Adrien Commandant Sabatier sagen, »aber das stellt alles in den Schatten. Hat einer von euch eine logische Erklärung parat? Dann nur raus damit, denn mir fällt nichts dazu ein.«

Adrien starrte noch immer über den Abgrund zu dem Mann und den Hunden hinüber. Wenn so etwas möglich war, dann war vielleicht auch die Mauer dahinter nicht echt, doch so genau sie auch suchten, die Steine schienen alle massiv, und es gab für sie kein Weiterkommen, auch wenn die Hunde ihnen immer wieder zu sagen schienen, dass die Flüchtenden genau dort verschwunden waren.

»Was nun?«, fragte der Leiter des Sturmkommandos, als die Männer in ihrer Suche innehielten und sich von den Hunden den Weg zurück über den Abgrund zeigen ließen.

»Ich denke, dass sich die Mauer irgendwie öffnen lässt oder zumindest öffnen ließ, als die Gesuchten dahinter verschwanden. Jetzt allerdings ist der Weg versperrt.«

»Dann sprengen wir«, brummte der Leiter. Adrien sah den Blick, den Sabatier ihm zuwarf, doch vermutlich war der Vorschlag nicht ernst gemeint. Der Einsatzleiter war nur ebenso frustriert wie Adrien und wollte es nicht hinnehmen, dass ihre Jagd hier zu Ende sein sollte.

Der Hundeführer ging nicht auf den Einwurf ein, sondern wandte sich an Commandant Sabatier.

»Haben Sie eine Karte von diesem Abschnitt der Steinbrüche?«

Er nickte und entrollte den Plan. »Hier sind wir jetzt. Dieses Gebiet hier drüben haben wir sehr intensiv untersucht, dort aber gibt es Lücken, da es als einsturzgefährdet eingestuft ist. Daher meiden wir den Bereich.«

»Und genau dort muss das Versteck sein.« Der Hundeführer starrte auf die Karte.

»Wenn das hier nicht der einzige Zugang ist, dann können die Hunde die Gesuchten vielleicht wittern, wenn wir von einer anderen Seite nah genug herankommen. Oder die Hunde finden die Spur wieder, wenn sie schon wieder ausgeflogen sind.«

»Das ist eine Idee«, stimmte ihm Jean-Claude Sabatier zu. »Wir teilen uns in vier Gruppen. Jede nimmt einen Hundeführer mit. Die erste geht durch diesen Gang und dann nach rechts. Pascal, du begleitest sie. Die zweite Gruppe sollte diesem Schmugglergang folgen. Das ist deine Mannschaft, René. Und Alain geht hier rüber und schlägt dann einen Bogen bis zu der eingestürzten Höhle hier drüben. Ich gehe mit Ihnen und Ihrem Hund dort die Treppe hinauf. Dann schauen wir uns oben um, ob sie vielleicht diesen Weg genommen haben.«

Adrien überlegte, was er tun sollte, und entschied sich dann, dem Commandant der E.R.I.C. und dem großen Bluthund zu folgen.

***

»Wir sind gleich da.« Jannine hielt inne. »Würdet ihr bitte hier warten?«

Warum?, lag es Claire auf den Lippen, aber Léon nickte bereits und blieb stehen. Jannine und Marcell wollten ihr geheimes Versteck nicht preisgeben. Ein wenig fühlte sich Claire gekränkt.

»Beeilt euch«, drängte Léon. »Ich habe ein ganz schlechtes Gefühl. Etwas kommt auf uns zu. Es ist, als würde es uns einkreisen.«

Jannine nickte. »Ich habe es auch gespürt. Wir beeilen uns!«

Und schon waren sie verschwunden und mit ihnen das Leuchten der Steine. Nun blieb Claire nur noch das Schattenspiel, das Léon ihr mit seiner Hand vermittelte. Stumm standen sie da und lauschten in die Finsternis. Die Schritte der Geschwister waren längst verklungen. Claire sah zu Léon, doch er blickte über sie hinweg. Sie spürte, wie sich seine Muskeln verspannten. Irgendetwas schien seine Aufmerksamkeit zu erregen. Claire sah in die Richtung, konnte aber nichts Ungewöhnliches erkennen. Sie lauschte und vernahm in der Ferne das Tropfen von Wasser.

»Léon?«, wisperte sie, als ein Ruck durch seinen Körper ging.

»Wir müssen hier weg!«, stieß er hervor. »Sofort!«

»Was?« Claire ließ verwirrt den Blick schweifen. Von Jannine und Marcell gab es noch immer keine Spur.

»Sie kommen! Kannst du sie nicht hören?«

In diesem Moment erklang in der Ferne ein Heulen, das von einem Bellen beantwortet wurde. Claire erstarrte. Wie konnte das sein? Sie hatten ihre Verfolger abgehängt. Wie war es möglich, dass sie nun so nah waren? Und es klang verdammt nah!

»Hoffentlich beeilen sich Jannine und Marcell!«

»Darauf können wir nicht warten! Wenn uns die Hunde erst einmal sehen, nützt auch Pfeffer nichts mehr.«

Léon zog an ihrer Hand und begann zu laufen. Claire rannte neben ihm her.

»Wohin? Wir können ihnen auf diese Weise nicht entkommen. Ich bin nicht so schnell wie die Männer mit ihren Hunden.«

»Vertrau mir. Ich habe eine Idee.«

Claire lief neben ihm her, während das Heulen des Hundes hinter ihnen sie antrieb. Er hatte sie gerochen und war nun fest entschlossen, sein Wild zur Strecke zu bringen.

»Lass mich zurück«, keuchte Claire. »Ich halte das Tempo nicht durch. Sie folgen meiner Spur. Wenn ich mich fangen lasse, dann kannst du entkommen. Sie dürfen mir nichts tun. Ich habe kein Verbrechen begangen.«

»Ich weiß nicht, ob sie sich daran halten würden«, entgegnete Léon. »Nein, ich lasse dich nicht in ihre Hände fallen. Wir haben eine gute Chance, ihnen zu entwischen. Weiter!«

Sie näherten sich einer Tür, die massiv aussah und ganz sicher verschlossen war, doch Léon streckte den Arm aus. Als seine Handfläche sich dem Metall näherte, sprang die Tür auf und führte sie zum Grund eines Schachts, der über ihnen wie ein riesiger Schornstein aufragte.

»Was ist das?«, fragte Claire, während Léon sie die Treppe hinaufzog, die sich um den Schacht wand.

»Wir sind unter dem Observatorium. Der Schacht wurde für wissenschaftliche Experimente genutzt.«

Claire antwortete nicht. Sie brauchte all ihren Atem, um mit Léon Schritt zu halten. Runde um Runde drehte sich die Treppe, doch es war kein Ende in Sicht. Ihre Beine waren schwer wie Blei. Ihre Brust brannte.

»Ich kann nicht mehr«, keuchte Claire und versuchte, ihre Hand der seinen zu entziehen, doch Léon ließ sie nicht los. Das Kläffen war bedrohlich nahe gekommen. Vielleicht würde die Stahltür sie aufhalten, hoffte Claire – vergeblich. Sie hörte, wie die Tür gegen die Wand schlug. Ein triumphierendes Jaulen schwang sich durch den Schacht zu ihnen herauf. Es klang so nah und gewaltig, dass Claire unwillkürlich einen Schrei ausstieß.

»Da oben sind sie!«, schallte eine Stimme zu ihnen herauf. »Jetzt haben wir sie.«

»Freut euch nicht zu früh«, knurrte Léon, bückte sich und hob Claire in seine Arme. Trotz der Last lief er die Treppen nun noch schneller hinauf als zuvor, bis sie das Ende des Schachts erreichten.

***

»Sie sind ganz nah!«, rief der Hundeführer aufgeregt.

Adrien spürte, wie sein Körper vibrierte. Er drängte sich weiter nach vorn. Sabatier warf ihm einen scharfen Blick zu, sagte aber nichts. Vermutlich dachte er, Adrien wäre mit Erlaubnis seines Vaters hier, doch Adrien war klar, dass es Sabatier nicht schmeckte, ihn dabeizuhaben.

Eine Stahltür versperrte ihnen den Weg. Der Hund sprang mit einem Jaulen hoch. Seine Krallen schabten über das Metall. Der Polizist wandte sich um.

»Haben wir einen Schlüssel? So kriegen wir die Tür nicht auf.«

Er sah den Leiter des Einsatzkommandos an, der nur die Schultern hob. »Wo führt diese Tür überhaupt hin?«

»In den Schacht des Observatoriums«, antwortete Jean-Claude Sabatier. »Der Sonnenkönig ließ es als einen Ort der Forschung direkt auf dem Pariser Meridian bauen, der lange Zeit als der verbindliche Längengrad null galt, bis er von Greenwich abgelöst wurde.«

»Wir brauchen keinen wissenschaftlichen Vortrag, wir brauchen eine Brechstange!«, fauchte ihn der Einsatzleiter der Sturmtruppe an, doch Jean-Claude Sabatier schien Gefallen daran zu finden, den Kommandanten ein wenig zu reizen.

»Das Gebäude ist übrigens exakt nach den Himmelsrichtungen ausgerichtet. Von hier startete während der Französischen Revolution eine wichtige Forschungsreise zur Vermessung der Erde. Ihr verdanken wir die Längeneinheit Meter.«

Adrien hatte das Gefühl, der Einsatzleiter würde gleich explodieren, und auch er selbst ballte die Hände zu Fäusten und hätte diesem impertinenten Höhlenwurm am liebsten eine auf die Nase gegeben. Wollte er die Flüchtenden entkommen lassen? Es schien fast so, denn im Gegensatz zu den anderen Männern strahlte er eine heitere Gelassenheit aus, die nicht zu der angespannten Lage passte. Dann jedoch zog er mit einer lässigen Geste einen Schlüssel heraus und trat an die Tür.

»Eine Brechstange würde nicht helfen und wird auch nicht nötig sein. Ich habe die Schlüssel für mein Revier bei mir!«

Aufreizend langsam drehte er den Schlüssel im Schloss und trat dann zurück, um den Hundeführer mit dem Bluthund vorbeizulassen. Der stürmte durch die Tür und sah dann verwundert den Schacht hinauf, um den sich eine Treppe wand. Adrien drängte sich neben ihn.

»Dort oben sind sie!«, rief er und deutete hektisch nach

oben, wo einige Stockwerke über ihnen zwei Gestalten die Treppe hinaufhasteten. »Jetzt haben wir sie!«, sagte der Hundeführer und ließ seinen Bluthund von der Leine.

***

»Lass mich. Bring dich in Sicherheit. Wir können sie nicht abhängen«, flehte Claire, doch er rannte unbeirrt weiter und folgte weiteren Treppen, ein Stockwerk nach dem anderen hinauf, bis sie die Kuppel erreichten, die sich über dem Gebäude erhob.

»Was machst du?«, protestierte Claire. »Wir laufen in eine Sackgasse.«

Léon schüttelte den Kopf. »Unsere Verfolger sind es, die in eine Sackgasse geraten. Denk an Notre-Dame!«

Plötzlich wusste Claire, was Léon vorhatte. Sie würden zusammen von der Kuppel in die Tiefe springen. Kein Mensch und auch kein Hund konnten ihnen auf diesem Weg folgen. Bis diese kehrtgemacht und die Treppen hinuntergelaufen waren, würden sie verschwunden sein. Wenn sie die Metro nehmen würden oder in ein Taxi steigen, dann war die Spur für die Hunde verloren und die Jagd zu Ende. Zumindest für heute. Dann konnte sich Léon gefahrlos in sein Reich zurückziehen und sie selbst ihr normales Leben wieder aufnehmen. Adrien würde es nicht wagen, sie öffentlich zu beschuldigen. Sein Vater hatte zu viel zu verlieren, wenn alle Fakten ans Licht kommen sollten. Nein, Claire war sich sicher, dass sie von dieser Seite keine Angriffe zu befürchten hatte. Wenn sie sie nicht auf der Flucht fassten, hatten sie keinerlei Beweise, dass Claire überhaupt unter Tage gewesen war.

Wie die Stahltür gehorchte auch die Luke der Kuppel Léons Befehl. Claire erkannte das große Teleskop in der

Mitte, das auf die Lücke gerichtet war, die sich nun mit einem leisen Surren öffnete. Sie kletterten die letzten Stufen bis zu dem Podest hoch, zu dessen Füßen sich die Lichterpracht von Paris ausbreitete. Draußen war es bereits dunkel. Léon legte die Hand um Claires Taille und trat mit ihr an die Öffnung heran, unter der es jäh mehrere Stockwerke nach unten ging. Einen Sprung aus dieser Höhe könnte kein Mensch überleben.

Kein gewöhnlicher Mensch. Aber Léon war nicht gewöhnlich. Er war einzigartig. Er beherrschte die Elemente. Feuer, Wasser, Erde und Luft! Und so würden sie sanft auf der Erde landen. Er hatte es ihr auf den Türmen von Notre-Dame bereits zweimal bewiesen, und dennoch wurden Claires Hände schweißnass, als ihr Blick hinab bis zu der steinernen Terrasse unter ihnen glitt. Sie konnte das Bellen auf der Treppe im Turm hören, das rasch näher kam. Es gab keine andere Rettung, als den Sprung in die Tiefe.

»Vertrau mir!«, hauchte Léon in ihr Ohr.

Claire nickte. »Ich vertraue dir!«

Sein Griff wurde fester, als er sie an die Kante schob.

Da löste sich plötzlich eine Gestalt aus den Schatten der Büsche und trat auf den Rasen hinaus. Claire spürte, wie Léon hinter ihr erstarrte.

Verwirrt sah sie zu der blonden Frau hinunter, die in ihrem eleganten, hellen Mantel mitten auf dem dunklen Rasen stand und zu ihnen hinaufblickte. War das nicht Madame de Rivarol? Was um alles in der Welt hatte sie hier um diese Stunde zu suchen? Das konnte doch kein Zufall sein.

Noch mehr aber wunderte Claire Léons Reaktion, der heftig zu atmen begann. Sie spürte das Zittern seiner Hände an ihrer Taille und konnte sich nicht erklären, was in ihm vorging. Sie wollte gerade fragen, als sich noch zwei Gestalten aus den Büschen lösten, die Claire ebenfalls kannte. Jannine und Marcell liefen auf die Frau zu, die in einer raschen Bewegung den Arm hob und den Geschwistern die Handfläche entgegenstreckte, als könne sie ihren Lauf damit stoppen.

»Spring nicht!«, rief Jannine verzweifelt.

Sie setzte zu einem Satz an, um sich auf die Schwägerin des Polizeipräfekten zu werfen. Claire sah fassungslos hinunter. Sie kam sich vor, als sei sie plötzlich in einen seltsamen Film versetzt, dabei war die ganze Verfolgungsjagd durch die Höhlen unter Paris schon mehr, als der klare Verstand akzeptieren konnte. Und doch wurde es noch unfassbarer.

Licht schoss aus der Handfläche der Frau und warf Jannine rückwärts zu Boden, wo sie reglos liegen blieb. Marcell stürzte sich auf seine Schwester und schirmte ihren zierlichen Körper mit dem seinen ab. Obwohl kein Laut aus seinem Mund kam, sah Claire seinen Schmerz und seine Verzweiflung.

Madame de Rivarol – oder wer diese Frau auch war – wandte sich wieder der Luke in der Kuppel zu. Claire spürte ihren Blick auf sich.

»Ja, kommt zu mir herunter«, lockte sie leise, und doch konnte Claire die Worte verstehen.

Léon zögerte. Da warf sie die Arme in die Luft und lachte. Lichtstrahlen schossen aus ihren Fingern in den Himmel und verloschen dort wie Sternschnuppen.

»Komm aus deinem Versteck!«, donnerte sie. »Ich weiß, dass du mich hören kannst. Komm und sieh, wie ich zuerst deine kleinen Helfer vernichte, ehe du dran bist. Der Tag der Entscheidung ist da, und ich sage dir, nur einer von uns wird ihn überstehen!«

Das Jaulen des Hundes klang jetzt sehr nah, doch noch immer rührte sich Léon nicht vom Fleck.

»Du nennst dich Meister der Schatten?«, fuhr seine Herausforderin spöttisch fort, als finsterer Nebel um das Observatorium zu fließen schien. Offensichtlich hatte sie den Schatten richtig eingeschätzt. Er nahm die Herausforderung an. Claire sah, wie sich der Nebel zusammenzog und sich die finstere Gestalt in ihrer Kutte abzeichnete, die sie unwillkürlich an ihren Hals greifen ließ. Ihre letzte Begegnung war ihr noch schmerzlich in Erinnerung.

Da hob die Frau noch einmal die Hand und schoss einen Lichtblitz auf den Schatten, der sich kurz auflöste und dann wieder zusammenzog.

»Du kannst nichts gegen mich ausrichten«, hallte seine Stimme durch den Park. »Du bist machtlos und dekadent und genauso wie der König und der alte Adel vor dir dem Untergang geweiht.«

»Sei dir da nur nicht so sicher! Die Zeit der Finsternis ist längst vorüber. Du sitzt in deinen Höhlen und badest in deinen Erinnerungen, ohne zu merken, dass das neue Zeitalter des Lichts längst angebrochen ist.«

Und wieder ließ sie ihre Hände erstrahlen. Dieses Mal so hell, dass der ganze Park in grelles Licht getaucht wurde.

»Claire, ich muss mein Versprechen brechen«, stieß Léon gequält aus. Er ließ sie los und taumelte einen Schritt zur Seite.

»Ich kann nicht bei dir bleiben. Du musst dich ihnen stellen.«

Claire wollte protestieren. Sie setzte an, um eine Erklärung zu verlangen, als der Hund die letzte Treppe überwand und mit einem Triumphgeheul in die Kuppel eindrang. Léon hauchte Claire einen Kuss auf den Mund, während seine Hand die Kette mit dem roten Stein löste.

»Lauf nicht weg!«, beschwor er sie, dann sprang er. Der Kiefer des Bluthundes erwischte noch ein Stück seines Hemds. Dann fixierten seine dunklen Augen Claire, doch das bemerkte sie kaum. Sie sah nur, wie sich Léon abstieß, während die Zauberin am Grund ihr Licht noch heller erstrahlen ließ, wie um Léons tödlichen Sturz in all seinen grausigen Details auszuleuchten.

Es war kein Sprung, der ihn sanft zu Boden gleiten ließ. Das Licht schien all seine Magie in sich aufzusaugen, sodass er mit den Armen rudernd abstürzte und mit einem schauerlichen Knall auf dem Boden unten aufschlug, wo er mit verrenkten Gliedern auf den Steinplatten der Terrasse liegen blieb.

Claire rührte sich nicht. Sie blieb wie paralysiert in der Luke stehen, doch sie schrie, dass es ihr selbst in den Ohren gellte.

***

Die nächsten Stunden nahm Claire nur wie durch dichten Nebel wahr. Männer umringten sie und nahmen den Hund an die Leine. Irgendjemand redete auf sie ein, doch sie blieb stumm. Dann führte ein Polizist in Blaumann mit einem weißen Helm auf dem Kopf sie die Treppe hinunter. Sie verließen das Gebäude und traten auf die Terrasse hinaus, die wieder still und dunkel unter dem Nachthimmel lag. Von Madame de Rivarol oder dem Schatten keine Spur. Vielleicht trugen sie ihren Kampf woanders aus. Oder war er bereits zu Ende? Hatte einer von beiden gesiegt? Claire wusste es nicht und es war ihr auch egal. Das Einzige, was zählte, war Léon, den das Licht der Zauberin hatte abstürzen lassen.

Zaghaft wandte sich Claire der Terrasse zu, wo einer der Hundeführer mit einem Retriever stand, der sich seltsam verhielt. Er winselte und drehte sich immerzu im Kreis, ohne auf die Befehle seines Herrn zu hören. Claire wagte kaum, die Augenlider zu heben, zu sehr fürchtete sie den Anblick von Léons zerschmettertem Körper. So, wie er gefallen war, konnte er den Aufprall nicht überlebt haben, und doch wollte sie sich nicht die letzte Hoffnung rauben lassen. Sie würden ihn in ein Krankenhaus bringen. Die Ärzte heutzutage konnten Wunder wirken. Léon würde wieder gesund werden!

Ihr Blick huschte über die Steinplatten, doch da lag niemand. Claire blinzelte verwirrt. Hatten sie ihn bereits weggebracht? Nein, das konnte nicht sein. Die Männer blickten genauso verwirrt drein, doch wohin war er verschwunden? Hatte er diesen Sturz tatsächlich überlebt und war ihm dann die Flucht gelungen?

Die Blutlache auf den Steinplatten ließ wenig Hoffnung. Claire sah zum Rasen hinüber. Auch Jannine und Marcell waren verschwunden, als wären sie nie hier gewesen.

»Was ist mit den Hunden?«, erkundigte sich ein Mann in schwarzer Uniform mit einem Sturmhelm auf dem Kopf.

Nun gebärdeten sich auch die anderen, die den Rasen absuchen sollten, wie verrückt.

»Sie haben irgendetwas in die Nase bekommen. Ich fürchte, das war's. Wir müssen sie von hier wegbringen. Der Tierarzt soll sich das mal ansehen.«

Die Männer zerrten die Hunde in Richtung Tor. Ihr klägliches Jaulen hing noch in der Luft und wurde dann von einer Stimme überlagert.

»Sind Sie Mademoiselle Claire Nicolas?«, fragte der, der anscheinend das Kommando hatte.

Claire schwieg und starrte weiterhin auf die Blutlache, die das Einzige schien, das von Léon übrig geblieben war.

»Ja, das ist sie«, bestätigte Adriens Stimme hinter ihr.

Claire wandte sich nicht um. Sie wollte ihn nicht ansehen. Sie wollte nicht Léons letztes Bild durch einen Anblick ersetzen, der ihr noch mehr Übelkeit bereiten würde.

»Mademoiselle Nicolas, Sie müssen uns aufs Präsidium begleiten. Wir haben viele Fragen an Sie!«

Eine Hand schob sich unter ihren Ellenbogen. Claire blieb stumm, doch sie ließ sich zum Tor führen. Vom Jardin du Luxembourg her erschallten Sirenen. Dann rasten Einsatzfahrzeuge heran und hielten vor dem Gittertor. Das Blaulicht zuckte über die nächtliche Szenerie und strich über den Rasen und die Terrasse, wo nur noch eine Blutlache von dem Drama zeugte, das sich hier abgespielt hatte.

Kapitel 31

Arrest

Claire hockte auf der Pritsche. Ihr Blick war auf die nackte Wand gegenüber gerichtet, doch sie sah sie nicht wirklich. Ihr Geist befreite sich aus der kargen Arrestzelle und flog zurück zu den dramatischen Ereignissen am Observatorium. Die Bilder, die sich ihr am tiefsten ins Gedächtnis gegraben hatten, waren Léons Sturz, der schauderhafte Aufprall und sein Körper, leblos und verrenkt am Fuß des Observatoriums.

Nein!

Das durfte nicht sein. Wie könnte sie leben, wenn er tot war? Wie könnte sie weiterleben mit dem Wissen, dass sie ihn in den Tod getrieben hatte!

Claire zuckte zusammen. Der Gedanke war schmerzhafter als alle Brandwunden. Léon gab es nicht mehr und ihr Herz würde mit ihm sterben. Irgendwann würde des Brennen in ihr nachlassen und einer Leere Platz machen, die niemals wieder gefüllt werden könnte.

Claire spürte, wie ihr lautlos Tränen über die Wangen rannen, doch sie rührte sich nicht, um sie abzuwischen. Sie versuchte noch immer zu begreifen, was dort geschehen war. Der Kampf des Lichts gegen die Finsternis. War der Schatten der Teufel, der wie in dem gestohlenen Gemälde seine Heerscharen sammelte, um gegen Gott und seine Engel zu kämpfen?

Dann wäre Madame de Rivarol auf Seiten des Lichts einer von Gottes Engeln? Claire schnitt eine Grimasse. Nein, ganz bestimmt nicht. Wenn Gott sich dieser Frau bediente, würde das ihren Glauben in seinen Grundfesten erschüttern.

Auf der anderen Seite, wenn der Schatten der Teufel war, mussten Léon und die anderen zu seinen bösen Dämonen gehören.

Das gefiel ihr noch weniger. Léon war nicht böse und Jannine auch nicht. Marcell war von Madame de Rivarol unwissend benutzt worden, das Feuer zu entfesseln und so viele Leben zu gefährden.

Warum? Nur, um in der Welt des Schattens Unruhe zu stiften? Um seine Welt ins Augenmerk der Polizei zu rücken und ihn damit aus der Reserve zu locken?

Das war es. Sie hatte ihn herausfordern wollen und das war ihr gelungen. So wie der Schatten immer auf der Suche nach ihr gewesen war, um sie zu vernichten, hatte sie im Gegenzug alles versucht, seine Ruhe zu stören und ihn ins Verderben zu locken. Ob sie ihr Ziel erreicht hatte? Claire war sich nicht sicher, vermutete aber, dass es dem Meister gelungen war, sich in seine Schattenwelt zurückzuziehen, um dort wieder zu Kräften zu kommen.

Und Madame de Rivarol oder wie auch immer sie hieß? Sie war ganz sicher nicht Adriens Tante. Sie hatte sich lediglich in das Haus der reichen und mächtigen Familie eingeschlichen, um von dort ungestört ihre Machenschaften zu verfolgen. Wo sie jetzt wohl war? Nach diesem Auftritt konnte sie nicht mehr die Schwägerin des Polizeipräfekten mimen.

Nein, der Meister und die Zauberin waren nicht Gut und Böse. Sie waren zwei Seiten derselben Medaille. Sie waren aus einer Person entstanden, wie Jannine es gesagt hatte, und gehörten irgendwie zusammen. Obgleich es ihnen offensichtlicht verwehrt war, in die Welt des anderen einzudringen.

Vielleicht war das Observatorium so etwas wie eine Nahtstelle, ein Tor zwischen ihren Welten.

Ein Geräusch an der Tür riss Claire aus ihren Gedanken. Ein Schlüssel knirschte im Schloss, dann schwang die Tür auf. Sie erhaschte den Blick auf eine Uniform, doch der Polizist trat nicht ein. Stattdessen ließ er einen anderen Besucher in die Zelle und schloss die Tür hinter ihm wieder ab.

»Salut, Claire!«

Claire fuhr zusammen. Sie konnte es nicht verhindern, dass ihr Körper unkontrolliert zu zittern begann. Sie wollte ihn nicht sehen, doch ihr Blick richtete sich unwillkürlich auf ihn: Adrien, der vielleicht noch größere Schuld an Léons Schicksal trug als sie selbst. Eine Welle von Hass überrollte sie.

»Verschwinde!«, zischte Claire. »Ich will dich nicht sehen.«

»Ich will aber dich sehen«, entgegnete Adrien und setzte sich neben sie auf die Pritsche. Claire sprang mit einem Entsetzensschrei auf, als er seine Hand auf ihr Knie legte, und wich bis in die Ecke der Zelle zurück.

»Rühr mich nicht an, sonst schreie ich hier das ganze Präsidium zusammen!«

»Das würde dir nichts nützen. Ich bin der Sohn des Präfekten und habe dem Wachhabenden gesagt, dass ich in Ruhe mit dir reden will.«

Claire drückte ihren Rücken gegen die kalte Wand. Sie spürte, wie ihr Herz raste. Ihr Atem wurde immer flacher und schneller. Schweiß brach ihr aus allen Poren, dennoch protestierte sie:

»Das kannst du nicht machen! Wir sind hier in Frankreich. Das ist ein Rechtsstaat, in dem es Gesetze gibt, an die auch du dich halten musst.«

Adrien hob ungerührt die Schultern. »Es gibt immer Ausnahmen, das müsstest du inzwischen wissen, aber ich bin nicht gekommen, dir etwas anzutun, also führ dich nicht so auf. Ich will nur mit dir sprechen. Komm her und setz dich wieder.«

Claire zögerte, dann warf sie den Kopf in den Nacken und setzte eine abweisende Miene auf. Forsch ging sie auf ihn zu und setzte sich ans andere Ende der Pritsche. Sie würde ihm seinen Triumph nicht gönnen, sich an ihrem Schmerz zu weiden.

»Und, was gibt es?«, erkundigte sie sich kalt.

»Es wird gegen dich ermittelt. Wegen Beihilfe oder sogar Mittäterschaft an dem Anschlag unter dem Chaillot.«

»Du weißt, dass ich nichts damit zu tun hatte«, gab Claire in gereiztem Ton zurück. »Ich war selbst eines der Opfer.«

»Das stimmt nicht so ganz«, widersprach Adrien. »Wir waren alle völlig ahnungslos und wurden von dem Feuer überrascht. Du wusstest davon und hattest einen Beschützer, der dafür gesorgt hat, dass du nicht wochenlang im Krankenhaus liegen musstest! Das spricht nicht gerade für dich.«

Claire überlegte, ob sie widersprechen und die Behauptungen richtigstellen sollte, unterließ es aber.

»Ich habe nichts getan, also kann man mir nichts beweisen und mich auch nicht verurteilen«, sagte sie.

»Nein? Die Indizien sprechen gegen dich. Du selbst hast dich da reingeritten, als du die Jacke gestohlen hast, um sie deinem Lover zurückzubringen.«

»Sprich nicht so über ihn!«, fauchte Claire.

»Nein? Warum nicht? Weil man nicht abfällig über Tote sprechen soll?«

Claire keuchte, so sehr schmerzte es sie, diese Worte laut ausgesprochen zu hören. Noch immer weigerte sich ein Teil in ihr, das Offensichtliche zu akzeptieren.

»Woher willst du das wissen?«, rief sie. »Hat man seine…«, sie stockte. Claire brachte es nicht über sich, das Wort »Leiche« auszusprechen.

»Hat man ihn gefunden?«, sagte sie stattdessen.

»Die Gerichtsmedizin hat genug von ihm auf dem Tisch, um keinen Zweifel zu hegen.« Adrien sah sie mit zusammengekniffenen Augen von der Seite an. Machte es ihm Spaß, sie zu quälen?

Claire schluckte. Sie brauchte eine Weile, ehe sie ihre Stimme wiederfand. »Hat die Polizei sonst noch jemanden gefunden?«

Adrien schüttelte den Kopf. »Nein, wer sollte sonst noch da gewesen sein? Die Jagd war erfolgreich: Der Attentäter wurde zur Strecke gebracht, und seine Komplizin sitzt in Haft.«

Claire sagte nichts. Ihr war klar, dass keine Verteidigung, die sie vorbringen konnte, bei Adrien Gehör finden würde. Es war auch egal, was er dachte. Wichtig würde es sein, die Richter zu überzeugen, die über sie zu urteilen hatten. Bei dem Gedanken wurde es Claire übel. Würden sie ihr überhaupt zuhören? Was würden ihre Eltern sagen?

»Das ist die eine Variante«, fügte Adrien hinzu und fixierte sie so scharf, dass sie sich ihm zuwandte. »Es gibt aber auch noch eine andere Möglichkeit.«

»Und die wäre?«, fragte Claire ohne Interesse.

»Auch du warst nur ein Opfer. Du hast unter Zwang gehandelt und bist jetzt nach seinem Tod befreit. Dann würde dich keine Schuld treffen und das Gericht müsste dich freisprechen.«

»Sie können mich eh nicht ins Gefängnis schicken«, widersprach Claire. »Ich bin noch nicht sechzehn.«

»Und da meinst du, dir könne nichts passieren?« Adrien lachte auf. »Bist du so naiv? Es gibt Einrichtungen für kriminelle Jugendliche, die sind schlimmer als Knast. Also, was willst du? Täter oder Opfer sein? Dein Léon ist tot und wird nicht mehr zurückkommen. Aber ich bin hier und ich werde eine Aussage machen. Ich könnte mir vorstellen, sie wird das Zünglein an der Wage sein zwischen schuldig oder nicht schuldig.«

Claire keuchte auf, als ihr klar wurde, worauf Adrien hinauswollte. Sie presste die Lippen aufeinander und schwieg, doch Adrien ließ nicht locker.

»Was soll ich ihnen sagen, Claire?«

»Die Wahrheit!«

»Die Wahrheit?« Sein Lachen klang bitter. »Das wäre keine gute Idee. Nein, ich denke, wenn du – als meine treue Freundin – durch ein Missgeschick in diesen Schlamassel geraten wärst, würde jeder Richter dich freisprechen.«

Nun erwiderte sie doch seinen Blick. »Nennst du mir nun den Preis für deine Aussage?«

Adrien rückte wieder näher an sie heran und legte noch einmal seine Hand auf ihr Bein. »Das ist doch nicht schwer zu erraten, oder? Wir gehören zusammen, Claire. Ich verlange nicht mehr, als dass es wieder so wird wie zuvor. Dass du mit mir zusammen bist und mich liebst.«

»Und du mit mir machen kannst, was du willst? Vergiss es!« Claire schlug seine Hand weg und floh wieder in die Ecke der Zelle. Sie konnte es nicht verhindern, dass ihr Tränen in die Augen schossen. »Du wirst mich niemals mehr auch nur berühren, hörst du? Eher lasse ich mich wirklich einsperren.«

Adrien erhob sich und trat auf sie zu. Es gab keine Fluchtmöglichkeit, und sie konnte nicht verhindern, dass seine Arme sie umschlangen.

»Liebste Claire, du weißt nicht, wovon du sprichst«, sagte er leise, dann presste er seinen Mund auf den ihren.

Claire biss zu. Mit einem Aufschrei sprang Adrien zurück. Seine Hand fuhr an die Lippe, aus der einige Blutstropfen quollen.

»Das war keine gute Idee!«, stieß er hervor. »Du wirst es bereuen, dafür sorge ich.«

Mit dieser Drohung wandte er sich ab. Er hämmerte gegen die Tür, bis der Wachhabende zurückkehrte und ihn aus der Zelle ließ. Claire rührte sich nicht von der Stelle, bis sich die Tür wieder geschlossen und die beiden sich entfernt hatten. Dann sank sie auf der Pritsche zusammen und weinte bitterlich.

* * *

Sie weinte noch immer, als sich die Tür erneut öffnete. Claire dachte schon, Adrien sei zurückgekommen, um sie weiter zu quälen, doch es war ihr Vater, der in die Zelle trat und sich fassungslos umsah.

Claire erhob sich von der Pritsche, wagte aber nicht, ihm entgegenzueilen. Was musste er von ihr denken, sie in dieser Lage zu finden? Wie musste er von ihr enttäuscht sein. Obgleich sie erleichtert war, nicht wieder Adrien zu begegnen, wollte sie nicht, dass ihr Vater sie hier so sah. Die Scham trieb ihr Röte ins Gesicht und sie sah zu Boden.

»Claire? Bist du in Ordnung?«, fragte er so zaghaft, dass sie seine Stimme kaum erkannte.

Nichts war in Ordnung, dennoch verstand sie, was er meinte.

»Es ist mir nichts passiert. Es tut mir so leid, Dad«, hauchte sie, ohne sich von der Stelle zu rühren. Dafür eilte ihr Vater nun auf sie zu und drückte sie so fest an sich, dass ihr die Luft wegblieb.

»Claire, wie konnte das passieren? Was sind das für wilde Geschichten, die man uns erzählt? Wer ist dieser Léon?«

»Ich habe nichts gemacht. Monsieur Charron irrt sich, wenn er denkt, Léon habe den Anschlag auf Adrien und seine Freunde verübt. Ich weiß es. Ich habe Léon kennengelernt. Er ist kein Attentäter, aber sie haben ihn mit Hunden gejagt, und nun ist er tot.«

Vermutlich konnte sich ihr Vater keinen großen Reim auf ihre Worte machen, aber er fragte nicht weiter nach, sondern hielt sie nur in den Armen und wiegte sie wie ein Kind.

»Ich habe mit diesem Attentat nichts zu tun, Dad, das glaubst du mir doch?«

»Natürlich, meine Kleine. Und niemand wird es wagen, das zu behaupten!«

»Adrien wird es sagen«, widersprach Claire. »Er will vor Gericht eine Aussage machen.«

»So? Warum? Weil er eifersüchtig ist?«

Claire nickte. »Weil ich nicht mehr mit ihm zusammen sein will.«

»Er wird es nicht wagen«, wiederholte ihr Vater. »Keine Angst, der Präfekt will kein öffentliches Spektakel, bei dem vielleicht das Ansehen der Familie Charron beschädigt werden könnte. Lass mich nur machen. Ich regle das, und nun komm mit. Deine Mutter kommt sonst um vor Sorge.«

»Darf ich denn gehen?«

»Natürlich! Es gibt keinen Grund, dich hier festzuhalten.« Er klopfte energisch an die Tür, die sich sogleich öffnete. Dann führte er Claire durch das Präsidium hinaus auf den Platz, wo über dem Tor des Justizpalasts das goldene Wappen mit den drei Lilien in der Herbstsonne aufblitzte.

Epilog

Der Herbst verstrich mit Regengüssen und stürmischen Windböen und ging dann unmerklich in den Winter über. Im Dezember wurde es kalt. Die ersten Schneeflocken fielen, doch Claire nahm ihre Umgebung nicht mehr richtig wahr. Sie lebte wie unter einer Glasglocke, durch die Geräusche nur gedämpft zu ihr drangen und ihr selbst die Kälte des Winters nichts anhaben konnte, vielleicht, weil es in ihrem Innern viel eisiger war, als es draußen je hätte sein können. Doch das ging keinen etwas an. Das war ihr eigener Schmerz, mit dem sie alleine klarkommen musste. Ihr Mund lächelte, wenn sie angesprochen wurde, und sie antwortete stets höflich. Zumindest ein Teil ihres Geistes lauschte den Worten der Lehrer, sodass sie meist eine zufriedenstellende Antwort geben konnte, wenn sie angesprochen wurde. Ihre Testergebnisse waren ordentlich. Claire ignorierte Adrien, so gut es ging, obgleich sie immer wieder das Gefühl hatte, von ihm beobachtet zu werden, doch er sprach sie nicht an. Stattdessen zog er mit einem Mädchen aus der Parallelklasse herum, das langes, blondes Haar hatte, und Nathalie starb fast vor Eifersucht und Neid. Ihr Haar hatte nun die Länge von vier Zentimetern, und es würde noch lange dauern, bis sie mit einer blondierten Mähne den Jungs wieder den Kopf würde verdrehen können. Fast würde Claire so etwas wie Mitleid empfinden, wenn sich ihre Gefühle nicht allein auf den Schmerz des Verlusts konzentriert hätten.

So stand sie in der Schule meist schweigend bei Louna und Inès, die es akzeptierten, dass Claire nicht bereit war, über die Nacht zu sprechen, die sie so verändert hatte.

Auch ihre Eltern hatten es aufgegeben, sie zu drängen. Sie hatten Claire aus dem Arrest befreit, und ihr Vater hatte erreicht, dass alle Vorwürfe gegen sie fallen gelassen wurden. Ihre Mutter war rücksichtsvoll gewesen und versuchte sie zu trösten. Claire drückte ihr schlechtes Gewissen. Ihre Eltern hätten eine Erklärung verdient und doch konnte sie ihnen nichts erzählen. Wo hätte sie anfangen und wo aufhören sollen? Wie hätte sie von Léon sprechen können und ihnen begreiflich machen, wie groß die Liebe in ihr war und wie alles vernichtend ihr Verlust. Nein, sie musste das alles in sich verschließen und irgendwie damit weiterleben, wobei sie sich eher wie ein Roboter vorkam denn wie ein lebendes Wesen.

Weihnachten rückte näher, und alle freuten sich auf das Fest und auf die Ferien, nur Claire ließ das alles kalt. Sie fragte sich eher, wie sie die leeren Tage daheim rumkriegen sollte. Der Schulalltag brachte ihr wenigstens Struktur und lenkte sie immer wieder ab. Wie aber sollte sie zwei Wochen allein mit ihren Gedanken in ihrem Zimmer überleben?

»Was wünschst du dir?«, fragte ihre Mutter.

Claire hob die Schultern. »Ich habe alles, was ich brauche.«

»Nein, das glaube ich jetzt nicht!« Ihr Vater lächelte. »Ein Teenager, der nichts braucht? Keine Schuhe, Handtaschen, Klamotten oder ein neues Handy?«

Claire zuckte noch einmal mit den Schultern. Ihre Eltern tauschten besorgte Blicke.

»Was hältst du davon, wenn wir nach den Feiertagen zum Skilaufen in die Alpen fahren?«, wechselte ihr Vater das Thema. »Wenn es noch mal schneit, werden die Bedingungen großartig sein.«

Das war besser, als ihr Zimmer mit all seinen quälenden

Erinnerungen. »Ja, das ist eine gute Idee«, sagte Claire. Sie hörte selbst, dass sie nicht begeistert klang, doch ihre Eltern hatten offensichtlich beschlossen, auf solche Nuancen nicht mehr zu achten.

»Ach, wie schön«, rief ihre Mutter. »Ich hoffe, ich kann das noch, sonst engagiere ich mir einen Skilehrer.«

»Einen jungen, attraktiven Kerl? So siehst du aus. Kommt nicht infrage!«, konterte ihr Vater und lachte.

»Du kannst ja hinterherfahren und aufpassen, dass nichts passiert«, schlug Louise vor.

»Pah, ich fahre voraus. Nicht einmal Claire wird mich einholen!«

Claire tat den Eltern den Gefallen und schenkte ihnen ein Lächeln. »Das wollen wir mal sehen!«, widersprach sie. »Ich werde dich abhängen – und das in einem topmodischen neuen Skianzug, wäre das was?«

Ihre Eltern strahlten und versprachen, dass sie ihr den tollsten Anzug der Saison schenken würden.

Claire mühte sich noch ein Lächeln ab, ehe sie sich in ihr Zimmer zurückzog.

***

Der Weihnachtstag verlief ruhig.

»Gehst du mit zur Messe?«, fragte Louise.

Claire wollte schon den Kopf schütteln, besann sich dann aber und nickte. Gemeinsam fuhren sie durch die kalte Winternacht zur Cité und schritten dann über den Platz auf die Kathedrale zu, deren Türme sich in den klaren Sternenhimmel reckten. Die Glocken von Notre-Dame dröhnten. Erinnerungen überfielen Claire, als sie zwischen ihren Eltern durch das Portal schritt.

Anders als sonst war die Kirche überfüllt, sodass sie gerade noch in der letzten Reihe drei Stühle ergatterten. Die Messe begann, die Orgel spielte und entführte Claires Gedanken zurück zu hoffnungsvolleren Tagen. Bilder huschten durch ihren Geist. Sie konnte seine Stimme hören, ja sie glaubte gar seinen Geruch wahrzunehmen.

Vorbei. Sie würde ihn niemals wiedersehen. Er war tot. Schon wieder brannten Tränen in ihren Augen, und ein Schluchzen schüttelte sie, als der Chor zu singen begann.

Das war zu viel. Claire sprang auf und rannte aus der Kirche. Bebend lehnte sie sich an die steinernen Archivolten, bis das Zittern in ihr nachließ. Sie zog ein Taschentuch aus ihrem Mantel und wischte sich die Tränen ab.

»Ach Léon«, flüsterte sie. »Hatten wir jemals eine Chance?«

Ihr Blick schweifte über den weiten Platz, der ihr so leer und trostlos vorkam wie ihr Herz.

Die Bettlerin bemerkte sie erst, als sie kaum mehr zwei Schritte von ihr entfernt war. Die Frau schien alt. Ihr Rücken war gebeugt. Claire konnte ihr Gesicht nicht erkennen, das von einem wollenen Tuch umhüllt wurde. Sie streckte die Hand aus.

»Ich habe kein Geld dabei«, sagte Claire. »Es tut mir leid.«

»Dann werde ich dir etwas geben«, sagte sie mit einem heiseren Flüstern. Sie griff in die Tiefen ihres Mantels und zog etwas heraus. Etwas Kleines, das sie Claire in die Hand drückte.

»Ein frohes Weihnachtsfest!«, sagte sie noch, ehe sie sich umdrehte und davonhinkte.

Claire starrte verwundert zu ihrer Handfläche herab, auf der ein roter Kristall lag, in dem heiße Glut zu wabern schien. Claire kannte diesen Stein. Sie hatte ihn schon einmal um den Hals getragen, bis zu jenem verhängnisvollen, letzten Augenblick, als Léon ihn ihr genommen hatte, ehe er in die Tiefe sprang.

»Warten Sie! Woher haben Sie das? Wer hat Ihnen den Stein gegeben?«, rief Claire ihr nach, doch die Frau war verschwunden. Claire trat aus dem Schutz des Portals heraus und ließ den Blick über den leeren Platz schweifen.

»Ich wünsche Ihnen auch schöne Weihnachten«, murmelte sie, als sie die Finger um den Stein legte, der warm in ihrer Hand pulsierte.

Claire schloss die Augen. Ihr Weg lag klar vor ihr.

Ihr Herz schlug einen freudigen Rhythmus, als sie in die Kirche zurückkehrte und auf ihrem Stuhl wieder Platz nahm. Claire stimmte in den Choral mit ein, der die Geburt des Erlösers pries. Ihre Stimme vereinigte sich mit denen der anderen Messebesucher und schwang sich bis hinauf in das Kreuzgewölbe über ihnen. Sie spürte den roten Stein in ihrer Hand, der die Hoffnung in ihr wieder erblühen ließ.

Er lebte!

Léon lebte und sie würde ihn finden.

Ulrike Schweikert, Jahrgang 1966, beherrscht sowohl das historische als auch das fantastische Genre meisterhaft. Ihre historischen Romane für Erwachsene sind Bestseller und ihr »Drachenkrone«-Zyklus ist ein Fantasy-Muss. Die »Erben der Nacht«, ihre erste Fantasy-Saga für Jugendliche, wurde auf Anhieb ein großer Erfolg. »Léon & Claire« ist der Auftakt zu ihrem neuen großen Fantasy-Zweiteiler mit dem bestechend schönen Schauplatz Paris.

Außerdem von Ulrike Schweikert bei cbt:

Die Erben der Nacht
Band 1: Nosferas (30478)
Band 2: Lycana (30479)
Band 3: Pyras (30480)
Band 4: Dracas (30656)
Band 5: Vyrad (30655)
Band 6: Oscuri (30857)

Ulrike Schweikert

Die Erben der Nacht

Vampir-Fantasy vom Feinsten

Ende des 19. Jahrhunderts haben sich die letzten sechs Vampir-Clane über ganz Europa ausgebreitet. Feindselig stehen sie einander gegenüber, doch als ihre Art in der modernen Zeit vom Untergang bedroht ist, gibt es nur einen Weg, das eigene Überleben zu sichern: Gemeinsam sollen ihre Kinder, die Erben der Nacht, ausgebildet werden, damit sie von den Stärken jedes Clans profitieren ...

Band 1
Nosferas
448 Seiten, ISBN 978-3-570-30478-5

Band 2
Lycana
544 Seiten, ISBN 978-3-570-30479-2

Band 3
Pyras
544 Seiten, ISBN 978-3-570-30480-8

Band 4
Dracas
512 Seiten, ISBN 978-3-570-30656-7

Band 5
Vyrad
576 Seiten, ISBN 978-3-570-30655-0

Band 6
Oscuri
464 Seiten, ISBN 978-3-570-30857-8

cbt

www.cbt-buecher.de

6377/6

Alwyn Hamilton

AMANI –
Rebellin des Sandes

352 Seiten, ISBN 978-3-570-16436-5

Die 16-jährige Amani will nichts mehr, als Dustwalk, einem Kaff mitten in der Wüste, den Rücken zu kehren. Bei einem Schießwettbewerb, der Amani die Freiheit bringen soll, kreuzt Jinn ihren Weg: faszinierend und von den Schergen des Sultans verfolgt. Jinn soll zu den Rebellen gehören, die den abtrünnigen Prinzen Ahmed unterstützen. Amani und Jinn werden Reisegefährten wider Willen und kämpfen bald ums Überleben – gegen magische Djinns, gegen die Soldaten des Sultans und eine mysteriöse, tödliche Waffe. Unversehens steckt Amani mitten in einer Rebellion, die das Schicksal ihres Landes entscheiden könnte ...

70047

www.cbt-buecher.de